우리 사이의 그녀

우리 사이의 그녀

그리어 헨드릭스 · 세라 페카넨 지음
강선재 옮김

숏올북

그리어:
존, 페이지, 알렉스에게, 사랑과 감사를 담아

세라:
이 책을 쓰도록 격려해준 이들에게

1부

그녀는 지금껏 내가 그녀에게 무엇을 했는지 모른다.
그녀는 지금껏 내가 끼친 피해를, 내가 시동을 걸어놓은 파멸을 모르고 있다.
하트 모양의 얼굴과 싱싱한 몸을 가진 저 아름답고 젊은 여자,
내 남편 리처드가 나를 떠나게 한 저 여자에게
나는 지금 내 옆에서 길 위의 쓰레기를 헤집는 비둘기처럼 보이지 않는 존재다.
그녀는 계속 그런 식이라면 자신에게 무슨 일이 벌어질지 전혀 모를 것이다. 짐작조차 못하고 있다.

프롤로그

그녀는 도시의 인도 위를 활기차게 걷는다. 금빛 머리카락이 찰랑거리며 어깨에 부딪히고, 볼은 상기되어 있으며, 아래팔에는 짐백을 걸고 있다. 아파트 건물에 다다르자 핸드백에서 열쇠를 꺼낸다. 거리는 시끄럽고 분주하다. 노란 택시들이 질주하고, 통근자들이 일터에서 돌아오고, 손님들이 길모퉁이의 델리로 들어간다. 하지만 나는 그녀에게서 시선을 떼지 않는다.

그녀는 입구에서 발을 멈추고 뒤를 흘낏 본다. 나는 온몸에 전류가 흐르는 기분이다. 그녀가 내 시선을 느끼는 건가. 시선 감지라고 한다지, 인간이 자신이 관찰당하고 있음을 감지하는 능력을. 뇌의 한 체계 전체가 조상들이 물려준 이 유전적 유산을 관장한다. 인류의 조상들은 먹잇감이 되지 않기 위해 이 능력에 의지했다. 나는 이러한 방어 능력을 길러왔다. 살갗에 정전기가 일어나는 느낌이 들면 본능적으로 고개를 들어 나를 보는 눈을 찾는다. 그런 경고를 무시하면 어떤 위험이 따르는지 나는 알고 있다.

하지만 그녀는 그대로 다시 앞을 보고 문을 열어 건물 안으로 사라진다. 내 쪽은 쳐다보지도 않고서.

그녀는 지금껏 내가 그녀에게 무엇을 했는지 모른다.

그녀는 지금껏 내가 끼친 피해를, 내가 시동을 걸어놓은 파멸을 모르고 있다.

하트 모양의 얼굴과 싱싱한 몸을 가진 저 아름답고 젊은 여자, 내 남편 리처드가 나를 떠나게 한 저 여자에게 나는 지금 내 옆에서 길 위의 쓰레기를 헤집는 비둘기처럼 보이지 않는 존재다.

그녀는 계속 그런 식이라면 자신에게 무슨 일이 벌어질지 전혀 모를 것이다. 짐작조차 못하고 있다.

넬리는 무엇이 그녀의 잠을 깨웠는지 알 수 없었다. 하지만 눈을 떴을 때, 발치에 어떤 여자가 서서 넬리의 레이스 달린 흰 웨딩드레스를 입은 채 그녀를 내려다보고 있었다.

넬리는 비명을 지르며 침대 옆 탁자에 기대 세워둔 야구방망이 쪽으로 몸을 날렸다. 그러나 어슴푸레한 새벽빛에 눈이 적응하면서 심장의 두근거림도 잦아들었다.

넬리는 자신이 안전하다는 걸 깨달은 뒤 새된 소리로 피식 웃었다. 비닐에 싸여 벽장문에 걸려 있는 자신의 웨딩드레스가 헛보인 것뿐이었다. 어제 웨딩숍에서 가져와 걸어놓은 그대로였다. 드레스의 상체 부분과 풀 스커트는 형태 유지를 위해 종이 뭉치로 속이 채워져 있었다. 넬리는 다시 풀썩 드러누웠다. 호흡이 안정된 후 탁자 위 시계의 땅딸막한 파란색 숫자를 확인했다. 오늘도 지나치게 일찍 일어났다.

넬리는 두 팔을 머리 위로 쭉 뻗었다가 왼손으로 아직 울리지 않은 자명종을 껐다. 리처드가 준 다이아몬드 결혼반지를 낀 손가락이 낯설고 무겁게 느껴졌다.

그녀는 어릴 때도 쉬이 잠든 적이 없었다. 넬리의 엄마는 필요 이상으로 길어지는 재우기 의식을 견딜 만큼 참을성이 강하지 않았지만, 아빠는 넬리의 등을 부드럽게 쓰다듬고 손가락으로 넬리의 잠옷 위에 글씨를 쓰곤 했다. **사랑해** 혹은 **넌 너무 특별해.** 넬리는 아빠가 뭐라고 쓰는지 알아내려 애썼다. 문양이나 동그라미, 별, 삼각형이 그려지기도 했다―적어도 넬리가 아홉 살 때 부모가 이혼을 하고 아빠가 집을 떠날 때까지는 그랬다. 그 후 넬리는 트윈베드에 혼자 누워, 분홍색과 보라색 줄무늬가 그려진 두꺼운 새털 이불을 덮은 채 천장의 보기 싫은 물얼룩을 노려보곤 했다.

일단 가까스로 잠이 들면 넬리는 대개 7~8시간 동안 푹 잤다. 어찌나 깊이, 꿈도 꾸지 않고 잤던지 가끔은 엄마가 넬리의 몸을 흔들어야 깨어나곤 했다.

그러나 그것은 넬리가 대학교 4학년이던 해 10월의 어느 날 밤 이후 순식간에 바뀌었다.

넬리의 불면증은 급격하게 악화됐고, 생생한 꿈을 꾸다가 갑자기 깨는 통에 그녀의 잠은 엉망이 되었다. 한번은 여학생클럽 회관에 아침을 먹으러 내려갔더니 카이 오메가 클럽 동료가 넬리가 알아들을 수 없는 말을 외치고 있었다고 말했다. 넬리는 별일 아니라는 듯이 넘기려 했다. "기말 시험 때문에 스트레스를 받은 것뿐이야. 심리통계학 시험이 원래 장난 아니잖아." 그리고 커피를 한 잔 더 가져오겠다며 자리를 떴다.

그 후 넬리는 내키지 않는 마음을 누르며 교내 상담사를 만나러 갔지만, 여자 상담사의 상냥한 구슬림에도 불구하고, 따뜻했던 그 초가을 날 밤에 대해 말할 수 없었다. 보드카 여러 병과 웃음으로 시작되어 경찰차의 사이렌 소리와 절망으로 끝난 그날 밤에 대해. 넬리는 그 상담

치료사를 두 번 방문한 뒤 세 번째 상담을 취소하고 발길을 끊었다.

넬리는 전부터 반복되는 악몽에서 깬 어느 날 밤, 리처드에게 구체적으로 몇 가지를 얘기한 적이 있었다. 그는 그녀를 꽉 끌어안고 특유의 굵직한 목소리로 그녀의 귓가에 이렇게 속삭였다. "내가 있잖아, 베이비. 나랑 있으면 안전해." 넬리는 리처드의 품안에 있을 때면 그녀가 평생, 심지어 그 사건이 있기 전부터 갈망해온 안전함을 느꼈다. 리처드의 곁에서는 마침내 스스로를 깊은 잠의 취약한 상태로 다시 내던질 수 있었다. 발밑에서 흔들리던 땅이 잠잠해지는 느낌이었다.

하지만 어젯밤 넬리는 그녀의 오래된 브라운스톤 아파트의 1층에 혼자 있었다. 리처드는 시카고로 출장을 갔고, 가장 친한 친구이자 룸메이트인 서맨사는 최근 사귄 남자친구의 집에서 자고 온다고 했다. 뉴욕시의 소음이 벽을 뚫고 들어왔다. 빵빵거리는 경적 소리, 이따금씩 들리는 고함 소리, 개 짖는 소리……. 어퍼이스트사이드의 범죄율은 소속 자치구에서 가장 낮고, 창문마다 쇠창살이 쳐져 있고, 현관문에는 넬리가 이사 올 때 설치한 튼튼한 것을 포함해 자물쇠가 세 개나 달려 있었다. 그럼에도 불구하고 넬리는 샤르도네 와인을 한 잔 더 마시고 나서야 잠들 수 있었다.

넬리는 모래가 낀 듯 깔깔한 눈을 비비며 천천히 침대에서 일어났다. 테리 천 로브를 걸치고 다시 한 번 웨딩드레스를 쳐다보면서, 작은 벽장 안을 정리해서 드레스가 들어갈 공간을 만들어야 하는지 생각했다. 하지만 치마폭이 지나치게 넓었다. 웨딩숍에서, 그 드레스는 한껏 부풀린 채 장식용 금속편으로 뒤덮인 자매들 사이에서 우아하도록 심플해 보였다. 불룩하게 부풀린 머리를 한 여자들 가운데서 혼자 쪽진 머리를 한 여자처럼. 하지만 넬리의 비좁은 침실의 옷 무더기와 허술한 이케아 책장 옆에 있는 그 드레스는 디즈니 공주의 의상에 지나치게 가까운 뭔가로 변해버린 것 같았다.

하지만 바꾸기엔 너무 늦었다. 결혼식 날은 빠르게 다가오고 있었고 모든 세부사항들이 이미 결정되어 있었다. 케이크토퍼—완벽한 순간에 굳어버린 금발의 신부와 잘생긴 신랑—까지도.

"세상에, 너랑 리처드를 닮기까지 했네." 리처드가 메일로 보낸 그 작은 빈티지 도자기제 입상들의 사진을 넬리가 보여주자 서맨사는 그렇게 말했다. 토퍼는 원래 리처드 부모님의 것이었는데, 청혼한 후 리처드가 아파트 건물의 지하실에 있는 창고에서 꺼내왔다고 했다. 샘(서맨사를 줄여서 부르는 애칭—옮긴이)은 코에 주름을 잡으며 말했다. "그가 비현실적으로 좋은 남자라고 생각한 적 없어?"

리처드는 넬리보다 아홉 살 연상인 서른여섯 살의 잘나가는 헤지펀드 매니저였다. 몸은 러너답게 마르고 강인한 데다가 강렬한 감청색 눈동자와 모순되는 편안한 미소를 지녔다.

첫 데이트 날 넬리를 데려간 프렌치 레스토랑에서 그는 부르고뉴산 화이트 와인에 대해 소믈리에와 능숙하게 의논했다. 두 번째 데이트 날은 눈 내리는 토요일이었는데, 그녀에게 옷을 따뜻하게 입으라고 하더니 밝은 녹색의 플라스틱 썰매 두 개를 들고 나타나 이렇게 말했다. "센트럴파크 최고의 언덕을 알고 있거든요."

그때 리처드는 페이디드 진을 입고 있었는데, 지난번에 입은 잘 재단된 슈트만큼 멋지게 어울렸다.

넬리가 샘에게 한 대답은 농담이 아니었다. "날마다밖에 안 해."

넬리는 또 나오려는 하품을 삼키며 계단 일곱 개를 조용히 내려가 작은 주방으로 들어갔다. 맨발에 닿은 리놀륨 바닥이 차가웠다. 천장의 전등을 켜자 샘이—또—차에 넣은 후 엉망으로 방치한 꿀이 보였다. 병 옆을 타고 바닥까지 흘러내린 끈적거리는 호박색 꿀 웅덩이에 바퀴벌레 한 마리가 달라붙어 버둥대고 있었다. 맨해튼에 산 지 수년이 지났지만 그런 걸 보면 아직도 토할 것 같았다. 넬리는 개수대에서 샘의 지저분한 머그를 꺼내 바퀴벌레 위에 덮었다. **샘이 처리하게 두자**, 넬리는 생각했다. 커피가 완성되길 기다리며 노트북 컴퓨터를 열어 메일을 확인했다. 갭에서 보낸 쿠폰, 채식주의자라도 된 건지 피로연에 채식 메뉴가 있나 확인하라는 엄마의 당부글, 신용카드 대금 결제일 안내문.

넬리는 하트들과 **세계 최고의 교사**라는 문구로 장식된 머그에 커피를 부어—넬리와 서맨사는 러닝래더 유아원의 교사였고 찬장 속에는 그것과 비슷한 컵들이 열 개도 넘게 있었다—고마운 한 모금을 마셨다. 오늘은 그녀의 병아리들, 가르치는 반의 세 살배기들의 부모들과 봄 시즌 면담이 열 건 있었다. 카페인 없이는 '조용한 구석'에서 잠이 드는 위험에 처할 테니 컨디션을 끌어올려야 했다. 첫 면담 대상인 포터 부부는 최근 넬리의 반에서 스파이크 존즈(Spike Jonze, 1969~. 미국의 영화감독. 창의력이 뛰어나다는 평가를 받는다—옮긴이)식 창의력 개발이 미흡하다며 초조해한 바 있었다. 부부는 넬리에게 큰 인형의 집을 치우고 거대한 원뿔형 천막을 놓으라고 조언하더니, '랜드 오브 노드'에서 229달러에 파는 원뿔형 천막의 링크를 보내왔다.

리처드의 집으로 들어가고 나면 포터 부부보다는 이 집의 바퀴벌레들이 조금 더 그리울 거라고 넬리는 생각했다. 그리고 서맨사의 머그를 보자 갑자기 미안해져서 티슈를 뽑아 바퀴벌레를 재빨리 훔쳐 변기에 넣고 물을 내렸다.

샤워기를 트는데 휴대전화가 울렸다. 넬리는 수건으로 몸을 감싸고 서둘러 침대로 달려가 핸드백을 낚아챘다. 하지만 전화기는 거기 없었다—넬리는 물건을 제자리에 두는 법이 없었다. 마침내 구겨진 새틴 이불 속에서 전화기를 찾았다.

"여보세요?"

대답이 없었다.

발신자 표시가 제한된 번호였다. 잠시 후 화면에 음성 메시지 수신 알림이 떴다. 넬리는 버튼을 눌러 메시지를 확인했지만, 들리는 건 희미하고 리드미컬한 소리뿐이었다. 숨소리.

텔레마케터야. 그녀는 전화기를 다시 침대로 던지며 생각했다. 별일 아냐. 난 가끔 과민반응할 때가 있잖아. 그냥 감정적으로 힘들고 불안한 상태라 그래. 어쨌거나 몇 주 후면 짐을 싸서 리처드의 집으로 들어갈 거고, 백장미 부케를 들고 새로운 인생을 향해 걸어가겠지. 변화란 심란한 것이고, 내가 앞두고 있는 변화는 정말이지 갑작스럽고 큰 변화니까.

하지만 그런 전화가 3주일 만에 벌써 세 번째였다.

넬리는 현관문을 흘깃 쳐다봤다. 강철 데드볼트 자물쇠로 잠겨 있었다.

욕실로 가다가 다시 돌아서 휴대전화를 들고 욕실로 향했다. 세면대 가장자리에 전화기를 올려두고 욕실 문을 잠근 뒤 수건을 걸이에 걸고 샤워부스로 들어갔다. 차가운 물이 나오자 움찔 물러서서 수도꼭지를 조정한 후 양손으로 두 팔을 문질렀다.

증기가 좁은 공간을 가득 채우자 넬리는 뻣뻣한 어깨 너머 등으로 물을 흘려보냈다. 결혼하면 성을 바꿀 예정이었다. 전화번호까지 바꿔야 할지도.

리넨 원피스를 입고 마스카라로 금색 속눈썹을 쓸어올리고 있는
데—넬리가 공들여 화장을 하거나 신경 써서 옷을 차려입고 출근하는
건 학부모 면담일과 졸업식 날뿐이었다—휴대전화가 진동하며 도기 세
면대에 부딪히면서 큰 금속성의 소리가 났다. 움찔하는 바람에 마스카
라가 위로 홱 올라가 눈썹 근처에 검은 자국이 남았다.

그녀는 고개를 숙여 리처드가 보낸 문자를 봤다.

당신을 만날 오늘밤이 빨리 왔으면 좋겠어, 뷰티풀. 1분 1분을 세고 있어. 사랑해.

약혼자의 메시지를 응시하고 있으니 아침 내내 가슴께에 걸려 있던
숨이 빠져나오는 느낌이었다. **나도 사랑해요.** 넬리는 답장을 보냈다.

넬리는 오늘밤 그런 전화들에 대해 그에게 말할 터였다. 리처드는 그
녀에게 와인을 한 잔 따라준 뒤 그녀의 두 발을 그의 무릎 위에 올려놓
고 대화를 나눌 것이다. 어쩌면 발신자를 숨긴 전화번호를 추적할 방법
을 찾아낼 수도 있을 것이다. 넬리는 출근 준비를 마친 뒤 묵직한 숄더
백을 집어들고 희미한 봄볕 속으로 걸어 나갔다.

- 02 -

샬럿 이모의 찻주전자에서 나는 새된 소리가 나를 깨운다. 약한 햇빛이 블라인드 살을 비집고 들어와 태아 자세로 웅크려 누운 내 몸에 희미한 줄무늬를 그린다. 어떻게 벌써 아침일 수가 있지? 트윈 침대에서—리처드와 함께 쓰던 킹사이즈 침대가 아니다—혼자 잔 지 여러 달이 지난 지금도 나는 왼쪽으로만 눕는다. 내 옆의 이불이 차갑다. 나는 유령을 위한 공간을 만드는 중이다.

아침이 최악인 건 잠시나마 머리가 맑기 때문이다. 일시적인 유예는 너무나 잔인하다. 나는 조각보 이불 밑에서 몸을 웅크린다. 무거운 뭔가에 깔려 꼼짝할 수 없는 듯한 느낌이다.

아마 지금 리처드는 예쁘고 젊은 나의 대체물과 함께 있을 것이다. 감청색 눈을 그녀에게서 떼지 않으며 그녀의 뺨의 곡선을 손끝으로 쓰다듬겠지. 가끔은 그가 내게 속삭이던 달콤한 말들을 그녀에게 하는 소리가 들리는 것만 같다.

당신이 좋아. 당신을 너무나 행복하게 만들 거야. 당신은 나의 세계야.

심장이 쿵쿵거린다. 박동 하나하나가 거의 통증처럼 아프다. **심호흡해,** 나는 생각한다. 효과가 없다. 늘 그렇듯이.

18

리처드가 나를 떠나게 한 그녀를 지켜볼 때마다, 나는 그녀가 너무도 어리석고 순진해서 깜짝 놀란다. 리처드와 처음 만났을 때의 나와 너무 비슷하다. 그때 그는 내 얼굴을 두 손으로 아주 조심스럽게 받쳤다. 내 얼굴이 그가 다치게 할까 두려운 섬세한 꽃이라도 되는 것처럼.

그 취하는 듯한 처음의 몇 달 동안에도, 가끔씩 그것이—그가—짜인 각본 같다고 느낄 때가 있었다. 그래도 상관없었다. 리처드는 배려심 있고 카리스마 넘치며 노련했다. 나는 그를 보자마자 사랑에 빠졌다. 그리고 그도 나를 사랑한다고 한 치의 의심도 없이 믿었다.

그러나 이제 그는 나와 끝났다. 나는 그와 살던, 아치형 현관과 진녹색 잔디밭이 있는 침실 네 개짜리 식민지 시대풍의 집에서 나왔다. 침실 세 개는 결혼 생활 내내 비어 있었지만, 가사도우미는 계속해서 일주일에 한 번 그 방들을 청소했다. 가사도우미가 그 방들의 문을 열 때면 나는 늘 집을 비울 핑곗거리를 찾아냈다.

열두 층 밑에서 앰뷸런스가 요란하게 사이렌을 울려대자 나는 결국 침대 밖으로 나온다. 샤워를 하고 드라이어로 머리카락을 말리다가 두피에서 새로 자라난 부분을 본다. 오늘밤에 잊지 않고 뿌리 염색을 하기 위해, 세면대 밑에서 '클레롤(염모제 상표명—옮긴이) 캐러멜 브라운' 한 상자를 꺼내놓는다. 커트와 염색에 수백 달러를 내던—리처드가 내던—시절은 끝났다.

샬럿 이모가 그린플리 마켓에서 사서 리폼한 앤틱 체리우드 장롱을 연다. 예전의 나에겐 지금 내가 있는 방보다 큰 워크인 클로짓이 있었다. 수많은 옷들이 색상별, 계절별로 걸려 있었다. 해진 정도가 다양한 디스트레스 데님으로 만든 디자이너 진들이 차곡차곡 쌓여 있었다. 한쪽 벽면은 다채로운 캐시미어 제품들로 가득했다.

내가 그런 것들에 애착을 가진 적은 한 번도 없었다. 대체로 요가 바지와 편한 스웨터만 입었다. 역방향 통근자처럼, 리처드가 집에 오기 직전에 더 세련된 옷으로 갈아입었다.

하지만 이제 나는 리처드가 우리의 웨스트체스터 집을 떠나달라고 했을 때 슈트케이스 몇 개에 비싼 옷을 채워 갖고 나오길 잘했다고 생각한다. 삭스 백화점 3층의 디자이너 의류 매장에서 판매 수당으로 먹고사는 영업사원인 나는 반드시 출세지향적인 분위기를 풍겨야 하기 때문이다. 이모의 장롱 안에 군대식으로 질서정연하게 걸려 있는 옷들을 훑어보다 청록색 샤넬을 고른다. 샤넬 고유의 단추들 중 하나가 찌그러져 있고, 지난번에—전생처럼 오래전 같다—마지막으로 입었을 때보다 헐렁한 느낌이다. 살이 지나치게 많이 빠졌다는 건 체중계가 없어도 알 수 있다. 키가 168센티미터인데도 4 사이즈를 입으니까.

부엌으로 가니 샬럿 이모가 생블루베리를 넣은 그릭 요거트를 먹고 있다. 탤컴파우더처럼 부드러운 이모의 뺨에 입을 맞춘다.

"버네사. 잘 잤니?"

"네." 거짓말이다.

이모는 안경을 쓰고 헐렁한 기공체조복 차림에 맨발로 조리대 앞에 서서 아침을 떠먹는 사이사이 낡은 봉투 뒷면에 적힌 식료품 목록을 점검하고 있다. 샬럿 이모는 건강한 정서 상태의 핵심은 활동량이라고 생각한다. 지치지도 않고 내게 같이 소호를 산책하자고, YMCA의 미술 강의를 듣자고, 링컨 센터에서 영화를 보자고 한다……. 하지만 내 경험상 그런 건 소용이 없다. 어디서 뭘 하건 간에 강박적인 생각이 내 머릿속을 떠나지 않기 때문이다.

나는 통밀빵 토스트 한 장을 조금씩 뜯어먹으며 점심으로 먹을 사과와 프로틴바를 가방에 넣는다. 내가 직장을 구해서 이모가 안심하는 것이 느껴지는데, 단지 내가 마침내 괜찮아지는 것 같아서만은 아니다. 나는 이모의 생활방식을 망가뜨렸다. 원래 이모는 작업실로도 쓰이는 남는 침실에서 아침마다 리치오일을 캔버스에 펴 바르며, 우리가 사는 세상보다 훨씬 더 아름다운 꿈의 세상을 창조한다. 그러나 이모는 한 번도 불평한 적이 없다. 어린 내가 '불 꺼진 날'이라고 생각한 시간이 엄마에게 필요해지면, 나는 엄마의 언니인 샬럿 이모에게 전화했다. '엄마가 또 쉬고 있어요,' 하고 속삭이기만 하면 이모가 나타나서 외박용 가방을 방바닥에 툭 던진 후 물감 묻은 두 손을 뻗어 나를 안아주었다. 이모에게 안기면 아마인유와 라벤더 냄새가 났다. 자식이 없는 이모는 삶을 유연하게 설계할 수 있었다. 내 최고의 행운은 나한테 이모가 가장 필요할 때 이모가 당신 삶의 한가운데에 나를 놓아준 것이다.

"브리 치즈…… 배……." 샬럿 이모는 중얼거리며 고리와 소용돌이 선이 많은 글씨로 목록을 채운다. 철회색 머리카락을 아무렇게나 올려 묶은 이모의 앞에 펼쳐진 절충주의적 공간—암청색 유리 볼, 두툼한 보라색 도자기 머그, 은 숟가락—은 정물화를 위한 영감의 원천처럼 보인다. 이모의 침실 세 개짜리 아파트는 널찍하다. 샬럿 이모와 수년 전에 돌아가신 보 이모부가 이 집을 샀을 때는 부동산 가격이 치솟기 전이었다. 하지만 이 집에는 냄새나는 오래된 농가 같은 느낌이 있다. 비스듬한 나무 바닥은 삐걱거리고, 방마다 다른 색—버터컵옐로, 사파이어블루, 민트그린—의 페인트가 칠해져 있다.

"오늘밤에도 모임이 있어요?" 내가 묻자 이모는 고개를 끄덕인다. 이모와 함께 산 이후로 나는 이모의 거실에 뉴욕 대학교 신입생 무리만큼 《뉴욕타임스》의 미술평론가 한 명과 화실 주인 몇 명으로 구성된 집단이 자주 모이는 걸 목격하고 있다. "퇴근하면서 와인 사 올게요." 나는 제안한다. 샬럿 이모가 나를 짐스러워하지 않는 것이 중요하다. 지금 내게는 이모밖에 없기 때문이다.

나는 커피를 저으며 지금 리처드는 커피를 만들어 침대 속의 새 애인에게, 우리가 같이 덮던 폭신한 오리털 이불 밑에서 께느른해 있는 그녀에게 갖다 주는 중일까, 하고 생각한다. 그녀의 입술이 구부러지며 미소를 띠고, 그녀가 그를 위해 이불자락을 들어올리는 모습이 보인다. 리처드와 나는 종종 아침에 사랑을 나눴다. 그는 말하곤 했다. "우리한테 오늘 하루 동안 무슨 일이 있든지 간에, 적어도 이건 남겠지." 나는 뱃속이 뻣뻣해져서 토스트를 내려놓는다. 리처드가 다섯 번째 결혼기념일에 선물해준 까르띠에 탱크 손목시계를 내려다보며, 매끄러운 금 표면을 손가락으로 훑는다.

내 팔을 잡고 손목에 시계를 채워주던 그의 손길이 지금도 생생하다. 가끔씩 내 옷들에서—세탁을 한 후인데도—그가 쓰던 록시땅 비누의 은은한 시트러스 향이 난다. 정말이다. 그가 늘 나와 연결되어 있는 느낌이다. 그림자처럼 가깝지만 희미하게.

"너도 오늘밤에 참석하면 좋을 것 같은데."

공상에서 깨어나기까지 시간이 약간 걸린다. "봐서요." 그럴 일은 없을 것임을 알면서도 나는 그렇게 대답한다. 샬럿 이모의 눈이 다정하다. 내가 리처드를 생각하고 있다는 걸 눈치챈 게 틀림없다. 하지만 이모는 우리 결혼의 진짜 이야기를 모르고 있다. 이모는 리처드가 젊은 여자 때문에 나를 버렸다고 생각한다. 그 이전에 수많은 남자들이 그랬듯이. 이모는 내가 희생자라고, 중년이 되자 내쳐진 수많은 여자들 중 하나라고 생각한다.

그와 나의 종말에서의 내 역할을 알게 된다면 이모의 표정에서 동정의 빛이 사라질 것이다.

"뛰어가야겠어요." 나는 말한다. "다른 것도 필요해지면 문자 주세요."

영업 일을 구한 지 한 날밖에 되지 않았는데 벌써 두 번이나 지각 때문에 주의를 받았다. 잠을 자기 위한 더 나은 방법을 찾아야 한다. 주치의가 처방한 약은 아침에 나를 굼뜨게 만든다. 나는 거의 10년 동안 일을 하지 않았다. 이 일자리를 잃게 되면 어디서 또 나를 고용하겠는가?

거의 새것인 지미추 구두가 삐죽 나와 있는 무거운 가방을 어깨에 메고 낡은 나이키 운동화의 끈을 묶고 이어폰을 귀에 꽂는다. 삭스까지 오십 블록을 걸어가는 동안 심리학 팟캐스트를 듣는다. 남들의 강박 충동에 관해 듣다 보면 가끔은 내 충동을 잊을 수 있다.

잠에서 깬 나를 맞이한 부드러운 햇살 때문에 바깥이 따뜻해지고 있다고 오판했다. 나는 늦봄의 날카로운 바람에 몸을 적응시킨 후 어퍼웨스트사이드에서 미드타운 맨해튼까지의 여정을 시작한다.

첫 손님은 낸시라는 투자은행가다. 그녀는 원래는 회사에서 정신없이 바쁜데 오늘 아침 회의가 갑자기 취소됐다고 말한다. 몸집이 자그마하고, 두 눈 사이가 멀며, 아주 짧은 커트머리를 한 여자다. 체형이 사내애 같아서 잘 맞는 옷을 찾아주기가 쉽지 않다. 집중해야 할 일이 생겨서 다행스러운 기분이다.

"세 보이게 입지 않으면 사람들이 날 진지하게 보지 않을 거예요." 낸시는 말한다. "그러니까, 날 좀 보세요. 아직도 신분증 검사를 당한다니까요!"

낸시를 회색 바지 정장에서 먼 곳으로 슬며시 몰고 가면서 보니 그녀의 손톱이 속살이 드러나도록 물어 뜯겨져 있다. 내 시선이 닿는 곳을 알게 된 낸시는 두 손을 블레이저 재킷의 주머니에 넣는다. 그녀가 앞으로 투자은행에서 얼마나 더 버틸지 궁금하다. 어쩌면 다른 직장으로—아마도 환경이나 아동 복지 같은 서비스 지향적인 분야로—옮길 것이다. 지금 직장이 그녀의 정신을 망가뜨리기 전에.

나는 펜슬 스커트와 패턴이 들어간 실크 블라우스를 들어 보이며 제안한다. "좀 더 화사한 건 어떨까요?"

함께 매장 안을 걷는 동안 낸시는 훈련이 부족함에도 다음 달에 참가하기를 바라는 5개 자치구 자전거 경주에 대해, 직장 동료가 주선해주기로 한 소개팅에 대해 재잘거린다. 나는 그녀를 흘깃거리며 체형과 피부 톤을 가늠해 옷을 더 고른다.

그러다가 강렬한 검은색과 흰색의 꽃무늬가 있는 알렉산더 맥퀸 니트를 보고 걸음을 멈춘다. 손으로 니트를 부드럽게 쓸어내리자 심장이 쿵쿵거리기 시작한다.

"예쁘네요." 낸시가 말한다.

나는 눈을 감고 그것과 거의 똑같은 옷을 입었던 저녁을 떠올린다.

빨간 리본이 묶인 흰 상자를 들고 퇴근한 리처드. "오늘밤에 입어." 내가 입어 보이자 그는 말했다. "당신 정말 아름다워." 우리는 앨빈 에일리(Alvin Ailey, 1931~1989. 미국의 안무가—옮긴이) **갈라에서 샴페인을 홀짝이며 그의 동료들과 함께 웃었다. 그의 손이 나의 등허리에 머물렀다. "저녁식사는 잊어." 그가 내 귓가에 속삭였다. "집으로 가."**

"괜찮아요?" 낸시가 묻는다.

"네." 나는 대답하지만 목구멍이 조여 말하기가 힘들다. "저 옷은 손님한테 안 어울려요."

낸시는 놀란 표정을 짓고, 나는 지나치게 냉정하게 말했다는 걸 깨닫는다.

"이걸로 하죠." 나는 몸에 딱 붙는 클래식한 붉은 토마토색 원피스로 손을 뻗는다.

나는 양팔에 무거운 옷 무더기를 걸친 채 탈의실 쪽으로 간다. "일단은 이 정도만 입어보면 될 것 같아요."

내 나름대로 낸시가 입어봐야 하는 순서를 정하는 데 애써 집중하며 한쪽 벽에 설치된 봉에 옷을 건다. 그녀의 올리브빛 피부를 돋보이게 할 라일락색 재킷이 첫 번째다. 재킷부터 입게 하는 것이 가장 좋다는 걸 나는 경험으로 알고 있다. 손님이 옷을 벗지 않고도 시작할 수 있기 때문이다.

치마나 원피스를 입어볼 때 참고할 수 있도록 스타킹과 하이힐을 함께 둔 다음 2 사이즈로 바꿔서 가져올 0 사이즈 옷을 몇 벌 골라낸다. 결국 낸시는 그 재킷과—붉은 토마토색 원피스를 포함한—원피스 두 벌, 감청색 정장을 선택한다. 정장의 치맛단 수선을 위해 가봉 담당자를 부른 후 낸시에게 계산을 하러 가겠다고 양해를 구하고 자리를 뜬다.

하지만 내가 간 곳은 검은색과 흰색 꽃무늬 원피스가 있는 곳이다. 세 벌이 걸려 있다. 세 벌 다 양팔에 걸쳐들고 창고로 가서 줄지어 걸린 손상된 옷들 뒤에 감춘다.

낸시가 입고 왔던 옷으로 갈아입을 때쯤 나는 그녀의 신용카드와 영수증을 들고 돌아온다.

"고마워요." 낸시가 말한다. "나 혼자서는 절대 고르지 않았을 옷들이지만, 하루 빨리 입고 싶을 만큼 마음에 드네요."

이것이 내가 내 일에서 좋아하는 부분이다―기뻐하는 손님을 보는 것. 옷을 입어보고 돈을 쓰면서 대다수의 여자들은 스스로 의문을 품는다. **뚱뚱해 보이나? 내가 이런 걸 입어도 될까? 이게 난가?** 나도 수없이 탈의실에 들어가서 내가 누구여야 하는지 고민해봤기에 아는 것이다.

새 옷들 위에 슈트 커버를 얹어서 낸시에게 건네며, 샬럿 이모가 옳은 것인지 잠시 생각한다. 계속 앞으로 나아가다 보면 어쩌면 내 마음도 결국 몸의 추진력을 따르게 될까.

낸시가 떠난 후 손님을 몇 명 더 도운 다음 선택받지 못한 옷들을 회수하러 탈의실로 돌아간다. 옷걸이에 옷을 걸고 매만지고 있는데 근처의 다른 탈의실 칸에서 두 여자가 얘기하는 소리가 들린다.

"어휴, 이 알라이아 옷은 하나도 안 어울리네. 완전 부어 보여. 그 웨이트리스가 저염 간장이라고 할 때 거짓말 같더라니."

그 경쾌한 남부 억양을 듣자마자 나는 알아차린다. 힐러리 시어리스. 리처드의 동료인 조지 시어리스의 아내. 힐러리와 나는 수년 동안 수없이 많은 정찬 파티와 비즈니스 행사에서 만났다. 온갖 것에 관한 그녀의 의견을 들었다. 공립학교 대 사립학교, 앳킨스 대 존, 세인트 바츠 대 아말피 해안. 오늘은 내게 그녀의 의견을 들어줄 인내심이 없다.

"저기요! 밖에 여자 직원 없어요? 다른 사이즈가 필요해요." 둘 중 하나가 외친다.

탈의실 문이 휙 열리며 한 여자가 나온다. 힐러리와 꼭 닮은 외모에 머리카락까지 힐러리처럼 생강 빛인 그녀는 분명 힐러리의 자매일 것이다. "저기요. 우리 좀 도와줄래요? 안내하던 직원이 가버리고 없어서요."

내가 뭐라고 대답하기 전에, 문제의 알라이아 옷이 탈의실 문 위에 휙 걸쳐지는 것이 보인다. "이거 42 사이즈 있어요?"

힐러리가 3,100달러짜리 옷을 살 경우 판매 수당은 그녀가 내게 퍼부을 질문 공세를 견딜 만한 금액이다.

"확인해볼게요." 나는 대답한다. "그런데 알라이아는 원래 좀 작게 나와요. 점심때 드신 건 죄가 없을 거예요……. 작을 수 있으니까 44 사이즈를 가져올게요."

"목소리가 귀에 익네요." 힐러리가 염분 때문에 부은 몸은 문 뒤로 숨긴 채 고개만 쏙 내민다. 그녀는 새된 소리를 지르고, 나는 뚫어져라 보는 시선을 견뎌내려 노력한다. "자기가 왜 여기 있어?"

힐러리의 자매가 끼어든다. "힐, 누구랑 얘기해?"

"버네사라고, 오래된 친구야. 조지의 직장 동료 부인—어, 전 부인. 자기야, 잠깐만 기다려! 옷 좀 입고 나올게." 힐러리는 잠시 후 나와서 숨이 막히도록 나를 끌어안는다. 그 즉시 그녀의 플로럴 계열 향수 냄새도 나를 휘감는다.

"많이 달라졌다! 뭐가 변했지?" 두 손을 엉덩이에 얹은 채 나를 샅샅이 훑는 힐러리의 시선을 애써 견딘다. "일단, 아가씨, 너무 말랐네. 알라이아도 문제없이 입겠어. 그래서, 이제 여기서 일해?"

"응. 반갑네, 이렇게……."

휴대전화가 울려서 대화가 끊기는 것이 지금처럼 감사했던 적이 없다. "여보세요." 힐러리가 떨리는 목소리로 받는다. "네? 열이 나요? 확실해요? 지난번에 우리 딸이 어떻게 속였는지 기억나시죠……. 네, 알겠어요. 지금 바로 갈게요." 그녀는 자매에게 말한다. "보건 교사야. 매디슨이 아픈 것 같대. 솔직히 이 학교는 애가 코만 훌쩍거려도 집으로 보낸다니까."

힐러리가 또다시 나를 끌어안을 때 그녀의 다이아몬드 귀걸이에 볼이 긁힌다. "언제 점심 같이하면서 천천히 얘기하자. 전화해!"

힐러리 자매가 또각또각 소리를 내며 엘리베이터로 걸어갈 때 나는 탈의실 의자에 놓인 백금 팔찌를 발견한다. 팔찌를 들고 서둘러 힐러리를 따라간다. 그녀를 부르려는 찰나 그녀가 말한다. "불쌍해." 자매에게 하는 힐러리의 말에서 느껴지는 동정심은 진짜다. "리처드가 집도 차도 다 가졌어……."

"정말? 여자가 변호사를 안 썼어?"

"여자가 엉망진창이 됐거든." 힐러리가 어깨를 으쓱한다.

보이지 않는 벽에 내동댕이쳐지는 느낌이다.

힐러리가 멀어지는 모습을 바라본다. 그녀가 엘리베이터 호출 버튼을 누를 때 나는 그녀가 탈의실 바닥에 방치하고 간 실크와 리넨 옷들을 정리하러 돌아간다. 하지만 그전에 백금 팔찌를 내 손목에 찬다.

결혼 생활이 끝나기 직전 리처드와 나는 집에서 칵테일파티를 열었다. 그날 이혼 전에 힐러리를 마지막으로 봤다. 그날 저녁은 케이터링 업체가 제시간에 나타나지 않아 초조한 분위기에서 시작됐다. 리처드는—업체에게, 더 이른 시간으로 예약하지 않은 내게, 상황 자체에—짜증이 났지만, 씩씩하게 거실의 임시 바 뒤로 가서 마티니와 진, 토닉워터를 섞었고, 회사 동료 하나가 20달러를 팁이라며 건네자 고개를 젖히며 큰 소리로 웃었다. 나는 손님들 사이를 누비며 둥그런 브리 치즈와 톡 쏘는 맛의 삼각형 체다 치즈 말고는 먹을 게 없는 상황에 대해 사과하고, 곧 제대로 된 음식이 도착할 거라 말했다.

"허니? 셀러에서 2009년산 라브노 몇 병만 가져올래?" 리처드의 목소리가 거실을 가로질렀다. "지난주에 한 상자 주문했거든. 와인 냉장고 중간 칸에 있어."

나는 그 자리에 얼어붙었다. 모두가 나를 지켜보는 것만 같았다. 힐러리가 바에 있었다. 그녀가 그 빈티지 와인을 찾은 듯했다. 힐러리가 제일 좋아하는 와인이었다.

슬로 모션처럼 천천히 지하실로 가던 나를 떠올린다. 리처드에게, 그의 모든 친구와 동료들 앞에서 사실을, 이미 내가 알고 있는 사실을 말해야 할 순간을 지연시키기 위해서. 우리 집 셀러에 라브노 와인은 없다는 사실을.

다음 한 시간 동안 나는 이름이 같은 사람의 세례식에 입고 갈 옷을 사러 온 할머니를 응대한 후 알래스카로 크루즈 여행을 떠나는 여자가 입을 옷들을 골라준다. 내 몸은 젖은 모래 같다. 낸시를 도와주고 경험한 찰나의 희망은 사라져버린 후다.

이번에는 힐러리의 목소리를 듣기 전에 그녀의 모습을 본다.

그녀가 가까이 왔을 때 나는 옷걸이에 치마를 걸고 있다.

"버네사!" 힐러리가 외친다. "아직 여기 있어서 다행이야. 혹시 내 팔찌……."

그녀는 내 손목을 보고 말을 멈춘다.

나는 얼른 팔찌를 뺀다. "그런 거 아니야……. 난…… 난 분실물 보관소에 두려니 걱정이 돼서……. 자기가 찾으러 올 줄 알았어, 안 오면 전화하려고 했지."

힐러리의 눈에서 먹구름이 걷힌다. 그녀는 내 말을 믿는다. 또는 적어도 믿고 싶어 한다.

"딸은 괜찮아?"

힐러리가 고개를 끄덕인다. "꼬마 사기꾼이 수학 수업을 빼먹고 싶었나 봐." 그녀는 킥킥거리며 묵직한 백금 팔찌를 손목에 끼운다. "자기 때문에 살았어. 조지한테 생일 선물로 받은 지 일주일밖에 안 됐거든. 잃어버렸다고 하면 조지가 뭐라고 할지 상상이 돼? 이혼하자고……."

그녀는 얼굴을 붉히며 시선을 다른 곳으로 돌린다. 내 기억에 힐러리는 늘 친절했다. 심지어 가끔씩은 나를 정말로 웃게 만들어줬던 사람이다.

"조지는 잘 지내?"

"바쁘지, 뭐! 자기도 알잖아."

또다시 잠깐의 침묵.

"요새 리처드 본 적 있어?" 나는 편안한 말투로 말하려 했지만 실패한다. 그의 얘기를 듣고 싶어 안달난 속마음이 훤히 드러난다.

"아, 가끔씩."

나는 기다린다. 하지만 그녀는 더는 말하고 싶지 않은 게 분명하다.

"그렇구나! 아까 그 알라이아 입어볼래?"

"가봐야 해. 다음에 올게, 자기야." 그러나 힐러리가 다시 오지 않을 거라는 느낌이 든다. 힐러리의 눈앞에 있는 것—단추가 찌그러진 2년 된 샤넬 옷, 전문가의 드라이가 필요한 머리 모양—은 그녀가 자기한테 옮을까 봐 무서운 광경이니까.

그녀는 아주 짧게 나를 안은 후 돌아섰다가 다시 뒤돌아선다.

"내가 자기라면······." 힐러리의 미간에 주름이 잡힌다. 그녀는 망설이다가 곧 마음을 정한다. "그래, 나라도 알고 싶을 것 같네."

기차 한 대가 멀리서 맹렬히 달려오고 있는 듯한 느낌이 든다.

"리처드가 약혼했어." 힐러리의 목소리는 아주 먼 곳에서 나를 향해 떠내려오는 것 같다. "유감이야······. 그냥 자기는 모를 수도 있다고 생각했어, 그건······."

내 머릿속의 굉음 때문에 힐러리의 다음 말은 들리지 않는다. 나는 고개를 끄덕이며 천천히 뒷걸음질친다.

리처드가 약혼했어. 내 남편은 그 여자와 정말로 결혼하려는 거야.

나는 탈의실로 간다. 벽에 등을 기댄 채 미끄러져 내려가 바닥에 주저앉는다. 원피스가 위로 올라가며 양탄자 바닥에 쓸린 허벅지가 화끈거린다. 나는 두 손에 얼굴을 묻고 흐느낀다.

- 03 -

러닝래더 유아원이 있는 첨탑 구조의 오래된 교회 건물 옆에는 세월에 마모된 채 차양 같은 나무들 사이에 숨겨진 세기 전환기의 묘지 표석이 세 개 있었다. 교회의 반대쪽 옆은 모래 놀이통과 파란색과 노란색의 기어오르기 기구가 있는 작은 놀이터였다. 북엔드 같은 삶과 죽음의 상징들 사이에 있는 교회는 삶과 죽음을 기리는 수많은 의식들을 지켜보았다.

한 묘석에 엘리자베스 냅이라는 이름이 새겨져 있었다. 20대에 죽은 그녀의 무덤은 다른 무덤들과 약간 떨어져 있었다. 넬리는 언제나처럼 그 작은 묘지를 피하려고 블록을 한참 돌아갔다. 하지만 그 요절한 여자에 대해서는 궁금했다.

질병이나 출산, 또는 사고 때문에 단명했을지 몰라.

결혼은 했을까? 자식이 있었을까?

넬리가 가방을 내려놓고 아이들이 열 수 없게 만든 놀이터 울타리의 걸쇠를 푸는데 나무들 사이로 바람이 불어왔다. 엘리자베스가 스물여섯에 죽었는지 스물일곱에 죽었는지 넬리는 정확히 기억나지 않았다. 그 사소한 문제에 갑자기 신경이 쓰였다.

넬리는 답을 확인하려고 묘지 쪽으로 걷기 시작했지만, 교회의 종이 여덟 번 울렸다. 그 깊고 수수한 화음이 진동하며 대기를 가로질러와, 15분 뒤에 학부모 면담이 시작된다는 사실을 넬리에게 상기시켰다. 구름이 해를 가리면서 갑자기 기온이 뚝 떨어졌다.

넬리는 발길을 돌려 대문을 통과한 후 팔을 뒤로 뻗어 문을 닫았다. 그리고 아이들이 나와서 바로 놀 수 있도록 모래 놀이통에 덮인 방수포를 젖혔다. 거센 바람이 불어와 한쪽 끝이 어지럽게 날렸다. 그녀는 방수포가 날려가지 않게 애쓴 다음, 무거운 화분을 끌고 와서 방수포의 가장자리 위에 놓았다.

서둘러 건물로 들어가 유아원이 있는 지하로 이어진 계단을 내려갔다. 흙 내음이 섞인 진한 커피 향을 맡고는 원장 린다가 이미 출근했음을 알아차렸다. 평소 넬리는 자기 교실의 물건들을 정리한 뒤 린다에게 인사하러 갔지만, 오늘은 빈 교실을 지나쳐 계속 복도를 걸어 노란 불빛이 새어나오는 원장실로 향했다. 익숙한 얼굴을 보고 마음의 안정을 얻고 싶었기 때문이다.

원장실로 들어가보니 커피에 더해 빵이 담긴 넓적한 접시까지 있었다. 스티로폼 컵 더미 옆에서 종이 냅킨을 부채꼴로 펴고 있는 린다는 윤기 나는 거무스름한 단발에다가 악어가죽 벨트를 조여 맨 짙은 회갈색 바지정장 차림이었다. 학부모 간담회를 위해 특별히 차려입은 건 아니었다. 린다는 학부모가 오는 날에만 차려입는 사람이 아니었다. 소풍날에조차 당장 방송에 출연해도 문제없을 모습으로 나타났다.

"설마 초콜릿 크루아상 아니죠?"

"딘앤델루카 거예요." 린다가 쐐기를 박았다. "먹어봐요."

넬리는 신음했다. 오늘 아침 체중계는 아직도 결혼식까지 2—솔직해지자, 3.5—킬로그램을 더 빼야 한다고 알려줬다.

"어서요." 린다가 재촉했다. "달달한 걸 먹고 학부형들이 관대해지도록 넉넉히 샀거든요."

"어퍼이스트사이드의 학부모들인데요." 넬리가 농담을 했다. "아무도 달콤한 탄수화물 음식을 안 먹을 걸요." 넬리는 빵 접시를 다시 쳐다보았다. "반개만 먹을까 봐요." 그녀는 플라스틱 칼로 빵 하나를 잘랐다.

넬리는 빵을 우물거리며 그녀의 교실로 돌아갔다. 화려하진 않아도 널찍한 교실에는 높은 창문들에서 자연광이 약간 들어왔다. 그녀의 병아리들은 가장자리에 알파벳 기차가 그려진 부드러운 러그 위에 양반다리를 하고 앉았고—이야기 시간에는 사과소스를 먹었다—주방 구역에서 요리사 모자를 쓰고 냄비와 프라이팬을 쨍그랑거렸다. 교실 한쪽 구석에 있는 의상실에는 의사 가운부터 발레리나 튀튀, 우주비행사 헬멧까지 없는 게 없었다.

넬리의 엄마는 넬리에게 왜 '진짜' 교사가 될 생각이 없느냐고 물은 적이 있었다. 그 말에 넬리가 왜 화를 냈는지도 이해하지 못했다.

신뢰에 찬 포동포동한 손을 감싸 쥐는 느낌, 적힌 글자를 아이가 처음으로 해독해 소리 내어 읽은 후 경탄에 찬 눈으로 올려다보는 순간, 아이들이 세상을 해석하는 신선한 방식—그런 것들이 얼마나 소중한지 넬리가 어떻게 설명할 수 있겠는가?

어려서부터 쭉 넬리는 자신이 가르치는 일을 하고 싶어 한다는 걸 알고 있었다. 어떤 아이들은 자신이 작가나 예술가가 될 운명임을 느끼는 것과 마찬가지로.

넬리는 손가락에 묻은 버터 맛 나는 얇은 조각을 핥아먹은 후 가방에서 플래너와 오늘 나눠줄 '성적표'를 꺼냈다. 부모들은 자식을 이곳에 하루에 몇 시간 보내기 위해 1년에 3만 2,000달러를 냈다. 원뿔형 천막의 링크를 보낸 포터 부부가 특정 방식의 일처리를 요구하는 유일한 학부모는 아니었다. 넬리는 매주 학부모들한테서 메일을 받았는데, 그중에는 최근 재능 많은 꼬마 리스를 위한 보충 연습 문제지를 요청한 러빈 부부의 메일도 있었다. 긴급 상황을 대비해 교사들의 휴대전화 번호가 온라인 유아원 총람에 적혀 있었고, 일부 학부모들은 '긴급 상황'이라는 말을 자의적으로 해석했다. 예를 들어 베넷의 어머니는 어느 날 새벽 5시에 넬리에게 전화해 밤에 애가 토를 했다며 전날 무엇을 먹였냐고 물었다.

그때 갑자기 어둠을 찢을 듯 울려댄 전화벨 소리에 넬리는 무해한 전화임을 깨달은 후에도 방 안의 모든 조명을 켰다. 그 후 급격히 치솟은 아드레날린을 소진하기 위해 벽장과 서랍장 안의 옷들을 전부 다 정리했다.

"프리마돈나야, 뭐야." 룸메이트 샘은 넬리가 그 새벽의 전화에 대해 들려줬을 때 그렇게 말했다. "잘 때는 전화기를 꺼놓지 그래?"

"좋은 생각이네." 넬리는 거짓말을 했다. 넬리가 그 충고를 따를 일은 없을 터였다. 넬리는 조깅할 때도, 통근 중에도 시끄러운 음악은 듣지 않았다. 밤늦게 혼자 걸어서 퇴근하는 일도 없었다.

위험이 다가오고 있다면 사전에 최대한 경고 받고 싶었다.

책상에 앉아 마지막으로 몇 자 끼적이다가 노크 소리에 고개를 들자 포터 부부가 서 있었다. 남편은 핀스트라이프 슈트, 아내는 장미색 원피스 차림이었다. 교향악단 연주회라도 가나 싶었다.

"반갑습니다." 넬리는 가까이 온 부부와 악수를 하며 말했다. "편히 앉으세요." 그들이 간식 탁자의 아동용 의자에 앉아 균형을 잃지 않으려고 애쓰는 걸 보며 웃음을 참았다. 넬리도 같은 의자에 앉아 있었지만 이미 오래전에 익숙해졌다.

"부모님께서도 잘 아시겠지만, 조나는 정말 놀라운 아이랍니다." 넬리가 시작했다. 그녀는 언제나 워비곤 호수 효과(자신의 능력이 평균보다 낫다고 믿는 일반적 오류—옮긴이)를 적용한 말로 학부모 면담을 시작했지만, 방금 한 말은 진심이었다. 넬리의 침실 벽은 제일 예뻐하는 아이들이 그린 그림들로 꾸며져 있었는데, 거기에는 조나가 넬리를 의인화한 마시멜로로 그린 그림도 포함되어 있었다.

"조나가 연필 잡는 것 보셨어요?" 포터 부인이 핸드백에서 공책과 펜을 꺼내며 물었다.

"음, 무슨 말씀……."

"내전(內轉)하거든요." 포터 씨가 말을 잘랐다. 그는 아내의 펜을 직접 쥐어 보였다. "이런 식으로 애 손이 구부러진다고요. 조나가 전문적인 치료를 받아야 한다고 생각하십니까?"

"글쎄요, 조나는 이제 겨우 세 살 반인데요."

"3년 9개월이에요." 포터 부인이 정정했다.

"그렇죠." 넬리가 말했다. "이 시기의 아이들은 대부분 운동기능이 완전히 발달하지……."

"플로리다 출신이죠?" 포터 씨가 물었다.

넬리는 눈을 깜박였다. "그걸 어떻게…… 죄송하지만 그건 왜 물으시죠?" 넬리가 포터 부부에게 출신지를 말했을 리는 없었다. 배경 정보를 지나치게 노출하지 않으려고 늘 조심해왔다.

요령을 습득하면 질문을 피해가는 건 어렵지 않았다. 누군가 어린 시절에 관해 물으면 아빠가 만들어준 나무 위의 오두막에 대해, 자기가 개라고 생각해 똑바로 앉아 간식을 달라고 애원하던 검은 고양이에 대해 얘기하라. 대학교 이야기가 나오면 학교 풋볼 팀의 무패 시즌에 초점을 맞추고, 교내 식당에서 아르바이트한 이야기를 하며 토스트를 만들다가 불낼 뻔했다는 둥, 탁자를 닦았다는 둥 떠들어댄다. 솔깃하고 장황한 이야기들을 해서 실제로는 아무 정보도 주지 않고 있다는 사실을 눈치 채지 못하게 하는 것이다. 자신을 도드라져 보이게 할 구체적인 이야기는 피한다. 졸업연도에 대해서는 애매하게 말한다. 거짓말을 하되, 피할 수 없을 때만 하라.

"어쨌거나 뉴욕의 방식은 다릅니다." 포터 씨는 말하고 있었다. 넬리는 그를 신중하게 살폈다. 50대 초반으로 그녀보다 훨씬 연상이었고 억양으로 보건대 맨해튼 출신 같았다. 지금껏 살면서 접점은 없었을 것이다. 그런데 어떻게 알았을까?

"우린 조나가 뒤처지는 걸 원치 않습니다." 포터 씨는 그렇게 말하며 의자에 등을 기댔다가 넘어지지 않기 위해 버둥거렸다.

"이이 말뜻은……." 포터 부인이 끼어들었다. "내년 가을에는 유치원에 보낼 생각이라는 거예요. 최고 수준의 유치원으로 알아보고 있답니다."

"그러시군요." 넬리도 이 주제로 넘어왔다. "물론 부모님께서 결정하실 문제지만, 1년 더 기다려보시는 것도 괜찮을 수 있어요." 넬리는 조나가 이미 중국어 수업과 가라테, 음악 레슨을 신청했다는 걸 알고 있었다. 이번 주만 해도 아이가 두 번이나 하품을 하고 졸린 눈을 비비는 걸 보았다. 적어도 여기 있으면 모래성을 쌓고 블록으로 탑을 쌓을 시간은 충분할 텐데.

"같은 반 친구가 점심을 가져오는 걸 잊은 날의 일을 말씀드리고 싶어요." 넬리가 말했다. "조나가 자기 점심을 그 친구와 나눠 먹었답니다. 이건 조나의 공감 능력이 대단하고 친절……."

포터 씨의 휴대전화가 울리며 넬리의 말을 잘라먹었다.

"네." 그는 전화를 받았지만 계속 넬리를 쳐다보고 있었다.

넬리는 오늘 이전에 그를 단 두 번, '학부모의 밤' 행사와 가을 면담때 만났다. 그가 지나치게 골똘히 쳐다보거나 이상한 행동을 한 적은 없었다.

포터 씨는 계속 말하라는 뜻으로 한 손으로 휙휙 원을 그렸다. 누구와 통화하고 있는 걸까?

"아이들을 정기적으로 평가하고 계신가요?" 포터 부인이 물었다.

"네?"

포터 부인이 미소를 지었고, 넬리는 그녀의 립스틱 색이 원피스의 색과 정확히 일치한다는 걸 알아차렸다. "스미스 스쿨에서는 그렇게 하거든요. 분기마다요. 학업 준비도, 능력별 소집단 예비 읽기, 조기 곱셈 활동……."

곱셈? "물론 평가합니다." 넬리는 등을 꼿꼿이 세웠다.

"지금 농담하는 거죠?" 포터 씨가 전화기에 대고 말했다. 넬리는 다시 그를 쳐다봤다.

"곱셈 평가는 없지만…… 대신, 음……. 셈과 문자 인식 같은 더 기본적인 능력을 평가해요." 넬리는 말했다. "성적표 뒷면을 보시면…… 평가 목록이 있습니다."

포터 부인이 넬리가 쓴 내용을 훑어보는 동안 잠시 침묵이 흘렀다.

"샌디한테 빨리 하라고 해요. 거래처를 잃으면 안 되니까." 포터 씨는 전화를 끊고 고개를 저었다. "면담이 끝난 겁니까?"

"아무래도……." 포터 부인은 넬리를 보며 말했다. "바쁘시겠죠."

넬리는 입을 굳게 다문 채 미소를 지었다. 이렇게 말하고 싶었다. 네, 바빠요. 어제는 한 아이가 초콜릿 우유를 흘려서 저 러그를 문질러 닦았죠. 조용한 구석에 둘 부드러운 담요도 샀는데, 스트레스에 시달리는 당신 아들을 거기서 쉬게 하기 위해서예요. 웨이트리스로 일하는 레스토랑에서 이번 주에만 세 번 야간 근무를 했고요. 왜냐하면 여기서 받는 돈으로는 생활이 안 되거든요—그러면서도 당신네 자식들한테 쓸 기력을 채워서 매일 아침 8시에 여기 문을 열고 들어온답니다.

넬리가 크루아상을 나머지 반개도 먹기로 하고 린다의 사무실로 가려는데 복도에서 포터 씨의 목소리가 울렸다. "재킷을 두고 왔어." 그는 교실로 다시 들어와 작은 의자 뒤에 놓여 있던 재킷을 집어들었다.

"왜 제가 플로리다 출신이라고 생각하신 거예요?" 넬리가 불쑥 물었다.

그는 어깨를 으쓱했다. "조카딸도 같은 학교에 다녔거든요, 그랜트 대학교요. 선생님도 거기 나왔다고 누가 말해준 것 같습니다."

그 정보는 유아원 웹사이트에 있는 넬리의 약력에 적혀 있지 않았다. 대학교 표장이 들어간 물건도 전혀—스웨트 셔츠 한 장, 열쇠고리나 페넌트 한 개조차—갖고 있지 않았다.

린다가 신용증명 서류를 포터 부부에게 넘긴 게 틀림없어—포터 부부가 뭐든 다 알아야 직성이 풀리는 유형의 학부모 같긴 하잖아. 넬리는 생각했다.

그럼에도 그녀는 포터 씨를 더 신중하게 바라보며 그의 이목구비를 가진 젊은 여자의 얼굴을 상상하려 애썼다. 성이 포터인 누구도 떠오르지 않았다. 하지만 그렇다고 해서 그 여자가 수업 때 넬리 뒤에 앉아 있지 않았다거나 넬리의 여학생클럽으로 난입하려 하지 않았다는 법은 없었다.

"다음 면담이 곧 시작돼서요……."

그는 텅 빈 복도를 봤다가 다시 넬리를 보았다. "네. 졸업식 때 뵙겠습니다." 그는 복도를 걸어가면서 휘파람을 불었다. 넬리는 그가 유아원 밖으로 사라질 때까지 그를 지켜보았다.

리처드는 전처에 대한 얘기를 거의 하지 않았기 때문에, 넬리가 그녀에 대해 아는 건 몇 가지밖에 없었다. 지금도 뉴욕에서 산다는 것과 넬리가 리처드를 만나기 직전에 이혼했다는 것. 거무스름한 머리카락이 길고 얼굴 폭이 좁은 예쁜 여자라는 것—넬리가 구글 검색을 해서 찾은, 자선행사에서 찍힌 그녀의 흐릿한 섬네일 사진을 보고 안 사실이었다.

그리고 늘 늦는 여자였다는 것. 그럴 때마다 리처드가 짜증이 났다는 것.

넬리는 이탈리안 레스토랑으로 가는 마지막 블록을 질주했다. 학부모 면담에서 살아남은 보상으로 3~4세 아이들의 담당 교사들과 함께 피노 그리지오 와인을 두 잔 마신 일이 벌써부터 후회가 됐다. 교사들은 자신들의 무용담을 공유했다. 승자는 넬리 옆 교실의 머린이었는데, 어떤 부모가 영어가 서툰 오페어(입주해서 가사와 육아를 돕는 젊은 외국인 여자—옮긴이)를 대신 보냈다고 했기 때문이다.

넬리는 시간 가는 줄 모르고 있다가 화장실에 가면서 휴대전화를 확인하고 놀랐다. 변기 칸에서 나올 때 어떤 여자와 부딪힐 뻔했다. "죄송해요!" 넬리는 반사적으로 말하면서 가까스로 옆으로 비켜섰지만 가방을 떨어뜨렸고, 가방 속 물건들이 화장실 바닥에 흩어졌다. 여자는 아무 말도 하지 않고 재빨리 바닥에 널린 물건들을 넘어 변기 칸으로 들어갔다. ("매너 좀!" 쭈그리고 앉아 지갑과 화장품들을 줍던 넬리의 내면의 유아원 선생님은 그렇게 호통을 치고 싶었다.)

넬리는 약속시간보다 11분 늦게 레스토랑에 도착해 묵중한 유리문을 당겨 열었다. 지배인이 가죽 표지의 예약 장부를 보다가 고개를 들고 쳐다보았다. "약혼자를 만나러 왔어요." 넬리는 숨을 몰아쉬며 말했다.

넬리는 식당 안을 훑어보다가, 구석 쪽 탁자 뒤에서 일어나는 리처드를 보았다. 리처드의 눈가엔 가는 주름살이 조금 있었고 관자놀이 근처에는 거무스름한 머리카락 사이로 은색 머리가 드문드문 나 있었다. 리처드는 넬리를 위아래로 훑어보며 장난기 가득한 윙크를 했다. 그녀는 언젠가는 그를 볼 때 뱃속이 파닥이는 느낌이 들지 않는 날이 올까 궁금했다.

"미안해요." 넬리는 자리로 가서 말했다. 그녀에게 입을 맞추고 의자를 뒤로 빼주는 리처드한테서 상쾌한 시트러스 향이 났다.

"별일 없지?"

남들은 거의 형식적으로 하는 질문일 터였다. 하지만 리처드는 그녀를 골똘히 쳐다보고 있었고, 넬리는 그가 그녀의 대답을 정말로 신경 쓴다는 걸 알았다.

"광란의 하루였어요." 넬리는 한숨을 쉬며 앉았다. "학부모 면담을 했거든요. 우리가 리처드 주니어 때문에 탁자의 반대쪽에 앉게 되면, 나한테 선생님에게 감사 인사 하는 것 잊지 말라고 해주세요."

넬리가 허벅지 아래쪽으로 치마를 쓸어내릴 때 리처드는 아이스 버킷에서 차가워지는 중인 베르디키오 병으로 손을 뻗었다. 식탁에 놓인 작은 보티브 캔들 불빛이 진한 크림색 식탁보 위로 황금빛 원을 그리고 있었다.

"나는 반잔만요. 면담 끝나고 선생님들이랑 술을 좀 마셨거든요. 린다가 한턱냈어요, 전투 수당이라면서."

리처드가 얼굴을 찡그렸다. "미리 알았으면 병으로 주문하지 않았을 텐데." 그는 웨이터를 향해 집게손가락을 살짝 움직이더니 샌펠레그리노 탄산수를 시켰다. "당신은 낮에 마시면 두통이 올 때가 있잖아."

넬리는 미소를 지었다. 그녀가 그에게 알려준 최초의 정보들 중 하나였다.

사우스플로리다의 엄마 집에 갔다가 돌아오는 비행기에서 넬리의 옆자리 사람은 군인이었다. 그녀가 대학교 졸업 직후 새로운 시작을 위해 맨해튼으로 이사한 즈음이었다. 넬리의 고향에서 계속 살고 있던 엄마가 없었다면 넬리는 다시는 고향으로 돌아가지 않았을 것이다.

비행기가 이륙하기 전에 승무원이 와서 군인에게 말했다. "일등석의 신사 분께서 손님께 자리를 양보하고 싶다고 하셨습니다." 젊은 군인은 "너무 좋군요!"라고 외치고 자리에서 일어섰다.

잠시 후 리처드가 통로를 걸어왔다. 피곤한 하루를 보냈는지 넥타이 매듭이 헐거워져 있었다. 한 손에는 술잔, 한 손에는 가죽 서류가방을 들고 있었다. 그는 넬리와 눈이 마주치자 따뜻한 미소를 지었다.

"멋진 일을 하셨네요."

"별말씀을요." 리처드는 그렇게 대답한 후 넬리 옆에 앉았다.

그때 기내 안전방송이 시작됐다. 잠시 후 비행기가 날아오르며 흔들거렸다.

넬리는 비행기가 수직기류를 통과하며 위아래로 흔들리자 팔걸이를 움켜잡았다.

그녀는 리처드의 굵직한 목소리가 귓가에서 들렸을 때 놀랐다. "차가 움푹 팬 곳을 지나갈 때랑 똑같은 겁니다. 걱정할 것 없어요."

"이성적으로야 저도 알죠."

"그렇지만 도움이 안 되는 거죠? 이건 도움이 될 겁니다."

그는 넬리에게 술잔을 건넸고, 그녀는 반지 없는 그의 약지를 보았다. 그녀는 망설였다. "낮에 술을 마시면 두통이 도질 때가 있어서요."

비행기가 크게 요동치자 넬리는 결국 한 번 죽 들이켰다.

"마저 다 마셔요. 한잔 더 주문할게요……. 혹시 와인이 낫겠어요?" 눈썹을 추켜세우며 묻는 그의 오른쪽 관자놀이께에 초승달 모양의 은빛 흉터가 있었다.

넬리는 고개를 끄덕였다. "고맙습니다." 비행 중에 그녀를 안심시키려 애써준 옆 사람은 처음이었다. 대개 사람들은 그녀가 혼자서 공황과 싸우는 동안 시선을 돌리거나 잡지를 획획 넘겼다.

"저도 그럴 때가 있어서요." 리처드가 말했다. "저는 피를 보면 그래요."

"정말요?" 비행기가 살짝 흔들리며 왼쪽으로 기울었다. 넬리는 눈을 감고 침을 삼켰다.

"얘기해줄게요. 대신 듣고 나서도 저를 존중하겠다고 약속해야 해요."

그녀는 또 고개를 끄덕였다. 진정 효과가 있는 그의 목소리를 계속 듣고 싶었기 때문이다.

"몇 년 전에 직장동료 한 명이 회의 중에 기절해서 탁자 모서리에 머리를 찧었어요……. 저혈압이었나 봐요. 아니면 회의가 너무 지루해서 혼수상태에 빠졌거나."

넬리는 눈을 뜨고 작은 소리로 웃었다. 비행기에서 웃은 건 처음인 것 같았다.

"저는 사람들한테 물러서라고 말하고 의자를 하나 끌어와서 그 동료를 앉히려고 했습니다. 사람들을 향해 누가 물 좀 떠오라고 소리쳤는데, 그때 동료의 피를 본 거예요. 갑자기 현기증이 나면서 저도 기절할 것 같더군요. 전 다친 동료를 의자에서 거의 밀어내다시피 하고 거기 주저앉았고, 그러자 갑자기 다들 그 동료가 아니라 절 도우려고 몰려오더라고요."

기체가 수평 비행으로 전환했다. 부드러운 알람 소리가 나고 승무원이 복도를 걸으며 헤드폰을 나눠줬다. 넬리는 팔걸이에서 손을 떼고 리처드를 쳐다보았다. 그는 그녀를 향해 싱긋 웃어 보였다.

"생존하셨네요, 구름은 다 통과했어요. 지금부터는 흔들릴 일이 별로 없을 겁니다."

"고마워요. 술도, 이야기도……. 남자답다고 자부하셔도 괜찮을 것 같아요, 가끔 기절하셔도요."

2시간 후 넬리는 리처드가 헤지펀드 매니저이고, 어느 선생님이 R 발음을 제대로 하게 도와준 후부터 선생님들을 좋아하게 되었다는 것을 알게 되었다. "그 선생님 덕분에 '위처드'라고 자기소개를 하는 일이 없게 됐죠." 넬리가 뉴욕에 가족이 있냐고 묻자 그는 고개를 저었다. "보스턴에 사는 누나밖에 없어요. 부모님은 오래전에 돌아가셨고요." 그는 맞잡은 자신의 두 손을 내려다보았다. "교통사고였습니다."

"저도 아빠가 돌아가셨어요." 그가 그녀를 흘깃 보았다. "아빠의 오래된 스웨터를 하나 갖고 있는데…… 지금도 가끔 입어봐요."

두 사람은 잠시 말없이 앉아 있었다. 간이 탁자를 올리고 좌석 등받이를 세워달라는 승무원의 안내가 들렸다.

"착륙은 괜찮아요?"

"괜찮을 수 있게 얘기 하나 더 해주세요." 넬리가 대답했다.

"흐음. 지금 당장은 떠오르는 게 없군요. 생각나면 연락드릴 수 있게 전화번호를 가르쳐줄래요?"

그는 슈트 주머니에서 펜을 꺼내 넬리에게 건넸고, 그녀는 고개를 숙이고 냅킨에 번호를 적었다. 그녀의 긴 금발 머리카락이 어깨 앞으로 흘러내렸다.

리처드는 손끝으로 넬리의 머리카락을 부드럽게 쓸어내리다가 귀 뒤에 걸어주었다. "너무 아름답군요. 절대 자르지 마요."

- 04 -

나는 탈의실 바닥에 앉아 있다. 내 몸에 아직 남아 있는 장미향 때문에 결혼식 날이 떠오른다. 나의 대체물은 아름다운 신부가 될 것이다. 그녀가, 내가 그랬듯이, 리처드를 올려다보며 그를 사랑하고 존경하겠다고 약속하는 모습을 상상한다.

약속하는 그녀의 목소리가 들리는 것 같다.

그녀의 목소리를 알고 있다. 가끔씩 그녀에게 전화를 건다. 발신번호 표시를 막은 선불식 휴대전화로.

"안녕하세요." 그녀의 자동 응답 메시지가 시작된다. 근심 없고 밝은 어조다. "못 받아서 미안해요!"

그녀는 정말로 미안해할까? 아니면 득의양양해할까? 리처드와 그녀의 관계는 이제 공식적이지만, 그 관계가 시작될 때 리처드와 나는 아직 부부였다. 문제가 많긴 했지만. 허니문의 빛이 바랜 후엔 모든 부부가 그렇지 않은가? 하지만 그가 그토록 빨리 내게 집에서 나가달라고 할 줄은 상상조차 못했다. 그토록 빨리 우리 관계의 흔적을 모조리 지워버릴 줄은.

그는 마치 우리가 결혼한 적도 없었기를, 내가 존재하지도 않았기를 바라는 것 같다.

그녀는 나를 떠올리며 자신이 한 일에 죄책감을 느낀 적이 있을까?

그런 질문들이 매일 밤 나를 때린다. 가끔은, 잠들지 못하고 몇 시간 씩 누워 있을 때, 뒤엉킨 이불 옆에서 눈을 감는다. 아주 고집스럽게 질 끈 감아서 마침내 잠에 굴복할까 싶은 찰나에 그녀의 얼굴이 떠오른다. 결국 나는 벌떡 일어나 침대 옆 탁자의 서랍 속을 더듬어 약을 찾는다. 그리고 효과가 빨리 나타나도록 약을 삼키는 게 아니라 씹는다.

그녀의 응답 메시지 속 인사는 그녀의 정서 상태에 관한 단서를 전혀 주지 않는다.

그러나 어느 날 밤 내가 지켜본, 리처드와 함께 있는 그녀는 눈부시 게 빛나고 있었다.

나는 리처드와 내가 가장 좋아했던 어퍼이스트사이드의 레스토랑 으로 가고 있었다. 자기계발 책에서, 고통을 주는 과거의 장소들을 방 문해서, 그것들이 내게 미치는 힘에 스스로를 노출시켜 이 도시를 다 시 내 것으로 되찾으라고 권했기 때문이다. 그래서 리처드와 함께 라테 를 홀짝이며 일요판 《뉴욕타임스》를 나눠 보던 카페까지 걸어갔고, 매 년 12월이면 회사에서 호화로운 파티를 열던 리처드의 사무실 근처를 배회했으며, 센트럴파크의 목련과 라일락 나무들 사이를 통과했다. 한 걸음 한 걸음 걸을 때마다 기분이 더 나빠졌다. 형편없는 아이디어였 다. 그 책이 할인 매대에 찌그러져 있던 게 놀랍지 않았다.

그래도 나는 계속했다. 리처드와 내가 마지막 몇 년간 결혼기념일을 보낸 그 레스토랑에서 한잔하는 걸로 그날의 투어를 마무리하려는 계 획이었다. 그때 그들을 보았다.

어쩌면 리처드도 그곳을 되찾으려 애쓰고 있었던 것인지 모른다.

내가 조금만 더 빨리 걷고 있었다면 그들과 거의 동시에 레스토랑 입구에 도착했을 것이다. 나는 황급히 숨어든 가게 앞에 딸린 공간에서 곁눈질로 보았다. 태닝한 다리를, 유혹적인 곡선을, 문을 열어주는 리처드에게 그녀가 날리는 찰나의 미소를.

물론 내 남편은 그녀를 원하고 있었다. 어느 남자가 그러지 않겠는가? 그녀는 잘 익은 복숭아처럼 탐스러웠다.

나는 천천히 통유리창 앞으로 가서, 리처드가 애인의 술을 주문하는 모습과—그녀의 취향은 샴페인 같았다—그녀가 가느다란 샴페인 잔에 든 황금빛 액체를 홀짝이는 모습을 훔쳐보았다.

리처드가 나를 보게 할 수는 없었다. 그는 내가 우연히 그곳에 왔다는 걸 믿지 않을 터였다. 물론 나는 그전에 그의 뒤를 밟은 적이 있었다. 아니, 그들의 뒤를 밟았다고 해야 하나.

그럼에도 발이 떨어지지 않았다. 나는 탐욕스러운 눈으로 그녀를 마셨다. 그녀가 다리를 꼬자 치마의 트인 부분으로 허벅지가 보였다.

리처드는 그녀에게 몸을 밀착시킨 채 한 손으로 그녀가 앉은 스툴의 뒤쪽을 짚고 몸을 아래로 기울이고 있었다. 그의 머리카락은 전보다 길어서 슈트의 옷깃에 닿아 있었는데, 잘 어울렸다. 그는 내가 본 적이 있는 사자 같은 표정을 짓고 있었다. 여러 달 동안 공들인 큰 사업 계약을 체결했을 때 짓던 표정이었다.

그녀는 그의 말을 듣고 고개를 뒤로 젖혀 큰 소리로 웃었다.

내 손톱이 손바닥을 파고들었다. 나는 리처드 이전에 사랑한 사람이 없었다. 그리고 그 순간, 리처드 이전에 증오한 사람 역시 없음을 깨달았다.

"버네사?"

탈의실 문밖에서 부르는 소리에 깜짝 놀라 기억을 빠져나온다. 상사 루실의 영국식 억양이다. 참을성이 별로 없는 여자다.

나는 마스카라가 번졌을 거란 생각에 손가락으로 눈 밑을 닦는다. "정리하고 있어요." 내 목소리는 약간 쉬었다.

"스텔라 매카트니 쪽에 손님이 있어요. 여긴 나중에 정리해요."

루실은 내가 나올 때까지 기다릴 작정이다. 화장을 고칠, 엉망인 슬픔의 흔적을 지울 시간도 없을 뿐더러, 내 핸드백은 직원 라운지에 있다.

내가 탈의실 문을 열자 루실은 한걸음 물러선다. "아파요?" 그녀의 완벽한 아치형 눈썹 끝이 위로 올라간다.

나는 기회를 놓치지 않는다. "잘 모르겠어요. 그냥…… 좀 메스껍고……."

"오늘 근무 끝까지 할 수 있겠어요?" 루실의 말투에 동정심이라고는 없어서 나는 이것이 내가 저지르는 마지막 잘못이 되는 건지 궁금해진다. 내 대답을 기다리지 않고 그녀가 또 말한다. "됐어요, 전염이라도 되면 큰일이니까. 바로 퇴근해요."

나는 고개를 끄덕이고 얼른 핸드백을 가지러 간다. 그녀가 마음을 바꾸면 안 되니까.

에스컬레이터를 타고 1층 로비로 가서 종종걸음으로 밖을 향해 가다가 벽 거울들에 비친 내 황폐한 조각들을 바라본다.

리처드가 약혼을 했어, 내 마음이 속삭인다.

서둘러 직원용 출구를 나가다가 겨우 걸음을 멈추고 경비원에게 핸드백 검사를 맡기고 매장 옆 벽에 등을 기댄 채 운동화로 갈아 신는다. 택시를 탈까 하지만 힐러리의 말이 맞다. 리처드는 웨스트체스터의 우리 집과 그가 결혼 전에 살던 맨해튼의 아파트까지 차지했다. 그는 회의가 늦게 끝나는 날이면 그 아파트에서 잠을 잤다. 그녀를 불러들인 아파트이기도 하다. 차들도, 증권도, 저축도 그가 가졌다. 나는 싸우려는 시도조차 하지 않았다. 나는 아무것도 없이 결혼했으니까. 그의 아이를 낳지도 않았으니까. 그를 속였으니까.

나는 좋은 아내가 아니었으니까.

하지만 이제 나는 리처드가 제안한 얼마 안 되는 일회성 목돈을 왜 받았는지 모르겠다고 생각한다. 그의 새 신부는 내가 고른 도자기 식기로 식탁을 차릴 것이다. 내가 고른 스웨이드 소파에서 그에게 몸을 기대고 누울 것이다. 우리의 메르세데스 벤츠를 타고, 기어를 4단으로 바꾸는 리처드의 옆자리에 앉아 그의 다리 위에 손을 얹고 그녀 특유의 허스키한 소리로 웃을 것이다.

버스 한 대가 천천히 지나가며 뜨거운 매연을 뿜는다. 회색 연기 기둥이 내 주위를 둘러싸는 것 같다. 백화점 건물을 떠나 5번 애비뉴를 걷는다. 커다란 쇼핑백을 여러 개 든 여자 두 명이 나를 인도에서 밀어내다시피 한다. 회사원이 귀에 휴대전화를 대고 집중한 표정으로 성큼성큼 걸으며 나를 지나쳐간다. 거리를 가로지르는 내 옆으로 자전거 탄 사람이 휙 지나가며 나를 거의 칠 뻔한다. 그가 뒤를 돌아보며 뭐라고 소리를 지른다.

도시가 사방에서 나를 향해 조여들고 있다. 공간이 필요하다. 나는 59번 스트리트를 건너 센트럴파크로 들어선다.

머리를 땋은 소녀가 손목에 묶인 동물 모양 풍선을 보며 감탄하고, 나는 그 소녀를 응시한다. 나한테도 지금 저만한 딸이 있었을 수 있다. 내가 임신을 했더라면 아직도 리처드와 살고 있을지 모른다. 그는 나를 내보내길 원치 않았을지 모른다. 나와 딸애가 아빠와 점심을 먹으러 이곳에 왔을 수도 있다.

나는 숨을 헐떡이고 있다. 배를 감싸 쥐고 있던 두 팔을 풀고 등을 곧게 편다. 북쪽으로 걸으며 시선을 앞쪽에 고정시킨다. 운동화가 땅에 닿는 일정한 리듬에 집중한다. 걸음 수를 세며 목표를 계속 정한다. 백 걸음 왔다. 이제 백 걸음 더 가자.

마침내 86번 스트리트와 센트럴파크 웨스트가 만나는 곳에서 공원을 빠져나와 샬럿 이모의 아파트 쪽으로 향한다. 나는 잠을, 망각을 갈망한다. 약은 이제 여섯 알밖에 남지 않았고, 지난번에 내가 약을 더 달라고 하자 주치의는 망설였다.

"약에 의존하게 되는 건 싫으실 거예요." 그녀는 말했다. "매일 운동을 좀 하시고 정오 이후에는 카페인 섭취를 피하세요. 자기 전에 따뜻한 물에 목욕을 하고 효과가 있나 보시고요."

그러나 그런 것들은 평범한 불면증을 위한 요법이다. 그런 것들은 나를 도울 수 없다.

아파트에 거의 다 왔을 때 샬럿 이모에게 줄 와인을 사지 않았음을 깨닫는다. 일단 집에 들어가면 다시 나오기 싫을 것임을 알기에 몸을 돌려 왔던 길을 한 블록 돌아가 주류 판매점으로 들어간다. 이모는 레드와인 네 병과 화이트와인 두 병을 부탁했었다. 나는 장바구니에 메를로와 샤르도네를 담는다.

두 손으로 매끄럽고 무거운 술병들을 감싸 쥔다. 리처드가 내게 나가 달라고 한 후로 와인을 입에 댄 적 없지만, 지금도 그 벨벳 같은 과일주가 혀를 깨우는 느낌을 갈망한다. 나는 망설이다가 일곱, 여덟 병째의 와인을 바구니에 담는다. 바구니의 손잡이가 팔뚝을 파고드는 걸 느끼며 계산대로 간다.

계산대의 젊은 남자는 말없이 가격을 입력한다. 어쩌면 그는 한낮에 부스스한 머리를 하고 디자이너 브랜드 옷을 입은 채 와인을 잔뜩 사가는 여자들을 많이 본 건지도 모른다. 나는 리처드와 살던 집으로 와인을 자주 배달시켰다. 적어도 리처드가 내게 술을 끊으라고 부탁할 때까지. 그 후 나는 아는 사람과 마주치지 않도록 30분 거리에 있는 고메 마켓까지 차를 몰았다. 재활용 쓰레기를 내놓는 날에는 새벽 산책을 하면서 이웃들의 쓰레기통에 빈병을 넣었다.

"이게 다죠?" 계산대 남자가 묻는다.

"네." 나는 직불 카드를 찾는다. 15달러짜리 와인 대신 비싼 와인을 골랐더라도 내 계좌가 텅 비지는 않았을 것임을 안다.

그는 봉투 한 장당 네 병씩 담아주고, 나는 가게 문을 열고 나와 샬럿 이모의 집으로 향한다. 든든한 술의 무게가 두 팔에 느껴진다. 아파트 건물에 도착해 관절염 걸린 엘리베이터의 문이 끽끽대며 열리기를 기다린다. 12층까지 가는 시간이 영원처럼 느껴진다. 내 머릿속은 첫 모금이 목을 미끄러져 내려가 위장을 덥히는 상상으로 가득 찬다. 내 고통의 모서리를 무디게 할 그 느낌.

다행히 이모는 집에 없다. 냉장고 옆에 걸린 달력에 '3시, D'라고 적혀 있다. 아마 친구와의 차 약속일 것이다. 기자였던 보 이모부는 오래전에 심장마비로 갑자기 돌아가셨다. 이모부는 이모의 인생에서 유일한 사랑이었다. 그 후 내가 아는 한 이모에게 진지한 데이트 상대는 없었다. 나는 조리대에 봉투들을 내려놓고 메를로의 코르크를 뽑는다. 술잔으로 손을 뻗다 멈추고 커피 머그를 잡는다. 머그를 반쯤 채웠을 때 더는 기다리지 못하고 마시자 진한 체리 향이 입안을 애무한다. 눈을 감고 술을 삼키며 술이 목구멍을 따라 내려가는 느낌을 음미한다.

긴장한 몸이 천천히 어느 정도 풀린다. 샬럿 이모가 언제 들어올지 확신할 수 없으니 술을 더 따른 머그와 술병들까지 들고 내 방으로 간다.

원피스를 몸에서 바닥으로 떨어뜨리듯 벗은 뒤 옆으로 걸어 나간 후 원피스를 집어들어 옷걸이에 건다. 연회색 티셔츠와 푹신한 스웨트 팬츠를 입고 침대로 올라간다. 샬럿 이모는 내가 이 집으로 들어왔을 때 이 방으로 작은 텔레비전을 옮겨줬지만 나는 그것을 거의 보지 않는다. 하지만 지금 나는 동행이, 전자 기기 동행이라도 절실하게 필요하다. 리모컨을 찾아 들고 채널을 돌리다가 토크쇼에서 멈춘다. 두 손으로 잡고 있는 머그 속의 술을 다시 쭉 들이켠다.

텔레비전 화면에 펼쳐지는 극적인 상황에 정신을 팔아보려 애쓰지만, 오늘의 주제는 외도다.

"외도는 결혼을 더 굳건하게 만들 수 있어요." 어느 중년 여성이 주장한다. 그녀는 옆에 앉은 남자의 손을 꼭 잡고 있다. 남자는 불편한 듯 몸을 움직거리며 땅바닥을 내려다보고 있다.

결혼을 파괴할 수도 있지, 나는 생각한다.

나는 남자를 응시한다. **어떤 여자였어? 알고 싶다. 어떻게 처음 만났어? 출장지에서, 아니면 델리의 샌드위치 줄에서? 여자의 어떤 점이 당신을 끌어당겼어, 그 파괴적인 선을 넘도록 만들었어?**

머그를 어찌나 세게 움켜잡고 있는지 손이 아플 지경이다. 머그를 텔레비전 화면으로 던져버리고 싶지만 술만 다시 채운다.

남자는 두 발목을 교차시킨 후 다리를 쭉 편다. 이어 목을 가다듬고 머리를 긁적인다. 그가 불편해 보여서 기쁘다. 우람한 불한당 같은 외모의 그는 내 취향은 아니지만, 그런 남자들한테 끌리는 여자들이 있다는 걸 알고 있다.

"신뢰를 다시 얻기까지는 오랜 시간이 걸리지만, 두 사람이 함께 노력한다면 정말로 가능해요." 소개 자막에 따르면 부부 상담 치료사라는 어떤 여자가 말한다.

충충한 외모의 아내는 자신과 남편이 어떻게 다시 서로를 완벽하게 신뢰하게 되었는지, 어떻게 결혼 생활이 우선 사항이 되었는지, 어떻게 서로를 잃었다가 되찾았는지 주절거린다. 홀마크(미국의 메시지 카드 제조업체명—옮긴이) 카드 문구라도 읽고 있는 것 같다.

그 후 상담사가 남편에게 묻는다. "신뢰를 회복했다는 아내 분 말씀에 동의하세요?"

그는 어깨를 으쓱한다. **멍청이**. 나는 속으로 그렇게 말하며 그가 어떻게 들켰는지 궁금해한다. "지금도 노력 중이에요. 하지만 힘들어요. 둘이 같이 있는 모습이 자꾸 떠오르거든요, 아내와 그⋯⋯." 삐, 하는 소리가 그의 말끝을 잘라먹는다.

내가 잘못 짚었다. 바람을 피운 게 남편 쪽이라고 생각했는데. 여러 단서가 제시됐지만 나는 그것들을 잘못 해석했다. 처음 있는 일은 아니다.

메를로를 더 홀짝이는데 머그가 앞니에 부딪친다. 나는 누운 것에 더 가까운 자세로 침대에 몸을 기대며, 텔레비전을 켠 걸 후회한다.

한때의 불장난과 결혼으로 이어지는 만남은 무엇이 다른가? 나는 리처드가 잠깐 즐기고 있을 뿐이라고 생각했다. 그들의 연애가 활활 불타오르다 금방 제풀에 꺼질 거라고 예상했다. 나는 모르는 척, 못 본 척했다. 게다가 누가 리처드를 비난할 수 있겠는가? 나는 그가 거의 10년 전에 결혼했던 여자가 아니었다. 나는 살이 쪘고, 집 밖에 거의 나가지 않으며, 리처드의 행동들에서 숨은 의미를 찾기 시작했고, 그가 나한테 질렸다고 암시하는 단서들을 포착하려 했다.

그녀는 리처드가 갈망하는 모든 것이었다. 과거의 나의 모든 것.

우리의 7년간의 결혼 생활을 공식적으로 끝장낸 그 짧고 거의 임상적인 장면 직후, 리처드는 웨스트체스터의 우리 집을 매물로 내놓고 시내의 아파트로 이사했다. 그러나 그는 우리 집 동네의 조용함을, 그것이 주는 프라이버시를 무척 좋아했었으니, 아마 새 신부를 위해 교외의 다른 집을 살 것이다. 나는 그녀가, 내가 그랬듯이, 일을 그만두고 리처드에게, 임신을 위해 전념할 계획인지 궁금하다.

더 흘릴 눈물이 남아 있다는 게 믿기지 않지만, 머그에 와인을 다시 따르는데 눈물이 두 뺨을 흘러내린다. 와인 병은 거의 다 비었고, 흰색 이불에 와인 몇 방울이 튀어 있다. 핏방울처럼 눈에 확 띈다.

익숙한, 오래된 친구의 포옹 같은 안개가 내 주위에 내려앉는다. 몸이 매트리스로 녹아들어가는 느낌이다. 어쩌면 엄마도 당신의 '불 꺼진 날'에 이런 느낌이었는지도 모른다. 그때 내가 더 잘 알았다면 좋았을 텐데. 당시 나는 버림받았다고 느꼈지만, 지금의 나는 어떤 고통은 너무 강렬해서 싸울 수조차 없음을 안다. 그저 몸을 숨기고 모래 폭풍이 지나가기만을 바랄 수밖에 없는 것이다. 하지만 엄마에게 이런 말들을 건네기엔 너무 늦었다. 아빠와 엄마 모두 돌아가셨다.

"버네사?" 방문을 살짝 두드리는 소리가 난 후 샬럿 이모가 들어온다. 두꺼운 안경 너머 이모의 녹갈색 눈이 커진다. "텔레비전 소리가 들려서."

"일하다가 몸이 안 좋아졌어요. 가까이 오시지 않는 게 좋을 거예요." 와인 두 병이 침대 옆 탁자 위에 있다. 램프에 가려 보이지 않았으면 좋겠다.

"뭐 좀 갖다줄까?"

"물을 좀 마시고 싶어요." 대답하는데 'ㅈ' 발음이 불분명하다. 이모를 어서 방에서 내보내야 한다.

이모는 문을 약간 열어둔 채 나가 부엌 쪽으로 간다. 나는 침대에서 일어나 와인 병들을 움켜쥔다. 병끼리 부딪히며 나는 쨍그랑 소리에 흠칫한다. 재빨리 장롱 안에 집어넣다가, 쓰러지는 병 하나가 바닥에 닿기 전에 잡아서 세운다.

샬럿 이모가 쟁반을 들고 들어왔을 때 나는 이모가 처음 왔을 때와 같은 자세를 하고 있다.

"소금 크래커랑 허브티도 가져왔어." 이모의 목소리에서 느껴지는 다정함이 내 가슴속에서 매듭처럼 묶인다. 이모는 쟁반을 침대 위 내 발치에 내려놓은 후 돌아선다.

내가 뱉은 숨에서 이모가 술 냄새를 맡지 않았으면 좋겠다. "부엌에 이모 와인 놔뒀어요."

"고맙구나. 필요한 게 있으면 부르렴."

문이 닫힐 때 갑자기 어지러워져서 베개에 머리를 다시 누인다. 여섯 알 남았다……. 그 쓴 흰색 알약 하나를 혀로 녹이면 아침까지 쭉 잘 수 있을 것이다.

하지만 갑자기 더 좋은 생각이 떠오른다. 내 머릿속의 안개를 뚫고 나온 생각. **두 사람은 약혼했을 뿐이잖아. 아직 너무 늦은 건 아니야!**

가방 속을 더듬어 휴대전화를 꺼낸다. 리처드의 번호는 아직 저장되어 있다. 신호가 두 번 울린 후 그의 목소리가 들린다. 전남편보다 키와 덩치가 더 큰 남자한테 어울리는 음색이다. 나는 그 부조화가 늘 흥미롭다고 생각했다. "곧바로 전화드리겠습니다." 녹음된 메시지가 약속한다. 리처드는 언제나, 언제나 약속을 지킨다.

"리처드." 나는 불쑥 말한다. "나예요. 약혼한다고 들었어요. 당신한 테 꼭 해야 할 말이 있어요……."

조금 전에 느꼈던 명료함은 물고기처럼 꿈틀대며 내 손아귀를 빠져 나간다. 나는 적절한 말을 떠올리려고 애쓴다.

"전화 줘요……. 정말 중요한 일이에요."

마지막에 목소리가 갈라진다. 나는 통화 종료 버튼을 누른다.

전화기를 가슴에 대고 눈을 감는다. 경고신호들을 알아차리려 더 애 썼더라면 지금 내 몸을 휩쓰는 후회를 피할 수 있었을 텐데. 일을 바로 잡으려고 더 애썼더라면. 너무 늦었을 리가 없다. 리처드가 다시 결혼 한다는 생각만으로도 견딜 수가 없다.

깜박 잠이 든 게 분명하다. 한 시간 후 휴대전화 진동에 깜짝 놀라 눈 을 떴기 때문이다. 나는 고개를 숙이고 문자를 읽는다.

미안하지만 더는 할 말이 없어. 잘 지내. R.

순간 한 가지를 깨닫는다. 리처드가 다른 여자와 새로 시작했다면, 나는 마침내 나를 위한 삶을 짜깁기할 수 있을지 모른다. 샬럿 이모와 지내면서 돈을 모아 혼자 살 집을 빌려 나갈 수도 있다. 혹은 다른 도시 로, 과거를 떠오르게 할 것이 없는 도시로 이사할 수도 있다. 애완동물 을 입양할 수도 있고. 어쩌면, 언젠가는, 잘 재단된 슈트를 입고 머리 카락이 거무스름한, 햇볕을 받아 반짝이는 보잉 선글라스를 쓴 회사원 남자가 모퉁이를 돌아 나타날 때, 그가 리처드가 아니란 걸 확인할 때 까지 심장이 비틀대지 않을 것이다.

하지만 그가 그녀—내가 모르는 척하는 동안 태평하게 리처드 톰슨 의 새 부인 자리에 올라선 그 여자—와 함께인 한 내게 평화란 없다.

05

자신의 삶을 찬찬히 돌아보면, 넬리는 27년 동안 여러 명의 다른 여자로 살아온 것 같은 느낌이 들었다. 집이 위치한 블록 끝에 있던 냇가에서 몇 시간 동안 혼자서 놀던 유일한 아이, 어둠 속에 숨어 있는 괴물 같은 건 없다고 되뇌며 베이비시터 대금을 침대 속에 숨기던 10대 소녀, 이따금씩 문도 잠그지 않고 잠들어버리는 카이 오메가 여학생클럽의 사교부장. 그리고 지금의 넬리가 있었다. 무서운 영화를 보다가 여주인공이 궁지에 몰리면 영화관 밖으로 나가버리고, 새벽 1시 마지막 안내방송 후 문을 닫는 깁슨스 비스트로에서 마지막으로 퇴근하는 웨이트리스가 절대 되지 않도록 신경을 쓰는 여자.

유아원에서의 넬리 역시 다른 여자였다. 모 윌렘스의 〈코끼리와 꿀꿀이〉 시리즈를 전부 외운 청바지 차림의 교사. 동물 모양 유기농 크래커와 자른 포도송이를 나눠주고, 추수감사절 전에 아이들이 손바닥 자국을 찍어 칠면조를 그리는 걸 돕는 교사. 깁슨스 비스트로의 동료들이 아는 넬리는 검정 미니스커트를 입고 붉은 립스틱을 바른 웨이트리스로, 떠들썩한 남자 회사원들 테이블의 원샷 행렬에 동참해 두둑한 팁을 받아내고, 버거 접시를 가득 얹은 쟁반을 능숙하게 손바닥으로 받쳐 나르는 여자였다. 낮의 넬리와 밤의 넬리였다.

리처드는 넬리가 지금의 두 세계를 넘나드는 모습을 보아왔지만, 유아원 선생님 페르소나를 더 좋아하는 것 같았다. 넬리는 웨이트리스 일은 결혼식 직후, 유아원은 임신을 하면 그만둘 계획이었다. 넬리와 리처드 둘 다 빨리 임신하기를 바라고 있었다.

그러나 약혼을 하고 얼마 후 리처드는 넬리에게 깁슨스에 그만둔다고 말을 해두는 게 어떠냐고 말했다.

"지금 그만두라고요?" 넬리는 놀라서 그를 쳐다보았다.

넬리는 돈도 돈이지만 깁슨스의 동료 직원들을 좋아했다. 활력 넘치는 집단—도시의 불빛에 이끌린 나방처럼 전국에서 뉴욕으로 몰려든 열정적이고 창의적인 사람들로 이루어진 소우주였다. 웨이트리스 조시와 마고는 영화계 진출을 꿈꾸는 배우였다. 수석 웨이터 벤은 제2의 제리 사인펠드를 꿈꾸며 손님이 없을 때마다 코미디 연기를 연습했다. 키 190센티미터에 제이슨 스타뎀을 똑 닮은 외모로, 아마도 유일하게, 여자 손님들의 발길을 끄는 임무를 맡고 있는 바텐더 크리스는 매일 출근 전에 소설을 썼다.

동료들의 대담함 속의 뭔가가, 날마다 당하는 거절에 굴하지 않고 진심을 표현하고 꿈을 좇는 방식이 플로리다에서의 마지막 해에 꺼져버린 넬리의 어떤 부분에 말을 걸었다. 그런 면에서 넬리는 동료들이 아이들 같다고 생각했다—굴하지 않는 낙관주의자들. 세상과 세상의 가능성들이 자신에게 열려 있다고 느끼는 이들.

"일주일에 세 번만 나가는걸요." 넬리는 리처드에게 말했다.

"나와 함께 있을 수 있는 세 번의 밤이지."

넬리의 눈썹이 반달 모양으로 구부러졌다. "아, 이제 그 많은 출장은 안 갈 건가 봐요?"

두 사람은 리처드의 아파트 소파에서 빈둥거리고 있었다. 리처드의 초밥과 넬리의 튀김을 배달시켜 〈시민 케인〉을 보고난 후였다. 리처드는 그가 제일 좋아하는 영화라며 넬리가 그것을 보기 전까지는 결혼할 수 없다고 말했던 것이다. "당신이 생선회를 싫어하는 것만으로도 충분히 나빠." 그는 놀리듯 말했었다. 넬리는 리처드의 다리 위에 그녀의 다리를 올려놓고 있었고, 리처드는 그녀의 왼발을 부드럽게 마사지하고 있었다.

"이제 돈 걱정은 안 해도 돼. 내가 가진 건 다 당신 거니까."

"너무 멋지게 구는 거 그만해요." 넬리가 몸을 앞으로 기울여 그의 입술에 입술을 부비자 리처드는 더 진한 키스로 이으려 애썼지만, 그녀는 몸을 뺐다. "하지만 좋아하는걸요."

"뭐가 좋아?" 리처드가 두 손으로 넬리의 다리를 쓸어올렸다. 그의 표정이 골똘해지고 눈동자의 깊은 바다색이 짙어지고 있었다. 섹스를 원한다는 신호였다.

"내 일요."

"베이비"—그의 손이 멈췄다—"당신, 낮 동안 계속 서 있잖아. 그리고 또 밤새도록 정신없이 얼간이들한테 술을 날라줘야 하고. 차라리 내가 출장 갈 때 따라가는 게 낫지 않아? 지난주에 나랑 보스턴에 갔으면 모린이랑 같이 식사할 수도 있었고."

모린은 리처드보다 일곱 살 많은 그의 누나였다. 그와 모린은 늘 사이가 좋았다. 10대 시절 부모님이 돌아가신 후 리처드는 누나의 집에서 학업을 마쳤다. 지금 모린은 케임브리지에서 사는데, 그곳 대학교의 여성학 교수였다. 남매는 일주일에 여러 번 통화했다.

"누나가 당신을 너무 보고 싶어 해. 당신이 못 간다고 했을 때 엄청 실망하더라."

"나도 당신을 따라다니고 싶죠." 넬리가 가벼운 말투로 말했다. "하지만 내 병아리들은 어떡해요?"

"알았어, 알았어. 그래도 웨이트리스 일은 그만두고 야간 회화수업에 나가는 건 생각해봐. 얼마 전에 당신이 그림 배우고 싶다고 했었잖아."

넬리는 망설였다. 회화수업에 가느냐 마느냐의 문제가 아니었다. 그리고 다시 말했다. "깁슨스에서 일하는 게 정말 좋아요. 어차피 좀 있으면 그만둬야 하잖아요……."

두 사람 다 잠시 말이 없었다. 리처드는 뭐라고 말할 것처럼 보였지만, 말없이 손을 뻗어 넬리의 흰 양말을 한 짝 벗겨서 들어올려 흔들었다. "항복할게." 그는 그녀의 발을 간질였다. 넬리는 꺅 소리를 질렀다. 그는 한 손으로 그녀의 두 손을 머리 위로 올려 누르고 다른 손으로 그녀의 가슴께를 만졌다.

"그만해요." 넬리가 숨을 헐떡이며 말했다.

"뭘 그만해?" 그가 계속하면서 장난기 어린 목소리로 물었다.

"농담 아니에요, 리처드. 그만해요!" 넬리는 몸을 빼려고 했지만 그의 몸에 깔려 있었다.

"당신의 스위트스폿(배트, 라켓 등에서 공이 맞으면 가장 잘 날아가는 부분─옮긴이)을 찾은 것 같은데."

그녀는 폐에 산소가 부족한 듯한 느낌이었다. 그의 강인한 몸이 그녀의 몸을 누르고 있었고, 등 밑에는 리모컨이 깔려 배겼다. 넬리는 마침내 손을 빼내 그를 밀었는데, 아까 키스하려고 하던 그를 밀쳤을 때보다 더 세게 밀쳐냈다.

넬리는 호흡을 가다듬은 후 말했다. "간지럼 태우는 거 싫어요."

날카로운—의도했던 것보다 더 날카로운—어조였다. 그는 그녀를 가만히 쳐다보았다. "미안해, 스위트하트."

넬리는 윗옷의 매무새를 다듬고 그를 쳐다보았다. 자신이 과잉반응했다는 걸 알았다. 리처드는 장난스럽게 행동했을 뿐이지만, 갇힌 느낌이 들면 그녀는 공포에 질렸다. 사람들이 꽉 찬 엘리베이터나 지하 터널을 지나갈 때도 그랬다. 리처드는 평상시에 그런 것들에 세심했지만, 그렇다고 매번 그녀의 마음을 읽을 수는 없을 터였다. 참 좋은 밤을 보내고 있었는데. 식사도 영화도 좋았고. 그는 그저 넓은 마음으로 배려하려고 했을 뿐인데.

넬리는 분위기를 되돌려놓고 싶었다. "아니에요. 내가 미안해요. 너무 까칠하게 굴었죠……. 요새 내가 계속 정신없이 바빴잖아요. 내 방 창문 밖이 너무 시끄러워서 잠도 못 자고 있거든요. 당신 말이 맞아요. 좀 더 여유를 갖는 게 좋겠어요. 이번 주에 매니저한테 말할게요."

리처드가 웃음을 지었다. "식당에서 다른 사람을 금방 찾으려나? 우리 회사 새 클라이언트 한 명이 브로드웨이의 괜찮은 공연들에 거의 다 투자를 해. 당신이랑 샘이 보고 싶은 공연 있으면 특별 초대석 표를 구해줄 수 있어."

넬리가 뉴욕에 온 후 본 공연은 세 편뿐이었다. 표 값이 엄청나게 비쌌기 때문이다. 그나마도 매번 발코니 석에 앉았는데, 한번은 앞자리에 심한 코감기에 걸린 남자가 있었고 나머지 두 번은 기둥에 가려 무대가 다 보이지 않는 자리였다.

"그럼 너무 좋죠!" 넬리는 그에게 몸을 기대며 말했다.

언젠가는 그들도 진짜 싸움을 하겠지만, 넬리는 리처드에게 진심으로 화가 난 자신을 상상할 수 없었다. 그녀의 허술함에 그가 짜증이 날 가능성이 더 높았다. 넬리는 벗은 옷을 침실 의자에 걸쳐놓았고 때로는 바닥에 내버려두는 반면 리처드는 저녁마다 슈트를 옷걸이에 걸어 구김을 편 뒤 옷장에 넣어두는 사람이었다. 그는 티셔츠도 각을 잡아 개서 투명 플라스틱 정리대를 넣은 서랍에 차곡차곡 넣었다. 더 컨테이너 스토어(수납, 정리 용품 전문 상점—옮긴이)에서 산 정리대 같았다. 그뿐 아니라 색상별로 구분까지 했다. 검은색과 회색 계열 한 줄, 기타 색상 한 줄, 흰색 한 줄.

리처드의 직업은 세세한 부분들에까지 고도의 집중력과 주의력을 요구했다. 정리벽이 생길 수밖에 없었다. 유아원 교사 일을 편하다고 할 사람은 아무도 없겠지만, 그래도 그녀의 일이 그의 일보다는 노동 강도가 약하다고 느껴졌다. 일단 근무 시간이 더 짧고, 출장이라고 할 만한 건 가끔씩 동물원에 가는 것뿐이니까.

리처드는 모든 것을 아주 잘 돌봤다—넬리까지도. 그녀가 깁슨스에서 돌아오는 퇴근길을 걱정했고, 매일 밤 그녀가 집에 잘 도착했는지 전화나 문자를 했다. 최신식 휴대전화도 사줬다. "당신이 외출할 때 갖고 다니면 더 안심이 될 것 같아." 그는 그렇게 말했다. 최루가스 스프레이를 사주겠다는 제안도 했었지만 넬리는 이미 페퍼 스프레이를 들고 다닌다고 말했다. "다행이네." 그는 말했다. "소름끼치는 인간들이 사방에 널렸잖아."

나도 잘 알죠. 넬리는 속으로 그렇게 말하며 몸서리치지 않으려고 애썼다. 그날의 비행이, 옆자리의 젊은 군인이 말도 못하게 고마웠다—심지어 그녀의 비행 공포증까지도. 공포증 덕에 리처드와 얘기를 나누게 되었으니까.

리처드는 넬리를 한 팔로 안았다. "영화는 재미있었어?"

"슬펐어요. 남자 주인공은 엄청나게 큰 집도 있고 돈도 많지만 너무나 고독하니까요."

리처드는 고개를 끄덕였다. "그렇지. 나도 볼 때마다 똑같은 생각을 해."

넬리는 리처드가 그녀를 놀라게 하는 걸 무척 좋아한다는 걸 깨달아 가는 중이었다.

오늘도 그는 계획이 있으니—그의 계획은 미니골프에서 박물관까지 뭐든 가능했다—일찍 퇴근해서 넬리를 데리러 가겠다고 말했다. 그녀는 다양한 가능성에 대비한 차림을 해야 했으므로 그녀가 가장 좋아하는 남색과 흰색 줄무늬 선드레스와 플랫 샌들을 선택했다.

넬리는 유아원에 입고 갔던 티셔츠와 카고팬츠를 벗어 빨래바구니로 집어던진 후 옷장으로 갔다. 옷들을 이리저리 헤집었지만 그 굵은 줄무늬 원피스는 보이지 않았다.

그녀는 서맨사의 방으로 들어갔고, 그 방 침대 위에서 그 옷을 발견했다. 불평할 수는 없었다. 넬리의 옷장 안에도 샘의 윗옷이 적어도 두 장은 있었기 때문이다. 넬리와 서맨사는 책과 옷과 음식 등등을 공유했다. 신발은 예외였는데, 넬리의 발이 한 치수 더 컸기 때문이다. 메이크업 용품도 공유 불가였다. 서맨사는 혼혈이라 머리카락과 눈동자가 거무스름한 반면 넬리는 금빛이었다—조나가 넬리를 마시멜로로 묘사한 데는 이유가 있었다.

넬리는 샤넬 향수를 귀 뒤에 찍어 바르고—리처드한테서 까르띠에 러브 팔찌와 함께 받은 발렌타인데이 선물이었다—집 밖에서 그를 기다리기로 했다. 그가 오기로 한 시간이 거의 다 됐기 때문이다.

집을 나서 좁은 복도를 걸은 후 아파트 건물의 출입문을 여는데 누군가가 들어왔다. 넬리는 얼른 뒤로 물러섰다.

샘이었다. "어! 집에 있는지 몰랐네! 열쇠 찾고 있었어." 샘은 한 손으로 넬리의 팔을 잡고 말했다. "놀라게 해서 미안해."

넬리가 처음 이 집에 들어왔을 때, 그녀와 샘은 장장 일주일 동안 그 낡고 오래된 집을 칠했다. 나란히 서서 크림옐로 페인트를 묻힌 롤러로 주방 찬장을 칠하며 이런저런 대화를 나눴다. 다부진 남자들을 만나려고 샘이 가입할까 생각한다는 암벽등반 모임, 교사들에게 늘 추파를 던지는 유아원 원생 아버지, 샘이 의대를 가길 바랐던 치료사 어머니, 그리고 넬리가 깁슨스에서 일할지 옷가게에서 주말 근무를 할지에 대해.

그러다 어둠이 내리자 샘은 그날 마신 와인 두 병 중 첫 번째 병의 코르크를 뽑았고, 그들의 대화 주제는 더 사적인 것들로 옮겨갔다. 새벽 3시까지 얘기를 나눴다.

넬리는 자신과 서맨사가 그날 밤에 제일 친한 친구가 된 거라고 늘 생각했다.

"멋진데." 서맨사가 말했다. "베이비시터 일을 하기엔 좀 너무 차려 입은 것 같지만."

"그전에 어디 좀 갈 거거든. 그래도 6시 반까지는 콜먼 씨 집으로 갈게."

"응. 다시 말하지만 대신 가줘서 고마워……. 도대체 왜 일정을 겹치게 만들었는지 모르겠어. 나답지 않게 말이야."

"그러게, 충격적인 일이네." 넬리가 웃었다. 아마 샘도 웃기려고 한 말일 터였다.

"그 집 부모가 11시까지는 꼭 올 거라고 했으니까 자정쯤 올 거라고 생각하면 돼. 그리고 잘 시간이라고 말할 때 한니발 렉터를 조심해. 저번에 고무 찰흙을 뺏었더니 내 손목을 물어 끊으려고 했어."

샘은 자기 반의 모든 아이들에게 별명을 붙였다. 무는 아이는 한니발, 꼬마 철학자는 요다, 입으로 숨 쉬는 아이는 다스베이더. 그래도 떼쓰는 아이를 말로 구슬려 진정시키는 샘의 능력은 타의 추종을 불허했다. 원장 린다를 설득해, 교사들이 분리불안으로 힘들어하는 아이를 안아줄 때 앉을 흔들의자를 구매하게 만든 것도 샘이었다.

경적 소리가 나서 보니 리처드의 BMW 컨버터블이 멈춰서고 있었다. 앞유리에 주차 위반 딱지가 붙은 흰색 토요타 옆이었다.

"차 좋네요." 샘이 외쳤다.

"그래요?" 리처드도 외쳤다. "빌리고 싶으면 얘기해요."

넬리는 샘이 눈알을 굴리는 걸 봤다. 지금까지 여러 번, 넬리는 샘이 리처드의 별명도 지었는지 궁금했다. 하지만 절대 물어보지는 않았다. "좀 봐줘. 애쓰잖아."

샘은 다시 리처드를 흘겨봤다.

넬리는 샘을 잠깐 안은 다음 서둘러 계단을 내려가 리처드의 차 쪽으로 갔다. 그는 조수석 문을 열어주려고 차에서 내리고 있었다.

리처드는 보잉 선글라스에 청바지와 검은색 셔츠 차림이었는데, 넬리가 아주 좋아하는 모습이었다. "안녕, 뷰티풀." 그는 그녀에게 긴 입맞춤을 했다.

"안녕, 당신." 넬리는 차에 타서 안전벨트를 매려고 몸을 돌렸을 때 아직 아파트 현관에 있는 서맨사를 보았다. 넬리는 그녀에게 손을 흔들고 리처드를 보았다. "어디 갈 건지 말해줄 거예요?"

"아니." 그는 시동을 걸었고, 차는 서 있던 길모퉁이를 떠나 동쪽으로 달려 FDR 드라이브로 진입했다.

리처드는 말없이 운전만 했지만, 넬리는 그의 입꼬리가 계속 올라가 있는 것을 보았다.

리처드는 허치슨 리버 파크웨이를 통과한 후 앞좌석 사물함에서 수면안대를 꺼내 넬리의 무릎 위에 툭 던졌다. "도착할 때까지 엿보기 없기야."

"좀 변태 같은데요." 넬리가 농담했다.

"그러지 말고 써봐."

넬리는 안대 고무줄을 뒤통수에 고정했다. 어찌나 꽉 끼는지 밑으로 엿보기가 불가능했다.

리처드는 급커브를 틀었고 넬리는 문 쪽으로 몸이 쏠렸다. 시각적 단서가 없으니 차의 움직임에 따라 몸의 자세나 무게중심을 바꿀 수가 없었다. 게다가 리처드는, 늘 그러듯이, 빨리 달렸다.

"얼마나 더 가요?"

"5분에서 10분."

넬리는 맥박이 빨라지는 걸 느꼈다. 전에 비행기를 탔을 때 두려움을 줄여줄까 싶어서 안대를 써본 적이 있었다. 하지만 정반대의 결과만 얻었다. 전보다 더 심한 밀실 공포를 느꼈던 것이다. 지금 그녀는 겨드랑이에 땀이 찼고 자기도 모르게 문손잡이를 움켜쥐고 있었다. 리처드에게 안대를 벗고 그냥 눈을 감고 있으면 안 되냐고 거의 물을 뻔했지만, 안대를 던져주며 그가 짓던 미소를—소년 같은 싱긋 웃음을—떠올렸다. 5분. 60 곱하기 5는 300. 마음속으로 초를 세며 두려움을 잊으려 애썼다. 시계의 초침이 돌아가는 모습을 상상했다. 리처드가 무릎을 잡았을 때 그녀는 헉 했다. 애정표시인 걸 알면서도 몸이 굳었다. 그의 손가락들이 그녀의 무릎 위쪽의 민감한 부분을 누르고 있었다.

"1분만 더 가면 돼." 그가 말했다.

BMW가 갑자기 정지했고 엔진이 멈추는 소리가 들렸다. 넬리가 얼른 안대를 벗으려고 손을 올리는데 리처드의 목소리가 저지했다. "아직 안 돼."

그가 차 문을 여는 소리가 들렸다. 그는 차를 돌아와 그녀를 내리게 한 후 팔을 잡고 이끌며 함께 걸었다. 발밑이 단단했다. 풀밭이 아니다. 포장도로인가? 보도? 넬리는 시내에서 늘 그녀를 둘러싼 소음에 너무나 익숙했기에 지금의 고요함이 신경에 거슬렸다. 새 한 마리가 지저귀기 시작하더니 잠시 후 갑자기 멈췄다. 차로 30여 분밖에 안 왔는데 다른 행성에 온 것 같은 느낌이었다.

"거의 다 왔어." 리처드의 따뜻한 입김이 귓가에 느껴졌다. "준비됐어?"

넬리는 고개를 끄덕였다. 안대를 벗을 수 있다면 무슨 말에라도 동의할 수 있었다.

리처드가 안대를 위로 올리자 넬리는 눈부신 햇살 때문에 눈을 깜박였다. 눈이 적응되자 '판매 완료!'라고 적힌 팻말이 앞마당에 꽂혀 있는 커다란 벽돌집이 보였다.

"결혼 선물이야, 넬리." 그녀는 몸을 돌려 리처드를 보았다. 그는 환하게 웃고 있었다.

"이 집을 샀어요?" 그녀는 숨을 몰아쉬었다.

집은 거리에서 꽤 멀찍이 떨어져 있었고 부지는 최소 4,000제곱미터

는 되어 보였다. 넬리는 집에 대해 별로 아는 것이 없었지만—그녀가
자란 사우스 플로리다의 수수한 단층 벽돌집은 '직사각형'이라는 말 외
에는 딱히 설명할 말이 떠오르지 않았다—이 집은 한눈에 봐도 고급스
러웠다. 크기는 물론 여러 디테일이 그 사실을 드러내고 있었다. 색유
리 창과 황동 손잡이가 있는 거대한 목재 현관문, 잔디밭의 가장자리를
두르고 있는 잘 관리된 정원들, 파수꾼처럼 보도 옆에 늘어선 키 큰 각
등들. 모든 것이 손 탄 흔적 없이 깨끗해 보였다.

"난…… 뭐라고 해야 할지 모르겠네요."

"이렇게 일찍 같이 보게 될 줄 몰랐어." 리처드가 농담조로 말했다.
"결혼식 후까지 아껴두려고 했는데, 계약이 일찍 마무리되고 보니 기
다릴 수가 없더군."

그는 그녀에게 열쇠를 건넸다. "들어가볼까?"

넬리는 앞쪽 계단을 올라 열쇠구멍에 열쇠를 끼웠다. 문이 열리자 2층
높이의 현관 안으로 들어갔다. 발소리가 윤기나는 바닥에서 메아리쳤
다. 왼쪽으로 목재 패널 벽과 가스 벽난로가 있는 서재가 보였다. 오른
쪽에는 벤치가 딸린 깊숙한 퇴창이 있는 타원형의 방이 있었다.

"아직 손봐야 할 게 많아. 당신이랑 같이 하고 싶어." 리처드가 넬리
의 손을 잡았다. "하이라이트는 뒤쪽에 있어. 그레이트 룸. 가보자."

넬리는 손끝으로 꽃무늬 벽지를 쓸며 리처드를 따라가다가, 벽지를
더럽힐 수 있다는 생각에 얼른 손을 뗐다.

그곳은 그레이트 룸이라는 이름조차 과소평가처럼 느껴졌다. 모래
색 화강암 상판과 같은 높이의 쿡탑과 와인 냉장고가 있는 주방과 모
던한 컷글라스 샹들리에가 달린 식사 공간이 이어져 있었다. 약간 낮
은 곳에 있는 거실은 천장이 위로 옴폭 들어가 목재로 마감되어 있었

고, 석재 벽난로도 있으며, 벽은 징두리널로 마감되어 있었다. 리처드는 뒷문을 열고 2층 데크로 넬리를 데려갔다. 저 멀리 나무 밑에서 2인용 해먹이 흔들리고 있었다.

리처드는 넬리를 보고 있었다. "마음에 들어?" 그의 미간에 주름이 잡혔다.

"아…… 믿기지가 않아요." 넬리는 겨우 대답했다. "겁이 나서 아무것도 못 만지겠어요!" 그녀는 짧게 소리 내 웃었다. "너무 완벽해요."

"당신이 교외에서 살고 싶어 하는 거 알아. 시내는 너무 시끄럽고 스트레스가 많잖아."

내가 그런 말을 했나? 넬리는 속으로 생각했다. 맨해튼의 카오스에 대해 불평한 적은 있지만 그곳을 떠나고 싶다고 말한 기억은 없었다. 하지만 주택가에서 살던 어린 시절에 대해 얘기할 때 그런 언급을 했을지도 몰랐다. 아마 자식을 낳으면 그런 환경에서 키우고 싶다고 했을 것이다.

"나의 넬리." 리처드가 다가와 그녀를 감싸 안았다. "아직 위층이 남았어."

리처드는 넬리의 손을 잡고 계단을 올라가 작은 침실 몇 개가 연결된 복도를 걸었다. "이 방은 모린을 위한 손님방으로 꾸미면 어떨까 해." 그가 방 하나를 가리키며 말했다. 그리고 마스터 스위트의 문을 열었다. 두 사람은 나란히 워크인 클로짓을 통과하고 자연광이 쏟아져 들어오는 마스터 욕실로 들어갔다. 여러 개의 창문 아래 2인용 자쿠지가 있고 유리 칸막이를 두른 별도의 샤워실이 있었다.

한 시간 전 넬리는 이웃집에서 볶는 양파 냄새를 들이마시고 서맨사가 현관문 앞에 놔둔 다이어트 콜라 캔에 발이 채였다. 25퍼센트의 팁을 받거나 중고가게에서 예쁜 허드슨 청바지를 발견하면 뛸 듯이 기뻐하던 그녀가 어쩌다 보니 매우 다른 삶 속으로 들어와 있었다.

넬리는 욕실 창밖을 내다보았다. 짙푸른색의 산울타리가 이웃집의 시선을 차단하고 있었다. 그녀의 뉴욕 집에서는 위층의 커플이 자이언츠 경기를 두고 언쟁하는 소리가 라디에이터를 통해 들어왔는데 이곳은 넬리 자신의 숨소리조차 크게 들리는 듯했다.

그녀는 몸을 떨었다.

"추워?"

그녀는 고개를 저었다. "그냥 누가 내 무덤 위를 지나갔어요. 소름끼치는 표현이죠? 아빠가 자주 하시던 말이에요."

"너무 조용하군." 리처드가 천천히, 깊이 숨을 들이쉬었다. "너무 평화로워." 그러더니 넬리의 몸을 살짝 틀어 그를 보게 했다. "경보장치 업체는 다음 주에 올 거야."

"고마워요." 역시나 리처드는 그 세부사항을 염두에 두고 있었던 것이다.

넬리는 두 팔로 그를 껴안으며 그의 단단한 가슴에 기대자 긴장이 풀어지는 기분이 들었다.

"흐으음." 그는 그녀의 목에 키스하기 시작했다. "당신한테 너무 좋은 냄새가 나. 자쿠지를 한번 써볼까?"

"아, 베이브……." 넬리는 천천히 몸을 뗐다. 자기도 모르게 손가락에 낀 결혼반지를 빙빙 돌리고 있었다. "너무 좋은 생각인데, 정말 가봐야 해요. 말했잖아요, 샘이 나한테 베이비시터 일을 대신 해달라고 부탁했다고……. 미안해요, 정말."

리처드는 고개를 끄덕이고 두 손을 호주머니에 넣었다. "그럼 기다리는 수밖에 없겠군."

"정말 놀라워요. 여기가 우리 집이 될 거라는 게 믿기지 않아요."

잠시 후 리처드는 주머니에서 손을 빼고 넬리를 꽉 끌어안았다. 그녀를 내려다보는 얼굴이 다정했다. "미안해하지 마. 우린 이제 평생 매일 밤을 기념할 수 있으니까."

06

머리가 지끈거린다. 입안이 온통 쓰다. 침대 옆 탁자 위의 물 잔으로 손을 뻗지만 잔은 비어 있다.

내 기분은 아랑곳하지 않는다는 듯이 밝은 햇살이 열린 블라인드로 들어와 눈을 찌른다. 시계를 보니 9시가 거의 다 됐다. 전화를 걸어 또 병가를 내야겠다. 근무일—그리고 판매수당—이 또 하루 사라지겠군. 어제는 심한 숙취로 쉬어버린 목소리 때문에 내가 정말 아프다고 루실이 생각하게 할 수 있었다. 침대 속에 계속 머물면서 내 몫의 와인 두 병을 다 비운 후 샬럿 이모의 모임이 끝나고 남은 반병까지 해치웠기 때문이다. 그러고도 그녀와 엉켜 있는 리처드의 모습이 머릿속에서 지워지지 않아 수면제까지 한 알 먹었다.

휴대전화로 손을 뻗다가 속이 울렁거려서 그냥 놔두고 욕실로 비틀비틀 걸어간다. 꿇어앉지만 토할 수가 없다. 뱃속이 너무 텅 비어서 배가 안쪽으로 오목하게 들어간 것처럼 느껴진다.

다시 일어나 세면대의 수도꼭지를 돌려 금속 맛 나는 물을 허겁지겁 들이켠다. 얼굴에 물을 수차례 끼얹고 거울 속의 나를 본다.

거무스름한 긴 머리카락은 헝클어지고 눈은 부어 있다. 광대뼈 밑이 전에 없이 움푹 들어갔고 쇄골이 툭 튀어나와 보인다. 나는 간밤의 술 냄새를 없애려고 애쓰며 이를 닦고 배스로브를 걸친다.

다시 침대로 가서 휴대전화를 든다. 삭스에 전화를 걸어 루실을 연결 해달라고 한다.

"버네사예요." 목소리가 아직 이상하게 나와서 다행이다. "죄송하지 만 아직 몸이 안 좋아서……."

"언제 다시 출근 가능해요?"

"내일쯤?" 나는 과감하게 대답한다. "모레는 꼭 갈게요."

"그래요." 루실은 잠시 말이 없다. "오늘 사전 특별판매가 시작돼요. 일이 무척 많을 거예요."

루실은 그 암시적인 말을 한 후 침묵한다. 아마도 루실은 살면서 단 한 번도 결근을 하지 않았을 것이다. 나는 그녀가 내 구두와 옷, 손목시 계를 뜯어보는 걸 눈치챘다. 내가 지각할 때면 입가가 굳어지는 것도. 루실은 나를 안다고 생각한다. 이 직업이 시시하다고 생각한다. 그녀 는 나 같은 부류를 날마다 상대한다고 확신하고 있다.

"그런데 지금 열은 없거든요." 나는 얼른 말한다. "일단 출근해볼까 요?"

"그게 좋겠네요."

나는 전화를 끊고 리처드의 문자를, 한 단어도 빠짐없이 머릿속에 각 인되어 있지만, 다시 읽은 후 발을 질질 끌며 샤워실로 들어가 수도꼭 지를 최대한 왼쪽으로 돌려 김이 나도록 뜨거운 물을 튼다. 살갗이 빨 개지도록 물을 맞고 있다가 수건으로 몸을 닦는다. 머리카락을 말리고 뿌리 쪽이 보이지 않도록 꼬아서 손질하며 오늘밤에는 꼭 염색을 하겠 다고 다짐한다. 심플한 회색 캐시미어 스웨터 세트와 검은색 바지를 입고 검은색 발레리나 플랫 슈즈를 신는다. 나쁜 혈색을 감추기 위해 컨실러와 블러셔를 평소보다 더 칠한다.

부엌으로 가자 샬럿 이모는 없지만 이모가 나를 위해 차린 음식이 조리대 위에 있다. 커피를 홀짝이며 이모가 놔둔 바나나 빵을 오물거린다. 집에서 만든 빵이다. 몇 입 먹자 위가 저항해온다. 남은 빵을 종이 타월에 싸서 쓰레기통에 넣으며 이모가 내가 빵을 다 먹었다고 생각하기를 바란다.

현관문이 쇳소리를 내며 등 뒤에서 닫힌다. 지난 이틀 동안 날씨가 격심하게 변한 것 같다. 옷을 너무 껴입었다는 걸 곧바로 깨닫는다. 하지만 갈아입을 시간은 없다. 루실이 기다리고 있다. 게다가 네 블록만 가면 지하철역이다.

거리의 공기가 사정없이 달려든다. 뜨겁고 후텁지근하고, 모퉁이 행상의 와플부터 수거되지 않은 쓰레기까지 온갖 것들의 냄새가 뒤섞여 있다. 어디선가 담배 연기까지 흘러온다. 나는 지하철역 입구에 도착해 계단을 내려간다.

순식간에 햇볕이 사라지고 바깥보다 훨씬 높은 지하의 습도가 느껴진다. 교통카드를 대고 허리춤으로 딱딱한 봉을 밀어 회전문을 통과한다.

지하철 한 대가 우르릉대며 역으로 들어오지만 내가 타는 노선이 아니다. 사람들은 앞쪽으로, 거의 플랫폼 가장자리까지 나아가지만 나는 벽 쪽에, 위험천만한 전기 레일에서 먼 곳에 남는다. 어떤 사람들은 거기서 뛰어내려서 죽고 어떤 사람들은 떠밀려서 떨어져 죽는다. 때때로 경찰은 둘 중 어느 경우인지 판단하지 못한다.

젊은 여자가 내 옆에 와서 선다. 금발에 몸집은 자그마하고 누가 봐도 임신한 배를 하고 있다. 여자가 부드럽게, 천천히 원을 그리며 배를 쓰다듬는 걸 나는 넋을 놓고 쳐다본다. 마치 원심력이 작동하는 것처럼 머릿속이 빙빙 돌아, 내가 욕실의 차가운 타일 바닥에 앉아 임신 테스트기의 파란 줄이 나타나길 기다리던 날로 돌아간다.

리처드와 나는 자식을 원했다. 빵집의 한 타(baker's dozen, 옛날에 빵집에서 하나 더 얹어준 것에서 비롯된 표현으로, 열세 개를 뜻한다―옮긴이)만큼 낳자고 리처드는 농담했지만 실제로 둘이서 동의한 건 셋이었다. 나는 직장을 그만둔 상태였고 가사도우미도 매주 왔다. 내가 할 일은 아이를 낳는 것밖에 없었다.

처음에 나는 내가 어떤 엄마가 될지, 무의식적으로 내 엄마한테서 뭔가를 흡수하지 않았을지 걱정했다. 학교에서 돌아오면 엄마가 이쑤시개로 식탁 의자의 구석에서 음식 부스러기를 빼내고 있던 날들이 있었다. 문 밑으로 넣은 우편물이 그대로 바닥에 흩어져 있고 싱크대에 그릇이 쌓여 있는 날들이 있었다. 나는 엄마의 '불 꺼진 날'에는 안방 문을 두드리면 안 된다는 걸 일찌감치 깨달았다. 방과 후 미술수업을 받거나 아이들끼리 만나서 논 후에 엄마가 나를 데리러 오는 걸 잊을 때마다 나는 점점 더 능숙하게 변명하고 아빠한테 전화하면 된다고 말하는 아이가 되었다.

초등학교 3학년 때 점심 도시락을 스스로 싸기 시작했다. 다른 아이들이 보온병에 든 수제 수프나 밀폐용기에 담긴 별 모양 파스타를 먹는 것을 보면서―어떤 부모들은 농담이나 애정 어린 메시지가 담긴 쪽지까지 딸려 보냈다―매일 똑같은 샌드위치를 최대한 빨리 먹어치우려고 애썼다. 차가운 땅콩버터를 펴 바르느라 찢어진 빵을 누가 볼까 봐 두려웠기 때문이다.

그러나 몇 달 후, 아이에 대한 열망이 혼란스러운 마음보다 커졌다.

나는 스스로의 엄마 노릇도 해냈으니 분명 아이를 돌볼 수 있을 거라 생각했다. 밤에 리처드 옆에 누워서, 그처럼 속눈썹이 긴 아들에게 닥터 수스의 책을 읽어주거나, 그처럼 입꼬리가 한쪽으로 내려가는 웃음을 웃는 딸아이와 미니어처 찻잔을 달각거리며 노는 상상을 했다.

나는 임신 테스트기에 파란 줄이 하나 뜨는 걸 보고 망연자실했다. 베인 상처처럼 곧고 선명한 선. 그날 아침 리처드는 침실에서 그의 진회색 울 슈트를 세탁소 비닐 커버에서 꺼내며 내가 나오기를 기다리고 있었다. 나는 그가 내 눈에서 결과를 읽을 것임을, 내가 그의 눈에 어린 실망의 메아리를 보게 될 것임을 알았다. 그는 나를 향해 두 팔을 뻗으며 속삭일 터였다. "괜찮아, 베이비. 사랑해."

하지만 그때의 테스트의 음성 결과로—여섯 번째였다—나의 시간은 공식적으로 끝났다. 우리는 여섯 달 안에 임신이 되지 않으면 리처드가 검사를 받아보기로 했다. 내 산부인과 의사는 정자 수 측정 쪽이 몸에 무리를 덜 준다고 설명했다. 리처드가 할 일은 《플레이보이》지를 보며 바지 속에 손을 넣는 것뿐일 테니까. 리처드는 그의 10대 시절 덕분에 준비가 잘 되어 있다고 농담을 했다. 나는 그가 내 기분을 나아지게 하려고 애쓰는 중임을 알았다. 리처드에게 문제가 없다면—나는 그럴 거라고 확신했다. 문제는 나한테 있다고—내가 병원에 갈 차례였다.

"스위트하트?" 리처드가 욕실 문을 두드렸다.

나는 일어서서 연분홍색 민소매 나이트가운을 매만졌다. 문을 열었을 때 내 얼굴은 젖어 있었다.

"미안해요." 나는 테스트기를 등 뒤로 감췄다. 마치 감춰야 할 수치스러운 물건인 것처럼.

리처드는 나를 어느 때보다도 더 꽉 안고서 다 괜찮다고 말했지만 나는 우리 사이에 흐르는 에너지의 미묘한 변화를 감지했다. 결혼식 직후 집 근처의 공원을 함께 걸었던 날을 떠올렸다. 그는 여덟 살 정도로 보이는 아들과 캐치볼을 하는 남자를 보았다. 아버지와 아들 모두 양키스 야구 모자를 쓰고 있었다.

리처드는 발을 멈추고 그들을 바라보았다. "나도 어서 아들이랑 저렇게 하고 싶어. 그 애가 나보단 공을 잘 던져야 할 텐데."

나는 웃으면서 내 젖가슴이 약간 부드러워진 것을 의식하고 있었다. 월경 전에도 그렇지만 임신의 증상이기도 하다고 책에서 읽었다. 그때 나는 이미 산전용 비타민을 먹고 있었다. 아침마다 오래 산책을 하고 초보용 요가 비디오를 샀다. 저온살균하지 않은 치즈는 먹지 않았고 식사할 때 와인은 한 잔까지만 마셨다. 전문가들이 좋다고 한 건 다 하고 있었다.

하지만 아무 소용없었다.

"그냥 계속 노력하는 거야." 예전에, 우리가 아직 낙관적일 때 리처드는 말했다. "그리 나쁠 것 없잖아?"

나는 여섯 번째 임신 테스트기를 욕실 휴지통에 던져 넣고 그 위에 화장지를 덮었다. 다시 보고 싶지 않았기 때문이다.

"생각해봤는데……." 리처드가 말했다. 그는 이제 화장대 거울을 보며 넥타이를 매고 있었다. 뒤쪽의 침대 위에는 열린 슈트케이스가 놓여 있었다. 리처드는 출장을 자주 갔지만 대부분 1, 2박의 짧은 일정이었다. 순간 나는 그가 무슨 말을 하려는지 감이 왔다. 출장을 함께 가자고 하려는 거야. 우리의 아름답고 텅 빈 집을, 친구 하나 없는 매력적인 동네를 탈출한다고 생각하자 마음속의 어둠이 걷히기 시작하는 듯했다. 나 자신을 내 최근의 실패에서 멀리 떨어뜨려놓자.

그러나 리처드는 이렇게 말했다. "어쩌면 당신이 술을 완전히 끊어야 하는 것 아닐까?"

임신한 여자는 내 옆을 떠나고 나는 눈을 세게 깜박이며 공상에서 깨어난다. 승강장 쪽으로 가는 여자가 보이고 다가오는 지하철이 내는 굉음이 들린다. 바퀴들이 쇳소리를 내며 멈춰서고 지친 한숨 같은 소리가 나며 문들이 열린다. 나는 사람들이 다 탈 때까지 기다렸다가 열차로 걸어가면서 약간 불안해진다.

전철 문턱을 넘자 문이 닫힘을 알리는 경고음이 들린다. "실례합니다." 나는 그렇게 말했지만 앞에 선 남자는 미동도 없다. 그는 헤드폰에서 쿵쿵 울리는 음악에 맞춰 머리를 까닥거리고 있다. 나까지 베이스의 진동을 느낄 수 있다. 문이 닫혔지만 열차는 그대로 서 있다. 너무 더워서 내 바지가 다리에 들러붙는 것이 느껴진다.

"앉을래요?" 누군가의 목소리. 나이 지긋한 남자가 일어서며 임신한 여자에게 자리를 양보한다. 여자는 미소를 지으며 앉는다. 그녀는 격자무늬 원피스를 입고 있다. 단순하고 싸구려 같은 옷이다. 여자가 머리카락을 목 뒤로 넘기고 한 손을 들어 손부채질을 하자 부푼 젖가슴이 얇은 원피스 천을 압박한다. 여자의 피부는 상기되어 있고 촉촉하다. 환하게 빛나는 얼굴.

리처드의 새 애인은 임신할 수 없겠지?

나는 그녀가 임신할 수 없다고 생각하지만, 갑자기 리처드가 그녀 뒤에 서서 그녀의 산만한 배를 두 손으로 받치는 모습을 상상한다.

나는 밭은 숨을 연거푸 들이쉰다. 겨드랑이 쪽이 누런 흰색 티셔츠를 입은 남자가 내 머리 위로 팔을 뻗어 기둥을 잡고 있다. 고개를 돌려보지만 코를 찌르는 그의 땀 냄새를 피할 수가 없다.

열차가 갑자기 출발하자 《뉴욕타임스》를 읽고 있는 여자에게 내 몸이 쏠린다. 그래도 그녀는 신문에서 눈을 떼지 않는다. 몇 정거장만 가면 돼. 나는 속으로 말한다. 10분, 15분만 참자.

열차가 요란하게, 화난 듯한 소리를 내며 달리며 어두운 터널을 통과한다. 누군가의 몸이 내 몸에 눌려 있다. 너무 가깝다. 다들 너무 가깝다. 두 무릎에 힘이 풀리며 땀에 젖은 내 손이 기둥을 놓친다. 나는 쓰러져서 문에 기댄 채 머리를 무릎에 가까이 하고 웅크린다.

"괜찮아요?" 누군가가 묻는다.

흰색 티셔츠의 남자가 내 쪽으로 몸을 기울이고 있다.

"아픈 것 같아요." 나는 숨을 헐떡인다.

내 몸이 앞뒤로 흔들리기 시작한다. 나는 트랙을 따라 달리는 바퀴들의 리드미컬한 윙윙거림을 센다. **일, 이**…… **십**…… **이십**…….

"승무원!" 어떤 여자가 외친다.

"저기요! 혹시 의사 분 안 계십니까?"

……**오십**…… **육십사**…….

칠십구에서 열차가 멈추고, 누군가가 두 팔로 내 허리를 감싸고 일으켜 세운다. 나는 반쯤 끌려가다시피 열차 밖으로 나와 승강장 바닥에 선다. 그는 나를 이끌고 10미터쯤 가서 벤치에 앉힌다.

"누구한테 전화해줄까요?" 목소리가 묻는다.

"아니요. 감기예요……. 그냥 집에 가면 돼요……."

나는 다시 제대로 숨 쉴 수 있을 때까지 거기 앉아 있는다.

그 후 나는 열네 블록을 걸어 아파트로 돌아간다. 천팔백사십팔까지 세고 나서야 침대 속으로 들어간다.

07

넬리는 오늘도 늦었다.

요즘 늘 한 박자 늦는 느낌이었다. 무자비한 불면증 때문에 비틀댔고, 그것을 상쇄하기 위해 양을 늘린 커피 때문에 초조했다. 언제나 한 가지 이상의 일을 동시에 하고 있는 것 같았다. 오늘 오후만 해도 그랬다. 리처드가 유아원에서 퇴근하는 대로 신혼집에 다시 가서 지하층과 이어지는 안뜰 조성을 맡긴 도급업자를 만나보지 않겠냐고 제안한 것이다.

"돌 색을 당신이 고를 수 있어." 리처드는 말했었다.

"회색 말고 다른 색도 있어요?"

그는 넬리가 농담으로 한 말이 아니란 걸 눈치채지 못하고 웃었다.

집을 처음 보러 간 날 그곳에 오래 있지 못해서 미안했던 넬리는 가겠다고 했다. 하지만 그러려면 오늘밤 샘이 열어줄 처녀파티에 가기 전에 서맨사와 함께 미용실에 가서 드라이를 하기로 한 약속을 취소해야 했다. 처녀파티는 넬리의 러닝래더와 깁슨스의 친구들이 모두 참여할 예정으로, 넬리의 다른 두 세계가 조우하는 흔치 않은 행사였다. **미안!** 넬리는 문자로 샘에게 그렇게 쓴 후 망설이다 이렇게 덧붙였다. **결혼식**

준비로 급한 일이 생겼어…….

제일 친한 친구보다 약혼자를 선택한 것처럼 들리지 않게 상황을 설명할 방법이 도무지 떠오르지 않았다.

"파티에 갈 준비를 해야 해서 6시까지는 집에 가야 해요." 넬리는 리처드에게 말했다. "7시에 다들 레스토랑에서 모이기로 했거든요."

"항상 통금시간이 있네, 신데렐라." 그는 그렇게 말하고 그녀의 콧등에 살짝 키스했다. "걱정 마, 늦지 않을 거야."

하지만 늦었다. 차가 너무 막혀서 6시 반쯤에야 넬리는 아파트에 도착했다. 샘의 방문을 두드렸지만 룸메이트는 이미 나가고 없었다.

넬리는 잠시 서서 서맨사가 침대 헤드보드에 감아놓은 하얀 크리스마스 전구들을, 보송보송한 녹색과 파란색의 러그를 바라보았다. 5번 애비뉴의 고급 아파트 모퉁이에 돌돌 말린 채 버려져 있었던 러그였다. "이런 걸 버리는 사람이 진짜 있단 말이야?" 서맨사는 물었다. "부자들은 미쳤어. 가격표도 아직 붙어 있는데!" 두 사람은 양탄자를 어깨에 얹어 집까지 가져왔고, 도중에 횡단보도 앞에 서 있던 귀여운 남자 앞을 지나가게 되었다. 샘이 넬리에게 한쪽 눈을 찡긋하더니 일부러 몸을 틀었고, 양탄자 한쪽 끝이 남자의 가슴팍에 부딪쳤다. 샘은 결국 그와 두 달 만났는데, 샘으로서는 장기 연애였다.

넬리는 30분 후 레스토랑에 도착해야 했으니 샤워할 시간은 없었다. 그럼에도 넬리는 포도주를 반잔 따라서 마시며 외출 준비를 했고—리처드가 그녀를 위해 늘 주문하는 비싼 포도주는 아니었지만, 사실 넬리는 맛의 차이를 별로 느끼지 못했다—비욘세의 노래를 크게 틀었다.

찬물로 세수한 다음 틴티드 모이스처라이저를 펴 바르고, 스모키그레이 펜슬로 녹색 눈에 아이라인을 그리기 시작했다. 욕실은 너무 작아서, 넬리는 늘 세면대나 문 가장자리에 부딪혔고 약장을 열 때마다 치약이나 헤어 스프레이가 굴러떨어졌다. 수년째 욕조에 몸을 담그지 못하고 있었다. 작은 샤워부스밖에 없었는데, 그마저도 너무 좁아 몸을 구부려 다리 제모를 하기도 힘들었다.

신혼집의 마스터 욕실의 샤워 부스에는 벤치와 열대우림 물보라 노즐이 있었다. 자쿠지까지 있었다.

넬리는 그 자쿠지에 몸을 담그는 상상을 했다. 긴 하루를 끝내고⋯⋯. 긴 하루라니, 뭘 하느라? 뒷마당의 정원 가꾸기나 리처드의 저녁식사 준비?

리처드는 넬리가 유일하게 키웠던 화분이 말라죽었고, 할 줄 아는 요리라곤 린퀴진(다이어트용 간편 냉동식품 상표명—옮긴이) 데우기밖에 없다는 걸 알까?

리처드와 함께 시내로 돌아올 때 넬리는 차창 밖 풍경을 응시하고 있었다. 신혼집 동네가 아름답다는 건 부정할 수 없었다. 웅장한 집들, 꽃 피는 나무들, 너무나 깨끗한 인도. 매끈한 포장도로에는 쓰레기 한 점 떨어져 있지 않았다. 잔디마저 시내의 잔디보다 더 푸르러 보였다.

신혼집을 나와 경비실을 지나갈 때 리처드는 제복 차림의 경비에게 손을 가볍게 흔들었다. 넬리는 아치형 구조물에 굵고 장식적인 글씨체로 적힌 주택단지의 이름을 보았다. '크로스윈드(CROSSWINDS)'.

물론 넬리는 매일 리처드와 맨해튼으로 통근할 예정이었다. 두 세상의 가장 좋은 것들을 누릴 터였다. 특별 할인판매 시간에 샘을 만난 후 깁슨스에 들러 바에서 버거를 먹으면서 크리스에게 소설은 잘 되어 가느냐고 물어볼 것이었다.

넬리는 몸을 돌려 자동차 뒷유리 밖을 보았다. 인도에 걷는 사람이 한 명도 없었다. 차도에도 차 한 대 없었다. 마치 사진을 보는 것 같았다.

그러나 결혼식 직후에 임신한다면 가을에 러닝래더로 돌아가지 못할 거라고, 넬리는 멀어져가는 새 동네를 바라보며 생각했다. 연중에 아이들을 떠나는 건 무책임한 일일 것이다. 리처드는 매주 또는 격주로 출장을 가니, 그 집에서 혼자 많은 시간을 보낼 터였다.

어쩌면 몇 달 더 있다가 피임약을 끊는 게 나을지도 몰랐다. 한 해 더 유아원을 다닐 수 있도록.

넬리는 리처드의 옆얼굴을, 그의 곧은 콧날과 강인한 턱, 오른쪽 눈 위의 가느다란 은색 흉터를 바라보았다. 그는 여덟 살 때 자전거를 타다가 넘어져서 생긴 상처라고 말했었다. 지금 그는 한 손으로 핸들 아래쪽을 잡고 다른 손으로 라디오를 켜고 있었다.

"저기, 내가……" 넬리가 말을 시작할 때 리처드가 WQXR 채널을 틀었다. 그가 가장 좋아하는 고전음악 방송국이었다.

"라벨의 이 곡은 정말 멋져." 그는 그렇게 말하고 볼륨을 높였다. "당신도 알겠지만, 라벨은 그의 동시대인들에 비해 짧은 곡들을 작곡했음에도 많은 사람들이 그를 프랑스 최고의 음악가들 중 하나로 꼽지."

넬리는 고개를 끄덕였다. 어쩌면 그녀의 말이 음악 소리에 묻힌 것이 다행일지 몰랐다. 지금은 그런 대화를 나눌 때가 아니었다.

피아노 곡조가 최고조에 달했을 때 리처드는 정지 신호 앞에서 차를 멈추고 넬리를 쳐다보았다. "음악 괜찮아?"

"네…… 좋아요." 그녀는 고전음악과 와인에 대해 공부해야겠다고 결심했다. 리처드는 고전음악과 와인에 대해 분명한 의견을 갖고 있었고, 그녀는 그 주제들에 대해 그와 박식한 대화를 나누고 싶었다.

"라벨은 음악이 첫째로 감정적이어야 하고 둘째로 이성적이어야 한다고 믿었어." 그가 말했다. "당신 생각은 어때?"

그게 문제라고 넬리는 그때, 핸드백을 뒤적이며 제일 좋아하는 크리니크 소프트핑크 립글로스를 찾으면서 생각했다. 결국 포기하고—마지막으로 언제 봤는지도 기억나지 않았다—복숭아 빛 립글로스를 발랐다. 이성적으로는, 앞으로의 변화들이 멋진 거라고 그녀는 알고 있었다. 심지어 남들이 부러워할 만한 거라고. 하지만 감정적으로는 약간 압도당하는 느낌이었다.

그녀는 유아원 교실에 있는 인형의 집을 생각했다. 조나의 부모가 원뿔형 천막으로 교체하길 원했던 물건이었다. 넬리의 반 아이들은 그 작고 귀여운 집에서 가구를 재배치하고 인형들을 이 방에서 저 방으로 옮기며 무척 즐거워했다. 인형들을 가짜 벽난로 앞에 두기도 하고, 다리를 구부려 탁자 의자에 앉히기도 했으며, 좁은 나무 침대에 눕히기도 했다.

학교 운동장에서 심술궂은 아이가 비꼬며 던지는 말처럼 그녀의 마음을 치는 표현이 떠올랐다. **인형의 집 넬리.**

넬리는 와인을 한 모금 마시고 옷장 문을 연 다음, 원래 입으려고 했던 랩 원피스를 옆으로 밀치고 뉴욕에 처음 왔을 무렵 세일 중인 블루밍데일 백화점에서 샀던 검은색 가죽바지를 꺼냈다. 지퍼를 올리려고 배를 집어넣으며 얼굴을 찡그렸다. 늘어나겠지, 하고 그녀는 스스로를 안심시켰다. 그래도 혹시 나중에 결국 바지 단추를 풀어야 하게 될까 봐 길이가 길고 헐렁한 탱크톱을 입었다.

그 바지와 탱크톱을 앞으로 또 입을 일이 있을지 궁금해졌다. 그녀가 상상하는 '인형의 집 넬리'는 이지적인 단발머리에 카키색 바지와 캐시미어 케이블니트 스웨터 차림에 갈색 스웨이드 로퍼를 신고 컵케이크가 담긴 쟁반을 내밀고 있었다.

절대 안 돼. 그녀는 스스로에게 다짐하며 검은색 하이힐을 찾아 방을 뒤지다가 침대 밑에서 간신히 찾아냈다. 그녀와 리처드는 집 안을 가득 채울 자식들을 낳을 터였다. 그 우아한 방들은 아이들의 웃음소리와 베개로 쌓은 요새, 현관문 옆 바구니들에 담긴 작은 신발 더미 때문에 분위기가 부드러워질 터였다. 가족끼리 벽난로 앞에서 캔디랜드와 모노폴리 게임을 하고 스키 여행도 갈 터였다—넬리는 스키를 타본 적이 없지만 리처드가 타는 법을 가르쳐주겠다고 약속했다. 몇십 년 후, 그녀와 리처드는 앞 베란다에 앉아 행복한 추억을 공유할 것이었다.

그리고 넬리는 그녀의 미술 작품들을 가져가 신혼집 벽들을 장식할 작정이었다. 넬리는 유아원의 반 아이들이 그려준 독창적인 그림을 여러 장 갖고 있었는데, 조나가 넬리를 그린 마시멜로 여자와, 타일러가 그린 '블루 온 화이트'라는 이지적인 제목이 어울리는 그림도 그 일부였다.

넬리는 집을 나서야 했을 시간보다 10분 늦게 준비를 마쳤다. 집을 나가다가 다시 들어와 현관문 손잡이에 걸려 있던 알록달록한 구슬 목걸이 두 개를 빼 들었다. 넬리와 서맨사가 몇 년 전에 빌리지 거리 축제에서 같이 산 거였다. 두 사람은 '해피 비드'라고 불렀다.

넬리는 목걸이 하나를 목에 건 다음 밖으로 나가 택시가 있는지 주위를 둘러보았다.

"미안해, 미안해." 넬리는 그렇게 외치면서 종종걸음으로 기다란 직사각형 탁자에 모여 앉은 여자들에게 갔다. 한쪽에는 러닝래더의 동료들, 반대쪽에는 깁슨스 직원들이 앉아 있었다. 다들 샷 잔과 와인 잔을 앞에 두고 편안한 표정을 짓고 있었다.

넬리는 샘에게 가서 구슬 목걸이를 목에 걸어줬다. 샘은 아주 멋져 보였다. 혼자 가서 드라이를 받고 온 게 분명했다.

"일단 마시고 얘기해." 동료 웨이트리스 조시가 테킬라 샷을 건네며 명령했다.

넬리는 단숨에 잔을 비워 환호를 받았다.

"이제 내가 너한테 뭘 걸어줄게." 서맨사는 넬리의 정수리에 반짝이와 튤이 있는 큼직한 베일을 꽂아주었다.

넬리는 웃었다. "미묘하네."

"유아원 교사한테 베일을 맡기면서 뭘 기대했어?" 머린이 말했다.

"오늘 결혼식 준비는 뭐야?" 서맨사가 물었다.

넬리는 대답을 하려다 주위를 둘러보았다. 다들 저임금 일을 하는 여자들인데도 장작 화덕 피자로 유명한 레스토랑에서 거금을 쓰고 있었고 탁자 끄트머리의 빈 의자에는 선물까지 쌓여 있었다. 혼자서 방세를 감당할 수 없는 샘이 새 룸메이트를 찾고 있다는 것도 알았다. 갑자기 넬리는 멋진 신혼집에 대해 여기서 절대로 얘기하고 싶지 않아졌다. 게다가, 오후에 한 일은 엄밀히 말해 결혼식 준비도 아니었다. 샘이 이해하지 못할 수 있었다.

"그냥 재미없는 일이었어." 넬리가 가벼운 말투로 대답했다. "그런데 한 잔 더 할 타이밍 아니야?"

서맨사는 큰 소리로 웃은 후 웨이터에게 손짓을 했다.

"리처드가 신혼여행지 아직 안 가르쳐줬어?" 머린이 물었다.

넬리는 테킬라가 빨리 나왔으면 좋겠다고 생각하며 고개를 저었다. 문제는 리처드가 나중에 행선지를 밝히며 넬리를 놀라게 하고 싶어 한다는 거였다. 힌트를 달라고 애원하는 넬리에게 그는 "새 비키니를 사"라고만 했다. 태국의 해변으로 가려는 생각이면 어떡하지? 넬리는 12시간 비행을 견딜 수 없었다. 생각만 해도 심장이 뛰었다.

지난 몇 주 동안 넬리는 요동치는 비행기 안에 갇혀 있는 꿈을 두 번 꿨다. 둘 중 최근에 꾼 꿈에서는 공황에 빠진 승무원이 통로를 뛰어다니며 승객들에게 충돌에 대비해 엎드리라고 외치고 있었다. 너무나 생생한 꿈이어서—승무원의 커다래진 눈과 위아래로 흔들리는 비행기, 넬리 옆의 작은 창밖에서 소용돌이치는 구름—넬리는 거친 숨을 몰아쉬며 잠에서 깨어났다.

"스트레스 꿈이네." 그날 아침 샘은 그들의 작은 욕실에서 마스카라를 바르며, 보디로션으로 손을 뻗는 넬리에게 그렇게 말했다. 샘은 치료사 어머니의 딸답게 늘 친구들을 분석하기를 즐겼다. "뭐가 불안한 거야?"

"그런 거 없어. 뭐, 비행기 타는 것?"

"결혼식이 아니라? 난 비행이 일종의 은유라고 생각하거든."

"미안하지만 지그문트 씨, 이번 시가는 그냥 시가거든요."(정신분석의 창시자 지그문트 프로이트가 했다고 알려진 'Sometimes cigar is just a cigar', 즉 '시가가 그냥 시가일 때도 있다'라는 말을 변용한 것. 꿈 해석에서 시가는 흔히 남성 성기를 상징한다—옮긴이)

앞에 새 테킬라 샷이 놓이자 넬리는 안도하며 쭉 들이켰다.

샘은 탁자 너머로 넬리와 눈이 마주치자 웃음을 지었다. "테킬라. 답은 언제나 그거지."

두 사람이 늘 하던 대로 다음 대사가 넬리의 입에서 곧장 튀어나왔다. "문제가 없을 때조차."

"보석 한번 더 보자." 조시가 넬리의 손을 붙잡았다. "리처드한테 섹시한 부자 형제 없어? 그냥 친구로서 물어보는 거야."

넬리는 손을 빼서 삼 캐럿짜리 다이아몬드를 탁자 밑으로 숨기며—그녀는 친구들이 반지를 보며 흥분할 때마다 마음이 불편했다—큰 소리로 웃었다. "미안, 누나만 있어."

모린은 수년간 그랬듯이 올해 여름에도 뉴욕에 와서 컬럼비아 대학교에서 여섯 주 동안 강의할 터였다. 마침내 며칠 후 넬리는 리처드의 누나를 만나기로 되어 있었다.

한 시간 후 웨이터는 그들 앞의 접시를 치웠고 넬리는 선물을 열어봤다.

"나와 머린의 선물이야." 4세 반의 보조교사 도나가 새빨간 리본이 묶인 은색 상자를 건네며 말했다. 넬리가 검은색 실크 테디(슈미즈와 팬티가 붙은 형태의 여성용 속옷—옮긴이)를 꺼낼 때 조시가 추파 던지는 남자처럼 휘파람을 불었다. 넬리는 사이즈가 맞길 바라며 속옷을 몸에 대보았다.

"넬리 선물이야, 리처드 선물이야?" 샘이 말했다.

"너무 예쁘다. 오늘의 주제는 화끈한 밤인 것 같네요, 여러분." 넬리는 앞서 개봉한 조말론 향수와 오늘의 체위 카드, 보디마사지 캔들 옆에 속옷을 내려놓았다.

"마지막이지만 중요한 것." 샘이 은색 액자가 담긴 쇼핑백을 건넸다. 액자 속의 두꺼운 담갈색 종이에는 이탤릭체로 인쇄된 시가 있었다. "종이는 꺼내고 결혼식 사진을 넣으면 돼."

넬리는 큰 소리로 읽기 시작했다.

내가 널 만났던 날을 기억해, 네가 어떻게 내 마음에 들어왔는지

넌 러닝래더에서 숙취에 시달리던 내게 애드빌을 건넸지, 우린

바로 마음이 통했어

러닝래더는 뉴욕에 온 너의 첫 일터였고, 난 너를 안내했어

최고의 스피닝 센터를 알려주고 가장 가까운 드웨인리드를 알려줬지

네게 이런저런 요령도 알려줬어, 예를 들어 린다에게 잘 보이는 법

숨을 곳이 필요할 때를 위한 은밀한 비품 창고를

우린 곧 벌레들이 사는 아파트에서 함께 살게 됐지

화장품과 잡지, 아이들이 장식한 머그가 넘쳐나는 집

넌 집세를 늦게 냈어─까놓고 말할게, 넌 돈을 잘 다루지 못해

난 좀 어지르지─늘 내 머그와 꿀병을 꺼내놨어

몇 년 동안 우린 아이들에게 셈과 쓰기를 가르쳤어

그 애들이 싸움을 시작할 때 주먹이 아니라 말로 싸우는 법도

날마다 우린 열심히 일했어─학부모들은 우리가 애쓰는 게 보이

지 않나?

그럼에도 우리는 때로 호통을 듣고 눈물만 흘렸지

우리가 함께한 5년은 놀라웠어

서로를 너무 잘 알게 됐지─서로의 바람과 두려움을

네가 약혼을 하자 린다는 엄청난 칼로리의 멋진 케이크를 사줬어

케이크 값이 우리 둘의 봉급보다 비싸다는 게 어찌나 얄궂던지

넌 곧 이사할 거고 난 무너질까 봐 걱정이 돼

최소한 술은 (음, 더) 마실 게 분명해

하지만 네가 오래된 것과 새것을 몸에 걸치고 식장을 걸어갈 때

부디 알아줘, 영원히 넌 내 최고의 친구고 내가 널 정말 사랑한다

는 걸

넬리는 시를 겨우 끝까지 다 읽었다. 뉴욕에 막 도착했던 시기, 그녀 자신과 플로리다에서의 모든 일들을 멀리 떨어뜨려 놓으려고 발버둥친 시절이 떠올랐다. 그녀는 야자수를 포장도로와, 떠들썩한 여학생클럽 회관을 인간미 없는 아파트 건물과 바꿨다. 모든 것이 달랐다. 하지만 기억은 그 먼 거리를 가로질러 따라와서 무거운 망토처럼 그녀에게 매달려 있었다.

샘이 없었다면 넬리는 머무르지 않았을지 모른다. 지금도 계속 도망치면서 안전하다고 느낄 곳을 찾아 헤매고 있었을 것이다. 넬리는 탁자 위로 몸을 기울여 룸메이트를 꽉 안아준 다음 눈가를 훔쳤다. "고마워, 샘. 너무 마음에 들어." 잠시 침묵했다 다시 말했다. "다들 고마워. 모두들 보고 싶을 거야. 그리고⋯⋯."

"아, 그만해, 지나친 감상은 금지야. 전철 타면 갈 수 있는 데로 이사할 뿐인걸. 우린 언제든 만날 수 있다고. 단지 이제 네가 밥값을 내게 되는 거지." 조시가 말했다.

넬리는 짧게 웃었다.

"자자, 이제 나가자." 서맨사는 의자를 뒤로 밀며 말했다. "러들로 스트리트에서 킬러 앤젤스가 공연한대. 춤추러 가자."

대학교 졸업 후 담배를 피우지 않았던 넬리는 지금 말보로 라이트 세 개비를 피우고 테킬라 샷 세 잔과 와인 두 잔을 마신 후 몇 시간째 춤을 추며 등에 땀이 흐르는 걸 느끼고 있었다. 가죽바지는 현명한 선택이 아니었던 듯했다. 스테이지 건너편에서는 귀여운 바텐더가 서맨사의 베일을 쓴 채 머린과 시시덕거리고 있었다.

"내가 춤추는 걸 얼마나 좋아하는지 거의 잊고 있었어." 넬리는 고동치게 하는 음악 속에서 소리쳤다.

"난 네가 얼마나 춤을 못 추는지 거의 잊고 있었네." 조시도 소리쳐 대꾸했다.

넬리는 웃었다. "그래도 열정적인 댄서야!" 그렇게 대꾸한 후 두 팔을 머리 위로 들어올리고 과장되게 어깨와 허리를 흔들다가, 빙글빙글 돌며 원을 그리다가, 갑자기 얼어붙은 듯 멈춰 섰다.

"안녕, 닉." 조시는 그들에게 다가오는 1979년쯤의 물 빠진 롤링스톤스 콘서트 티셔츠와 거무스름한 워시 진을 입은 키 크고 마른 남자를 보고 말했다.

"네가 여기 어쩐 일이야?" 그렇게 물은 뒤 자신이 아직도 머리 위로 팔을 뻗고 있다는 걸 깨달은 넬리는 팔을 내려 가슴 위로 팔짱을 꼈다. 땀에 젖은 몸에 딱 달라붙은 탱크톱을 의식했기 때문이다.

"조시가 초대했어. 몇 주 전에 도로 이사 왔거든."

넬리가 뚫어져라 쳐다보자 조시는 짐짓 결백한 표정을 지어 보이곤 어깨를 으쓱한 뒤 인파 속으로 사라져버렸다.

닉은 1년 동안 넬리와 함께 서빙 일을 하다가 그의 밴드와 함께 시애틀로 이사 갔다. 다들 그를 '번드르르한 닉'이라고 불렀지만 그에게 차인 여자들은 '뻔뻔한 닉'이라고 불렀다. 그는 넬리가 데이트한 남자들 중 제일 섹시했다—'데이트'라는 말은 둘의 교제를 설명하기에 부정확한 것이, 그들은 거의 항상 침대 위에 있었기 때문이다.

닉의 검은색 머리카락은 예전보다 짧아져서 날카로운 광대를 강조하고 있었다. 그의 이목구비는 어느 것이든—끝이 뭉툭한 코, 숱 많은 눈썹, 넓적한 입—그것만 보면 셌지만 함께 어울리면 보기에 괜찮았다. 넬리가 기억하는 것보다 지금은 더 괜찮았다.

"네가 약혼을 했다니 안 믿겨. 그냥 우리 둘이서 놀러 나온 것 같은데……." 닉은 손을 뻗어 넬리의 맨팔을 천천히 쓸어내렸다.

넬리는 얼른 그의 손을 떨치며 한걸음 물러섰지만 그녀의 몸은 즉각적으로 반응했다.

그녀에게 남자가 생기자 다시 관심을 갖는 건 정말이지 닉다웠다. 뉴욕을 떠난 지 2분 만에 넬리의 문자에 답장을 멈춘 그였다. 그는 늘 도전을 좋아했다.

"약혼해서 **너무 좋아**. 결혼식은 다음 달이야."

눈꺼풀이 두꺼운 닉의 눈이 즐거워 보였다. "곧 결혼할 사람처럼 보이지 않는데."

"무슨 뜻이야?"

넬리가 뒷사람과 몸을 부딪쳐 닉 쪽으로 떠밀리자 닉은 팔로 넬리의 허리를 감고 속삭이듯 말했다. "섹시하다고." 그의 입술이 넬리의 귀와 너무 가까워서, 그의 거무스름한 짧은 턱수염이 살갗을 간질였다. "시애틀 여자들은 너랑 비교가 안 돼."

넬리는 아랫배 속이 쑥 내려가는 느낌이 들었다.

"네가 그리웠어. 우리가 그리웠어." 닉의 손이 넬리의 셔츠 속으로 들어가 등허리에서 멈췄다. "우리 둘이 하루 종일 침대에 있었던 비 오던 일요일 기억나?"

그에게서 위스키 냄새가 났고 그의 탄탄한 몸이 발하는, 티셔츠를 뚫고 나온 체열이 느껴졌다.

고동치게 하는 음악과 사람들로 들어찬 공간의 열기 때문에 넬리는 어지러웠다. 그녀의 머리카락이 조금 내려와 눈을 덮자 닉이 쓸어올려 줬다.

그는 그녀의 눈을 응시하며 천천히 고개를 숙였다. "마지막 키스 어때? 옛정을 생각해서?"

넬리는 몸을 뒤로 젖히며 그를 올려다본 뒤 뺨을 내밀었다.

닉은 두 손으로 넬리의 턱을 받쳐 자기 쪽으로 돌린 뒤 부드럽게 키스했다. 그의 혀가 가볍게 스치자 넬리의 입술이 벌어졌다. 그가 그녀를 꽉 안자 그녀는 자신도 모르게 신음이 흘러나왔다.

넬리가 자신에게조차 인정하기 싫었던 사실—리처드와의 섹스는 늘 좋았지만 닉과의 섹스는 늘 굉장했다.

"안 돼." 닉을 밀어내는 넬리는 춤출 때보다 더 거칠게 숨을 쉬고 있었다.

"왜 그래, 베이비."

넬리는 고개를 저은 후 바를 향해 갔다. 사람들 사이로 비집고 들어가다가 어떤 남자의 팔꿈치에 오른쪽 관자놀이를 부딪혀 비틀거리다 남의 발을 밟았다.

마침내 만난 머린이 넬리에게 팔을 두르며 물었다. "테킬라 타임이야?"

넬리는 얼굴을 찡그렸다. 저녁식사 자리에서는 얘기하느라 피자 한 조각밖에 먹지 못했고 점심때는 샐러드만 먹었다. 넬리는 조금 메스꺼웠고 힐을 신고 춤을 춰서 발도 아팠다. "물부터 마시고." 뺨이 타는 듯 뜨거워서 손부채질을 했다. 바텐더가 쓰고 있던 베일을 까닥거리며 고개를 끄덕이고 긴 유리컵에 물을 따랐다.

"리처드 만났어?" 머린이 물었다.

"뭐?"

"리처드가 왔어. 너 춤추고 있다고 말해줬는데."

넬리는 고개를 홱 돌려 사람들의 얼굴을 확인한 끝에 건너편에 있는 리처드를 발견했다.

"금방 올게." 넬리는 바에 몸을 기댄 채 바텐더와 샷 잔으로 건배 중인 머린에게 말했다.

"리처드!" 넬리가 그를 향해 가며 소리쳐 불렀다. 그의 앞까지 갔을 때 미끄러운 바닥 때문에 넘어질 뻔했다.

"워." 리처드는 넬리의 팔을 잡아 일으켰다. "누가 술을 많이 마셨네."

"여긴 어쩐 일이에요?"

보라색 불빛이 리처드의 얼굴을 휙 스쳐 지나가고 밴드가 새 곡을 연주하기 시작했다. 넬리는 리처드의 표정을 읽을 수 없었다.

"난 이제 갈 거야." 리처드는 넬리의 팔을 놓았다. "같이 갈래?" 그가 봤구나. 넬리는 차분한 리처드를 보고 깨달았다. 그는 가만히 있었지만, 넬리는 그의 속에서 소용돌이치는 기운을 감지할 수 있었다.

"네. 친구들한테 인사만 하고 올 게요⋯⋯." 넬리는 샘과 조시를 마지막으로 봤던 댄스플로어를 봤지만 그들은 보이지 않았다.

다시 리처드 쪽을 보는데 그는 이미 출구로 나가고 있었다. 넬리는 서둘러 그를 쫓아갔다.

밖으로 나온 리처드는 말이 없었다. 택시를 잡아 기사에게 그의 아파트 주소를 불러준 후에도.

"그 남자, 예전에 같이 일했던 남자예요."

리처드는 앞만 주시하고 있었기에 넬리는 몇 시간 전에 그의 차를 타고 올 때처럼 그의 옆얼굴을 보고 있었다. 하지만 그때는 그의 손이 그녀의 허벅지 위에 있었다. 지금 그는 팔짱을 끼고 있었다.

"모든 예전 동료들과 그렇게 열정적으로 인사하나?" 리처드의 말투는 오싹할 정도로 정중했다.

택시는 차선을 이리저리 바꿔가며 달렸고 넬리는 속이 울렁거렸다. 그녀는 손으로 배를 짚은 후 버튼을 눌러 차창을 조금 내렸다. 머리카락이 바람에 날려 뺨을 덮었다.

"리처드, 난 그를 밀어냈어요……. 그럴……."

리처드는 고개를 돌려 넬리를 똑바로 쳐다보았다. "그럴 뭐?" 그는 한 단어 한 단어를 똑똑히 발음했다.

"생각은 없었다고요." 넬리는 기어들어가는 목소리로 말했다. 그녀는 이제껏 잘못 생각하고 있었다. 그는 화가 난 게 아니라 상처를 받은 것이었다. "정말 미안해요. 그 사람은 내버려두고 다른 데로 가서 당신한테 전화하려고 했어요."

그 부분은 거짓이었지만 리처드는 모를 터였다.

마침내 그의 표정이 풀렸다. "당신이 무슨 짓을 하든 용서할 수 있어." 넬리는 그의 손을 잡으려다가 그의 다음 말에 멈칫했다. "하지만 바람피우는 건 절대 안 돼."

그녀는 그가 일과 관련해서 전화로 언쟁을 벌이는 걸 여러 번 들었지만 그렇게 단호한 말투는 처음이었다.

"약속할게요." 넬리는 기어들어가는 목소리로 말했다. 두 눈에서 눈물이 흘렀다. 리처드는 그녀를 위해 아름다운 집을 찾아냈다. 그녀가 결혼식과 만찬 사이의 칵테일파티 때 하객들한테 전채 요리나 뷔페를 대접하고 싶은지 낮에 메일로 물어보았다. '아님 둘 다 할까?'라고도 썼다. 문자를 보냈는데 그녀가 답장하지 않으면 걱정했다—넬리가 혼자서 밤늦게 불 꺼진 아파트로 들어갈 때 불안해하는 걸 알았기 때문이다. 그럴 때면 그는 그녀의 아파트까지 와서 잘 들어갔는지 확인했다.

그런데 그 보답으로 넬리는 닉과 키스했다. 깁슨스의 여직원들 절반과 사귀고 아마도 넬리의 성도 기억하지 못할 남자와.

왜 그렇게 무모한 짓을 했을까?

넬리는 리처드와 결혼하고 싶었다. 이 결혼에서 도망치고 싶다거나 하는 건 아니었다.

그렇지만 닉에 대해서는 완전히 정리되지 않은 마음이 있었다. 넬리는 능구렁이 같은 닉의 여린 모습을 목격한 적이 있었다. 깁슨스에서 일할 때 그가 할머니에게 전화로 얘기하는 걸 들은 적이 있었는데, 그는 근처 구석에서 넬리가 은기류를 냅킨으로 싸고 있는 줄 몰랐다. 그는 할머니에게 내일 초콜릿 칩 카놀리를 가져가겠다고, 같이 〈휠 오브 포춘〉(미국 ABC 방송국의 인기 퀴즈쇼 프로그램—옮긴이)을 보자고 약속했다.

거기다 닉은 넬리가 대학교를 떠난 후 처음으로 같이 잔 남자였다. 닉을 생각하는 것은 리처드를 만나기도 전에 그만뒀지만, 닉이 댄스플로어에서 몸을 기울이고 바라볼 때 넬리는 그가 그녀를 얼마나 원하는지 알고 그 도취적인 순간을 음미했다. 그녀의 손에 권력이 넘어오는 느낌을.

그냥 술 탓이라고 할 만큼 상황이 단순하다면 좋겠지만, 진실은 아름답지 않았다.

짧고 불온한 순간 넬리는 안정보다 즉흥성을 따랐다. 교외에 정착하기 전에 도시의 맛을 마지막으로 보고 싶기도 했다.

"당신이 와서 날 빼내줘서 너무 다행이에요." 넬리가 그렇게 말하자 마침내 리처드는 한 팔로 그녀의 어깨를 감쌌다.

그녀는 깊은숨을 들이쉬었다.

살아오며 내린 어떤 결정들을 늘 후회해온 그녀였지만 리처드를 선택한 건 결코 후회하지 않을 터였다.

"고마워요." 넬리는 그렇게 말하며 그의 가슴에 머리를 기댔다. 그의 심장이 평온하게 뛰는 소리가 들렸다. 그녀를 달래서 재울 수 있는 세상 유일한 것.

넬리는 얼마 전부터 리처드의 과거에 사무치는 고통이 있음을, 그가 꽉 끌어안은 채 그녀와 나누지 않는 고통이 있음을 감지하고 있었다. 전처와 관련된 것일 수도 있고, 그보다도 더 전에 마음이 부서진 것일 수도 있으리라.

"절대 당신을 아프게 하지 않을게요." 넬리는 그것보다 더 신성한 맹세는, 심지어 그들의 결혼식 날에조차, 할 수 없을 것임을 알았다.

- 08 -

고개를 돌리니 등 뒤로 복도 전구 불빛을 받으며 문간에 서 있는 샬럿 이모가 보인다. 언제부터 거기 서 있었는지, 내가 멍하니 천장을 쳐다보고 있는 걸 봤는지 모르겠다.

"좀 나아졌니?" 이모는 방 안으로 들어와 블라인드를 연다. 햇빛이 쏟아져 들어오자 나는 얼굴을 찡그리며 눈을 가린다.

나는 이모에게 감기라고 말했다. 하지만 샬럿 이모는 마음과 몸의 건강이 서로 얽혀 있음을 안다―마음이 어떻게 몸에 올가미를 씌우고 두꺼운 덩굴처럼 질식시킬 수 있는지를. 어쨌거나 이모는 나뿐만 아니라 증세가 나쁠 때의 내 엄마도 돌봐줬으니까.

"조금요." 하지만 나는 일어나려고 하지 않는다.

"내가 걱정해야 하는 거니?" 이모의 어조는 농담조와 예리함의 사이에 있다. 익숙하다. 내 엄마를 침대에서 일으켜 샤워실로 데려갈 때의 이모의 어조였기 때문이다. "잠깐이면 돼." 이모는 동생의 허리에 팔을 두르며 그렇게 얼렀다. "시트를 교체해야 하거든."

샬럿 이모는 훌륭한 부모가 됐을 터지만 자식을 낳지 않았다. 나는 이모가 동생과 조카의 뒤치다꺼리를 한 오랜 세월이 그것과 관련 있을 거라 추측한다.

"아뇨, 오늘은 출근할 거예요."

"난 하루 종일 스튜디오에 있을 거야. 어떤 여자가 초상화를 의뢰했거든. 남편한테 줄 자신의 누드화를 그려 달래, 벽난로 위에 걸 거라나."

"진심이래요?" 나는 일어나 앉으며 기운찬 어조로 말하려고 애쓴다. 욱신거리는 치통처럼 리처드의 약혼녀 생각이 내 삶의 모든 부분을 지배한다.

"내 말이. 난 YMCA의 공용 탈의실도 싫어하거든."

나는 겨우 웃어 보이고 이모는 내 방에서 나간다. 그런데 나가다가 문 옆의 서랍 모서리에 허리를 부딪고 작게 소리를 지른다.

나는 침대에서 튀어나간다. 이제는 내가 샬럿 이모의 허리에 팔을 두르고 의자로 데려간다.

샬럿 이모는 내 팔과 걱정을 떨쳐낸다. "괜찮아. 늙은이들은 원래 칠칠치 못해."

순간 나를 관통하는 깨달음. 이모가 늙어가고 있다.

나는 이모의 만류를 무시하고 얼음을 가져와 허리에 대주고, 우리가 먹을 체더치즈와 골파를 섞은 스크램블드에그를 만든다. 설거지를 하고 조리대를 닦는다. 이모를 꼭 안아준 후 집을 나선다. 또다시 생각한다. 지금 내게는 이 세상에 이모밖에 없다고.

루실을 대면하기가 겁이 났는데 그녀는 놀랍게도 걱정하며 나를 맞는다. "내가 어제 출근하라고 종용하지 말았어야 했어요."

루실의 시선이 내 발렌티노 토트백에 머문다. 리처드가 샌프란시스코로 출장을 떠나기 전날 퇴근해서 준 것이다. 쬠쇠 근처의 가죽이 약간 낡은, 4년 된 가방이다. 루실은 그런 세세한 것까지 보는 부류의 여자다. 그녀가 내 토트백에서 낡은 나이키 운동화로, 반지 없는 약지로 시선을 옮기는 것이 보인다. 예리한 시선. 처음으로 진짜로 나를 보고 있는 것 같다.

"좀 일찍 퇴근해야겠으면 알려줘요." 루시는 말한다.

"고맙습니다." 나는 부끄러움을 느끼며 고개를 떨군다.

오늘은, 특히 일요일치고는, 바쁘지만 충분히 바쁘지는 않다. 일하러 오면 딴 생각을 할 수 있을지도 모른다고 생각했지만 머릿속은 그녀의 모습으로 가득하다. 부푼 배에 두 손을 얹는 그녀를 상상한다. 그녀의 부푼 배 위에 놓인 리처드의 두 손을. 그녀에게 비타민제 먹을 시간을 알려주고, 푹 자라고 말하고, 밤에 그녀를 꼭 안아주는 그를. 그녀가 임신한다면 아마도 리처드는 요람을 조립하고 그 안에 테디베어를 놓아둘 것이다.

내가 임신하려고 갖은 애를 쓸 때도, 웃는 얼굴의 부드러운 테디베어가 우리 둘이서 미리 정해놓은 아기 방에서 기다리고 있었다. 그때 리처드는 그 인형이 우리에게 행운의 부적이 될 거라고 했다.

"될 거야." 리처드는 나의 근심을 털어내려고 그렇게 말했다.

그러나 여섯 달 내내 임신 테스트기에서 음성이 나오자 그는 의사에게 가서 정자 검사를 받았다. 정자 수는 정상이었다. "의사 말이 내 정자들이 마이클 펠프스처럼 헤엄을 친대." 그는 농담했고 나는 웃으려 애썼다.

그래서 나는 임신 촉진 치료 전문의와 약속을 잡았고, 리처드는 회의 일정을 조정하겠다고 했다.

"그럴 필요 없어요." 나는 가벼운 어조를 유지하려고 했다. "나중에 다 얘기해줄게요."

"괜찮겠어, 스위트하트? 클라이언트가 일찍 갈 수도 있어서, 당신이 시내에 있으면 만나서 점심을 같이 먹어도 돼. 다이앤한테 아마란스에 예약해놓으라고 할게."

"같이 먹으면 너무 좋죠."

하지만 내원 시간 한 시간 전에 열차를 타려는데, 그가 전화를 해 병원으로 오겠다고 했다. "클라이언트와 약속 시간을 미뤘어. 이 일이 더 중요하니까."

나는 그가 내 표정을 볼 수 없음에 감사했다.

임신 촉진 치료 전문의는 내게 여러 질문을 할 터였다. 남편 앞에서 대답하고 싶지 않은 질문들을.

열차가 그랜드 센트럴 터미널을 향해 달리는 동안 나는 차창 밖으로 헐벗은 나무들과, 창문에 판자를 덧대놓은 그래피티로 뒤덮인 건물들을 쳐다보았다. 거짓말을 하면 돼. 아니면 혼자서 의사를 찾아가 설명해도 되고. 사실대로 말해서는 안 돼.

예리한 통증이 느껴져 밑을 보니 각피를 뜯어내다 손톱눈 밑의 살까지 뜯겨 있었다. 손가락을 입으로 가져가 피를 빨았다.

어떡할지 궁리해내기도 전에 열차가 끼익 소리를 내며 터미널로 들어갔고, 너무 금방 잡힌 택시는 나를 파크 애비뉴의 우아한 건물 앞에 내려놓았다.

로비에서 만난 리처드는 내가 동요하는 걸 모르는 것 같았다. 내가 그저 병원에 온 것만으로 불안해진 거라 생각하는지도 몰랐다. 그가 엘리베이터에서 14층 버튼을 누른 후 내가 먼저 내릴 수 있도록 뒤로 물러섰다. 나는 몽유병 환자가 된 것 같은 기분이었다.

리처드의 비뇨기과 의사는 우리를 닥터 호프먼에게 보냈다. 50대 중반의 우아하고 날씬한 닥터 호프먼은 접수를 마친 우리를 미소 띤 얼굴로 맞이한 후 상담실로 안내했다. 그녀의 실험실 가운 아래 자홍색 옷이 살짝 보였다. 우리는 닥터 호프먼을 따라 복도를 걸어갔는데, 그녀는 7센티미터 힐을 신고 있었음에도 나는 뒤처지기 않기 위해 종종걸음을 걸어야 했다.

리처드와 나는 말끔히 정리된 닥터 호프먼의 책상 맞은편에 있는 천소파에 나란히 앉았다. 나는 무릎 위의 깍지 낀 손을 비틀고 금 실반지를 만지작거렸다. 처음에 그녀는 많은 부부들이 임신에 성공하기까지 반년 이상이 걸린다며, 우리의 불안감을 달래주는 것조차 망설였다. "85퍼센트의 부부가 1년 안에 임신합니다." 그녀는 우리를 안심시켰다.

나는 애써 웃음을 지었다. "그렇군요, 그러면……."

하지만 리처드가 끼어들었다. "저희는 통계는 신경 안 씁니다." 그는 내 손을 잡았다. "당장 임신하길 원합니다."

나는 그것이 그리 쉽지 않을 것임을 알았어야 했다.

닥터 호프먼은 고개를 끄덕였다. "두 분이 다양한 임신 촉진 치료를 받는 걸 막는 건 아무것도 없습니다만, 시간도 많이 걸리고 비용 부담이 클 수 있어요. 부작용도 있고요."

"다시 말씀드리지만, 그리고 외람되지만, 그런 것들은 저희한테 문제가 되지 않습니다." 리처드가 말했다. 회사에서의 그의 모습을 엿본 것 같았다―당당하고 설득력 있는, 거절이 불가능한 상대.

대관절 나는 어째서 아주 중요한 뭔가를 그에게 숨길 수 있다고 생각한 걸까?

"베이비, 당신 손이 얼음장이야." 리처드는 내 손을 감싸 쥐고 비볐다.

닥터 호프먼은 고개를 돌려 나를 똑바로 쳐다보았다. 그녀는 세련되고 느슨하게 틀어올린 머리를 하고 있었고 피부는 매끄럽고 주름살이 없었다. 나는 단순한 검은색 바지와 크림색 터틀넥 스웨터보다 더 우아한 차림을 하지 않은 것이 후회됐다. 스웨터에는 소맷부리에 작은 핏자국까지 있었다. 나는 소맷부리를 아까 피가 난 손가락으로 잡아서 감추고 애써 입꼬리를 올렸다.

"그럼 됐습니다. 버네사 씨께 몇 가지 질문을 하는 걸로 시작할게요. 리처드 씨, 대기실에서 기다리시길 원하세요?"

리처드는 나를 보았다. "스위트하트, 내가 나갔으면 좋겠어?"

나는 망설였다. 그의 말뜻을 이해했기 때문이다. 그는 나와 동행하려고 회사를 비웠다. 그에게 나가 달라고 해서 나중에 결국 알게 된다면 그의 배신감이 더 클까? 닥터 호프먼은 그에게 말해야 할 윤리적 의무가 있을 수도 있고, 어느 날 간호사가 내 차트를 대충 보고 실수로 말할 수도 있었다.

마음을 정하기가 너무 어려웠다.

"허니?" 리처드가 재촉했다.

"미안해요. 물론 있어도 되죠."

질문이 시작됐다. 닥터 호프먼의 목소리는 낮고 억양이 잘 조절돼 있었지만 질문 하나하나가 총알처럼 느껴졌다. 생리는 얼마나 자주 하세요? 생리 기간은 며칠입니까? 지금까지 어떤 피임 방법을 썼습니까? 나는 뱃속이 단단하게 뭉치는 느낌이 들었다. 질문이 결국 어디로 향할지 알았다.

이어 닥터 호프먼이 물었다. "임신한 적이 있습니까?"

나는 바닥의 두꺼운 카펫을 내려다보았다. 회색 바탕에 작은 분홍색 사각형들이 그려져 있었다. 나는 사각형을 세기 시작했다.

리처드의 뜨거운 시선이 느껴졌다. "당신 임신한 적 없잖아." 그가 선언하듯 말했다.

나는 계속 그 시기의 내 삶에 대해 생각했지만, 그 기억은 내 안에 봉인되어 있었다.

이건 너무 중요한 일이야.

어쨌거나 거짓말을 할 수는 없어.

나는 고개를 들고 닥터 호프먼을 보았다. "임신한 적이 있어요." 목소리가 깩깩거려서 목을 가다듬었다. "겨우 스물한 살 때였어요."

나는 '겨우'가 리처드를 향한 애원임을 알았다.

"낙태를 했어?" 나는 리처드의 목소리에서 감정을 읽을 수 없었다.

나는 다시 남편을 보았다.

그리고 내가 완전한 진실을 말할 수도 없음을 깨달았다.

"저는, 어, 유산이 됐어요." 나는 목을 가다듬고 리처드의 눈을 피했다. "몇 주밖에 안 됐을 때요." 적어도 그 부분은 사실이었다. 6주 때였으니까.

"왜 나한테 말 안 했어?" 리처드가 뒤로 등을 기대며 내게서 멀어졌다. 그의 얼굴에 충격에 이어 다른 뭔가가 휙 스쳤다. 분노? 배신감?

"말하고 싶었어요……. 난 그냥…… 어떻게 말해야 할지 몰랐던 것 같아요." 너무나 부적절한 대답이었다. 그가 영영 모르기를 바라다니, 너무나 어리석었다.

"정말로 말해줄 생각이었어?"

"잠깐만요." 닥터 호프먼이 끼어들었다. "이런 대화는 감정적으로 변할 수 있어요. 잠시 두 분만의 시간이 필요하세요?"

그녀의 어조는 차분했고 메모를 하던 굵은 은색 펜을 쥔 손은 공중에 들려 있었다. 마치 우리의 대화가 정상적인 막간극이라는 듯이. 그러나 나는 남편에게 그런 비밀을 숨겨온 아내들이 많을 거라고는 상상할 수 없었다. 조만간 나는 닥터 호프만을 혼자 찾아와 사실대로 다 얘기해야 할 터였다.

"아뇨. 아닙니다. 우린 괜찮아요. 계속하시죠?" 리처드가 대답했다. 그는 내게 웃음을 지어 보였지만 몇 초 후 다리를 꼬며 잡고 있던 내 손을 놓았다.

마침내 질문 시간이 끝난 후 나는 닥터 호프먼에게 신체검사와 혈액검사를 받았고 리처드는 대기실에 앉아 블랙베리로 이메일을 확인했다. 검사실을 떠나기 전 닥터 호프먼은 내 어깨 위에 한 손을 얹고 살짝 눌렀다. 엄마 같은 행동처럼 느껴져서 나는 목이 멨고 눈물을 참으려 애썼다. 나는 리처드와 같이 점심을 먹기를 여전히 바랐지만 그는 클라이언트 미팅을 1시로 미뤘다며 사무실로 돌아가야 한다고 말했다. 우리는 다른 사람들과 함께 엘리베이터를 타고 내려오면서 시선을 정면에 고정한 채 한마디 말도 하지 않았다.

건물 밖으로 나왔을 때 나는 리처드를 보며 말했다. "미안해요. 말했어야 했는데……."

병원에 있는 동안 무음으로 해놓았던 그의 휴대전화가 시끄럽게 울리기 시작했다. 그는 발신번호를 확인하더니 내 뺨에 입을 맞췄다. "받아야 하는 전화야. 집에서 봐, 스위트하트."

나는 걸어가는 그의 뒤통수를 쳐다보며 그가 돌아서서 웃거나 손을 흔들어주길 바랐다. 하지만 그는 그대로 모퉁이를 돌아 사라졌다.

내가 리처드를 배신한 건 그때가 처음이 아니었고, 마지막도 아닐 터였다. 최악의 배신도 아니었다─최악 근처에도 못 갔다.

나는 그가 결혼했다고 생각한 여자였던 적이 한 번도 없었다.

삭스에서 손님이 뜸한 틈을 타 커피를 마시러 휴게실로 숨어든다. 뱃속은 진정됐지만 관자놀이 사이의 묵직한 통증은 남아 있다. 구두 섹션의 판매직원 리사가 소파에 앉아 샌드위치를 먹고 있다. 건강미 넘치는 20대의 금발머리 아가씨다.

나는 그녀의 눈을 피한다.

내가 듣는 심리학 팟캐스트에서 바더─마인호프 현상을 다룬 적이 있다. 뭔가를─무명 밴드의 이름이라든지 새로운 파스타 종류 같은 걸─알게 되면 갑자기 그것이 사방에서 나타나는 것처럼 느껴지는 것으로, '프리퀀시 일루션'이라고도 한다.

지금 내 주변은 온통 금발의 젊은 여자다.

오늘 아침 일터에 들어섰을 때 그런 여자 한 명이 로라메르시에 매대에서 립스틱을 발라보고 있었다. 랄프로렌 섹션에서 또 한 명이 옷감을 만져보고 있었다. 지금은 리사가 샌드위치를 베어 물고 있고, 나는 그녀의 왼손에서 반짝이는 반지를 보고 있다.

리처드와 그의 약혼녀는 지나치게 빨리 결혼을 진행시키고 있다. **그녀는 임신할 수 없어, 그렇지?** 나는 또 자문한다. 익숙한 호흡 곤란이 느껴지면서 온몸에 오한이 들지만 공황이 오지 않도록 무진장 애를 쓴다.

나는 오늘 그녀를 봐야 한다. 확실히 알아볼 필요가 있다.

그녀는 지금 내가 있는 곳에서 그리 멀지 않은 곳에 산다.

때때로 온라인에서 사람들에 대해 많은 것을 알 수 있다—점심때 부리토에 사우어크림을 넣는지 안 넣는지부터 곧 있을 결혼식 날짜까지 모든 것을. 추적하기 더 힘든 사람들도 있다. 하지만 거의 모든 사람들에 대해서는 몇 가지 기본적인 사실들을 알아낼 수 있다. 주소, 전화번호, 직장까지.

다른 세부사항들은 지켜보는 것으로 알아낼 수 있다.

리처드와 이혼하기 전 어느 날 밤에 나는 그녀의 집으로 가는 리처드를 미행해 그녀의 아파트 밖에 서 있었다. 그는 흰 장미 다발과 와인을 들고 들어갔다.

나는 그 집 문을 쾅쾅 두들길 수도, 그를 밀치고 집 안으로 들어갈 수도, 리처드에게 소리를 지르고 집으로 돌아오라고 요구할 수도 있었다.

그러나 그러지 않았다. 그냥 우리 집으로 돌아갔고, 몇 시간 후 리처드가 왔을 때 웃으며 그를 맞았다. "당신 먹을 저녁 남겨놨어요. 데워줄까요?"

늘 아내가 가장 마지막으로 알게 된다고들 한다. 하지만 내 경우는 그렇지 않았다. 나는 못 본 척하기로 했을 뿐이다. 그 관계가 오래갈 거라고는 꿈에도 생각하지 못했다.

지금 나의 후회는 벌어진 상처 같다.

예쁘고 젊은 판매직원 리사는 샌드위치가 아직 남았는데도 황급히 소지품을 챙기고 있다. 남은 빵을 휴지통에 던져 넣으며 나를 슬쩍 쳐다본다. 찌푸린 얼굴이다.

내가 얼마나 오래 그녀를 뚫어지게 쳐다보고 있었는지 모르겠다.

나는 휴게실을 나와 남은 근무 시간 동안 명랑하게 손님들을 맞이한다. 옷을 가져온다. 원피스나 슈트가 어울리는지 질문 받으면 고개를 끄덕이고 의견을 말한다.

그러면서 계속 때를 기다린다. 점점 커지는 나의 필요를 곧 충족시킬 수 있음을 알고 있다.

마침내 일터를 떠날 수 있게 됐을 때, 나는 그녀의 아파트로 돌아가 있는 나 자신을 발견한다.

그녀에게로.

09

넬리는 변기 위로 몸을 구부린 채 뱃속에 든 걸 게워내고 리처드의 욕실 대리석 바닥에 털썩 주저앉았다.

간밤의 장면들이 떠오르기 시작했다. 테킬라 샷. 담배. 키스. 그리고 그의 아파트로 오던 택시 안에서 리처드가 짓던 표정. 넬리는 자기가 그와의 미래를 거의 부숴버릴 뻔했다는 게 믿기지가 않았다.

맞은편의 전신거울에 그녀의 모습이 비쳤다. 눈 밑에서 뭉개진 마스카라, 베일에서 떨어져 머리카락에 달라붙은 은색 반짝이들—그리고 리처드가 내준 빳빳한 뉴욕 시 마라톤 티셔츠.

넬리는 겨우 일어서서 입을 닦으려고 수건으로 손을 뻗다 멈칫했다. 전부 다 로열블루 테두리가 들어간 눈처럼 새하얀 수건들이었다. 리처드의 아파트에 있는 다른 모든 것들처럼 수건 역시 극도로 우아했다—나를 제외한 모든 것들이, 하고 넬리는 생각했다. 그냥 클리넥스를 한 장 뽑아 쓰고 변기에 버렸다. 그녀는 리처드의 휴지통에 쓰레기가 들어 있는 걸 본 기억이 없었고, 자기가 쓴 더러운 티슈를 남겨두고 싶지 않았다.

이를 닦고 얼음처럼 차가운 물에 세수를 하자 피부가 창백하고 울긋

불긋해졌다. 넬리는 리처드의 호화로운 오리털 이불 속으로 다시 기어 들어가고 싶은 마음이 굴뚝같았지만, 리처드를 찾아 그가 무슨 말을 하든지 참고 듣자고 마음먹었다.

그러나 그녀가 발견한 건 약혼자가 아니라 광이 나는 화강암 조리대 위에 놓인 에비앙과 애드빌이었다. 그 옆에 그의 이니셜이 돋을새김된 두꺼운 담갈색 종이에 메시지가 적혀 있었다. **깨우기 싫었어. 애틀랜타로 가. 내일 돌아올게. 푹 쉬어. 사랑해, R.**

오븐 시계의 숫자는 11:43이었다. 내가 어떻게 이렇게 늦게까지 잘 수 있지?

그리고 어떻게 리처드의 출장 일정을 잊을 수가 있지? 넬리는 그에게서 애틀랜타에 간다고 들은 기억이 전혀 나지 않았다.

넬리는 약통을 흔들어 두 알 꺼낸 다음 아직 차가운 생수와 함께 삼키면서 리처드의 단정한 블록체 글씨를 쳐다보며 그의 기분을 가늠하려 애썼다. 지난밤의 기억은 들쭉날쭉하고 불완전했지만 리처드가 이불을 덮어준 후 방을 나가며 문을 닫던 모습은 기억났다. 혹시 그가 나중에 돌아와서 그녀 옆에 누웠다고 해도 그녀는 알지 못했으리라.

넬리는 조리대 위의 무선전화기를 들고 그의 휴대전화 번호를 눌렀지만 곧바로 음성사서함으로 연결됐다. "곧바로 전화드리겠습니다." 그가 약속했다.

그의 목소리를 듣고 있으니 아플 정도로 그가 그리웠다.

"안녕, 허니." 그녀는 더듬거리며 적당한 말을 찾았다. "음…… 그냥 사랑한다고 말하고 싶었어요."

넬리는 다시 침실로 돌아가면서 큰 사진 액자들이 걸려 있는 복도를 지나갔다. 넬리가 제일 좋아하는 건 리처드의 어린 시절 사진인데, 바닷가에서 자그마한 손으로 누나 모린의 손을 꼭 잡고 있는 사진이었다. 사진 속의 모린이 리처드보다 훨씬 키가 컸다. 지금 리처드는 키가 180센티미터가 넘지만, 열여섯 살이 되고 나서야 쑥쑥 크기 시작했다고 그에게 들은 적이 있었다. 다음 사진은 리처드와 모린이 부모님과 함께 찍은 사진이었다. 리처드의 꿰뚫어보는 듯한 눈은 어머니한테서, 도톰한 입술은 아버지한테서 물려받았음을 알 수 있었다. 마지막은 그의 부모님의 흑백 결혼식 사진이었다.

복도를 가족사진들로 장식해놓았다는 것, 가족들을 매일 보고 싶어한다는 건 그에 대해 많은 걸 말해주었다. 넬리는 그의 부모님이 살아계셨으면 좋겠다고 생각했지만, 그래도 그에겐 누나가 있었다. 넬리는 내일 리처드의 단골 식당들 중 한 곳에서 모린과 저녁을 먹기로 돼 있었다.

집전화가 울려서 넬리의 공상이 멈춰졌다. **리처드야**, 하고 생각한 그녀는 갑자기 기분이 들떠 다시 주방으로 달려가 전화기를 들었다.

그러나 들려온 건 여자 목소리였다. "리처드 있나요?"

"음, 아니요." 넬리는 망설였다. "모린이에요?"

침묵. 잠시 후 여자는 대답했다. "아뇨. 나중에 다시 걸죠." 곧 단조롭게 이어지는 신호음이 들렸다.

일요일에 리처드에게 전화를 걸어 메시지도 남기지 않으려는 사람은 누굴까?

넬리는 망설이다 발신자 번호를 확인했다. 표시제한된 번호였다.

그동안 넬리는 리처드의 아파트에 자주 왔었다. 그러나 이곳에 혼자있는 건 처음이었다.

그녀의 뒤쪽에 있는 거실에서는 전면 유리창 밖으로 센트럴파크의 아름다운 풍경과 함께 다른 아파트 건물 몇 채가 보였다. 넬리는 창가로 가서 그 아파트들을 훑어보았다. 대부분 실내가 어둡거나 블라인드나 커튼을 치고 있었다. 나머지 몇몇의 집들은 판유리에 아무것도 덮지 않았다.

보는 각도에 따라 실내의 가구 등 물건들의 윤곽이 어슴푸레하게 보이는 것도 같았다.

저 건물들 안에 있는 누구든 리처드의 아파트 내부를 볼 수 있다는 뜻이었다.

넬리는 간밤에 리처드가 블라인드를 닫는 것을 보았다―벽에 붙은 복잡한 전기 시스템이 조명과 블라인드 등과 연결되어 있었다. 넬리가 버튼 하나를 누르자 오목하게 들어간 천장의 조명이 꺼졌다. 밖이 무척 어두컴컴했기에 실내는 곧바로 어두워졌다.

버튼을 다시 누르자 전구들이 켜졌다. 넬리는 숨을 천천히 내쉰 다음 다른 버튼을 눌렀다. 이번에는 맞았는지 블라인드가 내려왔다. 로비에 상주하는 경비원이 있었음에도 넬리는 종종걸음으로 현관문으로 가서 자물쇠를 확인했다. 잠겨 있었다. 리처드가 나를 안전하지 못한 상태로 두고 갈 리 없지, 아무리 화가 났다고 해도. 넬리는 생각했다.

넬리는 샤워를 했다. 리처드의 시트러스 향 록시땅 비누로 몸을 씻고, 샴푸로 머리카락의 묵은 담배냄새를 없앴다. 눈을 감은 채 고개를 뒤로 젖혀 거품을 헹궈낸 다음 물을 잠그고 리처드의 가운으로 몸을 감싸며 전화 속의 그 부드러운 목소리를 떠올렸다.

여자는 억양이 없었다. 나이를 가늠하는 건 불가능했다.

넬리는 리처드의 약장을 열어 젤을 꺼냈고, 젖은 머리카락을 조금 빗은 다음 포니테일로 묶었다. 이 건물의 헬스장을 가끔 이용하면서부터 리처드의 아파트에 두고 쓰는 운동복으로 갈아입은 후, 그녀의 구겨진 톱과 가죽바지가 침대 발치의 작은 캔버스 토트백 위에 단정하게 개어져 있는 걸 발견했다. 넬리는 소지품을 가방에 넣어 그곳을 나왔고, 문을 당겨서 자물쇠가 잠겼는지 확인했다.

엘리베이터로 가는데 리처드와 같은 층의 유일한 이웃인 킨 부인이 비숑 프리제의 목줄을 잡고 집에서 나왔다. 로비에서 부인을 마주칠 때마다 리처드는 우편물을 가지러 가야 한다거나 다른 거짓 핑계를 대며 피하려고 했다. "내버려두면 끝없이 얘기할 거야." 리처드는 그렇게 경고했었다.

넬리는 부인이 외로운 게 아닌가 하는 생각이 들어서 그녀에게 웃음을 지어 보이며 엘리베이터 호출 버튼을 눌렀다.

"요새 왜 잘 안 보이나 궁금했어요, 아가씨!"

"아, 며칠 전에도 왔었는걸요." 넬리가 대답했다.

"다음번엔 우리 집 문을 두드려요, 차 한 잔 하게."

"강아지가 참 예쁘네요." 넬리는 개의 복실복실한 흰 털을 재빨리 쓰다듬었다. 부인과 부인의 개는 마치 같은 미용사에게 머리를 맡기는 것처럼 보였다.

"우리 보송 씨가 아가씨를 좋아하네. 그런데 애인은 어디 갔어요?"

"애틀랜타로 출장 갔어요."

"출장? 일요일에?" 개가 넬리의 구두에 코를 대고 킁킁댔다. "너무 바쁜 남자야, 그렇지 않수? 허구한 날 비행기 타야 한다고 뛰어가더라고. 집 비울 때 얘기하면 내가 유념해서 봐주겠다고 했더니 폐 끼치기 싫다나……. 그런데 아가씨는 지금 어디 가요?"

외롭고 남의 말 하기도 좋아하네, 하고 넬리는 생각했다. 엘리베이터가

도착하자 킨 부인과 개가 안전하게 탈 때까지 문이 닫히지 않게 호출
버튼을 누르며 기다렸다.

"사실은 저도 일하러 가요. 유아원 교사인데 연말이라 교실 대청소
를 해야 하거든요."

내일은 졸업식이었고, 전통적으로 교사들은 원생들이 떠난 며칠 후
에 교실을 치우면서 몰래 들고 들어온 와인을 마시며 그날을 일종의 파
티처럼 즐겼지만, 넬리는 이번 주말에 플로리다에 가야 했기에 오늘 청
소를 해야 했다.

킨 부인은 흡족하다는 듯 고개를 끄덕였다. "참하기도 하지. 리처드
씨가 착한 아가씨를 짝으로 맞아서 기뻐요. 지난번 여자는 별로 싹싹하
지 않았거든."

"그래요?"

킨 부인이 넬리 쪽으로 몸을 기울였다. "그 여자가 경비원 마이크한
테 얘기하는 걸 봤어요, 지난주에. 상당히 흥분한 모습이더라고."

"여기 왔었다고요?" 리처드한테서는 그런 얘기를 듣지 못했는데.

넬리는 킨 부인의 눈이 반짝이는 걸 보고 그녀가 그런 소식의 전달자
가 된 것을 얼마나 즐기고 있는지 알 수 있었다. "그랬다니까. 그 여자
가 마이크한테 쇼핑백을 건네면서—티파니 쇼핑백이었어요, 그 특유
의 푸른색 있잖아—리처드한테 돌려줘야 한다고 말했죠."

엘리베이터 문이 열렸고, 킨 부인의 개가 퍼그를 데리고 이제 막 건
물로 들어온 다른 이웃을 향해 돌진했다.

넬리는 작은 미술관 같은 로비로 나왔다. 등받이가 낮은 소파 두 개
사이에 유리 탁자가 있었다. 탁자 위의 큰 난초가 우아함을 더했고 크
림색 벽에 걸린 추상화들은 이 공간에 생기를 불어넣고 있었다. 일요일

의 경비원인 브롱크스 억양의 프랭크가 넬리에게 인사했다. 이 어퍼이스트사이드 건물의 주민들을 지켜보는 흰 장갑 낀 남자들 중 넬리가 가장 좋아하는 사람이었다.

"안녕하세요, 프랭크." 넬리는 웃고 있는 그의 넓적한 입술 사이로 드러난 벌어진 앞니를 보며 반갑게 인사했다. 이어 다시 흘깃 본 킨 부인은 다른 이웃과의 대화에 열중하고 있었다. 부인에게 들은 말을 곱씹어보면, 리처드의 전처가 그에게 받은 뭔가를 돌려주러 왔을 뿐이며, 리처드는 그녀를 직접 보지도 못한 것 같았다. 종이가방에 뭐가 들었는지는 또 누가 알겠는가? 그들의 이별이 험악했다는 건 분명해 보였다.

대부분 그렇게 헤어지지, 하고 넬리는 생각했지만 여전히 머릿속은 뒤숭숭했다.

프랭크는 넬리에게 한쪽 눈을 찡긋하더니 바깥을 가리켰다. "비가 올 것 같네요. 우산은 있나요, 아가씨?"

"세 개 있어요. 제 아파트에요."

그는 웃었다. "자, 하나 빌려가요." 그는 문 옆의 놋쇠 우산꽂이로 손을 뻗었다.

"프랭크가 최고예요." 넬리는 왼손을 내밀어 우산을 받았다. "꼭 돌려드릴게요."

넬리는 프랭크가 그녀의 반지를 보고 잠시 멍하니 있다가 얼른 다른 곳으로 시선을 돌리는 걸 보았다. 프랭크는 넬리와 리처드의 약혼을 알고 있었지만, 넬리는 평소 시내에서는 다이아몬드가 손바닥 쪽으로 오게 반지를 돌려서 끼고 다녔다. 리처드가 조심해서 나쁠 것 없다며 제안한 방법이었다.

"고맙습니다." 넬리는 프랭크에게 인사할 때 뺨이 붉게 달아오르는 것을 느꼈다. 아마도 프랭크의 연봉보다 비쌀—넬리 자신의 연봉보다도 비쌀—뭔가를 몸에 걸치고 있다는 것이 약간 허세처럼 느껴졌다.

리처드의 전처가 근처에 사나? 넬리는 궁금했다. 심지어 길에서 그녀를 스쳐지나갔을 수도 있었다.

넬리는 우산이 펴지고 나서야 자기가 우산의 펼침 단추를 만지작거리고 있었음을 깨달았다. 아빠의 목소리가 머릿속에 울려 퍼졌다. **실내에서는 절대 우산을 펴지 말거라. 불길해.**

"비 맞지 마세요." 넬리가 축축한 회색 공기 속으로 걸어 나갈 때 프랭크가 말했다.

샘은 잘 때 입는 긴 셔츠 차림이었다. '참 아름다운 난장판'이라는 문구가 적혀 있었다.

넬리는 달걀, 체더치즈, 베이컨, 케첩이 든 양귀비씨 베이글—두 사람의 해장 음식이었다—이 담긴 종이봉투를 공중에 흔들어 보였다. "굿 애프터눈, 선샤인."

현관문 바로 앞에 지난밤 샘이 벗어던진 샌들이, 그 앞에는 핸드백이, 또 그 앞에는 미니스커트가 있었다. "샘의 길이네." 넬리가 농담했다.

"안녕." 샘은 머그에 커피를 붓고 있었지만 몸을 돌려 넬리를 쳐다보지는 않았다. "어젯밤엔 어떻게 된 거야?"

"리처드 집으로 갔어. 테킬라를 너무 많이 마셨어."

"그래, 머린이 리처드가 왔다고 그러더라." 샘의 말투가 무뚝뚝했다. "작별인사 잘 받았어."

"난……." 넬리는 갑자기 눈물이 났다. 그녀는 결국 샘까지 화나게 만든 것이다.

샘이 휙 뒤돌아섰다. "워워. 뭐가 문제야?"

넬리는 고개를 흔들었다. "전부 다." 흐느낌을 삼키느라 딸꾹질이 났다. "말도 없이 가서 정말 미안해……."

"그렇게 말해주니 고맙네. 솔직히 어제 나 화나 있었어, 네가 저녁에 늦게 나타났을 때부터."

"나도 먼저 가고 싶지 않았지만, 샘…… 나 닉이랑 키스했어."

"알아. 봤어."

"응, 리처드도 봤어." 넬리는 종이 냅킨으로 눈물을 닦아냈다. "그래서 리처드가 화가 많이 났고……."

"이제 화해했어?"

"그런 것 같아. 리처드가 오늘 아침에 애틀랜타로 가야 해서 얘기는 못했지만……. 그런데 샘, 오늘 아침에 리처드 집에 혼자 있는데 어떤 여자가 전화를 했어. 자기 이름도 안 밝히더라. 그리고 리처드의 이웃이 말하길, 리처드의 전처가 지난주에 아파트에 왔었대."

"뭐? 리처드가 아직 그 여자를 만나?"

"아니." 넬리가 얼른 대답했다. "그냥 물건을 돌려주러 온 거야. 경비원한테 맡기고 갔대."

샘은 어깨를 으쓱했다. "그럼 걱정할 이유는 없는 것 같은데."

넬리는 망설였다. "그런데 두 사람은 몇 달 전에 헤어졌거든. 왜 이제야 그걸 돌려주러 왔을까?" 넬리는 그 물건이 아마도 두 사람이 헤어지기 전에 리처드가 전처에게 준 선물인 것 같다고 왜 샘에게 말하지 못하는지 잘 몰랐다. 게다가 티파니라면 비싼 선물인 것 같다고도.

샘은 커피를 한 모금 홀짝인 후 넬리에게 머그를 건넸고, 넬리도 한 모금 마셨다. "리처드한테 직접 물어보지 그래?"

"그냥…… 그런 일에 신경 쓰고 싶지 않다는 기분이 들기도 하고."

"하." 샘은 베이글을 한입 베어 문 후 씹었다. 넬리는 자기 몫의 샌드위치의 포장지를 벗기다가 위장이 조여드는 느낌을 받았다. 입맛이 싹 달아났다.

"난 그 여자가 그림에서 완전히 빠져 있다고 생각했어. 리처드 아파트에 온 건 별일 아닌 것 같아, 그치? 하지만 나한테 계속 걸려오는 그 이상한 전화는……."

"전처가 거는 거야?"

"모르겠어." 넬리가 속삭이듯 말했다. "그런데 내가 리처드와 약혼한 직후부터 그런 전화가 오기 시작한 게 우연일까?"

샘은 거기에 대해서는 답을 갖고 있지 않은 듯했다.

"그리고 오늘 아침에도 내가 여보세요, 하니까 잠시 동안은 숨소리만 들렸어. 지금까지 받았던 전화들과 똑같이. 그러더니 여자가 리처드를 바꿔달라고 했고……. 막상 이런 얘길 입 밖으로 꺼내니까 내가 미친 것처럼 느껴지네."

샘은 베이글을 내려놓고 넬리를 잠시 꽉 안아줬다. "넌 미치지 않았어. 하지만 리처드랑 얘기는 해봐야 할 것 같아. 그가 전처랑 오래 살았지? 너도 그 시기의 그의 삶에 대해 알 자격이 있지 않을까?"

"시도는 해봤지."

"그가 그런 얘길 너한테 하지 않는 건 공정하지 않아."

"리처드는 남자야, 샘. 우리처럼 끝없이 얘기할 필요를 느끼지 않아." *너처럼*, 하고 넬리는 생각했다.

"그 문제에 대해 얘기해본 적도 없다는 소리로 들리네."

넬리는 대꾸하지 않았다. 그녀와 샘은 언쟁을 한 적이 거의 없었다. 더 깊게 얘기하고 싶지 않았다. "그냥 서로 점점 멀어졌다고 리처드가 그랬어. 흔히들 그러잖아, 안 그래?"

그러나 리처드는 한 가지를 더 얘기했다. 지금 생각해보니 특히나 중요한 말 같았다.

내가 생각했던 사람이 아니었어.

그는 정확히 그렇게 말했다. 그때 리처드의 찡그린 얼굴에 어린 혐오감 때문에 넬리는 매우 놀랐었다.

넬리의 룸메이트는 지금 분명 여러 가지 생각을 하고 있을 터였다.

하지만 샘은 일전에 넬리가 리처드가 산 집에 대해 말해줬을 때와 거의 똑같은 알 수 없는 표정을 짓고 있었다. 넬리가 결혼반지를 끼고 귀가한 날에도 지었던 표정이었다.

"네 말이 맞아." 넬리가 가벼운 어조로 말했다. "그이한테 다시 물어볼게."

넬리는 샘이 하고 싶어 하는 말이 남았단 걸 알 수 있었지만 리처드를 보호하고 싶은 심정이었다. 리처드의 전처와 관련해 문제없다고 샘이 말해주길 바랐지, 넬리와 리처드의 관계의 문제점을 지적하길 바란 것이 아니었다.

넬리는 냉장고와 벽 사이의 좁은 공간에 끼워진 쇼핑백들 가운데 몇 개를 집어들었다. "유아원에 뛰어가야겠어. 우리 반 교실의 짐을 싸야 하거든. 같이 갈래?"

"난 지금 완전히 지쳤어. 낮잠을 자야 할 것 같아."

두 사람의 문제는 아직 완전히 해결되지 않은 것이다.

"그냥 가버린 것 다시 한 번 사과할게. 그리고 정말 멋진 파티였어."

넬리는 어깨로 가장 친한 친구를 슬쩍 밀었다. "샘, 오늘밤에 시간 있어? 팩 하고 〈노팅힐〉 보자. 중국음식 주문해서. 내가 살게……."

샘의 그 표정은 여전했지만 무언의 휴전을 받아들였다. "그러자. 재미있겠네."

리처드의 전처는 어떤 사람일까?

날씬하고 육감적이겠지, 넬리는 러닝래더 근처까지 갔을 무렵 생각했다. 그의 전처는 고전음악을 즐기고 와인의 톱노트를 식별할 수 있을지도 몰랐다. 그리고 넬리는 메뉴판의 글씨를 손가락으로 가리킬 수밖에 없었던 '샤르퀴트리'(수제 육가공품이라는 뜻의 프랑스어—옮긴이)를 발음할 줄 알 거라고 넬리는 확신했다.

넬리는 리처드와 사귄 직후 전처 얘기를 꺼냈다. 자기를 만나기 전에 그가 인생을 함께한 여자에 대해 궁금했다. 그때 넬리와 리처드는 느긋한 일요일 아침에 사랑을 나누고 함께 샤워를 한 뒤 《뉴욕타임스》를 섹션별로 서로 나눠 읽고 있었다. 넬리는 리처드가 넬리를 위해 사둔 여분의 칫솔을 썼고, 자신이 지난번에 와서 두고 간 티셔츠를 입었다. 어째서 그 아파트에 리처드의 전처의 흔적이 전혀 없는지 궁금했다. 리처드와 전처가 수년을 함께 살았음에도 욕실 개수대 밑의 수납장에는 놓고 간 머리 고무줄도, 찬장 구석에 방치된 허브티 깡통도, 리처드의 각진 스웨이드 소파를 부드러워 보이게 할 귀여운 작은 쿠션도 없었다.

어딜 봐도 남자만 사는 아파트였다. 마치 전처는 그곳에 온 적도 없는 것 같았다.

"생각해봤는데…… 당신 전처에 대해서는 얘기한 적이 별로 없는 것 같아서요……. 왜 헤어졌어요?"

"하나 콕 집어서 얘기할 수가 없네." 리처드는 어깨를 으쓱하고 비즈니스 섹션을 한 장 넘겼다. "서로 점점 멀어졌어……."

지금 넬리의 머릿속을 떠나지 않는 말을 그가 한 것이 그때였다. **내가 생각했던 사람이 아니었어.**

"처음엔 어떻게 만났어요?" 넬리는 리처드가 읽고 있던 신문을 장난스럽게 쳐서 내렸다.

"왜 그래, 스위트하트, 지금 난 당신과 있잖아. 내가 제일 얘기하기 싫은 주제가 **그 여자**야." 그가 쓰는 단어들은 정중했지만 어조는 그렇지 않았다.

"미안해요……. 그냥 궁금했어요."

그 후 넬리는 다시는 전처 얘기를 꺼내지 않았다. 어쨌거나 넬리 역시 그에게 얘기하기 싫은 주제들이 있었으니까.

리처드는 지금쯤 애틀랜타에 도착했겠네. 넬리는 놀이터로 들어가는 대문의 빗장을 끄르고 유아원을 향해 걸어가면서 생각했다. 회의 중이거나 혼자 호텔방에 있겠지. 나의 예전 남자친구의 모습을 계속 떠올리고 있을까, 내가 그의 전처를 계속 생각하고 있듯이?

리처드가 다른 여자와 키스하는 걸 보면 얼마나 가슴이 아플지 넬리는 상상조차 할 수 없었다. 리처드가 넬리 역시 그가 생각했던 사람이 아니라고 생각하고 있는 건 아닌지 궁금했다.

넬리는 리처드에게 전화하려다가 그만두었다. 이미 메시지를 남긴 후였기 때문이다. 그리고 전처가 아파트에 온 일에 대해서는 묻지 않을 작정이었다. 그는 넬리에게 믿음을 줬지만 넬리는 그의 믿음을 뒤흔들지 않았던가.

"저기요!"

교회의 청소년지도자가 그녀를 위해 열린 문을 잡고 있는 것이 보였다. "고마워요." 넬리는 그렇게 말하고 서둘러 그를 향해 갔다. 그리고 그의 이름을 기억하지 못하는 게 미안해서 더 활짝 웃어 보였다.

"문을 잠그려던 참이었어요. 일요일에 유아원에 출근하는 분이 계실 줄은 몰랐네요."

"교실 대청소를 시작하려고요."

그는 고개를 끄덕이고 하늘을 흘끗 올려다봤다. 시시각각 모양이 바뀌는 두터운 구름들이 해를 완전히 가렸다. "조금만 더 늦게 왔으면 비를 맞았을 거예요." 그가 쾌활하게 말했다.

넬리는 지하로 들어서서 천장의 전등을 켜고 계단을 내려갔다. 리처드의 집에서 곧바로 유아원으로 오지 않은 것을 후회했다. 바로 왔다면 교회가 교구민들로 북적이고 있었을 것이다. 교회에 사람들이 없을 거라고는 예상치 못했다.

담당 교실로 들어가다 바닥에 떨어져 있던 종이 왕관을 밟을 뻔했다. 넬리는 몸을 굽혀 왕관을 집어들고 구겨진 부분을 폈다. 안쪽에 브리애나의 이름이 삐뚤삐뚤한 글씨로 적혀 있었다. 넬리가 쓰는 법을 가르쳐준 이름이었다. "기억해, 'B'는 툭 튀어나온 배가 두 개란다." 넬리는 계속 틀리게 쓰는 브리애나에게 그렇게 말했다. 제대로 쓰는 법을 익혔을 때 브리애나는 얼마나 자랑스러워했던지.

넬리의 병아리들은 졸업식 때 쓰려고 왕관을 만들었다. 그 애들은 커튼 뒤에서 꼼지락거리며 줄을 서고 있다가, 넬리가 자그마한 어깨에 손을 얹고 "지금이야!" 하면 한 명씩 나가서 임시로 만든 통로를 걸어가고, 부모들은 일어나서 환호하며 사진을 찍을 터였다.

브리애나는 자기 왕관을 잃어버렸다고 속상해하고 있을 것이었다.

아이가 한참 동안 스티커를 붙이고 풀을 반통이나 써가며 색색의 방울술을 붙인 왕관이었다. 넬리는 브리애나의 부모에게 전화해 아이의 왕관을 찾았다고 말해주기로 했다.

그녀는 가져온 쇼핑백들 중 한 개에 왕관을 넣은 후 평소와 다른 적막 속에 서 있었다.

넬리의 교실은 수수했고 장난감도 대다수 아이들의 집에 있는 것들에 비해 단순했지만, 아이들은 매일 아침 뛰어 들어와 도시락을 보관함에 넣고 조그만 재킷과 스웨터를 옷걸이에 걸었다. 넬리는 아이들이 물건을 가져와서 발표하는 시간을 가장 좋아했는데, 예측가능하게 예측불가한 시간이었다. 한번은 애니가 약장에서 발견했다며 미니어처 프리스비라고 소개했는데, 넬리는 애니를 데리러 온 어머니에게 그 페서리를 돌려줬다. "바이브레이터를 안 가져간 게 그나마 다행이네요." 애니의 어머니는 그렇게 농담을 해서 순식간에 넬리에게 귀여운 사람으로 기억됐다. 또 한 번은 루카스가 도시락 통을 열며 살아 있는 햄스터를 공개했는데, 햄스터는 곧바로 자유를 얻을 기회를 포착하고 도망쳤다. 넬리가 그 햄스터를 다시 본 건 이틀이나 지나서였다.

떠나는 것이 이렇게 가슴 아플 줄 미처 몰랐다.

넬리는 아이들이 공작용 판지로 만든 나비들을 벽에서 떼어내 서류철에 끼워 넣었다. 서류철은 아이들이 각자 집에 가져가게 할 터였다. 그녀는 서류철 모서리에 겁지의 말랑한 끝부분이 찔리자 얼굴을 찡그렸다.

"퍼지(fudge, 'fuck' 대신 쓴 비슷한 발음의 단어—옮긴이)." 넬리가 마지막으로 진짜 욕을 내뱉은 건 몇 년 전이었다. 그때 넬리의 욕설을 듣고 충격을 받은 꼬마 데이비드에게 그녀는 그냥 장난감 트럭을 가리킨 거라고 허둥지둥 변명했다. 넬리는 찔린 손가락을 입에 물고 비품 보관용 장에서 엘모 밴드에이드를 꺼냈다.

손가락에 밴드를 붙이고 있는데 복도에서 소리가 났다.

"누구세요?" 넬리가 외쳤다.

답이 없었다.

그녀는 문 쪽으로 가서 밖을 슬쩍 내다보았다. 좁다란 복도에는 아무도 없었고, 리놀륨 바닥은 천장 등의 빛을 반사하고 있었다. 다른 교실들은 불이 꺼져 있었고 문도 다 닫혀 있었다. 교회의 골조가 오래돼서 가끔 삐걱거리잖아, 분명 바닥 널에서 난 소리일 거야.

웃음소리와 떠들썩함이 없는 유아원은 유아원 같지가 않았다.

넬리는 핸드백을 뒤적여 휴대전화를 꺼냈다. 리처드한테서는 아직 전화가 오지 않았다. 그녀는 망설이다가 그에게 문자를 보냈다. **러닝래더에 있어요……. 전화할 수 있으면 전화해줘요. 혼자 있어요.**

샘은 넬리가 어디 있는지 알지만 낮잠을 자고 있었다. 리처드에게도 있는 곳을 알리면 덜 무서울 것 같았다.

넬리는 전화를 가방에 도로 넣으려다 라이크라 바지의 허리밴드에 끼웠다. 다시 복도를 내다본 뒤 한참 동안 귀를 쫑긋 세우고 있었다.

그 후 다시 벽에서 미술 작품들을 떼어내기 시작했다. 재빨리 다 떼어냈다. 이젤에서 큰 글씨로 찍힌 활동 일정을 떼어냈다. 팔을 뻗어 게시판의 큰 달력도 뗐다. 벨크로 카드들을 붙여 요일과 날씨를 표시한 달력이었다. 웃는 해가 금요일에 아직 붙어 있었다.

넬리는 창밖을 흘끗 봤다. 빗방울이 후두두 떨어지기 시작했다.

대문 바로 뒤에 어떤 여자가 서 있는 걸 알아채지 못할 뻔했다.

높다란 기어오르기 구조물이 시야를 일부 가려서, 여자의 황갈색 레인코트와 얼굴을 가린 녹색 우산만 보였다. 그리고 바람에 나부끼는 긴 갈색 머리카락.

개를 산책시키러 나온 사람이겠지.

넬리는 다른 각도로 보려고 목을 길게 뺐다. 개는 없었다.

유아원이 어떤지 보러 온 예비 학부형일까?

하지만 러닝래더가 문을 닫는 일요일에 보러 온다는 게 말이 되지 않았다.

교구민일 수도 있지…… 그런데 예배는 몇 시간 전에 끝났는걸.

넬리는 주머니에서 휴대전화를 꺼내들고 얼굴을 창문 가까이에 댔다. 여자가 갑자기 나무들 사이로 몸을 숨겼다. 넬리는 여자가 세 묘비 근처에서 방향을 트는 모습을 지켜보았다.

교회 반대쪽의 출입구로 가는 거였다.

그쪽의 문은 가끔, 알코올 중독자 치료 모임 등 야간 활동이 예정되어 있을 때 열린 채 무거운 벽돌로 고정해놓을 때가 있었다.

그 여자가 몸을 휙 돌리는 방식의 뭔가가―아주 재빠르고 급격한 움직임이―넬리로 하여금 학부모 면담 날 화장실에서 부딪혀 핸드백을 떨어뜨리게 했던 여자를 떠올리게 했다.

넬리는 더는 그곳에 있을 수 없었다. 쇼핑백들을 집어들고 그녀의 책상 위에 널린 종이들은 내버려둔 채 문 쪽으로 갔다. 그때 휴대전화가 울렸고 넬리는 흠칫했다. 리처드였다.

"당신이라서 정말 다행이에요." 넬리는 숨을 헐떡였다.

"괜찮아? 흥분한 목소린데."

"유아원에 혼자 있어요."

"응, 당신 문자 봐서 알아. 교회 건물의 문은 다 잠겨 있어?"

"모르겠어요. 근데 이제 나갈 거예요." 넬리는 서둘러 계단을 올라갔다. "왠지 좀 오싹한 느낌이 들어요."

"무서워하지 마, 베이비. 내가 계속 전화 안 끊고 있을게."

넬리는 등 뒤를 흘깃거리며 건물을 나온 후 점점 천천히 걸으며 숨을 골랐다. 블록의 끝에 도착한 뒤 우산을 펴고 사람들이 더 많은 교차로를 향해 걷기 시작했다. 일단 밖으로 나오자 자신이 과잉반응을 했다는 생각이 들었다.

"너무 보고 싶어요. 그리고 어젯밤 일은 너무 미안해요."

"있잖아, 생각해봤는데, 당신이 그 남자를 밀어내는 거 봤어. 당신이 날 사랑하는 거 알아." 정말이지 비현실적으로 좋은 남자였다.

"오늘 당신을 볼 수 있으면 좋을 텐데." 넬리는 자신이 리처드의 출장일을 잊은 걸 들키고 싶지 않았다. "졸업식만 끝나면 난 완전히 당신 거예요."

"그래서 내가 얼마나 행복한지 당신은 짐작도 못할걸." 그의 목소리는 안전 그 자체처럼 느껴졌다.

그 순간 넬리는 교사 일을 더 하고 싶지 않다고 생각했다. 가을에는 리처드를 따라 여행할 것이다. 그렇게 해도 그녀는 아이들에게 둘러싸여 있을 터였다—그들의 아이들에게.

"클라이언트한테 다시 가봐야 해. 이제 좀 괜찮아?"

"훨씬요."

그때 리처드는 그녀가 평생 기억할 말을 했다.

"당신 옆에 없을 때조차 나는 당신과 함께 있어."

10

그녀의 집은 활기찬 거리에 있다. 뉴욕 시에는 그녀가 사는 곳 같은 블록이 수십 군데 있다. 호화롭지도, 가난에 찌들지도 않은 어디쯤에 해당하는 곳들.

리처드를 처음 만났을 때 내가 살던 동네를 떠올리게 하는 곳이다.

세찬 폭우가 방금 전에 그쳤음에도 내가 두드러져 보이지 않을 만큼 사람들이 많다. 그녀가 사는 건물 모퉁이에 버스 정류장이 있고 그 옆은 델리이며, 건물에서 두 집 건너는 작은 미용실이다. 유모차를 미는 애 아빠와 손을 잡고 걷는 연인이 서로를 지나쳐간다. 식료품이 담긴 봉투를 세 개나 안고 가는 여자도 있다. 중국음식 배달원의 자전거가 물웅덩이를 지나가면서 내게 물을 약간 튀긴다. 자전거 뒤쪽에 쌓아 올린 음식 냄새가 자전거가 지나간 후에도 공기 중에 남아 있다. 과거의 나라면 닭고기 볶음밥이나 깐쇼새우의 촉촉하고 향긋한 냄새를 맡고 식욕이 동했을 것이다.

그녀가 이웃들과 얼마나 잘 알고 지내는지 궁금하다.

아파트 윗집의 문을 두드려, 택배 기사가 실수로 그녀의 집 앞에 두고 간 택배 상자를 건넸을 수도 있다. 그녀가 과일과 베이글을 살 것 같은 건물 옆 델리의 계산대를 지키는 주인이 그녀를 이름으로 부르며 인사할지 모른다.

그녀가 사라지면 누가 그녀를 보고 싶어 할까?

난 꽤 오래 기다릴 준비가 되어 있다. 식욕은 전혀 없다. 덥지도 춥지도 않다. 필요한 건 아무것도 없다. 하지만 오래되지 않아—적어도 내가 느끼기엔 그리 오래 기다리지 않았다—맥박이 빨라지고 숨쉬기가 힘들어진다. 그녀가 모퉁이를 돌아 나타났기 때문이다.

그녀는 봉투를 하나 들고 있다. 나는 눈을 가늘게 뜨고 테이크아웃 샐러드 가게 '찹트'의 로고를 식별한다. 봉투는 그녀의 포니테일 머리처럼 그녀의 걸음에 맞춰 가볍게 흔들린다.

코커스패니얼 한 마리가 달려들자 그녀는 목줄에 다리가 엉키지 않도록 멈춰 선다. 개 주인은 목줄을 짧게 조절하고, 그녀는 가볍게 고개를 끄덕인 뒤 뭐라고 말하더니 허리를 굽히고 개의 머리를 쓰다듬는다.

그녀는 개에 대한 리처드의 감정이 어떤지 알고 있을까?

나는 휴대전화를 귀에 댄 채 그녀로부터 반쯤 몸을 돌리고 우산을 기울여 얼굴을 가리고 있다. 그녀는 계속 내 쪽으로 걸어오고 나는 그녀를 샅샅이 훑어본다. 그녀는 요가 레깅스와 헐렁한 흰 상의를 입고 바람막이 점퍼를 허리에 두르고 있다. 샐러드와 운동. 가장 멋진 모습으로 웨딩드레스를 입고 싶어 하는 게 틀림없다. 그녀는 아파트 건물 앞에서 잠시 멈춰 서서 핸드백 속을 뒤적거린 뒤 건물 안으로 사라진다.

나는 우산을 내리고 이마를 문지르며 집중하려 애쓴다. 속으로 미친 짓이라고 스스로에게 말한다. 그녀가 임신했다 한들—그럴 가능성은 없다고 나는 생각한다—아직 겉으로 표가 나지 않을 터였다.

그러면 나는 왜 이곳에 왔는가?

나는 그녀가 들어간 닫힌 문을 응시한다. 설사 그녀의 집 현관문에 노크를 해서 그녀가 나온다 한들 내가 무슨 말을 하겠는가? 파혼하라고 빌 수도 있다. 후회하게 될 거라고, 그가 나와 살면서 바람을 피웠으니 그녀에게도 똑같이 할 거라고 경고할 수도 있다─그러나 그녀는 아마 문을 쾅 닫아버리고 리처드에게 전화할 것이다.

내가 그녀의 뒤를 밟아왔다는 걸 그는 절대로 알아서는 안 된다.

그녀는 자기가 지금 안전하다고 생각한다. 나는 그녀가 플라스틱 샐러드 그릇을 헹궈서 재활용 통에 넣고, 진흙 팩을 하고, 부모에게 전화를 걸어 결혼식의 마지막 세부 사항을 알려주는 모습을 상상한다.

아직은 시간이 좀 있다. 충동적으로 행동해서는 안 된다.

집까지 가려면 한참 걸어야 한다. 그녀가 온 길을 되밟아 모퉁이를 돈다. 한 블록 지나서 챕트 앞을 지나갔다가 발길을 돌려 가게 안으로 들어간다. 메뉴를 꼼꼼히 살펴보며 그녀와 같은 것을 주문하기 위해 그녀가 뭘 좋아했을까 애써 추측해본다.

직원이 내 샐러드를 건네줄 때─플라스틱 그릇에 담겨 포크와 냅킨과 함께 흰색 종이봉투에 들어 있다─나는 웃음을 지으며 고맙다고 말한다. 직원의 손가락과 내 손가락이 닿을 때 나는 그녀도 이 직원에게 샐러드를 받았는지 궁금하다.

가게 밖으로 나가기도 전에 갑자기 격심한 공복통에 압도당한다. 거르고 잔 모든 저녁이, 건너뛴 모든 아침이, 쓰레기통에 던져 넣은 모든 점심이 한데 모여 나를 공격하며, 내 속의 빈 곳을 채우려는 거의 야만스러운 갈망의 동력이 된다.

나는 카운터와 스툴이 있는 한쪽 구석으로 갔지만 샐러드 봉투를 내려놓고 자리에 앉을 때까지 기다릴 수조차 없다.

떨리는 손으로 샐러드 용기를 열고 쉬지 않고 포크로 샐러드를 찍어 입속으로 넣는다. 하나도 흘리지 않도록 용기를 턱 앞에 바짝 붙인 채 알싸한 녹색 채소를 입속에 우겨넣고, 미끄러운 용기 표면을 돌아다니는 달걀과 토마토 조각을 포크로 쫓는다.

마지막 샐러드를 삼킬 때 헛구역질이 나고 위가 팽창한 느낌이 든다. 하지만 먹기 전과 똑같이 텅 빈 기분이다.

빈 용기를 버리고 집을 향해 걷기 시작한다.

아파트에 들어서니 샬럿 이모가 쿠션으로 머리를 받치고 눈에 수건을 덮은 채 소파에 누워 있다. 일요일 밤마다 이모는 벨뷰 병원에서 미술치료 수업을 한다. 이모가 수업을 취소하는 건 처음 본다.

이모가 낮잠을 자는 것도 처음 본다.

걱정이 나를 관통한다.

이모는 문이 닫히는 소리에 고개를 들고 얼굴에서 수건을 치운다. 안경을 쓰지 않으니 이모의 이목구비가 더 부드러워 보인다.

"괜찮아요?" 내 말의 아이러니함을 의식한다. 택시가 이모의 아파트 건물 앞에 슈트케이스 세 개와 함께 나를 내려놓은 이후 이모가 내게 끊임없이 해온 말이기 때문이다.

"그냥 두통이 좀 심하네." 이모는 소파의 가장자리를 꽉 잡고 일어선다. "오늘 무리했거든. 모델이 가고 나서 어질러진 물건들을 20년 치는 치운 것 같아."

이모는 아직도 작업복 차림이다—청바지와 돌아가신 이모부의 파란색 옥스퍼드 셔츠. 이제 셔츠는 부드럽게 해지고 낡았으며, 튀고 떨어지기를 반복한 물감으로 장식되어 있다. 그 자체가 미술 작품, 이모의 창작 인생이 시각화한 것이다.

"병이 난 거예요." 그 말은 나도 모르게 불쑥 튀어나온 것 같다. 내 목소리는 날카롭고 겁에 질려 있다.

샬럿 이모는 걸어와서 내 어깨에 두 손을 얹는다. 이모와 나는 키가 비슷하다. 이모가 내 눈을 똑바로 응시한다. 이모의 녹갈색 눈은 나이 들면서 색조가 옅어졌지만 변함없이 명민하다.

"병난 거 아니야."

샬럿 이모는 단 한 번도 어려운 대화를 회피한 적이 없다. 내가 어릴 때도 이모는 내 엄마의 정신 건강 상태를 내가 이해할 수 있게 쉽고 정직한 표현으로 설명해줬다.

나는 이모의 말을 믿으면서도 "약속해요?" 하고 묻는다. 목이 메고 눈물이 고인다. 샬럿 이모를 잃을 수는 없다. 이모까지 잃을 순 없다.

"약속해. 난 아무데도 안 가, 버네사."

이모가 안아줄 때 나는 나를 어린 시절로 돌아가게 만드는 냄새를 들이마신다. 이모의 물감에서 나는 아마인유 냄새, 이모가 맥박 뛰는 곳들에 바르는 라벤더 향수.

"밥 먹었니? 뭐 좀 간단히 만들려던 참이야……."

"안 먹었어요." 거짓말이다. "저녁은 내가 만들게요. 왠지 요리하고 싶은 기분이거든요."

이모가 지친 건 나 때문일지 모른다. 내가 이모에게서 너무 많은 걸 빼앗았는지도.

이모는 눈을 비빈다. "그럼 좋지."

이모는 나를 따라 주방으로 와서 스툴에 앉는다. 나는 냉장고에서 닭고기와 버터, 버섯을 꺼내고 프라이팬에 닭고기를 굽는다.

"초상화는 어떻게 됐어요?" 나는 이모와 내가 마실 생수를 잔 두 개에 따른다.

"그리던 중에 여자가 잠이 들었어."

"정말요? 다 벗은 채로?"

"놀랄걸. 지나치게 계획이 많은 뉴요커들이 그 과정을 편안하게 여기는 경우가 많다는 걸 알면."

내가 간단한 레몬 소스를 휘저어 만들 때 샬럿 이모가 몸을 앞으로 숙이고 숨을 들이쉰다. "맛있는 냄새 난다. 네 엄마보다 훨씬 깔끔하게 요리하네."

나는 도마를 헹구다가 멈칫한다.

속마음을 감추는 데 너무나 익숙한 나는 힘들이지 않고 웃음을 지으며 샬럿 이모와 수다를 떤다. 그러나 예전 기억을 떠올리게 하는 것들은 도처에 있다—소스에 끼얹는 화이트와인부터 냉장고 야채 칸에서 버섯을 꺼내느라 한쪽으로 민 샐러드용 녹색 채소까지. 나는 마음속에 소용돌이치는 생각들 위를 활공하며 이모와의 가벼운 대화에 빠져든다. 격렬하게 휘젓는 발을 숨기고 있는 물 위의 백조처럼.

"엄만 토네이도 같았죠." 나는 미소까지 지어 보이며 그렇게 말한다. "싱크대는 늘 냄비와 프라이팬들로 넘쳐나고 조리대는 올리브유랑 빵가루로 뒤덮여 있던 것 기억나요? 바닥은 또 어떻고요! 내 양말은 말 그대로 바닥에 들러붙었어요. 엄마가 자신이 지나간 자리는 정리해야 한다는 말의 신봉자라곤 할 수 없었죠." 나는 조리대 위의 큼직한 도자기 그릇으로 손을 뻗어 비데일리아 양파를 집어들었다. "그래도 엄마가 한 음식은 참 맛있었어요."

엄마는 좀 괜찮은 날이면 세 코스로 된 정성들인 식사를 준비했다.

우리 집 책장에는 줄리아 차일드, 마르셀라 하잔, 피에르 프레니(셋 다 유명 요리연구가나 요리사들이다—옮긴이)의 책들이 가득 꽂혀 있었고, 내가 주디 블룸을 탐독하는 만큼 자주 엄마가 그 책들 중 하나를 읽고 있는 모습을 목격하곤 했다.

"집에서 만든 뵈프 부르기뇽과 레몬 토르테를 평범한 화요일 저녁으로 먹은 5학년짜리는 아마 너밖에 없었을걸." 샬럿 이모가 말한다.

나는 닭 가슴살을 뒤집는다. 덜 구워진 면이 프라이팬에 닿으면서 치지직 소리를 낸다. 엄마의 모습이 떠오른다. 오븐에서 나오는 열 때문에 부스스해진 머리를 하고 탁 소리를 내며 가스레인지 위에 냄비를 올려놓고 마늘을 다지고 큰 소리로 노래를 부르던 엄마. "이리 와, 버네사!" 엄마는 내가 보이면 그렇게 말하곤 했다. 나를 안아 올려 빙빙 돌린 후, 손바닥에 대고 소금 통을 흔들어 꺼낸 소금을 냄비로 휙 던져 넣었다. "요리법을 그대로 따라선 안 돼." 엄마는 늘 그렇게 말했다. "자기만의 개성을 더해야지."

그런 저녁이 지나고 나면 곧 추락이, 엄마의 에너지가 다 소진되는 때가 온다는 걸 나는 알고 있었다. 하지만 엄마의 자유분방함 속의 뭔가는 반짝반짝 빛이 났다. 엄마의 여과되지 않은, 폭풍 같은 기쁨. 그것이 어린 나를 겁먹게 했다고 해도.

"네 엄만 남달랐어." 샬럿 이모가 말한다. 이모는 조리대의 파란 타일에 한쪽 팔꿈치를 기대고 손으로 턱을 받치고 있다.

"맞아요." 난 내가 결혼할 때 엄마가 살아계셨다는 것이 기쁘다. 그리고 어떤 면에서는, 내 결혼이 어떻게 끝났는지 보지 못하고 돌아가신 것이 다행스럽다.

"너도 이제는 요리를 좋아하니?" 샬럿 이모가 나를 주의 깊게 쳐다본다. 거의 관찰하는 듯한 시선이다. "넌 정말 네 엄마를 닮았어. 목소리도 어찌나 비슷한지 가끔 다른 방에서 네가 말하면 네 엄마가 거기 있는 것 같아……."

이모가 묻지 않은 또 다른 질문이 있는지 궁금하다. 내 엄마의 증세는 30대에 점점 더 심해졌다. 지금 나도 30대다.

나는 결혼 생활 중에 샬럿 이모와 연락이 끊겼다. 내 잘못이다. 그때 나는 엄마보다도 훨씬 더 엉망이었고, 샬럿 이모가 나를 도우려고 그냥 달려들 수 없음을 알았다. 그러기엔 내 상황이 지나치게 나빴다. 리처드와 결혼할 당시 희망적이고 쾌활한 젊은 여자였던 나는 지금의 나와 거의 접점이 없다.

여자가 엉망진창이 됐거든. 힐러리는 그렇게 말했다. 맞는 말이다.

엄마도 증세를 겪을 때 강박적인 생각에 시달렸는지 궁금하다. 엄마가 침대에 누워 지낼 때면 난 늘 엄마의 마음이 텅 빈―무감각한―상태일 거라 상상했었다. 하지만 진짜로 어느 쪽인지 이제는 영원히 알 수 없겠지.

나는 더 간단한 질문에 대답하기로 한다. "요리하는 걸 꺼리진 않아요."

요리 싫어. 칼로 양파를 깔끔하게 절단하며 나는 생각한다.

리처드와 결혼한 직후 나는 주방 일에 대해 아는 것이 없었다. 혼자 살 때 나의 식사는 중국음식 포장, 그리고 체중계가 나를 구박할 때면 전자레인지로 데운 린퀴진이었으니까. 가끔은 저녁을 아예 굶거나 와인 한 잔을 홀짝이며 휘트틴스 과자와 치즈로 때우기도 했다.

그럼에도 리처드와 결혼하면 내가 그의 저녁을 매일 만든다는 것이 암묵적 협약이었다. 난 직장도 그만뒀으니 그것이 합리적인 것을 넘어

당연한 일 같았다. 나는 닭고기, 스테이크, 양고기, 생선을 돌아가며 준비했다. 정교한 요리는 아니었지만—단백질과 탄수화물, 채소만 꼭 챙긴 단순한 식사였다—리처드는 내 노력을 고마워하는 것처럼 보였다.

우리가 닥터 호프먼을 처음 만난 날—내가 대학생 때 임신한 적이 있다는 걸 리처드가 알게 된 날—나는 처음으로 그에게 특별한 뭔가를 만들어주기로 했다.

나는 우리 사이의 긴장 상태를 풀기 위해 노력하고 싶었고, 리처드가 인도 음식을 좋아한다는 걸 알고 있었다. 그래서 닥터 호프먼을 만나고 돌아온 후 양고기 빈달루(고기나 생선을 넣어 아주 매콤하게 만든 인도 커리 요리—옮긴이) 조리법을, 제일 덜 복잡한 조리법을 검색했다.

우습게도, 특정 세부사항들은 결코 기억에서 떠나지 않는다. 이를테면 그날 마트에서 이 코너에서 저 코너로 돌 때마다 쇼핑카트 바퀴가 어긋나 조정할 때 끽끽 소리가 났던 일 같은 것. 나는 쿠민과 고수를 찾아 마트를 헤집고 다니며, 내가 다른 남자의 아이를 가졌다는 걸 알게 됐을 때 리처드가 지은 표정을 잊으려 애썼다.

그전에 나는 사랑한다고 말하고 싶어서 리처드에게 전화했지만 그는 받지 않았다. 리처드의 실망감—더 나쁘게는, 그가 환멸을 느꼈다는 생각—은 그 어떤 말다툼보다도 내 마음을 산란케 했다. 리처드는 소리를 지르는 법이 없었다. 화가 나면 정신적으로 몸을 사리고 감정의 통제력을 회복할 때까지 기다리는 사람이었다. 평소 그 기간은 길지 않았지만, 이번에는 내가 그를 너무 멀리 몰고 간 게 아닌지 걱정이 됐다.

차를 몰아 집으로 돌아오던 때도 기억난다. 리처드가 나를 위해 산새 메르세데스 승용차의 엔진이 쾌적한 붕 소리를 내며 고요한 우리 동네의 우아한 식민지 시대풍 집들을 지나갔다. 리처드에게 우리 집을 판

같은 건축업체가 지은 집들이었다. 나는 이따금씩 어린아이를 데리고 나와 있는 유모를 보기도 했지만 아직은 동네에 친구 하나 없을 때였다.

저녁을 만들기 시작했을 때는 희망적이었다. 신경 써서 조리법을 따라 양고기를 균일한 크기로 잘랐다. 그때 우리 집 거실의 커다란 퇴창으로 반짝이는 햇빛이, 낮의 끝자락이면 늘 그랬듯이, 들어오던 모습이 기억난다. 아이팟을 가져와 비틀스를 틀었다. 스피커에서 '소련으로 돌아와서'가 나왔다. 비틀스가 늘 내 기운을 돋우는 건 옛날에 아빠가 오래된 승용차에 나를 태우고 존과 폴, 조지, 링고의 음악을 크게 튼 채 아이스크림을 먹거나 영화를 보러 갔기 때문이다. 엄마의 증세가 덜 심각한 날들에 그랬는데, 즉 지속기간이 하루나 이틀밖에 되지 않아 샬럿 이모가 오지 않아도 되는 때였다.

나는 리처드가 가장 좋아하는 요리를 만들어주면 그날 밤 그와 꼭 껴안고 침대에 누워 대화를 하게 될 거라고 상상했다. 전부 다 얘기하진 않을 테지만 몇 가지 세부사항들은 인정할 수 있으리라. 어쩌면 내가 숨겨왔던 얘기를 하면 우리가 더 가까워질 거라고. 내가 얼마나 미안해하는지, 과거에 일어난 일을 지우고 다시 시작할 수 있기를 얼마나 간절히 바라는지 말할 거라고.

그래서 나는 내 고상한 주방에서, 우스토프 사의 칼과 캘파론 사의 냄비, 프라이팬으로 꽉 찬 그곳에서 갓 결혼한 남편의 저녁밥을 만들고 있었다. 지금 나는 그때 행복했다고 생각하지만, 기억이라는 것이 농간을 부리는 게 아닌가 싶기도 하다. 기억이 내게 착각이라는 선물을 주고 있는 게 아닌지. 인간은 기억 위에 기억을 켜켜이 쌓고, 그렇게 만든 필터로 자신의 삶을 보고 싶어 한다.

조리법을 정확히 따르려고 노력했지만 사는 데 실패한 호로파가 없었다. 그게 뭔지 전혀 몰랐기에 살 수 없었다. 그리고 회향을 넣을 때가 됐을 때, 맹세컨대 카트에 넣었던, 회향이 안 보였다. 그때껏 쌓아올리려고 애썼던 얄팍한 감정적 평화가 무너지기 시작했다. 나는, 모든 게 다 주어져도, 제대로 된 식사 한 끼 만들지 못하는구나.

코코넛밀크를 도로 넣으려 냉장고 문을 열었을 때, 반쯤 남은 샤블리 와인을 발견한 나는 눈을 떼지 못하고 망설였다.

술을 완전히 끊기로 리처드와 약속한 후였지만 분명 몇 모금 마신다고 해가 되지는 않을 것 같았다. 반잔을 따랐다. 그 상쾌한 미네랄감이 내 혀를 얼마나 즐겁게 하는지 거의 잊을 뻔했다.

식당의 커다란 오크나무 장식장에서 파란색 리넨 매트와 어울리는 냅킨을 꺼냈다. 힐러리와 조지가 결혼 선물로 준 멋진 도자기를 식탁에 올렸다. 결혼 직후 나는 정식 상차림 방법을 배우기 위해 온라인 에티켓 사이트에서 상담을 받아야 했다. 엄마는 화려한 음식을 척척 만들어냈지만 식탁 분위기에는 무심했다. 때로는 씻어둔 접시가 하나도 없어서 종이 접시를 쓰기도 했다.

식탁 한가운데에 촛대를 놓고 음악을 클래식으로 바꿨다. 리처드가 제일 좋아하는 작곡가들 중 한 명인 바그너를 골랐다. 그런 다음 소파로 가서 와인 잔을 옆에 두고 앉았다. 그때쯤 우리 집에는 살림이 더 늘었지만—거실의 소파들, 샬럿 이모가 어린 시절의 나를 그린 초상화를 비롯해 벽들 곳곳에 걸린 미술 작품들, 벽난로 앞의 선명한 파란색과 빨간색의 동양풍 러그—집 안은 여전히 내게 조금 몰개성적으로 느껴졌다. 식당에 유아용 식사 의자 하나만 있다면, 러그 위에 봉제완구 몇 개가 굴러다니기만 한다면……. 나는 내가 와인 잔을 손끝으로 두드려 소리를 내고 있었음을 뒤늦게 알아차리고 동작을 멈췄다.

리처드는 보통 8시 반쯤에 귀가했지만 그날 마침내 그가 열쇠로 현관문을 열고 서류가방을 바닥에 내려놓는 소리가 들렸을 때는 9시가 넘어 있었다.

"허니." 내가 불렀지만 대답이 없었다. "스위티?"

"잠시만."

그가 계단을 오르는 소리가 들렸다. 그를 따라가야 할지 계속 소파에 있어야 할지 알 수 없었다. 그가 내려오는 소리가 들릴 때 와인 잔에 시선이 갔다. 나는 싱크대로 달려가 잔을 재빨리 헹구고 젖은 그대로 보관용 장에 집어넣었다. 그가 보기 전에.

리처드가 어떤 기분인지 전혀 짐작할 수 없었다. 나한테 화가 났을 수도 있고 그냥 힘든 하루를 보낸 뒤일 수도 있었다. 리처드는 일주일째 긴장된 모습이었다. 그가 까다로운 클라이언트를 상대하고 있는 걸 알고 있었다. 저녁을 먹는 동안 나는 대화를 하려고 애썼다. 쾌활한 어조로 내 속의 근심을 가리면서.

"맛있네."

"당신이 제일 좋아하는 요리가 양고기 빈달루라고 말한 적 있잖아요."

"내가 그랬나?" 리처드는 고개를 숙인 채 포크로 밥을 떴다.

나는 당황했다. 그런 말을 한 적이 없다고?

"당신한테 말하지 않아서 미안해요, 내가……." 내 목소리가 점점 작아졌다. 임신이라는 말을 입에 올릴 수가 없었다.

리처드가 고개를 끄덕였다. "이제 잊었어." 그가 조용하게 말했다.

나는 마음을 굳게 먹고 질문들을 기다리고 있던 참이었다. 그의 그 말은 거의 실망으로 다가왔다. 어쩌면 결국 나는 내 삶의 그 부분을 그와 공유하고 싶었는지 몰랐다.

"알았어요." 내가 한 말은 그게 전부였다.

식탁을 치울 때 그의 접시가 반밖에 비지 않은 걸 알아차렸다. 설거지를 끝냈을 때쯤 리처드는 이미 잠들어 있었다. 나는 그의 옆에 웅크리고 누워 그의 안정적인 심장박동을 듣고 있다가 어느덧 잠에 빠졌다.

다음날 아침 리처드는 일찍 출근길에 나섰다. 그날 오후 미용실에서 부분 염색을 하던 중 휴대전화로 지역 프랑스 요리 학원이 보낸 이메일이 들어왔다.

메시지에는 '마 셰리. 쥬 뗌므. 리처드'라고 적혀 있었다. 첨부파일을 열자 요리 레슨 10회권이 떴다.

"허니?" 샬럿 이모의 걱정하는 목소리가 들렸다.

나는 눈가를 닦고 도마를 가리킨다. "양파 때문에요." 이모가 내 말을 믿는지는 알 수 없다.

저녁을 먹은 뒤 샬럿 이모는 일찍 잠자리에 들고 나는 주방을 정리한다. 그런 다음 내 방으로 가서 그 오래된 아파트가 밤으로 접어드는 소리에 귀를 기울인다―냉장고가 갑자기 윙윙대는 소리, 아래층에서 문을 쾅 닫는 소리. 이제 잠은 달아나고 없다. 마치 내가 나의 자연적 일주기 리듬을 억제할 정도로, 지난 잃어버린 몇 달간 지나치게 많이 잔 것처럼.

생각은 이리저리 방황하다 최근에 들은 팟캐스트의 주제인 강박에 안착한다.

"유전자가 우리의 운명이 아닙니다." 연설자는 그렇게 주장했다. 하지만 그는 중독이 유전이라는 것은 인정했다.

나는 엄마가 파괴의 흔적을 남긴 방식을 생각한다.

엄마가 불안할 때마다 손톱이 파고들도록 주먹을 꽉 쥐던 방식을 생각한다.

그리고, 늘 그렇듯이 그녀를 생각한다.

하나의 계획이 머릿속에서 형성되기 시작한다. 아니 어쩌면 그것은 늘 거기 있으면서 내가 따라잡기를 기다려왔는지도 모르겠다. 그것을 실행할 만큼 내가 강해지기를.

다시 그녀가 보인다. 길에서 마주친 강아지의 머리를 쓰다듬는 그녀. 바에서—**우리의** 바에서—매끈한 두 다리를 꼰 채 리처드에게 기대앉은 그녀. 그리고 이혼 전, 내가 리처드를 놀라게 해주려고 점심시간에 갔던 그의 사무실에서 본 그녀. 그날 그녀는 연분홍색 원피스를 입고 있었다. 그는 그녀가 먼저 문으로 나가게 해주면서 한 손을 그녀의 등허리에 가볍게 대고 있었다. **이 여자는 내 거야**, 하는 듯한 동작.

그는 나를 그런 식으로 만지곤 했다. 나는 그의 손가락들이 등허리에 닿을 때의 미묘하고 섹시한 느낌이 너무 좋다고 그에게 말한 적이 있다.

나는 자리에서 일어나 어둠 속에서 조용히 움직여 화장대 맨 아래 서랍에서 선불식 휴대전화와 노트북 컴퓨터를 꺼낸다.

리처드가 다시 결혼해서는 안 된다.

나는 준비 작업을 시작한다. 다음번에 그녀를 볼 때, 나는 준비가 되어 있을 것이다.

11

넬리는 어둠 속에 누워 열린 창문의 창살 사이로 들어오는 도시의 소리들을 듣고 있었다. 자동차 경적, 큰 소리로 〈Y.M.C.A〉를 부르는 소리, 멀리서 울리는 자동차 도난 방지 경보.

교외로 가면 지나치게 조용하다고 느낄 것 같았다.

샘은 몇 시간 전에 나갔지만 넬리는 집에 있기로 했다. 리처드가 전화를 할 때 집에서 받고 싶었기 때문이다. 게다가 지난 하루 동안 계속 흥분 상태였던지라 기력이 다 소진된 느낌이었다.

러닝래더에서 집으로 돌아온 후 넬리와 샘은 얼굴에 검푸른 해조 팩을 바르고 중국 음식이 도착하기를 기다렸다. 돼지갈비와 돼지고기 만두, 깐풍기, 그리고 넬리의 결혼식 대비 다이어트를 존중해 현미밥을 시켰다.

"너 블루맨그룹(얼굴을 파랗게 칠하고 퍼포먼스를 하는 행위예술가 그룹—옮긴이) 오디션 탈락자 같아." 샘은 넬리의 뺨에 팩을 펴 바르며 말했다.

"넌 섹시한 스머프 같네."

아침의 팽팽한 분위기와 유아원에서 느낀 설명할 길 없는 위협이 지나고 샘과 함께 웃고 있으니 너무 좋았다.

넬리는 싱크대 옆 서랍에서 플라스틱 포크를 꺼냈다. 일회용 핫소스와 겨자, 어울리지 않는 종이 냅킨도 가득 들어 있는 서랍이었다. "오늘밤엔 좋은 은기류를 쓸 거야." 넬리가 농담했다. 불현듯 이것이 결혼식 전에 두 사람이 함께 먹는 마지막 밥이 될 것 같다는 생각이 들었다.

음식이 도착하자 두 사람은 팩을 씻어냈다. "10달러 버렸네." 샘은 자기 얼굴을 뜯어보더니 그렇게 말했다. 그런 다음 그들은 소파에 털썩 주저앉아 먹기 시작했고, 넬리의 진짜 생각을 제외한 모든 것들에 대해 수다를 떨었다.

"작년에 스트라우브 부부는 졸업식 후 바버라한테 코치 가방을 줬어." 샘은 말했다. "나도 좋은 걸 받게 될까?"

"그러길 바랄게." 리처드는 넬리에게 발렌티노 가방을 선물했다. 지난주 그녀가 자주 갖고 다니는 가방에 묻은 잉크 얼룩을 보고 난 후였다. 새 가방은 더스트 백에 든 그대로 넬리의 침대 밑에 있었다. 아이가 거기에 물감 묻은 손가락을 대는 위험을 감수할 수는 없었다. 샘에게도 그 가방에 대해 말하지 않았다.

"정말 나랑 같이 안 갈래?" 샘이 시미춤을 추듯 요란한 동작으로 넬리의 AG 청바지를 입으며 물었다.

"간밤의 후유증이 아직 가시지 않아서."

넬리는 샘이 나가지 말고 그녀와 영화를 보기를 원했지만 샘에게는 유지해야 할 다른 친구 관계가 있다는 걸 알았다. 어쨌거나 넬리는 일주일 안에 떠나고 없을 터였다.

넬리는 엄마에게 전화할까 생각했지만 엄마와 통화하고 나면 신경이 곤두서는 경우가 많았다. 엄마는 리처드를 딱 한 번 만났는데, 곧바로 두 사람의 나이 차를 지적했다. "그 사람은 마음껏 여자도 만나고 여행

하고 산 시간을 누렸어." 그녀는 넬리에게 말했다. "너도 그렇게 한 다음에 정착하고 싶지 않니?" 넬리가 자신은 리처드와 여행하고 살고 싶다고 대답하자 엄마는 어깨를 으쓱해 보였다. "알았다, 러비." 엄마는 그렇게만 대꾸했지만 완전히 납득하지는 못한 어조였다.

자정이 지났지만 샘은 아직 돌아오지 않았다. 어쩌면 새 남자친구와, 혹은 예전 남자친구와 함께 있을 것이다.

극심한 피로와 시도해본 의식들—카밀레차와 좋아하는 명상음악—에도 불구하고 넬리는 샘이 열쇠로 문을 여는 소리만 기다리고 있었다. 어째서 잠은 그것을 가장 원하는 밤에 꼭 달아나는 건지 늘 궁금했다.

넬리는 또다시 리처드의 전처를 생각하고 있었다. 오후에 드웨인리드에서 팩을 사고 계산대 앞에 줄을 섰을 때 앞에 선 여자가 휴대전화로 저녁식사 약속을 정하고 있었다. 여자는 아담한 체구에 요가를 하는 듯 탄탄한 몸매였고, 통화 중간 중간 반짝이는 동전 같은 웃음소리를 쏟아냈다. 그 여자는 리처드의 이상형일까?

넬리의 휴대전화는 팔만 뻗으면 닿는 거리에, 침대 옆 탁자 위에 놓여 있었다. 그녀는 전화기를 계속 쳐다보면서 그 심란한 끊는 전화가 또 올 수 있다고 마음의 준비를 했다. 밤이 깊어질수록 고요함은 점점 더 불길하게, 마치 그녀를 조롱하는 것처럼 느껴지기 시작했다. 결국 넬리는 일어나 화장대 앞으로 갔다. 그 위에 어릴 적 갖고 놀던 개 인형 '무기'가 한쪽으로 기울어진 채 놓여 있었다. 갈색과 흰색의 곱슬곱슬한 털이 해졌지만 아직 부드러웠다. 바보 같다고 생각하면서도 넬리는 무기를 데리고 다시 침대로 갔다.

어느 순간 넬리는 마침내 잠이 들었지만 새벽 6시에 건물 밖에서 별안간 공기 드릴 소리가 치솟았다. 넬리는 휘청거리며 침대를 나와 창문을 닫았지만 털털거리는 소리는 집요하게 이어졌다.

"그 망할 것 좀 꺼!" 넬리의 이웃이 고함치는 소리가 라디에이터를 타고 들려왔다.

넬리는 머리 위에 베개를 뒤집어써봤지만 소용없었다.

그녀는 결리는 목을 풀려고 원을 그려 고개를 돌리며 오래 샤워를 했다. 그다음 샤워가운을 걸치고 노란 꽃들이 그려진 하늘색 원피스—졸업식에 딱 맞는 옷일 터였다—를 찾아 옷장을 뒤졌지만 결국 그 옷이 다른 10여 벌의 옷들과 함께 아직 세탁소에 있다는 걸 기억해냈다.

세탁소에서 옷 찾기는 넬리가 스피닝 클래스 일정표 뒷면에 적은 할일 목록에 이미 올라 있었다. 그 옆에는 **리처드의 수납 상자로 책 옮기기**와 **비키니 사기**가, 위에는 **우체국에서 우편 주소 변경**하기가 있었다. 이번 달에 스피닝 클래스 가기도 아직 실행에 옮기지 못한 일이었다.

7시 정각에 그녀의 전화가 울렸다.

"나 데오도란트 광고에 나가! '땀 흘리는 여자 3'이야!"

"조시?"

"미안, 미안, 이렇게 이른 시간에 전화하기 싫었지만 다들 전화를 안 받아서. 마고가 내 첫 번째 근무시간은 맡아준대. 오후 2시부터 대신 일해줄 사람만 구하면 돼서."

"아, 나는……."

"대사도 있어! 이거 찍고 나면 배우조합 카드도 나올 거야!"

넬리는 거절해야 할 수만 가지 이유가 있었다. 졸업식은 1시나 돼야 끝날 터였다. 유아원의 그녀의 물건들도 아직 다 챙기지 못했다. 게다가 오늘 저녁에는 리처드와 모린과 식사 약속이 있었다.

하지만 조시는 너무 좋은 친구였다. 조시가 배우조합 카드를 받으려고 2년이나 애쓴 것도 알고 있었다.

"알았어, 알았어, 열심히 해. 아니, 열심히 땀 흘리라고 해야 하나?"

조시가 깔깔 웃고 소리쳤다. "사랑해!"

넬리는 양쪽 관자놀이를 문질렀다. 그 사이에서 약하게 지끈거리는 통증이 느껴지기 시작했다.

노트북 컴퓨터를 열고 **할 일!!!!!!: 세탁소, 책 싸기, 2시 깁슨스, 7시 모린**이라는 제목의 이메일을 자신에게 보냈다.

핑 소리가 확인할 새 메일들이 있다고 알렸다. 린다가 졸업식 준비를 위해 교사들에게 일찍 출근해야 함을 다시 한 번 알렸다. 지금도 플로리다에 사는 옛 여학생클럽 시스터 레슬리가 넬리의 약혼을 축하해 왔다. 넬리는 잠시 멈칫한 후 답장 없이 그 메일을 삭제했다. 이모가 넬리에게 결혼식과 관련해 마지막으로 도울 것이 없는지 물었다. 넬리가 매월 내는 기부금이 자동이체됐다는 알림. 그리고 결혼식 사진촬영 업체에서 온 메일—**보증금을 돌려드릴까요, 아니면 일정을 변경하실 건가요?**

넬리는 영문을 몰라 얼굴을 찌푸렸다. 팔을 뻗어 휴대전화를 집어들고 메일 말미에 적혀 있는 전화번호를 눌렀다.

사진사는 통화 연결음이 세 번째로 울릴 때 졸린 목소리로 전화를 받았다.

"잠시만요." 넬리가 그 메일에 대해 묻자 그는 말했다. "사무실로 가서 확인해보겠습니다."

넬리는 그의 발걸음 소리에 이어 서류를 뒤적이는 소리를 들었다.

"네. 찾았습니다. 지난주에 결혼식이 연기됐다고 전화가 왔군요."

"네?" 넬리는 그녀의 작은 침실을, 그녀의 웨딩드레스 앞을 서성거렸다. "누가 전화했는데요?"

"제 조수가 통화하고 메모를 했어요. 손님께서 전화하셨다고요."

"그런 적 없어요! 결혼식 날짜가 바뀌지도 않았고요!" 넬리는 그렇게 항변하며 침대에 주저앉았다.

"죄송하지만 제 조수는 여기서 일한 지 2년째인데 지금까지 그런 실수를 한 적이 없습니다."

넬리와 리처드 둘 다 소수의 손님들만 초대해 신속하게 결혼식을 올리기를 원했다. "뉴욕에서 하면 내 동료들을 다 초대해야 할 거야." 리처드는 그렇게 말했었다. 그는 플로리다의 넬리의 엄마 집에서 멀지 않은 곳에 있는 아주 멋진 리조트를 찾아냈고—흰색 기둥들이 있는 건물은 앞이 바다였고, 야자수와 붉은색, 주황색 히비스커스에 둘러싸여 있었다—손님들의 방값과 식대, 주류대를 포함해 모든 비용을 냈다. 심지어 샘과 조시, 머린의 비행기 표 값까지 냈다.

그 사진사의 웹사이트를 함께 볼 때 리처드는 그 저널리스트 스타일에 감탄했다. "다들 뻣뻣한 포즈의 사진만 찍는데 이 사람은 감정을 포착하는군."

넬리는 여러 주 동안 돈을 모았다. 그 사진사의 사진을 그에게 결혼 선물로 주고 싶었다.

"저기요……." 넬리의 목소리는 그녀가 눈물을 터뜨리기 직전에 늘 그러듯이 떨렸다. 리조트 쪽에서 다른 사진사를 찾아줄 수도 있지만 그런 사진은 찍지 못할 터였다. "까다롭게 굴고 싶지 않지만, 이건 분명 그쪽 실수예요."

"지금 그 메모를 보고 있는데요. 어디 보자, 확인 좀 할게요. 결혼식이 몇 시죠?"

"4시요. 그 전에도 사진을 찍으려고 했어요."

"그렇군요. 이미 3시에 다른 예약이 잡혀 있습니다만, 제가 어떻게 해보겠습니다. 약혼식 사진 예약이니, 그 손님들이 한 시간 정도는 양보해주실 것 같거든요."

"감사합니다." 넬리가 숨을 쉬었다.

"어떤 심정이신지 압니다. 결혼식 날이잖아요. 모든 게 완벽해야 하죠."

넬리는 떨리는 손으로 전화를 끊었다. 분명 사진사의 조수가 일처리를 잘못했고 사진사가 그녀를 두둔해주는 거라고 그녀는 결론을 내렸다. 아마도 다른 커플의 결혼식과 혼동했으리라. 하지만 만약 사진사가 그 이메일을 보내지 않았다면, 넬리와 리처드에게는 넬리 엄마의 싸구려 카메라로 찍은 초점 나간 결혼식 사진들만 남았을 터였다.

사진사의 말이 맞는다고 넬리는 생각했다. 모든 게 완벽해야 했다.

모든 게 완벽할 것이다. 다만…… 그녀는 화장대 맨 위 서랍에서 모노그램 자수의 손수건이 든 작은 새틴 파우치를 꺼냈다. 아빠의 손수건이었다. 아빠와 신부 입장 때 함께할 수 없으니 부케를 그 손수건으로 감쌀 계획이었다. 그 상징적인 행진으로 아빠가 곁에 있다고 느끼고 싶었다.

넬리의 아빠는 극기심이 강한 사람이었다. 대장암 진단을 받았다고 넬리에게 말할 때에도 울지 않았다. 하지만 넬리는 중학교를 졸업했을 때 아빠의 눈가가 축축해지는 걸 보았다. "내가 놓칠 모든 것들이 생각나서." 그때 아빠는 그렇게 말했다. 그 눈물도 아빠가 넬리의 정수리에 입을 맞추고 고개를 들었을 때는 다 말라버리고 없었다. 아침 안개가 햇빛을 받아 사라지는 것처럼. 그로부터 반년 후 아빠도 세상에서 사라졌다.

넬리는 부드러운 손수건을 두 손으로 잡아당겨 주름을 폈다. 아빠가 리처드를 만나봤으면 얼마나 좋았을까, 하고 생각했다. 아빠는 흐뭇해했을 거라고 그녀는 확신했다. "잘했다." 아빠는 그렇게 말했을 것이다. "잘했어."

넬리는 손수건을 뺨에 갖다 댄 후 다시 파우치에 넣었다.

가스레인지 위의 시계를 확인했다. 세탁소는 8시에 문을 열 것이고 졸업식은 9시에 시작이었다. 지금 나가면 꽃무늬 원피스를 찾아서 갈아입고 유아원에 도착해 졸업식 준비를 할 수 있을 것이다.

넬리는 바에 몸을 기댄 채 생일 파티 중인 31번 테이블의 변호사들에게 갖다줄 더티마티니가 크리스에 의해 다 만들어지기를 기다리고 있었다. 그녀는 팔목의 새 팔찌를 만지작거렸다. 밝은색의 굵은 구슬들이 엉성한 매듭으로 묶여 있었다. 조나가 졸업식에서 넬리에게 선물한 팔찌였다.

넬리의 담당 테이블에 세 번째로 나갈 술이었고 시간은 거의 6시─그녀가 가게를 나가기로 했던 시간이었다. 넬리는 리처드에게 조시 대신 근무한다는 말을 하지 않았기에 모린을 만나는 자리에 늦어서는 안 되었다.

처음에는 레스토랑이 한산했다. 넬리는 오하이오에서 온 백발의 관광객 부부와 한담을 나누며 그들에게 베이글 맛집을 추천하고 메트로폴리탄 미술관의 신규 전시를 확인해보라고 제안했다. 부부는 다섯 손자 손녀의 사진을 꺼내 막내가 읽기를 어려워한다고 하자 넬리는 도움이 될 만한 책의 목록을 써주었다.

"마음씨도 고우셔라." 노부인은 그렇게 말하고 목록이 적힌 종이를 핸드백에 넣었다. 넬리는 노부인이 왼손에 낀 금반지를 보고, 수십 년의 결혼 생활 뒤에 손자들 사진을 들고 다니면서 처음 만난 사람들한테 보여주는 건 어떤 기분일지 궁금해졌다. 그때쯤이면 결혼반지는 분명 손가락 위의 무겁고 생경한 물건이 아니라 마치 자신의 일부처럼, 피부에 스며든 듯이 느껴질 터였다.

그러나 근무시간이 끝날 때쯤 레스토랑은 20~30대 손님들로 가득 찼다.

"내 테이블들 정리해줄래?" 넬리는 다른 웨이터 짐이 바 앞을 지나갈 때 부탁했다.

"몇 개 남았는데?"

"네 개. 식사할 생각 없이 그냥 앉아 있는 손님들이야."

"젠장, 지금 엄청 바쁜데. 잠시만 기다려줄래?"

넬리는 다시 손목시계를 봤다. 집에 가서 샤워를 하고 검정 아일릿 원피스를 입을 시간이 있기를 쭉 바라고 있던 그녀였다. 깁슨스에서 일을 마치면 몸에서 늘 감자튀김 냄새가 났기 때문이다. 하지만 이제는 졸업식 때 입은 꽃무늬 선드레스로 갈아입고 갈 수밖에 없었다.

넬리가 변호사들이 시킨 더티마티니 잔들을 얹은 쟁반을 들려는 순간 누군가 한 팔로 그녀의 양어깨를 감싸 안았다. 고개를 돌려보니 스물한 살쯤 되어 보이는 키 큰 남자가 그녀에게 몸을 붙이고 있었다. 대체로 남자끼리 온 손님들을 넬리는 제일 좋아했다. 여자들과 달리 따로 따로 계산해 달라고 하지도 않고 팁도 후하게 줬기 때문이다.

"그쪽 담당 구역에 앉으려면 어떻게 하죠?" 남자가 입은 시그마 카이 (미국의 유명한 전국 남학생클럽—옮긴이) 티셔츠의 그리스어 알파벳이 넬리의 얼굴 바로 옆에 있었다.

넬리는 찌푸린 얼굴로 시선을 돌리며 말했다. "미안한데 몇 분 뒤 퇴근이에요." 그녀는 몸을 구부려 그의 팔 밑에서 빠져나왔다.

다시 쟁반을 잡고 몸을 돌리는데 그 무리 중 한 남자가 말했다. "저 여자 구역에 못 들어간다면, 저 여자 바지 속에 들어갈 방법은 뭘까?"

넬리의 손이 허둥대면서 쟁반이 뒤집어졌고 그녀는 진과 올리브 주스를 뒤집어썼다. 유리잔들이 바닥에 떨어져 산산조각 났고 남자 무리는 박수를 치며 환호했다.

"제기랄!" 넬리는 그렇게 소리치고 소매로 얼굴을 닦았다.

"미스 젖은 셔츠 대회다!" 무리 중 한 명이 고함을 질렀다.

"진정해요, 손님들." 짐이 청년들에게 말했다. "괜찮아? 이제 네 구역 내가 맡을게."

"난 괜찮아." 그릇 치우는 직원이 빗자루를 들고 다가올 때 넬리는 젖은 셔츠 앞자락을 가슴에서 들어올린 채 서둘러 직원용 공간으로 갔다. 짐백을 들고 욕실로 들어가 옷을 벗고 핸드타월 한 움큼으로 몸을 닦았다. 다시 한 움큼 새로 잡아 최대한 몸을 문지른 다음 가방에서 꽃무늬 원피스를 꺼냈다. 옷은 조금 구겨졌지만 적어도 깨끗했다.

넬리는 거울 속의 자신을 응시했지만, 붉어진 뺨이나 헝클어진 머리를 보고 있는 게 아니었다.

넬리에게 보이는 건 스물한 살의 그녀, 모든 것이 달라진 다음의 아침에 여학생클럽 회관에서 잠을 깬 그녀였다. 울어서 따가운 목과 따뜻한 잠옷과 이불에도 불구하고 덜덜 떨리던 몸.

그녀는 욕실을 나오며 그 개자식들 근처에 가지 않고 생각했다.

그들은 바에 둥그렇게 모여서 맥주병을 들고 시끄럽게 웃고 있었다.

"저런, 그쪽을 보내버리려던 게 아니었는데." 그들 중 하나가 말했다. "화해할래요?" 그는 두 팔을 앞으로 내밀었다. 등은 다른 남자들처럼 바에 기대고 있었는데, 아마도 실내의 여자들에게 추파를 던지기 위해서일 것이다.

넬리는 그를 노려보았다. 그 얼굴에 술을 끼얹고 싶었다. 안 될 게 뭔가? 이제 잘리고 말고 할 것도 없는데.

하지만 그녀는 그 남자 쪽으로 가다가 그의 바로 뒤, 바 위에서 뭔가를 발견했다. "좋죠." 그녀는 상냥하게 대답했다. "포옹 한 번 해요."

넬리는 바에 짐백을 올려놓은 뒤 남자와 포옹하며 그의 몸이 자신의 몸에 닿는 느낌을 견뎠다.

"즐거운 밤 되세요, 여러분." 그녀는 그렇게 말하며 가방을 집어들었다.

그녀는 다급한 손짓으로 택시를 불렀다. 그리고 택시 뒷좌석에 앉자마자 짐백과 함께 집어들고 온 얇은 가죽 계산서 꽂이를 펼쳤다. 위쪽으로 신용카드가 삐죽 튀어나와 있던 계산서 꽂이.

한 블록을 간 후 택시가 정지 신호 앞에서 멈춰 섰을 때, 그녀는 태연하게 그것을 창밖으로, 북적대는 교차로 위로 떨어뜨렸다.

-12-

"삭스에 있었니?" 집에 도착한 내게 샬럿 이모가 묻는다. "왠지 네가 오늘은 쉴 것 같았는데……. 그나저나 페덱스 택배가 왔어. 네 방에 뒀다."

"정말요?" 나는 놀라는 척하며 이모의 질문은 건너뛰어버린다. 오늘 나는 출근하지 않았다. "아무것도 안 샀는데."

샬럿 이모는 주방의 스툴 위에 서서 찬장을 정리하고 있다. 이모는 줄을 세워 분류 중이던 그릇과 컵 들을 조리대 위에 놔둔 채 스툴에서 내려온다. "리처드가 보낸 거야. 서명하면서 봤는데 반송처란에 그 사람 이름이 있더라." 이모는 내 반응을 살피려고 내게서 눈을 떼지 않는다.

나는 차분한 표정을 유지한다. "그냥 내가 두고 온 물건 같은 거겠죠." 이모는 리처드와 그의 약혼에 대한 내 감정이 어떤지 알지 못한다. 나를 더 돕지 못했다고 이모가 나중에 자책하는 건 싫다.

"저녁에 먹을 샐러드 좀 사왔어요." 나는 검은색 글씨와 춤추는 채소가 인쇄된 흰색 종이봉투를 들어올린다. 살림에 더 보탬이 되기로 마음먹은 데다, 찹트는 돌아오는 길에 있었다. "이거 냉장고에 넣고 올라가서 옷 갈아입을게요." 얼른 택배를 열어보고 싶다.

택배상자는 내 침대 위에 놓여 있다. 대문자로 깔끔하게 적혀 있는 숫자와 문자를 보자 두 손이 떨리기 시작한다. 리처드는 출근하기 전에 그 손글씨로 거의 매일 내게 메모를 남겼다. **당신의 잠든 모습이 너무나 아름다워.** 또는, **당신과 사랑을 나눌 오늘밤이 빨리 왔으면 좋겠어.**

시간이 지나면서 메모의 어조가 바뀌었다. **오늘은 운동을 좀 하려고 노력해봐, 스위트하트. 기분이 나아질 거야.** 우리의 결혼 생활이 막바지에 이르렀을 무렵에는 메모가 이메일로 대체됐다. **전화했는데 안 받더군. 또 자고 있는 거야? 우린 오늘밤에 이 문제에 대해 얘기해야 해.**

나는 가위로 마스킹테이프를 갈라 내 과거를 연다.

우리의 웨딩앨범이 제일 위에 있다. 나는 그 무거운 새틴 기념품을 들어올린다. 그 밑에는 내 옷들이 단정하게 접혀 있다. 집에서 나올 때 나는 거의 동절기 옷만 가지고 나왔다. 리처드가 보낸 건 하절기용 옷들이다. 내게 가장 잘 어울렸던 것들로 골라서 보냈다.

맨 밑에 있는 건 보석함이다. 뚜껑을 열자 다이아몬드 초커가 있다. 우리가 심하게 싸운 후 리처드가 준 거라 도저히 찰 엄두를 내지 못했던 목걸이다.

물론 내가 두고 온 물건이 그게 전부는 아니다. 나머지 물건들은 아마 리처드가 자선 단체에 기부했을 것이다.

그는 내가 옷에 별로 신경 쓰지 않는다는 걸 안다. 그러니 그가 내게 보내고 싶어 한 건 앨범과 목걸이다. 하지만 어째서?

상자에 편지 같은 건 들어 있지 않다.

그러나 나는 그가 그 속의 내용물로 내게 메시지를 보내고 있음을 깨닫는다.

나는 앨범을 펼치고, 레이스 달린 풀 스커트 드레스를 입고 리처드를 올려다보며 웃고 있는 젊은 여자를 바라본다. 나라고 믿기 힘든 모습이다. 다른 사람을 보고 있는 것 같다.

그의 새 약혼녀가 그의 성을 따를지 궁금하다. 톰슨. 내 성도 아직 톰슨이다.

목사가 성혼을 선언할 때 그녀가 고개를 돌려 리처드를 올려다보는 모습이 보인다. 그녀는 환한 미소를 짓고 있다. 그 순간 그는 같은 순간의 내 모습을 떠올렸다가 황급히 머릿속에서 지워버릴까? 실수로 내 이름으로 그녀를 부른 적이 있을까? 두 사람은 나에 대해 얘기할까, 침대에서 서로를 껴안은 채로?

나는 앨범을 방 반대쪽으로 집어던진다. 앨범은 벽에 부딪친 후 쿵 소리를 내며 방바닥에 떨어진다. 나는 온몸을 부들부들 떨고 있다.

그동안 나는 샬럿 이모 때문에 연극을 하고 있었다. 하지만 내 무대 의상은 예전과 달라진 나를 더는 감추지 못한다.

동네의 주류 판매점을 생각한다. 한두 병은 사도 괜찮겠지. 술을 마시면 내 안의 분노를 잠재우는 데 도움이 될지 모른다.

택배상자를 옷장 속에 밀어 넣지만 이제 나는 리처드가 그녀의 턱을 들어올리고 그녀의 목에 다이아몬드 초커를 채워준 후 고개를 숙여 키스하는 상상을 하고 있다. 그의 입술이 그녀의 입술에, 그의 손이 그녀의 손에 닿는 상상을 견딜 수가 없다.

나의 시간이 바닥나고 있다.

나는 그녀를 봐야 한다. 오늘 그녀의 아파트 밖에서 몇 시간 동안 기다렸지만 그녀는 나타나지 않았다.

겁을 먹었나? 나는 궁금하다. 다가올 미래를 감지한 걸까?

나는 나 자신에게 마지막 와인 한 병을 허락하기로 한다. 그걸 마신 다음 내 계획을 다시 복습할 것이다. 하지만 주류 판매점에 가기 전 한 가지를 더 하기로 한다. 그리고 그 간단한 행위가 기적처럼, 예상치 못한 기회를 내게 던져준다.

모린에게 전화하기로 한다. 수년이 지난 지금까지도 그녀는 리처드와 가장 가까운 사람이다.

모린과 얘기하지 않은 지 오래됐다. 우리 관계의 시작은 나름대로 유쾌했지만, 내가 그녀의 동생과 결혼 생활을 하는 동안 나에 대한 그녀의 감정은 변한 것 같았다. 그녀는 점점 나와 거리를 뒀다. 나는 리처드가 누나에게 속마음을 털어놓았다고 확신한다. 그녀가 나를 피하는 건 놀랍지 않다.

하지만 초기에 나는 리처드와는 별도로 모린과 잘 지내보려고 애썼다. 나와 모린이 사이좋게 지내는 것이 리처드에게 중요한 것 같았다. 그래서 나는 매주 혹은 격주로 그녀에게 전화를 했다. 하지만 그녀와 나눌 얘깃거리는 금방 바닥났다. 모린은 박사 학위가 있었고 봄마다 보스턴 마라톤에 참가했다. 술이라곤 특별한 날에 마시는 샴페인 한 잔이 전부였고 새벽 5시에 일어나 피아노 연습을 했다. 모린이 성인이 된 후 배우기 시작한 악기였다.

결혼식 직후에 나는 모린과 리처드가 모린의 생일마다 떠나는 스키 여행에 동행했다. 블랙다이아몬드 코스를 익숙하게 질주하는 그들에게 나는 방해만 됐다. 결국 나는 점심시간에 슬로프를 떠나 벽난로 앞에 웅크리고 앉아 핫토디(위스키에 레몬, 설탕, 온수를 섞은 음료—옮긴이)를 마시며 그들이 돌아오기를 기다렸다. 볼이 상기되고 아주 신나 보이는 그들은 저녁식사 시간에 나를 데리러 왔다. 그들은 늘 나를 초대했지만, 그 첫 번째 여행 후 나는 다시는 그들의 스키여행에 따라가지 않았다.

그들이 아스펜이나 바일로 갈 때, 그리고 스위스로 일주일 동안 여행을 떠날 때도 나는 집에 있었다.

이제 나는 모린의 휴대전화 번호를 누른다.

벨이 세 번 울린 후 그녀가 전화를 받는다. "잠깐만." 이어 그녀가 수화기를 손으로 덮고 하는 말이 들린다. "92번가와 렉싱턴가 교차로로 가주세요."

그녀가 이미 뉴욕에 와 있다는 뜻이다. 모린은 여름마다 이곳에 와서 컬럼비아 대학교에서 강의를 한다.

"버네사? 어떻게 지냈어?" 모린의 말투는 신중하다. 중립적이다.

"잘 지내요." 나는 거짓말을 한다. "모린은요?"

"잘 지내지."

내가 들은 팟캐스트 중에 연구자가 프로젝터로 여러 가지 표정의 얼굴을 학생들에게 보여주고 어떤 감정을 느끼는 얼굴인지 재빨리 파악하도록 한 심리학 실험에 관한 것이 있었다. 결과는 놀라웠다. 1초도 안 되는 순간 동안, 이목구비의 미묘한 변화 외엔 아무런 단서도 없는데도, 대다수 학생들이 혐오와 공포와 놀람과 기쁨의 표정을 정확하게 구분해낸 것이다. 하지만 나는 늘 목소리도 표정만큼이나 많은 것을 드러낸다고 생각해왔다. 인간의 뇌는 말투의 아주 미세한 뉘앙스들을 판독하고 분류하는 능력이 있다고.

모린은 나와 아무 얘기도 하고 싶어 하지 않는다. 곧 전화를 끊을 것이다.

"저기…… 내일 만나서 점심 같이할 수 있을까요? 아니면 차라도?"

모린은 숨을 내쉰다. "내가 요즘 좀 바빠서."

"계신 곳으로 내가 갈게요. 저기…… 결혼식 말이에요, 리처드가……."

"버네사. 리처드는 새로 시작했어. 너도 그래야지."

나는 다시 시도한다. "내가 꼭……."

"제발 그만해. 그만. 네가 리처드한테 계속 전화한다고 들었어……. 넌 리처드와의 관계가 끝나서 화가 나겠지. 하지만 리처드는 내 동생이야."

"그 여자를 만난 적 있어요?" 나는 불쑥 묻는다. "리처드는 그 여자와 결혼하면 안 돼요. 그는 그녀를 사랑하지 않아요…… 그는 그럴 수……."

"나도 성급한 결혼이라고 생각해." 모린이 아까보다 누그러진 말투로 말한다. "리처드가 다른 여자랑 있는 걸 보는 게 힘들다는 건 나도 알아. 네가 아닌 사람과 함께 있는 리처드를 상상하는 거. 하지만 리처드는 이미 새로 시작했잖니."

이어 전화를 딸깍 끊는 소리와 함께, 리처드와 나를 잇는 마지막 해진 실이 끊어진다.

나는 멍한 기분으로 그 자리에 서 있다. 모린은 늘 리처드를 보호하려 했다. 모린은 앞으로 리처드의 새 신부와 친하게 지낼까, 그 여자와 밖에서 만나 점심을 먹을까…….

그때 갑자기 내 머릿속의 먹구름이 와이퍼가 자동차 앞유리를 닦듯 말끔하게 걷힌다. 92번가와 렉싱턴가 교차로. 스포리아가 있는 곳이다. 리처드가 좋아했던 레스토랑. 지금은 저녁 7시 직전—저녁식사 시간이다.

모린은 택시 기사에게 그 주소를 말했던 게 틀림없다. 레스토랑은 컬럼비아 대학교에서는 멀지만 리처드의 아파트와는 가깝다. 모린은 거기서 그를 ~~그들을~~ 만나기로 한 게 아닐까?

나는 그녀가 혼자 있을 때 만나야 한다, 리처드가 볼 수 없는 곳에서.

지금 출발하면 그녀가 도착할 때까지 모퉁이에서 기다릴 수 있을 것이다. 그게 안 되면 화장실 앞의 테이블을 부탁해 그녀가 화장실에 갈 때 따라 들어가면 된다.

내게 필요한 건 단 2분이다.

나는 장롱 옆에 비스듬히 서 있는 거울에 비친 내 모습을 흘깃 쳐다본다. 그곳에 빨리 가야 하지만, 거기서 튀어 보이지 않아야 한다. 나는 머리를 빗고 립스틱을 바른 후, 백묵 같은 얼굴색에 비해 눈 밑 그늘이 지나치게 어둡다는 걸 뒤늦게 깨닫는다. 눈 밑에 컨실러를 톡톡 두드린 후 브러시로 펴 바른다.

열쇠를 찾으며 잠깐 볼일 보러 나가겠다고 샬럿 이모에게 소리친다. 이모의 대답을 기다리지 않고 서둘러 문밖으로 나간다. 엘리베이터는 너무 느리다. 계단을 뛰어 내려가는데 옆구리에 핸드백이 계속 부딪친다. 핸드백 속에는 내가 필요한 모든 것이 들어 있다.

거리는 차들로 가득하다. 러시아워다. 버스는 한 대도 보이지 않는다. 택시를 타야 하나? 이스트사이드 쪽으로 고개를 돌려 노란색 차들을 살펴보지만 다 손님이 타고 있다. 걸어서 20분 거리. 나는 뛰기 시작한다.

13

택시에서 내릴 때쯤 넬리는 그 남학생클럽 놈들이 그녀를 만질 때 느낀 억압적인 감각을 이미 밀쳐낸 후였다. 별로 어렵지 않았다. 그들이 유발한 것과 비슷한 느낌들을 따로 치워두는 법을 오래전에 체득한 그녀였다. 그렇지만 레스토랑 화장실에서 잠시 혼자 있고 싶었다. 립글로스도 다시 바르고, 그리고 말할 것도 없이, 향수도 좀 뿌려야겠다고.

그러나 레스토랑에 들어선 넬리에게 지배인은 여자 일행이 자리에서 그녀를 기다리고 있다고 알려주었다. "가방을 맡아드려도 되겠습니까?"

넬리는 젖은 유니폼이 든 감청색과 노란색의 나이키 가방을 넘겨주며 촌뜨기가 된 것 같은 기분이 들었다. 지배인에게 팁을 줘야 하는 건지 헷갈렸다. 리처드에게 물어봐야 할 것이다. 넬리는 아이들을 위한 크레파스와 함께 커다란 메뉴판을 갖다 주는 여종업원이 있는 식당들이 훨씬 더 익숙했다.

지배인이 자리까지 안내했다. 넬리는 바 구역을 통과하고, 그랜드 피아노를 연주하는 은발의 턱시도 차림 남자 옆을 지나쳐 천장이 높은 식사 공간으로 들어섰다. 뱃속이 조여들었다. 모린은 넬리보다 열여섯 살 더 많은 대학교수였고, 지금 여기 있는 넬리는 머리카락이 약간 헝클어지고 튀김냄비 냄새를 풍기는 유아원 교사였다.

이런 자리를 갖기에 이보다 최악인 날은 없을 터였다.

그러나 넬리는 모린을 본 순간 숨을 내쉬었다. 리처드의 누나는 리처드의 네거티브 사진 같았다. 유행을 타지 않는 단발머리에 심플한 바지정장 차림이었다. 돋보기안경을 끼고 《이코노미스트》를 읽고 있었는데, 리처드가 집중할 때 늘 그러듯이 아랫입술을 깨물고 있었다.

"안녕하세요!" 넬리는 인사를 하고 몸을 숙여 모린을 안았다. "좀 어색하죠? 그래도 앞으로 자매처럼 지냈으면 좋겠어요……. 전 언니가 없거든요."

모린은 웃음을 지으며 잡지를 가방에 집어넣었다. "만나서 정말 반가워요."

"꼴이 엉망이라 죄송해요." 넬리는 모린의 맞은편 의자에 앉으며 자신이 수다스럽게 굴고 있다고 느꼈다. 속에서 부글대는 긴장감의 부작용이었다. "일하다 바로 왔거든요."

"유아원에서요?"

넬리는 고개를 저었다. "웨이트리스 일도 해요……. 아니, 했었어요. 사실은 전에 그만뒀는데, 친구 대신 일한 거예요. 여기 늦게 올까 봐 계속 걱정을 해가지고 지금 약간 정신이 없네요."

"좋아 보이기만 하는걸요." 모린은 계속 미소 짓고 있었지만 그녀의 다음 말은 넬리의 허를 찔렀다. "완벽하게 리처드의 이상형이기도 하고."

리처드의 전처는 갈색머리 아니었나? "무슨 말씀이세요?" 넬리는 빵바구니로 손을 뻗었다. 오늘 그녀가 마지막으로 먹은 건 10시간도 더 전에 졸업식으로 가는 도중에 먹은 바나나였다. 빵 바구니 옆에는 보라색 식초와 타임 잔가지가 떠 있는 얕은 올리브오일 접시가 놓여 있었다. 넬리는 롤빵을 조금 잘라, 오일에 뜬 장식들을 흩뜨리지 않으려고 조심하며 오일을 적셨다.

"어머, 알 텐데요. 상냥하고. 예쁘고." 모린은 손깍지를 끼고 몸을 앞으로 기울였다.

리처드는 모린이 지나치게 정직하다고 말했고, 그것이 그가 제일 높이 사는 누나의 장점들 중 하나라고 했다. 모린이 모욕을 주려고 한 말은 아닐 거야, 하고 넬리는 생각했다—상냥하고 예쁘다는 말을 욕이라고 생각하는 사람은 아무도 없을 거라고.

"아가씨에 대해 전부 다 얘기해줘요." 모린이 말했다. "리처드가 그러던데, 플로리다 출신이라고요?"

"어—음…… 그런데 질문은 제가 **모린한테** 해야 하는 거잖아요, 리처드가 어렸을 때 어땠는지 같은 거요. 리처드가 저한테 해주지 않을 얘기도 공유하고요." 롤빵은 따뜻하고 군데군데 허브가 박혀 있었다. 넬리는 한입 더 먹었다.

"어머, 어디서부터 시작하지?"

하지만 모린이 뭔가 더 얘기하기 전에 넬리는 자신을 빤히 쳐다보며 두 사람의 자리로 다가오는 리처드를 발견했다. 처녀파티날 밤에 그녀를 침대에 눕혀준 모습 이후 처음 보는 리처드였다. 그는 망설임 없이 다가와 몸을 굽혀 넬리의 입술에 입을 맞췄다. **정말 괜찮은 거야**, 넬리는 생각했다. **그이는 나를 용서했어.**

"미안." 리처드는 누나의 뺨에도 가볍게 입을 맞췄다. "비행기가 연착했어."

"사실은 너무 일찍 온 거예요. 모린이 이제 막 당신의 깊숙하고 어두운 비밀을 전부 말해주려던 참이었거든요." 넬리가 농담했다.

넬리는 그렇게 말하자마자 리처드의 얼굴이 잠깐 굳었다가 곧 웃음을 짓는 것을 보았다. 넬리는 그가 테이블을 돌아와 그녀 옆에 앉을 거로 기대했지만 그는 의자를 모린의 오른쪽으로 가져가 앉았다. 넬리의 대각선 방향이었다.

"그래, 매년 그 골프장 코스에서 보낸 문제적 여름 말이지." 리처드는 냅킨을 흔들어 펴서 무릎 위에 얹었다. "내가 토론 팀의 부회장으로 뽑혔을 때 벌어진 사건도."

"부끄러워라." 모린이 합세했다. 그녀는 리처드의 옷깃에서 보풀을 떼냈다. 넬리의 눈에는 엄마 같은 모습이었다. 리처드는 부모님은 안 계시지만 적어도 그에겐 그를 아껴주는 누나가 있구나.

"모범생 같은 골프복 입은 당신의 모습은 분명 귀여웠을 거예요." 넬리가 말했다.

리처드는 그 말에 대꾸 없이 웨이터에게 손짓을 했다. "배고파 죽겠어. 그래도 일단 같이 한잔해야지."

"탄산수랑 레몬 주세요." 모린이 웨이터에게 말했다.

"제 약혼녀를 위한 와인리스트 좀 주시겠습니까?" 리처드는 넬리를 향해 한쪽 눈을 찡긋했다. "당신이 술을 거절하는 건 본 적이 없지."

넬리는 소리 내 웃었지만 그 말이 모린에게 어떻게 들릴지 알고 있었다. 그때까지 넬리는 기름 냄새에 신경을 쓰고 있었지만, 갑자기 아까 리처드의 누나에게 인사할 때 진 냄새를 풍긴 건 아닌지 걱정이 됐다.

"피노 그리지오 한 잔만 주세요, 고마워요." 넬리는 들고 있던 나머지 빵조각을 톡 쏘는 올리브오일에 찍으며 당황한 마음을 감추려 애썼다.

"저는 하일랜드 파크 온더록으로 한 잔요." 리처드가 말했다.

웨이터가 떠난 후 잠시 침묵이 흐르던 중 넬리가 불쑥 말했다. "깁슨스에서 곧바로 여기로 왔어요. 어떤 바보가 저한테 술을 쏟았는데, 젖은 유니폼은 가방에 넣어뒀어요. 그래서……." 나 또 주절대고 있는 건가?

"거기 그만둔 줄 알았는데." 리처드가 말했다.

"그만뒀죠. 조시 대신 일해준 거예요. 첫 광고를 땄는데 달리 부탁할 사람이 없다고 해서……." 넬리는 말끝을 흐렸다. 자신이 왜 설명할 필요를 느끼는지 알 수 없었다.

웨이터가 마실 것을 가져왔을 때 리처드는 모린을 향해 잔을 들어올렸다. "슬건은 좀 어때?"

"나아지고 있어. 물리치료 몇 번 더 받으면 다시 더 오래 달릴 수 있을 것 같아."

"다치셨어요?" 넬리가 물었다.

"그냥 근육을 접질린 거예요. 마라톤 시작한 후로 왔다 갔다 하는 증상이죠."

"저는 절대 마라톤을 못할 거예요!" 넬리가 말했다. "5킬로미터도 못 가서 쓰러질 걸요. 정말 대단하세요."

"모두를 위한 운동은 아니죠." 모린이 농담했다. "A 타입(심리학에서 말하는 A형 행동양식. 성실하고 책임감이 강한 것이 주요 특성이다—옮긴이) 사람들이나 하지."

넬리는 빵바구니에서 롤빵을 하나 더 꺼내려다가, 자기 말고는 아무도 음식을 먹지 않고 있다는 것을 깨닫고 그만두었다. 그리고 자기 접시 주변의 빵부스러기를 남몰래 쓸어내리려고 애썼다.

"젠더 계층화와 교차 이론에 관한 기고문 좋더라." 리처드가 모린에게 말했다. "흥미로운 시각이야. 반응이 어땠어?"

남매가 대화하는 동안 넬리는 고개를 끄덕이고 미소 짓고 조나가 준 팔찌의 구슬을 만지작거렸지만, 대화에 참여할 방법은 도무지 찾을 수 없었다.

그녀는 주변 테이블들을 흘깃거리다가 초록빛 섬광이 반짝 하는 걸 보았다. 웨이터 한 명이 은쟁반 위에 놓인 신용카드를 집어올리고 있었다.

그걸 보자 그녀가 택시 창문 밖으로 떨어뜨린 아멕스 카드가 생각났다. 지금쯤 부디 누군가 그걸 주워서 베스트바이와 피시리처드에서 쇼핑을 하고 있길 기대했다. 가난한 어머니의 손에 들어가 그녀의 아이들을 위한 식료품을 잔뜩 사들이는 데 쓰이면 더 좋고.

종업원이 전채요리를 갖다 주자 넬리는 속으로 안도하며 닭고기와 쿠스쿠스를 먹는 데 집중하는 척했다.

모린이 뭔가 느꼈는지 넬리를 보며 말했다. "조기교육은 참 중요한 거죠. 왜 그 분야에 끌렸어요?" 모린은 포크로 우아하게 탈리아텔레 파스타를 돌려 입에 넣었다.

"옛날부터 아이들을 아주 좋아했어요."

넬리는 탁자 밑에서 리처드의 다리가 그녀의 다리에 닿는 것을 느꼈다. "고모 될 준비 됐어?" 그가 모린에게 물었다.

"완벽하게."

넬리는 모린이 왜 한 번도 결혼하지 않고 자식도 낳지 않은 것인지 궁금했다. 리처드는 모린이 너무 똑똑해서 남자들이 겁을 먹는 것 같다고 말했었다. 그리고, 넬리는 추측했다, 모린이 이미 리처드의 엄마 같은 존재로 살아왔다는 것도 이유겠지.

모린이 넬리를 보며 말했다. "리처드는 아기 때 정말 예뻤답니다. 네 살 때 이미 글을 읽을 줄 알았고요."

"별로 신빙성은 없어. 읽는 법을 가르쳐준 게 누나거든."

"우린 모린이 묵을 손님용 방을 벌써 골라뒀어요." 넬리가 말했다. "언제든 놀러오세요."

"두 사람도 우리 집에 와요. 내가 여기저기 구경시켜줄게요. 보스턴에 와본 적 있어요?"

방금 쿠스쿠스를 입속에 가득 넣은 넬리는 고개를 흔들며 최대한 빨리 씹어 삼켰다. "저는 여행을 별로 안 해서요. 남부의 몇 개 주만 가봤어요."

넬리는 그 주들이 플로리다를 떠나 뉴욕으로 올 때 지나쳐 간 곳들일 뿐이라는 말은 하지 않았다. 1,500여 킬로미터를 이동한 그 여정은 고작 이틀밖에 걸리지 않았다. 넬리는 가능한 한 빨리 고향을 등지고 싶었다.

넬리는 모린이 프랑스어를 유창하게 하고 몇 년 전 소르본 대학교에서 객원교수로 있었다는 것이 기억났다.

"넬리는 얼마 전에 첫 여권을 만들었어." 리처드가 말했다. "어서 빨리 넬리한테 유럽을 보여주고 싶어."

넬리는 고마워하는 표정으로 그에게 미소를 지어 보였다.

그들은 결혼식에 대해 잠깐 얘기를 나누다가—모린은 수영을 무척 좋아한다며 얼른 바다에 몸을 담그고 싶다고 말했다—웨이터가 접시를 치운 후 모린과 리처드는 디저트를 먹지 않겠다고 했기에, 넬리는 속으로 무척 기대하고 있던 블러드오렌지 무스를 배가 너무 불러서 못 먹겠다고 거짓말을 했다. "아, 모린, 잊을 뻔했네요. 드릴 게 있어요."

충동구매였다. 넬리는 지난주 유니언스퀘어 마켓을 걷고 있다가 액세서리 매대를 보았다. 목걸이가 하나가 시선을 사로잡았다. 밝은 보라색과 파란색 유리구슬들이 거미줄처럼 가는 은선에 꿰어 마치 스스로 떠 있는 것처럼 보이는 목걸이였다. 버클은 나비 모양으로 만들어져 있었다. 넬리는 그걸 목에 두르고 기뻐하지 않을 여자는 없을 거라고 생각했다.

그전에 리처드는 일전에 모린이 넬리의 신부 들러리를 서도 되겠느냐고 물었고 넬리는, 서맨사가 들러리를 서길 바랐지만, 좋다고 대답한 상황이었다. 워낙 작게 하는 결혼식이라 신랑 쪽 친족은 모린뿐이었다. 모린은 보라색 드레스를 입을 예정이었다. 그 목걸이는 그 옷에 완벽하게 어울릴 것 같았다.

목걸이를 만든 여자는 폭신폭신한 거치대에 목걸이를 얹고 갈색 판지 상자에(재활용 상자라고 그녀는 설명했다) 넣은 뒤 새끼줄 같은 끈으로 리본을 묶어주었다. 넬리는 모린이 목걸이를 마음에 들어 하기를, 그리고 리처드가 그것이 단순한 목걸이 그 이상임을 알아주기를 바랐다. 넬리가 그의 누나와도 잘 지내고 싶어 한다는 뜻의 제스처라는 걸.

넬리는 핸드백에서 그 작은 상자를 꺼냈다. 모서리 두 곳이 약간 찌그러졌고 리본도 납작하게 눌려 있었다.

모린은 조심스럽게 선물 포장을 벗겼다. "매력적이네요." 그녀는 목걸이를 들어올려 리처드에게 보여주었다.

"결혼식 때 하시면 예쁠 것 같았어요." 넬리가 말했다.

모린은 착용 중인 금 귀걸이와 전혀 어울리지 않는다는 건 아랑곳하지 않고 곧바로 그 목걸이를 착용했다. "사려 깊기도 해라."

리처드가 넬리의 손을 꽉 잡았다. "상냥해."

하지만 넬리는 그녀의 빨개진 볼을 두 사람이 볼 수 없도록 고개를 숙였다. 그녀는 진실을 알았다. 지난주만 해도 솜씨 좋고 예뻐 보인 목걸이는 모린의 목에서 갑자기 허술하고 약간 유치하게까지 보였다.

14

나는 전단지를 손에 쥐어주려 하는 남자를 무시하며 빠른 걸음으로 걷는다. 다리가 후들거리지만 신경 쓰지 않고 센트럴파크 입구 쪽으로 계속 간다.

다음 횡단보도에 도착하자 빨간불이 깜박거리고 있다. 모퉁이에 서서 가쁘게 숨을 쉰다. 모린은 아마 지금쯤 식당에 도착했을 것이다. 리처드는 괜찮은 와인을 한 병 주문했을 것이고, 테이블 위에는 먹음직스러운 빵이 놓여 있을 것이다. 세 사람은 미래를 위해 건배하고 있겠지. 리처드는 테이블 밑에서 약혼녀의 손을 꼭 쥐고 있을지도 모른다. 내게 닿아 있을 때 그의 손은 언제나 아주 강하다는 느낌을 줬었다.

파란불이 켜지자마자 나는 뛰기 시작한다.

우리는 스포리아에 자주 갔었다. 그러다가 어느 날 밤 갑자기 더는 가지 않게 되었다.

그날 저녁을 아주 생생하게 기억하고 있다. 눈이 왔고, 나는 통통한 눈송이들이 거리를 덮으며 조악하고 지저분한 부분들을 지워 도시를 변신시키는 모습에 감탄했다. 리처드는 퇴근하고 가겠다며 그 식당에서 만나자고 했었다. 나는 택시에서 창밖을 내다보다가 줄무늬 모자를 쓴 어린 소년이 겨울의 맛을 보기 위해 혀를 내미는 걸 보고 웃음 지었다. 갈망 때문에 가슴속이 잡아당겨지는 느낌이 들었다. 호프먼 박사는 내가 왜 임신을 못하는지 알아내지 못했고, 나는 또 다른 일련의 검사 일정을 정해두고 있었다.

택시가 식당 앞에 멈출 때 리처드한테서 전화가 왔다. "좀 늦을 것 같아."

"괜찮아요. 당신은 기다릴 가치가 있는 남자 같으니까."

그의 굵직한 너털웃음 소리를 들은 뒤 택시비를 내고 내렸다. 거리의 기운을 흡수하며 잠시 인도에 서 있었다. 시내에서 리처드를 만나는 건 언제나 기대되는 일이었다.

바로 가자 스툴이 하나 비어 있었다. 생수 한 병을 시키고 주위에서 들려오는 대화들을 엿들었다.

"그가 전화할 거야." 오른쪽에 앉은 젊은 여자가 친구에게 장담했다.

"만약에 안 하면?" 그녀의 친구가 물었다.

"뭐, 이런 말 있잖아. 한 남자를 잊는 최고의 방법은 다른 남자와 눕는 것이다."

그리고 여자와 친구 모두 웃음을 터뜨렸다.

나는 결혼 후 자주 보지 못하고 있던 여자 친구들이 그리웠다. 친구들은 여전히 풀타임으로 일하고 있었고, 그들이 밖에서 만나 서로의 남자 문제를 위로하는 주말에 나는 늘 리처드와 함께 있었다.

몇 분 뒤 바텐더가 내 앞에 화이트와인 한 잔을 내려놓으며 말했다. "바 끝 쪽의 신사 분이 보낸 겁니다."

그쪽을 쳐다보니 한 남자가 내 쪽으로 칵테일 잔을 들어 보였다. 나는 그가 내 결혼반지를 보길 바라며 왼손으로 와인 잔을 들어올린 후,

와인을 한 모금만 마시고 옆으로 밀어둔 걸 기억한다.

"피노 그리지오를 별로 좋아하지 않나 봐요?" 몇 분 뒤 그렇게 묻는 목소리를 들었다. 남자는 작지만 다부진 몸집에 곱슬머리였다. 리처드와 정반대였다.

"아뇨, 괜찮아요……. 감사합니다. 남편이 곧 올 거예요." 기분 나쁘지 않게 거절하려고 나는 한 모금 더 홀짝였다.

"당신이 내 아내라면 바에서 기다리게 하지 않을 겁니다. 누가 수작을 걸지 모르니까요."

나는 웃었다. 와인 잔은 계속 들고 있었다.

출입문 쪽을 흘깃거리다 리처드와 눈이 딱 마주쳤다. 리처드가 상황을 파악한 후—남자, 와인, 높고 신경질적인 내 웃음소리—내 쪽으로 오는 것이 보였다.

"허니!" 나는 큰 소리로 부르며 자리에서 일어났다.

"테이블에 앉아 있을 줄 알았는데. 예약한 자리가 취소되지 않았길 바라야겠네."

곱슬머리 남자는 리처드가 여종업원에게 손짓을 할 때 슬그머니 사라져버렸다.

"와인을 들고 테이블로 가실 건가요?" 여종업원이 물었다.

나는 말없이 고개를 저었다.

"거의 마시는 시늉만 했어요." 함께 테이블로 가면서 나는 리처드에게 속삭였다.

그는 어금니를 꽉 깨물고 대답을 하지 않았다.

지난 일을 떠올리는 데 집중하느라 누군가 내 팔을 잡고 뒤로 잡아당기고 나서야 내가 차도로 내려섰다는 걸 깨닫는다. 그 직후 배달 트럭 한 대가 경적을 빵빵 울리며 쏜살같이 내 앞에서 달려간다.

길모퉁이에 잠시 서서 신호등이 녹색으로 바뀔 때까지 기다린다. 새 애인에게 꼭 먹어봐야 한다며 오징어 먹물 파스타를 시켜주는 리처드를 상상한다. 그녀가 화장실에 가려고 양해를 구할 때 반쯤 일어서는 그가 보인다. 모린이 리처드 쪽으로 몸을 기울이고 흐뭇하게 고개를 끄덕일지 궁금하다. **지난번 여자보다 낫다**는 뜻으로.

낯선 이가 사준 와인을 무례하게 굴기 싫어서 몇 모금 마신 그날 우리의 저녁식사는 망했다. 벽돌이 드러난 벽과 아늑한 룸들이 있는 레스토랑은 무척 매력적이었지만 리처드는 내게 거의 말을 하지 않았다. 나는 음식에 대해 말하고, 그의 하루가 어땠는지 묻는 등 대화를 시도하려고 애쓰다가 결국 입을 닫았다.

내가 절반쯤 남긴 파스타 접시를 옆으로 밀어낸 후 그가 마침내 한 말은 나를 세게 꼬집는 듯했다.

"대학교 때 남자, 당신을 임신시킨 남자 말이야. 아직 연락하고 지내?"

"뭐라고요?" 나는 숨을 헉 쉬었다. "리처드, 아니에요……. 마지막으로 얘기한 게 수년 전이에요."

"그것 말고 나한테 말하지 않은 건 뭐야?"

"나는 그런…… 없어요!" 나는 말을 더듬었다.

그의 말투는 그 우아한 식당과 전혀 어울리지 않았다. 웃음 띤 종업원이 디저트 메뉴를 들고 다가왔다. "바에서 같이 노닥거리던 그 남자는 누구야?"

새로운 비난에 나는 두 뺨이 달아올랐다. 그의 말이 옆 테이블의 커

172

플한테까지 들렸는지 그들이 우리를 쳐다보고 있었다.

"모르는 사람이에요. 그는 나한테 술을 샀고, 그게 다예요."

"그리고 당신은 그걸 마셨지." 리처드의 입가가 굳고 눈이 가늘어졌다. "우리 아기한테 해로울 수도 있는데 말이야."

"아기가 어디 있어요! 리처드, 왜 이렇게 화를 내는 거예요?"

"우리가 서로를 알아가는 동안 당신이 털어놓고 싶은 건 또 없어, 스위트하트?"

나는 눈을 깜박여 눈물을 참다가 갑자기 의자를 뒤로 밀었다. 나무 의자의 다리가 바닥을 긁는 소리가 났다. 코트를 들고 아직도 눈이 내리는 밖으로 뛰쳐나갔다.

나는 눈물을 줄줄 흘리며 서서 어디로 가야 하나 생각하고 있었다.

그때 리처드가 나왔다. "미안해, 허니." 나는 그의 말이 진심이라는 걸 알았다. "오늘 일진이 너무 사나웠어. 당신한테 화풀이해서는 안 되는 거였는데."

그는 두 팔을 벌렸고, 잠시 후 나는 그 안에 몸을 맡겼다.

그는 내 머리카락을 쓸어내렸고 나는 흐느껴 울다 큰 소리로 딸꾹질을 했다. 그가 바로 작은 소리로 웃었다. "내 사랑." 그의 어조에서 악의가 말끔히 사라진 자리를 벨벳 같은 다정함이 채우고 있었다.

"나도 미안해요." 그의 가슴에 머리를 파묻고 있어서 내 목소리는 잘 들리지 않았다.

그날 밤 이후 우리는 다시는 스포리아에 가지 않았다.

이제 거의 다 왔다. 공원을 통과했으니 이제 세 블록만 더 가면 된다. 가슴속이 옥죄이는 듯하다. 나는 숨을 헐떡이고 있다. 단 1분이라도 앞고 싶어 죽을 지경이지만 그녀를 만날 기회를 놓칠 수는 없다.

나는 힘을 짜내 더 빨리 달리며, 신발 굽이 걸리기 십상인 지하철 환풍구를 피하고 지팡이를 짚은 구부정한 남자를 돌아서 간다. 그리고 레스토랑에 도착한다.

문을 활짝 열고 좁은 입구 통로를 빠르게 걸어 서 있는 여종업원을 지나쳐간다. "안녕하세요." 메뉴를 들고 있던 그 젊은 여자가 등 뒤에서 나를 부르지만 무시한다. 바와 테이블에 앉은 사람들을 훑어본다. 그들은 여기 없다. 하지만 식당에는 다른 룸이 있다, 더 조용해서 리처드가 선호하는 곳.

"도와드릴까요?" 여종업원이 나를 따라잡았다.

나는 안쪽의 룸을 향해 돌진하다가 발을 헛디뎠고 넘어지지 않기 위해 벽을 짚었다. 테이블을 하나하나 확인하고 또 확인했다.

"머리카락이 거무스름한 남자랑 젊은 금발머리 여자 안 왔나요?" 나는 숨을 헐떡이고 있다. "여자 손님이 한 명 더 있을 수도 있고요."

여종업원은 눈을 깜박이며 내게서 한 걸음 뒤로 물러선다. "오늘 저녁에 손님이 워낙 많아서요. 저는 잘⋯⋯."

"예약요!" 나는 거의 고함을 치고 있다. "확인해주세요⋯⋯. 리처드 톰슨이에요! 아니면 그 사람 누나, 모린 톰슨으로요!"

다른 사람이 다가온다. 이마를 찡그린, 남색 슈트를 입은 덩치 큰 남자다. 여종업원과 남자가 눈빛을 교환한다.

남자가 내 팔을 잡는다. "나가실까요? 다른 손님들한테 방해되면 안 되니까요."

"제발요! 그 사람들이 어디 있는지 알아야 해요!"

남자는 나를 단단히 붙들고 출구로 데려간다.

나는 몸이 덜덜 떨리기 시작한다. **리처드, 제발 그 여자랑 결혼하지 마요……**.

내가 그 말을 입 밖으로 낸 걸까? 갑자기 식당 안이 고요해진다. 사람들이 나를 뚫어져라 쳐다보고 있다.

나는 너무 늦게 왔다. 하지만 어떻게 이럴 수가 있지? 그들이 식사를 마칠 만한 시간이 지났을 리는 없는데. 나는 모린이 택시 기사에게 한 말을 다시 떠올려본다. 그녀가 내 기억과 전혀 다른 말을 했을 가능성이 있을까? 아니면 내 정신이 나를 배신해 내가 듣고 싶은 말을 듣게 한 걸까?

슈트를 입은 남자는 나를 거리의 모퉁이에 세워둔다. 나는 또 울고 있다. 노골적이고 통제를 벗어난 흐느낌이다. 하지만 이제 내 얼굴로 내려온 머리카락을 손으로 쓸어올려주는 사람이 없다.

나는 완벽하게 혼자다.

-15-

넬리는 과거에 한 번, 대학교 때 사랑에 빠진 적이 있다고 생각했다. 저녁에 그의 차가 넬리의 여학생클럽 회관의 모퉁이를 돌아 나타나면 그녀는 안뜰을 가로질러 그를 향해 달려갔다. 발밑에 푹신한 잔디가, 맨다리에 따뜻한 공기가 느껴졌다. 그는 낡은 알파로메오의 뒷좌석에서 면 담요를 꺼내 턴 다음 해변에 깔고 넬리에게 버번 병을 건넸다. 그녀가 잠시 전에 그의 입이 닿았던 곳에 입을 대고 마시면, 호박색 액체가 목구멍을 덥히며 뱃속으로 내려갔다.

해가 떨어지면 그들은 옷을 훌훌 벗고 바다로 뛰어 들어갔다가 담요로 몸을 감싸고 나왔다. 그녀는 그의 살갗에서 나는 짠맛을 좋아했다.

그는 시를 인용했고 밤하늘의 별자리를 가리켰다. 그리고 습관적으로 모순된 행동을 했는데, 하루에 세 번씩 전화를 하다가도 주말 내내 연락이 끊기곤 했다.

그중 어느 것도 진짜가 아니었다.

그가 하루나 이틀씩 종적을 감춰도 넬리는 신경 쓰지 않았다—그가 필요했던 10월의 그날 밤 이전까지는. 그녀는 그에게 전화를 걸고 또 걸면서 점점 더 다급한 메시지를 남겼다. 그러나 그는 한 번도 받지 않았다.

며칠 후 싸구려 카네이션 다발을 하나 들고 나타난 그가 위로할 때 넬리는 잠자코 들었다. 자신을 실망시킨 그가 싫었다. 그가 가야 한다고 했을 때 울고 있던 자신은 더 싫었다.

넬리는 다음번에는 더 똑똑하게 굴 거라고 스스로에게 맹세했다. 다시는 자신이 추락하기 시작할 때 못 본 척하는 남자를 만나지 않겠다고.

하지만 리처드는 그 이상이었다.

어떻게 그러는진 몰라도, 그는 그녀가 자신이 넘어진다고 알아차리기도 전에 그녀를 잡아주었다.

"모린은 대단해요." 넬리는 리처드와 손을 잡고 그의 아파트로 걸어가며 그렇게 말했다.

"누나가 당신을 무척 좋아하는 것 같았어." 리처드는 그녀의 손을 꽉 쥐었다.

계속 대화를 나누며 가다가 리처드가 길 건너편의 젤라토 가게를 가리켰다. "당신 사실은 디저트 먹고 싶어 했던 거 알아."

"내 마음은 먹으라고 하지만 몸무게는 먹지 말라고 해요." 넬리가 신음했다.

"오늘 퇴직했잖아? 기념할 자격 있어. 졸업식은 어땠어?"

"린다가 내게 짧은 연설을 부탁했어요. 마지막에 목이 멨는데, 조나는 내가 메모를 읽는 데 어려움을 겪고 있다고 생각했는지 이렇게 말하는 거 있죠. '그냥 생각나는 대로 해봐요! 할 수 있어요!'"

리처드가 큰 소리로 웃고 그녀에게 키스하려고 몸을 기울이는데 넬리의 휴대전화에서 '태양이 빛날 때 우린 함께 빛날 거야' 하는 노래가 울려 퍼졌다. 넬리가 샘의 벨소리로 정해놓은 리아나의 〈우산〉이었다.

"안 받아?" 리처드는 분위기가 깨진 일로 기분이 상한 것처럼 보이지 않았기에 넬리는 전화를 받았다.

"넬리, 오늘밤에 들어올 거야?" 샘이 물었다.

"안 들어가려고 했는데. 무슨 일이야?"

"어떤 여자가 집을 보러 왔어. 내가 룸메이트를 구한다는 얘길 들었다면서. 그 여자가 가고 나서 집 열쇠가 안 보여."

"너 몇 주 전에 식료품 봉투에 열쇠 넣어둬서 몽땅 버릴 뻔했잖아."

"그렇긴 한데, 방금 다 찾아봤어. 그 여자, 내가 집에 오니까 문밖에서 기다리고 있었고, 맹세컨대 난 열쇠 쓰고 나서 곧바로 핸드백에 넣었어."

넬리는 리처드가 "괜찮아?"라고 속삭인 후에야 자신이 걸음을 멈췄다는 걸 알아차렸다.

"어떻게 생긴 여잔데?" 넬리가 불쑥 물었다.

"완전 멀쩡해 보였어. 마르고 머리카락은 거무스름하고 나이는 우리보다 약간 많은데, 이혼한 지 얼마 안 됐고 다시 시작하는 중이라고 했어. 내가 너무 멍청했지. 하지만 난 소변이 너무 마려웠고 그 여자는 질문을 마구 해댔어, 정말로 여기서 살고 싶어 하는 것처럼. 그 여잔 부엌에 딱 2초 혼자 있었어."

넬리는 샘의 말꼬리를 잘랐다. "너 지금 혼자 있어?"

"응, 그런데 혹시 모르니까 쿠퍼한테 오늘밤에 여기 와서 자달라고 할 거야. 쿠퍼한테 현관문 앞을 뭔가로 막아달라고 하려고. 젠장, 자물쇠 수리공을 부르면 비쌀 텐데……."

"무슨 일이야?" 리처드가 속삭였다.

"잠깐만." 넬리는 샘에게 말했다.

리처드는 넬리가 사정을 다 설명하기도 전에 그의 휴대전화를 꺼내 들었다. "다이앤?" 넬리는 그의 오랜 비서의 이름을 알아들었다. 넬리도 몇 번 본 적 있는 유능한 60대 여성이었다. "이 시간에 미안해요……. 알아요, 알죠, 다이앤은 늘 그렇게 말하죠……. 네, 개인적인 거예요—오늘밤에 최대한 빨리 아파트 열쇠를 새로 맞춰줄 업자를 보내줄 수 있을까요?……. 아뇨, 우리 집 아니에요……. 네, 주소 보내줄게요……. 비용은 상관없어요. 고마워요. 내일 좀 늦게 출근해도 돼요."

그는 전화를 끊고 전화기를 다시 주머니에 넣었다.

"샘?" 넬리가 전화기에 대고 말했다.

"리처드가 얘기하는 것 들었어. 와…… 진짜 고맙다. 리처드한테 고맙다고 전해줘."

"그럴게. 수리공 오면 전화해." 넬리는 전화를 끊었다.

"뉴욕엔 미친 사람이 참 많아." 리처드가 말했다.

"그러게요." 넬리가 속삭였다.

"그런데 아마 샘이 또 열쇠를 엉뚱한 데 놔둔 걸 거야." 리처드는 넬리와 비행기에서 처음 만났을 때처럼 달래는 듯한 어조로 말했다. "그 여자가 뭐 하러 샘의 지갑은 놔두고 열쇠를 가져가겠어?"

"당신 말이 맞아요." 넬리는 망설였다. "그런데 리처드…… 나한테 계속 끊는 전화가 오잖아요?"

"세 번밖에 안 왔지."

"또 왔었어요. 똑같은 전화는 아닌데, 어떤 여자가 당신이 애틀랜타로 떠난 뒤에 당신 아파트로 전화를 했어요. 난 당신인 줄 알고 별 생각 없이 받았는데…… 그 여자는 이름도 안 밝히고, 나는……."

"스위트하트, 사무실의 엘런이 전화한 거야. 엘런이 내 휴대전화로 전화했었어."

"아." 넬리는 긴장이 풀어지며 맥이 빠졌다. "내 생각엔…… 그러니까, 일요일이고 해서……."

리처드는 넬리의 코끝에 입을 맞췄다. "젤라토 먹자. 먹고 나면 아마 샘이 전화해서 냉장고에서 열쇠 찾았다고 할지도 몰라."

"당신 말이 맞아요." 넬리는 웃었다.

리처드가 게걸음으로 연석 옆으로 가, 언제나처럼, 넬리와 차도 사이에 섰다. 그는 한 팔로 그녀를 감싸 안고 함께 계속 걸었다.

자물쇠 수리공이 왔다 갔다는 샘의 전화를 받은 후 넬리는 욕실로 가서 얇고 비치는 민소매 나이트가운으로 갈아입고 이를 닦았다. 리처드는 사각팬티 차림으로 이미 침대에 누워 있었다. 넬리는 침대 위 그의 옆으로 올라갔을 때 침실용 탁자에 놓인 은색 사진 액자가 벽 쪽으로 엎어져 있는 걸 봤다. 넬리가 청반바지와 탱크톱을 입고 센트럴파크 벤치에 앉아 있는 사진이었다. 리처드는 혼자서 아침에 일어날 때 그녀를 보는 게 좋다고 늘 말했었다.

리처드도 보더니 팔을 뻗어 액자를 원래대로 돌려놓았다. "가사도우미가 왔다 갔어."

그는 리모컨으로 텔레비전을 끄고 넬리에게 몸을 붙여왔다. 처음에 그녀는 그것이 이불 밑에서 그가 다가올 때 일반적으로 의미하는 걸 뜻한다고 생각했다. 하지만 그는 곧 그녀에게서 떨어져 똑바로 누웠다.

"당신한테 할 말이 있어." 진지한 어조였다.

"그래요." 넬리가 천천히 말했다.

"내가 골프를 치기 시작한 건 20대 때야."

어두워서 그의 얼굴이 보이지 않았다. "그럼…… 여름마다 골프장에 갔다는 얘기는요?"

그는 숨을 내쉬었다. "난 캐디였어. 웨이터. 안전 요원. 골프채도 날랐어. 물수건도 대령했지. 어린애들이 내 시급보다 비싼 핫도그를 주문하면 날라다줬어. 그 망할 골프장이 정말 싫었어……."

넬리는 손끝으로 거무스름한 털의 감촉을 느끼며 그의 팔을 쓸어내렸다. 그가 그렇게 취약하게 말하는 건 처음 들었다. "난 늘 당신이 유복하게 자랐다고 생각했어요."

"내 아빠가 금융업에 종사한다고 말했지. 아빠는 회계사였어. 동네 배관공과 잡역부 들의 세금을 계산해줬지."

넬리는 그의 말을 끊고 싶지 않아서 계속 침묵을 지켰다.

"모린은 대학에서 장학금을 받았고, 내 대학 등록금도 보태줬어." 그녀는 리처드의 몸이 굳어지는 걸 느꼈다. "돈을 아끼려고 누나랑 살았고, 학자금 대출을 많이 받았어. 그래서 똥줄이 빠지게 일했어."

넬리는 리처드가 이런 이야기를 들려준 사람이 그리 많지 않다는 느낌을 받았다.

그들이 말없이 몇 분 동안 누워 있을 때 넬리는 리처드의 고백을 듣자 어떤 퍼즐이 맞춰진다는 것을 천천히 깨달았다.

그의 매너는 너무나 완벽해서 거의 안무를 짠 것처럼 보였다. 그는 어떤 대화든 능란하게 이어갈 수 있었다―대화 상대가 택시 운전사든 자선 행사에서 만난 교향악단의 바이올리니스트든 간에. 은기류를 우아하게 사용하고 자기 차의 엔진 오일을 교환할 줄 알았다. 그의 침실용 탁자 위에는 《ESPN》부터 《뉴요커》까지 다양한 잡지들과 자서전들이 쌓여 있었다. 넬리는 리처드가 카멜레온이라고, 어디서든 수월하게 융화할 줄 아는 부류라고 생각해왔다.

그러나 그는 그런 기술들을 독학으로 체득한 게 분명했다—아마 일부는 모린이 가르쳐줬을 것이다.

"어머니는요?" 넬리가 물었다. "전업주부셨다고 했죠……."

"응. 뭐, 버지니아슬림 애호가 겸 드라마 시청자이기도 했지." 농담으로 한 말일 수도 있었지만 그의 어조는 전혀 유머러스하지 않았다. "엄마는 대학을 안 나왔어. 모린이 내 숙제를 도와줬지. 누난 나를 밀어붙였어. 내가 마음먹은 건 뭐든 할 수 있을 만큼 똑똑하다고 말해줬어. 나의 모든 것이 누나 덕분이야."

"하지만 당신 부모님은—그분들은 당신을 사랑했잖아요." 넬리는 리처드가 벽에 걸어둔 사진들을 생각했다. 그의 부모님이 그가 겨우 열다섯 살 때 차 사고로 돌아가신 걸 알고 있었다. 그 후 리처드가 모린과 살기 시작했다는 건 알았지만 그의 누나가 그의 인생에 그토록 지대한 영향을 미친 줄은 몰랐다.

"물론이지." 그가 말했다. 넬리가 그의 부모에 대해 더 물으려는데 리처드의 말이 그녀를 막았다. "지치네. 이 얘긴 그만하자, 괜찮지?"

넬리는 그의 가슴에 머리를 기댔다. "말해줘서 고마워요." 그가 힘들게 자랐다는 걸—그 역시 웨이터였고 늘 자신감에 차 있던 건 아니라는 걸—알게 되니 애틋한 마음이 샘솟았다.

너무 조용해서 잠든 줄 알았던 리처드가 갑자기 그녀의 몸 위로 올라와 키스하기 시작했다. 혀로 그녀의 입술을 벌리고 무릎으로 그녀의 다리를 벌렸다.

넬리는 준비가 되지 않아서 그가 들어왔을 때 숨을 헉 들이쉬었지만 멈추라고 말하지 않았다. 그는 얼굴을 그녀의 목에 묻고 두 팔은 그녀의 머리 양옆에 대고 있었다. 그는 빨리 끝낸 후 그녀 위에 누워 숨을 헐떡였다.

"사랑해요." 넬리가 부드럽게 말했다.

그녀는 그가 들었는지 확신할 수 없었지만, 그때 그가 고개를 들어 그녀의 입술에 부드럽게 키스했다.

"당신을 처음 봤을 때 내가 무슨 생각을 했는지 알아, 넬리?" 그는 그녀의 머리카락을 쓸어넘겼다.

넬리는 고개를 저었다.

"당신은 공항에서 어린 소년을 내려다보며 미소 짓고 있었는데, 천사 같았어. 난 당신이 나를 구할 수 있을 거라 생각했지."

"당신을 구해요?"

그는 속삭였다. "응. 나 자신으로부터."

수년 전, 뉴욕으로 온 직후 나는 관광객처럼 거리를 구경하며 걸어서 출근하고 있었다. 하늘 높이 솟은 빌딩들, 띄엄띄엄 들려오는 다양한 언어의 대화들, 빠르게 달리는 택시들, 프레첼부터 가짜 구찌 핸드백까지 오만 가지 것들을 파는 노점상들. 그런데 인도 위의 사람들이 갑자기 걸음을 멈췄다. 사람들 사이로 경찰관 몇 명이 앞쪽에, 인도 위에 구겨진 채 놓인 회색 담요를 둘러싸고 서 있는 것이 보였다. 연석 쪽에는 앰뷸런스 한 대가 시동을 켠 채 서 있었다.

"뛰어내렸대." 누군가 말했다. "지금 막 그랬나 봐."

그제야 나는 담요가 덮고 있는 것이 산산조각난 시신임을 깨달았다.

나는 잠시 그대로 서 있었다. 왠지 그 현장을 곧바로 지나쳐 가버리는 게—경찰들은 그렇게 하라고 말하고 있었지만—무례하다는 느낌이 들었기 때문이다. 그러다가 연석 근처에 떨어져 있는 구두 한 짝을 보았다. 옆면이 땅에 닿아 있는 그 낮은 굽의 실용적인 파란색 펌프스는 밑창이 살짝 닳아 있었다. 프로처럼 보이게 차려 입고 장시간 서 있어야 하는 일을 하는 여성이 골랐을 법한 구두였다. 은행원이나 호텔 접수 담당자일지 몰랐다. 경찰관 한 명이 몸을 숙여 그 구두를 집어들어

비닐 봉투에 넣었다.

그 구두, 또는 구두의 주인에 대한 생각이 머릿속을 떠나지 않았다. 그녀는 분명 그날 아침 일어나 옷을 입은 후 창문 밖으로 뛰어내렸을 것이다.

다음날 여러 신문을 뒤져봤지만 짤막한 토막기사 하나밖에 없었다. 그 여자가 왜 그런 절망적인 행위를 했는지 전혀 알 수 없었다—예전부터 계획했던 것인지, 그날 아침 그녀 안의 뭔가가 툭 끊어졌는지.

수년이 지난 지금 나는 그 답을 알 것 같다. 둘 다였을 것이다. 왜냐하면 내 안의 뭔가가 마침내 쩍 하고 벌어졌지만, 또한 내가 계속 이 순간을 향해 오고 있었음을 깨닫게 되었기 때문이다. 전화, 지켜보기, 기타 내가 했던 모든 것들……. 나는 내 대체물의 주변을 빙빙 돌고, 그녀에게 점점 더 다가가고, 그녀를 평가하고 있었다. 준비하고 있었다.

리처드와 함께하는 그녀의 인생이 시작되고 있다. 마치 내 인생이 끝나는 듯한 느낌이다.

곧 그녀는 하얀 드레스를 입을 것이다. 깨끗하고 젊은 피부에 화장을 할 것이다. 빌린 물건과 파란색 물건을 지참할 것이다. 연주자들이 악기를 들어 연주를 시작하면 천천히 통로를, 내가 진정으로 사랑한 유일한 남자를 향해 걸어갈 것이다. 그녀와 리처드가 서로를 마주보며 "네"라고 하는 순간 돌이킬 수 없게 될 것이다.

나는 그 결혼식을 막아야만 한다.

새벽 4시다. 한잠도 자지 못했다. 시계를 쳐다보며 내가 해야 할 일을 머릿속에서 정리하고 다양한 시나리오를 돌려보고 있었다.

그녀는 아직 리처드의 집으로 이사하지 않았다. 확인했다.

나는 오늘 기다렸다가 그녀의 앞을 막아설 것이다.

눈을 휘둥그레 뜨는 그녀를, 자신을 지키려고 두 손을 들어올리는 그녀를 상상한다.

너무 늦었어! 나는 그녀에게 소리치고 싶다. 당신은 내 남편한테서 떨어졌어야 해!

마침내 바깥이 밝아지자 나는 일어나 장롱으로 가서 리처드가 가장 좋아했던 에메랄드색 실크 원피스를 망설임 없이 고른다. 그는 그 옷이 내 눈동자의 초록빛을 돋보이게 한다며 좋아했다. 예전에는 몸에 꼭 맞았던 원피스가 이제는 너무 헐렁해서, 나는 골드체인 벨트로 허리 부분을 묶는다. 수년 만에 처음으로 꼼꼼하게 화장을 한다. 시간을 들여 파운데이션을 블렌딩하고, 속눈썹을 올리고, 마스카라를 두 겹으로 바른다. 그리고 핸드백에서 새 크리니크 립글로스를 꺼내 찐득거리는 소프트핑크 팁을 입술에 문지른다. 다리가 길고 가늘어 보이도록 내가 가진 제일 높은 누드 톤 하이힐을 신는다. 루실에게 오늘 쉬겠다고 문자를 보낸다, 이제 다시는 출근하지 말라는 답장이 올 거라 거의 확신하면서.

그녀의 아파트로 가기 전에 들를 곳이 있다. 이른 시간으로 예약해 둔 어퍼이스트사이드의 세르주 노르망 미용실이다. 거기서 볼일을 끝내도 늦지 않게 그녀의 집 앞에 도착할 것이다.

그녀의 일정을 알아내는 건 어렵지 않았다. 그녀가 오늘 할 일들을 알고 있다. 나는 조용히, 샬럿 이모에게 메시지를 남기지 않고 집을 나선다.

미용실에 도착하자 컬러리스트가 나를 맞이한다. 그녀의 시선이, 결국 내가 손보지 않은, 내 모근 근처에 머문다. "뭐 하실 건가요?"

아름다운 젊은 여자의 사진을 건네며 그 따뜻한 버터색으로 하겠다고 말한다.

컬러리스트는 사진을 보다가 다시 나를 본다. "이분, 손님이에요?"

"네." 나는 대답한다.

- **17** -

곧 연주자들이 파헬벨의 카논을 연주하고 그녀는 아빠의 손수건—파란색 물건—으로 흰 장미 부케를 감싸 들고 통로를 걸어갈 터였다. "지금 이 순간부터…… 서로 존중하고 아끼며…… 죽음이 갈라놓을 때까지"라고 목사는 말할 것이다.

넬리는 몇 시간 후 공항으로 떠날 예정이었다. 그녀는 새로 산 빨간 비키니를 슈트케이스 두 개 중 하나에 넣고 할 일 목록을 점검했다.

웨딩드레스는 벌써 페덱스로 리조트로 보낸 후 호텔 직원으로부터 도착했다는 연락을 받았다. 이제 세면도구만 챙기면 됐다.

벽의 그림들이 붙어 있던 자리엔 희끄무레한 사각형들이 남았다. 침대와 화장대, 램프는 두고 갈 터였다. 샘이 구한 새 룸메이트인 필라테스 강사는 내일 방문할 거라고 했다. 그녀가 그 물건들을 원하지 않으면 운송업자를 보내 가져가겠다고 넬리는 약속했다. "다음 사람이 들어오기 전까지는 집세도 낼게." 넬리는 전부터 그렇게 고집을 부렸다.

샘은 그 제안을 받아들이기 싫은 것 같았다. 특히나 리처드가 샘의 플로리다 여행경비를 대기로 하고 자물쇠 수리공까지 불러준 후부터는.

넬리는 샘이 혼자서는 집세를 내지 못한다는 걸 알았다. "그냥 받아." 넬리는 아까 샘이 침대에 앉아 넬리가 짐 싸는 걸 보고 있을 때 말했다. "당연한 거니까."

"고마워." 샘은 넬리를 잠시 꼭 껴안았다. "작별인사 하기 싫다."

"며칠 후에 볼 거잖아." 넬리가 대꾸했다.

"그런 뜻이 아니야."

넬리는 고개를 끄덕였다. "알아."

잠시 후 샘은 집을 나갔다.

넬리가 집세를 낼 수표를 쓰고 있는데 전화가 울렸다. 그녀는 자기 서명을 쳐다보며, 이제 다시는 그 성으로 서명하지 않을 수도 있다는 생각을 하고 있었다. **톰슨 부부.** 너무 중후하게 들렸다.

넬리는 발신번호를 확인한 후 전화를 받았다. "네, 엄마."

"안녕, 러비. 네 비행기 번호를 다시 확인하고 싶어서. 아메리카 항공 맞지?"

"네. 잠깐만요." 넬리는 랩톱 컴퓨터를 열고 스크롤을 내리며 항공사의 확인 메일을 찾아 정보를 읽어주었다. "7시 15분 도착이에요."

"저녁 먹고 올 거니?"

"땅콩 한 봉지도 식사라고 볼 수 있다면요."

"내가 저녁 해줄게."

"그냥 편하게 해요……. 집에 가는 길에 뭘 좀 사갈까요?……. 그건 그렇고, 스파 프로그램 골랐어요? 리처드가 얼굴이 포함된 전신마사지를 예약해뒀지만, 엄마가 원하는 걸 스파에 알려줘야 해요. 딥티슈든, 스웨디시든…… 리처드가 메일로 보낸 브로셔 봤어요?"

"리처드가 내 것까지 예약할 필요는 없었는데. 알다시피 난 아직 그런 거 하면서 오랫동안 가만히 있는 게 힘들잖니."

사실 그랬다. 넬리의 엄마에겐 마사지 침대에 엎드려 있는 것보다 해지는 해변에서의 산책이 휴식에 더 가까웠다. 하지만 리처드는 그런 사실을 알 턱이 없었다. 그저 특별한 선물을 해주고 싶었을 뿐이다. 엄마가 그의 호의를 거절했다고 그에게 어떻게 말한단 말인가?

"한번 해봐요. 생각보다 마음에 들 거예요."

"그럼 그냥 너랑 똑같은 걸로 같이 신청해."

넬리는 스스로가 엄마의 은근히 가시 돋친 말에 짜증을 내는 외동딸과는 거리가 멀다는 걸 알고 있었다. "가공 설탕이 너무 많아." 넬리의 엄마는 딸이 자기 앞에서 마지막으로 스키틀즈를 먹던 날 그렇게 불평했고, 맨해튼의 '폐소 공포'를 어떻게 견딜 수가 있느냐고 지금까지 한 번 이상 물었다.

"최소한 리처드 앞에서는 스파에 가서 기쁜 척해주세요."

"러비, 넌 항상 리처드가 어떻게 생각하는지 걱정하는 것 같아."

"걱정하는 거 아니에요. 고마워하는 거지! 나한테 얼마나 잘해주는데요."

"리처드가 너한테 결혼식 전날을 얼굴 마사지 받으면서 다 보내고 싶은지 물어봤니?"

"네? 그게 도대체 무슨 상관이에요?" 바보 같은 스파 마사지 같은 걸로 넬리를 이렇게 열 받게 하는 사람은 엄마밖에 없을 터였다. 아니, 바보 같지 않다! 리처드의 선물이니까.

"너한테 이 말은 해야겠어. 넌 예전에 나한테 얼굴 마사지 받으면 두드러기 난다고 했어. 왜 리처드한테 그렇게 말하지 않았니? 그리고 리처드는 네가 본 적도 없는 집을 혼자서 샀어. 너, 교외에서 살고 싶은 거 맞아?"

넬리는 잇새로 숨을 내쉬었고 엄마는 계속 말했다. "미안하지만, 리처드는 성격이 너무 강한 것 같아."

"한 번밖에 안 만나봤잖아요!" 넬리가 반박했다.

"넌 아직 너무 어려. 엄만 네가 점점 사라져버릴까 봐 걱정이 돼……. 네가 그를 사랑하는 건 알지만, 부디 너 자신에게도 계속 충실하렴."

넬리는 이럴 생각이 없었다. 엄마가 걸기로 마음먹은 듯한 싸움을 회피할 터였다. "아직 짐을 다 못 쌌어요. 몇 시간 있다 다시 전화할게요." **기내에서 와인 좀 마시고 스스로를 무장한 후에요.**

넬리는 전화를 끊고 욕실로 가서 세면도구를 챙겼다. 화장품과 치약, 화장수를 여행용 키트에 넣은 후 세면대 위의 거울을 흘깃 봤다. 잠을 자지 못했지만 피부 상태는 완벽했다.

다시 침실로 가서 리조트 스파에 전화를 걸어 얼굴 마사지를 취소했다. "그 대신 해초 보디 랩을 받을 수 있을까요?"

엄마와 며칠만 같이 보내면 리처드가 와서 다 같이 결혼식을 할 리조트로 갈 터였다. 며칠은 버텨낼 수 있을 것이다. 게다가 결혼식 전날에 올 샘과 이모가 완충 역할을 해줄 터였다.

넬리는 세면도구 키트를 넣고 슈트케이스를 닫으려고 했지만 지퍼는 반도 잠가지지 않았다.

"젠장!" 그녀는 억지로 덮개를 눌러 덮으려고 애썼다.

아직도 신혼여행을 어디로 가는지 모른다는 게 문제였다. 리처드가 비키니 얘기를 했기에 열대지역이라고는 추측했지만, 더운 섬들도 밤에는 쌀쌀해질 수 있었다. 캐주얼한 원피스, 수영복 위에 걸칠 옷, 운동복, 복장 규정을 대비한 저녁용 옷에 하이힐과 플립플롭 여러 켤레까지 쌌던 것이다.

처음부터 다시 시작해야 했다. 넬리는 슈트케이스에 잘 개서 넣었던 물건들을 다시 꺼내기 시작했다. 근사한 옷은 네 벌에서 세 벌로 줄이고 하이힐도 한 켤레는 옷장 옆의 갈색 포장 상자로 던져 넣었다. 제이크루 카탈로그에서 너무 귀여워 보였던 해변에서 쓸 플로피해트도 가져가지 못할지 몰랐다.

좀 더 일찍 알아차렸어야 했는데. 비행기는 3시간 후 출발이었고 그녀를 차에 태워 공항에 갈 리처드는 지금 오고 있었다. 넬리는 옷들을 다시 개서 넣은 후 가방을 잠그는 데 성공했지만 플로피해트는 예외였다. 그녀는 그 모자를 화장대 위에 놓았다. 샘이 가지라고 두고 갈 터였다. 이제 이 집으로 돌아오지 않을 것이므로 잊은 게 없는지 재확인만 하면…….

아빠의 손수건.

슈트케이스 안에 그물망 주머니가 몇 개 있었는데, 그중 하나에 넣었을 거라고 그녀는 확신했다. 하지만 가방을 다시 쌀 때 손수건을 못 본 것 같았다.

넬리는 슈트케이스의 지퍼를 또다시 열고 안쪽을 손으로 더듬으며 손수건이 든 부드러운 파우치를 찾았다. 갈수록 빠르고 절박하게 손을 움직였다.

옷들이 다 구겨지는 것도 아랑곳없이 그물망 주머니들 안쪽을 손으로 더듬었다. 파우치는 없었다. 양말도 브래지어도 팬티도 다 있었지만 파우치만 없었다.

그녀는 침대 가장자리에 앉아 두 손으로 머리를 감싸 쥐었다. 며칠 전에 대부분의 짐을 싸놓았다. 그 파란 사각형 천을 그동안 계속 의식하고 있었다. 결혼식에 가져갈 물건들 중 절대 대체할 수 없는 물건이었기 때문이다.

열어놓은 침실 문을 두드리는 소리에 넬리는 숨을 헉 들이쉬며 급히 고개를 들었다.

"넬리?"

리처드였다.

넬리는 그가 들어오는 소리를 듣지 못했다. 그는 그녀가 준 새 열쇠를 쓴 게 틀림없었다.

"아빠의 손수건을 못 찾겠어요!" 그녀는 큰 소리로 말했다.

"마지막으로 어디서 봤어?"

"슈트케이스 안에서요. 그런데 이제 아무데도 없어요. 모든 곳을 다 헤집었고, 이제 공항으로 가야 하는데, 만약에 못 찾으면……."

리처드는 방 안을 둘러보더니 슈트케이스를 들어올렸다. 그 밑에서 넬리는 파란색 사각형을 보았고 눈을 감았다.

"고마워요. 내가 정말 거길 안 봤나? 거기도 봤다고 생각했는데, 그런데 너무 정신이 없어서, 난 그냥……."

"이제 괜찮아. 그리고 비행기가 당신을 기다리고 있어."

이어 리처드는 화장대 쪽으로 가서 넬리의 새 비치해트를 집어들더니 집게손가락에 얹어 돌렸다. 그리고 넬리의 머리에 씌워줬다. "이거 쓰고 비행기 탈 거야? 귀여워."

"두고 갈랬는데 마음을 바꿔야겠네요." 모자는 지금 그녀가 입고 있는 스트라이프 티셔츠와 비행기 탈 때마다 보안 검색 때 시간을 절약해줄 슬립온 컨버스에도 잘 어울렸다.

엄마는 이해하지 못했다. 리처드는 모든 걸 바로잡아줬다. 어디서 살든 그와 함께라면 그녀는 안전할 터였다.

리처드는 넬리의 슈트케이스를 들고 문 쪽으로 갔다. "당신이 이 집에 좋은 추억이 있는 것 알아. 하지만 앞으로 우리만의 추억이 생길 거야. 더 좋은 추억이. 준비됐어?"

넬리는 스트레스를 받고 지쳐 있었다. 엄마의 말이 아직도 쓰라렸고 망할 3.5킬로그램도 결국 감량하지 못했다. 그럼에도 그녀는 고개를 끄덕이고 그를 따라 문밖으로 나갔다. 리처드는 운송업자를 보내 그녀가 옷장 옆에 쌓아둔 갈색 포장 상자들과, 그의 아파트 건물 창고에 놔둔 물건들까지 신혼집으로 가져오게 할 터였다.

"두 블록쯤 떨어진 곳에 주차해뒀어." 리처드는 넬리의 가방들을 연석 근처에 내려놓았다. "2분 안에 올게, 베이브."

그는 성큼성큼 걸어서 멀어져갔고, 넬리는 거리를 둘러보았다. 몇 건물 옆에 화물 트럭 한 대가 정차해 있었고 남자 두세 명이 짐칸에서 커다란 소파를 내리며 씨름하고 있었다.

하지만 그 남자들과, 정류소에서 넬리에게 등을 보인 채 버스를 기다리고 있는 여자 한 명밖에 없는 거리는 조용했다.

넬리는 눈을 감고 고개를 뒤로 젖혔다. 이른 오후의 햇살이 뺨에 닿는 것을 느끼며, 이제 갈 시간이라는 뜻으로 그녀의 이름을 부르는 소리를 기다렸다.

-18-

내 대체물은 내가 오는 것을 보지 못한다.

내가 다가오는 걸 감지한 그녀의 눈이 충격으로 가득 찰 때쯤 나는 이미 그녀의 코앞에 있다.

그녀는 황급히 주위를 둘러본다. 도망칠 곳을 찾는 거겠지.

"버네사?" 설마 하는 목소리다.

그녀가 나를 곧바로 알아보는 것이 놀랍다. "안녕하세요."

그녀는 나보다 어리고 몸의 곡선도 더 풍부하지만, 원래의 색으로 돌아간 내 머리카락 때문에 우리는 자매처럼 보일 것이다.

나는 이 순간을 오랫동안 예상해왔다. 놀라우리만치 아무런 공황도 느껴지지 않는다.

내 손바닥은 건조하다. 호흡도 안정적이다.

나는 마침내 그 일을 할 것이다.

지금의 나는 리처드와 사랑에 빠진 수년 전의 나와는 아주 다르다.

나의 모든 것이 변했다.

스물일곱 살의 나는 쾌활하고 수다스럽고 초밥을 싫어하고 영화 〈노팅힐〉을 좋아하는 유아원 교사였다.

파트타임 웨이트리스로 일하던 곳에서 햄버거 쟁반을 손바닥으로 받쳐 들고, 중고옷 가게들을 샅샅이 뒤지고, 친구들과 춤을 추러 나갔다. 나 자신이 얼마나 사랑스러운지 전혀 몰랐다. **얼마나 운이 좋은지.**

나는 친구가 정말 많았다. 지금은 한 명도 남아 있지 않다. 서맨사조차.

지금 내게 남은 건 샬럿 이모뿐이다.

예전의 나는 이름도 하나 더 있었다.

처음 만났을 때 리처드는 내게 넬리라는 별명을 붙였다. 그때부터 그는 날 그 이름으로만 불렀다.

하지만 다른 모든 사람들에게 나는 언제나—그리고 지금도—버네사다.

사람들이 우리가 어떻게 만났느냐고 물을 때마다 그 이야기—**우리의 이야기**—를 하던 리처드의 굵직한 목소리를 지금도 떠올릴 수 있다.

"공항 라운지에서 아내를 봤죠." 그는 말하곤 했다. "한 손으로 힘들게 슈트케이스를 끌면서 다른 손으로 핸드백과 생수, 초콜릿 칩 쿠키를 들고 있었어요."

나는 플로리다의 엄마 집에 갔다가 뉴욕으로 돌아오던 중이었다. 고향에 가면 늘 고통스러운 기억들이 떠올랐지만, 여행 자체는 괜찮았다. 옛집에 가면 평소보다 아빠가 그리워졌다. 하지만 적어도 엄마의 널뛰는 감정 상태는 신약 덕분에 다소 안정됐다. 하지만 난 비행기 타는 걸 싫어했고, 하늘에 솜 같은 구름 몇 개만 점점이 박혀 있었음에도 그날따라 비행 전에 잔뜩 긴장하고 있었다.

그는 곧바로 내 눈에 띄었다. 그는 거무스름한 슈트와 빳빳한 셔츠를 입고 무릎에 얹은 랩톱 컴퓨터의 자판을 두드리며 얼굴을 찌푸리고 있었다.

"어떤 아이가 성질을 부리기 시작했는데," 리처드는 그렇게 이어서 말하곤 했다. "불쌍한 애 엄마는 다른 아기를 카시트에 앉히느라 속수무책이었죠."

나는 울고 있는 남자애의 어머니에게 내 쿠키를 아이에게 줘도 되느냐고 물었고, 그녀는 고마워하며 고개를 끄덕였다. 유아원 교사인 나는 시의적절한 뇌물의 위력을 잘 알았다. 몸을 숙이고 간식을 건네자 아이가 울음을 그쳤다. 잠시 후 리처드가 있던 쪽을 흘끗 봤지만 그는 거기 없었다.

비행기에 탄 후 나는—당연히—일등석에 앉은 그를 지나쳐갔다. 그는 유리잔 속의 투명한 술을 홀짝이고 있었다. 넥타이는 느슨하게 당겨져 있었다. 그는 트레이에 신문을 펼쳐놓았지만, 줄지어 들어오는 승객들을 쳐다보고 있었다. 그의 시선이 내게 멈추자 나는 자석처럼 끌려가는 느낌이 들었다.

"아내가 그 슈트케이스를 쿵쿵거리며 비행기 통로를 걸어가는 걸 지켜봤어요." 리처드는 이야기를 길게 끌면서 그렇게 말했다. "전혀 꼴사납지 않더군요."

나는 파란색 슈트케이스를 끌고 20열로 갔다. 그리고 자리에 앉아 언제나처럼 미신적인 의식을 거행했다. 컨버스 운동화를 벗고 창문 차양을 닫고 부드러운 스카프로 몸을 감쌌다.

"아내는 젊은 육군 이등병 옆에 앉아 있었습니다." 리처드는 내게 한쪽 눈을 찡긋하며 말했다. "갑자기 전에 없던 애국심이 샘솟더군요."

승무원이 와서 내 옆에 앉은 그 군인에게 일등석 승객이 자리를 바꿔 주겠다고 제안했다고 말했다. "너무 좋군요!" 군인이 외쳤다.

왠지 나는 그 일등석 손님이 리처드임을 알았다.

비행기가 지면에서 육중하게 떠오를 때 나는 팔걸이를 움켜쥐고 침을 꿀꺽 삼켰다.

리처드는 마시던 술을 내게 건넸다. 그의 약지에는 반지가 없었다. 나는 그가 유부남이 아닌 것에 놀랐지만—그는 서른여섯 살이었으니까—나중에 그가 이혼했음을, 머리카락이 거무스름한 전처가 있었음을 알게 됐다. 헤어질 때 전처가 화를 냈다는 것도.

리처드가 프러포즈한 후, 나는 계속 그의 전처를 생각했다. 어딜 가든 그녀의 존재를 느꼈다. 그리고 내가 옳았다—누군가 내 뒤를 밟고 있었다. 다만 그것이 리처드의 전처가 아니었을 뿐이다.

"일단 아내를 알딸딸하게 만들었죠." 리처드는 잔뜩 집중한 청중에게 말하곤 했다. "그래야 번호를 딸 확률이 높아질 것 같았거든요."

나는 그가 건넨 보드카 토닉을 홀짝였다. 그의 몸에서 뿜어져 나오는 열기가 분명하게 느껴졌다.

"리처드입니다."

"버네사예요."

이 부분에서 리처드는 청중한테서 몸을 돌려 나를 쳐다봤다. "아내는 버네사라는 이름이 안 어울려요, 그렇지 않습니까?"

비행기에서 처음 만났던 날 리처드는 내게 웃음을 지으며 말했다. "당신은 너무 상냥하고 다정해서 그런 심각한 이름은 어울리지 않아요."

"그럼 어떤 이름이 어울릴까요?"

비행기가 또 한 번 수직기류를 통과했고 나는 숨을 헐떡였다.

"차가 움푹 팬 곳을 지나갈 때랑 똑같은 겁니다. 걱정할 것 없어요."

나는 그의 술을 죽 들이켰고 그는 소리 내 웃었다.

"겁쟁이 넬리 같군요." 예기치 않게 자상한 목소리였다. "이제부터 당신을 넬리라고 부를 거예요."

사실 난 그 별명이 늘 싫었다. 구식 이름 같다고 생각했다. 하지만 리처드에게는 그렇게 말한 적이 없다. 오직 그만이 나를 넬리라고 불렀다.

우리는 남은 비행시간 동안 계속 대화를 나눴다.

리처드 같은 사람이 나한테 그렇게 관심이 많다는 게 믿어지지 않았다. 그가 재킷을 벗을 때, 그때부터 영원히 내게 그를 연상시킬 시트러스 향을 맡았다. 비행기가 하강하기 시작하자 그는 내 전화번호를 달라고 했다. 번호를 적고 있는데 그가 손을 뻗어 내 머리카락을 쓸어내렸다. 전율이 내 척추를 타고 흘렀다. 그의 행위는 키스처럼 내밀하게 느껴졌다.

"너무 아름답군요." 그는 말했다. "절대 자르지 마요."

그날부터 계속—뉴욕 시에서의 휘몰아치는 듯한 연애와 플로리다 리조트에서의 결혼식, 리처드가 우리를 위해 산 웨스트체스터의 새 집에서 보낸 수년까지—나는 늘 그의 넬리였다.

나는 내 인생이 우아하게 펼쳐질 거라고 기대했다. 그가 언제나 나를 안전하게 지켜줄 거라고 생각했다. 엄마가 되고, 아이들이 다 자라면 다시 교사 일을 시작할 거라고. 은혼식 날 그와 함께 춤을 출 거라고.

하지만 물론 그중 아무것도 이뤄지지 않았다.

그리고 이제 넬리는 사라지고 없다.

나는 버네사일 뿐이다.

"여긴 어쩐 일이세요?" 내 대체물이 묻는다.

나는 그녀가 내 옆으로 뛰어 도망칠 수 있는지 가늠해보는 중임을 안다.

하지만 그녀는 굽 높은 스트랩 샌들을 신고 딱 붙는 치마를 입고 있다. 나는 오늘이 그녀의 웨딩드레스 피팅 날인 걸 안다. 그녀의 일정은 손쉽게 알아냈다.

"딱 2분만 내주세요." 나는 손바닥을 펼쳐 보이며 그녀를 해칠 의도가 없음을 분명히 한다.

그녀는 망설이면서 다시 거리를 두리번거린다. 행인 몇 명이 지나가지만 멈춰서는 사람은 없다. 왜 그러겠는가? 잘 차려입은 여자 둘이 근처에 델리와 버스 정류장이 있는 분주한 거리의 아파트 앞에 서 있을 뿐인데.

"리처드가 곧 올 거예요. 내 집 문단속만 하고 내려올 거라고요."

"리처드는 20분 전에 갔어요." 나는 그가 그녀를 피팅 장소까지 데려다줄까 봐 걱정했지만, 그가 택시를 타고 떠나는 걸 보았다.

"제발 들어주세요." 나는 리처드가 나를 떠나게 한, 하트 모양의 얼굴과 싱싱한 몸을 가진 이 아름답고 젊은 여자에게 말한다. 그녀는 내가 어떻게 쾌활하고 수다스러운 넬리에서 오늘날의 나로, 산산조각난 여자로 변하게 되었는지 알아야 한다. "당신한테 그에 관한 진실을 말해야 해요."

2부

내 결혼 생활에는 세 가지 진실이, 서로 교차적이면서 가끔은 경쟁하는 세 가지 현실이 있었다.
리처드의 진실이 있었다. 나의 진실이 있었다. 그리고 실제 진실이 있었는데,
늘 이것이 가장 인식하기 어렵다. 모든 관계에서 이런 상황이 발생할 수 있다.
우리가 다른 사람과 결합했다고 생각할 때 실제로 형성한 것은 삼각형인 상황.
그 삼각형의 세 꼭짓점 중 하나에는 침묵하지만 모든 것을 보는 심판, 현실의 판정자가 있다.

그녀의 이름은 에마다.

"나도 당신 같았어요." 나는 내 앞의 젊은 여자를 보며 이야기를 시작한다.

내 모습을 훑어보는 그녀의 파란 눈이 커진다. 그녀는 달라진 내 머리카락을, 지나치게 마른 몸을 덮은 원피스를 쳐다본다. 내 모습은 그녀가 자신한테 겹쳐서 상상할 수 있는 모습이 아닌 게 분명하다.

나는 수없이 많은 밤에 침대에 누운 채 그녀에게 할 말을 연습했다. 그녀는 리처드의 비서였다. 그들은 그렇게 만났다. 그녀가 그의 비서 다이앤을 대체하며 고용된 지 1년도 지나지 않았을 때 그는 그녀 때문에 나를 떠났다.

말이 잘 나오지 않을 경우를 대비해 출력해서 가방에 넣고 온 대본을 꺼낼 필요는 없다. "리처드와 결혼하면 후회할 거예요. 그는 당신한테 폭력을 쓸 거예요."

에마는 얼굴을 찡그린다. "버네사." 그녀의 목소리는 차분하고 신중하다. 마치 어린애한테 말하는 것 같다. 내가 우리 반 병아리들한테 장난감을 정리하거나 간식을 다 먹을 시간이라고 말할 때처럼. "이혼 때문에 힘들었던 거 알아요. 리처드도 힘들어했어요. 난 그 사람을 매일 봤어요, 그는 상황을 수습하려고 정말 애썼다고요. 당신도 나름 여러 가지로 힘들었겠지만, 그는 할 수 있는 모든 일을 했어요." 그녀의 시선에서 비난이 느껴진다. 그녀는 내 탓이라고 믿고 있다.

"그를 안다고 생각하죠?" 나는 그녀의 말을 자른다. 대본에서 벗어나고 있지만 계속 가보기로 한다. "하지만 당신이 본 게 뭐죠? 직장상사로서의 리처드는 진짜가 아니에요. 그는 신중해요, 에마. 그는 사람들한테 속내를 감춰요. 당신이 이대로 결혼한다면……."

이번에는 그녀가 내 말을 자른다. "나도 마음이 많이 안 좋아요. 처음에는 그가 내 동료이자 친구일 뿐이었다는 걸 당신이 알았으면 좋겠어요. 난 유부남과 즐기려는 부류의 여자가 아니에요. 우린 서로 사랑하게 될 줄 몰랐다고요."

나는 그 말을 믿는다. 나는 리처드가 전화 응대와 문서 교정, 일정 관리를 맡기기 위해 에마를 고용한 직후 그들이 서로에게 매력을 느끼는 걸 봤으니까.

"어쩌다 보니 그렇게 돼버렸어요. 미안해요." 에마의 동그란 눈은 정직하다. 그녀는 손을 뻗어 내 팔을 살짝 만진다. 그녀의 손끝이 내 피부를 가볍게 스칠 때 나는 움찔한다. "나는 그를 잘 알아요. 하루에 10시간, 일주일에 닷새나 같이 있으니까요. 클라이언트들, 동료들과 함께 있는 그를 봐왔어요. 다른 비서들과 함께 있는 그를 봐왔고요. 이혼하기 전에 당신과 함께 있는 그도 봤어요. 리처드는 좋은 사람이에요."

에마는 계속 말해야 할지 고민하는 듯 잠시 말을 멈춘다. 그녀는 색이 밝아진 내 머리카락을 계속 쳐다보고 있다. 타고난 대로 금발인 나의 갓 난 머리카락은 마침내 나머지 부분의 색에 자연스럽게 융화돼 있다. "어쩌면 그를 전혀 모르는 건 당신일 수도 있어요." 가시 돋친 말투다.

"내 얘기를 꼭 들어야 해요!" 그녀를 설득하고 싶은 마음이 절박해서 내 몸이 떨리기 시작한다. "리처드가 그래요! 모든 걸 혼란스럽게 만들어 진실을 볼 수 없게 만들어요!"

"당신이 이렇게 나올 수 있다고 리처드가 말했어요." 그녀의 목소리에서 동정심이 사라지고 분노가 깃든다. 그녀는 팔짱을 끼고, 나는 그녀를 설득하는 데 실패하고 있음을 깨닫는다. "그는 당신이 질투를 한다고 말했지만, 이런 행동은 도를 넘은 거예요. 지난주에 당신이 내 아파트 건물 밖에 서 있는 거 봤어요. 리처드는 당신이 또 그런 일을 벌이면 금지명령을 신청할 거라고 했고요."

내 등에 땀이 흐르고, 윗입술 근처에는 땀이 더 많이 맺힌다. 긴팔 원피스를 입고 왔는데 날이 너무 덥다. 모든 걸 아주 신중하게 계획했다고 생각했는데, 실패한 지금의 내 머릿속은 이 6월의 낮처럼 흐리고 눅눅하다.

"임신을 시도하는 중인가요?" 나는 불쑥 말한다. "그가 아이를 갖고 싶다고 말했어요?"

에마는 한걸음 뒤로 물러서더니 내 옆을 지나쳐 간다. 이어 연석 근처에서 손을 들어 택시를 부른다.

"그만해요." 그녀는 내게 등을 보인 채 말한다.

"그에게 우리가 마지막으로 연 칵테일파티에 대해 물어봐요." 나는 좌절감 때문에 새된 목소리를 냈다. "당신도 왔었죠. 케이터링 업체 사람들이 늦게 왔고 라브노 와인이 없었던 것 기억나요? 리처드 때문이었어요—그는 그 와인을 주문하지 않았어요. 집으로 배달된 적도 없었다고요!"

택시 한 대가 속도를 늦추며 다가온다. 에마는 나를 본다. "네, 나도 그날 갔었어요. 그리고 그 와인이 배달된 걸 알아요. 난 리처드의 비서예요. 그 주문을 누가 넣었을 거라고 생각해요?"

이건 예상치 못했다. 그녀는 내가 다시 정신을 가다듬기도 전에 택시문을 연다.

"그는 나를 탓했어요." 나는 소리친다. "그 파티 이후로 상황이 나빠졌어요!"

"정말이지, 당신은 도움이 필요해요." 에마는 택시 문을 쾅 닫는다.

나는 택시가 에마를 내게서 멀리 데려가는 걸 지켜본다.

나는 그녀의 아파트 밖 인도에 서 있다. 지금까지 셀 수 없이 그랬다. 하지만 이제야 처음으로, 리처드가 나에 대해 한 말이 사실이 아닌지 진심으로 궁금해진다. 나는 미친 걸까, 평생 동안 정신병과—때로는 힘들게, 때로는 덜 힘들게—싸운 엄마처럼?

나는 손톱이 손바닥을 파고들도록 주먹을 꽉 쥐고 있다. 그들이 오늘밤 함께 있는 상상을 견딜 수가 없다. 그녀는 내가 한 말을 전부 그에게 얘기할 것이다. 그는 그녀의 다리를 자기 다리 위에 올려놓고 발 마사지를 해주면서 그녀를 지켜주겠다고 약속할 것이다. 나한테서 지켜주겠다고.

나는 그녀가 내 말에 귀를 기울이길 바란다. 내 말을 믿길 바란다.

하지만 결국, 리처드는 내가 이런 시도를 할 거라고 예측했다. 그녀에게 그렇게 말했다는 걸 보니.

나는 내 전남편을 세상 누구보다도 잘 안다. 그 역시 나를 안다는 걸 기억했어야 한다.

우리가 결혼하던 날 아침에는 비가 내렸다.

"길한 징조야." 아빠가 계셨다면 그렇게 말했을 것이다.

내가 엄마, 샬럿 이모와 나란히 리조트의 화려한 야외 테라스에 깔린 로열블루의 실크 융단 위를 걸어갈 때쯤 하늘이 맑게 갰다. 햇볕이 내 맨팔을 애무하고 파도가 부드러운 멜로디를 연주했다.

나는 흰색 리본이 묶인 의자에 앉아 있는 샘과 조시와 머린을, 힐러리와 조지를 포함한 리처드의 동료들을 지나쳐 걸어갔다. 그리고 저 앞에, 장미덩굴로 뒤덮인 아치 근처에 신부 들러리인 모린이 리처드 옆에 서 있었다. 내가 준 유리구슬 목걸이를 하고서.

리처드는 내가 다가오는 걸 지켜보고 있었고 나는 환한 웃음을 멈출 수가 없었다. 그의 표정은 골똘했고 눈은 거의 검은색처럼 보였다. 손을 잡고 선 우리에게 목사가 성혼 선언을 하자, 벅찬 감정 때문에 리처드의 입술이 떨리는 것이 보였다. 리처드는 몸을 기울이고 내게 키스했다.

사진사는 황홀한 그날 저녁을 포착했다. 내 손가락에 반지를 끼워주는 리처드, 결혼식 마지막에 포용하는 우리, 그리고 〈당신이어야만 해요〉에 맞춰 천천히 춤을 추는 우리. 내가 주문한 앨범에는 리처드의 나비넥타이를 팽팽하게 당겨주는 모린과, 샴페인 잔을 들어올리는 샘, 맨발로 해 지는 해변을 걷는 엄마, 그리고 저녁에 나를 안아주며 작별 인사를 하는 샬럿 이모의 사진이 담겨 있다.

그때까지 내 인생은 불확실성과 혼란으로—부모의 이혼, 엄마의 투병, 아빠의 죽음, 그리고 물론, 내가 고향을 떠난 이유로—가득 차 있었지만, 그날 밤 내 미래는 나와 리처드를 이어준 파란 실크 융단처럼 평탄하고 빈틈없어 보였다.

다음날 리처드와 나는 안티과로 날아갔다. 우리는 일등석 좌석에 눕듯이 기대앉았고, 리처드는 비행기가 땅에서 날아오르기도 전에 우리가 마실 미모사 두 잔을 주문했다. 내가 꾼 악몽들은 그 목적을 달성하지 못했다.

그날의 비행은 두려워할 필요가 없었다.

신혼여행은 앨범에 담기지 않았지만, 지금 나는 그 여행을 일련의 스냅사진들처럼 기억한다.

내 로브스터의 껍질을 갈라주고, 집게발 속의 달콤한 살을 빨아먹는 나를 보며 의미심장한 웃음을 짓던 리처드.

해변에 나란히 누워 커플 마사지를 받는 우리.

하루 동안 빌린 뗏목 배에서 돛 푸는 걸 돕는 나를 두 손으로 잡고 뒤에 서 있는 리처드.

매일 밤 우리의 개인 집사는 욕조에 물을 받아 장미 꽃잎을 띄우고 곡선형의 욕조 테두리를 초들로 장식했다. 한번은 달밤에 해변으로 몰래 나가, 카바나의 펄럭이는 커튼 뒤에 숨어 사랑을 나눴다. 전용 자쿠지에 함께 몸을 담갔고, 인피니티풀에서 럼을 첨가한 음료를 홀짝였으며, 2인용 해먹에서 낮잠을 잤다.

돌아오기 전날은 리처드가 예약한 스쿠버다이빙을 했다. 우리는 인증서가 없었지만, 리조트 직원이 풀에서 개인 레슨을 받으면 강사와 함께 얕은 물에서 잠수할 수 있다고 말해줬다.

나는 수영을 즐기지 않았지만, 풀장의 염소 표백된 잔잔한 물에서는 그럭저럭 잘해냈다. 근처에서 다른 손님들이 헤엄을 치고 있었고, 1미터 남짓 위에서 수면에 비친 햇살이 보였으며, 몇 번만 자맥질을 하면

풀 가장자리로 갈 수 있었기 때문이다.

나는 심호흡을 하며 모터보트에 올라탄 후 차분하고 근심 없는 목소리로 말하려고 애썼다. "물속에 얼마나 들어가 있어요?" 나는 강사인 에릭에게 물었다. 여름방학 중인 UC샌타바버라 대학교 학생이었다.

"45분요. 산소탱크의 산소는 넉넉하니까 원한다면 더 오래 할 수도 있어요."

나는 그를 향해 엄지손가락을 들어올려 보였지만, 숨겨진 산호초를 향해 가는 동안 가슴이 답답해졌다. 등에는 무거운 산소탱크가 묶여 있었고 오리발이 발을 조였다.

리처드의 머리 위에 있는 플라스틱 잠수경을 보며, 똑같은 물건이 내 관자놀이 옆의 민감한 머리카락을 당기고 있음을 느꼈다. 에릭이 모터를 끄자 우리를 둘러싸고 있는 바다처럼 광대하고 절대적인 침묵이 느껴졌다.

에릭은 보트 난간 너머로 뛰어내렸고, 수면으로 떠오른 후 얼굴로 텁수룩하게 내려온 머리칼을 쓸어올렸다. "산호초는 20미터쯤 떨어져 있어요. 내 오리발을 따라오세요."

"준비됐어, 베이비?" 리처드는 파랗고 노란 에인절피시와 무지개색 비늘돔, 위험하지 않은 가래상어를 볼 생각에 한껏 들뜬 표정이었다. 그는 잠수경을 내려 썼다. 나도 똑같이 하며 웃으려고 애썼다. 잠수경의 고무 실이 눈가의 피부를 팽팽하게 잡아당기는 게 느껴졌다.

언제든 올라올 수 있어, 하고 속말을 하며 사다리를 내려가기 시작했다. 무거운 장비가 나를 수면 아래로 내려가게 도와줄 터였다. **갇히는 일은 없을 거야.**

잠시 후 나는 시원하고 짠 바닷물 속으로 가라앉았고, 모든 것이 가려졌다.

숨소리밖에 들리지 않았다.

보이지도 않았다. 에릭은 잠수경 안에 김이 서리면 약간만 들어올려서 김이 씻겨나가게 하면 된다고 말했었다. "문제가 생기면 한 손을 드세요. 그게 우리의 긴급신호예요." 그런 말도 했다. 하지만 내가 할 수 있는 건 물 밖으로 나가려고 팔다리를 허우적거리는 것밖에 없었다. 장비를 고정하고 있는 줄들이 몸을 누르고 가슴을 압박했다. 나는 산소를 들이마시려 애썼고 잠수경에 낀 김은 갈수록 짙어졌다.

들려오는 소리가 끔찍했다. 귓속을 가득 채우던 고통스럽고 거슬리는 헐떡임과 가슴의 압박감을 나는 지금도 생생하게 떠올릴 수 있다.

그때 누군가 내 팔을 잡고 끌고 갔다. 나는 팔다리에서 힘이 쭉 빠졌다.

수면 위로 올라가자 나는 마우스피스를 뱉고 잠수경을 홱 끌어올렸다. 머리카락 몇 움큼이 뽑힐 듯이 아팠다.

숨을 헐떡이고 기침을 하며 더 많이 숨쉬려고 애썼다.

"보트 바로 옆이에요." 에릭이 말했다. "내가 잡고 있으니까 그냥 떠 있기만 하세요."

나는 팔을 뻗어 사다리의 가로대를 잡았다. 기어오를 힘이 없었는데, 에릭이 보트로 올라가 몸을 숙여 내 손을 잡아줬다. 나는 벤치에 무너지듯 앉았다. 너무 어지러워서 다리 사이에 머리를 파묻었다.

배 아래쪽에서 리처드의 목소리가 들렸다. "당신은 안전해. 나를 봐."

귀가 먹먹해서 그의 말이 낯선 사람의 말처럼 들렸다.

나는 리처드의 말대로 하려 했지만, 그는 아직 물속에서 위아래로 흔들리고 있었다. 푸른 물결을 보기만 해도 메스꺼웠다.

에릭은 내 옆에 꿇어앉아 내 몸에 감긴 줄들을 풀었다. "괜찮을 거예요. 공황이 온 거죠? 가끔 그런 분들이 있어요. 당신만 그런 게 아니에요."

"그냥 앞이 안 보여서요." 나는 기어들어가는 목소리로 대꾸했다.

리처드가 사다리를 올라 보트 난간을 넘어왔다. 그가 갑판에 내려설 때 그의 장비가 덜그덕 소리를 냈다. "나 왔어. 아, 스위트하트, 당신 떨고 있네. 정말 미안해, 넬리. 이럴 줄 알았어야 하는데."

잠수경 때문에 그의 눈가에 빨간 자국이 났다.

"아내는 내가 맡죠." 리처드는 에릭에게 말했다. 내 산소탱크 줄을 다 풀어준 에릭이 옆으로 비켜섰다. "숙소로 돌아가야겠어요."

리처드는 스피드보트가 파도 위를 질주할 때 나를 꼭 안고 있었다. 리조트로 향하는 동안 우리는 말이 없었다. 에릭은 정박한 후 쿨러에서 생수 한 병을 꺼내 내게 건넸다. "좀 어때요?"

"훨씬 나아졌어요." 나는 거짓말을 했다. 계속 몸이 떨려서 손안의 생수 병까지 떨리고 있었다. "리처드, 당신은 다시 가서……."

그는 고개를 저었다. "그럴 순 없지."

"이제 내리셔도 돼요." 에릭이 말했다. 그는 부두로 뛰어내렸고 리처드가 그의 뒤를 따랐다. 에릭이 또 나를 향해 아래로 손을 내밀었다. "자요." 나는 다리가 후들거렸지만 그의 손을 잡으려고 팔을 뻗었다.

그때 리처드가 말했다. "내가 하죠." 그리고 내 왼쪽 팔 위를 잡고 끌어올렸다. 나는 내가 넘어지지 않도록 꽉 잡는 그의 손끝이 무른 살을 파고드는 느낌 때문에 얼굴을 찡그렸다.

"아내를 방으로 데려가야겠습니다." 리처드가 에릭에게 말했다. "우리 장비를 반납해주시겠습니까?"

"그럼요." 에릭은 걱정스러운 표정이었다. 어쩌면 리처드의 말투가 조금 딱딱해서였을 것이다. 리처드는 내가 걱정돼서 그랬을 뿐이란 걸 나는 알았지만, 아마도 에릭은 우리가 클레임을 걸 거라고 생각한 것 같았다.

"도와줘서 고마워요." 나는 에릭에게 말했다. "미안해요, 내가 겁이 많아서."

리처드는 내 어깨에 깨끗한 수건을 둘러줬고, 나와 함께 부두를 떠나 부드러운 모래사장을 걸어 방으로 갔다.

젖은 비키니를 벗고 보송한 흰 로브로 몸을 감싸니 기분이 나아졌다. 리처드가 다시 해변으로 가자고 했을 때 나는 머리가 아프다고 했고 그 혼자서라도 나가야 한다고 고집을 피웠다.

"나는 좀 쉴게요." 나는 말했다.

실제로 관자놀이께가 약하게 욱신거렸다—잠수의 부작용, 또는 아직 긴장이 다 풀리지 않아서였을 것이다. 리처드가 문을 닫고 나가는 소리를 듣자마자 욕실로 갔다. 세면도구 가방에서 애드빌을 더듬어 찾은 다음 망설였다. 그 옆에는 장시간 비행을 대비해 준비한 재낵스(신경안정제 상표명—옮긴이)가 주황색 플라스틱 처방약 통에 담겨 있었다. 나는 약을 삼킬 때마다 늘 그러듯이 엄마를 생각하며 망설이다가 약통을 흔들어 타원형의 흰색 알약을 꺼내, 메이드가 하루 두 번 두고 가는 피지워터와 함께 삼켰다. 묵직한 커튼을 쳐서 해를 가린 다음 침대로 가서 누워 약효가 나길 기다렸다.

잠이 막 들려고 하는데 노크 소리가 들렸다. 메이드라고 생각하고 외쳤다. "나중에 와주실래요?"

"에릭이에요. 선글라스를 두고 가셨더라고요. 문밖에 두고 갈게요."

나는 나가서 그에게 고맙다고 해야 한다는 걸 알았지만 몸이 너무 무겁게 나를 짓누르는 느낌이었다. "알겠어요. 감사합니다."

잠시 후 내 휴대전화가 울렸다. 침대 옆 탁자 위로 손을 뻗어 받았다. "여보세요."

대답이 없었다.

"리처드?" 진정제 때문에 이미 혀가 둔해진 느낌이었다.

이번에도 대답이 없었다.

나는 전화기를 보기도 전에 내가 보게 될 것을 알았다. '발신번호 표시제한'.

나는 순식간에 잠이 달아나 전화기를 쥔 채 몸을 벌떡 일으켰다. 들리는 건 우리 방의 통풍구에서 찬 공기가 세차게 흘러나오는 소리뿐이었다.

집에서 1,000킬로미터는 족히 넘는 곳에 와 있는데도 누군가 내 뒤를 밟고 있는 것이었다.

나는 '통화 종료' 버튼을 누르고 침대에서 내려갔다. 커튼을 홱 열고 발코니로 통하는 유리 미닫이문 밖을 내다봤다. 아무도 없었다. 방을 둘러보다가 옷장의 닫힌 문에 시선을 멈췄다. 우리가 나갈 때는 열려 있지 않았나?

나는 옷장으로 가서 문을 당겨 열었다.

아무것도 없었다.

침대 위의 휴대전화 화면이 파랗게 빛나고 있었다. 나는 전화기를 들어 타일 바닥에 내동댕이쳤다. 뭔가 한 조각 튕겨나갔지만 액정은 여전히 빛나고 있었다. 다시 전화기를 들어서 아이스버킷 속에 집어넣었다. 얼음처럼 차가운 물에 손이 닿아 움찔할 때까지.

하지만 거기 둘 순 없었다. 메이드가 얼음을 갈 때 발견할 게 뻔했기 때문이다. 나는 다시 얼음 속을 헤쳐 전화기를 꺼낸 후 미친 사람처럼 방 안을 두리번거리다가 휴지통을 발견했다. 그날 아침에 본 신문과 티슈 몇 장이 들어 있었다. 나는 신문의 스포츠 섹션으로 전화기를 둘둘 말아 구겨서 다시 휴지통에 넣었다.

청소 담당자들이 그것을 쓰레기와 함께 치워버릴 터였다. 그 휴대전화는 결국 다른 수많은 손님들의 쓰레기와 함께 거대한 덤프스터 용기에 담길 것이다. 나는 리처드에게 휴대전화를 잃어버렸다고, 어디선가 비치백에서 떨어져버린 게 틀림없다고 얘기할 터였다. 우리가 약혼한 직후 내가 최고급 휴대전화를 썼으면 좋겠다면서 그가 사준 전화기였다. 나는 그가 별말 없이 새 휴대전화를 사서 퇴근할 것임을 알았다. 나는 이미 신혼여행을 충분히 망쳤다. 그를 더 걱정시키고 싶지 않았다.

호흡이 느려졌다. 그 약이 내 두려움을 타파하고 있었다. 우리의 스위트룸은 쾌적하고 널찍했다. 유리 탁자 위의 낮은 꽃병에는 보랏빛 난초가 꽂혀 있었고 바닥은 파란색 타일이었으며 벽은 하얗게 칠해져 있었다. 나는 다시 옷장으로 가서 흐르는 듯한 주황색 선드레스와 금색 하이힐 샌들을 골랐다. 옷장 문 뒤쪽에 선드레스를 걸어놓고 그 밑에 샌들을 가지런히 놓아두었다. 오늘밤을 위한 복장이었다. 미니 냉장고에는 샴페인이 한 병 들어 있었다. 나는 그것을 꺼내 아이스버킷에 넣은 다음 그 옆에 섬세한 샴페인 잔을 두 개 놓았다.

이제 눈꺼풀이 무거웠다. 나는 마지막으로 방 안을 둘러보았다. 모든 것이 보기 좋고 제자리에 있었다. 나는 이불 밑으로 들어가 왼쪽으로 몸을 웅크리고 눕다 얼굴을 찌푸렸다. 팔 위쪽을 보니 리처드가 나를 보트에서 끌어올릴 때 잡은 부위가 곧 멍들 것처럼 붉어져 있었다.

선드레스와 어울리는 가벼운 스웨터를 가져왔어. 그걸 입어서 멍을 가려야지.

나는 오른쪽으로 몸을 돌렸다. 잠깐 낮잠을 잤다가, 나는 생각했다, 리처드가 오면 샴페인을 따고 함께 저녁식사를 하러 갈 준비를 하자고 해야지.

내일은 뉴욕으로 돌아가는 날이었으니 신혼여행이 거의 끝나 있었다. 나는 오늘 오후의 기억을 지워야 했다. 집으로 돌아가기 전에 한 번더 완벽한 밤을 보내고 싶었다.

-20-

나는 바텐더가 맑은 보드카를 잔에 따른 후 거품이 나는 토닉을 붓는 모습을 지켜본다. 그녀는 잔 가두리에 라임 한 조각을 꽂아 매끄러운 나무 테이블 위로 내게 밀어준 후 내 앞의 빈 잔을 가져간다.

"물도 좀 드릴까요?"

나는 고개를 젓는다. 축축한 머리카락이 내 목에 달라붙어 있고 허벅지와 비닐 의자 사이의 땀이 느껴진다. 구두는 발밑에, 땅바닥에 놓여 있다.

에마가 나를 외면한 채 택시를 타고 사라져버린 후 그 거리 한구석에 오래도록 서 있었다. 어디로 가야 할지 몰랐다. 의지할 만한 사람이 아무도 없었다. 내가 얼마나 꼴좋게 실패했는지 이해해줄 사람이.

그러다가, 다른 대안이 떠오르지 않았기 때문에, 나는 걷기 시작했다. 한 걸음씩 걸을 때마다, 참을 수 없는 하품처럼, 비통한 마음이 점점 더 커졌다. 몇 블록 걸은 후 로버트슨 호텔 바를 발견했다.

바텐더가 조용히 유리잔을 하나 더 내 앞에 놓는다. 물이다. 나는 내가 고개를 젓지 않고 젓는 상상만 한 건가 생각하며 고개를 들었지만 그녀는 내 시선을 피한다. 이어 내게서 멀리 가서 카운터 귀퉁이의 신문 더미를 정리한다.

나는 바텐더의 뒤쪽, 줄지어 선 앱솔루트, 조니워커, 헨드릭스 진, 레포사도 테킬라를 비추는 커다란 거울 속의 나를 본다.

에마가 본 내 모습을 이제야 본 것이다.

유령의 집 거울을 들여다보고 있는 것만 같다. 내가 의도했던 모습—예전의 나, 리처드의 넬리—은 왜곡되어 있다. 과도한 처리에 시달린 머리카락은 퍼석하고 버터 빛이 아니라 지푸라기 색에 더 가깝다. 얼굴이 수척해 눈은 쑥 들어가 보인다. 공들여 한 화장은 번져 있다. 바텐더가 내가 취하지 않길 원하는 게 놀랍지 않다. 내가 있는 곳은 외국 회사원들이 숙박하고 200달러짜리 잔에 스카치위스키를 따라주는 괜찮은 호텔의 로비다.

내 휴대전화가 또 진동한다. 내키지 않는 손길로 핸드백에서 전화기를 꺼내보니 부재중전화가 다섯 통이다. 오전 10시부터 삭스에서 걸려온 세 통과, 지난 30분 사이에 샬럿 이모가 건 두 통.

나를 덮친 둔탁한 통증을 뚫고 나올 수 있는 건 단 하나, 샬럿 이모가 걱정하고 있다는 생각뿐이다. 그래서 전화를 건다.

"버네사? 너 괜찮니?"

뭐라고 대답해야 할지 모르겠다.

"지금 어디야?"

"일하고 있어요."

"루실이 전화해서 네가 안 나왔다고 하던데." 이모는 나의 비상시 연락인이다. 지원서에 이모의 집 전화번호를 썼다.

"내가 좀…… 오늘 늦게 들어갈게요."

"지금 어디니?" 이모가 단호한 어조로 다시 묻는다.

이제 들어가겠다고, 다시 감기에 걸렸다고 말해야 한다. 이모가 걱정하지 않게 변명을 지어내야 한다. 하지만 이모의 목소리—내가 아는 유일한 안전한 것—가 나를 풀어버린다. 나는 호텔 이름을 말한다.

"거기 가만히 있어." 이모는 그렇게 말하고 전화를 끊는다.

지금쯤 에마는 드레스 피팅 장소에 있을 것이다. 그녀가 리처드에게 전화를 해 내가 그녀의 앞에 나타났다고 말할지 궁금하다. 그녀의 눈에 어린 동정심이 경멸로 바뀌던 게 떠오른다. 어느 쪽이 더 나를 속상하게 하는지 잘 모르겠다. 그녀가 택시 안으로 예쁜 다리를 넣고 문을 닫은 후 뒷모습을 보이며 멀어지던 걸 떠올린다.

이제 리처드가 나한테 연락을 할지도 궁금하다.

술을 한 잔 더 시키기도 전에 샬럿 이모의 버켄스탁이 바의 바닥을 치며 다가오는 소리가 들린다. 이모는 바뀐 내 머리색과 빈 칵테일 잔들, 그리고 맨발을 본다.

이모가 말하기를 기다리지만 이모는 말없이 옆자리에 앉는다.

"뭐 드릴까요?" 바텐더가 묻는다.

샬럿 이모는 칵테일 메뉴를 힐끗 보고 말한다. "사이드카 주세요."

"네, 메뉴에는 없지만 만들어드릴게요."

이모는 바텐더가 얼음에 코냑과 주황색 술을 붓고 레몬즙을 짜 넣는 동안 기다린다.

이모는 한 모금 마신 뒤 김 서린 잔을 내려놓는다. 나는 질문 세례에 대비하지만 아무 질문도 듣지 못한다.

"무슨 일이 벌어지고 있는지 나한테 말해주지 않겠지. 하지만 이제 거짓말은 그만해." 나는 이모의 집게손가락 마디에 노란색 물감이 조금—작은 점처럼—묻어 있는 곳을 쳐다보고 있다.

"결혼한 후의 나는 어떤 사람이었어요?" 잠시 후 내가 묻는다. "이모가 보기에 어땠어요?"

샬럿 이모는 등을 뒤로 기대고 다리를 꼰다. "변했어. 그리고 난 네가 그리웠지."

나도 이모가 그리웠다. 샬럿 이모는 결혼식 직전에 리처드를 처음 봤다. 당시 이모는 파리의 예술가 친구와 1년 동안 아파트를 바꿔 살고 있었기 때문이다. 이모가 뉴욕으로 돌아온 뒤 이모와 나는—처음에는—자주 만나다가 해가 갈수록 뜸해졌다.

"처음 뭔가를 느낀 건 네 생일날 밤이었어. 예전의 너 같지가 않았거든."

나는 이모가 어느 날을 말하는지 정확히 안다. 첫 번째 결혼기념일이 지나고 얼마 되지 않은 8월이었다. 나는 고개를 끄덕인다. "내 스물아홉 살 생일이죠." 지금의 에마보다 두세 살 더 많았을 때다. "날 위해 분홍색 금어초 꽃다발을 사오셨죠."

이모는 하드커버 책만 한 작은 그림도 하나 줬다. 초상화가 아니라, 결혼식 날 리처드를 향해 걸어가는 내 뒷모습을 그린 그림이었다. 종 모양의 내 드레스와 얇은 베일이 짙푸른 플로리다의 하늘과 선명하게 대비되어 있었다. 그림 속의 나는 마치 무한 속으로 걸어 들어가는 것 같았다.

우리 부부는 샬럿 이모를 웨스트체스터로 초대해 클럽에서 저녁을 먹은 후 집에서 한잔하고 있었다. 그때 나는 이미 임신촉진제를 복용하고 있었고, 입으려고 계획했던 치마의 지퍼가 잠기지 않았던 게 기억난다. 그 실크 A라인 스커트는 내 거대한 옷장을 가득 채운 수많은 새 옷들 중 하나였다. 그날 오후 나는 낮잠을 잤고—클로미드(배란촉진제 상표명—옮긴이)는 나를 흐리멍덩하게 만들었다—준비가 늦어지고 있었다. 내가 좀 더 품이 큰 원피스로 갈아입었을 때쯤 리처드는 샬럿 이모를 맞이하고 와인 한 잔을 대접하고 있었다.

서재로 가는 중에 두 사람의 대화를 들었다. "그 애는 늘 이 꽃을 제일 좋아했어." 이모가 말하고 있었다.

"정말요?" 리처드가 말했다. "그랬습니까?"

내가 들어가자 샬럿 이모는 셀로판지로 싼 금어초 다발을 사이드테이블에 내려놓고 나를 안아줬다.

"꽃병에 꽂을게요." 리처드는 조심스럽게 리넨 칵테일 냅킨을 한 장 빼서, 그 검은 칠이 된 망고우드 테이블에 떨어진 물방울을 닦아냈다. 산 지 한 달도 안 된 사이드테이블이었다. "당신 마실 생수 갖다놨어, 스위트하트." 그는 내게 말했다.

지금 나는 바에서 내 앞에 있는 물을 죽 들이켠다. 샬럿 이모는 그때 내가 임신 시도 중인 걸 알았기에, 나는 리처드의 그 말에 미소 짓는 이모를 보고, 굵어진 내 허리와 술이 아닌 음료를 보고 이모가 오해했을지도 모른다고 생각했다.

나는 고개를 살짝 흔들었다. 이모의 오해를 풀어줄 말을 소리 내어 하고 싶지 않았다. 적어도 그때, 리처드 앞에서는.

"아름다운 곳이었어." 지금 샬럿 이모는 말한다. 하지만 나는 무슨 뜻인지 잘 모르겠다. 옛날 우리 집을 말하는 건가, 아니면 클럽을?

당시엔 내 인생의 모든 것이 아름다워 보였다. 인테리어 전문가의 도움을 받아 내가 고른 새 가구들, 그날 오후에 리처드가 내게 선물한 사파이어 귀걸이, 우거진 골프그린을 우회하고 오리들이 헤엄치는 연못을 지나는 클럽 진입로, 하얀 기둥이 있는 현관을 둘러싼 수많은 백일

홍과 크림색 층층나무.

"클럽의 다른 사람들은 다들 너무……." 이모는 머뭇거린다. "안정돼 보였던 것 같아. 도시의 네 친구들이 너무 활기차고 젊어서 그렇게 보였던 건지."

샬럿 이모는 예의 바르게 말하지만, 나는 그 말뜻을 안다. 클럽의 남자들은 식당에서 재킷을 입었고—클럽 규칙이었다—여자들은 겉모습과 행동거지를 다스리는 그들만의 무언의 법칙이 있는 것 같았다. 부부들 대다수가 나보다 훨씬 나이가 많기도 했지만, 그것이 내가 그곳에 어울리지 않는다고 느낀 유일한 이유는 아니었다.

"우린 구석의 부스에 앉았지." 샬럿 이모가 계속 말한다. 리처드와 나는 클럽의 여러 행사—독립기념일 불꽃놀이, 노동절 바비큐, 12월 연휴 무도회—에 참석했다. 그 구석자리는 리처드가 제일 좋아하는 자리였는데, 실내가 다 보이고 조용하다는 이유에서였다.

"골프레슨 얘기를 듣고 놀랐어." 샬럿 이모가 말한다.

나는 고개를 끄덕인다. 나도 놀랐었으니까. 물론 리처드가 나를 위해 등록한 것이었다. 그는 나와 함께 골프를 치고 싶어 했고, 내가 페어웨이 드라이브샷을 숙달하자 페블비치로 여행을 가자고도 했다. 나는 내가 어떻게 7번 아이언과 9번 아이언을 구분하는 법을 배웠는지, 스윙 연습을 충분히 하지 않을 때마다 샷을 어떻게 치게 되는지, 골프카트를 모는 게 얼마나 재미있는지 이야기했다. 샬럿 이모가 수다스럽게 지껄이는 나의 내면을 꿰뚫어볼 것임을 알았어야 하는데.

"웨이터가 다가오자 넌 샤르도네를 한 잔 주문했어." 샬럿 이모가 말한다. "그러자 리처드가 네 손을 만지는 걸 난 봤지. 그랬더니 넌 주문을 물로 바꿨어."

"임신하려고 노력 중이었으니까요. 술을 마시고 싶지 않았어요."

"그건 나도 알아. 하지만 그때 또 다른 일이 벌어졌단다." 샬럿 이모는 두꺼운 유리잔을 두 손으로 들어 사이드카를 한 모금 마신 뒤 조심스럽게 잔을 바에 내려놓았다. 나는 이모가 계속 말하기를 망설이는지 궁금하면서도 그때 내가 뭘 했는지 알고 싶다.

"웨이터가 너한테 시저샐러드를 갖다줬을 때였어." 샬럿 이모의 말투는 부드럽다. "넌 그에게 드레싱을 따로 달라고 주문했다고 말했지. 별일 아닌데, 넌 그렇게 주문했다고 고집을 부렸어. 너도 웨이트리스로 일했었는데 이상하다고 나는 생각했단다, 허니. 식당에서 실수가 얼마나 쉽게 발생하는지 너도 알 텐데, 하고."

이모는 잠시 말을 멈춘다. "문제는, 네가 틀렸다는 거야. 나도 시저샐러드를 주문했는데, 넌 그냥 나랑 같은 걸로 하겠다고만 말했거든. 드레싱에 대해서는 아무 말도 하지 않았어."

내 미간에 주름이 잡히는 게 느껴진다. "그게 다예요? 내가 주문을 잘못한 것?"

샬럿 이모는 고개를 저었다. 난 이모가 내게 정직할 것임을 안다. 지금부터 내가 들을 말을 내가 좋아하지 않을 거라는 사실도.

"네가 그 말을 하는 방식에 관한 얘기야. 네 말은…… 초조하게 들렸어. 웨이터가 사과했는데도 넌 일을 필요 이상으로 키웠어. 그가 하지도 않은 잘못으로 그를 비난했어."

"리처드는 어떻게 했죠?"

"그는 결국 너한테 걱정하지 말라고, 곧바로 새 샐러드를 받게 될 거라고 말했어."

나는 그 웨이터와의 대화가 정확하게 기억나지 않지만—결혼 생활

동안의 다른, 더 많은 난처한 외식은 기억이 나는데도—한 가지는 확신한다. 이모는 기억력이 매우 좋다는 것. 평생 동안 디테일을 수집하며 살아온 분이니까.

그 몇 년간 샬럿 이모가 얼마나 많은 다른 불쾌한 순간을 목격했는지, 그러고도 나를 사랑하기에 그것을 숨겼는지 궁금해진다.

그때 우리는 아직 신혼이었는데도 나는 이미 변하고 있었던 것이다.

나는 리처드와 함께하는 삶이 예전의 삶과는 다를 것임을 늘 알고 있었다.

하지만 내가 상상했던 건 외부적인 변화였다—기존의 나와 기존에 내가 가진 것들에 뭔가가 추가될 거라고 생각했다. 아내가, 엄마가 되고, 가정을 창조하고, 이웃에서 새 친구들을 사귀게 될 거라고.

그러나 맨해튼에서 하루하루 정신없이 보내던 일상이 사라지고 나니 나한테 없는 것들에 집중하기가 너무 쉬웠다. 모유 수유를 위해 하룻밤에 세 번은 잠을 깨고 '엄마와 나' 교실 일정을 짜고 있어야 하는데. 찐 당근을 으깨 죽처럼 만들고 〈잘자요 달님〉을 읽어주고 있어야 하는데. 젖먹이용 원피스를 드레프트 세제로 세탁하고, 고리 모양의 물리개를 차갑게 해서 아기의 부은 잇몸을 가라앉히고 있어야 하는데.

내 삶은 보류 중이었다. 나의 과거와 미래 사이에서 붕 떠 있는 느낌이었다.

예전의 내 고민거리는 예금 잔고, 밤에 등 뒤에서 들려오는 발자국 소리, 제때 지하철을 못 타 깁슨스에 지각하는 것이었다. 세 살밖에 안 됐는데 손톱을 물어뜯는 유아원 여아에 대해, 내 전화번호를 가져간 귀여운 남자가 전화를 할 것인지, 샘이 머리카락을 편 다음 고데기 플러 그를 뽑았는지 걱정했다.

나는 리처드와 결혼하면 내 고민거리들이 사라질 거라고 생각했던 것 같다.

하지만 오래된 걱정거리들이 새것들로 바뀌었을 뿐이다. 도심의 소동과 소음은 내 머릿속에서 끊임없이 휘몰아치는 생각들로 대체됐다. 나의 평화로운 새 환경은 나의 내적 세계를 가라앉혀주지 못했다. 오히려 계속되는 고요함과 텅 빈 시간들은 나를 조롱하는 것 같았다. 불면증이 다시 도졌다. 볼일을 보러 나가면, 내가 집 문을 닫고 열쇠를 돌린 모습이 떠오르는데도, 문이 잠겨 있는지 확인하러 다시 집으로 돌아갔다. 오븐을 켠 채로 왔다고 확신해서 스케일링을 받기도 전에 치과에서 나간 적도 있었다. 불이 꺼졌는지 확인하려고 옷장들을 두 번씩 확인했다. 가사도우미가 매주 와서 온 집 안을 티 얼룩 하나 없이 만들어놓고 리처드는 천성적으로 믿을 수 없을 만큼 깔끔했음에도 불구하고 나는 이 방에서 저 방으로 돌아다니며 화분의 나무에서 떼어낼 시든 잎을, 다른 책들보다 앞으로 비죽 나와 있어 밀어 넣을 책을, 보관 장에서 다시 정확히 3분의 1 크기로 접어야 할 수건을 찾으려 했다.

간단한 일 한 가지를 태피 사탕처럼 늘이는 법도 배웠다. 나는 클럽의 신입 자원봉사자 회의에 갈 준비를 하루 종일 할 수 있었다. 리처드가 퇴근할 때까지 남은 시간을 세며 시도 때도 없이 시계를 봤다.

샬럿 이모와 저녁에 클럽에 갔던 내 스물아홉 살 생일이 지나고 얼마 후 나는 저녁에 먹을 닭 가슴살을 사러 슈퍼마켓에 갔다.

병아리들을 가르칠 때 내가 제일 좋아하는 휴일이던 핼러윈이 얼마 남지 않았을 때였다. 핼러윈 때 우리 집 문을 두드리고 사탕을 달라고 할 아이들이 많을 것 같지는 않았다―우리 동네는 집과 집 사이의 간격이 워낙 넓어서 작년에도 아이들이 별로 오지 않았다. 그래도 나는 미니 킷캣과 엠앤엠즈를 몇 봉지 사면서, 내가 먹어치울 양이 나눠줄 양보다 적기를 바랐다. 탐폰 한 곽도 카트에 담았다. 무심코 기저귀와 베이비 푸드 코너로 들어섰을 때 나는 급히 돌아 나와 금전등록기까지 멀리 둘러갔다.

저녁상을 차릴 때 길쭉한 마호가니 식탁의 한 귀퉁이에 접시 두 개만 놓으면서 나는 사무치게 외로워졌다. 와인 한 잔을 따라 들고 샘에게 전화를 걸었다. 리처드는 여전히 내가 술을 마시는 걸 싫어했지만, 나는 한 달에 며칠쯤 위안거리가 필요했다―그래서 나는 반드시 양치를 하고 빈 병은 우리 집 재활용쓰레기통의 맨 밑바닥에 파묻었다. 샘은 어떤 남자와의 세 번째 데이트에 나갈 준비를 하고 있다고 말했고, 그 남자 때문에 정말로 들떠 있는 듯했다. 나는 샘이 꿈틀거리며 그녀가 제일 아끼는, 이제는 내가 빌려 입지 못할 청바지를 입고 입술에 체리레드 틴트를 바르는 모습을 상상할 수 있었다.

나는 샤블리를 홀짝이며 샘의 유쾌한 이야기에 푹 빠져 있다가, 시내에서 곧 만나자고 제안했다. 결혼식 후 샘은 딱 한 번 나를 만나러 왔다. 샘을 탓할 수는 없었다. 웨스트체스터는 독신 여성에게 지루한 곳이니까. 내가 맨해튼으로 가는 경우가 더 많았는데, 그럴 때면 러닝래더 근처에서 샘을 만나 늦은 점심을 먹었다.

하지만 그 전에 우리가 마지막으로 했던 점심 약속은 내가 배탈이 나는 바람에 저녁으로 미뤄졌고, 샘은 할머니의 아흔 번째 생일 파티가 있는 걸 깜박했다며 그 저녁 약속을 취소했다.

우리는 너무 오랫동안 만나지 못하고 있었다.

나는 결혼 후 샘과 자주 계속 가깝게 지낼 거라고 맹세했었지만—샘이 한가한—밤과 주말은 리처드와 함께 있을 수 있는 유일한 때이기도 했다.

리처드는 내 일정에 전혀 간섭하지 않았다. 한 번은 그가 일요일에 발타자르에서 샘과 브런치를 먹고 온 나를 기차역에 데리러 와서 재미있었냐고 물었다.

"샘은 늘 재미있어요." 나는 샘과 식당을 나온 뒤 있었던 일을 그에게 얘기해줄 때 웃으며 말했다. 샘과 나는 몇 블록을 걷다가 영화 촬영 현장을 지나가게 되었는데, 샘은 내 손을 잡아끌고 엑스트라들이 모인 곳으로 들어갔다. 결국 나가달라는 말을 들었지만, 그때는 이미 샘이 간식 테이블에서 대용량 트레일믹스 한 봉지를 챙긴 후였다.

리처드는 나와 함께 큰 소리로 웃었다. 그날 저녁 그는 그 주 내내 늦게 퇴근할 것 같다고 말했다.

전화를 끊기 전 샘은 내게 만날 날을 고르라고 했다. "예전처럼 테킬라 마시고 춤추러 가자."

나는 망설였다. "리처드의 일정을 좀 확인해볼게. 그이가 출장 갈 때가 좋을 것 같아."

"집에 남자라도 데려가려고?" 샘이 농담했다.

"한 명뿐이겠어?" 나는 주제를 바꾸려고 놀리듯 말했고, 샘은 소리 내 웃었다.

몇 분 뒤 나는 주방에서 샐러드에 넣을 토마토를 썰고 있었다. 갑자기 보안 경보기가 울리기 시작했다.

리처드는 약속대로 우리가 웨스트체스터 집으로 들어가기 전에 고성능 경보 시스템을 설치했다. 그것은 그가 직장에 있는 낮과, 특히 그가 출장 간 날의 밤에 나를 안심시켜줬다.

"누구세요?" 나는 소리쳤다. 공기 중에 고동쳐 흐르는 고음의 경보음 때문에 움츠러든 채 복도로 갔다. 하지만 우리 집의 육중한 오크 문은 잠겨 있었다.

우리 집은 네 군데가 취약하다고, 경보업체 사람은 강조하기 위해 네 손가락까지 들어 보이며 말했었다. 현관문. 지하실 입구. 식당 겸 주방의 큰 퇴창. 그리고 특히, 정원이 보이는 거실의 이중 유리문들.

그곳들은 모두 보안 장치가 돼 있었다. 나는 이중 유리문들로 달려가 밖을 내다보았다. 아무것도 없었지만, 그것이 아무도 없다는, 어딘가 숨은 사람이 없다는 뜻은 아니었다. 누군가 침입한다 해도 요란한 경보음 때문에 나는 듣지 못할 터였다. 나는 본능적으로 위층으로 뛰어올라 갔다. 토마토를 자르던 육류용 칼을 든 채였다.

침대 옆 탁자 위의 휴대전화를 집어들면서, 미리 전화를 충전기에 꽂아놓았음에 감사했다. 옷장 뒤쪽으로 들어가 바지들 뒤에 숨어서 리처드에게 전화했다.

"넬리? 무슨 일이야?"

나는 옷장 바닥에 웅크리고 앉아 휴대전화를 꼭 쥐고 속삭였다. "누군가 집에 들어오려고 하는 것 같아요."

"경보음이 들리네." 리처드의 목소리는 긴장되고 긴박했다. "당신은 어디 있어?"

"내 옷장요."

"내가 경찰에 신고할게. 끊지 마."

나는 그가 다른 전화로 경찰에게 우리 집 주소를 알려주고 빨리 가달라고, 아내가 집에 혼자 있다고 말하는 모습을 상상했다. 경보장치

업체에서도 경찰에 알렸을 것임을 알고 있었다.

그때 우리 집전화까지 울리기 시작했다. 심장이 쿵쿵거렸고, 그 미칠 듯한 쿵쿵거림이 내 귓속을 가득 채웠다. 너무 많은 소리가 났다—누군가 옷장 문 밖에서 손잡이를 돌리고 있다 한들 내가 어찌 알겠는가?

"경찰이 곧 도착할 거야." 리처드가 말했다. "그리고 나도 이미 기차에 탔어, 마운트키스코 역에서. 15분 뒤에 집에 도착할 거야."

그 15분은 영원처럼 느껴졌다. 나는 잔뜩 웅크린 채, 엄청나게 애를 써서 소리 내어 천천히 숫자를 셌다. 200까지 세면 경찰이 분명 도착할 거라고 생각하며, 누군가 옷장 문을 열고 들어와도 나를 찾아내지 못하게 계속 꼼짝도 하지 않고 숨도 얕게 쉬고 있었다.

시간이 점점 느리게 흘렀다. 모든 감각이 최대한 강화되면서 주변의 모든 것이 세세하게 의식되었다. 굽도리널 위의 먼지 덩어리 하나하나, 나무 바닥의 미묘하게 다른 색들, 내 날숨에 미세하게 떨리는 눈앞의 검정 바지 천까지 다 눈에 들어왔다.

"조금만 기다려, 베이비." 287까지 셌을 때 리처드가 말했다. "방금 기차에서 내렸어."

그때 마침내 경찰이 도착했다.

경찰들이 수색했지만 침입자의 흔적은 찾지 못했다—없어진 물건도, 쇠지레로 열어젖뜨린 문도, 깨진 창문도 없었다. 나는 소파에서 리처드에게 꼭 붙어 앉아 카밀레차를 홀짝였다. 경보기 오작동은 흔하다고 경찰이 말했다. 배선 결함, 동물들 때문에 작동된 센서, 사소한 기술상의 문제—아마 이들 중 하나일 거라고 어느 경관이 말했다.

"물론 별일 아니었으리라 믿습니다." 리처드가 동의했다. 하지만 이어 그는 주저하다가 두 경찰관을 보며 말했다. "아마도 관련이 없겠지만, 오늘 아침에 집을 나설 때 못 보던 트럭 한 대가 거리 끝 쪽에 서 있는 걸 봤습니다. 조경사 같은 사람의 차일 거라고 생각했죠."

나는 심장이 두근거렸다.

"번호판 숫자를 적어두셨습니까?" 둘 중 나이가 많고 대화를 주도하는 경찰이 물었다.

"아뇨, 하지만 앞으로 계속 그 차를 주시할 생각입니다." 리처드는 나를 더 가까이 끌어당겼다. "아, 스위트하트, 떨고 있잖아. 다시는 당신한테 아무 일도 일어나지 않게 하겠다고 약속할게, 넬리."

"아무도 보지 못하신 게 분명합니까?" 경찰이 내게 재차 물었다.

나는 창문 너머 순찰차 위에서 빙빙 돌아가는 파랗고 빨간 불빛을 쳐다보고 있었다. 눈을 감았지만, 미친 듯이 돌아가는 그 색깔들은 검은 바탕 위로 계속 어룽거리며 나를 오래전 대학 4학년 때의 어느 날로 데려갔다.

"네. 아무도 못 봤어요."

하지만 그건 완전히 사실은 아니었다.

나는 얼굴 하나를 보았다. 하지만 우리 집 창문이 아니라 내 기억 속에서만 보이는 얼굴이다. 내가 플로리다에서 마지막으로 대면한, 그 가을 저녁의 무시무시한 사건이 내 탓이라고 하는—내가 벌을 받기를 원하는—누군가의 얼굴이다.

내게는 새 이름이 있다. 새 주소도. 심지어 전화번호도 바뀌었다.

그것으로도 충분하지 않을 거라고, 나는 늘 두려워해왔다.

그 비극은, 역시 10월의, 어느 화창한 낮부터 전개되기 시작했다. 그 때 나는 아주 어렸다. 이제 막 대학 4학년이 됐을 때였다. 플로리다의 여름의 뜨거운 열기가 부드러운 온기에 길을 비켜준 후였다. 내 여학생 클럽의 회원들은 가벼운 선드레스나 탱크톱과, 엉덩이에 '카이 오메가'라고 찍힌 반바지를 입었다. 클럽 회관은 행복한 기운으로 가득 차 있었다. 오늘 저녁에 신참들의 입회 서약식이 있을 예정이었다. 사교부장인 나는 젤오(과즙 젤리 상표명—옮긴이) 샷과 눈가리개, 초, 그리고 깜짝 바다 다이빙을 계획해둔 터였다.

그러나 잠에서 깼을 때 나는 아주 피곤하고 속이 메스꺼웠다. 그래 놀라 바를 깨작깨작 먹으며 유아발달 세미나로 터덜터덜 걸어갔다. 스프링 제본된 플래너를 꺼내 다음 주 숙제를 적다가 불현듯 뭔가를 깨닫고 쓰기를 멈췄다. 생리할 때가 지났다. 나는 아픈 게 아니라 임신한 거였다.

다시 고개를 들었을 때 다른 학생들은 모두 짐을 챙겨 강의실을 나가고 있었다. 충격이 내게서 몇 분을 앗아간 것이다.

나는 다음 수업을 빼먹고 캠퍼스 가장자리에 있는 약국으로 가서 껌과 《피플》지, 펜 몇 자루, 그리고, 마치 쇼핑목록에 오른 또 하나의 평범한 물건인 것처럼, 임신 테스트기를 샀다. 옆에 있는 맥도날드 매장의 화장실에서 웅크리고 앉아, 변기 칸 밖에서 10대 여자애 두 명이 거울을 보며 머리를 빗고 그들이 가고 싶어 죽을 지경인 브리트니 스피어스 콘서트에 대해 얘기하는 소리를 들었다. 양성 결과 표시가 내가 이미 추측했던 것을 확인해주었다.

나는 겨우 스물한 살인데, 하고 나는 울컥하여 생각했다. 아직 학교도 졸업하지 않았다고. 남자친구 대니얼과는 만난 지 몇 달밖에 안 됐는데.

나는 변기 칸에서 나와 줄지어 있는 세면대로 가서 손목에 찬물을 맞으며 서 있었다. 내가 고개를 잠깐 들었을 때 내 얼굴을 본 여자애들이 갑자기 말을 멈췄다.

대니얼은 12시 반에 끝나는 사회학 수업 중이었다. 나는 그의 시간표를 다 외웠다. 서둘러 그가 있는 건물로 가서 앞쪽의 보도에서 서성였다. 몇몇 학생들이 계단에 앉아 담배를 피우고 있었고, 잔디밭에 앉아 있는 학생들은 점심을 먹거나 삼각형을 이루고 서서 프리스비를 던지고 있었다. 한 여학생은 남학생의 무릎에 머리를 대고 누워 있었는데, 그녀의 긴 머리카락이 담요처럼 그의 허벅지를 덮고 있었다. 대형 휴대용 카세트 라디오에서 그레이트풀 데드의 노래가 크게 흘러나왔다.

2시간 전에는 나도 저들 중 하나였을 텐데.

학생들이 건물 밖으로 나오기 시작하자 나는 그들의 얼굴을 훑으며 미친 듯이 대니얼을 찾았다. 그는 그랜트 대학 티셔츠에 플립플롭을 신은 남자도, 크고 무거운 색소폰 케이스를 짊어진 남자도, 한쪽 어깨에 백팩을 걸쳐 멘 남자도 아닐 터였다.

대니얼은 그들 중 누구도 닮지 않았다.

나오는 사람들의 무리가 작아졌을 때 그가 계단 꼭대기에 나타났다. 안경은 옥스퍼드 셔츠의 주머니에 꽂았고 메신저백을 가슴에 대각선으로 메고 있었다. 나는 손을 들어 흔들었다. 그는 나를 보자 당황하더니 내가 서 있는 계단 밑을 향해 왔다.

"바턴 교수님!" 그때 여학생 한 명이 그의 앞을 막아섰다. 아마도 수업 내용에 대해 질문하려고 했을 것이다. 혹은 시시덕거리려는 것이거나.

30대 남자인 대니얼 바턴은 뛰고 고함을 지르며 프리스비를 던지고 있는 남자들을 강아지들처럼 보이게 만들었다. 그는 계속 나를 힐끗거리며 그 여학생과 얘기했다. 누가 봐도 불안한 표정이었다. 내가 우리의 규칙, 캠퍼스에서는 서로 알은체하지 않는다는 규칙을 어겼기 때문이다.

　어쨌거나 그가 해고될 수 있었으니까. 그는 내가 3학년 때 A를 줬고, 우리가 만나기 시작한 건 그로부터 몇 주 후였다. 학점은 공부해서 딴 거였다—데이브 매튜스의 해변 콘서트에서 내가 친구들과 떨어진 후에 우연히 그를 마주치기 전까지 우린 키스는 고사하고 단둘이 대화한 적도 없었다—하지만 누가 우리 얘기를 믿어주겠는가?

　마침내 그는 내 곁에 와서 속삭였다. "지금은 안 돼, 나중에 전화할게."

　"15분 후에 늘 만나던 곳에서 차에 태워주세요."

　그는 고개를 저었다. "오늘은 안 돼. 내일." 그의 퉁명스런 말투가 찌르듯이 아팠다.

　"정말 중요한 일이에요."

　하지만 그는 이미 나를 지나쳐 두 손을 청바지 주머니에 찔러 넣고 낡은 알파로메오를 향해 가고 있었다. 수많은 달 밝은 밤에 우리를 해변으로 데려가줬던 차로. 나는 걸어가는 그를 바라보며 충격과 깊은 배신감을 느꼈다. 그때까지 나는 우리의 규칙을 한 번도 어긴 적이 없으니, 그는 내가 정말 긴급한 이유 때문임을 알았어야 했다. 그는 가방을 조수석에—내 자리에—던져 넣고 도망치듯 가버렸다.

　나는 두 팔로 배를 감싸 쥔 채 그의 차가 모퉁이를 돌아 사라지는 걸 지켜봤다. 그리고 천천히 클럽 회관으로 돌아갔다. 모두가 행사 준비로 분주했다.

어떻게든 그날을 무사히 보내야 한다고 속으로 되뇌며 눈물이 나오려 할 때마다 눈을 깜박거리며 참았다. 나중에 대니얼에게 얘기할 수 있을 것이었다. 함께 대책을 강구할 터였다.

"어디 있었어?" 지부장이 문으로 들어서는 내게 물었지만 내 대답을 기다리지는 않았다. 오늘밤에 스무 명의 예비 입회자들이 공식 입회할 예정이었다. 저녁식사와 여러 의식으로 시작해 클럽 노래를 부르고 클럽 설립자들과 주요행사들에 대한 퀴즈를 풀 터였다. 모든 학생들이 초를 들고 신성한 맹세문을 복창하게 될 것이다. 나는 1년 동안 짝이 될 나의 '리틀 시스터' 매기 뒤에 서 있을 터였다. 신고식은 밤 10시쯤 시작될 예정이었다. 몇 시간 동안 진행될 거지만 예비 입회자들에게 해를 입힐 것은 아무것도 없었다. 위험한 건 전혀 없었다. 분명 아무도 다치지 않을 터였다.

내가 그걸 아는 건 신고식을 계획한 사람이 나였기 때문이다.

식당 식탁 위에 젤오 샷을 위한 보드카 여러 병과 '더티헌치펀치' 제조용 에틸 알코올이 줄지어 놓여 있었다. **술이 저렇게 많이 필요한가?** 나는 생각했다. 그걸 내가 지금도 기억하는 건 그 후 일어난 모든 일들 때문이다. 번쩍이던 파랗고 빨간 경찰차 불빛들. 경보음처럼 들리던 새된 비명소리.

하지만 나는 그냥 내 방으로 올라갔다. 당시에 그건 그냥 날아가는 나방처럼 스쳐 지나간 생각이었고, 임신에 대한 걱정 때문에 재빨리 잊히기도 했다. 내 몸 한가운데의 메스꺼운 느낌에 온통 사로잡혀 있었다.

대니얼은 차를 타고 가버릴 때 등 뒤로 나를 흘긋 보지도 않았다. 나는 "지금은 안 돼." 하고 속삭이며 내 옆을 지나쳐가는 그를 생각하고 또 생각했다. 그는 내게 오기 전 그의 앞을 막아선 학생한테보다도 덜 존중하는 태도로 나를 대했다.

나는 내 방으로 들어가 조용히 문을 닫고 휴대전화를 꺼냈다. 침대에 누워 두 무릎을 가슴에 댄 채 그에게 전화를 걸었다. 신호가 네 번 울린 후 부재중 전화 응답 메시지가 들렸다. 다시 전화하자 곧바로 음성사서 함으로 연결됐다.

대니얼이 휴대전화에서 반짝이는, 그가 내게 준 암호명—빅터—을 흘낏 보는 모습이 그려졌다. 그의 길고 끝이 가는 손가락들, 옆에 앉은 나의 다리를 늘 애무하던 그 손가락들로 전화기를 들어 '통화거절'을 누 르는 모습이.

함께 있을 때 그가 전화를 건 여러 사람들에게 똑같이 하는 걸 봤으 면서도, 내가 그걸 당할 줄은 상상도 못했다.

내가 얼마나 절박하게 그와 얘기하고 싶어 하는지 그가 알기를 바라 며 다시 전화를 걸었다. 하지만 그는 나를 외면했다.

내 고통을 분노가 점령하고 있었다. 그는 분명 뭔가가 잘못됐음을 알 았을 것이다. **그는 나를 아낀다고 말했어, 하지만 그게 정말이라면, 적어도 아끼 는 사람이 거는 빌어먹을 전화는 받아야 하지 않아?**

그가 교직원 주택에서 다른 교수 두 명과 산다는 이유로 나는 그의 집에 한 번도 가본 적이 없었다. 하지만 주소는 알고 있었다.

나는 생각했다. **내일까지 못 기다리겠어.**

-22-

샬럿 이모가 로버트슨 바에 나를 데리러 온 뒤, 나는 시원한 물로 샤워를 하며 땀과 화장을 씻어낸다. 그날을 손쉽게 털어버리고 에마를 다시 만날 기회를 얻길 바라면서.

할 말을 아주 신중하게 계획했었다. 에마가 처음에는 회의적일 거라고 예상도 했다. 나라도 그랬을 테니까―샘이 리처드를 의심스러워하는 것처럼 보였을 때나, 엄마가 내가 주체성을 잃고 있는 것 같다고 걱정했을 때 내가 화가 났던 것을 지금도 기억하고 있기 때문이다.

하지만 난 적어도 에마가 내 얘기를 들어주기는 할 거라 생각했다. 내가 그녀에게 의심의 씨앗을 심을 기회를 얻어, 그녀가 평생을 함께하기로 한 남자를 좀 더 신중하게 들여다보게 할 수 있을 거라고.

그러나 그녀는 이미 나에 대해 확고한 의견을 가진 게 분명해 보였다. 나를 신뢰할 수 없다고 여기게 하는 의견을.

이제 나는 일이 그토록 쉽게 풀릴 거라 생각하다니 참 어리석었다고 깨닫는다.

그녀를 이해시킬 다른 방법을 찾아야만 할 것이다.

너무 세게 문지르고 있던 왼팔이 벌겋고 약간 쓰리다는 걸 알아차린다. 물을 잠그고 여린 피부에 로션을 바른다.

그때 샬럿 이모가 내 방문을 두드린다. "산책 나갈래?"

"좋아요." 가고 싶지 않지만 이모를 걱정시켰으니 그 정도는 해야 할 것 같다.

그래서 이모와 나는 리버사이드파크로 향한다. 평소에는 잰걸음을 걷는 샬럿 이모가 오늘은 천천히 걷는다. 안정적이고 반복적인 팔다리의 움직임과 허드슨 강에서 불어오는 부드러운 바람 때문에 나는 더 차분해진다.

"우리가 하던 얘기를 계속하고 싶어?" 이모가 묻는다.

나는 이모가 요구했던 것을 생각한다. **이제 거짓말은 그만해.**

나는 이모에게 거짓말하지 않을 것이다. 하지만 이모에게 진실을 말해주려면 우선은 나부터 그것이 무엇인지 알아내야 한다.

"네." 나는 이모의 손을 잡는다. "하지만 난 아직 준비가 안 됐어요."

바에서 우리는 내 결혼 기간 중 단 하루만 분석했음에도, 이모와 얘기를 하고 나니 내 속의 압박감이 조금은 줄어들었다. 전체 이야기는 너무 복잡하게 얽혀 있어서 하루 만에 풀어낼 수가 없다. 하지만 나는 처음으로 의지할 수 있는 타인의 기억이 생긴 것이다. 리처드와 함께 산 이후의 충격을 흡수하는 동안 내가 신뢰할 수 있는 사람의 기억이.

나는 샬럿 이모를 이모 집 근처의 이탈리안 레스토랑으로 데려가고 함께 미네스트로네 수프를 시킨다. 웨이터가 따뜻하고 껍질이 바삭한 빵을 갖다 주고 나는 목이 타서 차가운 물을 세 잔이나 마신다. 우리는 이모가 읽고 있는 마티스 전기에 대해, 내가 보고 싶어 하는 척하는 영화에 대해 이야기한다.

몸은 좀 나아진 느낌이다. 그리고 이모와의 피상적인 대화가 내 주의를 분산시킨다. 그러나 땅거미가 질 무렵 내 방으로 돌아와 블라인드를 닫자마자 내 대체물이 돌아온다. 그녀는 내가 결코 돌려보낼 수 없는 불청객이다.

드레스 피팅 중인 그녀가 보인다. 거울 앞에서 핑그르르 도는 그녀의 손가락에 새 다이아몬드 반지가 반짝이고 있다. 그녀가 리처드에게 술을 한 잔 따라서 건네고, 술잔을 받아드는 그에게 키스하는 모습을 상상한다.

정신을 차려보니 나는 내 작은 침실에서 이리저리 서성이고 있다.

책상으로 가서 서랍 속의 노란색 리갈 패드를 찾는다. 그것과 펜을 가지고 침대로 가서 빈 페이지를 응시한다.

그녀의 이름을 쓰기 시작한다. '에마(Emma)'라는 글자들의 모서리와 곡선부에서 펜이 오래 머무른다.

적절한 말을 아주 잘 골라야 한다. 반드시 그녀가 이해하게 만들어야 한다.

펜을 종이에 너무 오래 누르고 있어서 잉크가 종이 밑으로 번져 있다.

그 다음에 뭘 적어야 할지 모르겠다. 시작을 어떻게 할지 모르겠다.

나의 몰락이 어디서 시작되었는지 알 수만 있다면, 그것을 그녀에게 설명할 수 있을지 모른다. 엄마의 정신병? 아빠의 죽음? 내가 아이를 갖지 못하는 것?

나는 갈수록 그 기원이 플로리다에서의 그 10월의 밤에 있다고 확신하게 된다.

하지만 에마에게 그날 밤에 대해 말할 수는 없다. 내 이야기에서 그녀가 이해해야 하는 건 그 이야기 속에서의 리처드의 역할이다.

나는 종이를 뜯어내고 새 종이에 다시 시작한다.

이번에는 이렇게 쓴다. '에마에게'.

그때 그의 목소리가 들린다.

나는 잠시 내 마음속에서 들리는 소리인가 했지만, 그가 이 집 안에 있음을, 샬럿 이모가 나를 부르고 있음을 깨닫는다. 나를 불러 리처드를 만나게 하려는 것이다.

거울 앞으로 달려가 내 모습을 본다. 오후의 태양 때문에 볼은 분홍빛이고 머리카락은 낮게 하나로 묶여 있다. 라이크라 반바지와 탱크톱. 눈 밑 그늘이 생겼지만 부드럽고 너그러운 빛은 내 몸의 날카로운 각들에 친절하다. 오늘 아침에 나는 에마 때문에 한껏 차려입었지만, 지금의 내 모습이 지난 수년간의 나보다 남편이 사랑에 빠졌던 넬리에 더 가깝다.

나는 맨발로 거실로 나간다. 내 몸이 본능적으로 반응한다. 내 시야는 점점 좁아져 오직 그만 보게 된다. 그는 어깨가 넓고 건강해 보인다. 그의 러너다운 체격은 우리가 같이 사는 동안 더 커졌다. 리처드는 나이가 들수록 더 매력적으로 변하는 남자들 중 하나다.

"버네사." 굵직한 목소리. 지금도 내가 꿈에서 듣는 목소리. "얘기 좀 해."

그는 샬럿 이모 쪽을 본다. "잠시 둘이서만 얘기할 수 있을까요?"

샬럿 이모는 나를 보고, 나는 고개를 끄덕인다. 입이 마른다. "그럼."
이모는 그렇게 대답하고 주방으로 간다.

"당신이 오늘 에마를 만나러 왔다고 들었어." 리처드는 내가 처음 보는 셔츠를 입고 있다. 내가 떠난 뒤 산 게 분명하다. 에마가 사줬을 수도 있다. 그의 얼굴은 여름이면 늘 그렇듯 햇볕에 그을려 있다. 그는 날씨가 좋으면 밖에서 달리기 때문이다.

나는 부인하는 것이 소용없다는 걸 알기에 고개를 끄덕인다.

예기치 않게 그의 표정이 부드러워지고 그는 내게 한 발 다가온다. "겁먹은 표정이네. 당신이 걱정돼서 내가 여기 온 걸 모르겠어?"

나는 소파를 가리킨다. 다리가 후들거린다. "앉아서 얘기할래요?"

장식용 쿠션들이 소파의 양쪽 끝에 쌓여 있어서 우리는 예상보다 서로 가까이 앉게 된다. 레몬 냄새가 난다. 그의 체열이 느껴진다.

"난 에마와 결혼할 거야. 당신은 그걸 받아들여야 해."

난 그럴 수 없어. 나는 생각한다. **당신이 누구랑 결혼하든 나는 받아들일 수 없다고.** 하지만 이렇게 말한다. "모든 일이 너무 빠르게 진행됐어요. 왜 그렇게 서둘러요?"

리처드는 내 질문을 받아주지 않을 것이다. "다들 나더러 왜 그렇게 오래 당신이랑 사느냐고 물었어. 당신은 내가 당신을 너무 오래 집에 혼자 둔다고 불평했지만, 함께 사람들과 어울릴 때 당신은……. 우리가 칵테일파티를 연 그날 밤…… 사람들은 아직도 그날 얘기를 해."

그가 부드럽게 닦아주고 나서야 나는 뺨에 눈물이 흐르고 있음을 깨닫는다.

그의 손길 때문에 내 안에서 감각이 폭발한다. 몇 달 만에 느끼는 것이다. 몸이 죄어든다.

"이런 생각한 지 좀 됐는데, 당신이 상처받을 걸 알기에 말하고 싶진 않았어. 하지만 오늘 일은…… 이제 나도 어쩔 수가 없네. 내 생각에 당신은 도움을 받아야 해. 어딘가에 입원하는 거 말이야, 당신 어머니가 계셨던 곳 같은 시설도 괜찮고. 당신도 어머니 같은 끝을 원하지는 않잖아."

"난 나아지고 있어요, 리처드." 예전의 기백이 아주 잠깐 되살아난다. "일도 구했고요. 밖에도 점점 자주 나가고 사람들도 만나요……."

내 목소리는 점점 작아진다. 그는 진실이 보일 것이다. "난 엄마와 달라요."

우린 전에도 이런 대화를 한 적이 있다. 그는 내 말을 믿지 않는 것이 분명하다.

"장모님은 진통제를 과다 복용하셨어." 리처드가 부드럽게 말한다.

"그건 확실히 모르는 거잖아요!" 나는 항의한다. "실수였을 수도 있어요. 약을 잘못 섞어 드셨을 수도 있고."

리처드는 한숨을 쉰다. "돌아가시기 전에 장모님은 당신과 샬럿 이모한테 나아지고 있다고 하셨어. 그래서 방금 당신이 그분과 똑같은 말을 했을 때……. 저기, 펜 있어?"

나는 얼어붙는다. 그가 오기 전에 내가 뭘 하고 있었는지 어떻게 안 거지?

"펜." 그가 내 반응에 이맛살을 찌푸리며 다시 말한다. "펜 좀 빌려줄래?"

나는 고개를 끄덕인 후 일어나 내 방으로 돌아간다. 에마의 이름이 적힌 리갈 패드가 침대 위에 놓여 있다. 순간 그가 나를 따라 들어왔을까 봐 겁에 질려 뒤를 흘끗 본다. 리갈 패드를 뒤집어놓고 펜을 집어들었을 때, 우리 결혼 앨범이 아직 바닥에 펼쳐져 있는 걸 깨닫는다. 앨범을 장롱 안에 넣고 거실로 돌아간다.

다시 그의 옆에 앉을 때 리처드와 나의 무릎이 살짝 부딪친다.

그는 내 쪽으로 몸을 살짝 기울인 채 지갑을 꺼낸다. 그리고 그가 늘 휴대하는 무기명 수표를 한 장 꺼낸다. 나는 그가 숫자를 쓰고 그 뒤에 영을 여러 개 붙이는 걸 본다.

나는 액수에 놀라 입을 벌린다. "이게 뭐예요?"

"합의할 때 당신은 충분히 못 받았어." 그는 수표를 탁자 위에 놓는다. "당신을 위해 주식을 좀 정리했고, 곧 거액이 인출될 거라고 은행에 알려놨어. 부탁이니 이걸로 도움을 받아. 당신한테 무슨 일이 생기면 내 마음이 편치 못할 것 같아."

"난 당신 돈을 원하지 않아요, 리처드." 그는 계속 내 눈을 보고 있다. "한 번도 그런 적 없어요."

나는 빛이나 입은 옷에 따라 녹색에서 파랑으로, 갈색으로 변하는 녹갈색 눈을 가진 사람들을 여럿 알고 있다. 하지만 내가 만난 사람 중 리처드만이 홍채가 파랑의 여러 색조로만—데님 색에서 카리브 해의 바다 빛으로, 딱정벌레의 날개 색으로—변한다.

지금 그의 홍채는 내가 가장 좋아하는 색조, 연한 쪽빛이다.

"넬리"—내가 우리 집을 떠난 후로 그가 그렇게 부르는 건 처음이다—"난 에마를 사랑해."

날카로운 통증이 내 가슴속에서 터진다.

"하지만 난 누구도 당신을 사랑했던 만큼 사랑하지는 못할 거야." 그가 말한다.

계속 그의 눈을 보고 있던 나는 고개를 확 돌린다. 그의 그런 고백에 깜짝 놀랐다. 하지만 사실 그에 대한 나의 감정도 똑같다. 침묵이 곧 쩍 소리를 내며 떨어질 듯한 고드름처럼 허공에 매달려 있다.

그때 그가 다시 몸을 기울이고 부드러운 입술로 내 입술을 찾고, 나는 너무 놀라서 제대로 생각할 능력을 잃어버린다. 그는 한 손으로 내 뒤통수를 받치고 나를 가까이 끌어당긴다. 몇 초 동안, 나는 다시 넬리고 그는 내가 사랑에 빠졌던 남자다.

나는 곧 재빨리 현실로 돌아온다. 그를 밀치고 손등으로 입술을 닦는다. "그러지 말았어야 해요."

그는 나를 한참 쳐다본 후 일어나서 아무 말도 없이 떠난다.

-23-

그날 밤 잠은 또 달아나고 나는 리처드와의 만남을 세세한 것까지 하나하나 다시 떠올리고 있다.

그러다 마침내 잠이 들자 그가 내 꿈속까지 찾아온다.

그는 침대에 누운 내게 다가온다. 손끝으로 내 입술을 쓰다듬더니 내게 부드럽게, 천천히 키스한다. 내 입술에서 시작해 목으로 내려간다. 그는 한 손으로 내 잠옷을 들추고 더 낮은 곳으로 입술을 옮긴다. 나도 모르게 내 엉덩이가 움직이기 시작한다. 나는 신음을 토하고 내 몸은 나를 배신하며 갈수록 따뜻하고 나긋나긋해진다.

그러자 그는 두 손으로 내 허리를 잡고 자기 몸으로 내 몸을 내리누른다. 나는 그를 밀쳐내려고, 그를 멈추게 하려고 애쓰지만 그의 힘이 너무 세다.

갑자기 나는 리처드 밑에 있는 사람이 내가 아님을 깨닫는다—그가 잡아서 내리누르고 있는 손도, 벌어지는 입술도 내 것이 아니다.

에마다.

나는 벌떡 일어나 앉는다. 호흡이 불안정하게 헐떡거린다. 내 방을 둘러보며 진정하려고 무진 애를 쓴다.

허둥지둥 욕실로 가서 얼굴에 찬물을 끼얹으며 남아 있는 꿈의 느낌을 지우려 한다. 세면대의 가장자리를 짚은 채 기다린다. 마침내 호흡이 느려진다.

다시 침대로 올라가며 리처드가 꿈에 나왔을 때 내 심장이 얼마나 두근거리고 살갗이 얼얼했는지 생각한다. 그에 대한 내 기만적인 반응의 여파가 아직도 느껴진다.

아무리 꿈속이라지만 어떻게 내가 그로 인해 성적으로 흥분할 수가 있지?

그때 최근에 어느 팟캐스트에서 들은 말, 감정을 처리하는 뇌의 부분에 관한 말이 떠오른다.

"인간의 몸은 두 가지의 대단히 중요한 감정적 상태—로맨틱한 흥분과 공포에 같은 방식으로 반응하는 경우가 종종 있습니다." 어느 과학자는 설명했다. 나는 눈을 감고 과학자의 말을 정확히 떠올리려고 애쓴다. "가슴이 두근거리고, 동공이 확장되고, 혈압이 높아지는 걸 생각해보세요. 공포와 성적 흥분 모두에서 나타나는 현상들이죠."

그건 나도 잘 알고 있다.

과학자는 공포와 성적 흥분을 느낄 때 우리의 생각이 변화를 처리하는 방식에 대해서도 말했었다. 예를 들어, 한창 로맨틱한 사랑에 빠져 있는 인간은 타인에 대한 비판적인 판단을 관장하는 신경 기제가 제대로 기능하지 못한다고 했다.

에마가 지금 그런 상태일까? 나는 궁금하다. 내가 겪은 것도 그런 것일까?

나는 너무 심란해서 다시 잠이 들지 못한다.

침대에 누워 있는데 리처드가 왔을 때의 장면들이 내 마음을 마구 때린다. 그것은—신기루처럼—생생하면서도 순간적이고, 긴 밤이 깊어 가자 나는 그 일이 실제로 일어난 것인지, 아니면 그냥 그것도 꿈이었는지 헷갈리기 시작한다.

어제 저녁의 일 중에 하나라도 현실인 게 있나? 나는 생각한다.

희미한 최초의 금빛 여명 속에서 나는 마치 최면에 걸린 것처럼 장롱 쪽으로 걸어간다. 맨 위 서랍을 연다. 양말들 사이에 수표가 놓여 있다.

서랍을 다시 닫다가 장롱 바닥에 있는 리처드와 나의 결혼 앨범의 흰 새틴 표지를 본다. 내가 갖고 있는 내 결혼의 유일한 기록물이다.

오늘 이후 그 사진들이 보고 싶어질 거라고는 상상조차 되지 않지만, 마지막으로 봐야 한다. 그와 나의 다른 사진은 전부 웨스트체스터 집에 있다. 리처드가 이미 그의 시내 아파트의 지하 창고로 옮겼거나 없애버리지 않았다면. 나는 그가 그랬을 거라고 생각한다. 리처드는 에마가 그 심란한 과거의 흔적을 우연히 발견하기 전에 내 흔적을 전부 다 지워버렸을 것이다.

샬럿 이모는 내 결혼 생활 중에 목격했던 것을 조금 얘기해줬다. 샘도 나와 마지막으로 대화할 때 그녀가 본 것을 말해줬다—그리고 그 대화는 내가 상상도 못한 더 나쁜 다툼으로 변했다. 하지만 이제 나는 스스로, 새로운 눈으로 되돌아보고 싶다.

침대 위에 양반다리를 하고 앉아 첫 장을 펼친다. 호텔방에 있는 내가 앤티크 진주 팔찌—샬럿 이모에게 '빌린 물건'이다—의 걸쇠를 잠그고 있다. 이모는 내 옆에서 부케에 아빠의 파란 손수건을 보기 좋게 묶고 있다. 한 장 더 넘기자 샬럿 이모와 엄마, 내가 나란히 서서 입장하는 사진이 나온다. 나는 엄마와 손깍지를 꼈고 이모와는 팔짱을 끼고 있다. 내 왼손에 흰 장미 부케가 있기 때문이다. 이모의 얼굴은 분홍빛으로 달아올랐고 눈에는 눈물이 어렸다. 엄마는 카메라를 향해 웃음 짓고 있지만, 해독하기 어려운 표정이다. 엄마는 나와 샬럿 이모한테서 약간 떨어져 있어서, 엄마가 내 손을 잡지 않았다면 가위로 엄마 쪽을 잘라낸다 해도 사진이 전혀 이상해지지 않을 것이다.

모르는 사람들에게 이 사진을 보여주고 누가 내 엄마 같으냐고 물으면, 내 외모가 엄마와 더 많이 닮았음에도, 아마 샬럿 이모라는 대답을 들을 것이다.

나는 늘 엄마한테서 긴 목이나 초록색 눈동자 같은 피상적인 특질만 물려받았다고 스스로에게 말해왔다. 내면적으로는 아빠의 딸이며 이모와 더 닮았다고.

하지만 지금 리처드의 말들이 부메랑처럼 되돌아온다.

결혼 생활 중에 그가 내가 비이성적으로 행동한다고, 비논리적이라고, 또는, 더 격앙된 순간에 "당신은 미쳤어!" 하고 소리칠 때마다 나는 부인했다.

"그가 틀렸어." 나는 동네의 인도를 혼자서 걸으며 낮은 목소리로 혼잣말을 하곤 했다. 뻣뻣해진 몸으로 시멘트 바닥을 쿵쾅거리며 걸었다.

왼발을 디디고—**그가**—오른발을 디뎠다—**틀렸어.**

그가 틀렸어. 그가 틀렸어. 그가 틀렸어. 나는 그 말을 수십 번, 심지어 수백 번 반복했다. 어쩌면 계속해서 그렇게 말하면 내 머릿속에서 끈덕지게 꿈틀거리는 생각을 묻어버릴 수 있을 것 같아서 그랬을 것이다. **그가 옳으면 어떡하지?** 하는 생각을.

앨범을 더 넘기자 엄마가 축배를 들고 있다. 엄마의 바로 뒤 탁자에 놓인 삼단 웨딩케이크는 리처드가 부모님한테서 물려받은 케이크토퍼로 장식돼 있다. 도자기 신부의 미소는 차분하지만, 나는 그때 불안했다. 다행히 결혼식 정찬에서의 엄마의 연설은, 지나치게 오래 이어지긴 했지만, 조리가 있었다. 그날은 엄마의 약이 제 역할을 했다.

아마 나는 내가 믿고 싶어 하는 것보다 엄마한테서 더 많은 걸 물려받았을 것이다.

나를 키운 여자는 스테이션왜건을 몰고 그릴드치즈 샌드위치를 만드는 내 친구들의 어머니들과는 다른 세상에서 살았다. 엄마의 정서는 강렬하고 다채로운 색들로 이루어졌다―불타는 빨간색들과 활기차고 부드러운 분홍색들, 그리고 가장 짙은 청회색들. 그녀의 겉껍질은 아주 거칠었지만 그 속은 연약했다. 언젠가 엄마는 나이 많은 계산원에게 동작이 굼뜨다며 호되게 야단을 치는 드러그스토어 매니저에게 고함을 지르고 불량배라고 해서 줄을 선 다른 선님들한테서 박수를 받았다. 또 언젠가는 갑자기 인도에 무릎을 꺾고 주저앉아 소리 없이 흐느꼈다. 날개가 찢어져 날지 못하는 왕나비가 떨어져 있었기 때문이다.

엄마의 편향된 시각을, 충동적으로 극적인 반응을 나도 얼마간은 흡수했을까? 내 운명을 좌지우지하는 유전자들이 엄마의 영향을 더 받았을까, 아니면 차분하고 인내심 강한 아빠의 영향을 더 받았을까? 나는 엄마와 아빠에게서 어떤 보이지 않는 특질들을 물려받았는지 절박하게 알고 싶다.

내 결혼의 시작부터 끝까지, 나는 갈수록 다급하게 진실을 알아야겠다는 생각에 사로잡혔다. 꿈속에서 진실을 좇았다. 내 기억이 빛을 빈아 탈색된 오래된 컬러사진처럼 희미해질 거라 걱정했고, 그래서 기억을 또렷하게 유지하려 애썼다. 다이어리 비슷한 것에 모든 걸 적기 시작했다―검은색 몰스킨 노트였는데, 리처드 눈에 띄지 않도록 손님방 침대 매트리스 밑에 숨겼다.

지금 생각하면 아이러니한 것이, 그동안 난 거짓말들로 내 주위를 둘러싸왔기 때문이다. 때로는 거짓말들에 굴복하고 싶다. 그 편이 더 단순할지 모른다. 내가 창조해낸 새로운 현실 속으로, 마치 그것이 유사(流砂)인 양 조용히 가라앉는 것. 지표면 아래로 사라지는 것.

그냥 놓아버리는 게 훨씬 쉬울 텐데, 나는 생각한다.

하지만 그럴 수 없다. 그녀 때문에.

나는 앨범을 옆으로 치우고 방구석에 있는 작은 책상으로 간다. 리갈 패드와 펜을 꺼내 다시 시작한다.

에마에게,

나 역시 누군가 리처드와 결혼하지 말라고 했다면 귓등으로도 듣지 않았을 거예요. 그래서 당신이 내 말을 거부하는 걸 이해해요. 그동안 내가 명료하지 못했던 건 어디서부터 시작해야 할지 알기 힘들었기 때문이에요.

한 장을 꽉 채워 쓴다. 마지막에 한 줄—리처드가 어젯밤 나를 찾아왔어요—을 추가할까 생각하지만, 그녀가 내가 질투를 유발하려는 거라고, 내가 의도치 않는 종류의 의심을 그녀 안에 심으려 한다고 생각할 수도 있음을 깨닫는다.

그래서 편지에 그냥 서명을 한 뒤 3분의 1 크기로 접어, 그녀에게 주기 전에 한 번 더 읽어볼 생각으로 맨 위 서랍에 넣어둔다.

아직 오전인 잠시 후 나는 샤워를 하고 옷을 입는다. 리처드의 입술이 닿은 자국을 덮으며 립스틱을 바르고 있는데 샬럿 이모의 고함소리가 들린다. 나는 주방으로 달려간다.

검은 연기가 천장으로 올라가고 있다. 이모는 스토브에 일렁이는 주황색 불꽃을 행주로 내려치고 있다.

"베이킹소다!" 이모가 외친다.

나는 캐비닛에서 베이킹소다를 꺼내 뿌려서 불길을 잡는다. 이모는 행주를 던져버리고 싱크대 수도꼭지로 찬물을 튼다. 물을 맞고 있는 이모의 팔에 시뻘건 자국이 나 있다.

나는 불탄 베이컨이 담긴 팬을 스토브에서 치운 뒤 냉동실에서 얼음주머니를 꺼낸다. "여기요." 이모가 물에서 팔을 빼고 나는 수도꼭지를 잠근다. "무슨 일이에요? 괜찮아요?"

"베이컨 기름을 빈 커피 깡통에 붓고 있었어." 내가 스툴을 하나 빼주자 이모는 거기에 털썩 주저앉는다. "빗나갔어. 기름이 좀 튀어서 불이 붙었네."

"병원에 갈래요?"

이모는 얼음주머니를 치우고 팔을 살펴본다. 화상은 손가락 하나 정도의 너비에 길이는 5센티미터 정도였다. 다행히 수포는 생기지 않았다. "그 정도는 아니야." 이모가 말한다.

나는 조리대 위에 뒤집혀 있는 도미노 설탕 상자를 본다. 스토브 위에 설탕이 흩뿌려져 있다.

"모르고 설탕을 뿌렸어. 그래서 불이 더 커졌나 봐."

"알로에 좀 가져올게요." 나는 욕실로 가서 약장 속 별갑 테 안경과 이부프로펜 진통제 뒤에서 알로에 젤을 발견한다. 진통제도 주방으로 가져와 손에 세 알을 덜어 이모에게 건넨다.

이모는 한숨을 쉬고 알로에를 팔에 바른다. "도움이 되네." 나는 이모에게 물을 따라주고 이모는 약을 삼킨다.

이모의 콧등에 걸린 두꺼운 새 안경을 쳐다보다가 이모 옆에 무너지듯 앉는다.

어떻게 지금껏 몰랐을까?

나는 에마와 리처드의 관계에 관한 실마리들에 골몰한 나머지 바로 코앞에서 벌어지고 있는 일을 알아채지 못했다.

이모의 서투름과 두통. D—'의사(doctor)'—라고 적힌 달력의 메모. 집 안에서 더 편하게 돌아다닐 수 있도록 가구들을 비운 일. 로버트슨 바의 메뉴판을 본 후 메뉴에 없는 술을 시킨 이모. 허드슨 강변을 함께 걸을 때 이모의 불안하던 걸음걸이. 그리고 베이킹소다와는 판이하게 다르지만 다급한 누군가에게는, 얇은 연기의 장막 사이로 그것을 찾으려 한 누군가에게는 비슷하게 느껴졌을 사각형의 설탕 상자.

그 누군가가 시력을 잃고 있었다.

목구멍까지 울음이 차올랐다. 하지만 이모가 나를 달래주게 만들 수는 없었다. 나는 이모의 손을 잡는다. 손 거죽이 종이처럼 얇다.

"내 눈이 멀고 있어." 샬럿 이모가 부드럽게 말한다. "확실히 하려고 두 번째 진단을 받은 지 얼마 안 됐어. 황반 변성이야. 조만간 너한테 말하려고 했어. 이렇게 극적으로 알릴 생각은 없었는데."

나는 일주일 내내 캔버스에 수백 번 물감을 덧칠하며 아주 오래된 미국삼나무의 껍질을 표현하던 이모를 생각한다. 엄마의 '불 꺼진 날'에 이모가 나를 해변에 데려가 함께 나란히 누워 하늘을 보던 때를, 우리 눈에는 햇빛이 흰색으로 보이지만 그 속에는 무지개의 모든 색들이 다 들어 있다고 설명하던 이모를.

"정말 유감이에요." 나는 속삭인다.

계속 그날을―이모가 싸온 칠면조와 치즈 샌드위치와 보냉병에 든 레모네이드를, 진 러미 게임을 나한테 가르쳐주려고 이모가 핸드백에 넣어 온 카드를―생각하는데 이모가 다시 말한다.

"나랑 같이 『작은 아씨들』 읽은 날 기억나니?"

나는 고개를 끄덕인다. "네." 나는 이미 이모가 뭘 볼 수 있고 볼 수 없는지 생각하고 있다.

"그 책에서 에이미가 말하지, '나는 폭풍우가 두렵지 않다, 왜냐하면 내 배를 조종하는 법을 배우고 있으니까.' 나도 험한 날씨를 두려워한 적이 없어."

그런 다음 이모는 내가 태어나서 본 가장 용감한 행동을 한다. 이모는 미소를 짓는다.

앞이 안 보이는 걸 싫어해요.

잭슨빌 출신의 열일곱 살 예비 입회자 매기는 우리 여학생클럽의 신고식이 있던 밤에 내게 정확히 그렇게 말했다.

하지만 나는 그녀의 말을 듣고 있지 않았다. 나를 무시한 대니얼 생각에 완전히 사로잡혀 있었기 때문이다. **내일까지 못 기다리겠어,** 분노가 산처럼 쌓일 때 나는 그렇게 생각했다.

나는 꾸역꾸역 그날 저녁의 여러 의식에 참여했다. 클럽 회관 거실에서 다른 여학생들과 초를 들고 원을 그리고 선 매기의 뒤에서 서성거렸다. 분주한 한 주를 보낸 뒤 클럽 회원들이 모두 모여 표결을 했을 때, 매기는 선발될 스무 명의 목록에 원래는 없었다. 다른 서약자들은 예쁘고 명랑하고 재미있었다—남학생클럽 정식 무도회에 초대받고 하우스의 분위기를 띄울 법한 여자애들이었다. 하지만 매기는 달랐다. 나는 어느 사교행사에서 매기와 대화하다가, 그녀가 고등학교 때 집 근처의 보호소에서 동물들을 돕는 자원봉사 프로그램을 시작했음을 알게 되었다.

"자라는 동안 친구가 많지 않았어요." 매기는 별일 아니라는 듯 말했다. "아웃사이더 같았죠." 그 애는 싱긋 웃었지만, 그 애의 눈 속에서 상처 받기 쉬운 뭔가가 보였다. "동물들을 돌보고 있으면 외롭지 않았던 것 같아요."

"대단하다. 그 프로그램을 어떻게 시작하게 됐는지 말해줄래? 우리 클럽이 봉사활동을 좀 더 했으면 좋겠거든."

매기는 얼굴이 환해져서, 그녀에게 영감을 준, 다리가 세 개뿐인 닥스훈트 '아이크' 이야기를 했다. 나는 클럽의 다른 학생들이 어떻게 생각하든 간에 매기가 예비 입회자가 되어야 한다고 결정했다.

하지만 매기 뒤에 서서 클럽 여학생들의 노랫소리를 듣고 있던 나는 내가 실수한 게 아닌가, 하고 생각했다. 매기는 작은 체리들이 그려진 유치한 흰색 상의와 그것과 어울리는 반바지를 입고 있었고 저녁 내내 한마디도 하지 않았다. 그동안 매기는 내게 대학에서의 새로운 시작이 기대된다고, 클럽의 다른 학생들과 친해지고 싶다고 말했었다. 그러나 그날 그녀는 회원들과 유대감을 쌓으려는 노력을 전혀 하지 않았다. 우리 클럽의 노래를 암기해오지도 않았다. 노래를 부르는 척만 하는 게 다 보였다. 더티헌치펀치는 한 모금 마셨다가 자기 컵에 도로 뱉었다. "역겨워." 매기는 그렇게 말하고 그 컵을 버리지도 않고 탁자 위에 그냥 올려두더니 젤오 샷으로 손을 뻗었다.

내 임무는 매기를 관찰하는 것, 그녀가—클럽 회관 안에서 하는 물건 찾기 게임을 포함해—맡은 바를 해내는지 확인하는 것, 그리고, 특히, 그녀가 바다로 뛰어들 때 지켜보는 것이었다. 우리 철없는 대학생들조차, 술을 마신 후 파도치는 밤바다에서 헤엄치는 것이 위험할 수 있다는 건 알고 있었다.

하지만 나는 매기에게 집중할 수가 없었다. 내 몸의 변화에, 호주머니 속의 조용한 휴대전화에 지나치게 신경을 쓰고 있었기 때문이다. 우리가 숨겨둔, 농담 삼아 우리의 마스코트라고 부르는 놋쇠 수탉을 못 찾겠다고 매기가 불평했을 때, 나는 어깨를 으쓱하며 그냥 매기의 활동 목록에 체크 표시를 했다. "그냥 찾을 수 있는 걸 찾으면 돼." 나는 그렇게 말한 뒤 휴대전화를 다시 확인했다. 대니얼은 아직도 전화하지 않았다.

밤 10시가 다 되어서야 클럽 회장이 마지막 신고식 의식을 위해 앞장서서 해변으로 갔다. 예비 입회자들은 안대를 한 채 서로 손을 잡고 살짝 술에 취해서 킥킥거리며 뒤따라갔다.

나는 매기가 또다시 규칙을 어기며 안대 밑으로 내다보는 걸 보았다. "앞이 안 보이는 걸 싫어해요. 폐소 공포를 느껴서요."

"제대로 써." 나는 지시했다. "몇 분만 더 참으면 돼."

그릭로우에 있는 남학생클럽 회관을 지나갈 때 남학생들이 손뼉을 치며 환호했다. "잘한다, 카이 오!"

우리 클럽에서 제일 거침없는 제시카가 셔츠를 들어올려 핫핑크 브라를 살짝 보여주고 갈채를 받았다. 나는 제시카가 오늘 결국 외박을 할 거라고 거의 확신했다. 그녀는 예비 입회자들만큼이나 술을 마셨다.

내 옆에는 나와 친한 레슬리가 있었다. 그녀는 내 팔짱을 끼고 다른 여학생들과 함께 〈벽 위의 맥주 아흔아홉 병〉을 부르고 있었다. 평소였다면 나도 그들과 함께 노래했겠지만, 그날 나는 술을 입에도 대지 않았다. 내 안에 작은 생명이 있다는 걸 아는데 어떻게 술을 마시겠는가?

나는 해변을 생각했다. 아마도 대니얼과 내가 아이를 만들었을 장소. 그곳에 갈 수는 없었다.

"저기." 나는 속삭였다. "몸이 너무 안 좋네. 부탁 하나 들어줄래? 바다에서 매기를 지켜봐줄 수 있어?"

레슬리는 얼굴을 찌푸렸다. "걘 실패작이야. 우리가 왜 그 앨 뽑았을까?"

"그냥 수줍음이 많은 거야. 괜찮아질 거야. 그리고 내가 이미 물어봤는데, 걔 수영 잘한대."

"됐고. 푹 쉬어. 나한테 빚진 거다."

나는 매기에게 가서 몸이 좋지 않다고 말했다. 그녀는 또 안대를 위로 올렸지만 이번에는 나도 그냥 넘어갔다.

"어디 가세요? 저를 계속 봐주셔야죠."

"괜찮을 거야." 나는 그녀의 징징대는 말투가 짜증났다. "레슬리가 널 봐주기로 했어. 필요한 게 있으면 레슬리한테 말해."

"어느 깡마른 금발머리가 레슬리예요?"

나는 눈을 굴리고 레슬리가 있는 쪽을 손으로 가리켰다. "레슬리는 우리 클럽 부회장이야."

일행이 모퉁이를 돌아 바다까지 남은 마지막 두 블록을 행진하기 시작할 때 나는 무리에서 떨어져 나왔다. 교직원 주택은 캠퍼스의 반대쪽에 있었고, 안뜰을 가로질러 15분 정도 걸어가면 됐다. 마지막으로 대니얼에게 전화를 걸었다. 또 곧장 음성사서함으로 연결됐다. 그가 전화기를 꺼둔 것인지 궁금했다.

오늘 오후 수업 후 그에게 다가간 여자애를 다시 떠올렸다. 대니얼에게 지나치게 집중하고 있어서 그녀에게 신경을 못 썼다. 하지만 이제, 마치 내가 영화를 보고 있는데, 카메라가 회전하며 그녀를 아우르는 것처럼, 그녀가 새롭게 보인다. 꽤 매력적인 여자였다. 그녀는 대니얼에게 얼마나 가까이 붙어 섰던가?

대니얼은 학생과 잔 건 내가 처음이라고 말했었다. 나는 지금까지는 한 번도 그 말을 의심해본 적이 없었다.

어쩌면 그는 지금 그 여학생과 같이 있을지도 몰랐다.

나는 숨이 차기 시작한 후에야 내가 빨리 걷고 있음을 깨달았다.

교직원 주택들은 그리스 집들처럼 열을 지은 채 농업대학 온실 뒤쪽으로 캠퍼스의 가장자리를 두르고 있었다. 그 2층짜리 빨간 벽돌집들은 세련되지는 않았지만 임대료가 없었다—대학교수의 대단한 특전이었다.

대니얼의 알파로메오는 9번 주택의 진입로에 세워져 있었다.

내 계획은 문을 두드리고 대니얼—아니, 바턴 교수님—어디에 사느냐고 묻는 거였다. 내야 할 리포트가 있는데 수업 때 초안을 잘못 냈다고 말할 생각이었다. 하지만 그 차를 발견했으니 그럴 필요가 없어졌다. 이제 나는 그가 어디 사는지 정확히 알게 된 것이다. 그리고 그가 집에 있다는 것도.

초인종을 누르자 대니얼과 집을 같이 쓰는 교수 한 명이 나왔다. "무슨 일이죠?" 그녀는 밀 빛 머리카락을 귀 뒤로 넘겼다. 삼색얼룩 고양이 한 마리가 느긋한 걸음걸이로 안으로 들어가 그녀의 발목에 머리를 문댔다.

"너무 멍청한 실수를 해서요. 바턴 교수님 계세요? 제가, 음, 리포트를 잘못……."

여자는 돌아서서 계단을 내려오는 사람에게 말했다. "허니? 학생이 한 명 왔어."

그는 남은 계단을 거의 뛰다시피 내려왔다. "버네사! 이렇게 늦게 여기까지 어쩐 일이야?"

"제…… 제가 리포트를 잘못 내서요." 나는 내가 대니얼과 그를 '허니'라고 부른 여자를 황망한 눈으로 번갈아 쳐다보고 있음을 알았다.

"아, 괜찮아." 대니얼은 재빨리 말했다. 부자연스럽게 밝게 웃으면서. "그냥 내일 다시 내."

"하지만 전……." 눈물을 참느라 눈을 깜박이는데 그가 문을 확 닫으려 했다.

"잠깐만." 여자가 손을 뻗어 문을 잡았을 때 나는 그녀가 낀 금반지를 보았다. "리포트 얘기를 하려고 여기까지 걸어온 거예요?"

나는 고개를 끄덕였다. "사모님이세요?" 나는 아직도 그녀가 그냥 룸메이트이기를, 내가 오해한 것이기를 바라고 있었다. 차분하고 스스럼없이 말하려고 애썼지만 목소리가 갈라졌다.

"네. 니콜이에요."

그녀는 내 얼굴을 더 주의 깊게 보았다. "대니얼, 이거 무슨 상황이야?"

"아무것도 아니야." 대니얼의 파란 눈이 커졌다. "그냥 리포트를 잘못 냈겠지."

"어느 수업 리포트죠?" 그의 아내가 물었다.

"가족사회학요." 나는 얼른 대답했다. 지난 학기에 들은 강의였다. 대니얼을 보호하려고 거짓말을 한 것이 아니었다. 내 앞에 선 그 여자를 위해 거짓말을 했다. 맨발에 화장기 없는 얼굴인 재 피곤해 보이는 그 여자를 위해.

지금의 나는 그때 그녀가 내 말을 믿고 싶었으리라 생각한다. 어쩌면 믿었을 수도 있었다. 문을 닫고, 팝콘을 만들 식용유를 데우고, 소파에서 대니얼과 붙어 앉아 〈못 말리는 패밀리〉를 시청할 수도 있었다. 대니얼은 나에 대해 해명했을 것이다. 마치 내가 내리쳐서 없애버려야 할 모기인 것처럼. "요즘 애들은 학점 때문에 스트레스를 엄청 받아." 그는 그렇게 말했을지 모른다. "다시 말해줘, 나 퇴직까지 얼마나 남았지?"

하지만 문제가 생겼다.

내가 "가족사회학요." 하고 말한 바로 그 순간 대니얼이 "4학년 세미나"라고 말한 것이다.

그의 아내는 곧바로 반응을 보이지 않았다.

"그렇지!" 대니얼은 극적이게 손가락으로 딱 소리를 냈다. 과잉보상이었다. "이번 학기에 수업을 다섯 개나 하고 있잖아. 돌겠어! 어쨌거나, 시간이 너무 늦었네. 이 불쌍한 학생을 집에 보내주자. 내일 해결하기로 하고. 리포트는 걱정 마, 흔한 일이니까."

"대니얼!"

아내의 고함소리에 그는 입을 다물었다.

그녀는 내게 손가락질을 하며 말했다. "내 남편한테서 떨어져." 그녀의 아랫입술이 떨리고 있었다.

"스위티." 대니얼은 애원하듯 말했다. 그는 나를 보고 있지 않았다. 내게는 눈길조차 주지 않았다. 부서진 여자 두 명이 그의 앞에 서 있었다. 하지만 그는 단 한 명만 신경 썼다.

"정말 죄송해요." 내가 기어들어가는 목소리로 말했다. "몰랐어요."

문이 쾅 닫혔고 그녀가 고함치는 소리가 들렸다. 나는 현관 앞 계단을 내려가다가 잔디밭 위의 노란색 세발자전거를 보고 쓰러지지 않기 위해 난간을 잡아야 했다. 집 쪽으로 올 때는 나무에 가려서 보이지 않았던 자전거였다. 그 옆에 분홍색 줄넘기 줄도 있었다.

대니얼은 이미 자식들이 있었던 것이다.

아주 오랜 후에, 내가 여학생클럽 회관으로 돌아가 대니얼을 저주하고 울면서 분노한 후에, 대니얼이 싸구려 카네이션 한 다발을 들고 똑같이 싸구려인 사과를 하며 자기 가족을 사랑하고 나와 새 가족을 꾸릴 수는 없다고 말한 후에, 내가 한 시간 거리의 병원에 혼자 가서 너무나 비통해서 아무한테도 말할 수 없었던 경험을 한 후에, 우등졸업을 하고 플로리다를 떠나고 싶은 절박한 마음에 뉴욕으로 떠난 후에—그 모든 일들이 있은 후에, 내가 그 따뜻한 10월의 밤을 떠올릴 때마다 가장 생생하게 기억하는 순간은 이것이다.

예비 입회자들이 바다에서 돌아왔을 때 그중에 매기는 없었다.

매기와 에마는 공통점이 없다. 나 말고는. 그 두 젊은 여자는 내 존재의 행로를 영원히 바꿨다. 어쩌면 그것이 그들이 내 마음속에서 흐릿하게 섞이기 시작하는 이유일 것이다.

하지만 에마는 매기와 너무 달라, 나는 스스로에게 상기시킨다.

내가 에마를 처음 봤을 때 그녀는 나를 맞이하기 위해 유려하고 우아한 동작으로 책상에서 일어섰다. "톰슨 부인! **드디어** 만나게 돼서 정말 기뻐요!"

나는 그녀와 전화 통화를 한 적은 있었지만, 허스키한 목소리 때문에 그녀가 그토록 젊고 아름다운 여자일 줄은 몰랐다.

"아, 버네사라고 부르세요." 그때 나는 30대 중반에 불과했지만 수백 살은 먹은 듯한 느낌이 들었다.

12월, 리처드 회사의 휴일 파티가 열린 밤이었다. 리처드와 나는 결혼 7년차였다. 나는 군살을 감추려고 검정 에이라인 원피스를 입었다. 황적색 점프수트를 입은 에마 옆에 있으니 조문객처럼 보였다.

리처드가 사무실에서 나와 내 볼에 키스했다.

"당신도 가나요?" 그가 에마에게 물었다.

"보스가 괜찮다고 하면요!"

"당신 보스가 가라고 명령합니다." 리처드가 농담했다. 그래서 우리 세 사람은 같이 엘리베이터를 타고 45층으로 올라갔다.

"옷이 참 예뻐요, 톰슨—아니, 버네사." 에마는 나를 향해 치약 광고 모델 같은 웃음을 지었다.

나는 내 수수한 옷을 내려다보았다. "고마워요."

대다수 여자들은 에마 같은 여자와 결부되어 벌어질 수 있는 일들에 위협을 느낄 수도 있었을 것이다. 주문한 중국음식과 파트너의 바에서 가져온 보드카 병들이 있는 야근, 클라이언트를 만나기 위한 출장, 날마다 남편의 모퉁이 사무실 코앞에 있는 그녀의 존재.

하지만 나는 전혀 그러지 않았다. 리처드가 전화를 해서 일이 늦게 끝나 시내의 아파트에서 자야 할 것 같다고 말했을 때조차.

우리가 데이트하기 시작했을 때—내가 리처드의 넬리였을 때—그 아파트의 청결함에 놀랐던 기억이 난다. 리처드는 나를 만나기 전에 같이 살았던 여자가 있었다. 그가 그녀에 대해 말해준 거라곤 그녀가 아직 그 도시에 살고 늘 약속 시간에 늦었다는 것뿐이었다. 일단 리처드와 결혼하고 나자 나는 그녀가 어떻게든 내게 위협이 되리라는 걱정을 더는 하지 않았다. 그녀는 우리의 삶에 한 번도 개입한 적이 없었다. 하지만 한 해 한 해 가면서 그녀가 더 궁금해지기는 했다.

그러나 나 역시 그 아파트에 전혀 흔적을 남기지 않았다. 그곳은 리처드의 독신 시절과 거의 똑같이 유지됐다. 갈색 스웨이드 소파와 복잡한 조명 시스템과 복도에 가지런히 늘어선 가족사진들까지. 다만 우리의 결혼식 사진이 다른 사진 액자들과 어울리는 심플한 검은색 액자에 담겨 추가로 걸렸다.

리처드와 에마가 그들이 비밀 연애를 한다고 생각하던 그 몇 달 동안—그가 그녀를 그 아파트로 데려오거나 그녀의 아파트로 가던 때—사실 나는 그의 부재를 즐겼다. 운동복을 계속 입고 있어도 됐다. 와인을 한 병 다 마시고도 증거를 숨기려 걱정하지 않아도 됐다. 하루 동안 뭘 했는지 이야기를 꾸며내지 않아도 됐고 남편과의 섹스를 피하기 위한 새로운 방법을 생각해내지 않아도 됐다.

그의 외도는 일시적 유예였다. 휴가였다, 정말이지.

다만 그것이 계속 그대로—한낱 외도이기만 했다면.

그날 아침 내내 샬럿 이모와 대화를 나눴다. 이모는 내가 함께 병원에 가서 이모를 도울 수 있는 방법을 더 알아내는 것에는 동의했지만, 이모가 친구와 뉴욕현대미술관 강의를 들으러 가는 건 원래 계획대로 혼자 가겠다고 고집을 부렸다.

"내 인생이 끝나는 게 아니야." 샬럿 이모는 내가 일을 하루 쉬고 같이 가거나, 최소한 택시를 불러주겠다는 제안을 거절하며 그렇게 말했다.

나는 주방을 정리한 후 랩톱 컴퓨터를 열고 '황반 변성'을 친다. 그리고 읽는다. '망막 중심부의 악화가 원인이다.' 눈이 카메라라면, 황반은 필름의 중심부이자 가장 민감한 부분이라는 설명이 나온다. 정상 황반은 시계(視界)의 중심에서 매우 정교한 상(像)을 모아 시신경을 통해 뇌로 전달한다. 황반 세포가 변성되면 그 상들이 제대로 수신되지 않는다.

너무 임상적으로 들린다. 너무 청결하게. 그런 말들은 내 이모가 앞으로 더는 손의 피부를, 혈관과 주름을, 옴폭 들어간 곳과 부푼 손마디

를 모사하기 위해 파랑과 빨강과 노랑과 갈색 물감을 섞을 수 없다는
사실과 아무런 관련이 없게 들린다.

나는 모니터를 닫고 내 방에서 두 가지를 가지러 간다. 리처드의 수
표를 이번 주 후반에 현금화하기로 하고 핸드백에 넣는다. 그는 내게
그걸로 도움을 받으라고 말했고, 나는 그렇게 할 것이다. 샬럿 이모가
도움을 받도록. 이모의 병원비와 오디오북과 기타 이모에게 필요한 모
든 것을 위해.

그리고 책상 서랍에서 에마에게 쓴 편지를 꺼내 마지막으로 읽어
본다.

에마에게,

나 역시 누군가 리처드와 결혼하지 말라고 했다면 귓등으로도
듣지 않았을 거예요. 그래서 당신이 내 말을 거부하는 걸 이해해
요. 그동안 내가 명료하지 못했던 건 어디서부터 시작해야 할지
알기 힘들었기 때문이에요.

나는 우리 집에서 파티를 한 날, 와인 셀러에 라브노가 없었던
그날 밤에 정말로 무슨 일이 있었는지 당신한테 말해줄 수 있어
요. 하지만 리처드는 나 때문에 당신이 품게 될지 모를 어떤 의
심도 지워버릴 수 있을 거라고 나는 확신해요. 그러니 나와 얘기
하기 싫다면—나를 보고 싶지 않다면—부디 이것 하나만 믿으세
요. 당신의 일부는 이미 그가 누구인지 알고 있어요.

인간의 뇌에는 파충류 선조한테서 물려받은, 위험을 알려주는
부분이 있대요. 지금쯤 당신은 분명 그곳이 작동하는 걸 느꼈을
거예요. 그리고 무시하고 있겠지요. 나도 그랬으니까요. 이런저

런 핑곗거리를 만들어냈을 거예요. 나도 그랬거든요. 하지만 혼자 있을 때, 제발 그곳의 소리를 들으세요, 귀를 기울이세요. 나는 리처드와 결혼하기 전에 단서들이 있었지만 무시했어요. 망설이는 마음을 떨쳐버렸죠. 내가 했던 것과 같은 실수를 하지 마세요.

난 스스로를 구하지 못했어요. 하지만 당신은 아직 늦지 않았어요.

나는 편지를 다시 접은 뒤 봉투를 찾는다.

-25-

우리가 결혼하기도 전에 표면으로 떠오른 최초의 단서들 중 하나. 그것을 나는 내 손으로 들었다. 샘은 그것을 보았다. 우리 결혼식의 모든 하객들도 봤다.

완벽한 순간에 굳어버린 금발의 신부와 잘생긴 신랑.

"세상에, 너랑 리처드를 닮기까지 했네." 샘은 내가 그 케이크토퍼를 보여줬을 때 그렇게 말했었다.

리처드는 아파트 창고에서 발견한 그것이 원래는 그의 부모님 것이었다고 말했다. 당시에 나는 그 말을 의심할 이유가 전혀 없었다.

하지만 우리가 결혼하고 1년 반 뒤, 샘을 만나러 시내로 갔던 밤에 두 가지 일이 있었다. 나와 내 가장 친한 친구가 이미 얼마나 멀어졌는지 깨달았다. 그리고 내 남편을 의심할 이유를 찾기 시작했다.

나는 샘을 만날 생각에 한껏 들떠 있었다. 그녀와 짧은 점심식사보다 더 오래 본 게 언제인지 기억도 나지 않았다. 우리는 리처드가 회의 참석차 홍콩으로 출장을 가는 금요일 저녁에 만나기로 했다. 사흘 여정의 출장이라, 리처드가 내게 함께 가자고 제안했지만 그도 나도 그건 말이 안 된다는 점에 동의했다. "당신이 시차 적응을 하기도 전에 귀국하게 되겠네." 리처드는 그렇게 말했다. 다른 모든 것들에 대해서와 마찬가지로, 리처드는 낯선 표준시간대들에 쉽게 적응했다. 하지만 나는 장기 비행 때마다 먹어야 하는 재낵스와 임신을 위해 먹던 클로미드의 복합 작용으로 얼이 빠져 그 짧은 아시아 여행을 즐기지 못할 거라고 생각했다.

나는 충동적으로, 샘에게 한턱 내기로 결심하고 피카에 자리를 예약했다. 리처드의 시내 아파트에서 잘 생각으로 기차를 탔다. 그렇게 오랜 시간이 지난 후에도, 아직도 내 화장품과 옷이 약간 보관되어 있는 그곳을 나는 늘 그의 공간이라고 생각했다.

샘과 나는 함께 살던 아파트에서 만나기로 했다. 그녀는 내게 문을 열어주었고 우리는 포옹으로 인사를 대신했다. 샘이 팔에 힘을 풀었지만 나는 조금 더 그대로 있으면서 그녀의 온기를 음미했다. 나는 스스로 생각했던 것보다 훨씬 더 샘이 그리웠던 것이다.

샘은 몸에 꼭 맞는 민소매 스웨이드 원피스를 입고 롱부츠를 신고 있었다. 머리카락은 지난번에 봤을 때보다 층이 좀 더 나 있었고, 팔이 전에 없이 조각한 듯 보기 좋았다.

"타라는 집에 있어?" 나는 샘을 따라 좁은 입구와 주방을 지나 그녀의 침실로 갔다. 건너편에 있는 옛날 내—지금은 타라의—방문이 닫혀 있었다.

"응." 샘은 대답했고 나는 침대에 풀썩 주저앉았다. "스튜디오에서 방금 돌아왔어. 샤워 중이야."

오래된 배관에서 물 흐르는 소리가 들렸다. 가끔 갑자기 뜨거운 물이 나와 나를 데게 한 배관이었다. 샘의 침대 헤드보드에는 아직도 흰 전구들이 걸려 있었고 바닥에는 옷들이 널브러져 있었다. 모든 것이 정확하게 똑같았지만, 달랐다. 아파트가 더 작고 초라해 보인 것이다. 나는 10대 청소년이 되어서 예전에 다니던 초등학교에 갔을 때처럼 생경한 느낌이었다.

"필라테스 강사랑 같이 살면 장점이 확실히 있나 봐. 너 진짜 멋져 보여."

"고마워." 샘은 화장대 위의 체인 팔찌를 집어들어 팔목에 찼다. "기분 나빠 하지 마, 넌…… 이걸 어떻게 돌려 말해야 하지? 좀 끔찍해 보여."

나는 그녀에게 베개를 던졌다. "그런 말 듣고 기분 안 나쁠 수가 있어?" 나는 가벼운 말투로 말했지만 속으로는 상처받았다.

"아, 뭐래, 넌 지금도 엄청 예뻐. 하지만 옷이 그게 뭐야? 목걸이는 마음에 들지만 나머진 좀 학부모회라도 가는 것 같잖아."

나는 내 (날씬해 보인다는) 검정 슬랙스와 밖으로 빼서 입은 회색 시폰 레이스 블라우스를 내려다보았다. 목걸이는 해피 비드였다.

샘은 내 블라우스를 더 가까이에서 쳐다보았다. "맙소사……." 그녀는 킥킥대기 시작했다. "그 블라우스……."

"왜?"

샘은 더 큰 소리로 웃었다. "포터 부인이 휴일 쿠키 파티 때 그거랑 똑같은 거 입고 왔었어!" 그녀가 마침내 겨우 웃음을 참고 말했다.

"조나 엄마?" 나는 장밋빛 원피스에 그것과 정말 똑같은 색의 립스틱을 바르고 내 면담에 왔던 그 까다로운 여자를 금세 떠올렸다. "그럴 리 없어!"

"맹세해." 샘이 눈가를 닦았다. "조나의 여동생이 지금 우리 반이고, 어떤 애가 그 여자 블라우스에 설탕을 묻혀서 털어내는 걸 도와줬기 때문에 기억나. 왜 그래, 우리가 리츠(리츠칼턴 호텔—옮긴이)에서 차 마실 것도 아닌데." 샘은 의자 뒤에 쌓여 있는 옷 무더기를 파헤쳤다. "앤스로 폴로지에서 산 새 제깅스가 있어—기다려봐, 네가 입으면 진짜 멋질 거야." 그녀는 제깅스를 찾아 검은색 스쿱넥 톱과 함께 내게 던졌다.

샘은 내가 옷 갈아입는 모습을 수백 번은 봤다. 나는 늘 그녀가 옆에 있어도 거리낌이 없었지만, 그날 저녁에는 신경이 쓰였다. 그녀의 바지가, 라이크라가 아무리 많이 혼용되어 있다 해도, 내게 맞지 않을 것임을 알았기 때문이다.

"난 괜찮아." 나는 두 팔로 무릎을 감쌌고, 몸집이 작아 보이기 위해 그렇게 한다는 걸 스스로 의식했다. "누구한테 잘 보이려고 애쓸 필요가 있는 것도 아니고."

샘은 어깨를 으쓱했다. "알았어. 나가기 전에 와인 한 잔 할래?"

"좋지." 나는 침대에서 폴짝 뛰어내려 샘을 따라 주방으로 갔다. 찬장들은 내가 이 집에 처음 들어왔을 때 샘과 함께 칠했던 크림색 그대로였지만 색이 좀 바랬고 손잡이 근처는 군데군데 갈라져 있었다. 싱크대 상판 위에는 허브티 상자들이 줄지어 놓여 있었다. 카밀레, 라벤더, 페퍼민트, 쐐기풀 잎. 샘이 애용하는 꿀도 놓여 있었지만, 병이 아니라 짜는 용기였다.

"나쁜 버릇을 고쳤네." 나는 꿀을 집어들고 말했다.

샘이 냉장고 문을 열자 후무스 용기들과, 유기농 미니 당근과 셀러리가 담긴 봉지들이 보였다. 먹고 남은 중국음식이 담긴 용기는 하나도 보이지 않았다. 예전에는 그런 용기들이 버려야 했을 날이 며칠이나 지난 후에도 우리의 냉장고를 늘 장식하고 있었다.

샘은 찬장에서 유리잔을 두 개 꺼내 술을 채우고 한 잔을 내게 건넸다.

"와인을 좀 가져오려고 했는데." 갑자기 우리 집 현관에 두고 온 와인이 떠올랐다.

"나도 많은걸." 우리는 서로 잔을 부딪치고 각자 한 모금 들이켰다. "아마 네가 '왕자'랑 마시는 것만큼 맛있지는 않겠지, 응?"

나는 눈을 깜박였다. "왕자가 누구야?"

샘은 망설였다. "알잖아, 리처드지." 그리고 다시 잠시 말을 멈췄다. "너의 '백마 탄 왕자'."

"나쁜 뜻으로 말하는 것처럼 들려."

"그게 무슨 나쁜 말이야. 그리고 리처드가 사실 그렇잖아, 안 그래?"

나는 잔 속의 와인을 내려다봤다. 와인은 조금 시큼했고—그 술이 샘의 냉장고 속에서 코르크가 닫힌 채로 얼마나 오래 있었는지 궁금했다—내가 마시는 데 익숙해진 옅은 금빛의 술보다는 사과주스에 더 가까워 보였다. 샘이 조롱한 내 블라우스는 내가 이 집에서 내던 월세보다 비쌌다.

"다이어트 콜라는 이제 안 마시나 봐." 나는 현관문 근처의 빈 공간 쪽으로 손짓을 했다. "이젠 콜라 대신 쐐기풀 잎 차를 마시는 거야?"

"그건 아직 샘한테 못 먹였어요." 부드럽고 경쾌한 목소리가 말했다. 나는 몸을 돌려 타라를 보았다. 샘이 휴대전화로 보내준 사진은 타라를 제대로 보여주지 못한 것 같았다. 타라는 건강미가 넘쳐흘렀다—이는 희고 곧았으며, 피부는 빛이 났고, 눈은 반짝였다. 그녀의 레깅스 밑으로 매끈하고 직사각형 모양으로 솟아오른 허벅지 근육이 보였다. 화장은 전혀 하지 않았다. 그럴 필요가 없는 여자였다.

"언젠가 타라가 나한테 다이어트 콜라의 성분 표를 읽어줬어. 기억나?"

타라는 웃었다. "포타슘 벤조에이트까지 읽었을 때쯤 샘이 두 손으로 귀를 틀어막더라고요."

샘이 끼어들어 말을 거들었다. "그때 숙취가 심한 상태였는데, 진짜 토할 뻔했다니까."

나는 살짝 웃었다. "넌 콜라를 말 그대로 몸속에 들이부었잖아. 우리가 늘 콜라 상자에 발가락 집어넣던 거 기억나?"

"지금은 내가 샘한테 물을 먹여요." 타라는 젖은 머리카락을 정수리 꼭대기로 틀어올려 말했다. "파슬리를 우린 물이에요. 부종을 완화해 주거든요."

"그래서 네 팔이 그렇게 예뻐졌구나." 나는 샘에게 말했다.

"너도 마셔봐." 샘이 말했다.

내가 살쪄서? 나는 재빨리 와인을 다 마셨다. "나갈까? 식당을 예약해뒀거든……."

샘은 싱크대에서 우리가 쓴 유리잔들을 헹군 뒤, 함께 살 때는 없었던 건조대에 올려놓았다. "가자." 샘은 타라를 보았다. "나중에 같이 술 마시고 싶으면 문자해."

"그래요, 재미있겠다." 내가 덧붙였다. 하지만 나는 그곳에 타라가 나타나 파슬리 우린 물 얘기를 하고 샘과 함께 웃지 않기를 바랐다.

샘과 나는 택시를 타고 예약한 식당으로 갔고 나는 웨이터 주임에게 내 이름을 댔다. 우리는 두꺼운 카펫이 깔린 입구를 지나 식사 공간으로 갔다. 테이블은 거의 다 차 있었다—《뉴욕타임스》에 우호적인 기사가 난 식당이었다. 그래서 나도 이곳을 고른 거였다.

"좋네." 샘은 웨이터가 의자를 빼줄 때 그렇게 말했다. "네가 제깅스로 갈아입지 않은 게 잘한 일인지도 모르겠다."

나는 웃었지만, 주위를 돌아보며 이런—두꺼운 가죽 폴더에 10페이지짜리 와인 리스트가 있고, 정교하게 접은 냅킨이 접시 위에 올려진—식당은 리처드가 나를 데려갈 법한 곳임을 깨달았다. 샘의 취향이 아니었다. 불현듯 나는 옛날에 자주 그랬듯이 샘의 침대 위에 앉아 스프링롤과 쓰촨식 닭요리나 시켜먹자고 할걸, 하고 후회했다.

"먹고 싶은 것 다 시켜." 나는 메뉴를 볼 때 그렇게 말했다. "기억해, 이건 내가 내는 거야. 브루고뉴 와인 한 병 나눠 마실까?"

"좋아. 뭐든."

나는 평소처럼 와인 시음을 했고, 우리는 에피타이저로 시골풍 염소 젖 치즈와 토마토 타르트, 물냉이와 자몽 샐러드를 먹기로 했다. 그런 다음 나는 안심 스테이크를 미디엄 레어로, 소스는 따로 달라고 주문했다. 샘은 연어를 골랐다.

종업원이 네 종류의 빵이 예쁘게 담긴 바구니를 들고 다가왔다. 그가 하나씩 설명하는 동안 내 뱃속이 요동쳤다. 따뜻한 빵 냄새는 늘 나의 크립토나이트였다.

"난 안 먹을래." 내가 말했다.

"그럼 제가 친구 것까지 먹을게요. 로즈마리 포카치아랑 잡곡빵 주실래요?"

"타라는 빵 먹어?"

"그럼. 그건 왜 물어?"

나는 어깨를 으쓱했다. "그냥 너무 건강해 보여서."

"응, 그런데 빵을 엄청 좋아하지는 않아. 술도 마시고 가끔 대마초도 피워. 지난번에 같이 피웠을 땐 센트럴파크에 가서 회전목마를 탔어."

"잠깐, 네가 대마초를 피운다고?"

"한 달에 한 번쯤? 별일 아냐." 샘이 빵을 들어 입으로 가져갈 때 그녀의 선명한 이두근에 다시 눈길이 갔다.

짧은 침묵 후 웨이터가 샐러드와 타르트를 가져왔고 우리는 조금 먹었다.

"그래서, 그 남자—그래픽 디자이너랑 아직 만나?" 내가 물었다.

"아니. 하지만 내일 저녁에 타라 수강생의 형제랑 소개팅할 거야."

"그래?" 나는 샐러드를 한입 먹는다. "어떤 남잔데?"

"이름은 톰이고, 통화했을 때 목소리가 아주 좋았어. 개인 사업을 하고……."

나는 샘이 톰 이야기를 할 때 열심히 듣는 척하려고 애썼지만, 다음번에 샘과 만날 때쯤엔 톰은 샘의 기억에서 흐릿해져 있을 것임을 알았다.

샘은 숟가락으로 타르트를 자기 접시에 더 놓았다. "넌 별로 안 먹네."

"그냥 배가 별로 안 고파서."

샘은 내 눈을 똑바로 본다. "그런데 왜 여길 왔어?"

나는 늘 샘의 직설적인 면을 무척 좋아하는 동시에 싫어했다. "너한테 맛있는 거 사주고 싶어서." 나는 가볍게 대답했다.

샘이 들고 있던 숟가락이 쨍 소리를 내며 접시 위로 떨어졌다. "난 불우 이웃이 아니야. 내 밥 사먹을 돈 있다고."

"그런 뜻이 아닌 거 알잖아." 나는 웃었지만, 처음으로 샘과 나의 대화가 삐걱거리는 것을 느꼈다.

웨이터가 와서 와인을 따라줬다. 안도감을 느끼며 조금 더 마시는데 내 휴대전화가 진동했다. 핸드백에서 전화기를 꺼내 보니 리처드의 문자가 와 있었다. 뭐 해, 스위트하트?

샘이랑 저녁 먹어요. 나는 답장을 썼다. 피카에 있어요. 당신은 뭐 해요?

클라이언트들이랑 골프 코스로 가고 있어. 차 타고 집에 갈 거지? 자기 전에 경보장치 작동시키는 거 잊지 마.

그럴게요. 사랑해요! 나는 시내에서 잘 생각이라고 미리 말하지 않았었다. 이유는 스스로도 확신할 수 없었다. 리처드가 내가, 그를 만나기 전에 그랬듯이, 밤늦게까지 술을 마실 계획이라고 의심할 거라고 생각했는지도 모르겠다.

"미안해." 나는 전화기를 다시 내려놓았다. 하지만 액정이 테이블과 맞닿게 놓았다. "리처드야……. 내가 집에 잘 들어갈 수 있을지 궁금했나 봐."

"그 아파트에?"

나는 머리를 흔들었다. "거기서 잘 수도 있다고 말하지 않았어……. 그이는 홍콩에 있어, 그래서…… 그냥 굳이 말 안 해도 될 것 같았어."

샘이 내 말을 곱씹는 게 보였지만 그녀는 아무 말도 하지 않았다.

"그래서!" 나조차도 내 목소리의 꾸며낸 쾌활함이 느껴졌다. 다행히 종업원이 와서 에피타이저 접시들을 치우고 메인 요리를 갖다 줬다.

"리처드는 잘 지내? 요새 뭐 하고 지냈는지 말해줘."

"뭐…… 그이는 요새도 출장을 자주 가."

"그리고 넌, 술 마시는 걸 보니, 임신하지 않았구나."

"응." 나는 눈물이 날 것 같아서 와인을 더 마시며 마음을 진정시킬 시간을 벌었다.

"괜찮아?"

"그럼." 나는 웃음을 지으려 애썼다. "예상보다 오래 걸리고 있을 뿐

273

이야." 나는 아직 낳지도 않은 아이에 대한 극심한 향수를 느꼈다.

나는 주위의 다른 손님들을 둘러봤다—탁자 위로 서로에게 몸을 기울이고 있는 연인들, 활발한 대화를 나누는 세 명 이상의 무리들을. 나는 예전처럼 샘과 얘기하고 싶었지만 무슨 말부터 해야 할지 알 수가 없었다. 우리 집 식당 의자의 새 씌우개를 고르게 도와준 인테리어 디자이너 얘기를 꺼낼 수도 있었다. 리처드가 뒷마당에 설치하고 싶어 하는 온수 욕조에 대해 말할 수도 있었다. 내 삶의 모든 부러울 만한 조각들을, 샘이 아무 관심도 없을 피상적인 것들을 보여줄 수도 있었다.

샘과 나는 전에도 싸웠다—내가 샘이 아끼는 링 귀걸이를 잃어버렸다거나 샘이 집세 수표를 부치길 잊었다거나 하는 사소한 문제들로. 하지만 오늘밤 우리는 싸우고 있는 것이 아니었다. 그게 더 나빴다. 우리가 멀어진 건 단순히 떨어져 지낸 시간과 지리적인 거리 때문이 아니었다.

"올해 맡은 아이들 얘기 좀 해봐." 나는 스테이크를 한 조각 자르고 육즙이 접시에 흘러나오는 것을 보았다. 리처드는 그의 스테이크를 늘 미디엄 레어로 주문했지만, 사실 나는 빨간 부분보다 분홍색 부분이 더 많은 스테이크를 좋아했다.

"대부분 아주 좋아. 제일 좋아하는 아이는 '제임스 본드'야—애가 좀 진지하거든. '졸음대장'이랑 '불평대장'도 떠맡고 있긴 하지만."

순간 샘이 리처드에게 붙인 별명이 또 생각난다. 왕자. 말을 타고 달려와 여주인공을 곤경에서 구해주는, 그녀에게 새로운 호화로운 인생을 선물하는 밋밋하게 잘생긴 남자.

"리처드를 그렇게 보는 거야? 내 구원자로?"

"뭐?"

"아까 말이야. 리처드를 왕자라고 불렀잖아." 나는 포크를 내려놓는다. 갑자기 정말로 배가 안 고파졌다. "난 늘 네가 리처드한테 별명을 붙였는지 궁금했어." 나는 내 비싼 블라우스를, 우리가 마시는 중인 와인의 가격을, 내 의자 등받이에 걸려 있는 프라다 핸드백을 예민하게 의식하고 있었다.

샘은 어깨를 으쓱했다. "별일도 아닌 것 같고 왜 그래." 샘은 자기 접시만 보면서 연어에 후추를 갈아 뿌리는 데 집중했다.

"우리 집엔 왜 오고 싶어 하지 않는 거야?" 나는 어째서 샘이 지금 이 순간에는 직설적이기를 피하는지 궁금했다. 샘이 저번에 처음이자 마지막으로 우리 집에 왔을 때 리처드는 그녀를 포옹하며 맞이했다. 그릴에 버거를 구워줬다. 샘이 햄버거 빵 위에 참깨를 뿌리는 걸 싫어한다는 걸 기억했다. "솔직히 말해봐. 넌 예전부터 리처드를 별로 좋아하지 않았어."

"좋아하지 않는 게 아니야. 난…… 그냥 그를 전혀 모르겠다는 기분이 들 뿐이야."

"알고 싶다는 생각은 한 적 있어? 그는 내 남편이야, 샘. 넌 내 가장 친한 친구고. 그건 내게 중요한 일이야."

"알았어." 하지만 샘의 대답은 그게 다였고 나는 그녀가 하고 싶은 말을 참고 있음을 알았다. 샘과 리처드의 관계는 내가 바라는 대로였던 적이 한 번도 없었다. 나는 늘 그들이 너무 달라서 그럴 뿐이라고 스스로를 납득시켰다. 나는 거의 샘에게 더 말해보라고 다그칠 뻔했지만, 솔직히 말해 나는 샘의 말을 듣고 싶지 않았다.

샘은 내게서 시선을 거둬 고개를 숙이고 포크로 연어를 찍었다. 어쩌면 샘이 알고 싶지 않은 건 리처드가 아닐지도 모른다고 나는 생각했다. 그녀가 피하고 있는 건 리처드의 아내인 나일지도 모른다고.

"그건 그렇고, 다음에 어디 갈지 정하자." 샘이 말했다. "춤추러 갈래? 타라한테 문자해서 우리 밥 다 먹었다고 할게."

나는 결국 그들과 놀러가지 않았다. 밥값을 계산할 때쯤 나는 지칠 대로 지친 기분이었다. 그날 오후 샘이 종일 일하고 스피닝까지 하는 동안 내가 한 일이라곤 빨래를 개고 새는 수도꼭지를 고치러 올 배관공을 기다린 것밖에 없었음에도. 게다가, 나는 춤추러 갈 복장이 아니었다―샘이 말했듯이, 나는 학부모회에 가는 어머니처럼 보였으니까.

나는 타라가 기다리고 있던 클럽 앞에서 샘과 헤어진 후 택시를 타고 리처드의 아파트로 갔다. 10시밖에 안 됐다. **샘이랑 일찍 헤어졌어요. 이제 자려고요.** 나는 리처드에게 문자했다. 엄밀히 말하면 거짓말은 아니라고 생각했다.

처음 보는 경비원이 근무 중이어서 내가 누군지 설명했다. 그리고 엘리베이터를 타고 올라가 옆집 킨 부인의 문 앞을 살금살금 지나친 다음, 리처드가 오래전에 내게 준 열쇠를 써서 그의 집으로 들어갔다.

나는 샘에게 리처드의 성장과정에 대해, 돌아가신 부모님에 대해, 동네 회계사였던 그의 아버지에 대해 말해준 적이 없었다. 리처드가 내밀한 순간에 털어놓은 얘기였기에, 나는 그것이 그만이 할 수 있는 얘기라고 느꼈기 때문이다. 샘이 자기 반 애들한테 하듯이 그를 분류하는 것이 아니라 그에 대해 물어봤다면, 어쩌면 그를 달리 봤을 거라고 나는 생각했다.

샘은 리처드와 함께 있는 나를 좋아하지 않았다―이것은 이제 분명해졌다. 하지만 나는 리처드도 샘과 있을 때 내가 행동하는 방식을 좋아하지 않는다는 걸 알고 있었다.

나는 거실로 갔다. 조명 시스템 때문에—거실의 어둠과 내 뒤의 밝은 주방 전구가 복합적으로 작용해—센트럴파크를 조망하는 전면 유리창이 거울처럼 변해 있었다. 내 모습이 희뿌옇게 비쳐 보였다. 구름처럼 성기고 실체 없어 보였다. 스노볼 안에 갇혀 있는 것처럼.

검은색과 회색 옷을 입은 나는 색채가 다 빠진 것처럼 보였다. 서서히 사라지는 중인 것 같았다.

나는 리처드의 출장에 동행했어야 한다고 후회했다. 샘과 밥을 먹을 때 더 잘 처신했어야 한다고 후회했다. 붙잡을 단단한 뭔가가 있기를 절박하게 바랐다.

주방으로 가서 냉장고를 열었다. 페리에 몇 병과 뵈브 클리코 샴페인 한 병밖에 없었다. 찬장에 파스타와 참치 몇 캔, 에스프레소 포드가 있다는 건 알고 있었다. 거실 탁자 위에는 《뉴욕》과 《이코노미스트》의 최신판들이 놓여 있었다. 리처드의 서재 선반들엔 책이 수십 권 있었는데, 대부분 전기였고 스타인벡과 포크너, 헤밍웨이 같은 고전이 몇 권 있었다.

나는 그만 자려고 침실로 이어진 복도로 들어섰다. 그곳의 가족사진들을 또 지나갔다.

순간 나는 멈춰 섰다.

하나가 빠져 있었다.

리처드 부모님의 결혼식 사진이 어디로 갔지? 못이 박혔던 자리에 작은 구멍만 남아 있었다.

웨스트체스터 집에는 그 사진이 없었다. 나는 아파트의 다른 벽들을, 심지어 욕실까지, 확인했다. 서랍에 넣기에는 너무 큰 액자지만 서랍들까지 다 뒤졌다. 아무데도 없었다.

리처드가 창고에 넣었을까? 나는 궁금했다. 리처드의 어린 시절 사진들 일부를 포함해 다른 사진들이 그곳에 있었기 때문이다.

피로감이 사라져버렸다. 나는 핸드백에서 열쇠꾸러미를 찾아 엘리베이터로 갔다.

아파트 입주민들이 이용할 수 있는 창고는 건물 지하에 있었다. 나는 결혼식 직전에 리처드와 한 번 그곳에 가본 적이 있었다. 이사 전까지 보관할 내 물건 몇 상자를 넣기 위해서였다. 그의 창고는 왼쪽으로 다섯 번째 칸이었다. 리처드는 맹꽁이자물쇠의 숫자판을 돌려 열고 내 짐을 넣은 후, 한쪽 벽에 쌓여 있는 커다란 파란색 수납 상자들 중 하나를 열었다. 그가 꺼낸 건 '코닥'이라고 적힌 빛바랜 노란색 봉투에 든 열 장이 좀 넘는—4×6 사이즈의 광택 인화지—사진이었다. 전부 같은 날에 리처드가 야구 연습을 하는 모습을 찍은 사진들이었다. 찍은 사람은 리처드가 배트를 휘둘러 공을 치는 장면을 찍으려는 것 같았지만, 모든 사진에서 그 사람은 잘못된 순간에 셔터를 눌렀다.

"몇 살 때예요?" 내가 물었다.

"열 살이나 열한 살. 모린이 찍은 거야."

"한 장 가져도 돼요?" 나는 사진 속 리처드의 골똘한 표정이, 집중하느라 그 작은 코에 주름이 잡힌 모습이 무척 마음에 들었다.

그는 웃었다. "한창 못생겼을 땐데. 다른 사진으로 하나 찾아줄게."

하지만 그는 그날 찾아주지는 않았다. 조지, 힐러리와의 브런치 약속 때문에 같이 서둘러 나가야 했기 때문이다. 리처드가 그 사진 봉투를 똑같은 노란 봉투 더미 위에 올리고 창고를 잠근 뒤 우리는 엘리베이터를 타고 로비로 올라갔다.

어쩌면 리처드는 부모님의 결혼식 사진을 그 상자에 넣어뒀을 수도 있었다. 나는 엘리베이터에 타면서, 그냥 궁금해서 이러는 거라고 혼잣말을 했다.

이제, 때늦은 깨달음 덕분에, 나는 내 무의식이 나를 그리로 이끈 것이 아닐까 생각한다. 내가 실제로 어디에 있는지 그가 전혀 모르는 어느 날 밤에, 그가 내게서 물리적으로 아주 멀리 떨어져 있던 밤에, 내 남편에 대해 더 알라고 나를 추동한 것이 아닌지.

창고는 낮에도 음산한 장소로, 위쪽의 우아한 구조물의 치부였다. 천장에 전구들도 달려 있고 청결했지만 벽은 구정물 같은 회색이었고 각각의 창고들은 굵은 철사 울타리로 구분되어 있었다. 일상생활에 필요 없는 물건들이 갇힌 감옥처럼 보였다.

리처드는 모린의 생일을 비밀번호로 썼다. 우리가 여행할 때마다 호텔방의 금고 비밀번호도 늘 그 숫자로 썼기에 아는 사실이었다. 자물쇠 숫자판을 돌리자 내 손바닥 안의 그 서늘하고 묵직한 금속 자물쇠가 아래로 내려가며 열렸다.

나는 안으로 들어갔다. 양쪽 옆의 다른 창고들은 물건들로 뒤죽박죽이었다―가구, 스키, 플라스틱 크리스마스트리까지. 하지만 그곳은 리처드의 창고답게 잘 정돈되어 있었다. 우리의 두 번째 데이트 날에 썼던 녹색 썰매 두 개를 제외하면, 예닐곱 개의 똑같은 커다란 파란색 수납 상자들만 두 개씩 겹쳐져 한쪽 벽에 놓여 있었다.

나는 무릎에 거친 콘크리트 바닥이 닿는 것을 느끼며 꿇어앉아 첫 번째 상자를 열었다. 학교 졸업앨범들, 선수 모양 부분의 금칠이 벗겨진 야구 트로피, 성적표 몇 장이 든 폴더―리처드는 필기체를 쓰는 걸 어려워하는 조용한 학생이라고, 그의 초등학교 2학년 선생님은 썼다―그리고 전부 다 모린의 서명이 들어가 있는 오래된 생일카드 한 무더기.

나는 풍선을 든 스누피가 그려진 카드를 펼쳤다. **동생에게,** 모린은 썼다. **넌 슈퍼스타야! 올해는 네 최고의 해가 될 거야. 사랑해.** 나는 그의 부모님이 준 카드들은 어디에 있는지 궁금했다. 수납 상자들을 하나하나 들여다보며 위층에 들고 올라가 천천히 보고 싶은 사진들이 담긴 봉투들은 옆에 꺼내두었다. 하지만 지나치게 많이 꺼내지 않도록 주의했고, 아침에 다시 돌려놓을 수 있게 꺼낸 사진들의 원래 위치를 기억하려 애썼다.

세 번째 수납 상자 안에는 오래된 세금 관련 서류와 보증서들, 리처드의 예전 아파트 증서, 자동차 관련 서류 등이 쌓여 있었다. 나는 서류들을 원래대로 정리한 뒤 다음 상자로 손을 뻗었다.

그때 멀리서 우르릉 소리가 들렸다. 무거운 장치가 움직이기 시작하는 것 같은 소리였다.

누군가 엘리베이터를 호출한 것이다.

나는 얼어붙은 채 내가 웅크리고 있는 모퉁이와 가까운 곳에서 엘리베이터 문이 열리는 소리를 들었다. 하지만 아무도 오지 않았다.

그냥 입주민이 집으로 가려고 로비에서 엘리베이터를 탄 것 같았다.

나는 올라가야 한다는 걸 알았다. 오늘 처음 본 경비원이 내가 여기 있었다는 걸 리처드에게 말할 수도 있기 때문만은 아니었다.

하지만 나는 왠지 하던 일을 계속해야 한다는 느낌이 들었다.

네 번째 수납 상자의 뚜껑을 열자 신문지로 겹겹이 둘러싼 납작하고 커다란 물체가 보였다. 신문지를 벗겨내자 리처드 부모님의 얼굴이 나왔다.

리처드는 어째서 이걸 여기로 옮겨놨지? 나는 궁금했다.

나는 그의 아버지의 깡마른 체격과 도톰한 입술을, 어머니의—리처드에게 물려준—꿰뚫어보는 듯한 눈을, 어깨쯤에서 컬이 들어간 거무스름한 그녀의 머리카락을 찬찬히 보았다. 사진 아래쪽에 결혼식 날짜가 장식적인 글씨체로 적혀 있었다.

리처드의 아버지는 한 팔로 아내의 허리를 감고 있었다. 나는 리처드의 부모님이 행복한 결혼 생활을 했으리라 짐작하고 있었지만 그 결혼식 사진은 지나치게 연출된 것이라 아무런 단서도 주지 않았다. 현실적인 정보가 전혀 없었기에, 내 생각이 공백들을 채우고 내가 보고 싶은 그림을 그려내고 있었다.

리처드는 그의 부모에 대해 많은 얘기를 해준 적이 한 번도 없었다. 내가 물어볼 때면 늘 그분들을 떠올리는 게 너무 힘들다고만 했다. 모린도 같은 무언의 규칙을 따르는 듯 리처드와 공유한 과거가 아니라 그들의 현재에 집중하는 것 같았다. 어쩌면 남매는 매년 두 사람만 스키 여행을 가거나 리처드가 일 때문에 보스턴에 가서 누나와 저녁을 먹거나 할 때 어린 시절에 대해 더 많이 얘기하는지도 몰랐다. 하지만 모린이 우리 집에 왔을 때 우리의 대화 주제는 늘 남매의 일, 달리기, 여행 계획, 시사에 국한됐다.

나는 아빠에 대해 얘기할 때마다 지금도 아빠와 연결되어 있는 기분이 들었지만, 나는 아빠에게 작별인사를 할 시간이 있었고 그분의 마지막 순간에 사랑한다고 말할 수 있었다. 리처드와 모린이 그 갑작스럽고 폭력적인 교통사고로 돌아가신 부모님의 기억을 봉쇄하고 싶어 하는 이유를 나는 이해했다.

가장 어둡고 고통스러운 과거에 대해서 남편에게 얘기할 때 나 역시 몇 가지 디테일을 편집했다. 이야기를 주의 깊게 다듬었고, 그가 추잡하다고 여길지도 모를 부분들을 제거했다. 내가 대학생 때 임신한 적이 있다는 걸 리처드가 알게 된 후에도 나는 그 교수가 유부남이었다는 사실은 절대 말하지 않았다. 내가 어리석었다고, 어떻게든 내 탓이라고 리처드가 생각하게 만들고 싶지 않았다. 그리고 내 임신 상태가 어떻게 끝났는지에 대해서도 솔직하게 말하지 않았다.

창고에 쭈그리고 앉아 나는 그게 실수였는지 생각해봤다. 결혼이 동화책의 결말을, 마지막 장 뒤의 영원한 행복을, 영원으로 메아리치는 말들을 보장하지 않는다는 건 이미 깨달은 후였다. 하지만 그 가장 내밀한 관계는 안전한 곳, 타인이 당신의 비밀과 잘못을 알면서도 사랑하는 곳이 아니던가?

왼쪽에서 들리는 날카롭고 작은 소리에 나는 소스라치게 놀라 혼자만의 생각에서 빠져나왔다.

고개를 돌려 침침한 불빛 속을 쳐다보았다. 리처드의 옆 창고는 가구들로 꽉 차 있어 내 시야가 가려졌다.

이곳은 전쟁 전에 지어진 오래된 건물이야, 하고 나는 속으로 말했다. 그냥 배관에서 난 쨍 하는 소리라고. 그러면서도 나는 얼굴이 창고 입구를 향하게 몸을 틀었다. 그렇게 하면 누구든 다가오는 사람을 엿볼 수 있을 터였다.

나는 서둘러 그 결혼식 사진을 싼 신문지를 접었다. 찾으려고 했던 물건을 찾았으니 이제 올라갈 때였다. 하지만 다른 수납 상자엔 뭐가 들어 있는지, 리처드의 일상이라는 궤도에서 치워져 숨겨진 것이 무엇인지 알고 싶다는 강박적인 느낌이 들었다. 리처드의 과거라는 지층을 계속 파보고 싶었다.

다시 수납 상자에 손을 넣어, 위쪽에 하트와 '엄마'라는 단어를 식각한 작은 나무 장식 액자를 꺼냈다. 뒤쪽에는 리처드의 이름이 있었다. 그가 학교 목공 수업에서 어머니를 위해 만든 것 같았다. 상자에는 코바늘로 뜬 노란 담요와 갈색 아기 신발 한 켤레도 있었다.

상자의 바닥 쪽에 작은 사진 앨범이 있었다. 사진 속의 사람들은 모두 낯설었지만, 무릎까지 오는 바지와 홀터 톱을 입은 여자의 손을 잡고 있는 여자아이들 중 한 명에게서 리처드 어머니의 미소가 보였다. 리처드 어머니의 앨범일지도 모르겠다고 나는 생각했다. 그 다음에 내 손에 닿은 물건은 리처드와 나의 웨딩케이크토퍼가 든 흰색 상자였다.

뚜껑을 열고 토퍼를 꺼냈다. 섬세하고 매끈한 촉감에 부드러운 파스텔 색조인 도자기였다.

그가 비현실적으로 좋은 남자라고 생각한 적 없어? 이 케이크토퍼를 보여 줬던 날, 샘은 그렇게 물었다. 나는 그녀가 그런 질문을 하지 않았기를 바랐다.

나는 잘생긴 신랑과 옅은 파란색 눈의 완벽한 신부를 내려다보았다. 아무 생각 없이 그 도자기 인형을 손안에서 계속 굴리며 어루만졌다.

그러다가 손에서 놓치고 말았다.

나는 토퍼가 콘크리트 바닥에 떨어져 산산조각 나기 전에 잡으려고 필사적으로 움직였다.

그리고 그것이 땅에 떨어지기 직전에 잡았다.

나는 눈을 질끈 감고 숨을 내쉬었다.

여기 내려온 지 얼마나 됐지? 몇 분인가, 한 시간 정도 됐나? 나는 시간이 얼마나 흘렀는지 전혀 감이 잡히지 않았다.

리처드가 내 문자에 답장을 보냈을 수도 있었다. 그랬다면 내가 답장을 하지 않아 걱정하고 있을 터였다. 그런 생각을 하고 있는데 또 왼쪽에서 작은 소리가 들렸다. 배관? 혹은 발자국 소리일 수도 있었다.

그 순간 나는 그 금속 새장에 갇힌 느낌이었다. 휴대전화는 위층에,

핸드백 속에 두고 온 터였다. 그리고 내가 어디에 있는지 아무도 몰랐다.

내가 소리를 지르면 로비의 경비원한테 들릴까?

나는 숨소리를 죽이고, 맥박이 빨라지는 걸 느끼며, 누군가 모퉁이에서 나타나기를 기다렸다.

아무도 오지 않았다.

그냥 혼자 착각한 거야, 나는 스스로에게 말했다.

그렇지만 토퍼를 상자에 다시 넣는 내 손이 덜덜 떨렸다. 토퍼를 상자 안에 눕히는데 바닥에 돋을새김된 작은 숫자들이 눈에 띄었다. 희미한 불빛 아래서 제대로 보기 위해 토퍼에 얼굴을 더 가까이 가져갔다. 연도, '1985'였다. 분명 그 토퍼를 만든 해일 터였다.

아냐, 이럴 순 없는데. 나는 생각했다.

나는 그 작은 입상을 다시 꺼내 눈앞에서 다시 그 숫자를 보았다. 잘못 본 게 아니었다.

하지만 1985년이면 리처드의 부모님이 결혼한 해보다 훨씬 뒤였다. 리처드는 그때 10대였을 것이다.

리처드의 부모가 결혼하고 10년은 지난 뒤에 그 케이크토퍼가 만들어진 것이다. 그들의 것일 수가 없었다.

어쩌면 리처드의 어머니가 그냥 어느 골동품 상점에서 보고 예뻐서 산 물건일지도 몰라, 나는 엘리베이터를 타고 리처드의 아파트로 올라가며 생각했다. 또는 내 잘못일 수도 있었다. 리처드의 말뜻을 내가 오해한 것일 수 있었다.

열쇠를 꽂는데 아파트 안에서 내 휴대전화가 울리는 소리가 들렸다. 나는 뛰어가서 핸드백을 잡았지만, 휴대전화를 꺼내기 전에 벨소리가 멈췄다.

그리고 아파트 전화가 울리기 시작했다.

나는 주방으로 달려가 전화기를 낚아챘다.

"넬리? 하느님 맙소사. 당신한테 계속 연락하고 있었어."

리처드의 목소리가 평소보다 높았다—그가 스트레스를 받은 것이다. 그가 지구 반대편에 있는 걸 아는데도, 전화 연결 상태가 아주 좋아서 마치 그가 옆방에 있는 것 같았다.

그는 내가 여기 있는 걸 어떻게 알았을까?

"미안해요." 내가 불쑥 말했다. "괜찮은 거죠?"

"당신, 집에 있는 줄 알았는데."

"아, 집에 가려고 했는데 너무 피곤해서요, 문득 여기서 자는 게 더 편하겠다는 생각이 들었어요." 나는 또 불쑥 말했다.

그와 나 사이에 침묵이 내렸다.

"왜 나한테 말 안 했어?"

나는 대답할 말이 없었다. 적어도 그와 공유할 수 있을 것 같은 말은.

"하려고 했어요⋯⋯." 나는 말끝을 늘렸다. 무슨 이유에선지 눈에 눈물이 차올랐고, 나는 눈을 깜박여 눈물을 말렸다. "그냥 내 생각에, 클라이언트들이랑 같이 있는 당신한테 긴 문자를 보내느니 내일 말하는 게 나을 것 같았어요. 당신을 성가시게 하기 싫었어요."

"나를 **성가시게 해?**" 그는 웃음소리 같지는 않은 소리를 냈다. "당신한테 무슨 일이 있다고 상상하는 게 나한텐 훨씬 더 성가신 일이야."

"정말 미안해요. 물론 당신 말이 맞아요. 난 당신한테 말했어야 해요."

그는 잠시 말이 없었다.

그러다 마침내 그가 말했다. "그런데 휴대전화는 왜 안 받았어? 혼자 있어?"

나는 그를 화나게 만든 것이다. 그의 무뚝뚝한 말투가 그 증거였다. 그가 눈을 가느다랗게 뜨는 모습이 눈앞에 보이는 듯했다.

"목욕 중이었어요." 순식간에 거짓말이 튀어나왔다. "당연히 혼자 있죠. 샘은 룸메이트랑 춤추러 갔는데, 난 가기 싫어서 그냥 여기 온 거예요."

리처드는 천천히 숨을 내쉬었다. "아무튼 당신한테 아무 일 없다니 다행이야. 이제 골프코스로 다시 가봐야 해."

"보고 싶어요."

그가 다시 말했을 때 그의 목소리는 자상했다. "나도 보고 싶어, 넬리. 당신이 알기도 전에 집에 갈 거야."

그 지하실에 있었던 것—그리고 거짓말한 걸 들킨 것—때문에 마음이 심란하다는 것을 나는 잠옷으로 갈아입고 현관문의 데드볼트가 잠겼는지 확인하면서 깨달았다.

나는 욕실로 가서 그의 치약과 여분의 수건을 썼다. 레몬 냄새가 너무 강하게 나서 거슬렸는데, 바로 옆에 걸려 있는 리처드가 샤워 후에 늘 입는 테리 천 가운에서 나는 냄새였다. 흡수력 좋은 그 천에 그의 비누향이 아직도 남아 있었다.

나는 욕실의 전등을 껐다가 잠시 망설인 후 다시 스위치를 켜고, 눈부시지 않도록 문을 조금만 열어놓았다. 리처드의 침대를 덮고 있는 폭신한 흰색 오리털 이불을 젖히며 지금 그는 뭘 하고 있을까, 궁금해했다. 아마 중요한 사업 관계자들과 골프장에서 어울리고 있겠지. 골프카트에는 차가운 맥주와 생수가 담긴 쿨러가 있을 거고, 대화를 위해 통역사도 있을 것이다. 나는 칩 샷에 집중하는 리처드를 그릴 수 있었다. 어릴 때 야구를 할 때처럼 얼굴을 찡그리고 있는 리처드를.

나는 리처드를 더 잘 알기 위해 그 수납 상자들을 뒤졌다. 나는 여전히 내 남편에 대한 더 많은 답들을 갈망하고 있었다.

하지만 킹사이즈 침대의 빳빳하게 다림질된 이불 사이로 누우면서, 나는 그는 내가 집에 없을 때 정확히 어디에 있는지 추측할 만큼 나를 잘 알고 있음을 깨달았다.

그는 내가 그를 아는 것보다 나를 더 잘 알았다.

26

편지지의 실제 무게와는 상관없이, 에마에게 쓴 편지를 든 손이 묵직한 느낌이다. 나는 편지를 다시 접은 뒤 샬럿 이모의 방에서, 이모가 서류 작업이나 각종 청구서를 처리할 때 즐겨 쓰는 롤톱데스크(밀어 넣을 수 있는 뚜껑이 달린 책상—옮긴이)에서 봉투를 찾는다. 봉투는 찾았지만 우표는 무시한다. 그녀가 제때 받아보려면 내가 직접 배달하는 수밖에 없기 때문이다.

책상 위에 쌓여 있는 종이들 위에 개 사진이 한 장 있다. 연갈색과 검은색 털의 독일 셰퍼드다.

나는 헉 소리를 내며 손을 뻗는다. **듀크.**

하지만 물론 그 개는 듀크가 아니다. 맹인안내견을 양성하는 단체의 홍보용 엽서일 뿐이다.

엽서는 내가 지금도 지갑에 넣고 다니는 사진과 너무나 비슷하다.

난 에마에게 편지를 전달해야 한다. 샬럿 이모를 도울 여러 방법을 알아봐야 한다. 지금 당장 움직여야 한다. 하지만 내가 할 수 있는 건 이모의 침대에 몸을 던지고 파도처럼 나를 덮치며 세차게 내 눈앞을 스쳐가는, 또다시 나를 기억의 저류로 밀어 넣는 이미지들을 견디는 것뿐이다.

리처드가 홍콩에서 돌아왔을 때 내 불면증도 되돌아왔다.

그는 새벽 1시에 불 켜진 손님방에서 무릎 위에 책을 펼쳐놓고 앉은 나를 발견했다. "잠이 안 와요."

"당신 없는 침대는 싫어." 그는 내 손을 잡고 우리 방으로 나를 데려갔다.

하지만 그의 두 팔이 나를 감싸고 그의 안정된 호흡이 귓가에 따뜻하게 닿는 것도 이제는 소용없었다. 나는 거의 매일 밤 일어나 조용히 침대를 빠져나온 후 복도를 살금살금 걸어 손님방으로 갔다가 동트기 전에 부부침대로 돌아갔다.

하지만 리처드는 다 알았던 것이 분명하다.

뼛속이 시리도록 추운 어느 일요일 아침에 리처드는 서재에서 《뉴욕 타임스》의 '위크 인 리뷰'를 읽고 있었고 나는 새로운 치즈케이크 요리법을 검색하고 있었다. 다음 주말에 리처드의 생일을 맞아 내 엄마와 모린을 불러 식사할 예정이었다. 엄마는 추위를 싫어해서 그간 겨울 동안에는 북쪽으로 올라오는 일이 없었다. 대신 봄과 가을에 나와 샬럿 이모를 보러 왔다. 그럴 때면 엄마는 미술관들을 돌고 시내의 거리를 돌아다니는 데 대부분의 시간을 썼다. 도시의 분위기에 흠뻑 젖기 위해서, 라고 엄마는 말했다. 나는 엄마가 나와 함께 보내는 시간이 적다고 불평하지 않았다. 엄마와 함께 있으려면 깊은 저수지만큼의 인내심과 무한한 에너지가 필요했기 때문이다.

그랬던 엄마가 왜 행동 패턴을 바꿨는지 나는 확신할 수 없었다.

하지만 최근에 전화로 나눴던 대화 때문일 거라는 추측은 했다. 엄마가 하필 날을 잘못 골랐는데—외로운 날—그날 나는 집 밖에도 나가지 않았다. 군데군데 얼음이 된 묵은눈이 거리를 뒤덮고 있었는데, 겨울

운전이 익숙하지 않던 나는 리처드가 사준 메르세데스를 끌고 나가겠다는 마음이 들지 않았던 것이다. 이른 오후 엄마가 전화를 해서 뭐 하고 있느냐고 물었을 때 나는 솔직하게 대답했다. 경계를 늦춰버린 것이다.

"아직 침대에 있어요."

"어디 아프니?"

나는 내가 이미 너무 많은 것을 드러냈음을 깨달았다. "간밤에 잠을 잘 못 자서요." 그렇게 대답하면 엄마가 안심할 거라고 생각했다.

하지만 그건 엄마가 더 많은 질문을 퍼붓게 만들었을 뿐이었다. "그런 일이 자주 있니? 걱정거리라도 있는 거야?"

"아니, 없어요. 난 괜찮아요."

잠시 침묵이 흘렀다. 이어, "있잖아, 내가 얼마 전부터 너희 집에 한 번 가고 싶다고 생각하고 있었어."

나는 오지 말라고 설득하려 애썼지만 엄마는 완강했다. 그래서 결국 리처드의 생일에 오라고 제안했다. 모린이 매년 그러듯이 리처드의 생일을 함께 축하하러 올 예정이니, 모린의 존재가 엄마의 관심을 좀 분산시킬 수 있을 것 같아서였다.

그 일요일 아침에 초인종 소리가 났을 때 내가 처음 든 생각은 엄마가 날 놀라게 해주려고 혹은 날짜를 잘못 알아서 며칠 더 일찍 왔구나, 였다. 엄마라면 둘 다 가능한 얘기였다.

하지만 리처드가 신문을 내려놓고 일어섰다. "당신 선물이 도착했나 보군."

"내 선물? 곧 생일이 다가오는 사람은 당신인데요."

나는 몇 발자국 뒤에서 그를 따라갔다. 리처드가 누군가에게 인사하는 소리를 들었지만 그의 몸이 내 시야를 막고 있었다. 이어 그가 몸을 구부렸다. "안녕, 얘야."

독일 셰퍼드는 덩치가 엄청 컸다. 리처드가 목줄을 건네받아 집 안으로 이끌 때 개의 어깨 근육이 굽이치는 것을 보았다. 개를 데려온 남자가 그 뒤에서 따라 들어왔다.

"넬리? 듀크랑 인사해. 이 덩치 큰 녀석은 당신이 바랄 수 있는 최고의 보안책이야."

개는 날카로운 이빨을 내보이며 하품을 했다.

"그리고 이쪽은 칼이야." 리처드가 웃었다. "듀크의 훈련사들 중 한 분이지. 나중에 소개해서 미안합니다."

"괜찮습니다, 어딜 가나 듀크가 더 인기가 좋죠." 칼은 나의 불안함을 눈치챈 듯했다. "녀석이 사나워 보이죠, 하지만 기억하세요, 다른 모든 사람들한테도 그렇게 보인다는 걸요. 그리고 듀크는 당신을 보호하는 게 자신의 임무라는 걸 알고 있습니다."

나는 고개를 끄덕였다. 듀크는 나와 몸무게가 거의 똑같아 보였다. 뒷다리만 딛고 일어서면 키도 나랑 같을 것이다.

"듀크는 셔먼 반려견 훈련소에서 1년 동안 훈련을 받았습니다. 열 가지가 넘는 명령을 알아듣죠. 하나 해볼게요. 앉아." 칼의 말에 개는 몸을 웅크려 앉았다. **"일어서."** 칼이 지시하자 개는 우아하게 일어섰다.

"한번 해봐, 스위트하트." 리처드가 부추겼다.

"앉아." 나는 긁는 듯한 목소리로 말했다. 개가 내 말을 들을 거라고는 믿을 수 없었지만, 듀크는 갈색 눈으로 나를 응시하다가 엉덩이를 땅에 붙이고 앉았다.

나는 개의 시선을 외면했다. 이성적으로는 그 개가 명령을 따르도록 훈련받았다는 걸 알았다. 하지만 위협을 받으면 공격하라는 훈련도 받지 않았나? 개들은 두려움을 감지한다는 걸 기억해낸 나는 벽에 등을 기대며 움츠렸다.

작은 개들은 근처에 있어도 괜찮았다. 털이 보송보송한 소형견들은 뉴욕 시에 흔했다. 핸드백에 담겨 지나가거나 밝은색 리드 줄 끝에서 춤을 추듯 걸었다. 심지어 나는 가끔은 발걸음을 멈추고 그런 개들을 쓰다듬기도 했고, 리처드 아파트의 이웃인 킨 부인이 그녀와 비슷한 헤어스타일의 비숑프리제를 데리고 나와 같이 엘리베이터를 탈 때도 전혀 싫지 않았다.

이런 큰 개는 시내에서 보기 힘들었다. 대부분의 아파트 면적이 그런 개를 키우기에 적합하지 않아서였다. 수년간 나는 큰 개를 거의 본 적이 없었다.

그러나 내가 어렸을 때, 플로리다 집의 옆집에서는 로트와일러 두 마리를 키웠다. 철조망 안에 갇혀 있었는데, 내가 자전거를 타고 그 집 마당을 지나갈 때면 철책을 뚫고 나올 듯이 나를 향해 달려들었다. 아빠는 그 개들은 그냥 흥분한 거라고, 개는 착한 동물이라고 말했다. 하지만 그 개들의 굵직하고 쉰 듯한 짖는 소리와 철조망이 철커덕거리는 소리에 나는 겁에 질렸다.

듀크의 부자연스러운 조용함은 그것보다 훨씬 더 마음을 산란케 했다.

"쓰다듬어보고 싶으세요?" 칼이 물었다. "듀크는 귀 뒤를 긁어주면 무척 좋아해요."

"네. 안녕, 듀크." 나는 손을 뻗어 개를 아주 잠깐 쓰다듬었다. 검은색과 갈색의 털이 생각보다 부드러웠다.

"가서 듀크의 물건들을 가져오겠습니다." 칼은 그의 흰색 트럭으로 돌아갔다.

리처드는 나를 안심시키려는 듯한 웃음을 지었다. "보안업체 직원의 말을 떠올려봐. 개는 침입자에 대한 최고의 억제력이라잖아. 그 어떤 경보 시스템보다 낫다고. 듀크가 옆에 있으면 당신은 푹 잘 수 있을 거야."

듀크는 아직도 바닥에 앉은 채 나를 응시하고 있었다. 내가 다시 일어서라고 말해주길 기다리고 있는 건가? 나는 어릴 적에 고양이를 한 번 키워본 경험밖에 없었다.

칼이 듀크의 사료와 침대와 밥그릇 등을 한 아름 안고 돌아왔다. "듀크의 공간을 어디로 하고 싶으세요?"

"주방이 좋을 것 같습니다." 리처드가 대답했다. "이쪽으로 오세요."

칼이 또 한 번 딱 부러지게 한마디 내뱉자 개는 우리를 따라왔는데, 개의 커다란 발들은 우리 집 나무 바닥에 닿아도 거의 아무 소리도 내지 않았다. 칼은 몇 분 후 그의 명함과 듀크가 알아듣는 말들—**이리 와, 기다려, 물어**—의 코팅된 목록만 남긴 채 차를 타고 떠났다. 그 전에 리처드나 내가 명령조로 말할 때만 듀크가 그 말들에 반응할 거라고 설명했다.

"듀크는 영리해요." 칼은 듀크의 머리를 마지막으로 쓰다듬었다. "훌륭한 개를 선택하신 겁니다."

나는 희미한 웃음을 지어 보였지만, 다음날 아침에 리처드가 출근한 후 내가 안전하다고 느끼게 해줄 거라는 그 개와 단둘이 남을 생각에 무서웠다.

처음 며칠 동안 나는 집에 있을 때 바나나를 하나 가져가거나 듀크의 밥그릇에 사료를 조금 부어줄 때 말고는 주방에 들어가지 않았다. 칼은 하루 세 번 듀크를 산책시키라고 했지만 나는 듀크의 목에 목줄을 연결할 엄두가 나지 않았다. 그래서 그냥 뒷문을 열고 개에게 **가**라고 말한 뒤—듀크가 알아듣는 말들 중 하나였다—리처드가 퇴근하기 전에 개의 용변을 치웠다.

사흘째 되던 날 서재에서 책을 읽다가 고개를 드니 듀크가 문간에 조용히 서서 나를 쳐다보고 있었다. 개가 거기까지 오는 소리도 듣지 못했다. 나는 여전히 그 개와 눈을 마주치는 것이 두려웠기에—개는 눈이 마주치면 도전으로 받아들이지 않나?—다시 책만 보면서 듀크가 가길 바랐다. 리처드는 매일 밤 자기 전에 듀크를 데리고 짧은 산책을 하고 왔다. 듀크에겐 넘쳐나는 먹이와 깨끗한 물, 편안한 침대가 있었다. 내가 죄책감을 느낄 이유는 없었다. 개는 더 바랄 것 없이 아주 잘 살고 있었다.

듀크는 타박타박 걸어오더니 내 옆에서 풀썩 엎드려 커다란 두 앞발 사이에 머리를 뒀다. 그리고 날 올려다보더니 한숨을 푹 쉬었다. 정말이지 사람이 내는 소리랑 똑같았다.

소설책 위로 슬쩍 쳐다보니 듀크의 초콜릿 빛 갈색 눈 위에 주름이 잡혀 있었다. 슬픈 표정이었다. 나는 개가 다른 개들과 함께 지내는 것에, 활동과 소음에 둘러싸여 지내는 것에 익숙할까 궁금해졌다. **우리 집은 확실히 얘한테 아주 낯설겠지**, 나는 생각했다. 나는 머뭇거리는 손길로, 훈련사가 듀크가 좋아한다고 말해준 방식대로 개의 귀 뒤를 만져주었다. 털이 풍성한 꼬리가 바닥을 한번 탁 쳤다가 다시 잠잠해졌다. 마치 지나치게 흥분하지 않으려고 애쓰는 것 같았다.

"좋아? 괜찮아, 듀크. 맘껏 꼬리쳐도 돼."

나는 의자에서 듀크 옆으로 내려가 앉아 계속 듀크의 머리를 쓰다듬으며 개가 좋아하는 것 같은 리듬을 찾았다. 따뜻하고 숱 많은 털을 쓰다듬고 있자니 내 마음도 누가 어루만져주는 것 같았다.

잠시 후 나는 일어나서 주방으로 가 목줄을 찾았다.

듀크는 나를 따라왔다.

"이걸 너한테 연결시킬 거야. 얌전히 **앉아** 있어, 알았지?"

처음으로 듀크의 조용함이 상냥함의 증거라는 생각이 들었다. 그럼에도 나는 최대한 빠른 동작으로 은색 걸쇠를 개목걸이에 연결하고 개의 이빨 근처에서 손을 치웠다.

듀크와 함께 밖으로 나가자마자 싸늘한 겨울 공기 때문에 코끝과 귀가 얼얼했지만, 내가 집으로 다시 들어가버릴 정도로 춥지는 않았다. 그날 듀크와 나는 그때까지 내가 가본 적 없는 동네의 구석구석까지 돌아다니며 아마 5킬로미터 정도 걸었을 것이다. 듀크는 내 보폭에 맞춰 걸었고, 시종일관 내 옆에서 나란히 걸었으며, 잔디에 코를 킁킁거리거나 변을 볼 때만 걸음을 멈췄고 그럴 때는 나도 발길을 멈췄다.

집으로 돌아와 목줄을 분리할 때 나는 전혀 무섭지 않았다. 듀크의 물그릇을 채워주고 내 잔에는 아이스티를 따라 벌컥벌컥 마셨다. 산책 때문에 다리가 기분 좋게 묵직한 걸 느끼며, 듀크만큼이나 나도 산책이 필요했음을 깨달았다. 나는 몸을 돌려 서재로 가려다가 문간에서 멈춰서 듀크를 쳐다보았다.

"**이리 와.**"

듀크는 느긋한 걸음걸이로 나를 따라와 내 옆에 앉았다.

"정말 착한 아이구나."

리처드의 생일에 우리는 공항에서 엄마를 마중해서 집으로 왔다. 몇 시간 후 모린이 도착했을 때쯤 엄마는 이미 당신의 물건들을 집 안 곳곳에 내려놓았고—핸드백은 주방에, 숄은 식당 의자 등받이에 걸쳐놓았고, 책은 리처드가 가장 아끼는 오토만 위에 펼쳐져 있었다—난방 온도를 5도 더 높였다. 그 때문에 나는 리처드가—그는 아무 말도 안 했지만—속이 상해 있다는 걸 알 수 있었다.

저녁식사 시간은 충분히 매끄럽게 흘러갔다. 엄마가 식탁 밑으로 자꾸 스테이크 조각을—엄마는 벌써 채식주의와 결별했다—듀크에게 몰래 먹이기는 했지만.

"보기 드물게 똑똑한 개야." 엄마는 선언했다.

모린은 의자를 움직여 듀크와 엄마한테서 약간 더 멀리 떨어지더니 매수를 고려 중인 주식에 대해 리처드에게 물었다. 모린은 자기가 개랑 별로 안 친하다고 말했지만, 그 전에 용감하게 듀크를 한 번 쓰다듬어줬다.

내가 치즈케이크를 내온 후 우리는 모두 선물을 열어보러 거실로 갔다. 리처드는 내 선물을 제일 먼저 열었다. 모든 선수들이 사인한 레인저스 하키 셔츠 액자—그리고 그에 어울리는, 듀크를 위한 레인저스 개 목걸이였다.

엄마의 선물은 디팩 초프라의 새 책이었다. "자네는 너무 열심히 일하잖아. 출퇴근 시간에 읽어보는 게 어때?"

리처드는 예의 바르게 책을 펼치고 몇 장 넘겨보았다. "나한테 꼭 필요한 책 같네." 엄마가 핸드백에 넣어두고 잊은 카드를 가지러 갔을 때 그는 내게 한쪽 눈을 찡긋했다.

"엄마가 내용을 물어볼 때를 대비해서 클리프노츠(명저들을 요약한 학습 참고서 시리즈—옮긴이) 판을 구해줄게요." 나는 농담을 했다.

모린의 선물은 다음날 저녁의 닉스 경기 표 두 장이었다. "오늘 선물 주제는 스포츠 같네." 그녀가 웃었다. 모린과 리처드 둘 다 농구 팬이었다.

"모린이랑 보러 가요." 내가 말했다.

"원래 내 계획도 그거였어." 모린은 가벼운 말투로 말했다. "저번에 리처드가 골텐딩을 설명하려 애쓸 때 버네사가 의식을 잃는 걸 봤거든."

"변명의 여지가 없네요."

엄마의 시선이 모린과 리처드를 휙 스친 뒤 나를 향했다. "마침 내가 와서 다행이네. 안 그랬으면 너 혼자 집에 있을 뻔했어, 버네사. 내일 나랑 시내로 가서 샬럿 이모랑 저녁을 먹을래?"

"좋아요." 엄마는 모린이 준 표가 세 장이 아니라서 놀란 것 같았다. 엄마는 내가 소외당한다고 생각했을지도 모르지만, 솔직히 나는 리처드의 누나가 그와 함께 시간을 보내고 싶어 하는 게 기뻤다. 그에게 가족은 누나뿐이었으니까.

엄마가 이틀 더 머무는 동안 나는 엄마의 여과 없는 말들에 대비해 마음을 단단히 먹었지만 그런 말은 전혀 듣지 못했다. 엄마는 내가 듀크를 데리고 산책할 때마다 따라나섰고, 엄마의 제안으로 듀크는 첫 목욕을 하게 됐다. 듀크는 갈색 눈에 원망의 기색이 어렸지만 평소대로 점잖게 목욕을 견뎌냈고, 욕조에서 나온 후 나와 엄마를 향해 물을 털어내는 것으로 복수했다. 그때 엄마와 함께 큰 소리로 웃은 것이 내게는 이번 엄마의 방문에서 최고의 순간이었다. 엄마한테도 그런 순간이었을 거라고 생각한다.

공항에서 작별인사를 할 때 엄마는 평소 헤어질 때보다 훨씬 더 오래 나를 안아줬다.

"사랑해, 버네사. 널 더 자주 보고 싶어. 한두 달 후에 플로리다로 와 줄래?"

엄마가 온다고 했을 때 겁이 났던 나지만, 그날 엄마의 포옹은 나 자신도 놀랄 정도로 포근했다. "노력해볼게요."

정말 그러려고 했다. 하지만 곧 모든 것이 다시 한 번 바뀌었다.

나는 우리 집 듀크라는 굳건한 존재에 빠르게 익숙해졌다. 함께하는 활기찬 아침 산책에, 저녁을 만들면서 듀크와 대화하는 것에. 내 다리에 머리를 올려둔 듀크의 털을 오래오래 빗어주면서, 나는 내가 어떻게 듀크를 무서워했을 수가 있는지 의아해했다. 내가 샤워를 할 때면 듀크는 욕실 밖에서 보초를 서듯 기다렸다. 내가 집으로 돌아올 때마다 듀크는 현관문 바로 뒤에서 귀를 세모꼴로 쫑긋 세운 채 앉아 있었다. 듀크는 자기가 볼 수 있는 곳으로 내가 돌아오면 안심하는 것 같았다.

나는 리처드가 너무 고마웠다. 그는 듀크가 내게 안전함 이상을 가져다줄 것을 알았던 게 틀림없었다. 우리가 절박하게 원하는 아기가 없는 상황에서 듀크는 나의 동행이 돼줬다.

"듀크를 너무 사랑해요." 몇 주 후 어느 날 밤에 나는 리처드에게 말했다. "당신이 옳았어요. 듀크 때문에 정말 안전하다는 느낌이 들어요." 나는 듀크와 인도로 마당 열 개 정도를 지나갔을 때 갑자기 어떤 집 마당을 둘러싼 생울타리 사이에서 집배원이 나온 일을 얘기해줬다. 듀크는 재빨리 나와 집배원 사이에 섰고 목구멍에서 낮게 으르렁거리는 소리를 냈다. 집배원은 우리와 멀찍이 떨어져 가던 길을 갔고, 우리도 그렇게 했다. "듀크의 그런 면을 본 건 그때뿐이었어요."

리처드는 나이프로 롤빵에 버터를 바르며 고개를 끄덕였다. "그래, 하지만 그게 늘 존재한다는 걸 기억하는 게 좋아."

그 다음 주에 리처드가 1박으로 출장을 갔을 때 나는 듀크의 침대를 위층으로 가져와 내 침대 옆에 뒀다. 잠이 오지 않아 듀크를 내려다보니 듀크도 깨어 있었다. 나는 침대 옆으로 팔을 늘어뜨려 듀크의 머리를 쓰다듬었고, 그러자 곧 잠이 들었다. 꿈도 꾸지 않고 깊이 잤다. 몇 달 만에 제일 푹 잔 날이었다.

나는 리처드에게 교외로 이사 온 뒤 붙은 수킬로그램의 군살을 빼기 위해 듀크와 산책을 아주 많이 하고 있다고 말했었다. 살이 찌는 것은 배란 촉진제 때문만은 아니었다. 시내에서 살 때 나는 하루에 6킬로미터는 족히 걸어 다녔지만 지금은 반 갤런짜리 우유 한 통을 사러 갈 때조차 차를 탔다. 리처드는 내 몸무게에 대해 일언반구도 하지 않았지만, 아침마다 체중계에 올라가고 일주일에 다섯 번 운동했다. 나는 남편에게 예뻐 보이고 싶었다.

리처드가 출장에서 돌아왔을 때 나는 듀크를 다시 아래층으로, 추운 무균지대 같은 주방으로 되돌려 보내고 싶지 않았다. 리처드는 듀크에 대한 내 태도가 어떻게 그렇게 빨리 바뀔 수 있는지 믿을 수 없어 했다. "가끔 보면 당신은 나보다 그 개를 더 사랑하는 것 같아." 그는 농담을 했다.

나는 웃었다. "듀크는 내 친구예요. 당신이 없을 때 내 곁을 지켜주는 친구." 사실, 듀크를 향한 내 사랑은 태어나서 한 번도 경험해보지 못한 가장 순수하고 무조건적인 애정이었다.

듀크는 단순히 반려동물 그 이상이었다. 세상으로 파견된 나의 대사 같은 존재였다. 산책할 때 자주 마주치는 어떤 사람이 달리기를 멈추고 듀크를 쓰다듬어도 되느냐고 물었고, 결국 그와 나는 대화를 나누게 되었다. 우리 집 정원사들은 뼈다귀를 가져와서, 듀크한테 줘도 되냐고 내게 수줍게 물었다. 내가 듀크에게 집배원이 **친구**—듀크가 알아듣는 또 하나의 단어다—라고 말한 후 집배원조차 듀크를 갈수록 좋아하게 됐다. 매주 엄마와 통화할 때면 나는 듀크와의 최근의 모험담을 신나게 떠들어댔다.

그러다가, 모든 꽃나무들이 금방이라도 활짝 피어날 것 같던 초봄의 어느 날 나는 듀크를 데리고 몇 동네 떨어진 곳에 있는 하이킹 코스를 걸었다.

되돌아보면, 나는 그날을—듀크의, 그리고 나의—마지막 좋은 날로 생각하곤 했지만, 커다랗고 편평한 바위에 앉아 따뜻한 햇살을 받으며 멍하니 듀크의 털을 쓸어주던 그때엔 그냥 여느 때처럼 완벽한 오후라고만 여겼다.

듀크와 집으로 돌아왔을 때 휴대전화가 울렸다. "스위트하트, 세탁소에서 옷 찾아왔어?"

리처드가 셔츠를 찾아와 달라고 부탁했던 걸 깜빡했다. "아, 이런. 정원사들 품삯만 좀 주고 나서 얼른 다녀올게요."

세 정원사는 특히나 듀크를 무척 좋아하게 돼서, 날씨가 좋을 때면 일이 끝난 후에도 가지 않고 잠시 듀크에게 장난감을 던져주며 놀아주곤 했다.

나는 30분, 길어야 35분가량 집을 비웠다. 다시 집으로 왔을 때 정원사들의 트럭은 가고 없었다. 현관문을 여는 순간 온몸에 냉기가 확 돌았다.

"듀크." 나는 외쳤다.

아무 반응도 없다.

"듀크!" 나는 떨리는 목소리로 다시 고함쳤다.

뒷마당으로 뛰어갔다. 거기에도 듀크는 없었다. 정원사들한테 전화를 했다. 그들은 맹세컨대 뒷문을 닫았다고 말했다. 나는 온 동네를 뛰어다니며 듀크를 불렀고, 그런 다음엔 동물보호협회와 지역 동물병원들에 전화를 걸었다. 리처드가 급히 집으로 왔고 우리는 차를 타고 이거리 저 거리를 돌아다니며 목이 쉴 때까지 차창 밖으로 듀크를 불렀다. 다음날 리처드는 출근하지 않았다. 그는 우는 나를 안아주었다. 함께 전단을 붙였다. 거액의 보상금을 적어넣은 전단이었다. 밤마다 나는 집 밖에 서서 듀크를 불렀다. 누군가 듀크를 데려가거나 듀크가 담장을 뛰어넘어 침입자를 쫓아가는 장면을 상상했다. 듀크가 더 큰 동물에게 공격받을까 싶어 지역의 야생동물 서식지까지 검색했다.

이웃사람 한 명이 오처드 스트리트에서 듀크를 봤다고 주장했다. 다른 사람은 윌로우 스트리트에서 봤다고 했다. 누군가 전단을 보고 전화를 하고 개를 한 마리 데려왔지만 듀크가 아니었다. 심지어 애니멀 커뮤니케이터한테까지 전화를 했는데, 그는 듀크가 필라델피아의 보호소에 있다고 말했다. 하지만 다 소용없었다. 그 40킬로그램짜리 개는 내 인생에 나타났을 때와 똑같이 마법처럼 사라져버린 것 같았다.

듀크는 훈련을 아주 잘 받은 개였다. 그냥 집에서 나가버렸을 리가 없었다. 누군가 데려가려 했다면 그를 공격했을 것이다. 듀크는 경비견이었다.

하지만 새벽 3시에 남편을 뒤로 하고 복도를 살금살금 걷는 내가 생각한 것은 그런 것이 아니었다.

듀크가 사라지기 직전에 리처드는 내게 전화를 해 셔츠를 찾아왔느냐고 물었다. 그때 나는 그가 직장 전화로 전화했다고 짐작했다. 그걸 증명할 방법이 없음에도 불구하고. 그는 내게 그의 휴대전화와 블랙베리의 비밀번호를 절대 알려주지 않았기에 그의 통화기록을 확인할 수는 없었다.

하지만 그날 내가 세탁소에 들어서자 리 부인은 언제나처럼 쾌활하게 나를 맞이했다. **어서 오세요! 아까 남편 분이 전화하셨길래, 셔츠는 준비됐다고, 평소대로 약한 풀을 입혔다고 말씀드렸답니다.**

어째서 리처드는 세탁소에 전화를 해서 내가 셔츠를 찾아오지 않았다는 걸 확인한 다음에 내게 전화를 걸어 셔츠를 찾아왔느냐고 물었을까?

나는 당시에 곧장 그에게 그 일에 대해 묻지 않았다. 하지만 곧 내 머릿속은 온통 그 생각뿐이었다.

나는 잠을 못 자 갈수록 눈이 퀭해졌다. 겨우 까무룩 잠이 드는 밤에도 중간에 깨서 침대 옆으로 팔을 늘어뜨리고 듀크가 누워 있던 빈자리를 손끝으로 쓸었다. 깨어 있는 대부분의 시간에는 멍했다. 리처드와 함께 일어나 그에게 커피를 내려주고 나도 여러 잔을 마셨다. 남편에게 입을 맞추며 작별인사를 한 다음 그가 출근하기 위해 문을 나서는 모습을, 콧노래를 흥얼거리며 차로 걸어가는 뒷모습을 응시했다.

듀크가 사라지고 몇 주 후 나는 뒷마당에서 내키지 않는 손길로 꽃을 심다가, 듀크가 무척 좋아하던 장난감을, 즐겨 씹던 녹색 고무 악어 인형을 발견했다. 나는 그걸 가슴에 품고, 아빠의 장례식 이후 처음으로 꺽꺽거리며 울었다.

마침내 눈물도 더 나오지 않자 나는 집 안으로 들어갔다. 여전히 악어 인형을 손에 쥔 채 그 집의 부자연스러운 고요함 속에 서 있었다. 그 후, 완벽하게 깨끗한 러그에 흙이 묻건 말건 개의치 않고 거실로 걸어가 리처드가 늘 열쇠를 놓아두는 탁자 위에 악어 인형을 놓아두었다. 그가 집에 와서 그것을 보는 모습을 지켜보고 싶었다.

그 다음 나는 다음의 일들을 하지 않았다. 더러워진 옷을 갈아입지 않았다. 신문들을 정리하지도 빨래를 개지도 원예 도구를 치우지도 않았다. 그날 저녁 메뉴로 정했던 황새치도, 깍지 콩도, 토르텔리니도 요리하지 않았다.

그 대신 다음과 같이 했다. 내가 마실 보드카 토닉을 만들고 난장판 속에 앉았다. 날빛이 어스름으로 바뀌기를 기다렸다. 그런 다음 술잔에, 이번에는 토닉워터 없이, 보드카를 따랐다. 그동안 나는 가끔 와인 한두 잔 마시는 것 외에는 술을 입에 대지 않고 있었다. 강한 알코올이 내 몸을 관통하며 내려가는 것이 느껴졌다.

마침내 리처드가 현관문으로 들어왔을 때 나는 침묵을 지켰다.

"넬리." 그가 불렀다.

결혼 후 처음으로 나는 "네, 허니." 하고 대답하거나 종종걸음으로 달려가 그에게 입을 맞추지 않았다.

"넬리?" 이번에는 내 이름이 질문이 아니라 진술처럼 불렸다.

"여기 있어요." 결국 나는 대답했다.

그는 꼬리가 반쯤 사라지고 흙 묻은 듀크의 악어 인형을 들고 문간에 나타났다. "불도 안 켜고 앉아서 뭐 해?"

나는 술잔을 들어 남은 보드카를 다 마셔버렸다.

그가 내가 입은 옷들을 훑어보는 것이 보였다. 무릎에 흙이 묻은 물 빠진 청바지와 낡은 오버사이즈 티셔츠. 나는 컵받침이 없다는 것에 신경 쓰지 않고 잔을 바닥에 내려놓았다.

"스위트하트, 무슨 일이야?" 그가 걸어와서 두 팔로 나를 감쌌다. 그의 탄탄한 온기를 느끼자 내 결심이 녹기 시작했다. 오후 내내 그에게 그토록 화가 나 있었으면서, 이제는 내게 고통을 준 사람한테서 위안을 얻기를 간절히 바라고 있었다. 내 머릿속에서 생겨났던 비난의 말들이 점점 흐릿해졌다. 리처드가 어떻게 그런 끔찍한 짓을 할 수 있겠어? 그 모든 말들이 다시 헛소리처럼 느껴졌다.

하려고 벼렸던 말 대신 이런 말이 불쑥 나왔다. "난 좀 쉬어야겠어요."

"쉰다고?" 그가 내게서 몸을 뗐다. "뭘 쉰다는 말이야?" 그가 이마를 찌푸렸다.

나는 **전부 다요**, 하고 싶었지만 "클로미드 말이에요"라고 대답했다.

"당신 취했어. 진심으로 하는 말 아니야."

"네, 좀 알딸딸하긴 하지만, 진심 맞아요. 이제 더는 안 먹을 거예요."

"그건 우리가 부부로서 같이 논의해봐야 하는 문제 아닐까? 공동 결정이 필요한 문제지."

"듀크를 없애버린 건 공동 결정이었나요?"

그 말을 내뱉으면서, 나는 내가 우리 관계에서 어떤 선을 넘었음을 깨달았다.

깜짝 놀랐던 건 그 순간에 기분이 너무나 좋아서였다. 남들과 마찬가지로 우리의 결혼 생활에도 무언의 규칙들이 있었고, 방금 나는 그중 가장 중요한 규칙 하나—리처드에게 이의를 제기하지 않는다—를 깬 것이다.

지금의 나는 깨닫는다. 나는 그 지령을 고수했기 때문에 그에게 왜 내게 보여주지도 않고 집을 샀는지, 왜 그의 유년시절을 내게 결코 얘기해주지 않는지, 그 외에 내가 머릿속에서 떨쳐버리려고 애쓴 여러 질문들을 하지 못했음을.

그 규칙은 리처드 혼자 만든 것이 아니었다. 나 역시 충실한 공범자였다. 내 남편이—언제나 나를 안전하다고 느끼게 만들어준 남자가—우리 인생의 향로를 책임지도록 내버려두는 건 얼마나 쉬웠던가.

나는 더는 안전하다고 느끼지 않았다.

"무슨 소리야?" 리처드의 목소리가 차갑고 신중했다.

"리 부인한테 전화했으면서 왜 나한테 당신 셔츠를 가져왔냐고 물었죠? 내가 안 가져온 거 알면서 말이에요. 나를 집 밖으로 유인하려고 한 거예요?"

"맙소사!" 리처드가 벌떡 일어섰다.

그가 내 의자에 앉아 나를 내려다볼 때 나는 고개를 들어 그를 올려봐야 했다.

"넬리, 당신 지금 완전히 비이성적이야." 찌그러지도록 악어 인형을 꽉 움켜쥔 그의 손이 보였다. 그의 표정은 굳어 있었다. 눈은 가늘게 뜨고 입술은 안쪽으로 말아 넣었다. 마치 내 남편이 가면 뒤로 사라지고 있는 것 같았다. "그 빌어먹을 세탁소가 듀크랑 무슨 상관이야? 우리가 아이를 갖는 거랑? 내가 왜 당신을 집 밖으로 유인해?"

나는 코너로 몰리고 있었지만 물러서지 않았다. "내가 안 가져온 걸 알면서 왜 당신 셔츠를 가져왔냐고 물어봤냐고요!" 내 목소리는 날카로웠다.

그는 악어를 바닥에 내동댕이쳤다. "무슨 뜻이야? 당신은 미쳤어. 리 부인은 늙은 데다 늘 정신없이 바빠. 당신이 말을 잘못 알아들었겠지."

그는 아주 잠깐 눈을 질끈 감았다. 다시 눈을 떴을 때 그는 다시 리처드였다. 가면은 사라졌다. "당신은 지금 우울한 거야. 큰 상실을 겪었으니까. 우리 둘 다 듀크를 사랑했어. 그리고 당신이 임신 촉진 치료 때문에 힘든 거 알아. 당신 말이 맞아. 치료는 잠시 쉬자."

나는 여전히 그에게 분노를 느꼈다. 왜 마치 그가 나를 용서하고 있는 것 같은 느낌이지?

"듀크 어디 있어요?" 나는 속삭이듯 말했다. "제발 듀크가 살아 있다고 말해줘요. 듀크가 무사하다는 걸 꼭 알아야 해요. 다시는 물어보지 않을게요."

"베이비." 리처드는 내 옆에 꿇어앉아 나를 품에 안았다. "당연히 무사하지. 듀크는 아주 똑똑하고 강인하니까. 아마 몇 동네 지난 곳에서 우리만큼 듀크를 사랑하는 새 가족과 살고 있을 거야. 커다란 뒷마당에서 테니스공을 쫓아가는 듀크가 상상되지 않아?" 그는 내 볼에 흐르는 눈물을 닦았다. "더러운 옷 갈아입고 좀 누워."

나는 리처드가 말할 때 움직이는 그의 도톰한 입술을 쳐다보고 있었다. 그의 눈을 읽으려고 애썼다. 나는 결정을, 아마도 지금까지 살아오면서 직면한 가장 중요한 결정을 내려야만 했다. 나의 의심을 버리지 않는다면 그것은 남편과 우리 관계에 대해 내가 믿었던 모든 것이 거짓이라는, 지난 2년의 모든 순간이 끔찍한 거짓말이라는 뜻일 터였다. 리처드만 의심하는 것이 아니라 나 자신의 직감과 판단력, 마음 깊은 곳의 진실을 해체하는 것이 될 터였다.

그래서 나는 리처드가 한 말을 받아들이기로 했다. 리처드도 듀크를 사랑하고 내가 듀크를 얼마나 사랑하는지 안다고. 그가 옳았다. 그가 우리 개한테 무슨 짓을 할 거라고 생각한 건 미친 짓이었다.

온몸의 긴장이 풀리자 몸이 시멘트처럼 뻑뻑하고 무거운 느낌이었다.

"미안해요." 나는 리처드가 나를 데리고 위층으로 올라갈 때 말했다.

옷을 갈아입고 욕실에서 나오자 그가 이미 이불을 아래로 젖혀놓고 침대 옆 탁자에 물이 든 잔을 올려둔 후였다.

"나도 당신 옆에 누워 있을까?"

나는 고개를 저었다. "당신 배고프겠어요. 저녁 안 만든 게 후회돼요."

그는 내 이마에 키스했다. "그건 걱정하지 마. 좀 쉬어, 스위트하트." 마치 방금까지 있었던 모든 일이 없었던 것 같았다.

그 다음 주에 나는 새 요리 교실에 등록했고—이번에는 아시아 요리였다—클럽의 아동 문맹 퇴치 위원회에 가입했다. 맨해튼의 낙후된 구역에 있는 학교들에 배포할 책들을 모으는 단체였다. 위원회는 점심시간에 만났다. 그 식사 자리에서는 늘 와인이 나왔고, 대개 내가 가장 먼저 잔을 비우고 리필을 요청하는 사람이었다. 나는 가끔 낮술 때문에 도지는 두통에 대비하려고 애드빌 통을 핸드백에 늘 넣고 다녔다. 나는 위원회 모임 날을 기다렸는데, 갔다 와서 낮잠을 자면 몇 시간을 때울 수 있었기 때문이다. 리처드가 퇴근할 때쯤이면 내 날숨에서는 박하향이 났고 안약 덕분에 눈의 붉은 기는 사라져 있었다.

나는 다른 개를, 다른 종의 개를 데려오자고 할까 생각했다. 하지만 결코 그러지 않았다. 그래서 우리 집은—반려동물도, 아이도 없이—한낱 주택으로 되돌아갔다.

나는 혐오하기 시작했다, 도무지 누그러질 기미가 없는 그 끝없는 고요함을.

27

독일 셰퍼드 엽서를 샬럿 이모의 책상 위에 다시 놓아둔다. 결근을 너무 많이 했다. 또 지각을 할 순 없다. 나는 에마에게 쓴 편지를 핸드백에 넣는다. 근무를 마친 후 전달할 것이다. 미드타운을 향해 걷기 시작했을 때 어깨끈을 잡아당기는 편지의 무게가 느껴지는 것 같은 기분이 든다.

반쯤 갔을 때 휴대전화가 울린다. 아주 잠깐 나는 **리처드**, 하고 생각한다. 하지만 액정에 뜬 번호는 삭스 백화점이다.

나는 망설이다가 전화를 받자마자 이렇게 말한다. "거의 다 왔어요. 늦어도 15분 안에 도착해요." 나는 걸음을 빠르게 한다.

"버네사, 이런 말 하고 싶지 않지만……." 루실이 말한다.

"정말 죄송합니다. 제가 휴대전화를 잃어버렸는데, 그 후에……." 루실이 목을 가다듬는 소리를 내서 나는 입을 닫는다.

"이제 그만 나왔으면 해요."

"한 번만 더 기회를 주세요." 나는 절박한 목소리로 말한다. 샬럿 이모의 병 때문에 나는 어느 때보다도 일이 필요하다. "그동안 힘든 시기를 보냈어요, 약속드릴게요, 앞으로는…… 이제 상황이 좋아지고 있어요."

"지각은 그렇다고 쳐요. 계속 결근하는 것도요. 하지만 상품을 숨겨요? 그 옷들을 어쩔 생각이었죠?"

나는 부인하려 하지만, 그녀의 목소리에서 느껴지는 뭔가가 내게 그래봐야 소용없다고 말한다. 누군가 검은색과 흰색의 꽃무늬 알렉산더 맥퀸 니트 원피스를 빼내 창고에 숨기는 걸 봤을 수도 있다.

소용없다. 방어책이 없다.

"마지막 수표 써뒀어요. 우편으로 보낼게요."

"저기, 제가 직접 가서 받아도 될까요?" 루실을 직접 만나서 다시 기회를 달라고 설득할 수 있으면 좋겠다.

루실은 망설인다. "그래요. 지금은 좀 바쁘니까 한 시간 후에 들르세요."

"감사합니다. 그렇게 할게요."

이제 퇴근 후에 에마의 집으로 가는 대신 지금 에마의 회사로 가서 직접 편지를 전달할 시간이 생겼다. 리처드의 약혼녀를 마지막으로 본 지 24시간밖에 지나지 않았지만, 그건 그녀의 결혼식이 하루 더 가까워졌다는 뜻이기도 하다.

나는 이 시간을 루실에게 할 말을 떠올리는 데 써야 한다. 하지만 지금 나는 어떻게 하면 그곳 앞마당에 앉아 시간을 때우며 에마가 커피를 마시거나 심부름을 하러 나오는지 볼 수 있을까 하는 생각뿐이다. 어쩌면 그녀의 표정만 보고 리처드가 나를 만나러 온 얘기를 그녀에게 했는지 알아낼 수 있을 것이다.

내가 마지막으로 이 미끈한 고층빌딩에 들어간 건 리처드의 사내 파티 때였다. 그날 밤 모든 것이 시작됐다.

하지만 다른 기억들도 아주 많은 곳이다. 러닝래더에서 퇴근하고 온 내가 지켜보는 가운데, 열중하다 못해 엄숙하게까지 들리는 목소리로 업무상 통화를 하면서 나를 향해 우스꽝스러운 표정을 짓던 리처드. 리처드와 그의 동료들과 저녁을 먹으러 웨스트체스터에서 나온 나. 예고 없이 찾아가면 기뻐하며 나를 번쩍 안아올리던 리처드.

나는 회전문을 열고 데스크의 경비원에게 다가간다. 오전 10시의 로비는 한산해서 나는 안도한다. 아는 사람과 마주치고 싶지 않다.

경비원의 얼굴이 거의 기억나지 않기에 선글라스는 벗지 않는다. 나는 에마의 이름이 적힌 봉투를 건넨다. "32층으로 전달해주시겠어요?"

"잠시만요." 그는 책상 위의 스크린을 터치하고 그녀의 이름을 친다. 이어 나를 올려다본다. "그분은 이제 여기서 일하지 않습니다." 그는 봉투를 내 쪽으로 밀어낸다.

"네? 언제…… 언제 그만뒀는데요?"

"그건 저도 모릅니다."

그 후 경비원은 내 뒤에서 나타난 택배기사에게 집중한다.

나는 봉투를 들고 다시 회전문으로 나온다. 건물 앞마당에 내가 에마를 기다리려고 했던 작은 벤치가 있다. 나는 그쪽으로 가서 무너지듯 앉는다.

놀랄 일도 아니다. 어쨌거나 리처드는 아내가 일하기를, 특히나 자기 밑에서 일하기를 원치 않을 테니까. 잠깐 에마가 다른 직장을 구했는지 궁금하지만, 결혼식 전에 그러지 않았으리라는 걸 안다. 또한 그녀가 결혼식 후에도 일터로 돌아가지 않을 거라고도 확신한다.

그녀의 세상은 쪼그라들기 시작하고 있다.

당장 그녀를 봐야 한다. 그녀는 내가 또 아파트로 오면 경찰을 부르겠다고 위협했지만, 지금 나는 그런 것에 집중할 수가 없다.

나는 일어나서 편지를 핸드백에 넣는다. 손끝에 지갑이 닿는다. 듀크의 사진이 든 지갑이다.

보호 비닐 밑에서 그 작은 사진을 꺼낸다. 분노가 나를 덮친다. 지금 여기 리처드가 있다면 그에게 달려들어 그의 얼굴을 쥐어뜯으며 온갖 욕을 퍼부었을 것이다.

나는 경비원의 데스크로 돌아간다.

"실례합니다." 나는 정중하게 말한다. "혹시 봉투 있나요?"

그는 말없이 내게 봉투 하나를 내민다. 나는 그 안에 듀크의 사진을 넣은 다음 핸드백에 펜이 있나 본다. 회색 아이라이너를 꺼내 겉봉에 **리처드 톰슨**이라고 쓴다. 끝이 뭉툭하고 무른 라이너로 쓴 글씨는 지저분해 보이지만 나는 개의치 않는다.

"32층요. 이 사람은 아직 여기 일하는 거 알아요."

경비원은 한쪽 눈썹을 치켜세우지만 다른 반응은 없다. 적어도 내가 나갈 때까지는.

나는 삭스로 가야 하지만, 회사 건물에서 나오자마자 에마의 아파트로 직행한다. 지금 이 순간 그녀가 뭘 하고 있는지 궁금하다. 이삿짐을 싸고 있을까? 신혼여행 때 입을 섹시한 잠옷을 사고 있을까? 마지막으로 시내의 친구들과 커피를 마시며 언제든 그들을 보러 오겠다고 약속하고 있을까?

왼발이 땅에 닿는다. **그녀를.** 오른발이 내려간다. **구해.** 나는 점점 더 빨리 걷고, 그 말은 머릿속에서 울려 퍼진다. **그녀를구해그녀를구해그녀를 구해.**

과거 나는 너무 늦은 적이 있다. 플로리다의 대학 마지막 해에 여학생클럽에서. 그런 일이 또다시 일어나서는 안 된다.

매기가 사라졌던 날 밤, 내가 대니얼의 집에서 돌아왔을 때 예비 입회자들도 흠뻑 젖은 채 킥킥거리고 바닷물 냄새를 풍기면서 클럽 회관에 막 도착한 참이었다.

"너 아프다며!" 레슬리가 소리쳤다.

나는 예비 입회자들 사이를 뚫고 위층의 내 방으로 향했다. 마음이 산산조각 난 상태라 제대로 생각할 수가 없었다. 그때 내가 왜 뒤를 돌아 여학생들을 쳐다봤는지 모르겠다. 그들은 계단 위에서 누군가 던져 준 수건으로 몸을 닦고 있었다.

나는 몸을 홱 돌렸다. "매기."

"걔 여기…… 여기……." 레슬리가 중얼거렸다. 그녀의 말이 울려 퍼지고 동료 회원들이 실내를 둘러보다가 점점 얼굴에서 웃음기가 걷혔다. 모두의 시선이 그곳에 없는 사람을 좇고 있었다.

해변에서의 일이 두서없이 파편적으로, 조각조각 들려왔다. 알코올과 이제는 두려움으로 변한 흥분 때문에 기억들은 왜곡됐다. 해변으로 걸어갈 때 남학생클럽 애들 몇 명이 슬그머니 뒤쫓아왔다. 살짝 보인 핫핑크 브라 때문이었을 거다. 예비 입회자들은 선배들이 시킨 대로 옷을 다 벗고 바다로 뛰어들었다.

"매기 방에 가봐!" 나는 클럽 회장에게 외쳤다. "난 해변으로 가볼게."

"그 애가 물 밖으로 나오는 걸 봤는데." 함께 바다로 달려갈 때 레슬리는 계속 그렇게 말했다.

하지만 그 남학생들도 그랬다. 그때 남자애들은 모래사장을 뛰어다니며 야유하고 웃고, 여자애들이 벗어놓고 간 옷을 주워 발가벗은 여학생들의 손이 닿지 않는 곳에서 달랑달랑 흔들어 보였다. 그냥 장난이었다. 우리가 계획한 건 아니었지만.

"매기!" 여학생들과 해변을 이리저리 뛰어다니며 나는 소리쳐 불렀다.

그 전에 여학생들도 소리를 질렀었다. 옷을 입고 있던 선배들 중 일부는 남자애들을 쫓아다녔다. 예비 입회자들은 남자들이 모래사장의 더 먼 뒤쪽으로 후퇴하며 떨어뜨린 셔츠나 원피스로 몸을 가리려고 애썼다. 여학생들은 결국 다시 옷을 입고 클럽 회관으로 뛰어왔다.

"매기는 여기 없어!" 레슬리가 고함을 쳤다. "혹시 그 애랑 길이 엇갈렸을 수도 있으니까 하우스로 돌아가보자."

바로 그때 나는 작은 체리들이 그려진 흰색 상의와 그것과 어울리는 반바지가 모래사장 위에 나뒹굴고 있는 것을 보았다.

빙빙 돌아가는 파랗고 빨간 불빛. 바닷속을 수색하는 다이버들과 바닷물을 거르는 그물들. 파도 위를 이리저리 훑는 스포트라이트.

시신 한 구가 물속에서 끌려나올 때 들리던 높고 긴 비명소리. 내가 지른 비명이었다.

경찰은 우리를 한 명씩 심문하며 체계적으로 이야기를 구성했다. 지역 신문은 네 면에 걸쳐 관련기사와 매기의 사진을 실었다. 마이애미의 방송국은 우리 클럽 회관을 화면에 띄운 채 예비 입회자 주간 음주의 위험성에 대해 특별 보도했다. 나는 사교부장이자 매기의 담당 선배였다. 그런 디테일들이 보도됐다. 내 이름과 사진이 실렸다.

마음속에서 나는 늘 깡마르고 주근깨투성이인 매기가 몸을 가리려

313

고 애쓰며 바닷속으로 들어가는 모습을 본다. 그녀가 너무 멀리 가다가 불안정한 모랫바닥에서 발을 헛디디는 것이 보인다. 파도가 그녀의 머리 위를 덮친다. 그녀는 소리를 질렀겠지만, 그 소리는 다른 아이들의 새된 소리에 섞여들 뿐이다. 그녀는 방향을 잃고 몸이 홱 돌아가며 먹처럼 검은 물속으로 가라앉는다. 앞이 보이지 않는다. 숨을 쉴 수 없다. 또 한 번의 파도가 그녀를 더 깊은 곳으로 끌고 들어간다.

매기는 사라졌다. 하지만 애초에 내가 없어지지 않았다면 그 애는 사라지지 않았을지도 모른다.

에마 역시 리처드와 결혼하면 사라질 것이다. 그녀는 친구들을 잃을 것이다. 가족과 소원해질 것이다. 그녀 자신과도 멀어질 것이다, 내가 그랬던 것처럼. 그러고도 상황은 훨씬 더 나빠질 것이다.

그녀를 구해, 내 마음이 외친다.

-28-

나는 직원용 출입문으로 들어가 엘리베이터를 타고 3층에 내린다. 스웨터들을 다시 개고 있는 루실이 보인다. 나 때문에 일손이 부족하다. 내 일을 그녀가 하고 있다.

"정말 죄송합니다." 나는 회청색 캐시미어 더미로 손을 뻗는다. "저는 이 일이 필요해요. 그동안 무슨 일이 있었는지 설명드릴 수 있어요……."

루실이 몸을 돌려 나를 보고 나는 말꼬리를 흐린다. 나는 달라진 내 모습을 뜯어보는 그녀의 표정을 읽으려고 애쓴다. 혼란스러운 표정. 그녀는 내가 그냥 수표만 받고 떠날 거라고 생각했을까? 그녀의 시선이 내 머리카락에 머물 때 나는 본능적으로 스웨터들 옆의 거울을 쳐다본다. 물론 루실은 당황했을 것이다. 지금껏 내 머리카락이 갈색인 줄 알았으니까.

"버네사, 미안한 건 나예요. 하지만 두 번째 기회는 그동안 여러 번 줬어요."

나는 좀 더 사정해보려다가, 매장이 손님들로 가득 찬 것을 알아차린다. 다른 여성 판매원들이 우리를 지켜보고 있다. 저들 중 한 명이 그 옷들에 대해 루실에게 말해줬을 것이다.

소용없다. 나는 스웨터들을 내려놓는다.

루실은 수표를 꺼내 내게 건넨다. "행운을 빌어요, 버네사."

나는 엘리베이터 쪽으로 돌아가다가 그 검은색과 흰색의 복잡한 문양이 들어간 드레스들이 제자리에 걸려 있는 것을 본다. 나는 무사히 사람들을 지나쳐갈 때까지 숨을 참는다.

그 원피스는 장갑처럼 내 몸에 착 감겼다. 마치 맞춤옷인 양 내 몸의 굴곡을 따라 흘렀다.

리처드와 결혼하고 여러 해가 지났을 때였다. 샘과 나는 더는 서로 말을 하지 않았다. 듀크의 실종 상태는 그대로였다. 엄마마저 갑자기 뉴멕시코로 단체 여행을 가고 싶다며, 다가오는 봄에 우리 집에 오겠다던 계획을 취소했다.

하지만 나는 삶에서 뒷걸음치지 않고 다시 삶과 친숙해지기 시작했다.

거의 반년간 술은 입에도 대지 않고 있었고, 풍선에서 천천히 새어나가는 헬륨가스처럼 군살이 떨어져 나갔다. 매일 아침 일찍 일어나 우리 동네의 널찍한 거리와 완만한 구릉지 들을 달렸다.

나는 리처드에게 다시 건강해지는 데 집중하고 있다고 말했다. 그가 내 말을 믿는다고, 나의 새로운 생활을 긍정적인 변화라고 받아들인다고 생각했다. 어쨌거나, 그는 예전에 매달 신용카드 대금을 결제하기 전에 컨트리클럽에서 보낸 명세서를 출력했던 사람이니까. 언젠가부터 그는 술값에 형광펜으로 표시를 해서 주방 탁자에 올려두고 내가 보게 만들었다. 내가 안약과 구취제거용 민트 캔디를 쓴 건 헛수고였다.

그는 내가 위원회 식사 모임에서 술을 얼마나 마시는지 정확히 알고 있었다.

하지만 나의 변화는 신체적 건강에 국한되지 않았다. 새로운 봉사활동도 시작했다. 나는 수요일마다 리처드와 같이 기차를 탄 다음 택시로 로어이스트사이드로 가서, 헤드스타트 프로그램(취학 전 아동을 위한 정부 교육 사업—옮긴이)을 통해 유치원생들에게 책을 읽어주었다. 프로그램 운영자들은 클럽의 문맹 퇴치 프로그램의 도서 배포 활동 중에 알게 되었다. 아이들과 함께하는 시간은 일주일에 몇 시간에 불과했지만 나는 사명감을 느꼈다. 다시 시내로 나오게 되어 활기찬 기분이 들기도 했다. 결혼한 후 어느 때보다도 옛날의 나와 가까워진 느낌이었다.

"열어봐." 리처드는 앨빈 에일리 갈라가 있던 날 저녁에 그렇게 말했고, 나는 빨간 리본이 묶인 광택 나는 흰색 상자를 내려다보았다.

나는 실크 리본을 풀고 뚜껑을 열었다. 리처드와 결혼한 이후 나는 과거에 자주 입던 에이치앤앰 옷들과 구별되는 디자이너 의류의 짜임새와 디테일을 점점 더 알아보게 되었다. 그 드레스는 그때까지 내가 본 옷 중에 가장 우아했다. 비밀이 있는 옷이기도 했다. 멀리서 보면 그냥 검은색과 흰색 문양처럼 보이지만, 착시였다. 가까이에서 보면 실 하나하나가 의도적인 위치에 있었는데, 한 땀 한 땀 어우러져 환상적인 꽃무늬를 그리고 있었다.

"오늘밤에 입어." 리처드가 말했다. "당신 정말 아름다워."

그는 턱시도를 입었고, 나비넥타이를 매려는 그의 손을 내가 밀쳤다.

"내가 해줄게요." 나는 웃음을 지었다. 어떤 남자들은 검은색 나비넥타이를 매면, 머리카락을 번드르르하게 뒤로 넘기고 번쩍이는 구두를 신고 졸업 무도회를 가는 사내애처럼 보인다. 또 어떤 남자들은 젠체하는 포즈를 취하는, 상위 1퍼센트를 꿈꾸는 사람 같다. 하지만 리처드는 그 넥타이의 주인이었다. 나는 나비넥타이의 날개 부분을 당겨 펴고 그에게 키스했고, 그의 아랫입술에 분홍색 립글로스 자국이 남았다.

그날 밤의 우리를 하늘에서 보는 것처럼 그릴 수 있다. 타운카에서 내려 가볍게 흩날리는 눈을 맞으며 팔짱을 끼고 갈라 장소로 들어가던 우리. 흐르는 듯한 글씨로 '톰슨 부부—16번 테이블'이라고 적힌 자리표를 찾은 우리. 사진을 찍힐 때 웃으면서 포즈를 취하는 우리. 손님들 사이를 누비는 종업원한테서 샴페인 잔을 받아가는 우리.

아, 그 첫 모금—입안에서 터지던 황금빛 거품들, 목구멍을 타고 내려가는 뜨거운 온기. 마치 잔에 담긴 흥분의 맛 같았다.

우리는 광적으로 둥둥거리는 드럼 소리에 맞춰 무용수들이 뛰고 날아오르는 것을, 그들의 근육질 팔과 다리가 회전하는 것을, 그들의 몸이 불가능한 모양으로 휘는 것을 보았다. 나는 리처드가 내 어깨를 손으로 살짝 그러쥐고 나서야 내가 몸을 흔들며 가볍게 손뼉을 치고 있었음을 깨달았다. 그는 나를 보며 웃음을 지었지만 나는 무척 당황했다. 나 말고는 음악에 맞춰 몸을 흔드는 사람이 아무도 없었다.

공연이 끝난 후 칵테일과 전채요리가 더 나왔다. 리처드와 나는 그의 회사 동료들과 한담을 나눴다. 그중 한 명인 백발의 노신사 폴은 그 무용단의 이사였고 저녁식사 테이블을 구매해두었다. 우리는 그의 손님으로서 그곳에 있었다.

무용수들도 그곳에서 우리와 어울렸다. 잔물결이 치는 듯 조각 같은 근육질 몸을 한 그들은 하늘에서 내려온 신들과 여신들 같았다.

보통 그런 사교행사가 끝나고 나면 나는 내내 웃고 있어서 얼굴이 아팠다. 나는 할 말이 별로 없는 걸 보상하기 위해 늘 경청하고 쾌활한 표정을 지으려 애썼기 때문이다. 특히나 그 불가피한 질문, 낯선 사람들이 늘 무해하다고 여기는 질문—"아이 있으세요?"—에 뒤따르는 흐리멍덩한 침묵 속에서는.

하지만 폴은 달랐다. 요새 하고 있는 일에 대한 질문을 받고 봉사활동 얘기를 하자, 그는 '대단하군요'라고 대꾸하곤 더 잘나가는 누군가를 찾으러 가는 대신 이렇게 물었다. "그 일을 시작한 계기가 뭔가요?" 나는 그에게 유아원 교사로 일했던 일과 헤드스타트에서의 활동에 대해 얘기했다.

"우리 집사람이 새로 생긴 훌륭한 차터스쿨의 자금 확보를 도왔는데, 여기서 그리 멀지 않은 학교라오." 그는 말했다. "그곳 교사진에 합류하는 건 어떻소?"

"그럴 수 있다면 정말 좋겠네요. 교사 일이 정말 그립거든요."

폴은 가슴 주머니에서 명함을 한 장 꺼냈다. "다음 주에 나한테 전화해요." 그는 내 쪽으로 약간 몸을 기울이고 속삭였다. "집사람이 학교의 자금 확보를 도왔다는 말은, 나한테 거액이 적힌 수표를 써주라고 했다는 뜻이라오. 학교 측에서 우리 부탁 하나는 들어줄 거요." 그가 웃음을 짓자 눈가에 주름이 잡혔고, 나도 싱긋 웃어 보였다. 나는 그가 지금 이 방에 있는 사람들 중 제일 성공한 사람이며, 지금 리처드와 대화 중인 백발의 노부인인 그의 고등학교 시절 여자 친구와 결혼해 지금까지 행복하게 살고 있다는 걸 알고 있었다.

"내가 정식으로 소개할게요." 폴이 말을 이었다. "학교 측에서 당신 자리를 마련할 거라고 확신하오. 혹시 당장 안 되더라도 학기가 시작될 즈음까지는."

웨이터가 와인이 든 잔들이 놓인 쟁반을 가져왔고, 폴은 내게 새 술을 한 잔 건넸다. "건배합시다. 새로운 시작을 위해."

나는 잔을 부딪칠 때 힘 조절을 잘못했다. 그 섬세하고 얇은 잔은 부딪칠 때 깨져버렸고, 나는 들쭉날쭉한 손잡이 부분을 든 채 내 팔을 타고 흐르는 와인을 쳐다보았다.

"정말 죄송해요!" 나는 웨이터가 황급히 다시 내 쪽으로 올 때 불쑥 말했다. 그는 칵테일 냅킨 뭉치를 건네고 깨진 술잔 손잡이를 가져갔다.

"내 잘못이지." 폴이 말했다. "내 힘이 이렇게 셀 줄이야! 사과할 사람은 나요. 잠깐, 움직이지 말아요, 옷에 유리가 묻었어."

내가 가만히 서 있는 동안 폴은 그 고급 니트 소재의 옷에서 유리 조각을 몇 개 떼어내 웨이터의 쟁반 위에 올렸다. 우리 주위의 사람들은 대화를 잠시 멈췄지만 곧 다시 시작했다. 그러나 나는 모두가 나를 주목하고 있다는 느낌이 들었다. 카펫 속으로 녹아들어가고 싶었다.

"내가 도와줄게." 리처드가 내 옆에 와 서서 말했다. 그는 내 젖은 드레스를 눌러 닦았다. "레드 와인을 마신 게 아니라서 다행이네."

폴은 소리 내 웃었지만, 억지웃음처럼 들렸다. 그가 그 순간의 어색함을 좀 덜어내려고 애쓰고 있다는 게 느껴졌다. "이제 정말로 내가 일자리를 구해주지 않으면 안 되게 됐구려." 폴은 리처드를 보았다. "자네의 사랑스러운 아내가 교사 일이 무척 그립다는 얘기를 하고 있었다네."

리처드는 들고 있던 젖은 냅킨을 꽉 움켜쥐어 구긴 후 웨이터의 쟁반에 얹고 "고마워요." 하고 말하며 그를 물러가게 했다. 이어 그의 손이 내 등허리에 닿는 걸 느꼈다. "아내는 아이들과 아주 잘 지내죠." 그는 폴에게 말했다.

폴의 아내가 폴에게 손을 흔들어 그의 주의를 끌었다. "내 전화번호 갖고 있죠?" 폴이 내게 말했다. "조만간 얘기하십시다."

폴이 자리를 뜨자마자 리처드는 내 쪽으로 몸을 바짝 기울였다. "술을 얼마나 마신 거야, 스위트하트?" 그의 목소리는 담담했지만, 그의 몸은 부자연스러울 정도로 움직임이 없었다.

"별로 안 마셨어요." 나는 얼른 대답했다.

"내가 센 것만 해도 샴페인 세 잔이야. 거기다 와인도 계속 마셨지." 내 등허리에 얹은 그의 손에 힘이 더 들어갔다. "저녁식사는 잊어." 그가 내 귀에 대고 속삭였다. "집으로 가."

"하지만…… 폴이 테이블을 샀잖아요. 우리 자리가 빌 거예요. 이제 물만 마신다고 약속할게요."

"우리가 가는 게 더 나을 것 같아." 리처드는 조용하게 말했다. "폴은 이해할 거야."

나는 외투를 가지러 갔다. 나는 기다리면서 리처드가 폴에게 다가가 뭐라고 말한 다음 그의 어깨를 두드리는 모습을 보았다. 나는 그가 나를 위해 변명을 해주고 있다고 생각했지만, 폴은 그 함의를 알아차릴 것이다. 내가 저녁식사 때까지 있지 못할 정도로 술에 취해서 리처드가 나를 집에 데려다줘야 한다고.

하지만 나는 취하지 않았다. 사람들이 모두 내가 취했다고 생각하길 리처드가 원했을 뿐.

"다 정리됐어." 리처드가 내게 와서 말했다. 그는 이미 우리 차를 불러놓았고, 차는 건물 밖에서 대기 중이었다.

눈발은 이제 더 거세져 있었다. 운전기사는 거의 텅 빈 도로를 따라 천천히 운전했음에도 나는 속이 메스꺼웠다. 나는 눈을 감고 안전벨트가 허락하는 최대한 멀리까지 몸을 당겨 문에 기대어 앉아 있었다. 자는 척한 거지만, 그를 피하려고 그러는 걸 리처드는 알고 있다고 나는 거의 확신했다.

그는 그냥 넘어갈 수도—내가 2층으로 올라가서 우리 침대에 들어가게 둘 수도 있었을 것이다.

하지만 나는 우리 집 현관문으로 이어진 계단을 오르다가 넘어질 뻔해서 난간을 붙들어야 했다.

"새 하이힐 때문이에요." 나는 절박하게 말했다. "아직 적응이 안 돼서."

"물론 그렇겠지." 그는 냉소적으로 대꾸했다. "빈속에 들이부은 술 때문일 리가 없지. 일과 관련된 행사였어, 넬리. 나한테 중요한 밤이었다고."

나는 그가 현관문의 자물쇠를 열 때 말없이 뒤에 서 있었다. 집 안으로 들어간 후 입구의 술 장식이 달린 벤치에 앉아 구두를 벗었다. 벗은 구두는 계단 맨 아래쪽에 가지런히 놓아둔 후 외투를 벗고 옷장 안에 걸었다.

돌아섰을 때 리처드가 아직 그곳에 있었다. "당신 뭐 좀 먹어야 해. 이리 와."

나는 그를 따라 주방으로 갔고, 그는 냉장고에서 생수 한 병을 꺼내 말없이 내게 건넸다. 그리고 찬장에서 카스 워터 크래커 상자를 꺼냈다.

나는 재빨리 하나 먹고 말했다. "좀 나아졌어요. 날 집으로 잘 데려왔어요……. 당신도 배고프겠어요. 브리 치즈 좀 잘라줄까요? 오늘 파머스 마켓에서 사온 거예요."

"난 됐어." 나는 내가 잊으려고 애쓰는, 말다툼을 한 예전의 경우들에 그랬듯이 리처드가 내 앞에서 사라지려고 한다는 느낌을 받았다. 그는 분노가 표면으로 떠오르지 않게 무진 애를 쓰고 있었다. 분노가 그를 삼켜버리지 않도록.

"그 일자리 말이에요." 나는 분위기를 누그러뜨리려고 재빨리 말했다. "폴은 그냥 그 차터스쿨 사람들한테 나를 소개해주겠다고만 했어요. 파트타임이거나 아예 채용이 안 될 수도 있어요."

리처드는 천천히 고개를 끄덕였다. "시내에 더 자주 나가고 싶어 하는 특별한 이유라도 있어?"

나는 그를 뚫어져라 쳐다보았다. 이런 반응은 전혀 예상하지 못했다. "무슨 말이에요?"

"일전에 동네 사람 한 명이 당신을 기차역에서 봤다고 하더군. 아주 잘 차려입고 있었다던데. 우습지, 그날 오전에 내가 전화했을 때 당신은 클럽에서 수영을 하느라 전화를 못 받았다고 했는데 말이야."

나는 반박할 수 없었다. 머리 회전이 무섭도록 빠른 리처드는 내가 거짓말을 하려 하면 내가 말실수를 하도록 유도할 터였다. **동네 사람 누구?** 나는 궁금했다. **그날 그 시간에 역은 거의 텅 비어 있었는데.**

"그날 아침에 수영한 거 맞아요. 그러고 나서 샬럿 이모를 보러 갔어요. 얼굴만 잠깐 봤죠."

리처드는 고개를 끄덕였다. "그랬겠지. 크래커 더 먹을래? 싫어?" 그는 크래커의 판지 상자를 다시 닫았다. "이모 집에 가지 못할 이유는 없지. 이모는 어떠셨어?"

"좋아 보였어요." 나는 마구 뛰는 가슴이 진정되는 것을 느끼며 얼른 대답했다. 그는 그냥 넘어가려는 거야. 내 말을 믿는 거야. "이모 아파트에서 둘이서 차를 마셨어요."

리처드는 찬장을 열고 크래커를 제자리에 뒀다. 찬장의 나무 문이 휙 열리고 잠시 그의 얼굴이 문 뒤로 가려져 보이지 않았다.

찬장 문이 닫혔을 때 그는 나를 보고 있었다. 나와 아주 가까운 곳이었다. 가늘게 뜬 그의 눈은 내 눈을 꿰뚫어보는 것 같았다. "내가 이해할 수 없는 건 왜 당신은 내가 출근할 때까지 기다린 후에 한껏 차려입고 기차를 타고 시내로 갔다가 늦지 않게 집으로 돌아와 저녁을 요리하고 그 자리에 앉아 나와 라자냐를 먹으면서, 단 한 번도 나한테 이모 집에 다녀왔다고 말할 생각을 하지 않았을까, 하는 거야." 그는 잠시 말을 멈췄다. "그날 진짜로 어디 갔었어? 누구랑 있었지?"

새 울음소리 같은 게 들렸고, 곧 그것이 내가 낸 소리임을 깨달았다. 리처드가 내 손목을 꽉 잡고 있었다. 말하면서 비틀고 있었던 것이다.

그는 아래를 내려다보고 즉시 내 손목을 놨지만, 그의 손가락들 끝에 눌린 흰 타원형의 자국이 화상을 입은 것처럼 남았다.

"미안해." 그는 한 걸음 물러서 손으로 머리카락을 쓸어 넘기며 천천히 숨을 내쉬었다. "하지만, 씨발, 왜 나한테 거짓말한 거야?"

내가 어떻게 그에게 사실대로 말할 수 있었겠는가? 내가 행복하지 않다고—그가 내게 준 그 모든 것들로도 부족하다고? 누군가를 만나 결혼 생활에 대한 나의 걱정을 얘기하고 싶었다고. 내가 찾아간 여성은 내 말을 주의 깊게 듣고, 생각해볼 만한 여러 질문을 내게 던졌지만, 나는 한 번의 상담만으로는 충분하지 않음을 알았다. 다시 시내로 몰래 나가 다음 달에 또 그녀를 만날 계획이었다.

하지만 내가 속인 이유를 그럴듯하게 꾸며내기에는 너무 늦었다. 리처드가 나를 잡았다.

무슨 일이 벌어지고 있는지 파악하기도 전에, 그의 손바닥이 철썩 소리를 내며 내 뺨에 부딪혔다.

그 후 이틀 밤을 나는 거의 뜬눈으로 지새웠다. 머리가 지끈거렸고 울어서 목이 다 쉬었다. 손목의 멍들은 긴소매 옷으로 가리고 거무스름한 눈 밑 그늘에는 컨실러를 두드려 발랐다. 리처드와 계속 살아야 하는지 그를 떠나야 하는지 말고는 아무 생각도 할 수 없었다.

그러던 중, 침대에서 한 글자도 눈에 들어오지 않는 책을 읽으려고 애쓰고 있을 때 리처드가 열려 있던 손님방의 문을 부드럽게 두드렸다. 나는 고개를 들어 그를 보고 들어오라고 말하려 했는데, 그의 표정을 보는 순간 말이 나오지 않았다.

그는 무선 집전화를 들고 있었다. "장모님 일이야." 그의 얼굴에 주름이 잡혔다. "그러니까, 샬럿 이모님이 전화하셨어. 전화하신 이유는……."

밤 11시, 평소 이모가 잠자리에 드는 시간보다 늦은 시간이었다. 나와 마지막으로 통화했을 때 엄마는 잘 지내고 있다고 했다—하지만 요즘 내가 전화해도 통 받지 않았다.

"정말 유감이야, 베이비." 리처드가 수화기를 내밀었다.

그 전화를 받는 일은 내가 살면서 해야 했던 가장 힘든 일들 중 하나였다.

-29-

 엄마가 돌아가신 후 리처드는 그런 상황에서 더 바랄 수 없이 완벽한 남편이었다.

 우리는 샬럿 이모와 함께 장례식을 치르러 플로리다로 날아갔는데, 그는 호텔 스위트룸과 그 옆방들까지 빌려 모두가 함께 지낼 수 있도록 했다. 나는 엄마가 가장 행복했을 때의 모습을 기억했다─주방에서 프라이팬들을 덜걱거리게 하고 접시 위로 향신료를 뿌리던 모습, 아침에 기분이 좋을 때면 우스꽝스러운 노래를 부르며 나를 깨우던 모습, 함께 듀크를 목욕시킨 뒤 듀크가 엄마의 얼굴로 튀긴 물을 닦아내며 웃던 모습. 엄마에게 마지막 작별의 말을 건넬 때, 나는 내 결혼식 날 저녁에 맨발로 모래사장을 걸으며 지는 해를 바라보던 엄마를 떠올리려 애썼다. 그러나 다른 장면이 계속 내 머릿속에 난입했다. 죽은 엄마의 모습─소파 위에 혼자 쓰러져 있던 엄마의 옆에는 빈 약통이 있었고 텔레비전은 요란한 소리를 내고 있었다.

 유서도 없어서 우리에겐 영원히 답을 들을 수 없을 질문들이 남았다.

 샬럿 이모가 묘지에서 감정을 주체하지 못하고 허물어지며, 내 엄마의 상태가 악화된 걸 몰랐다며 자책하자 리처드는 이모를 위로했다.

"그 무엇도 이모님 잘못이 아닙니다. 누구의 잘못도 아니에요. 장모님은 아주 잘 이겨내고 계셨습니다. 이모님은 늘 장모님의 편이 되어주셨고, 장모님도 이모님의 마음을 잘 아셨어요."

또한 리처드는 각종 서류업무와 내가 자란 그 작은 벽돌집의 매매를 처리했다. 그동안 나는 이모와 함께 엄마의 물건을 정리했다.

집은 대체로 정리되어 있었지만 엄마의 방은 가능한 모든 곳에 책과 옷이 쌓여 엉망진창이었다. 침대에 널린 음식 부스러기를 보니 엄마는 최근에 대부분 거기서 식사를 한 것 같았다. 묵은 커피 머그와 물잔 들이 침대 옆 탁자 위를 빼곡히 채우고 있었다. 나는 그 난장판을 목격한 리처드가 놀라서 눈썹을 치켜세우는 걸 보았지만, 그는 이렇게만 말했다. "청소업체를 부를게."

나는 엄마의 소지품을 많이 갖지 않았다. 샬럿 이모는 엄마의 스카프를 몇 장 간직하자고 제안했고, 나는 거기에 더해 모조 보석류를 몇 개 골랐다. 그 외에 내가 원한 물건은 오래된 가족사진들과 엄마가 즐겨 보던 해진 요리책 두 권뿐이었다.

지금은 손님방이 된 옛날 내 방에서도 물건을 좀 치워야 한다는 걸 알았다. 과거 나는 물건 몇 개를 의도적으로 옷장 속 선반의 깊숙한 곳에 남겨놓았다. 샬럿 이모가 냉장고 안을 말끔히 치우고 리처드가 부동산 중개인과 통화하는 동안 나는 발판 의자를 가지고 가서 먼지 쌓인 옷장 구석으로 손을 뻗었다. 쓰레기봉투에 여학생클럽 핀을 던져 넣은 후 대학 졸업앨범과 마지막 성적증명서들도 같은 곳에 집어넣었다. 내 유아발달 우수 논문도 버렸다. 선반 제일 안쪽까지 팔을 뻗어 빛바랜 리본이 묶인 원통 안에 여전히 돌돌 말린 채 들어 있는 졸업증서도 꺼냈다.

그리고 그것에 눈길 한번 주지 않고 버렸다.

오랜 세월이 지나고 보니 대관절 왜 그것들을 보관했는지도 알 수 없었다.

매기를 떠올리지 않으면서 그 핀이나 졸업앨범을 보는 건 불가능했다. 졸업식 날 있었던 일을 떠올리지 않으면서 졸업증서를 보는 것도 불가능했다.

쓰레기봉투를 묶고 있는데 리처드가 그 방으로 들어왔다. "나가서 저녁에 먹을 것 좀 사와야겠어." 그는 쓰레기봉투를 보았다. "나가는 길에 버려줄까?"

나는 망설이다가 봉투를 그에게 건넸다. "네."

나는 그가 내 대학 시절의 마지막 유물들을 가져가는 걸 지켜보다가 텅 빈 방을 둘러보았다. 천장의 물 얼룩이 아직도 남아 있었다. 눈을 감으면 내 분홍색과 보라색 줄무늬 새털 이불 위에서 주디 블룸의 책을 읽는 내 옆에 웅크리고 있던 검은 고양이를 생생하게 떠올릴 수 있었다.

나는 다시는 그 집을 보러 오지 않을 것임을 알았다.

그날 밤 호텔로 돌아가서 뜨거운 목욕물에 몸을 담그고 있는데 리처드가 카밀레차를 갖다 줬다. 나는 고마워하며 그것을 받아들었다. 플로리다의 낮의 열기에도 내 몸은 따뜻해지지 않는 것 같았다.

"괜찮아, 스위트하트?" 그가 엄마가 돌아가신 일만을 두고 하는 말이 아님을 나는 알았다.

나는 어깨를 으쓱했다. "괜찮아요."

"요즘 당신이 행복하지 않아서 걱정이 돼." 리처드는 욕조 옆에 꿇어앉아 수건을 집어들었다. "내가 원하는 건 당신한테 좋은 남편이 되는 것뿐이야. 그런데 내 성질이……." 리처드의 목소리가 쉰 것처럼 변했다. 그는 목을 가다듬고 부드럽게 내 등을 씻어주기 시작했다. "미안해, 넬리. 요즘 내가 스트레스가 많았어……. 시장이 미쳐 날뛰고 있거든. 하지만 당신만큼, **우리**만큼 중요한 건 아무것도 없어. 내가 앞으로 더 잘할게."

나는 그가 내게 손을 내밀려고, 내 마음을 다시 얻으려고 얼마나 힘들게 애쓰고 있는지 알 수 있었다. 하지만 나는 여전히 너무 시리고 외로운 느낌이 들었다.

내 시선이 욕조 수도꼭지에서 천천히 떨어지는 물에 고정되어 있을 때 그가 속삭였다. "난 당신이 행복하길 원해, 넬리. 장모님은 늘 행복하시진 못하셨지. 사실 내 엄마도 그러셨어. 나와 모린을 위해 행복한 척 하셨지만 우린 알았어……. 당신이 그렇게 되는 건 원치 않아."

그 말에 나는 그를 쳐다보았지만, 그의 시선은 먼 곳을 보는 듯했고 눈은 흐릿했기에, 그의 오른쪽 눈 위에 있는 은빛 흉터를 응시했다.

리처드가 그의 부모님에 대해 말한 건 처음이었다. 그가 한 어떤 약속보다도 그 고백이 내게는 더 의미 있었다.

"우리 아빠는 엄마에게 늘 잘해주진 않았어." 그의 손바닥은 계속 내 등 위에서 원을 그리고 있었다. 마치 성난 아이를 달래는 부모의 손길 같았다. "다른 건 몰라도 당신한테 나쁜 남편이 되는 건 견딜 수 없어……. 하지만 그동안 난 나쁜 남편이었지."

그것은 우리가 나눈 가장 솔직한 대화였다. 나는 왜 내 엄마가 죽고 나서야 이런 대화를 하게 됐는지 궁금했다. 어쩌면 엄마의 약물과용 때문이 아닌지도 몰랐다. 어쩌면 우리가 엄마 소식을 알게 되기 이틀 전,

앨빈 에일리 갈라에서 집으로 돌아왔을 때 벌어진 일 때문이었을지도.

"사랑해." 그가 말했다.

나는 그를 향해 팔을 뻗었다. 내 젖은 팔 때문에 그의 셔츠가 축축해졌다.

"이제 우리 둘 다 고아야." 그가 말했다. "그러니까 우린 영원히 서로의 가족이어야 해."

나는 그를 꼭 붙들었다. 희망을 꼭 붙들었다.

그날 밤 우리는 아주 오랜만에 사랑을 나눴다. 그가 너무나 다정하고도 간절하게 두 손으로 내 얼굴을 감싸 쥐고 내 눈을 들여다봐서 나는 내 안의 뭔가가, 단단하게 꽉 묶인 매듭 같은 뭔가가 스르르 풀리는 것을 느꼈다. 나중에 나는 그에게 안긴 채 리처드의 자상함에 대해 생각했다.

그가 내 엄마의 병원비를 여러 차례 내준 것을, 클라이언트와의 식사 약속을 취소하면서까지 샬럿 이모의 전시 오프닝 행사들에 참석한 것을, 그리고 내 아빠의 기일마다 럼레이즌 아이스크림이 든 흰색 종이가방을 들고 일찍 퇴근해 집에 온 것을 떠올렸다. 그것은 아빠가 가장 좋아했던 아이스크림으로, 엄마의 불 꺼진 날에 나를 데리고 드라이브하던 날이면 주문해 드시던 것이었다. 리처드는 우리 각자의 그릇에 한 스쿱씩 떠냈고, 나는, 그러지 않았더라면 점점 희미해지다 잊혔을, 내 아빠와 관련된 시시콜콜한 이야기들을 그에게 들려주었다. 아빠가 당신이 믿는 미신에도 불구하고 내가 첫눈에 반한 검은 고양이를 입양하게 허락한 일 같은 이야기를. 그런 저녁이면 아이스크림이 내 혀 위에서 녹으며 입안 가득 달콤함을 퍼뜨렸다. 그리고 리처드가 웨이터와 택시 운전사에게 후하게 팁을 주고 여러 자선단체를 후원하는 것도 떠올렸다.

리처드의 선함에 집중하는 것은 어렵지 않았다. 내 마음은 쉽게 그런 기억들에 빠져들었다. 마치 바퀴가 그것의 회전을 위해 설계된 트랙의 홈에 안착하듯이.

나는 그의 품에 안겨 누워서 그를 쳐다보았다. 그의 이목구비는 거의 분간되지 않았다. "약속해줘요." 나는 속삭였다.

"뭐든지, 내 사랑."

"우리 사이가 다시 나빠지지 않을 거라고 약속해줘요."

"나빠지지 않을 거야."

내게 한 약속 가운데 처음으로 그가 깬 약속이었다. 우리 사이는 훨씬 더 나빠졌다.

다음날 아침 비행기가 이륙해서 뉴욕으로 향할 때 나는 창문 밖으로 갈수록 작아지며 흔들거리는 땅 위를 보고 있었다. 플로리다를 떠나고 있다는 것에 크나큰 안도감을 느꼈다. 죽음이 동심원들처럼 나를 둘러싸고 있는 곳이었으니까. 엄마. 아빠. 매기.

내가 버린 여학생클럽 핀은 내 것이 아니었다. 그것은 매기가 우리 클럽에 정식 입회한 후 내가 그녀에게 주기로 되어 있었던 것이었다. 하지만 동료 회원들과 나는 계획되어 있던 예비 입회자 주간이 끝난 것을 축하하는 브런치 대신 매기의 장례식에 참석했다.

나는 엄마에게 매기의 장례식 후 있었던 일을 전혀 얘기하지 않았다. 엄마가 어떤 반응을 보일지 전혀 예측할 수 없었기 때문이다. 대신 샬럿 이모에게 전화를 걸었지만, 내가 임신했었다는 얘기는 하지 않았다. 리처드 역시 이야기의 일부만 알고 있었다. 언젠가 그의 집에서 악몽에서 깨어난 뒤 그에게 내가 왜 밤에 혼자 걸어서 집에 가지 못하는지 말해준 적이 있었다. 왜 페퍼 스프레이를 가지고 다니고 야구방망이를 옆에 두고 자는지도.

그때 나는 리처드의 품에 안긴 채, 매기의 가족에 조의를 표하러 갔던 날을 얘기했다. 매기의 부모님은 고개만 간신히 끄덕였는데, 망연자실한 나머지 말조차 하지 못하는 것 같았다. 하지만 나처럼 그랜트 대학 4학년이던 매기의 오빠 제이슨은 내가 내민 손을 꽉 쥐었다. 악수를 하기 위해서가 아니었다. 나를 그 자리에 붙박아두기 위해서였다.

"너지." 그의 날숨에서 술 냄새가 풀풀 났고 흰자에는 핏발이 잔뜩 서 있었다. 그도 매기처럼 피부가 창백하고 주근깨가 있고 빨강머리였다.

"정말 죄송합니……." 나는 말하기 시작했지만 그는 내 손을 더 세게 쥐었다. 마치 내 뼈를 으스러뜨리려는 것 같았다. 누군가 그를 끌어안자 그는 내 손을 놓았지만, 나는 그의 눈이 계속 나를 좇는 것을 느꼈다. 우리 클럽 회원들은 교회의 공용 공간에 머물며 조문객들을 맞이했지만 나는 몇 분 후에 조용히 교회 밖으로 나갔다.

문 밖을 나섰을 때 나는 가장 피하고 싶었던 사람, 제이슨과 딱 마주쳤다.

그는 혼자 계단에 서서 말보로레드 곽을 손바닥에 탁탁 치고 있었다. 규칙적인 탁탁 소리가 계속 났다. 고개를 숙이고 그의 옆을 지나치려던 나는 그의 말에 발길을 멈췄다.

"매기가 네 얘기를 했어." 그는 담배를 깊숙이 빨아들이며 라이터로 불을 붙인 후 연기를 내뱉었다. "예비 입회자 주간이 두렵지만, 네가 도와줄 거라고 했다고 말했지. 매기는 그 클럽에서 친구가 너밖에 없었어. 그 애가 죽을 때 어디 있었어? 왜 그곳에 없었지?"

나는 되돌아가서 제이슨의 시선이, 그의 손아귀가 그랬듯이, 나를 움켜쥐는 것을 느꼈다.

"죄송합니다." 나는 다시 말했지만, 그의 얼굴에 어린 분노는 조금도 누그러들지 않았다. 오히려 더 타오르는 듯했다.

나는 천천히, 쓰러질 것 같아서 계단 난간을 붙들며 내려갔다. 매기의 오빠는 계속 나를 쳐다보고 있었다. 인도에 내려서기 직전 그가 소리쳐 나를 불렀다, 매섭고 쉰 목소리로.

"넌 내 동생한테 한 짓을 영원히 잊지 못할 거야." 그의 말 한마디 한마디가 주먹질처럼 세게 나를 때렸다. "내가 반드시 그렇게 만들 거야."

하지만 나는 그가 위협하지 않았더라도 매기한테서 벗어나지 못했을 것이다. 나는 끊임없이 매기 생각을 했다. 그 해변에는 다시는 가지 않았다. 우리 클럽은 그해 내내 근신 처분을 받았지만, 그것 때문에 내가 목요일과 토요일 밤마다 캠퍼스 펍에서 웨이트리스로 일한 건 아니었다. 남학생클럽의 파티와 무도회에도 관심이 사라졌다. 나는 팁의 일부를 따로 모았고, 수백 달러를 모았을 때 매기가 봉사활동을 했던 동물보호소, '퍼리 포즈'를 찾아내 매기를 기리며 익명으로 기부했다. 매달 기부금을 보내겠다고 약속했다.

얼마 안 되는 기부금으로 내 죄가, 매기의 죽음에서 내 역할이 줄어들 거라는 기대는 하지 않았다. 그것은 언제나 나와 함께할 것임을 알고 있었다. 내가 바다로 걸어가는 여학생 무리에서 빠져나가지 않았더라면 어떻게 되었을까를 영원히 곱씹게 될 터였다. 내가 한 시간만 더 참았다가 대니얼에게 따지러 갔더라면.

매기가 죽은 지 정확히 한 달째 되던 날, 나는 클럽 여학생의 비명소리에 잠을 깼다. 사각팬티와 티셔츠 차림 그대로 계단을 뛰어 내려가 보니 회관 응접실에 의자들이 쓰러져 있고 램프는 박살이 났으며 벽에 검은색 스프레이로 욕설이 적혀 있었다. **쌍년들. 창녀들.**

그리고 오직 나를 겨냥한 것임을 알 수 있던 메시지. **네가 그 앨 죽였어.**

나는 숨을 들이쉬고, 모두가 볼 수 있는 곳에 내 죄를 고하는 그 네 단어를 응시했다.

학생들이 더 몰려오자 지부장은 학교 경비실에 연락했다. 신입 회원 한 명이 눈물을 터뜨렸다. 다른 두 명이 우리 무리에서 떨어진 곳으로 가서 속닥거리는 것이 보였다. 그들은 나를 슬쩍슬쩍 쳐다보는 것 같았다.

응접실은 퀴퀴한 담배 냄새로 가득했다. 나는 바닥에 떨어진 담배꽁초를 발견하고 집어들었다. 말보로레드였다.

경비원이 와서 학생들에게 누구 짓인지 짐작 가는 바가 있냐고 물었다. 그는 매기의 죽음에 대해 알고 있었다―그때쯤 플로리다 사람들 대부분이 알고 있었다.

제이슨이야. 나는 생각했지만 말할 수 없었다.

"매기의 친구 아닐까요?" 누군가 말했다. "아니면 그 애 오빠? 이 학교 4학년 맞죠?"

경비원은 응접실을 둘러보았다. "경찰에 연락하겠습니다. 규정대로요. 잠시 후 다시 오겠습니다."

그는 밖으로 나갔고, 그가 차의 무전기를 잡기 전에 내가 그의 앞을 가로막았다. "그를 곤란하게 하지 말아주세요. 만약에 매기 오빠 제이슨이 한 일이라면……. 우린 그를 고발하길 원치 않아요."

"그 학생 짓이라고 생각해요?"

나는 고개를 끄덕였다. "확신해요."

경비원은 한숨을 쉬었다. "무단침입에 기물 파손까지…… 상황이 꽤 심각해요. 클럽 여학생들은 이제 문을 잠그고 지내야 합니다."

나는 등을 돌려 우리 회관을 바라보았다. 누군가 들어와서 계단을 올라갔다면? 내 방은 2층 왼쪽에 있었다.

경찰이 와서 사진을 찍고 증거를 수집하고 간 뒤, 나는 깨진 램프 유리에 발이 베이지 않도록 신발을 신고 동료 회원들과 함께 난장판이 된 응접실을 치웠다. 아무리 문질러도 벽의 추한 글씨들은 지워지지 않았다. 나를 포함한 회원 몇 명이 페인트를 사러 철물점에 갔다.

동료들이 무슨 색으로 할지 고민하고 있을 때 내 휴대전화가 울렸다. 나는 주머니 속에 손을 넣었다. 미공개 번호, 라고 액정에 적혀 있었다. 공중전화에서 건 전화일 거라는 뜻이었다. 신호음이 내 귀에 들리기 직전 나는 무슨 소리를 들은 것 같다고 생각했다.

숨소리.

"버네사, 이 색 어때?" 회원 한 명이 내게 물었다.

나는 몸이 굳고 입이 말랐지만 겨우 고개를 끄덕이며 "좋아 보여"라고 말했다. 그 후 곧장 자물쇠가 진열된 코너로 갔다. 내 침실 문과 창문에 달 자물쇠 두 개를 샀다.

며칠 후 경찰관 두 명이 클럽 회관으로 왔다. 둘 중 더 나이가 많은 사람이 제이슨이 심문을 받고 범죄를 시인했다고 우리에게 알려주었다.

"그는 그날 밤 술을 마셨고, 미안하다고 말했습니다." 경찰관이 말했다. "심리상담을 받겠다고 형량 협상 중이에요."

"다시는 이 근처에 오지 않는다면 좋아요." 어느 회원이 말했다.

"안 올 겁니다. 그게 협상 조건에 있었습니다. 이곳에서 반경 90미터 이내 접근 금지예요."

회원들은 이제 상황이 끝났다고 생각하는 듯했다. 그들은 경찰이 떠난 뒤 흩어졌다. 도서관으로, 강의실로, 남자친구 집으로.

나는 계속 응접실에 남아 베이지색 벽을 바라보았다. 적혀 있던 말은 이제 보이지 않았지만, 나는 그것이 아직도 존재하며 언제까지고 그럴 것임을 알았다.

과연 그 말은 그때부터 영원히 내 머릿속에서 울려 퍼졌다.

네가 그 앨 죽였어.

그 추락 이전에 내 미래는 가능성들로 터질 듯해 보였다. 나는 졸업 후에 가게 될 도시들을 꿈꿨다, 손안에 든 카드 패처럼 여겼다. 서배너, 덴버, 오스틴, 샌디에이고……. 나는 가르치는 일을 하고 싶었다. 여행을 하고 싶었다. 가족을 꾸리고 싶었다.

하지만 이제 나는 내 미래로 돌진하는 게 아니라, 내 과거로부터 도망칠 계획을 세우기 시작했다.

플로리다를 탈출할 날을 손꼽아 기다렸다. 800만 명의 사람들이 사는 뉴욕이 내게 손짓했다. 샬럿 이모를 방문하면서 알게 된 도시였다. 복잡한 과거가 있는 젊은 여성이 새로 시작할 수 있는 곳이었다. 작사가들은 그곳에 관한 열정적인 가사를 지었다. 작가들은 그곳을 작품의 주요 특징으로 삼았다. 배우들은 심야 토크쇼에서 그곳에 대한 사랑을 고백했다. 뉴욕은 가능성들의 도시였다. 누구나 사라질 수 있는 도시.

그해 5월의 졸업식 날, 나는 파란색 가운과 모자를 썼다. 우리 대학은 너무 커서, 졸업식 연설 후 학생들은 전공별로 나뉘어 졸업 증서를 받았다. 나는 교육학과 졸업식장인 피아제 강당의 무대 위를 걸어갈 때 엄마와 샬럿 이모를 향해 웃어주려고 청중석을 보았다. 사람들을 훑어보다가 누군가에게 시선이 멈췄다. 그 자신도 반짝거리는 파란색 가운을 입었음에도 다른 졸업생들한테서 떨어져 혼자 서 있던 빨강 머리 청년.

매기의 오빠 제이슨이었다.

"버네사?" 학과장이 내 손에 돌돌 말린 졸업 증서를 건넬 때 카메라 플래시가 터졌다. 나는 플래시 때문에 눈을 깜박이며 계단을 내려와 내 자리로 돌아갔다. 제이슨의 시선이 졸업식이 끝날 때까지 내 뒷목을 파고드는 걸 느낄 수 있었다.

식이 끝난 후 다시 그쪽을 보자 그는 사라지고 없었다.

하지만 나는 제이슨이 내게 주려는 메시지를 깨달았다. 그 역시 졸업을 기다리고 있었던 것이다. 그는 학교에서 내 주변 90미터 이내로 접근하는 것이 금지되어 있었다. 그러나 내가 캠퍼스를 떠난 후 그의 행동에 대한 규제는 전혀 없었다.

졸업식을 하고 몇 달 후 레슬리는 나를 포함해 몇 명에게 이메일로 신문 기사 링크를 보냈다. 제이슨이 음주운전 혐의로 체포됐다는 기사였다. 내가 저지른 짓의 파급효과가 아직도 발생하고 있었다. 그럼에도 나는 약간의 이기적인 안도감에 휩싸였다. 어쩌면 이제 제이슨은 플로리다를 떠나 나를 찾아내지 못할 터였다.

그 후로 더 알아보지 않았다―그가 감옥이나 재활원에 들어갔는지, 혹은 또다시 그냥 경고만 받고 풀려났는지. 하지만 1년쯤 지난 어느 날 지하철 문이 닫히기 직전에 나는 호리호리한 체형에 부스스한 빨간 머리의 사람을 보았다―만원인 지하철로 허둥지둥 들어오는 누군가를. 그는 제이슨처럼 보였다. 나는 그의 눈에 띄지 않도록 사람들 속으로 더 깊숙이 파고들어갔다. 나는 속으로 되뇌었다. 내 전화는 샘의 명의로 되어 있다고, 면허증도 뉴욕 것으로 바꾸지 않았다고, 집도 빌려 살고 있으니 그가 서류로 나를 추적해서 찾아낼 수 없을 거라고.

그리고 며칠 뒤 엄마가 플로리다 지역 신문에 약혼 광고를 내며 내 이름과 리처드의 이름, 내가 사는 곳을 공개해서 나를 놀라게 한 이후로 다시 전화가 걸려오기 시작했다. 말없이 숨소리만 들리는 전화, 나를 찾아냈다고 알리는 제이슨이었다. 내가 잊었을까 봐 상기시켜주는 전화. 마치 내가 잊을 수라도 있다는 것처럼.

나는 여전히 매기에 관한 악몽을 꾸고 있었지만, 이제 제이슨도 꿈에 나타났다. 분노로 일그러진 얼굴로 나를 잡으려고 두 손을 뻗는 제이슨이. 그는 내가 조깅할 때 절대 시끄러운 음악을 듣지 않는 이유였다. 웨스트체스터 집의 보안 경보기가 울렸던 밤 내가 본 얼굴은 그의 얼굴이었다.

나는 내 주변을 아주 예민하게 의식하게 되었다. 먹잇감이 되지 않기 위해 시선 감지 능력을 습득했다. 살갗에 정전기가 흐르는 느낌, 본능적으로 고개를 들어 나를 보는 눈을 찾기—이 초기 경고 신호들은 내가 스스로를 보호하려고 의지한 것이었다.

리처드와 약혼한 직후 내 신경계가 절묘하게 강화된 또 다른 이유가 있을 수 있다는 데까지는 내 생각이 이어지지 못했다. 내가 강박적으로 자물쇠들을 확인하고, 표시 제한된 번호로 걸려와 끊어버리는 전화를 받기 시작하고, 함께 〈시민 케인〉을 본 날 밤 내가 사랑하는 섹시한 약혼자가 나를 잡고 간지럼을 태울 때 그를 그렇게 세게 밀쳐낸 이유가. 성적 흥분과 공포의 징후들은 마음속에서 혼동될 수 있다.

결국 내 눈은 가려져 있었던 것이다.

30

나는 보안 직원의 시선을 피하며 가방 검사를 받은 뒤 마지막으로 삭스를 나와 에마의 아파트를 향해 걷기 시작한다. 이것 역시 마지막이라고 애써 다짐한다. 이번에도 안 되면 그녀를 내버려둘 것이다. 나는 새로 시작할 것이다.

새로 시작해, 뭘? 내 마음이 속삭인다.

인도 저 앞에서 어느 커플이 손을 잡고 걷고 있다. 그들은 손깍지를 끼고 보폭을 맞춰 걷는다. 누군가 내게 그들 관계의 질을 즉석에서 판단해보라고 시킨다면, 나는 그들이 행복하다고 말하겠다. 사랑에 빠져 있다고. 하지만, 물론, 행복과 사랑이 늘 서로 밀접한 관련이 있는 것은 아니다.

나는 인식이 내 삶의 행로를 어떻게 결정했는지 생각한다. 리처드와 함께한 시절에 내가 어떻게 내가 보고 싶은—봐야 하는—것을 봤는지. 어쩌면 사랑에 빠지려면 여과된 시야를 갖게 될 수밖에 없는 것 같다. 아마 모든 사람들이 그렇겠지.

내 결혼 생활에는 세 가지 진실이, 서로 교차적이면서 가끔은 경쟁하는 세 가지 현실이 있었다. 리처드의 진실이 있었다. 나의 진실이 있었다. 그리고 실제 진실이 있었는데, 늘 이것이 가장 인식하기 어렵다. 모든 관계에서 이런 상황이 발생할 수 있다. 우리가 다른 사람과 결합했다고 생각할 때 실제로 형성한 것은 삼각형인 상황. 그 삼각형의 세 꼭짓점 중 하나에는 침묵하지만 모든 것을 보는 심판, 현실의 판정자가 있다.

성큼성큼 걸어 그 커플을 앞질러 가는데 내 휴대전화가 울린다. 액정에서 리처드의 이름을 보기도 전에 나는 누가 건 전화인지 안다.

"씨발, 뭐야, 버네사?" 그는 내가 받자마자 그렇게 말한다.

아까 듀크의 사진을 봤을 때 타올랐던 분노가 다시 느껴진다. "에마한테 일을 그만두라고 했어요, 리처드? 당신이 에마를 돌봐줄 거라고 했어요?" 나는 불쑥 말한다.

"내 말 잘 들어." 전남편은 한마디 한마디 씹듯이 말한다. 그의 목소리 너머로 차 경적 소리가 들린다. 그는 방금 그 사진을 받아보고 지금은 회사 밖 거리에 서 있는 게 틀림없다. "경비원이 당신이 에마한테 뭔가를 전달하려 했다고 하더군. 에마한테서 떨어져."

"에마한테 줄 교외 주택은 샀어요, 리처드?" 그를 자극하기를 멈출 수가 없다. 마치 결혼 시절 억눌러야만 했던 모든 것을 방출하는 것처럼. "에마가 당신을 화나게 하면 제일 먼저 뭘 할 거죠? 그녀가 당신의 완벽하고 귀여운 아내가 아닐 때?"

차문이 쾅 닫히는 소리가 나더니 갑자기 그의 주위에서 나던 소리가, 도심의 소음이 멈춘다. 잠깐 아무 소리도 안 나다가 내가 아는 목소리, 뉴욕 택시의 텔레비전에서 언제나 들려오는 소리가 들린다. "안전벨트를 매세요!"

리처드는 나보다 한발 먼저 움직이는 데 능숙하다. 그는 내가 어디로 가고 있는지 알아차린 것이 분명하다. 그는 지금 택시 안에 있다. 나보다 먼저 에마한테 가려는 것이다.

아직 정오도 되지 않은 시각, 도로는 한산하다. 리처드의 회사에서 에마의 아파트까지 아마 15분이면 도착할 것 같다.

하지만 내가 그보다 더 가까운 곳에 있다. 그녀의 집으로 가는 방향에 있는 삭스에 들렀기 때문이다. 난 이제 열 블록만 더 가면 된다. 서두르면 그를 앞지를 수 있을 것이다. 나는 걸음을 더 빨리하며 핸드백 속의 편지를 더듬는다. 편지는 아직 거기 있다. 산들바람이 불어와 내 몸에 살짝 솟은 땀을 아릿하게 스친다.

"당신은 미쳤어."

나는 그 말을 무시한다. 그의 그 말은 더는 나를 탈선시키지 못한다. "에마한테 어젯밤에 당신이 나한테 키스한 건 말했나요?"

"뭐?" 그가 소리를 지른다. "당신이 나한테 키스했지!"

잠시 내 걸음이 불안정해지지만, 곧 내가 에마를 처음 대면하러 갔을 때 했던 말을 떠올린다. **그는 모든 걸 혼란스럽게 만들어 진실을 볼 수 없게 만들어요!**

나는 그걸 알아내기까지 수년이 걸렸다. 머릿속을 난타하는 모든 질문들을 적어 내려가고 나서야 어떤 패턴이 보이기 시작했다.

엄마가 세상을 떠나고 1년 후쯤부터 그 일을 시작했다. 나는 비밀 일기를 쓰고 손님방의 매트리스 밑에 숨겼다. 그 검은색 몰스킨 노트에 리처드가 한 말 중 두 가지 이상의 의미로 해석할 수 있는 걸 모조리 적었다. 내가 잘못 기억하고 있는 것처럼 여겨지던 기억들을 기록했다—내가 교외 주택에서 살고 싶다고 했다거나, 처녀파티 다음날 아침 리처드의 애틀랜타 출장을 잊었다는 것처럼 크게 어긋나는 것들—그리고 내가 회화수업에 다니고 싶다고 말했다거나 리처드가 제일 좋아하는 요리가 양고기 빈달루라고 생각한 것처럼 사소한 것들까지.

남편에게 물어볼 수 없었던 심란한 대화들도 면밀히 기록했다―예를 들어, 내가 아무도 몰래 시내에 나갔을 때 그는 어떻게 내가 샬럿 이모가 아닌 다른 사람을 보러 간 걸 알았을까. 그 비밀스러운 만남의 첫날에 있었던 일들도 일부 적었다. 나를 안으로 안내한 그 안쓰러워하는 표정의 여자에게 내 소개를 하자, 그녀는 다채로운 색깔의 물고기들로 가득한 수족관 맞은편에 있는 소파를 가리키며 내게 앉으라는 손짓을 했다. 그녀는 소파 왼쪽에 있는 등받이가 직각인 천을 씌운 의자에 앉아, 자신을 케이트라고 부르라고 말했다. **어떤 얘기를 하고 싶으세요?** 그녀는 물었다. **가끔 제가 제 남편을 전혀 모르는 것 같아 걱정이 돼요,** 하고 나는 불쑥 말했다. **리처드가 왜 당신이 평정을 잃게 만들려고 애쓰는 것 같아요?** 그녀는 우리의 대화가 끝날 때쯤에 물었다. **그러는 목적이 뭘까요?**

그것이 리처드가 회사에 있는 그 길고 공허한 낮들에 내가 풀려고 노력한 수수께끼였다. 나는 몰스킨 노트를 꺼내고, 리처드와 내가 약혼한 직후부터 오직 그가 옆에 없을 때만 받으면 끊는 전화가 휴대전화로 걸려온 일을 생각했다. 내가 매기로 하여금 억지로 안대를 쓰게 한 것을 후회한다고, 그 구체적인―내가 그 애의 눈을 가리게 만들었다는―사실이 나를 괴롭혀왔다고 리처드에게 얘기했음을 확신한다고 썼다. 그리고 덧붙였다. **그런데 왜 그는 나한테 새집을 보여주러 갈 때 안대를 줬을까?** 신랑신부 케이크토퍼가 리처드의 부모님이 결혼한 뒤 오랜 세월 후에 제작됐다는 사실을 발견했던 일도 적었다. 듀크의 수수께끼 같은 실종을 떠올릴 때는 노트 위의 글씨가 눈물로 얼룩졌다.

불면증이 도졌을 때 나는 침대에서 빠져나와 발끝으로 복도를 걸어,

한밤중에 머릿속으로 쳐들어오는 집요한 생각들로 여러 장을 채웠다. 감정이 점점 고조되면서 글씨는 점점 날림이 되어갔다. 나는 특정 부분들에 밑줄을 그었고, 화살표로 여러 생각들을 연결했으며, 여백에 메모를 끼적였다. 여러 달 지나자, 잉크로 얼룩진 내 노트는 반 이상 채워졌다.

셀 수 없이 많은 시간 동안 나는 썼다. 나의 글은 실처럼 술술 풀려나왔고, 그 과정에서 내 결혼 생활도 풀려나왔다. 마치 리처드와 나의 관계는 손으로 짠 화려한 스웨터이고, 나는 짧은 실 한 올을 계속 만지작거리며 걱정하고 있는 것 같았다. 나는 일기장에 낱낱이 적은 모든 질문과 불일치로 천천히 그 실을 잡아당겼고, 비틀고 돌렸으며, 무늬와 색을 사라지게 하고 모양을 일그러뜨렸다.

그가, 왼발, **틀렸어**, 오른발. 그 말이 내 뇌 속을 가득 채우고 나는 더욱 빨리 다리를 움직인다. 반드시 그보다 먼저 에마에게 가야 한다.

"아뇨, 리처드. 당신이 나한테 키스했죠." 리처드가 도전 받는 것보다 싫어하는 것이 딱 하나 있다면, 그것은 틀리는 것이다.

나는 챕트를 지나 모퉁이를 돈 후 등 뒤를 흘깃 본다. 10여 대의 택시가 내 쪽으로 오고 있다. 그중에 그가 타고 있을 수 있다.

"당신 술 마셔?" 그는 주제를 바꾸는 걸, 그리하여 내 취약점들을 드러내고 나를 피고석으로 몰아넣는 것에 너무나 능숙하다.

하지만 그가 계속 말을 하는 한 괜찮다. 그가 계속 통화하게 만들어서, 내가 가고 있다고 에마에게 알리지 못하게 해야 한다.

"당신이 나한테 준 다이아몬드 목걸이 얘기는 해줬어요?" 나는 조소하듯 말한다. "에마한테도 언젠가 하나 사줘야겠다고 생각해요?"

나는 그 질문이 그가 탄 택시 창문으로 폭탄을 던진 것과 다름없다는 걸 알고, 정확히 그런 의도로 던진 질문이다. 나는 리처드를 분노케 하고 싶다. 그가 두 주먹을 꽉 쥐고 눈을 가늘게 뜨도록 하고 싶다. 그렇게 하면, 만약 그가 먼저 에마한테 갔을 경우, 그녀는 마침내 그가 그토록 능숙하게 숨긴 것을 알게 될 것이다. 그의 가면을 보게 될 것이다.

"젠장, 이 신호는 안 걸릴 수 있었잖소." 그가 소리친다. 그가 뒷좌석 끄트머리에 엉덩이를 걸치고 앉아 택시 기사 뒤에서 고개를 이리저리 디미는 모습이 그려진다.

"에마한테 말했어요?" 나는 다시 묻는다.

그는 거칠게 숨쉬고 있다. 그가 폭발 직전임을 나는 경험으로 안다. "이런 말도 안 되는 대화는 그만두겠어. 또 에마한테 접근하면 당신을 감방에 넣을 거야."

나는 통화 종료 버튼을 누른다. 에마의 아파트 앞에 도착했기 때문이다.

나는 그녀에게 너무나 큰 해를 끼쳤다. 그녀의 순진함을 먹잇감으로 삼았다.

나는 리처드가 나라고 생각했던 아내가 결코 아니었듯, 에마가 나라고 믿은 여자도 아니다.

내가 회사 휴일 파티에서 내 대체물을 처음 만났던 저녁, 황적색 점프수트를 입은 그녀는 책상 뒤에서 일어섰다. 눈부시게 활짝 웃으며 내게 손을 내밀었다.

파티는 리처드의 세계 속 다른 모든 것들과 마찬가지로 우아했다. 통유리 벽 밖으로는 맨해튼이 내려다보였다. 개인용 시식 스푼에 담긴 세비체(날생선 조각을 레몬이나 라임 즙, 오일, 향신료로 버무린 라틴 아메리카의 전

채—옮긴이)와 민트와 함께 다진 새끼양 고기를 턱시도 차림의 웨이터들이 나눠줬다. 해산물 코너에서는 한 여자가 짭조름한 구마모토산 굴의 껍데기를 까고 있었다. 사중주단의 현악기들에서 고전음악이 솟아올랐다.

리처드는 우리가 마실 것을 가지러 바로 향했다. "라임을 곁들인 보드카 소다?" 그는 에마에게 물었다.

"기억하시네요!" 그녀의 시선이 바로 가는 그를 좇았다.

그 순간 모든 것이 시작됐다. 내 앞에서 새로운 미래가 체현되고 있었다.

그 후 몇 시간 동안 나는 생수를 홀짝이며 리처드의 동료들과 점잖은 대화를 나눴다. 힐러리와 조지도 그 자리에 있었지만, 힐러리는 이미 그 전부터 내게 거리를 두기 시작했다.

그날 밤 내내 나는 내 남편과 그의 비서 사이에서 세차게 흐르는 에너지를 느꼈다. 그들이 내밀한 미소를 교환하거나 대화하는 무리에서 나란히 섰다는 뜻은 아니다. 겉으로 보기에 그들은 완벽하게 적절한 모습이었다. 하지만 나는 그녀가 허스키한 소리로 웃을 때마다 그의 시선이 그녀에게로 미끄러지는 것을 보았다. 그들이 서로를 의식하는 것을 느꼈다. 그들 사이에 실재하는 그 희미하게 빛나는 것은 파티장을 가로질러 두 사람을 연결했다. 파티가 끝날 때쯤 리처드는 에마를 집까지 안전하게 데려다줄 차량을 주문했다. 그녀가 택시를 부르면 된다고 계속 사양하는데도. 우리 세 사람은 다 같이 건물 밖으로 나가, 리처드와 나의 타운카가 대기하는 가운데 그녀의 타운카가 올 때까지 기다렸다.

"에마는 상냥해요." 나는 리처드에게 말했다.

"일을 아주 잘해."

리처드와 집에 도착했을 때 나는 침실로 가려고 계단을 올라갔다. 고무줄이 배를 파고드는 스타킹을 얼른 벗고 싶었다. 리처드는 복도 불을 끄고 나를 따라왔다. 내가 침실로 들어서는 순간 그는 나를 돌려세워 벽을 보게 했다. 그리고 내 뒷목에 키스하며 그의 몸을 붙여왔다. 그는 이미 발기해 있었다.

평소 사랑을 나눌 때 리처드는 부드럽고 사려 깊었다. 다섯 코스 만찬처럼 나를 음미했다. 하지만 그날 밤 그는 한 손으로 내 양손을 잡아 올려 내 머리 위쪽에서 누르고 있었다. 다른 손으로는 내 스타킹을 끌어내렸다. 스타킹이 찢어지는 소리가 났다. 그가 뒤쪽에서 밀고 들어올 때 나는 숨을 헉 들이쉬었다. 너무 오랜만이었고 준비도 되어 있지 않았다. 그가 나를 찔러대는 동안 나는 줄무늬 벽지를 쳐다보고 있었다. 그는 곧 방 안을 울리는 크고 노골적인 신음소리를 내며 사정했다. 이어 숨을 헐떡이며 내 몸에 기댄 후 나를 돌려세워 내 입술에 짧게 키스했다.

그는 눈을 감고 있었다. 나는 그가 누구의 얼굴을 보고 있는지 궁금했다.

몇 주 후 나는 리처드와 내가 우리의 웨스트체스터 집에서 연 칵테일 파티에서 에마를 다시 보았다. 저번처럼 흠잡을 데 없는 모습이었다.

그로부터 또 얼마 후 나는 리처드와 교향악단 연주회에 가기로 되어 있었다. 그러나 내가 배탈이 나서 공연 직전에 취소해야 했다. 그는 에마를 데려갔다. 앨런 길버트의 지휘로 베토벤과 프로코피예프가 연주될 터였다. 나는 나란히 앉아 그 서정적이고 표현력 있는 멜로디를 듣는 두 사람을 상상했다. 인터미션 때 그들은 아마 칵테일을 마실 것이고, 리처드는 프로코피예프의 부조화한 스타일의 기원을 설명할 터였다, 예전에 내게 그랬듯이.

　나는 침대로 들어가 함께 있는 그들을 상상하다 잠이 들었다. 리처드는 그날 밤 시내에서 잤다.

　확신할 방법은 전혀 없지만, 나는 그날 밤 그들이 처음으로 키스를 했다고 상상한다. 커다란 파란 눈으로 그를 올려다보며 멋진 저녁시간에 대해 그에게 감사 인사를 하는 그녀가 보인다. 그들은 헤어지기 싫어서 머뭇거린다. 침묵의 순간. 그가 그녀에게 다가서며 몸을 숙일 때 그녀는 눈을 질끈 감는다.

　연주회 날 직후 리처드는 회의 때문에 댈러스로 날아갔다. 그즈음 나는 그의 일정을 꼼꼼하게 확인하고 있었다. 댈러스의 클라이언트는 리처드에게 중요했다. 에마도 그와 동행할 터였다. 놀랄 일은 아니었다. 다이앤도 가끔 리처드의 출장길에 동행했기 때문이다.

　그러나 리처드는 전화나 문자로 내게 잘 자라고 인사하지 않았다.

　나는 그들이 그 출장 이후 관계가 시작됐다고 확신했다. 아내의 직감이라고 해두자. 몇 주 후 나는 시내로 나갔다. 에마를 다시 보고 싶었다. 두 사람의 회사 앞마당에서 신문으로 얼굴을 가린 채 꾸물거렸다. 그리고 두 사람이 밖으로 나오는 걸 보았다. 리처드는 내 대체물의 등허리에 손을 살짝 얹었고 그녀를 위해 문을 잡아줬다. 연분홍 원피스를 입고 뺨에는 비슷한 색조의 블러셔를 바른 그녀는 속눈썹 너머로 내 남편을 올려다봤다.

　나는 그들의 앞을 막아설 수도 있었다. 지나치게 반가운 척하며 그들을 부르고 같이 점심을 먹자고 할 수도 있었다. 하지만 나는 그들이 밖으로 나가는 걸 지켜보기만 했다.

이제 나는 누구든 날 들여보내주길 바라며 에마가 사는 아파트 전 세대의 인터컴 버튼을 미친 듯이 누른다. 1초 만에 신호음이 울리며 문이 열리고 나는 수수하고 작은 로비로 뛰듯이 들어간다. 죽 늘어선 우편함들을 흘긋 본다. 다행히 에마의 성으로 그녀가 사는 층과 호수를 알아낸다. 5C. 계단을 달려 올라가며 그녀가 리처드의 성을 따를 것인지 궁금해한다. 우리가 그런 식으로도 연결될 것인지.

나는 에마의 집 문 앞에 서서 문을 쾅쾅 두드린다.

"누구세요?" 그녀가 외친다.

나는 그녀가 문구멍으로 나를 볼 수 없도록 옆으로 비켜선다. 에마가 내 목소리를 들으면 내 편지를 읽지 않을지도 몰랐다. 그래서 나는 그냥 문 밑 틈으로 편지만 밀어 넣었다. 편지가 집 안으로 사라지는 걸 본 다음 다시 복도를 달려서 계단으로 갔다. 리처드가 도착하기 전에 건물을 빠져나갈 수 있기를 바라면서.

나는 편지를 펼쳐보는 그녀를 상상한다. 그리고 거기 적혀 있지 않은 모든 것들을 생각한다.

이를테면 교향악 공연이 있던 날 밤 내가 배탈이 난 척한 것.

"에마를 데려가지 그래요?" 나는 공연에 못 가겠다고 리처드에게 전화했을 때 제안했다. 기진맥진한 목소리로 말하는 걸 잊지 않았다. "어렸을 때 시내에서 가난하게 살던 때가 생각나서요. 에마한테 큰 선물이 될 거예요."

"진심이야?"

"그럼요. 난 그냥 자고만 싶어요. 그리고 당신이 놓치기 싫은 공연이잖아요."

그는 동의했다.

전화를 끊자마자 나는 차를 끓여 마시며 나의 다음 행보를 생각하기 시작했다.

신중해야 한다는 건 알고 있었다. 단 하나의 실수도 해서는 안 됐다. 리처드가 늘 그렇듯이 나도 디테일에 철저하게 신경 써야 했다.

그날 저녁 잠자리에 들 때 나는 침대 옆 탁자 위에 펩토비스몰(제산제 상표명—옮긴이) 병을 물 옆에 두었다.

속도도 조절했다. 여러 주 동안은 에마에 관해 입도 뻥긋하지 않았다. 그러다 리처드가 큰 계약을 성사시킨 날, 나는 도와준 에마에게 감사 표시로 바니스 백화점의 상품권을 선물하는 게 어떻겠냐고 그에게 말했다.

잠깐 동안 나는 너무 멀리 간 게 아닌지 걱정했다. 그는 면도를 하다가 멈추고 나를 주의 깊게 쳐다보았다. "다이앤한테는 한 번도 그런 거 하라고 한 적 없잖아."

나는 어깨를 으쓱하고 손을 뻗어 빗을 집었다. 속내를 숨기려 애쓰며 나는 말했다. "내가 에마를 나와 동일시하는가 봐요. 다이앤은 유부녀였잖아요. 가족도 있고. 에마는 내가 처음 뉴욕에 왔을 때를 생각나게 해요. 내 생각에 그런 선물을 받으면 자신의 노력을 알아준다고 뿌듯해할 것 같아요."

"좋은 생각이네."

나는 참고 있던 숨을 천천히 내쉬었다.

나는 상품권 봉투를 열어보고 놀라서 눈썹이 올라가는 그녀를 상상했다. 아마 그녀는 리처드의 사무실로 들어가 감사 인사를 할 것이다. 어쩌면, 며칠 후, 그녀는 그 상품권으로 산 옷을 입고 출근해 그에게 보여줄지도 몰랐다.

판돈이 아주 큰 도박이었다. 나는 일상생활을 유지하려 애썼지만 아드레날린이 넘치게 솟았다. 정신을 차려보면 늘 이리저리 서성대고 있었다. 입맛도 싹 달아나 살이 죽죽 빠졌다. 밤이면 리처드 옆에 누워 머릿속으로 내 계획을 재점검하며 결함과 결점을 찾았다. 일을 빨리 진척시키고 싶어 안달이 났지만 때를 기다리며 나를 억눌렀다. 나는 보이지 않는 곳에 숨어 먹잇감이 원하는 위치로 오기를 기다리는 사냥꾼이었다.

결정적 기회가 찾아왔다. 어느 날 저녁 에마가 댈러스에서 내게 전화를 걸어, 회의가 길어지고 있어서 리처드가 더 늦은 시간의 비행기를 타야 한다고 말한 것이다.

나는 정확히 이런 기회가 오기를 기도해왔다. 이제 모든 건 그 다음 상황에 달려 있었다. 나는 완벽한 연기를 해내야 했다. 내가 카드로 집을 짓고 있다는 걸 에마가 알아서는 안 됐다. 지금 내가 마지막 카드를 올려놓을 참이라는 것을.

"불쌍해라." 나는 말했다. "그이는 너무 열심히 일한다니까요. 분명 많이 지쳤을 거예요."

"맞아요. 이 클라이언트는 너무 까다롭게 굴고 있어요!"

"에마도 힘들겠네요." 나는 갑자기 생각난 것처럼 말했다. "그이가 빨리 와야 할 이유는 없어요. 에마가 그이한테 멋진 곳에서 저녁을 먹고 호텔을 예약하라고 제안하는 게 어때요? 내일 아침에 돌아와요. 그러는 게 두 사람 모두한테 편할 거예요." *제발, 미끼를 물어.*

"진심이세요, 버네사? 그분은 사모님이 계신 집으로 가길 원하실 텐데요."

"부탁 좀 할게요." 나는 가짜로 하품을 했다. "솔직히 말하면, 난 시

시껄렁한 텔레비전 프로그램 보면서 느긋하게 쉴 수 있겠다 싶어서 좋은걸요. 그이가 오면 일 얘기나 잔뜩 늘어놓겠죠."

게으르고 둔한 아내. 나는 에마가 나를 그렇게 생각하길 원했다.

리처드는 더 나은 사람과 살 자격이 있지 않나? 그에게는 그의 일의 복잡한 내용을 이해할 수 있는 누군가가 필요했다, 힘든 하루를 마치고 온 그를 보살펴줄 누군가가. 동료들 앞에서 그를 당황하게 만들지 않을 사람. 매일 밤 그와 함께하기를 간절히 바라는 사람.

꼭 그녀 같은 사람.

제발, 나는 또 생각했다.

"좋아요." 마침내 에마가 대답했다. "그분께 여쭤보고 동의하시면, 사모님한테 다시 전화해서 바뀐 비행시간 알려드릴게요."

"고마워요."

나는 전화를 끊고, 내가 정말 오랜만에 웃음을 짓고 있다는 걸 깨달았다.

나는 나의 완벽한 대체물을 찾은 것이다. 곧 리처드는 나와 끝낼 거고 나는 마침내 자유가 될 터였다.

리처드와 에마 둘 다 내가 무슨 일을 꾸몄는지 몰랐다. 지금도 모른다.

3부

성격상의 그런 이중적인 면들 때문에 그는 내게 수수께끼였다.
나는 아직도 왜 그가 자기 양말과 티셔츠를 정리하는 것과 똑같은 방식으로
주위의 모든 것들을 통제해야만 하는지 완벽하게 이해하지는 못한다.
나는 그가 내게서 앗아간 힘을 조금은 되찾았다. 작은 전투에서 승리한 것이다.
나는 한껏 들떠 있다.
토네이도 같은 그의 분노를 상상한다.
소용돌이가 휘몰아치며 바깥으로 뻗어나가겠지.

31

나는 계단을 뛰어 내려가다 3층으로 내려서는 모퉁이에서 미끄러져 넘어진다. 난간을 잡았지만 이미 계단 가장자리에 엉덩이를 찧어 통증이 몸 왼쪽 전체로 퍼져나간다. 나는 벌떡 일어나 쉬지 않고 계속 달린다. 만약 리처드가 엘리베이터가 아니라 계단으로 올라가기로 한다면 우리는 정면으로 맞닥뜨릴 것이다.

그 생각은 나를 더 빨리 가라고 몰아대고, 계단에서 로비로 달음박질쳐 나오자 엘리베이터 문이 막 닫히고 있다. 엘리베이터가 에마가 사는 층에 멈추는지 문 위쪽의 숫자판을 보고 싶지만 단 몇 초 더 지체하는 위험도 감수할 수 없다. 거리로 뛰쳐나오자 택시 한 대가 연석 쪽에서 도로로 나가려는 참이다. 택시의 트렁크를 두드리자 빨간 브레이크 등이 켜진다.

허둥지둥 올라타서 문부터 잠근 후 의자에 쓰러지듯 몸을 기댄다. 샬럿 이모의 아파트 주소를 말하려는 순간 목구멍이 꽉 막힌다.

차 안에 레몬 향이 진동하고 있다. 내 머리카락을 휘감고 피부에 스며든다. 자극적인 시트러스 향이 내 콧속으로 쳐들어가 폐까지 흘러내려가는 것이 느껴진다. 리처드가 방금 이 택시에서 내린 게 분명하다.

그가 격앙될 때마다—표정이 굳어지며 내가 사랑하는 남자가 사라지는 것처럼 보일 때마다—그의 향기는 늘 더 강해졌다.

나는 다시 도망치고 싶지만 다른 택시를 기다릴 여유가 없다. 그래서 내릴 수 있는 데까지 창문을 내리며 기사에게 행선지를 말한다.

내 편지는 한 페이지밖에 되지 않으니 1분이면 에마가 다 읽을 수 있을 것이다. 리처드가 그녀의 집에 도착하기 전에 다 읽기를 바란다.

택시가 다음 블록으로 진입하고, 나는 마지막으로 창밖을 내다본 후 리처드가 따라오고 있지 않다고 확신하고서야 등받이에 머리를 기댄다. 내가 어떻게 남편한테서 탈출할 계획에서 그런 결점을 놓쳤는지 모르겠다. 아주 오랫동안 구상한 계획이었다. 그 사내 휴일 파티 이후 나는 하루 종일 그것에만 집중했다, 나중에는 강박이 될 정도로. 아주 신중하게 진행했지만, 일어날 수 있는 최대의 계산착오가 발생하고 만 것이다.

한 순진한 젊은 여자가 희생양이 될 거라는 생각은 하지 못했다. 나의 탈출만을 절박하게 바랐다. 그전까지 나는 탈출이 가능할 거라는 희망조차 거의 버리고 있었다. 리처드 자신이 바라지 않는 한 그는 나를 결코 보내주지 않을 것임을 깨닫기 전까지.

내가 그걸 확신하는 건, 내가 그를 떠나려 한다고 생각했을 때 그가 내게 했던 짓 때문이다.

앨빈 에일리 갈라 직전 나는 내 결혼에서 몸을 빼기 시작했다. 그때 나는 아직 비교적 젊고 강했다. 아직 완전히 망가지지 않았다.

갈라에서 돌아와 주방에서 나를 몰아세웠을 때, 리처드는 그의 억센 손아귀에 잡혀 핏기가 가시는 중인 내 오른쪽 손목을 내려다보았다. 마치 내 손목을 비틀고 있는 걸 모르는 것 같았다. 내가 아파서 새 울음소리 같은 비명을 지른 게 그가 아닌 다른 사람 때문인 것처럼.

그날 전까지는 리처드가 내게 폭력을 쓴 적이 없었다. 어쨌거나 신체적으로는.

가끔 그는 이제는 내가 경계임을 아는 지점 앞에서 멈췄었다. 나는 그런 순간들을 검은색 몰스킨 노트에 하나하나 기록하고 있었다. 처녀 파티에서 내가 닉과 키스한 후 택시에서, 스포리아 바에서 어떤 남자가 내게 술을 샀을 때, 듀크의 실종에 대해 내가 리처드에게 따져 물은 저녁에. 리처드가 경계에 더 가까이 갔던 때도 여러 번 있었다. 한번은 액자에 든 결혼식 사진을 유리가 산산조각 나도록 바닥에 던지고 소리를 지르며 나를 말도 안 되게 비난했다. 신혼여행 때 내가 스쿠버다이빙 강사 에릭과 시시덕거렸다는 것이다. **그놈이 우리 방에 들른 거 봤어.** 리처드가 그렇게 고함칠 때 나는 리처드가 내가 배에서 내리는 걸 도와준다고 끌어올린 후 왼쪽 팔 위에 생긴 멍들을 떠올렸다. 또 한 번은, 임신 촉진 치료 전문의를 방문하고 얼마 안 지났을 때, 리처드가 중요한 클라이언트를 놓치고 사무실 문을 너무 세게 닫아 장식 선반에서 꽃병이 떨어졌다.

그 외에도 그가 내 팔을 지나치게 세게 잡은 적이 몇 번 더 있었고, 그가 술 마시는 일로 꼬치꼬치 캐물을 때 내가 눈을 내리깔자 내 턱을 움켜잡고 들어올려 강제로 그를 보게 만든 적도 있었다.

그럴 때 그는 늘 결국 분노를 억누르는 데 성공했다. 손님방으로 가거나 집을 나갔다가 화가 풀리면 돌아왔다.

앨빈 에일리 갈라에서 돌아온 밤에도 처음에는 나의 새된 비명이 그를 저지한 것처럼 보였다.

"미안해." 그는 내 손목을 놓고 한 걸음 물러섰다. 머리칼을 쓸어 올리며 천천히 숨을 내쉬었다. "하지만, 씨발, 왜 나한테 거짓말한 거야?"

"샬럿 이모." 나는 기어들어가는 목소리로 다시 말했다. "진짜 그냥 이모 보러 간 거예요."

나는 그 말을 하지 말았어야 했다. 하지만 우리 결혼에 대해 누군가에게 얘기하러 갔다고 털어놓으면 그가 더 화를 낼까 봐—혹은 대답할 준비가 안 된 질문들을 할까 봐 걱정이 됐다.

나의 반복된 거짓말에 리처드 내면의 뭔가가 툭 하고 부러졌다. 그는 자신과의 싸움에서 졌다.

그의 손이 내 뺨을 갈길 때 총소리 같은 소리가 났다. 나는 딱딱한 타일 바닥에 쓰러졌다. 충격 때문에 한동안 아픈 줄도 몰랐다. 바닥에 널브러진 내가 입고 있는, 그가 사준 아름다운 옷은 허벅지 부근이 구겨져 있었다. 나는 한 손으로 얼굴을 감싸 쥐고 그를 노려보았다. "무슨…… 당신이 어떻게……."

그가 내 쪽으로 몸을 숙였고 나는 그가 나를 일으켜주려 한다고, 내게 용서를 구하려 한다고, 내 뒤의 찬장을 치려던 거였다고 말할 줄 알았다.

하지만 그는 내 머리카락을 한 손으로 움켜쥐고 잡아당겨 나를 일으켜 세웠다.

나는 발끝으로 선 채 그의 손을 붙잡고 놔달라고 애원했다. 그는 마치 내 두개골에서 가죽을 떼내려는 것 같았다. 나는 눈물을 줄줄 흘렸다. "제발 그만해요." 나는 빌었다.

그는 나를 놓더니 내 쪽으로 몸을 기울여 나를 조리대 가장자리로 몰았다. 이제 그는 내 몸에 손을 대고 있지는 않았지만, 나는 그때가 그날 밤의, 내 인생에서, 가장 위험한 순간임을 알았다.

그의 표정이 딱딱하게 굳었다. 가늘게 뜬 눈이 거무스름했다. 하지만 가장 소름끼치는 건 그의 목소리였다. 그것은 내가 지금도 알아차리는 그의 유일한 부분이다. 그것은 그토록 수많은 밤에 나를 달래주고 나를 사랑하고 보호하겠다고 맹세한 바로 그 목소리였다.

"당신은 내가 옆에 없을 때조차 당신과 함께 있다는 걸 기억해야 해."

그는 잠시 나를 응시했다.

그러더니 내 남편이 다시 돌아왔다. 그는 한 걸음 물러섰다. "이제 자러 가야지, 넬리."

다음날 아침 리처드는 내게 아침식사가 담긴 쟁반을 가져왔다. 나는 뜬눈으로 밤을 새운 후 침대에서 꼼짝도 하지 않고 있었다.

"고마워요." 나는 목소리를 조용하고 차분하게 유지했다. 그를 다시 폭발시킬까 봐 무서웠다.

그는 벌써 멍이 올라온 내 오른쪽 손목을 잠시 쳐다봤다. 그리고 방을 나갔다가 얼음주머니를 갖고 돌아왔다. 그는 말없이 그것을 멍든 부위에 올렸다.

"오늘 일찍 퇴근할 거야, 스위트하트. 저녁을 사올게."

나는 고분고분하게 베리류를 넣은 그래놀라를 먹었다. 얼굴에 눈에 보이는 상처는 없었지만 턱에 힘이 없었고 씹을 때 아팠다. 나는 1층으로 내려가 그릇을 헹궜다. 아무 생각 없이 다친 팔로 식기세척기 문을 열다가 얼굴을 찡그렸다.

침대 모서리 부분을 정리할 때 손목을 자극하지 않도록 신경 쓰며 이부자리를 정리했다. 샤워실에서 센 물살이 두피에 닿을 때 얼굴을 찌푸렸다. 샴푸질도 할 수 없고 두피에 드라이어 바람을 쐬는 것도 견딜 수 없어서 그냥 젖은 채 놔두었다. 옷장 문을 열자 제일 앞쪽에 그 알렉산더 맥퀸 옷이 단정하게 걸려 있었다. 그 옷을 벗은 기억조차 나지 않았다. 간밤의 나머지 부분이 기억에서 흐릿해져 있었다. 기억나는 건 쪼그라들려고 애쓴 느낌뿐이었다. 최대한 물리적으로 작아지고 싶은 기분. 스스로 보이지 않는 존재가 되고 싶은 기분.

나는 그 드레스를 지나쳐 걸어가 옷들을 챙겼다. 레깅스와 두꺼운 양말, 긴팔 티셔츠, 카디건. 위쪽 선반의 슈트케이스들이 내게 손짓했다. 한동안 그것들을 쳐다보고 서 있었다.

그때 짐을 싸서 나갈 수도 있었다. 호텔을 예약하거나 이모의 집으로 갈 수 있었다. 심지어 샘에게 전화할 수도 있었다. 비록 우리 사이에 틈이 벌어져 오랫동안 서로 말도 하지 않았지만. 그러나 나는 리처드를 떠나는 일이 그렇게 쉽지 않을 것임을 알았다.

그날 아침 그가 출근할 때 나는 리처드가 경보장치를 켰음을 뜻하는 신호음을, 이어 현관문이 그의 등 뒤에서 쿵 닫히는 소리를 들었다.

하지만 내게 무엇보다도 잘 들린 소리는 그의 말의 반향이었다. **난 언제나 당신과 함께 있어.**

계속 슈트케이스를 쳐다보고 있는데 초인종이 울렸다.

나는 머리를 쳐들었다. 그 소리가 너무 생경했기 때문이다. 우리 집에 누가 예고 없이 오는 일은 거의 없었다. 내가 나가볼 필요는 없어. 아마 택배 기사일 거야, 물건은 두고 가겠지.

하지만 초인종은 다시 울렸고, 잠시 후 집전화가 울렸다. 수화기를 들자 리처드의 목소리가 들렸다. "베이비, 어디야?" 그는 걱정하는 것처럼 들렸다.

나는 침대 옆 탁자에 놓인 시계를 보았다. 어찌된 일인지 벌써 11시였다. "샤워하고 지금 막 나왔어요." 누군가 문을 두드리는 소리가 들렸다.

"가서 문 좀 열어줘."

나는 전화를 끊고 계단을 내려갔다. 가슴이 점점 답답해지는 느낌이었다. 아프지 않은 팔로 경보장치를 해제하고 자물쇠를 풀었다. 두 손이 떨리고 있었다. 문밖에 무엇이 있을지 몰랐지만 리처드가 시키는 대로 해야 했다.

나는 겨울바람에 얼굴을 맞으며 몸을 떨었다. 급송 배달원이 전자 클립보드와 검은색의 작은 종이가방을 들고 서 있었다. "버네사 톰슨 씨?"

나는 고개를 끄덕였다.

"여기 사인해주세요." 그는 내게 클립보드를 내밀었다. 펜을 잡기가 힘들었다. 나는 조심스럽게 내 이름을 썼다. 고개를 드니 그가 내 손목을 보고 있었다. 가지색 멍이 카디건 소매 밖으로 나와 있었다.

배달원은 재빨리 시선을 거뒀다. "고객님께 온 겁니다." 그는 물건을 내게 건네줬다.

"테니스를 하다 넘어져서요."

그의 눈에 안도감이 퍼지는 게 보였다. 하지만 곧 그는 몸을 돌려 눈으로 뒤덮인 동네 집들을 흘긋 본 후 다시 나를 보았다.

나는 황급히 문을 닫았다.

종이가방에 묶인 리본을 풀자 안에 든 상자가 보였다. 상자 뚜껑을 여니 베르두라 사의 폭 넓은 금팔찌가 들어 있었다. 폭이 적어도 5센티미터는 돼 보였다.

　나는 팔찌를 꺼냈다. 리처드가 보낸 그 팔찌는 내 손목을 에워싼 추한 멍들을 완벽하게 가려줄 터였다.

　그걸 내가 과연 찰 수 있을지 결정할 기회를 얻기도 전에 우리는 내 엄마의 죽음을 알리는 전화를 받았다.

　오랫동안 나는 두려움이 나를 지배하게 놔두었다. 하지만 지금 나는 택시에 앉아서, 다른 감정이 수면 위로 떠오르고 있음을 깨닫는다. 분노. 그토록 오랜 시간 그의 분노를 흡수한 후 나의 분노를 리처드에게 풀어냈을 때 카타르시스를 느꼈다.

　결혼 기간 내내 나는 나의 감정들을 억압했다. 그것들을 부정하며 묻어버렸다. 조심조심 남편의 기분 상태를 살피며 바랐다. 내가 충분히 유쾌한 환경을 조성한다면—적절한 말과 행동을 한다면—내가 집안 분위기를 통제할 수 있을 거라고. 내 병아리들의 교실에 있는 날씨 차트에 웃는 해님 벨크로 카드를 붙였던 것처럼.

　때때로 나는 성공했다. 내 귀금속 액세서리들은—그 베르두라 팔찌는 리처드가 우리의 '오해'라고 부르는 일이 있고 나면 내게 배달되는 물건들 중 첫 번째였다—내가 성공하지 못한 때들을 떠올리게 한다. 나는 집을 떠날 때 그것들을 가져올 생각조차 하지 않았다. 설사 팔아버린다 해도 그러고 받은 돈을 더럽다고 느낄 터였다.

　결혼 생활 동안 그리고 그 후에도 리처드의 말은 내 마음속에서 메아리치며 나로 하여금 끊임없이 스스로를 사후비판하고 행동을 제한하게 만들었다. 하지만 이제 나는 샬럿 이모가 오늘 아침에 내게 한 말을 떠올린다. **나는 폭풍우가 두렵지 않다, 왜냐하면 내 배를 조종하는 법을 배우고 있**

으니까.

나는 눈을 감고 열린 차창으로 들어오는 6월의 공기를 들이마신다. 그 공기는 마지막 남은 리처드의 향기를 씻어낸다.

내가 남편한테서 탈출했다는 걸로는 충분하지 않다. 이제 나는 단순히 그의 결혼식을 막는 걸로는 부족하다는 걸 안다. 설사 에마가 리처드를 떠난다 해도, 확신컨대, 그는 곧바로 다른 젊은 여자를 찾아 나설 것이다. 또 하나의 대체물을.

나는 반드시 리처드를 막을 방법을 찾아내야 한다.

지금 이 순간 그는 어디에 있을까? 그가 에마를 껴안고 전처가 그녀를 노리는 것 때문에 얼마나 미안한지 말하는 모습이 눈에 선하다. 그는 그녀의 손에서 편지를 빼내 읽은 뒤 구겨서 공처럼 만든다. 그는 화가 났다—하지만 아마 에마는 내 행동을 고려하면 그것이 정당하다고 생각할 것이다. 하지만 내가 바라는 건 내가 에마로 하여금 리처드와의 과거를 다시 찬찬히 떠올려보는 것, 두 사람의 역사를 새로운 렌즈를 통해 보도록 하는 것이다. 어쩌면 그녀는 리처드의 반응이 약간 빗나가 보인 때들을 떠올리고 있을지 모른다. 통제에 대한 그의 욕구가 미묘한 방식들로 스스로를 드러낸 순간들을.

그의 다음 행보는 무엇일까?

그는 내게 보복할 것이다.

나는 곰곰이 생각한다. 그런 다음 눈을 뜨고 몸을 앞쪽으로 기울인다.

"생각이 바뀌었어요." 나는 샬럿 이모의 아파트로 가는 중인 택시 기사에게 말한다. "다른 데로 가야 해요." 나는 휴대전화에서 주소를 찾아 소리 내 읽는다.

택시 기사가 나를 내려준 곳은 시티은행 미드타운 지점 앞이다. 리처드가 예금 계좌를 여럿 보유한 곳.

리처드는 내게 수표를 주고 가면서 그 돈을 도움을 받는 데 쓰라고 말했다. 내가 인출할 거라고 은행에 알리기까지 했다. 하지만 듀크의 사진을 그에게, 편지를 에마에게 보내면서 나는 그에게 얌전히 사라지지 않을 것임을 알린 것이다.

나는 그가 오늘 그 수표의 지불을 막을 거라고 추측한다. 그렇게 리처드는 나에 대한 처벌을 시작할 것이다. 나의 불복종을 용인하지 않을 것임을 보여주는 상대적으로 쉬운 길이니까.

나는 그가 은행에 전화를 해 마음을 바꿨다고 말하기 전에 그의 수표를 현금으로 바꿔야 한다.

창구가 비어 있는 은행원은 두 명이다. 흰 셔츠를 입은 젊은 남자, 그리고 중년의 여자. 남자가 더 가까운 데 있지만 나는 여자의 창구로 간다. 그녀는 따뜻한 웃음을 지으며 내게 인사한다. 명찰에는 '베티'라고 적혀 있다.

나는 지갑에서 리처드의 수표를 꺼낸다. "이걸 현금으로 인출하고 싶은데요."

베티는 고개를 끄덕인 후 액수 쪽을 흘깃 본다. 그녀의 이마에 주름이 잡힌다. "현금으로요?" 그녀는 수표 뒷면을 본다.

"네." 나는 발로 바닥을 차다가 멈춘다. 내가 여기 서 있는 동안 리처드가 전화를 할까 봐 걱정된다.

"좀 앉으시겠어요? 제 상사가 도와드리게 하는 게 나을 것 같아요."

나는 그녀의 왼쪽 손을 슬쩍 본다. 결혼반지가 없다.

요령을 습득하면 질문을 피해가는 건 어렵지 않다. 솔깃하고 장황한 이야기들을 해서 실제로는 아무 정보도 주지 않고 있다는 사실을 눈치채지 못하게 하는 것이다.

구체적인 이야기는 피한다. 애매하게 말한다. 거짓말을 하되, 꼭 필요할 때만 하라.

나는 최대한 창구에 바짝 다가간다. "있잖아요, 베티…… 아, 제 어머니 이름도 베티예요, 아니, 베티**였어요**. 얼마 전에 돌아가셨거든요." 이것은 필요한 거짓말이다.

"유감이에요." 그녀가 안됐다는 표정을 짓는다. 내가 사람을 제대로 골랐다.

"솔직하게 말씀드릴게요." 나는 잠시 말을 멈춘다. "제 남편이—톰슨 씨요—이혼을 요구했어요."

"유감입니다." 그녀가 다시 말한다.

"네, 저도 그래요. 그는 올 여름에 재혼해요." 나는 쓴웃음을 짓는다. "아무튼, 이 수표는 그가 준 거고, 저는 아파트를 빌려야 해서 돈이 필요해요. 그의 젊고 예쁜 약혼녀가 벌써 그랑 살려고 들어왔거든요." 나는 은행의 전화번호를 누르는 리처드를 떠올리며 말한다.

"그냥 금액이 너무 커서요."

"제 남편한테는 큰돈이 아니에요. 보세요, 제 성도 톰슨이에요." 나는 핸드백에서 내 면허증을 꺼내 그녀에게 건넨다. "그리고 우린 아직 주소도 같아요, 전 이미 나왔지만요. 지금 전 여기서 몇 블록 떨어진 지저분하고 작은 호텔에서 지내고 있어요."

수표에 적힌 주소는 웨스트체스터 집이다. 그 교외 지역의 집값이 아주 비싸다는 걸 모르는 뉴요커는 없다.

베티는 내 면허증을 쳐다보며 주저한다. 면허증의 내 사진은 몇 년 전에 찍은 것이다. 내가 리처드를 떠나려고 처음으로 계획한 즈음이다. 사진 속의 나는 눈이 반짝거리고 진심으로 웃음 짓고 있다.

"부탁이에요, 베티. 이렇게 하죠. 파크애비뉴 지점 매니저한테 전화해보세요. 리처드가 그 사람한테 내가 이 수표를 현금화할 거라고 말해뒀거든요."

"잠시만 기다려주세요."

내가 기다리는 동안 그녀는 옆쪽으로 가서 전화에 대고 중얼거린다. 나는 압박감 때문에 약간 어지럼증을 느끼며 그 와중에 리처드가 또다시 나를 앞질렀을까 궁금해한다.

자리로 돌아온 베티의 표정을 읽을 수가 없다. 그녀는 컴퓨터 키보드를 두드리다가 마침내 나를 올려다본다. "기다리시게 해서 죄송합니다. 다 제대로 되어 있네요. 그 매니저가 수표가 승인됐다고 확인해줬어요. 보니까 고객님과 톰슨 씨는 우리 지점에 불과 몇 달 전에 폐지된 공동계좌를 쓰셨네요."

"감사합니다." 나는 숨을 쉰다. 몇 분 후 베티는 현금 다발을 여러 개 가지고 온다. 그녀가 돈을 지폐 개수기로 센 다음 100달러짜리들을 한 장 한 장 다시 셀 때 뱃속이 조여드는 느낌이 든다. 당장이라도 누군가 황급히 달려와 베티에게 멈추라고 할 것만 같다. 하지만 곧 그녀는 창구 아래쪽의 낮은 구멍으로 커다란 안전봉투와 함께 돈을 밀어낸다.

"좋은 하루 되세요." 나는 말한다.

"행운을 빌어요."

나는 갈비뼈를 쿵 치는 듯한 안도감을 느끼며 핸드백의 지퍼를 잠근다.

난 이 돈을 받을 자격이 있다. 이제 직장에서도 잘렸으니 이모를 돕기 위해 이 돈이 더더욱 필요하다.

게다가 은행 직원에게 돈이 인출됐다고 듣게 될 때 리처드의 반응을 떠올리니 아주 만족스럽다.

오랫동안 그는 내가 평정을 잃게 만들었다. 나는 그를 불쾌하게 할 때마다 대가를 치러야 했다. 하지만 그는 내가 화가 났을 때면 내 구원자가 되고 나를 위안하기를 좋아하기도 했다. 성격상의 그런 이중적인 면들 때문에 그는 내게 수수께끼였다. 나는 아직도 왜 그가 자기 양말과 티셔츠를 정리하는 것과 똑같은 방식으로 주위의 모든 것들을 통제해야만 하는지 완벽하게 이해하지는 못한다. 나는 그가 내게서 앗아간 힘을 조금은 되찾았다. 작은 전투에서 승리한 것이다. 나는 한껏 들떠 있다.

　　토네이도 같은 그의 분노를 상상한다. 소용돌이가 휘몰아치며 바깥으로 뻗어나가겠지. 하지만 지금 나는 그것이 닿을 수 없는 곳에 있다.

　　거리로 나온 나는 서둘러 가장 가까운 체이스 은행 지점으로 간다. 리처드와 별거한 후 개설한 내 새 계좌에 그 현금을 넣는다. 이제 샬럿 이모의 집으로 돌아갈 준비가 끝났다. 하지만 내 침대로 숨어들 생각은 없다. 그 패배에 절은 여자는 허물처럼 벗어던지기로 결심했으니까.

　　다음엔 뭘 할지 생각하자 나는 활기로 가득 찬다.

32

"나는 스물여섯 살이다. 나는 리처드와 사랑에 빠졌다. 우리는 결혼을 앞두고 있다." 나는 거울을 보며 낮은 목소리로 말한다. **립스틱 더,** 하고 생각하며 화장품 가방 속으로 손을 뻗는다. "나는 여기서 비서로 일한다." 나는 오늘 오후 앤테일러에서 산 연분홍색 원피스를 입고 있다. 똑같지는 않지만 많이 비슷하다, 특히나 새로 산 뽕브라를 하고 있으니.

하지만 자세가 문제다. 나는 어깨를 반듯하게 펴고 턱을 들어올린다. **좀 낫네.**

"내 이름은 에마다." 나는 거울을 보며 말한다. 웃음을 짓는다, 자신만만하게 활짝.

에마를 잘 아는 사람은 아무도 속지 않을 것이다. 하지만 내가 원하는 건 리처드 회사의 청소 직원들을 지나쳐가는 것뿐이다.

그의 동료가 야근이라도 하고 있다면 상황 끝이다. 혹시나 리처드가 아직 남아 있다면—아니, 그런 건 생각조차 할 수 없다. 그런 생각을 하면 난 이 일을 해낼 용기를 내지 못한다.

"내 이름은 에마다." 나는 내 허스키한 음색에 만족할 때까지 반복해서 그렇게 말한다.

화장실 입구로 가서 문을 살짝 열고 밖을 내다본다. 복도에는 아무도 없다. 조명이 어두워서 리처드의 회사로 이어지는 겹유리 문들이 있는 모퉁이 부근은 보이지 않는다. 그 문들은 저녁마다 그렇듯이 잠겨 있을 것이다. 그 열쇠는 극소수의 사람들만 갖고 있다. 회사 컴퓨터들엔 클라이언트 수백 명의 금융 정보가 저장되어 있다. 모두 암호가 걸려 있고, 확신컨대 누군가 시스템을 해킹하려 하면 회사의 사이버 보안 전문가들이 알아차릴 것이다.

하지만 내가 원하는 건 전자 기록이 아니다. 나는 리처드의 사무실에 있는 간단한 서류 한 장, 회사의 다른 누구에게도 중요하지 않을 그 서류가 필요하다.

설사 에마가 내 편지를 읽었다 해도, 그래서 그녀의 마음속에서 몇 가지 의심이 떠다니기 시작했다 해도, 나는 그녀가 명민하고 논리적인 아가씨임을 알고 있다. 결국 그녀가 누구를 믿겠는가—그녀의 성공하고 완벽한 약혼자와 정신 나간 그의 전처 중에?

그녀를 흔들리게 할 증거가 필요하다. 그리고 에마 덕분에 나는 그것을 손에 넣을 방법을 알게 됐다.

에마의 아파트 밖에서 그녀를 막아섰을 때 나는 리처드와 내가 주최한 칵테일파티 때 그가 내게 와인 셀러에서 가져오라고 한 사라진 라브노 와인에 대해 물어보라고 말했다. **그 주문을 누가 넣었을 거라고 생각해요?** 그녀는 그렇게 말한 뒤 나를 외면하고 택시를 타고 떠났다.

우리 집 파티에 쓸 그 와인을 비서인 에마가 주문하게 만든 건 리처드의 영리한 한 수였다.

그는 한참 동안 나를 벌할 필요가 없었다. 나는 여러 달째 아주 잘 처신하고 있었다. 매일 그와 함께 일찍 일어났고, 아침 운동을 거르지 않앉으며, 그와 먹을 건강에 좋은 저녁식사를 준비했다. 그래서 리처드는 내게 너그러웠다. 그 시점에 나는 그가 내 애정이 바닥나고 있다고 두려워할 때 얼마나 위험해질 수 있는지 일말의 환상도 없이 잘 알고 있었다.

그래서 나는 그 칵테일파티가 있기 며칠 전 머리카락 색을 바꿨을 때 내가 호되게 대가를 치를 것임을 예상했다. 캐러멜 브라운으로 염색해 달라고 하자 스타일리스트는 타고난 내 머리색으로 염색하려고 여자들이 수백 달러를 쓴다며 만류했지만 나는 단호했다. 그녀가 내 모발 색을 어둡게 만든 후 나는 12센티미터 정도 잘라달라고 해서 어깨까지 오는 단발머리를 완성했다.

처음 만났던 날 리처드는 내게 절대 내 머리카락을 자르지 말라고 했다. 칭찬을 가장한, 그가 정한 첫 번째 규칙이었다.

그때까지 나는 결혼 생활 내내 그것을 지키고 있었다.

하지만 그즈음 나는 에마를 만났고, 내가 어떤 대가를 치르더라도 남편이 나를 버리게 만들어야 한다고 깨달았다.

달라진 내 머리를 본 리처드는 잠시 멈칫한 후 겨울용 기분전환으로 괜찮다고 말했다. 나는 그 말을 내년 여름까지는 원래대로 되돌려놓으라는 뜻으로 알아들었다. 그렇게만 말한 뒤 그는 칵테일파티 때까지 매일 늦게까지 야근했다.

리처드는 내게 불리한 주장을 할 수 있도록 에마에게 그 와인을 주문하라고 부탁했다.

이제 나는 그것을 그에게 불리한 주장을 하는 데 이용할 수 있다.

힐러리는 그날 밤 웨스트체스터 우리 집의 거실에 마련된 임시 바에서 리처드와 함께 서 있었다. 케이터링 업체가 시간이 지나도 오지 않아서 나는 손님들 사이를 누비며 둥그런 브리 치즈와 톡 쏘는 맛의 삼각형 체다 치즈 말고는 먹을 게 없는 상황에 대해 사과하고 있었다.

"허니? 셀러에서 2009년산 라브노 몇 병만 가져올래?" 리처드의 목소리가 거실을 가로질렀다. "지난주에 한 상자 주문했거든. 와인 냉장고 중간 칸에 있어."

결혼 생활이 끝나기 직전 리처드와 나는 집에서 칵테일파티를 열었다. 그날 이혼 전에 힐러리를 마지막으로 봤다. 그날 저녁은 케이터링 업체가 제시간에 나타나지 않아 초조한 분위기에서 시작됐다. 리처드는—업체에게, 더 이른 시간으로 예약하지 않은 내게, 상황 자체에—짜증이 났지만, 씩씩하게 거실의 임시 바 뒤로 가서 마티니와 진, 토닉워터를 섞었고, 회사 동료 하나가 20달러를 팁이라며 건네자 고개를 젖히며 큰 소리로 웃었다. 나는 손님들 사이를 누비며 둥그런 브리 치즈와 톡 쏘는 맛의 삼각형 체다 치즈 말고는 먹을 게 없는 상황에 대해 사과하고, 곧 제대로 된 음식이 도착할 거라 말했다.

"허니? 셀러에서 2009년산 라브노 몇 병만 가져올래?" 리처드의 목소리가 거실을 가로질렀다. "지난주에 한 상자 주문했거든. 와인 냉장고 중간 칸에 있어."

나는 슬로 모션처럼 천천히 지하실로 갔다. 리처드에게, 그의 모든 친구와 동료들 앞에서 사실을, 이미 내가 알고 있는 사실을 말해야 할 순간을 지연시키기 위해서. 우리 집 셀러에 라브노 와인은 없다는 사실을.

하지만 그건 내가 마셔버렸기 때문이 아니었다.

물론 다들 내가 마셨다고 생각했다. 리처드가 의도한 바대로. 이것이 우리의 패턴이었다. 내가 주체성을 주장하려 애쓰는 것으로 리처드에게 도전하면 그는 나의 죄를 벌했다. 벌칙은 늘 그가 생각하는 내 죄의 경중에 비례했다. 예를 들어 앨빈 에일리 갈라 때 리처드는 내가 취해서 집에 데려다줘야 한다고 그의 동료 폴에게 말했지만 그건 거짓말이었다. 리처드는 폴이 내 일자리를 알아봐주기로 했기 때문에 화가 났던 것이다. 게다가 내 남편은 내가 비밀스러운 만남을 위해 시내로 몰래 빠져나가는 걸 이미 알고 있던 터였다. 그 만남에 대해서 나는 결국 치료사를 만나러 간 거라고 해명했다.

사람들이 나를 나쁘게 보도록 하는 것—남들이 내가 정서불안이라고 생각하게 만들고, 더 나쁘게는, 내가 스스로에 의문을 갖게 만들기—은 리처드가 나를 징계하는 기본적인 방식들 중 하나였다. 내 엄마의 문제를 생각하면 특히나 효과적인 방법이었다.

"허니, 라브노가 없어요." 나는 셀러에서 돌아와서 말했다.

"내가 분명 한 상자를 거기……." 리처드는 말을 하다 말았다. 당혹감에 휩싸인 그의 얼굴이 재빨리 확연히 민망한 표정으로 바뀌었다.

그의 연기력은 정말이지 대단하다.

"아, 오래된 화이트와인이면 아무거나 괜찮아!" 힐러리가 지나치게 밝은 목소리로 말했다.

에마는 거실 반대편에 있었다. 심플한 검정 원피스를 입었는데, 벨트를 해서 모래시계 같은 몸매가 부각됐다. 그녀의 풍성한 금발은 끝부분에 약한 컬이 들어가 있었다. 내 기억 속의 모습처럼 완벽했다.

그날 밤 나는 세 가지 목표를 달성해야 했다. 파티에 온 모든 사람들로 하여금 리처드의 아내가 이상하다고 생각하게 만든다. 에마로 하여금 리처드는 더 나은 사람과 살 자격이 있다고 생각하게 만든다. 그리고 가장 중요한 것, 리처드로 하여금 같은 생각을 하게 만든다.

나는 초조해서 어지러울 지경이었다. 용기를 내려고 에마를 보았다. 그런 다음 나도 연기력을 좀 발휘했다.

나는 힐러리와 팔짱을 꼈다. "나도 낄래." 명랑하게 말하면서, 그녀가 소맷자락 밑으로 내 손의 얼릴 듯한 냉기를 느끼지 못하기를 바랐다. "누가 금발이 더 재미 본다고 그랬어? 난 갈색머리가 좋아. 뭐 해요, 리처드, 우리를 위해 한 병 따줘요."

나는 칵테일 냅킨을 더 가지러 주방에 갔을 때 싱크대에 내 첫 잔을 비웠다. 그리고 리처드가 들을 수 있는 거리에서 힐러리에게 잔을 다시 채워줄까 물었다. 그녀의 잔은 아직 반이나 차 있었다. 힐러리가 내 빈 잔을 흘깃 보더니 고개를 저었다.

잠시 후 리처드는 내게 물이 담긴 잔을 건넸다. "케이터링 업체에 다시 전화해봐야 하지 않아, 스위트하트?"

나는 업체 전화번호를 찾아 첫 여섯 자리를 누르고 리처드한테서 멀찍이 떨어진 곳으로 가서, 혼자서 하는 대화의 부자연스러움을 그가 눈치채지 못하게 했다. 나는 통화 후 그에게 고개를 끄덕여 보이고 말했다. "거의 다 왔대요." 그리고 그가 준 물을 마셨다.

내가 세 번째 잔의 술을 마시는 척할 때 케이터링 업체 사람들이 도착했다.

그들이 뷔페를 차리려고 준비할 때 리처드는 그들 중 책임자에게 주방으로 오라는 손짓을 했다. 나도 따라갔다.

"어떻게 된 거예요?" 나는 리처드가 뭐라고 하기 전에 물었다. 목소리를 낮추려는 노력은 전혀 하지 않았다. "한 시간 전에 도착했어야 하잖아요."

"죄송합니다, 톰슨 부인." 남자는 그의 클립보드를 내려다보았다. "하지만 저희는 사모님이 알려주신 시간에 왔습니다."

"그럴 리가요. 파티가 7시 반에 시작했다고요. 7시까지 와달라고 내가 분명히 말했잖아요."

내 옆에 선 리처드는 업체 측의 잘못에 대해 불만을 제기하기 직전이었다.

그때 책임자가 말없이 클립보드를 우리 쪽으로 돌려 시간—"오후 8시"—을, 이어 맨 아래쪽의 내 서명을 가리켰다.

"하지만……." 리처드는 목을 가다듬었다. "어떻게 된 거야?"

나는 완벽하게 반응해야 했다. 능력 부족, 그리고 나 때문에 그가 느낀 초조함에 대한 무관심 두 가지 다 전달해야 했다.

"아, 내 잘못인가 봐요." 나는 태평한 목소리로 말했다. "이제 왔으니까 됐죠, 뭐."

"당신, 어떻게……?" 그는 나머지 말을 속으로 삼켰다. 그리고 천천히 숨을 내쉬었다. 하지만 그의 굳은 표정은 풀리지 않았다.

나는 목구멍에서 뭔가 올라오는 것 같았고 더는 연기를 지속할 수 없음을 깨달았다. 서둘러 화장실로 가서 찬물에 손을 씻으며 두근대는 심장이 차분해질 때까지 숨을 골랐다.

욕실에서 나온 나는 모여 있는 손님들을 찬찬히 훑어보았다.

아직 내 목표를 다 달성하지 못했다.

리처드는 회사 동료 한 명과 클럽의 골프 친구 한 명과 얘기를 나누고 있었지만, 내 따끔거리는 피부는 그의 시선이 계속 내게로 돌아온다고 경고했다. 나의 머리카락과 음주행각, 케이터링 직원들에 대한 반응—

나는 지난 몇 주 동안 리처드와 함께 그 파티의 세세한 것 하나하나까지 꼼꼼하게 점검했던 여자와 아주 다르게 행동하고 있었다. 우리는 몇 시간 동안 반복해서 손님 명단을 확인했고, 리처드는 그의 동료들의 세세한 특징을 내게 알려주어 그들과 쉽게 어울리고 사람들을 소개할 수 있도록 했다. 꽃도 같이 의논해서 골랐다. 리처드는 손님 한 명이 알레르기가 있으니 새우를 주문하지 말라고 했고, 나는 아무도 침대 위에 코트를 얹지 않아도 되도록 옷걸이를 충분히 준비하는 데 신경 썼다.

이제 내 개인적인 목록, 리처드가 출근한 후 내 머릿속으로만 작성한 목록의 또 하나의 내용을 실행할 차례였다. **에마와 얘기하기.**

케이터링 직원 한 명이 지나가면서 쟁반 위에 있던 따뜻한 파르메산 치즈 크로스티니(작은 빵을 바삭하게 구워서 갖가지 토핑을 올려 만든 이탈리아 전채요리—옮긴이)를 내게 건넸다. 나는 억지웃음을 지으며 받아들었지만 먹지 않고 냅킨으로 감쌌다.

잠시 가만히 서서 그 직원이 에마가 있는 무리로 갔을 때 그쪽으로 갔다.

"이건 먹어봐야 해요." 나는 불쑥 끼어들어 말했다. 그리고 억지로 소리 내 웃었다. "리처드 밑에서 일하는 사람은 기력을 잘 보전해야 하니까."

에마는 얼굴을 살짝 찌푸렸다가 곧 풀었다. "리처드가 늦게까지 일하긴 하죠. 그래도 전 괜찮아요."

그녀는 크로스티니를 하나 집어들고 한입 베어 먹었다. 리처드가 거실 반대편에서 우리 쪽으로 오기 시작하는 게 보였지만, 조지가 그를 중간에 붙들었다.

"아, 근무 시간만 말하는 게 아니에요." 나는 말했다. "그이는 아주 까다롭잖아요, 안 그래요?"

그녀는 고개를 끄덕인 후 들고 있던 나머지 전채를 재빨리 입속에 넣었다.

"마침내 다들 먹을 게 생겨서 다행이에요. 케이터링 업체 사람들은 자기들이 받는 액수를 생각하면 적어도 제시간엔 나타나야 하는데 말이죠." 나는 꽤 큰 소리로 말해서 음식이 담긴 넓적한 접시를 들고 있던 그 중년의 남자가 듣게 했고, 더 중요한 건, 에마는 내가 그에게 무례한 말을 던졌다고 생각할 터였다. 나는 두 뺨이 뜨거워지는 걸 느꼈지만 에마가 내가 와인을 너무 많이 마셔서 그런 거라고 생각하기를 바랐다. 나와 눈이 마주친 그녀의 눈에는 내 무례함에 대한 경멸이 어려 있었다.

리처드가 조지를 떼어내고 곧바로 우리 쪽으로 걸어왔다. 리처드가 도착하기 직전에 나는 몸을 돌려 반대쪽으로 걸어갔다.

그들에게 이유를 하나 더 줘. 나는 그걸 지금 해야만 함을 알았다. 안 그러면 용기를 내지 못할 터였다.

거실을 천천히 가로질러 가는 한 걸음 한 걸음이 고역이었다. 귓속에서 두근거리는 맥박이 느껴졌다. 식은땀이 솟아 얇은 막처럼 윗입술을 덮고 있었다.

내 모든 본능은 내게 그만두라고, 몸을 돌리라고 비명을 지르고 있었다. 나는 웃고 있는 사람들 무리를 이리저리 피하며 꾸역꾸역 앞으로 나아갔다. 누군가 내 팔을 건드렸지만 쳐다보지도 않고 계속 걸어갔다.

나를 앞으로 나아가게 하는 건 에마와 리처드가 지켜보고 있다는 생각뿐이었다.

당분간 에마의 가까이에 있을 기회가 없을 것임을 알고 있었다.

나는 스피커에 연결된 아이팟으로 손을 뻗었다. 리처드는 재즈와 그가 제일 좋아하는 고전음악 중 일부를 섞어 신중하게 선곡해두었다. 우아한 음악이 거실 곳곳으로 퍼져나갔다.

나는 얼마 전부터 연습한 대로 스포티파이 앱을 클릭해서 1970년대 디스코 음악을 골랐다. 이어 볼륨을 높였다.

"진짜 파티를 시작해봐요!" 나는 두 팔을 위로 뻗고 소리쳤다. 목소리가 잠겼지만 또 말했다. "춤추고 싶은 사람?"

두런두런한 대화들이 멈췄다. 모두의 얼굴이 마치 안무로 짠 듯 일제히 나를 향했다.

"뭐 해요, 리처드!" 나는 외쳤다.

이제 케이터링 업체 사람들까지 나를 쳐다보고 있었다. 시선을 돌리는 힐러리가, 입을 헤벌리고 나를 보다 얼른 고개를 돌려 리처드를 보는 에마가 보였다. 리처드가 내 쪽으로 성큼성큼 다가올 때 나는 속이 쥐어 짜이는 듯했다.

"우리 집 규칙을 잊어버렸나 봐, 허니." 그가 억지스러운 명랑함으로 가득 찬 목소리로 외쳤다. 그리고 볼륨을 낮췄다. "밤 11시 전에 비지스는 금지야!"

안도의 웃음소리가 퍼져나가고 리처드는 음악을 다시 바흐로 바꾼 다음 내 팔을 잡고 나를 복도로 데려갔다. "대체 왜 이래? 술을 얼마나 마신 거야?" 그의 눈이 가늘어졌고 나는 겁에 질리고 미안해하는 목소리를 굳이 꾸며낼 필요도 없었다.

"기억이 잘―두어 잔밖에 안 마셨는데―미안해요. 이제 물만 마실게요."

나는 그가 내민 손에 샤르도네가 반쯤 든 내 와인 잔을 얼른 넘겨주었다.

그때부터 파티가 끝날 때까지 나는 남편의 노려보는 시선을 느꼈다. 스카치 잔을 꽉 움켜진 그의 손가락들을 보았다. 나는 리처드가 내가 부린 난동을 수습할 때 에마의 얼굴에 어리던 동정심과 감탄이 섞인 표정을 기억하려 애썼다. 그것 하나로 그 시간을 견뎠다.

내 목표들을 다 이뤘다.

가치 있는 일이었다. 비록 2주일이 지나도록 없어지지 않는 멍들을 얻게 됐지만.

리처드는 그날의 '오해'를 보상할 새 장신구를 결코 보내지 않았다. 그가 더는 우리 관계에 투자하지 않는다는 것이 확인된 것이다. 그는 다른 곳에 관심을 두고 있었다.

"나는 리처드와 사랑에 빠졌다." 나는 빈 복도를 슬쩍 내다보며 마지막으로 말한다. "나는 여기 속한 사람이다."

리처드의 회사 건물로 들어오는 건 어렵지 않았다. 그의 회사에서 몇 층만 내려가면 큰손 고객들을 상대하는 회계 법인이 있었다. 나는 그곳에 최근에 유산을 상속받은 독신 여성이라고 자기소개를 하며 예약을 했다. 뭐, 크게 틀린 말도 아니니까. 어쨌거나 내 지갑 속에는 리처드의 수표 영수증이 아직 들어 있었다. 나는 마지막 예약 시간인 6시로 예약했고 새 원피스에 방문객 스티커를 붙인 채 경비원의 책상 앞을 유유히 지나쳤다.

회계 법인에서 볼일이 끝난 뒤 엘리베이터를 타고 리처드 회사가 있는 층에 내려 재빨리 여자화장실로 들어갔다. 비밀번호는 그대로였고, 나는 맨 끝 칸으로 들어갔다. 외양만 보면 나는 이미 에마처럼 보였다. 새빨간 립스틱과 몸에 꼭 붙는 원피스와 컬을 넣은 머리카락이 완벽한 변장을 마무리했다. 나는 방문객용 통행증을 잘게 찢어 쓰레기통 깊숙한 곳에 버렸다. 그런 다음 두어 시간 동안 에마의 목소리와 자세, 버릇을 연습했다. 여자 몇 명이 화장실로 들어왔지만 금세 나갔다.

이제 8시 반이다. 드디어 청소부 세 명이 도구들로 가득한 카트를 밀며 엘리베이터에서 내린다. 나는 그들이 리처드의 회사 문 앞으로 갈 때까지 기다린다.

나는 자신만만하다.

"안녕하세요!" 나는 경쾌하게 그들 쪽으로 걸어가며 외친다.

나는 침착하다.

"다시 만나서 반가워요."

나는 여기 사람이다.

물론 이 청소부들은 에마가 리처드와 야근할 때마다 그녀와 마주쳤을 것이다. 방금 회사의 겹유리 문들을 연 남자가 내게 애매한 웃음을 짓는다.

"제 상사가 책상에서 뭘 좀 확인해 달라고 부탁해서요." 나는 내가 너무나 잘 아는 구석의 사무실을 향해 몸짓을 한다. "1분이면 돼요."

나는 평소보다 보폭을 크게 해서 서둘러 그들을 지나쳐 간다. 여자 청소부들 중 한 명이 먼지떨이를 들고 나를 따라온다, 내가 예상했듯이. 나는 에마가 쓰던 칸막이 공간 옆을 지나간다. 그곳엔 이제 아프리카 제비꽃 화분과 꽃무늬 찻잔이 놓여 있다. 그리고 리처드의 사무실 문을 연다.

"여기 있을 텐데." 나는 책상 뒤로 가서 묵직한 아래쪽 서랍 두 개 중 하나를 연다. 하지만 거기엔 스트레스 완화용 찌그러뜨리는 인형과 파워바 몇 개, 새 캘러웨이 골프공 한 상자뿐이다.

"어머, 제 상사가 다른 데로 옮겼나 봐요." 나는 청소부에게 말한다. 그녀한테서 뿜어져 나오는 기운이 강해지는 것이 느껴진다. 그녀는 지금 약간 초조한 것이 분명하다. 그녀가 내 쪽으로 다가온다. 나는 그녀의 마음을 읽을 수 있다. 그녀는 내가 여기 사람이라고, 아니라면 경비원을 통과했을 리가 없다고 스스로를 설득하고 있는 중이다. 그녀는 사무실 직원을 화나게 하고 싶지 않다. 하지만 그녀는 자신이 틀렸다면 일자리를 잃게 될 수도 있다.

내 구원자가 나를 쳐다보고 있다. 리처드의 책상 귀퉁이에 놓인 은색 액자 속 에마의 사진. 나는 그 액자를 집어들고 청소부에게 보여준다, 액자와 그녀 사이의 거리를 60센티미터쯤 확보하면서. "보이죠? 저예요." 그녀는 안심하는 듯한 미소를 짓고, 나는 그녀가 왜 내 상사는 책상 위에 비서의 사진을 두는지 물어볼 생각을 하지 않는 것이 감사하다.

두 번째 서랍을 당기자 리처드의 파일들이 들어 있다. 모두 타자로 친 라벨이 붙어 있다.

'아멕스'라고 적힌 파일을 열고 2월의 명세서를 찾을 때까지 페이지를 넘긴다. 내가 찾고 있는 것이 제일 위에 적혀 있다. '소더비 와인, 3,150달러 결제 취소'.

청소부는 등을 돌리고 창문의 블라인드에서 먼지를 털어내고 있지만 나는 단 1초의 자축 의식도 해서는 안 된다. 나는 그 종이를 핸드백에 넣는다.

"다 됐어요! 고마워요!"

그녀는 고개를 끄덕이고 나는 사무실 문으로 향한다. 책상 가장자리를 돌아갈 때 에마의 사진으로 다시 손을 뻗는다. 어쩔 수가 없다. 액자를 틀어 그녀의 얼굴이 벽을 보게 한다.

33

다음날 아침 나는 지난 수년 만에 가장 상쾌한 기분으로 잠에서 깬
다. 술이나 약의 도움 없이 9시간을 푹 자고 일어났다. 또 하나의 작은
승리다.

샬럿 이모가 주방에서 내는 소리를 들으며 그쪽으로 간다. 나는 이모
를 등 뒤에서 껴안는다. 아마인유와 라벤더 냄새. 이모의 냄새는 리처
드의 향기가 나를 불안하게 하는 것만큼 나를 편안하게 한다.

"사랑해요."

이모가 두 손으로 내 손들을 덮는다. "나도 사랑해, 허니." 이모의 목
소리에서 놀람이 느껴진다. 마치 이모가 내 안의 변화를 알아차린 것
같다.

이모와 나는 내가 이곳으로 살러 온 후 셀 수 없이 포옹했다. 샬럿 이
모는 택시에서 내려 이 건물 현관 앞에서 울던 나를 안아줬다. 내가 결
혼 생활 최악의 기억들에 시달리며 잠을 못 자고 있으면 침대로 살며
시 올라와 나를 꼭 껴안아줬다. 마치 내 고통을 흡수하고 싶어 하는 것
처럼. 내 노트의 모든 페이지를 리처드의 기만을 묘사하는 글로 채웠지
만, 그만큼 많은 페이지를 내 평생 샬럿 이모가 그 단단하고 조건 없는

사랑으로 나를 떠받쳐준 순간들로 채울 수 있을 것이다.

하지만 오늘은 내가 먼저 이모에게 손을 뻗는다. 내 힘을 나누려고.

내가 포옹을 풀자 샬럿 이모는 방금 끓인 커피가 담긴 포트를 들었고 나는 냉장고에서 크림을 꺼내 이모에게 건넨다. 나는 칼로리를 갈망한 다—새로이 발견한 내 담력에 에너지가 되어줄 영양가 많은 음식을. 프라이팬에 달걀을 여러 개 깨서 넣고 방울토마토와 슈레드 체더치즈를 섞어 휘젓는다. 통밀빵 두 쪽을 토스터에 넣는다.

"내가 좀 알아봤는데요." 이모가 고개를 들고 나를 본다. 내가 무슨 말을 하려는 건지 이모가 정확하게 알고 있다는 게 느껴진다. "이모 혼자서 감당하게 될 일은 결코 없을 거예요. 내가 이모랑 같이 있잖아요. 난 아무데도 안 갈 거예요."

이모는 커피에 크림을 넣고 젓는다. "절대 안 돼. 넌 젊어. 늙은 여자를 돌보는 데 네 인생을 낭비해선 안 돼."

"안됐네요." 나는 가벼운 말투로 대꾸한다. "좋든 싫든 이모는 계속 날 데리고 살아야 할걸요. 뉴욕 최고의 황반 변성 전문의를 찾아냈어요. 미국에서도 몇 손가락 안에 꼽힌대요. 2주 후로 예약 잡아놨어요." 그 병원 사무장한테서 이미 메일로 서류를 받았다. 이모가 작성하는 걸 내가 도울 것이다.

이모가 손목을 더 빨리 돌리자 커피가 머그잔 가장자리 밖으로 넘치려고 한다. 이모가 불편해하는 게 보인다. 프리랜서 예술가인 이모는 좋은 건강보험이 없을 거라고 나는 확신한다.

"리처드가 여기 온 날 수표를 주고 갔어요. 이제 나 돈 많아요." 그리고 나는 그 마지막 1센트까지 받을 자격이 있다. 이모가 뭐라고 하기 전에 나는 내 커피잔을 잡는다. "일단 커피 한 잔 해야 말싸움을 할 수 있겠네요." 이모가 웃고 나는 대화 주제를 바꾼다. "그런데 오늘 뭐 하실 거예요?"

"묘지에 가려고 했어. 보한테 가고 싶네."

원래 이모는 가을인 결혼기념일에만 이모부한테 간다. 하지만 이모는 이제 모든 것을 새롭게 보고 있는 중이겠지. 익숙한 이미지들을 기억 속에 잘 저장했다가 시력이 사라진 후 다시 꺼내 보려고.

"혹시 같이 갈 사람 없으면 나랑 가요." 나는 달걀을 마지막으로 한 번 휘저은 후 소금과 후추를 뿌린다.

"출근 안 해?"

"오늘은요." 나는 토스트에 버터를 바르고, 접시 두 개로 달걀을 나눠 담는다. 샬럿 이모부터 챙겨준 후 커피를 홀짝이며 시간을 번다. 이모를 걱정시키고 싶지 않아서, 백화점에 해고 바람이 불었다는 이야기를 속으로 꾸며낸다. "먹으면서 설명할게요."

묘지에서 우리는 이모부에 관한 가장 좋아하는 이야기를 서로 교환하며 묘비 옆에—노랑, 빨강, 하양의—제라늄을 심는다. 샬럿 이모는 이모부와 처음 만났을 때 얘기를 한다. 이모부는 이모가 커피숍에서 기다리고 있던 소개팅 상대인 척했다. 일주일 후 세 번째 데이트에서야 이모부는 사실을 털어놓았다. 전에도 여러 번 들은 얘기지만, 이모부가 더는 데이비드라고 부를 때 대답하지 않아도 된다는 사실에 안도했다는 부분을 들을 때면 지금도 웃음이 터진다. 나는 이모부가 뒷주머니에 넣고 다니던, 스프링에 연필을 꽂은 작은 취재용 수첩을 무척 좋아했다는 얘기를 한다. 내가 엄마와 뉴욕에 올 때마다 보 이모부는 내게 똑같은 수첩을 하나 줬다. 그리고 함께 취재를 하는 척했다. 이모부는 나를 지역 피자 가게로 데려가 같이 먹을 파이가 나오기를 기다리는 동안 내게 모든 것—보이는 것, 냄새, 들리는 얘기들—을 진짜 기자처럼 기록하라고 했다. 이모부는 나를 어린애 취급하지 않았다. 내가 관찰한 것들을 존중했고, 내게 디테일을 보는 예리한 눈이 있다고 말했다.

한낮의 해가 하늘 높이 떠 있었지만 나무 그늘이 우리를 열기로부터 보호해준다. 이모도 나도 전혀 서두르지 않는다. 부드러운 잔디에 앉아 이모와 편안하게 수다를 떠는 기분이 너무나 좋다. 멀리서 한 가족이 다가오는 게 보인다—엄마, 아빠, 아이 둘. 한 소녀는 아빠의 목말을 타고 있고 다른 소녀는 꽃다발을 들고 있다.

"이모랑 이모부 둘 다 애들을 참 잘 다뤘잖아요. 아이를 낳고 싶은 적 없었어요?" 옛날에도 이모에게 했던 질문이지만, 그때 나는 어렸다. 이제 나는—동등한—한 여자로서 묻는다.

"솔직히 말해 없었어. 상당히 바쁘게 지냈거든, 작품도 하고 취재차 늘 출장을 가는 보를 따라다니느라……. 그리고 운 좋게도 너를 네 엄마랑 같이 키웠지."

"내가 운이 좋은 거죠." 나는 몸을 기울여 이모의 어깨에 머리를 잠깐 기댄다.

"네가 얼마나 아이를 원했는지 알아. 네게 아이가 오지 않아서 유감이야."

"리처드랑 난 오랫동안 노력했죠." 나는 베는 듯한 파란 선들을, 클로미드와 그로 인한 메스꺼움과 피로감, 혈액검사, 병원 방문을 떠올린다……. 달마다 나 자신이 실패자인 것처럼 느껴졌다. "하지만 시간이 좀 지나니 난 우리가 애를 정말로 원하는지 확신할 수 없게 됐어요."

"정말? 그렇게 간단했어?"

나는 생각한다. **물론 아니죠, 전혀 간단하지 않았어요.**

내게 리처드가 다시 정자 검사를 받는 게 어떠냐고 마침내 제안한 건 닥터 호프먼이었다. "남편 분한테 아무도 그런 얘길 안 했다고요?" 매년 받는 신체검사 때문에 그녀의 티끌 하나 없는 사무실을 방문한 내게 그녀가 물었다. "모든 의료 검사는 오류가 발생할 수 있어요. 반년이나 1년마다 정자 검사를 다시 하는 게 기준이고요. 게다가 버네사 씨처럼 건강한 젊은 여성이 이렇게나 임신이 어려운 건 아주 드문 일이에요."

엄마가 돌아가신 후, 우리 사이가 다시 나빠지지 않을 거라고 리처드가 약속한 후였다. 그는 일주일에 며칠은 7시까지 귀가하려고 애썼다. 주말에는 함께 버뮤다로, 팜비치로 여행을 가서 골프를 치고 수영장 옆에서 일광욕을 했다. 나도 결혼 생활을 위해 다시 노력하기 시작했고, 반년 후 우리는 다시 임신을 시도하기로 결정했다. 폴이 제안했던 일자리는 없던 일이 되었지만 나는 헤드스타트 프로그램의 자원봉사 일을 계속했다. 나는 리처드의 폭력에 나도 일부 책임이 있다고 생각했다. 아내가 몰래 시내로 나간 걸 알게 되고 아내가 그것에 대해 거짓말을 하는데 어떤 남편이 기분이 좋겠는가? 리처드는 내게 애인이 생긴 줄 알았다고 말했고, 나는 그런 이유가 아니라면 그가 절대 나를 다치게 하지 않았을 거라고 생각했다. 내 다정하고 세심한 남편이 아무 이유 없이 내게 줄 꽃을 사오고 내 베개 옆에 애정 어린 메모를 남기는 나날들이 이어지자, 모든 결혼에는 힘든 시기가 있다고 합리화하기가 너무 쉬웠다. 그가 다시는 그런 짓을 하지 않을 거라고.

내 몸의 멍들이 사라지면서, 그를 떠나라고 외치던 내 안의 작고 집요한 목소리도 사라졌다.

"내 결혼 생활은 좀…… 부침이 있었어요." 지금 나는 이모에게 말한다. "아이를 그런 불안정한 환경에 두는 걸 걱정하기 시작했죠."

"처음에 리처드와 함께 있던 넌 행복해 보였어." 샬럿 이모가 조심스럽게 말한다. "그도 분명 널 아꼈고."

둘 다 사실이다. 나는 고개를 끄덕인다. "그것만으로는 충분하지 않을 때가 있더라고요."

리처드에게 닥터 호프먼의 말을 전해주자 그는 즉시 재검사를 받겠다고 동의했다. "목요일 점심으로 예약 잡을게. 당신, 그때까지 날 가만둘 수 있겠어?" 첫 검사 때 우리는 운동성 있는 정자가 충분히 생성되려면 이틀을 기다려야 한다는 걸 알게 되었다.

검사 직전에 나는 리처드와 함께 가야겠다고 결심했다. 내가 난임 치료 받으러 갈 때마다 늘 동행해준 그를 떠올렸다. 그날 특별히 할 일도 없었기에 시내에서 오후를 보낸 후 퇴근한 그를 만나 저녁을 먹으면 좋을 것 같기도 했다. 최소한 그것들이 이유라고 나는 스스로에게 말했다.

남편이 휴대전화를 받지 않자 나는 검사 병원으로 전화를 했다. 몇 년 전에 리처드가 첫 검사를 받을 때 말해준 병원 이름이 기억났다―왝슬러 클리닉. 왝 오프(whack-off. 남성의 자위라는 뜻이 있다―옮긴이) 클리닉이라고 불러야 맞지 않느냐고 리처드가 농담을 했기 때문이다.

"리처드 씨가 좀 전에 전화로 예약을 취소했어요." 접수 담당자가 말했다.

"아, 직장에서 뭔가 급한 일이 생겼나 보네요." 나는 시내로 나가기 전에 전화를 한 것이 다행이라고 생각했다.

나는 그가 다음날 갈 거라고 추측했고, 저녁 먹을 때 그에게 같이 가겠다고 얘기하기로 했다.

그날 저녁 현관에서 맞이하는 나를 껴안으며 그는 말했다. "내 마이클 펠프스 꼬마들이 여전히 건강하다네."

시간이 요동치다가 멈추는 것 같던 그때를 아직도 기억한다. 나는 충격 때문에 말조차 할 수 없었다.

내가 뒷걸음질치자 그는 나를 더 세게 껴안았다. "걱정 마, 스위트하트. 우린 절대 포기하지 않을 거야. 뭐가 문제인지 꼭 알게 될 거야. 함께 알아낼 거야."

그가 나를 놓아줬을 때 그의 눈을 바라보기 위해 엄청난 노력이 필요했다. "고마워요."

그는 나를 내려다보며 웃음을 지었다, 자상한 표정으로.

당신 말이 맞아요, 리처드. 뭐가 문제인지 나는 꼭 알게 될 거예요. 내가 알아낼 거예요.

다음날 나는 검은색 몰스킨 노트를 샀다.

이모는 늘 내가 마음을 터놓는 벗이지만 이 일로 이모의 마음을 무겁게 하지 않을 것이다. 나는 핸드백에서 생수 한 병을 꺼내 이모에게 건넨 후 내 것을 오래 들이켠다. 잠시 후 우리는 일어선다. 떠나기 전에 샬럿 이모는 비석에 새겨진 남편의 이름을 손끝으로 천천히 쓸어본다.

"시간이 흐르면 좀 괜찮아지나요?"

"그렇기도 하고 아니기도 해. 우리한테 시간이 더 있었다면, 하고 바라지. 하지만 그와 함께 18년을 멋지게 살았다는 사실에 감사하기도 해."

이모와 팔짱을 끼고 일부러 먼 길을 돌아 집으로 걸어간다.

리처드의 돈으로 이모에게 뭘 더 해줄 수 있을까 생각한다. 이모가 세상에서 제일 좋아하는 도시는 베니스다. 이 일이 다 끝나면—에마를 구하면—이모와 이탈리아에 가기로 결심한다.

집에 도착한 뒤 샬럿 이모는 작업실로 들어가고 나는 아멕스 명세서를 에마에게 보낸다는 계획을 실행에 옮기기로 한다. 방법은 간단하다. 에마는 리처드의 비서였을 때 쓰던 휴대전화 번호를 바꾸지 않았기 때문이다. 나는 그 서류를 사진으로 찍어 문자로 그녀에게 보낼 것이다. 하지만 리처드가 그녀 곁에 없을 때 보내야 한다. 그래야 그녀가 자기가 보는 것이 암시하는 바를 완전히 파악할 수 있을 테니까.

오늘 아침 이모와 집을 나설 때는 지나치게 시간이 일렀다. 리처드와 에마가 함께 있을 수도 있었다. 하지만 이제 그는 회사에 있을 것이다.

가방에서 명세서를 꺼내 잘 편다. 아멕스는 리처드가 혼자서 쓰는 법인 카드다. 청구 내역은 대부분 점심 값, 택시비, 시카고 출장비. 우리 집 파티의 케이터링 업체에 지급한 돈도 보인다. 계약서 서명과 세부사항 조율은 내가 했지만, 기본적으로 우리 집에서 하는 회사 행사였기에 리처드는 회사에서 우리가 사용할 수 있게 처리한 그 아멕스를 쓰라고 했었다. 꽃 장식을 위해 웨스트체스터의 페탈스에 낸 400달러도 적혀 있었다.

소더비 와인 환불 내역은 명세서의 맨 위쪽, 케이터링 대금의 몇 줄 위에 있었다.

나는 휴대전화로 날짜와 와인 가게의 상호, 수량이 선명하게 찍히도록 신경 쓰며 명세서 전체를 찍는다. 이어 한 줄의 문자와 함께 에마에게 전송한다.

주문은 당신이 했지만, 취소는 누가 했죠?

전송이 완료된 걸 확인하고 휴대전화를 내려놓는다. 선불식 휴대전화를 쓰지 않았다. 내가 하는 일을 더는 숨길 필요가 없으니까. 에마가 그날 밤을 되돌아볼 때 그녀의 기억력이 무엇을 보여줄지 궁금하다. 그녀는 그날 내가 취했다고 생각한다. 리처드가 내 실수를 수습했다고 믿고 있다. 내가 와인 한 상자를 일주일 만에 해치웠다고 짐작하고 있다.

그녀는 그중 하나라도 사실이 아니라고 깨닫게 되면 다른 것들도 의심하게 될까?

나는 이것이 그녀의 손끝에 걸려 거슬리기 시작하는 실 한 가닥이 되기를 바라며 휴대전화를 계속 쳐다본다.

-34-

에마의 답장은 다음날 아침에 도착한다. 답장도 한 줄짜리 문자다.

오늘 저녁 6시에 내 아파트에서 만나요.

나는 꼬박 1분 동안 그 문자를 응시한다. 믿어지지가 않는다. 내가 접근하려고 그렇게 오랫동안 애쓴 그녀가 마침내 나를 자기 집으로 부른 것이다. 그녀의 마음속에 필요한 의심을 심어주는 데 성공했다. 그녀가 이미 아는 것과 앞으로 내게 질문할 것이 궁금하다.

나는 한껏 들뜬다. 에마가 내게 얼마나 시간을 내줄지 모르므로, 말할 요점을 적어서 정리한다. 듀크 얘기를 할 수 있지만, 증거가 있나? 대신 나는 '난임에 관한 의문'이라고 적는다. 에마가 리처드에게 전처가 왜 임신하지 못했는지 묻게 만들고 싶다. 그는 물론 거짓말을 하겠지만 속으로 압박을 느낄 것이다. 어쩌면 에마는 그가 숨기려고 고군분투하는 것이 무엇인지 알게 될지도 모른다. '그의 깜짝 방문들'이라고 쓴다. 리처드가 느닷없이 나타난 적이 있는가, 그녀가 그날 일정을 얘기하지 않았을 때조차? 하지만 그것으로는 부족하다. 내게는 분명 그랬다. 리처드가 내게 신체적 상해를 입힌 때들을 얘기해줘야 할 것이다.

내가 곧 에마에게 털어놓을 얘기들은 지금까지 아무에게도 말한 적이 없다. 나는 감정을 잘 억제해야 한다, 감정이 나를 압도해서 그녀가 아직 품고 있을지도 모를 의심, 내가 정신적으로 문제가 있다는 의심을 강화하는 일이 없도록.

그녀가 열린 마음으로 내 얘기를 들어준다면—내 말을 수용하는 것처럼 보이면—내가 자유를 얻기 위한 계획을 어떻게 꼼꼼하게 세웠는지 반드시 설명해야 한다. 내가 그녀에게 덫을 놓았다고, 하지만 일이 이렇게 커질 줄은 전혀 몰랐다고.

에마에게 용서를 빌어야 할 것이다. 하지만 내 사면보다 중요한 건 그녀의 사면이다. 에마에게 당장, 오늘밤에라도, 리처드가 올가미를 씌우기 전에 리처드를 떠나라고 말할 것이다.

지난번에 에마를 만날 때 나는 그녀에게 보여주고 싶은 모습을 연출하려 애썼다. 우리가 서로 교체 가능할 정도로 닮았다는 사실을 보여주려 했다. 이제 나는 꾸밈없는 정직함을 추구한다. 샤워를 하고 청바지와 면 티셔츠를 입는다. 화장이나 헤어스타일 때문에 법석을 떨지 않는다. 긴장을 누그러뜨리기 위해 그녀의 집까지 걸어가기로 한다. 5시에 출발할 것이다. 늦어서는 안 된다.

침착해, 이성적이고 설득력 있게 굴어. 나는 반복해서 되뇐다. 에마는 내가 연기한 행위를 목격했다. 리처드의 입을 통해 나에 대해 들었다. 내 평판도 들어 안다. 그녀가 나라고 믿는 모든 것을 뒤엎어야 한다.

할말을 계속 연습하는데 모르는 번호가 뜨며 휴대전화가 울린다. 지역 코드는 아는 번호다, 플로리다.

몸이 뻣뻣해진다. 침대에 털썩 앉아 두 번째로 울리는 휴대전화의 액정을 응시한다. 받아야 한다.

"버네사 톰슨 씨?" 어떤 남자가 묻는다.

"네." 목이 바짝 말라서 침도 삼킬 수가 없다.

"저는 '퍼리 포'의 앤디 우드워드입니다." 따뜻하고 호의적인 말투다. 앤디와 대화한 적은 없지만, 나는 매기가 죽은 뒤 그녀의 명의로 그 보호소에 익명 기부를 시작했었다. 매기가 고등학생 때 봉사한 보호소이기 때문이다. 결혼 후 리처드는 매월 내는 기부금 액수를 늘려서 함께 내고 보호소의 보수 공사 자금도 대자고 제안했다. 그 결과 매기의 이름은 그곳 문 옆의 현판에 올라 있다. 보호소와의 연락은 늘 리처드가 담당했다. 그래야 내가 스트레스를 덜 받을 거라면서 그가 그렇게 제안했다.

"전남편 분께서 전화를 하셨어요. 모든 걸 두 분이서 함께 논의하셨다면서, 버네사 씨는 이제 기부를 하기 힘들다고 하시더군요."

그의 벌칙이 도착했음을 나는 알아차린다. 내가 리처드의 돈을 가져갔으니 그는 이렇게 보복에 나선 것이다. 상징적 과시, 저울의 균형 맞추기다. 리처드가 그런 걸 즐긴다는 걸 나는 안다.

"네." 침묵이 지나치게 길게 이어지는 걸 알아차리고 나는 그렇게 말한다. **내가 아니라 매기를 위한 기부인데.** 나는 분노하며 생각한다. "정말 죄송합니다. 괜찮으시면 적은 금액은 계속 매월 낼 수 있어요. 예전 같진 않겠지만, 의미는 있다고 생각해요."

"참 너그러우시네요. 전남편 분은 이렇게 돼서 아주 유감이라고 하시면서, 개인적으로 매기의 가족 분들께 연락해 상황을 설명하고 싶다고 하셨어요. 그리고 버네사 씨께서 모르는 부분이 없도록 그 말씀을 전해달라고 하셨고요."

리처드는 나의 어떤 행동에 대해 보복하고 있는가? 듀크의 사진, 에마에게 보낸 편지, 아니면 수표를 현금화한 것?

아니면, 내가 에마에게 아멕스 카드 명세서를 보낸 것까지 알고 있는 걸까?

앤디는 이해하지 못한다. 아무도 이해 못한다. 리처드는 앤디와 얘기할 때 매력적이었을 것이다. 매기의 가족에게 전화할 때도 마찬가지일 거고. 그는 틀림없이 매기의 가족 모두와 따로따로 통화할 것이다, 제이슨까지. 결혼 전의 내 이름을 언급할 것이고—아주 자연스럽게 대화 중에 슬쩍 흘리겠지—내가 뉴욕 시로 오게 된 사정에 대해서도 아마 말을 흘릴 것이다.

그러면 제이슨은 어떻게 할까?

나는 익숙한 공황이 시작되길 기다린다.

하지만 시작되지 않는다.

그 대신, 리처드가 나를 떠난 이후 내가 제이슨을 단 한 번도 떠올리지 않았음을 깨닫고 아주 많이 놀란다.

"매기의 가족 분들은 두 분께 직접 감사 인사를 할 수 있을 거라고 기뻐하실 겁니다." 앤디가 말한다. "물론, 그분들이 매년 쓰신 편지를 제가 전남편 분께 전달해드리기도 하지만요."

나는 고개를 홱 든다. **리처드처럼 생각해. 통제력을 잃지 마.** "저는 그런…… 아시겠지만, 제 남편은 저한테 그 편지들을 보여주지 않았어요." 용케 내 어투는 심상하고 목소리도 계속 안정적이다. "제가 매기의 죽음으로 큰 영향을 받아서, 리처드는 아마 제가 그걸 읽으면 너무 힘들 거라고 생각했나 봐요. 하지만 이제는 그분들이 뭐라고 하셨는지 알고 싶네요."

"아, 네. 대개 저한테 이메일을 주셨고, 그걸 제가 전남편 분께 전달해드렸습니다. 정확하게 옮겨드릴 순 없지만 내용을 기억하고 있어요.

그분들은 늘 두 분께 무척 감사하고 있다고, 언젠가 꼭 두 분을 만나고 싶다고 쓰셨죠. 가끔 보호소에도 오신답니다. 두 분이 하신 일은 그분들에게 정말 의미가 커요."

"매기 부모님께서 보호소에 오신다고요? 매기의 오빠 제이슨 씨도요?"

"네. 다 같이 오세요. 제이슨 씨의 아내 분과 자녀 두 명도 같이요. 참 단란한 가족입니다. 보수 공사 끝난 후 오픈하는 날 그 아이들이 리본을 잘랐어요."

나는 반걸음 물러서며 전화기를 거의 떨어뜨릴 뻔한다.

리처드는 그 오랜 세월 동안 분명히 이걸 알고 있었다. 매기 가족의 메시지를 중간에서 가로챘으니까. 그는 내가 두려워하기를, 그의 겁먹은 넬리이기를 원했다. 그는 자기 내면의 어떤 사악함 때문에 나의 보호자인 척해야 했다. 내가 그에게 의존하게 만들었다, 내 공포를 먹잇감 삼았다.

리처드의 온갖 잔인한 행위들 중 가장 악질적인 것 같다.

나는 깨달음 끝에 침대에 풀썩 주저앉는다. 그가 우리가 함께 살 때 나의 불안을 자극하기 위해 또 무엇을 했나 궁금하다.

"저도 매기의 부모님과 오빠에게 전화하고 싶어요." 잠시 후 나는 말한다. "그분들의 연락처를 알 수 있을까요?"

리처드는 신경이 곤두서 있을 것이다. 앤디가 매기 가족의 메일과 편지에 대해 얘기할 수도 있음을 알았을 테니까. 전남편은 지금 영리하게 굴지 못하고 있다.

내가 그를 이렇게까지 밀어붙인 적이 없었기 때문이다, 비슷하게 그런 적조차 없으니까. 아마 그는 지금 내게 상처를 입히길, 나를 멈추게 하길 절박하게 원하고 있을 것이다. 그의 말끔한 인생에서 나를 지워버리기를.

나는 앤디와 통화를 끝낸 후, 에마에게 가야 한다는 걸 떠올린다. 내가 출발 시간으로 정한 5시가 다 되어간다. 하지만 순간 리처드가 집 밖에서 기다리고 있을지 모른다는 두려움에 휩싸인다. 물론 에마의 집까지 걸어갈 수는 없다. 택시를 탈 생각이지만, 택시에 올라타기 전이 문제다.

아파트 건물 뒤쪽에는 쓰레기통과 재활용 통들이 있는 좁은 골목으로 나가는 두 번째 출입문이 있다. 리처드는 내가 어느 문으로 나올 거라고 예상할까?

그는 내가 약간의 폐소 공포증이 있다는 걸, 갇히는 걸 싫어한다는 걸 안다. 뒷골목은 좁고 대개 사람이 없으며, 고층건물들로 양쪽이 막혀 있다. 그래서 나는 그 길을 선택한다.

나는 운동화로 갈아 신고 5시 반까지 기다린다. 엘리베이터를 타고 내려가 그 방화문의 걸쇠를 만지작거린다. 문을 살짝 열고 내다본다. 골목길에는 아무도 없는 것 같지만, 키 큰 플라스틱 쓰레기통들 뒤쪽은 볼 수 없다. 심호흡을 하고 문을 밀고 골목을 달린다.

심장이 터질 것 같다. 당장이라도 어디선가 그의 팔이 뻗어 나와 나를 잡을 것 같다. 저 앞에 토막처럼 보이는 인도를 향해 계속 달린다. 마침내 인도로 나온 후 숨을 헐떡이며 주위를 빙 둘러본다.

그는 여기 없다. 있다면 내가 그의 포식자 같은 시선을 느꼈을 거라고 확신한다.

잰걸음으로 걸으며 지나가는 택시들을 향해 팔을 들어올린다. 곧 한 대가 옆에 와 서고, 기사는 익숙한 솜씨로 퇴근길의 자동차들 사이를 누비며 에마의 집으로 향한다.

에마의 아파트 건물 한구석에 택시가 멈춰서고, 시간은 6시 4분 전이다. 기사에게 미터기를 계속 켜두라고 부탁한 뒤 에마에게 할 말을 마지막으로 속으로 연습한다. 이어 택시에서 내려 에마의 건물 입구로 간다. 5C호의 버저를 누르자 인터컴에서 에마의 목소리가 들린다. "버네사?"

"네." 어쩔 수가 없다—나는 마지막으로 뒤쪽을 흘깃 본다. 아무도 없다.

엘리베이터를 타고 에마가 사는 층으로 간다.

에마가 문을 연다. 그녀는 언제나처럼 예쁘지만 걱정스러운 표정이다. 미간에 주름이 잡혀 있다. "들어오세요."

내가 집 안으로 들어서자 그녀는 내 뒤에서 육중한 문을 닫는다. 마침내 그녀와 둘이 있게 됐다. 안도감이 파도처럼 덮쳐와 살짝 어지러울 정도다.

에마의 집은 작고 깔끔한 침실 하나짜리 아파트다. 사진이 든 액자 몇 개가 벽에 걸려 있고 사이드테이블 위의 꽃병에는 흰 장미들이 꽂혀 있다. 에마가 등받이가 낮은 소파를 향해 몸짓을 하고 나는 가장자리에 엉덩이를 걸치고 앉는다. 하지만 그녀는 계속 서 있다.

"만나줘서 고마워요."

그녀는 대답이 없다.

"정말 오랫동안 당신과 얘기하고 싶었어요."

뭔가 이상하다. 에마는 나를 보고 있지 않다. 자기 어깨 너머를 흘깃거리고 있다. 침실 문 쪽을.

곁눈으로 그 문이 열리는 게 보인다.

나는 소파 위에서 몸을 뒤로 빼며 스스로를 보호하기 위해 본능적으로 두 손을 쳐든다. **안 돼.** 나는 마음속으로 절박하게 외친다. 도망치고 싶은데 움직일 수가 없다, 악몽 속에서처럼. 그가 다가오는 걸 볼 수밖에 없다.

"안녕, 버네사."

나는 에마를 쳐다본다. 그녀의 표정은 헤아릴 수 없다.

"리처드." 나는 작은 소리로 말한다. "뭐하는…… 당신이 왜 여기 있죠?"

"내 약혼녀가 당신이 문자로 와인 환불에 대해 헛소리를 보냈다고 하더군." 그는 계속 내 쪽으로 온다, 흐르는 듯 부드럽고 서둘지 않는 걸음걸이로. 그는 에마 옆에서 멈춰 선다.

공포가 얼마간 사라진다. 그는 나를 공격하려고 여기 온 게 아니다. 어쨌거나, 신체적으로는. 남들 앞에서 그는 절대 그러지 않을 것이다. 그는 에마 앞에서 나를 곤란하게 만들고 이 상황을 끝내려고 온 것이다.

나는 일어서서 말을 하려 하지만 그가 상황의 주도권을 빼앗는다. 기습의 효과가 그에게 유리하게 작용한다.

"에마가 전화했을 때 난 정확히 무슨 일이 있었는지 설명해줬어." 리처드는 내 가까이로 오기를 갈망하고 있다. 가늘게 뜬 그의 눈을 보면 안다. "당신도 잘 알다시피, 난 그 와인을 엄밀히 말해 회사 돈으로 살 수는 없다고 깨달았어. 파티에서 마시게 될지 어떨지 확신할 수 없는 상황이었으니까. 그런 도의적인 이유로 아멕스 카드로 결제한 걸 취소하고 내 개인 비자카드로 샀지. 소더비에서 그 라브노 와인을 집으로 배달한 날 내가 그걸 셀러에 보관하고 당신한테 얘기해줬잖아."

"거짓말이에요." 나는 에마를 본다. "그는 그 와인을 주문한 적이 없어요. 그는 이런 걸 아주 잘해요—어떤 것에 관해서든 해명할 말을 지어낼 줄 알아요!"

"버네사, 리처드는 제 얘기를 듣자마자 말해줬어요. 얘기를 꾸며낼 시간이 없었다고요. 당신이 대체 뭘 원하는지 모르겠네요."

"난 원하는 거 없어요. 당신을 도우려는 거예요!"

리처드가 한숨을 쉰다. "정말 지치는군……."

나는 그의 말을 자른다. 나는 그의 공격선을 예측하는 법을 배워가는 중이다. "신용카드 회사에 전화해요!" 나는 불쑥 말한다. "비자카드에 전화해서 에마가 듣는 앞에서 당신 주장을 증명하라고요. 그럼 이 문제가 30초 안에 마무리될 테니까."

"아니, 어떻게 마무리할지 내가 말해주지. 당신은 내 약혼녀를 수개월 동안이나 스토킹했어. 지난번에 내가 당신한테 또 그러면 어떻게 될지 경고했을 텐데. 당신이 겪는 여러 문제는 유감이지만, 에마와 난 당신에 대해 접근금지 명령을 신청할 거야. 당신이 우리한테 다른 선택지를 주지 않았으니까."

"내 말 들어요." 나는 에마에게 말한다. 이번이 그녀를 설득할 마지막 기회임을 안다. "그는 내가 미쳤다고 생각하게 만들었어요. 내 개도 없애버렸고……. 대문을 열어두거나 했을 거예요."

"맙소사." 리처드는 그렇게 말하지만 그의 입가가 굳고 있다.

"그는 우리한테 아이가 안 생기는 게 내 잘못이라고 믿게 만들려고 애썼어요!" 나는 불쑥 말한다.

나는 리처드가 주먹을 꽉 쥐는 것을 보고 반사적으로 움찔하지만 말을 멈추지는 않는다.

"나한테 폭력도 휘둘렀어요, 에마. 날 때리고, 때려눕히고, 죽기 직전까지 목을 졸랐다고요. 내 상처를 가리려고 사준 액세서리에 대해 리처드한테 물어봐요. 이 사람은 당신한테도 폭력을 쓸 거예요! 당신 인생을 망칠 거라고요!"

리처드가 숨을 내쉬고 두 눈을 질끈 감는다.

그가 지금 경계를 넘기 직전이란 걸 에마가 알 수 있을까? 나는 궁금하다. **에마는 리처드가 분노 속으로 사라지는 걸 본 적이 있을까?** 하지만 내가 말을 지나치게 많이 한 것 같다. 그녀는 내 얘기를 일부는 믿을 수도 있지만, 자기 옆에 선 믿음직하고 성공한 남자에 대한 내 기이한 비난을 어떻게 수용할 수가 있겠는가?

"버네사, 당신은 뭔가 심각하게 잘못됐어." 리처드는 에마를 자기 쪽으로 끌어당긴다. "다시는 에마 근처에도 오지 마."

접근제한 명령은 내가 그들을 위협했다는 공식 기록을 리처드가 갖게 된다는 의미다. 앞으로 우리 사이에 폭력적인 대치 상황이 발생할 경우 그것이 그에게 유리한 증거가 될 것이다. 그는 언제나 우리의 이야기에 대한 남들의 인식을 통제한다.

"이제 나가줘." 리처드가 다가와서 내 팔 쪽으로 손을 뻗는다. 나는 움찔하지만 그의 손길은 부드럽다. 그는 화를 억누르는 데 성공했다. "1층까지 데려다줄까?"

그 말에 내 눈이 커다래지는 게 느껴진다. 나는 세차게 고개를 젓고 침을 삼키려 하지만 입이 바싹 말라 있다.

그는 에마 앞에서는 내게 아무 짓도 하지 않을 거야. 나는 스스로를 안심시킨다. 하지만 나는 그가 암시하는 바를 안다.

내가 옆을 지나갈 때 에마는 팔짱을 낀 채 내게서 등을 돌린다.

라브노 와인 관련 서류와 함께 내 몰스킨 노트도 에마에게 줄 수 있었다면 좋았을 텐데. 그 노트를 읽을 기회가 있었다면 에마는 어쩌면 그 겉으로는 별개로 보이는 사건들이 한데 뒤섞여 만드는 암류를 감지할 수도 있었을 것이다.

하지만 그 노트는 이제 존재하지 않는다.

마지막 내용을 기입할 때쯤 내 일기는 수많은 페이지의 내 기억과―점점 늘어나는―두려움의 기록이 되었다. 리처드가 정자 검사를 받고 왔다고 내게 말하고, 내가 사태의 진상을 낱낱이 파헤치기로 다짐한 그 날 저녁 이후 나는 더는 내 직감을 무시할 수 없었다. 내 노트는 법정의 역할을 했다. 나는 모든 문제의 양쪽 입장을 다 대변하는 글을 썼다. **아마 리처드는 다른 병원에 가서 정자 검사를 받았을 것이다,** 하고 나는 썼다. 하**지만 원래 다니던 병원에 예약을 해놓고 왜 그러겠는가?** 손님방 침대 위에 구부정하게 앉아 침실용 스탠드의 어두침침한 전구 불빛에 의지해, 결혼 직후 때부터 시작해 혼란스러운 문제들에 대한 답을 구하려 애썼다. **그는 왜 내가 만든 양고기 빈달루가 맛있다고 말해놓고 반 이상을 남긴 뒤 다음날 아침 요리학원 수강권을 보냈는가? 사려 깊게 행동한 것인가? 내 요리가 별로라는**

메시지를 에둘러서 전달하려고? 아니면 그날 내가 닥터 호프먼 앞에서 대학 때 임신한 적이 있다고 말한 것에 대한 벌이었나? 그리고 몇 장 앞에는 이렇게 적혀 있었다. **그는 왜 초대받지도 않았는데 내 처녀파티에 갑자기 나타났을까? 사랑인가, 지배욕인가?**

질문이 쌓이고 쌓이면서 더는 거부할 수 없게 되었다. 리처드가, 아니면 내가 뭔가 심각하게 잘못됐음을. 두 가지 가능성 모두 무서웠다.

나는 리처드가 우리 사이의 변화를 감지했을 거라 확신하고 있었다. 그한테서—모두한테서 거리를 두지 않을 수 없었다. 자원봉사 활동도 전혀 나가지 않았다. 시내에도 거의 안 갔다. 깁슨스와 러닝래더의 친구들은 각자의 삶 속으로 떠났다. 샬롯 이모조차 멀리 있었다. 파리에 사는 예술가 친구와 반년간 집을 바꿔 살기로 했던 것이다. 예전부터 몇 번 그런 적이 있다고 했다. 나는 외로움의 구렁텅이에 빠진 느낌이었다.

리처드한테는 아기가 생기지 않아서 우울하다고 설명했다. 하지만 이제 임신이 안 되는 건 내게 축복이었다.

나는 술을 도피처로 삼았지만 남편 앞에서는 절대 마시지 않았다. 그가 가까이에 있을 땐 정신을 똑바로 차리고 있어야 했다. 리처드가 내가 낮에 마신 와인의 양을 묻고 술을 끊으라고 했을 때 나는 동의했다. 그 후 나는 차를 몰고 몇 동네 지난 곳으로 가서 샤르도네 와인을 샀다. 빈 병들은 차고에 숨겨뒀다가 새벽에 슬그머니 산책을 나가 이웃의 재활용 통에 넣어 증거를 없앴다.

술을 마시면 졸음이 쏟아졌고, 오후 내내 자다가 리처드가 퇴근할 때쯤 술과 잠 모두에서 깨어났다. 나는 부드러운 탄수화물 음식이 주는 위안을 갈구했고 곧 넉넉한 요가 바지와 헐렁한 티셔츠만 입게 되었다. 내가 내 몸에 보호막을 한 겹 덧씌우려 애쓰는 중이라는 건 심리학자가 군이 말해주지 않아도 알 수 있었다. 날씬하고 건강에 신경 쓰는 남편한테 덜 매력적으로 보이려 애쓰는 중이라는 걸.

리처드는 내 체중 증가에 대해 직접적으로는 한마디도 하지 않았다. 나는 결혼 후 몇 차례 7킬로그램가량을 뺐다 쪘다 했으니까. 내 몸무게가 늘 때마다 그는 저녁으로 생선구이를 해달라거나, 식당에 가면 빵을 먹지 않고 자신의 샐러드 드레싱을 따로 달라고 했다. 나는 그를 따라 했고, 스스로의 자제력 부족을 부끄러워했다. 내 생일날 클럽에서 샬럿 이모와 저녁을 먹었을 때 내가 초조해진 건 웨이터가 내 샐러드 주문과 관련해 실수해서가 아니었다. 그 생일 즈음 나는 몸에 맞는 예전 옷들이 하나도 없었다. 남편은 그것에 관해 뭐라고 하지 않았다.

그러나 그로부터 일주일 전 그는 최신식 체중계를 사와서 욕실에 놓아두었다.

어느 날 밤 나는 웨스트체스터 집에서 잠에서 깨어나 샘을 사무치게 그리워했다. 오후에 그날이 샘의 생일이란 걸 깨달은 후였다. 샘이 어떻게 생일을 기념하고 있을지 궁금했다. 나는 심지어 샘이 아직 러닝래더에서 일하는지, 우리의 옛 아파트에서 사는지, 결혼을 했는지도 몰랐다. 시계를 보니 새벽 3시가 다 되어가고 있었다. 드문 일도 아니었다. 이제 나는 아침까지 계속 자는 일이 드물었다. 침대 위 내 옆에는 동상 같은 리처드가 있었다. 다른 여자들은 남편이 코를 곤다거나 이불을 독차지한다고 불평했지만, 미동도 없는 리처드는 푹 자고 있는 건지 깨기 직전인지 늘 헷갈렸다. 나는 잠시 그대로 누워서 그의 규칙적인 호흡을 듣고 있다가 슬그머니 침대를 빠져나왔다. 문까지 살금살금 걸어간 뒤 뒤를 흘긋 보았다. 내가 움직여서 그가 깼을까? 어두워서 그가 눈을 떴는지 전혀 알 수 없었다.

등 뒤로 조심스레 문을 닫고 손님방으로 향했다. 그때까지 나는 샘과 내가 멀어진 게 샘 때문이라고 생각했지만, 이제 모든 걸 재평가하고 있는 만큼, 잘못이 정말로 누구에게 있는지 생각하기 시작했다. 피카에서 함께 저녁을 먹은 후 샘과 나는 서로 더 멀어졌다. 샘은 고향인 샌프란시스코로 돌아가는 머린을 위한 송별회에 나를 초대했는데, 그날 저녁에 리처드와 나는 이미 힐러리와 조지의 집에서 저녁을 먹기로 약속이 되어 있었다. 내가 리처드를 데리고 송별회에 늦게 나타나자 내 가장 친한 친구의 얼굴에 실망한 표정이 어렸다. 리처드와 나는 한 시간도 그곳에 머물지 않았다. 그동안 리처드는 거의 내내 한쪽 구석에 서서 전화 통화를 했다. 하품하는 것도 봤다. 나는 그가 다음날 아침 일찍 회의가 있다는 걸 알고 있었기에 핑계를 대고 일찍 떠났다. 몇 주 후 나는 샘에게 전화해 만나서 한잔 하자고 제안했다.

"리처드는 안 오는 거지?"

나는 되받아쳤다. "걱정 마, 샘, 네가 리처드랑 같이 있기 싫어하는 만큼 리처드도 너랑 같이 있는 거 싫어하니까."

우리는 서로 언성을 높였고, 그것이 우리의 마지막 대화였다.

손님방으로 들어가 노트를 꺼내려고 매트리스 아래로 손을 넣으면서, 내가 그렇게 기분이 상하고 화가 났던 건 샘이 내가 인정하려 하지 않는 뭔가를 아는 것 같아서는 아닐까 하고 생각했다—리처드가 완벽한 남편이 아니라는 것. 우리의 결혼이 겉으로만 좋아 보인다는 것. **왕자. 비현실적으로 좋은 남자. 학부모회라도 가는 것처럼 입었네.** 심지어 샘은 나를 농담조라기보다는 경멸조로 느껴지게 넬리라고 부른 적도 있었다.

나는 오른손으로 매트리스를 든 채 왼팔을 뻗어 박스 스프링을 이리저리 훑었다. 하지만 일기장의 익숙한 모서리는 손에 닿지 않았다.

매트리스를 조심스럽게 내려놓고 침대 옆 탁자 위의 램프를 켰다. 무릎을 꿇고 앉아 매트리스를 더 높이 들어올렸다. 노트는 없었다. 침대 밑을 확인한 후 새털 이불과 톱시트를 들쳤다.

살갗에 정전기가 흐르는 걸 느끼고 동작을 멈췄다. 그가 입을 열기도 전에 리처드의 시선을 감지한 것이다.

"이걸 찾고 있어, 넬리?"

나는 천천히 일어나 뒤로 돈다.

문간에 선 남편은 사각 팬티에 티셔츠를 입고 내 노트를 들고 있다. "이번 주는 안 썼더군. 아마 바빴을 거야. 화요일엔 내가 출근한 직후 식료품점에 갔고, 어제는 차를 몰고 카토나에 있는 와인 상점에 갔으니까. 참 엉큼해, 그렇지?"

그는 내가 한 일을 모두 알고 있었다.

그는 일기장을 높이 들어올렸다. "아이가 안 생기는 게 나 때문이라고? 내가 뭔가 잘못됐다고?"

그는 내가 한 생각을 모두 알고 있었다.

그가 가까이 다가와서 나는 몸을 움츠렸다. 하지만 그는 내 뒤의 침대 옆 탁자에서 물건을 하나 집어들었을 뿐이다. 펜을.

"잊은 게 있어, 넬리. 당신은 이걸 여기 뒀지. 며칠 전에 내가 봤고." 그의 목소리가 낯설다, 지금껏 들어본 적 없게 카랑카랑하고, 억양은 거의 쾌활하다. "펜이 있는 곳엔 반드시 종이가 있지."

그는 노트를 넘겨본다. "미친, 개같은 소리." 그의 말이 점점 빨라진다. "듀크! 양고기 빈달루! 당신 사진을 돌려놨다! **내가** 집의 경보장치를 작동시켰다!" 각각의 혐의마다 그는 종이를 한 장씩 찢었다. "내 부모의 결혼식 사진! 당신, 그 창고에 몰래 들어갔군! 내 부모의 케이크토 퍼가 궁금해? 시내로 나가 생판 남한테 우리 결혼생활을 얘기하고 있다고? 넌 정신병자야. 네 어미보다도 훨씬 더 심각해!"

나는 침대 옆 탁자에 다리가 닿고서야 내가 뒷걸음질치고 있었음을 깨달았다.

"넌 누가 쫓아온다는 생각을 하지 않고서는 거리를 걸어다니지도 못하던 비참한 웨이트리스였어." 그가 두 손으로 머리카락을 쓸어올리자 그의 머리카락 일부가 섰다. 티셔츠는 구겨져 있었고 턱은 수염 그루터기로 덮여 있었다. "은혜도 모르는 쌍년. 나 같은 남자를 만나려고 살인도 불사할 여자들이 얼마나 많은 줄 알아? 이런 집에 살고 유럽으로 휴가를 가고 메르세데스를 몰려고 말이야."

내 머리에서 피가 다 빠져나가는 듯하다. 공포 때문에 어지럽다. "당신 말이 맞아요, 당신은 나한테 너무 잘해줘요." 나는 애원하듯 말하기 시작한다. "다른 부분은 못 봤어요? 동물보호소 보수공사를 후원한 당신이 참 너그럽다고 썼는데. 엄마가 돌아가셨을 때 당신이 큰 도움이 됐다고도요. 당신을 얼마나 사랑하는지도 썼어요."

내 말은 그에게 닿지 않고 있었다. 그는 내 속을 훤히 들여다보는 것 같았다. "이 난장판 치워." 그가 명령했다.

나는 꿇어앉아 종이들을 그러모았다.

"다 찢어."

나는 이제 울고 있었지만 그의 말대로 했다. 종이들을 한 움큼 집어들고 반으로 찢으려 했다. 하지만 손이 덜덜 떨렸고 모은 종이들이 두꺼워서 찢어지지가 않았다.

"넌 정말 빌어먹게 무능해."

나는 공기 중의 금속성 변화를 감지했다. 압력을 받아 팽창하는 것 같은 공기.

"제발, 리처드." 나는 흐느낀다. "정말 미안해요……. 제발……."

그의 첫 발길질은 내 갈비뼈를 겨냥했다. 터질 듯한 고통. 나는 공처럼 몸을 말고 두 다리를 꼭 끌어안았다.

"날 떠나고 싶어?" 그가 나를 다시 차면서 소리쳤다.

이어 억지로 나를 똑바로 눕히고 무릎으로 내 팔을 내리누르며 내 위로 올라왔다. 그의 무릎 뼈에 눌린 내 팔꿈치가 으깨질 것만 같았다.

"미안해요. 미안해요. 미안해요." 나는 몸을 비틀어 그에게서 벗어나려고 하지만 그가 내 배 위에 앉아 있어서 꼼짝도 할 수 없었다.

그가 두 손으로 내 목을 잡았다. "넌 나를 영원히 사랑해야 했어."

나는 숨이 막혀 발버둥을 쳤지만 그는 꿈쩍도 하지 않았다. 내 시야가 뿌옇게 변했다. 한 손을 겨우 빼내 그의 얼굴을 움켜쥐지만 점점 더 어지러워졌다.

"나를 구해야 했다고." 이제 그의 목소리는 부드럽고 슬프다.

그 말을 마지막으로 듣고 나는 정신을 잃었다. 정신이 들었을 때 나는 여전히 방바닥에 누워 있었다. 찢어진 노트는 사라져 있었다.

리처드도 보이지 않았다.

목이 따가웠고 타는 듯한 갈증도 느꼈다. 나는 한참 동안 그대로 누워 있었다. 리처드가 어디 있는지 알 수 없었다. 나는 옆으로 누워 두 팔로 다리를 감쌌다. 얇은 잠옷 속의 몸이 덜덜 떨렸다. 잠시 후 침대 위에서 새털 이불을 끌어내려 몸을 감쌌다. 겁에 질려 움직일 수가 없었다. 그 방을 나갈 수가 없었다.

그때 갓 내린 커피 향이 났다.

리처드가 계단을 오르는 소리가 들렸다. 숨을 곳이 없었다. 도망칠 수도 없었다. 그가 나와 현관문 사이에 있었으니까.

그는 머그를 하나 들고 서두르는 기색 없이 그 방으로 들어왔다.

"용서해줘요." 나는 불쑥 말했다. 목소리가 쉬어 있었다. "난 몰랐어요……. 술을 마시고 잠도 못 자고 있었어요. 제대로 생각할 수 없는 상태였어요……."

그는 나를 뚫어져라 쳐다볼 뿐이었다. 그가 나를 죽일 수도 있었다. 나는 그가 그러지 않도록 설득해야만 했다.

"당신을 떠나려던 게 아니에요." 나는 거짓말을 했다. "내가 왜 그런 나쁜 걸 썼는지 모르겠어요. 당신은 나한테 너무 잘해주는데."

리처드는 머그컵 위로 계속 나를 응시하며 커피를 한 모금 마셨다.

"가끔은 내가 엄마처럼 되는 것 같아 걱정이 돼요. 난 도움이 필요해요."

"물론 당신은 날 떠나지 않을 거야. 그건 알아." 그는 평정을 되찾았다. 내가 제대로 말한 것이다. "내가 흥분한 건 인정해, 하지만 당신이 그렇게 만든 거야." 마치 가벼운 말다툼에서 내게 딱딱거리기만 했다는 것처럼 들렸다. "당신은 나한테 쭉 거짓말을 했어. 날 계속 속였지. 요즘 당신은 내가 결혼한 넬리처럼 행동하지 않고 있어." 그는 말을 멈췄다. 이어 침대 위를 손으로 두드렸고 나는 머뭇거리는 동작으로 침대 가장자리에 걸터앉았다. 보호막 같은 이불은 몸에 계속 두르고 있었다. 그가 내 옆에 앉자 무게 때문에 매트리스가 푹 꺼지면서 내 몸이 그를 향해 기울었다.

"생각해봤는데, 일부는 내 잘못이야. 여러 경고 신호를 간과했지. 당신이 우울하다며 제멋대로 구는 걸 놔뒀어. 당신한테 필요한 건 체계,

규칙적인 일과야. 이제부터 아침에 내가 일어날 때 같이 일어나. 아침 운동도 같이 하고. 그런 다음 같이 아침을 먹는 거야. 단백질 섭취량을 늘려. 매일 나가서 신선한 공기를 쐐. 클럽의 위원회들 중 일부는 재가입해. 예전엔 당신이 저녁을 공들여 만들었지. 다시 그렇게 하도록 해."

"네. 그럴게요."

"난 우리 결혼에 헌신하고 있어, 넬리. 당신도 헌신하고 있는지 내가 다시는 의심하지 않게 해."

나는 목의 통증도 아랑곳하지 않고 세차게 고개를 끄덕였다.

그는 한 시간 후 출근하면서 내게 사무실에 도착하면 전화를 할 테니 받으라고 했다. 나는 정확히 그가 시킨 대로 했다. 목이 아파 아침식사로는 요구르트 조금밖에 삼킬 수 없었지만, 어쨌거나 단백질 함량은 높은 음식이었다. 초가을이라 선선한 공기를 마시며 산책을 했고, 휴대전화는 벨소리 볼륨을 최대한 높인 채로 들고 다녔다. 멍으로 변할 벌건 손가락 자국을 가리기 위해 터틀넥을 입고 식료품점에 가서 남편에게 먹일 스테이크용 쇠고기와 흰 아스파라거스를 샀다.

계산대 뒤에서 줄을 서고 있는데 출납원이 "부인?" 하고 말하는 걸 듣고서야 내 차례인데도 멍하니 서 있었음을 깨달았다. 나는 계산대 위로 식료품을 올려놓으며 리처드가 내가 저녁거리로 뭘 사는지 이미 알고 있을까 궁금해했다. 어찌된 일인지 리처드는 내가 집을 비울 때를 다 알았다. 시내로 몰래 나간 것도, 술을 파는 상점에 자주 간 것도, 볼일을 보러 나간 것도 다 알고 있었다.

당신 옆에 없을 때조차 나는 당신과 함께 있어.

나는 옆 계산대의 여자가 카트에서 내려달라고 칭얼대는 아이를 달래는 걸 보았다. 문 근처의 보안 카메라를 올려다보았다. 반짝이는 금속 손잡이가 달린 빨간 장바구니 무더기를, 진열된 타블로이드판 잡지들을, 밝은색의 쪼글쪼글한 포장지에 싸인 사탕을 보았다.

남편이 어떻게 날 계속 지켜볼 수 있는지 도무지 알 수 없었다. 하지만 그는 이제 더는 몰래 감시하지도 않았다. 나는 우리 결혼의 더 엄격해진 새로운 규칙들에서 이탈할 수 없었다. 그리고 그를 떠나려는 시도는 물론 절대 할 수 없었다.

그는 알 터였다.

나를 막을 터였다.

나를 폭행할 터였다.

나를 죽일 수도 있었다.

한두 주 후 나는 아침을 먹다가 고개를 들어 리처드가 스크램블드 에그에 곁들여진 파삭파삭한 칠면조 베이컨을 집어드는 걸 보았다. 함께 한 아침 운동 때문에 그의 얼굴이 아직 약간 상기되어 있었다. 그의 에스프레소 잔에서 김이 올라왔고 그의 접시 옆에는 펴지 않은 《월스트리트저널》이 놓여 있었다.

그는 베이컨을 한입 먹었다. "이거 완벽하게 요리됐군."

"고마워요."

"오늘은 뭐 할 거야?"

"샤워한 후에 클럽에 가서 중고책 기부 활동을 할 거예요. 정리할 책들이 아주 많아요."

그는 고개를 끄덕였다. "괜찮게 들리네." 그는 냅킨에 손가락을 닦은 뒤 신문을 펼쳐들었다. "다이앤의 송별회 겸 오찬이 다음주 금요일이란 거 잊지 마. 크루즈 여행 티켓을 선물할까 싶은데, 그걸 넣을 예쁜 카드를 당신이 골라주겠어?"

"그럼요."

그는 고개를 숙이고 주가를 확인하기 시작했다.

나는 일어나서 식탁을 치웠다. 식기세척기를 채우고 조리대를 닦았다. 그 대리석 무늬 화강암 상판을 스펀지로 닦는데 리처드가 뒤에서 다가와 내 허리를 감싸 안았다. 그리고 내 목에 키스했다.

"사랑해." 그가 속삭였다.

"나도 사랑해요."

그는 슈트 재킷을 입고 서류가방을 들고 현관문으로 걸어간다. 나는 그를 따라가서 그가 그의 메르세데스로 가는 걸 지켜본다.

모든 것이 리처드가 원했던 그대로였다. 오늘 저녁 그가 돌아오면 저녁식사가 준비되어 있을 것이다. 나는 요가 바지를 벗고 예쁜 드레스로 갈아입고 있을 테고. 클럽에서 민디가 한 말에 대한 재미있는 이야기로 그를 즐겁게 해줄 터였다.

리처드는 진입로로 걸어가다가 커다란 퇴창 너머로 나를 올려다보며 손을 흔들었다.

"잘 다녀와요!" 나는 외치며 손을 흔들었다.

그가 순수하게 활짝 웃음을 짓는다. 그에게서 흡족함이 뿜어져 나온다.

그 순간 나는 뭔가를 깨달았다. 머리 위에서 짓누르는 투박하고 숨막히는 어스름 속에서 가느다란 햇살 한 줄기를 보는 느낌이었다.

남편한테서 벗어날 방법은 하나밖에 없었다.

그가 우리 결혼을 끝내고 싶어 해야 했다.

-36-

노트북 컴퓨터로 이력서를 갱신하고 있는데 휴대전화가 울렸다.

불이 들어온 액정에 그녀의 이름이 뜬다. 나는 망설이다가 전화를 받는다. 리처드의 또 다른 덫일까 봐 걱정한다.

"당신 말이 맞았어요." 내게 너무나 익숙해진 허스키한 목소리가 말한다.

나는 가만히 듣고 있다.

"비자카드 말이에요." 내가 한마디라도 하면 에마가 말을 멈추고 마음을 바꿔 전화를 끊어버릴까 봐 겁이 난다. "카드 회사에 전화를 했어요. 소더비에서 와인을 구매한 내역이 없더군요. 리처드는 라브노를 주문한 적이 없어요."

나는 내 귀를 의심한다. 여전히 리처드가 이 통화의 배후일 거라는 의심이 들기도 하지만, 에마의 말투는 예전과 다르다. 나를 경멸하는 기미가 느껴지지 않는다.

"버네사, 리처드가 1층까지 같이 가줄까 하고 물었을 때 당신의 표정…… 그걸 보고 난 확인해봐야겠다고 결심했어요. 당신이 질투하는 줄 알았어요. 그와 재결합하고 싶어 한다고요. 하지만 아니에요, 그렇죠?"

"그래요."

"당신은 그를 무서워해요." 에마는 불쑥 묻는다. "그가 정말로 당신을 때렸어요? 목 졸라 죽이려고 했고요? 믿을 수가 없네요, 리처드가 설마…… 하지만……."

"지금 어디예요? 리처드는 어디 있죠?"

"집이에요. 그는 시카고로 출장을 갔고요."

그녀가 리처드의 아파트에 있지 않아서 다행이다. 그녀의 집은 아마 안전할 것이다. 하지만 그녀의 휴대전화는 그렇지 않을지도. "우린 직접 만나야 해요." 그러나 이번에는 공공장소여야 할 것이다.

"스타벅스 어때요……?"

"아뇨, 당신은 평소에 가던 데만 가야 해요. 오늘 일정이 어떻게 되죠?"

"오후에 요가하러 갈 거예요. 그리고 나서 웨딩드레스를 가지러 갈 거고요."

요가 스튜디오에서 대화할 수는 없다. "웨딩숍. 거기가 어디죠?"

에마는 주소와 시간을 말한다. 나는 그녀에게 거기서 보자고 말한다.

그녀가 모르는 것은, 내가 다시 습격당하는 일이 없도록 약속 시간보다 일찍 그곳에 도착할 거라는 사실이다.

"정말 완벽한 신부예요." 웨딩숍 사장 브렌다가 감탄한다.

몸에 꼭 맞는 크림색 실크 드레스를 입고 주위보다 높은 단 위에 서 있는 에마와 내 눈이 거울 속에서 마주친다. 그녀는 웃고 있지 않지만 브렌다는 드레스의 핏을 마지막으로 점검하는 데 정신이 팔려서, 에마의 가라앉은 기분을 알아차리지 못한다.

"손볼 데가 하나도 없겠네요." 브렌다가 계속 말한다. "다림질만 해서 내일 배달해드릴게요."

"괜찮습니다." 내가 말한다. "저희가 갖고 갈게요." 시착실은 비어 있고 한쪽 구석에 안락의자가 몇 개 있다. 사적인 공간. 안전하다.

"그럼 샴페인 좀 드릴까요?"

"네, 고맙습니다." 나는 대답하고, 에마도 동의의 뜻으로 고개를 끄덕인다.

에마가 드레스를 벗을 때 나는 시선을 돌린다. 하지만 그녀—매끄러운 피부와 레이스 달린 핑크색 란제리—가 여러 각도로 그곳을 둘러싸고 있는 거울들 속으로 보인다. 기이하게 내밀한 순간이다.

브렌다가 드레스를 집어들어 안감이 든 옷걸이에 조심스럽게 거는 동안 나는 그녀가 그곳에서 나가기를 초조하게 기다린다. 에마가 치마 단추를 다 잠그기도 전에 나는 안락의자 쪽으로 향한다. 웨딩숍은 리처드가 불쑥 나타나지 않을 거라고 확신할 수 있는 장소다. 결혼식 전에 신랑이 웨딩드레스를 입은 신부를 보는 건 관습상 금지되어 있으니까.

"난 당신이 미쳤다고 생각했어요." 에마가 말한다. "리처드 밑에서 일할 때 그가 당신과 통화하는 것을 듣곤 했어요. 당신이 아침으로 뭘 먹었는지, 나가서 바람은 좀 쐤는지 묻는 걸요. 당신이 어디 있는지 묻는 그의 이메일들도 봤고요. 네 번이나 전화했는데 당신이 받지 않았다고 쓰여 있었죠. 그는 늘 당신을 걱정했어요."

"그렇게 보일 수도 있겠네요."

브렌다가 샴페인 두 잔을 들고 돌아오자 우리는 입을 닫는다. "다시 한 번 축하드려요." 나는 브렌다가 계속 여기서 수다를 떨까 봐 걱정하지만 그녀는 드레스 때문에 나가봐야 한다고 양해를 구한다.

"당신을 멋대로 판단했던 것 같아요." 브렌다가 나가자 에마가 불쑥 말한다. 나를 찬찬히 살펴보는 그녀의 파란 눈동자에서 예상치 못한 친밀함이 보인다. 내가 뭐라고 대꾸하기 전에 그녀가 말을 잇는다. "당신은 그 대단한 남자와 완벽한 삶을 살고 있었죠. 일도 안 하고, 그가 산 멋진 집에서 빈둥거리기만 하면 됐죠. 난 당신이 그중 어느 것도 누릴 자격이 없다고 생각했어요."

나는 그녀가 계속 말하게 둔다.

그녀는 고개를 한쪽으로 기울인다. 흡사 처음으로 나를 보고 있는 것 같다. "당신은 내가 상상했던 것과 달랐어요. 당신 생각을 아주 많이 했거든요. 남편이 다른 사람과 사랑에 빠졌다는 걸 알면 기분이 어떨까 궁금했죠. 그런 생각을 하느라 밤에 잠들지 못하곤 했어요."

"당신 잘못이 아니에요." 그녀는 그 말이 얼마나 진실한지 전혀 모른다.

에마의 핸드백에서 딩동 소리가 크게 울린다. 그녀는 샴페인 잔을 입으로 가져가다가 멈춘다. 우리 둘 다 그녀의 핸드백을 쳐다본다.

그녀가 휴대전화를 꺼낸다. "리처드의 문자예요. 지금 막 시카고의 호텔에 도착했다고요. 내가 뭘 할 건지 묻고, 내가 보고 싶다고 썼어요."

"당신도 그가 보고 싶다고, 사랑한다고 답장해요."

그녀는 한쪽 눈썹을 치켜세우지만 내 말대로 한다.

"전화기 좀 줘봐요." 나는 그녀의 전화기 화면을 두드리다 에마에게 보여준다.

"이게 당신을 추적하고 있어요." 나는 화면을 가리킨다. "리처드가 사준 전화 맞죠? 계정이 그의 이름으로 돼 있어요. 그는 당신 전화기가 있는 곳을 ~~당신이~~ 있는 곳을——언제든지 확인할 수 있어요."

리처드는 나와 약혼한 후 내게도 똑같은 짓을 했다. 나는 식료품점에서 그가 내가 저녁에 그에게 뭘 만들어줄지 이미 알고 있을지 궁금해한 후에 마침내 그 사실을 알게 되었다. 그런 식으로 그는 내가 남몰래 시내에 간 것도, 몇 동네 건너에 있는 와인 가게에 간 것도 안 것이다.

그를 만난 후로 시작된 그 기묘한 전화, 받으면 끊는 전화들 뒤에도 리처드가 있다고 나는 깨달았다. 그런 전화는 때로는 나를 벌하기 위한 것이었다. 예를 들어 리처드가 내가 젊은 스쿠버 강사와 시시덕거린다고 생각한 신혼여행 중에 왔던 전화가 그랬다. 내가 평정을 잃도록 만들려고 그러기도 했다. 나를 심란하게 만든 다음 그가 나를 달래줄 수 있도록. 하지만 나는 이 부분은 에마에게 말하지 않는다.

에마는 자기 휴대전화를 쳐다보고 있다. "그러니까, 그는 내가 뭘 하고 있는지 알면서 모르는 척한다는 거죠?" 그녀는 술을 홀짝인다. "맙소사, 역겨워."

"받아들이기 힘든 일인 거 알아요." 나는 내 말이 지금의 사태를 엄청나게 과소평가하는 표현임을 깨닫는다.

"내가 계속 생각하고 있는 게 뭔 줄 아세요? 당신이 문 밑으로 편지를 밀어놓고 간 직후 리처드가 나타났어요. 그는 곧바로 그 편지를 찢었지만, 난 이 한 줄을 계속 기억하고 있어요. '당신의 일부는 이미 그가 누구인지 알고 있어요.'" 에마의 눈에서 점점 초점이 사라지고, 나는 그녀가 약혼자를 달리 보기 시작한 순간을 다시 체험하고 있는 중이라고 추측한다. "리처드가 원한 건…… 그는 마치 그 편지를 **죽이고** 싶어 하는 것 같았어요. 찢고 또 찢어서 호주머니에 쑤셔 넣었죠. 그때 그 표정…… 딴 사람 같았어요."

에마는 한참 기억 속에 빠져 있다가 현실로 돌아와 나를 똑바로 쳐다본다. "어떤 일에 관해 사실대로 말해줄래요?"

"물론이죠."

"당신 집에서 연 칵테일파티 직후에 그가 볼이 심하게 긁힌 채 출근했어요. 왜 그러냐고 물었더니 그는 이웃의 고양이를 안아 올렸는데 고양이가 할퀴었다고 했어요."

리처드는 상처를 가리거나 더 그럴싸한 이야기를 지어낼 수도 있었을 것이다. 하지만 파티에서 나의 단정치 못한 행동이 있었던 후라, 사람들이 그 상처를 내 정신 상태가 불안정하다는 또 다른 증거로 볼 것임을 알고 그리 대답했을 것이다.

이제 에마는 미동도 하지 않고 있다. "난 어릴 때 쭉 고양이를 키웠어요." 그녀는 느릿느릿 말한다. "고양이가 할퀸 상처가 아니란 걸 알죠."

나는 고개를 끄덕인다.

이어 숨을 깊게 들이마시고 눈을 세게 깜박인다. "그를 나한테서 떨쳐내려고 애쓰다 그랬어요."

처음에 에마는 반응이 없다. 아마 동정하는 기색을 보이면 내가 울음을 터뜨릴 거라고 본능적으로 깨달은 것이리라. 그녀는 그저 나를 쳐다보다가 시선을 돌린다.

"내가 이토록 큰 오해를 했다니 믿기지가 않아요." 마침내 그녀는 말한다. "당신이 문제라고 생각했죠……. 리처드는 내일 돌아와요. 난 그의 집에서 자기로 되어 있죠. 그 후 모린이 와요. 우린 여기서 만날 거고, 모린한테 내 드레스를 보여줄 거예요……. 그런 다음 다 같이 웨딩케이크를 시식하러 갈 예정이죠!"

에마가 말이 많아지는 건 그녀가 초조하다는, 우리의 대화 때문에 충격을 받았다는 신호일 뿐이다.

모린이 와서 상황이 복잡해지겠다. 리처드와 에마가 결혼식 준비에 모린을 끌어들인 게 놀랍지는 않지만. 나도 예전에 그러길 원했기 때문이다. 나비 모양 버클이 달린 목걸이를 선물한 것 외에도, 나는 리처드에게 결혼 선물로 줄 앨범의 사진을 흑백으로 할지 컬러로 할지에 대해 모린에게 조언을 구했다. 리처드도 스피커폰으로 그녀에게 전화를 걸어, 우리 셋이서 결혼식 식사의 전채요리를 함께 정하게 했다.

나는 한 팔로 에마를 감싼다. 그녀의 몸이 처음에는 딱딱하게 굳었다가 이내 풀어지고 그녀는 금세 나한테서 떨어진다. 분명 여러 감정이 파도처럼 그녀를 덮치고 있을 것이다.

그녀를 구해. 그녀를 구해.

나는 눈을 감고 내가 구하지 못한 여자를 떠올린다. "두려워하지 마요. 내가 도와줄게요."

우리는 에마의 집에 도착한다. 에마는 웨딩드레스를 소파 등받이에 걸쳐놓는다.

"마실 거 드릴까요?"

아까 나는 샴페인에 거의 입을 대지 않았다. 에마를 안전하게 리처드한테서 구출할 수 있는 방법을 생각해내도록 맑은 정신을 유지하고 싶다. "물을 좀 주세요."

에마는 작은 주방에서 부산스럽게 움직이며 불안한 듯 다시 말이 많아진다. "얼음을 넣을까요? 우리 집이 좀 지저분하죠. 빨래를 하려다가 갑자기 비자카드 내역을 확인해봐야겠다는 생각이 들었어요. 약혼 후에 리처드가 나를 사용자로 추가해서, 내 카드 뒷면의 번호로 전화만 하면 됐죠. 간식 생각 있으시면 포도랑 아몬드가 있는데……. 보통 내가 리처드의 아멕스 명세서를 검토한 후에 상환하는 회계부로 넘기는데, 가끔 그가 알아서 하겠다고 할 때가 있었어요. 그래서 내가 와인 환불 내역을 못 본 거예요." 에마는 고개를 흔든다.

나는 별 생각 없이 그녀의 말을 들으며 주위를 둘러본다. 그녀가 리처드에 대해 알게 되고 받은 충격을 완화할 방법을 찾는 중임을 안다. 그녀가 재빨리 들이켠 샴페인, 정신없이 움직이는 것—이런 증상들을 나는 너무 쉽게 알아본다.

에마가 컵들에 얼음을 털어 넣을 때 나는 그녀의 좁은 거실을 살펴본다. 소파, 그 옆의 작은 탁자, 이제는 살짝 시든 장미들. 작은 탁자 위에는 장미 말고는 아무것도 없다. 순간 나는 내가 찾고 있는 것이 무엇인지 깨닫는다.

"집에 일반 전화 있어요?"

"네?" 에마는 고개를 저으며 내게 물 잔을 건넨다. "없어요, 왜요?"

나는 안도한다. 하지만 "그냥 우리가 소통할 최적의 방법을 찾는 중이에요"라고만 말한다.

아직은 에마에게 모든 것을 다 얘기하지 않을 것이다. 현실이 얼마나 더 나쁜지 알게 되면 그녀가 고장이 나버릴 수도 있다.

나와 살 때 리처드가 내가 집전화로 통화하는 걸 도청했다고 내가 확신한다고 말해줄 필요는 없다.

내 노트의 여러 페이지들에서 나타나는 패턴을 보고 마침내 나는 그런 결론에 도달했다.

집의 보안 경보기가 울려서 내가 옷장 속으로 숨은 날, 처음에 나는 집 앞문과 뒷문에 설치된 비디오카메라에서 침입자가 있었다는 증거가 나오지 않아 안심했다. 하지만 리처드가 그 전에 카메라들을 확인했다는 걸 깨달았다. 그 외에는 아무도 그 카메라들을 확인하지 않았다.

그리고 그 경보음이 울리기 직전 나는 집전화로 샘과 통화하며, 바를 전전한 후 집에 남자를 데려온다는 내용의 농담을 했다. 이제 나는 리처드가 경보기를 울리게 했다고 믿는다. 내 말에 대한 벌로써.

그는 나의 두려움을 포식했다. 그러면서 자신의 힘에 대한 감각에 영양분을 공급했다. 그와 약혼한 직후 시작된 이상한 끊는 전화를, 폐소공포가 있는 약혼녀를 위해 스쿠터 다이빙을 예약하는 그를, 늘 내게 보안 경보기를 켜두라고 상기시키던 그를 생각한다. 그는 나를 안심시켜주기를 얼마나 즐겼을까, 그만이 나를 안전하게 지켜줄 거라고 속삭이면서.

나는 물을 죽 들이켠다. "내일 몇 시에 리처드가 돌아오죠?"

"오후 늦게요." 에마는 그녀의 드레스를 본다. "걸어둬야겠어요."

나는 에마를 따라 그녀의 침실로 들어가 그녀가 옷장 문 뒤의 걸이에 드레스를 거는 걸 지켜본다. 드레스는 공중에 떠 있는 것 같다. 나는 드레스에서 눈을 뗄 수가 없다.

이 아름다운 드레스를 입을 신부는 더는 존재하지 않는다. 에마의 결혼식 날 이 옷은 계속 속이 빈 채로 있을 것이다.

에마는 옷걸이 근처를 살짝 매만진다. 그녀는 한 손을 드레스에 계속 대고 있다가 뗀다.

"그는 정말 멋진 사람 같았는데." 그녀의 목소리는 놀라움으로 가득 차 있다. "그런 남자가 어떻게 그토록 잔인할 수가 있죠?"

나는 나의 웨딩드레스를 생각한다. 내가 결코 갖지 못한 딸을 위해, 특수 중성지에 싸서 상자에 넣어 웨스트체스터 집의 내 옷장에 넣어놓은 그 옷을.

나는 침을 꿀꺽 삼키고 나서야 말을 할 수 있다. "리처드의 일부는 정말로 멋졌어요. 그래서 그와 나는 그렇게 오랫동안 같이 산 거죠."

"왜 그를 떠나지 않았어요?"

"생각은 했죠. 떠나야 할 이유는 셀 수 없이 많았어요. 하지만 그럴 수 없는 이유도 똑같이 많았죠."

에마는 고개를 끄덕인다.

"리처드가 나를 떠나게 만들어야 했어요."

"하지만 그가 떠날 것임을 어떻게 알았죠?"

나는 에마의 눈을 바라본다. 사실대로 말해야만 한다. 그녀는 이미 충격을 받은 상태다. 하지만 그녀는 진실을 들을 자격이 있다. 그러지 않으면 그녀는 거짓된 현실에 사로잡힐 것이고, 나는 그것이 얼마나 파괴적인지 정확하게 알고 있다.

"한 가지 더 얘기할 게 있어요." 나는 거실로 돌아가고 에마는 나를 따라온다. 나는 소파를 향해 몸짓을 한다. "앉아서 얘기할까요?"

에마는 굳은 표정으로 소파 가장자리에 걸터앉는다. 마치 곧 듣게 될 얘기에 대비해 마음의 준비를 하는 것 같은 모습이다.

나는 전부 다 털어놓는다. 내가 그녀를 처음 본 사내 휴일 파티. 내가 술에 취한 척한 우리 집에서의 파티. 내가 아픈 척하며 리처드에게 에마와 교향악단 연주회에 가라고 제안한 일. 내가 두 사람이 외박을 하도록 부추긴 출장까지.

내가 얘기를 마칠 때쯤 에마는 두 손으로 머리를 부여잡고 있다.

"어떻게 나한테 그럴 수가 있어요?" 그녀는 소리친다. 자리에서 발딱 일어나 나를 노려본다. "처음부터 알고 있었어요. 정말이지 당신한테 뭔가 문제가 있다는 걸!"

"정말 미안해요."

"내가 당신의 결혼을 망가뜨린 걸까 봐 잠을 설친 밤이 얼마나 많은지 알아요?"

그녀는 죄책감을 느꼈다고 말하지는 않았지만 느꼈더라도 당연한 일이다. 나는 에마와 리처드의 육체관계가 내 결혼 생활이 아직 끝나지 않았을 때 시작됐다고 확신한다. 이제 에마의 리처드와의 모든 추억은 이중으로 더럽혀졌다. 그녀는 자기가 나와 리처드의 문제적인 결혼의 볼모처럼 느껴질 것이다. 나와 리처드가 끼리끼리 만난 거라고 생각할지도 모른다.

"일이 이렇게 커질 줄 정말 몰랐어요……. 그가 청혼하리라곤 예상치 못했거든요. 한낱 외도일 거라고 생각했어요."

"**한낱** 외도요?" 에마가 소리를 지른다. 그녀의 두 뺨은 분노로 벌겋게 달아올라 있다. 그녀의 목소리에서 느껴지는 강렬한 감정 때문에 나는 놀란다. "외도가 무해하고 사소한 일이라는 거예요? 외도는 사람들을 파괴해요. 내가 얼마나 고통스러울지 생각해본 적 있어요?"

나는 그녀의 말에 두들겨 맞는 느낌이지만, 갑자기 속에서 뭔가 타올라서 그녀를 반격한다.

"외도가 사람들을 파괴시키는 건 나도 **알아요!**" 나는 소리친다, 대니얼이 날 속였다는 걸 알게 된 후, 그의 피곤해 보이는 아내를 본 후 몇 주 동안 침대에서 웅크린 채 지냈던 때를 떠올리면서. 거의 15년 전 일이지만 지금도 그의 마당에 있는 오크나무 뒤쪽의 자그마한 노란 세발

자전거와 분홍색 줄넘기를 생생하게 떠올릴 수 있다. 가족계획 클리닉에서 서류에 서명할 때 펜을 쥔 내 손이 덜덜 떨리던 것을 아직도 기억한다.

"대학생 때 유부남한테 속은 적이 있어요." 좀 부드러워진 말투로 나는 말한다. 이 얘기를 남한테 털어놓는 건 처음이다. 너무도 생생한 고통이 덮쳐와, 마치 비통에 잠긴 스물한 살의 나로 돌아간 것만 같다. "그가 날 사랑하는 줄 알았어요. 아내가 있다는 얘기는 한 번도 하지 않았죠. 가끔 난 그때 내가 미리 알았더라면 내 인생이 완전히 달라졌을 거라는 생각을 해요."

에마는 성큼성큼 걸어가더니 문을 홱 연다.

"나가요." 하지만 그녀의 말투에서 원망의 기미는 사라져 있다. 그녀의 입술이 떨리고 눈에는 눈물이 어려 있다.

"마지막으로 한 가지만 더 말할게요." 나는 애원하듯 말한다. "오늘 밤 리처드한테 전화해서 결혼을 못하겠다고 말하세요. 내가 또 찾아왔고, 더는 못 참겠다고요."

에마가 반응이 없어서 나는 문을 향해 걸어가며 재빨리 이어 말한다. "남들한테 파혼을 알리는 건 그가 해줬으면 좋겠다고 해요, 중요한 문제예요." 나는 강조한다. "남들한테 들려줄 이야기를 자기가 통제하면 그는 당신한테 벌을 주지 않을 거예요. 그가 체면을 지키면서 상황을 수습하면요."

나는 그녀가 내 말을 똑똑히 듣도록 그녀 앞에서 멈춰 선다. "사이코 같은 전처를 도저히 감당 못하겠다고 해요. 꼭 그렇게 해요. 그럼 당신은 무사할 거예요."

에마는 말이 없다. 하지만 나를 쳐다보기는 한다, 차갑고 평가하는 듯한 시선이기는 하지만. 그녀의 눈길이 내 얼굴과 몸을 샅샅이 훑는다.

"당신이 하는 말을 내가 어떻게 믿죠?"

"믿지 않아도 괜찮아요. 여길 떠나 친구와 함께 지내세요. 휴대전화는 여기 두고 가야 리처드가 당신을 못 찾아요. 그의 분노는 늘 순식간에 선을 넘어요. 부디 자신을 지켜요."

문지방을 넘자마자 등 뒤에서 문이 쾅 하고 닫힌다.

나는 복도에 깔린 검푸른 카펫을 내려다보며 뭉그적거린다. 에마는 분명 나한테 들은 얘기를 하나하나 곱씹고 있을 것이다. 아마 누구를 믿어야 할지 감이 잡히지 않을 거다.

내가 알려준 각본을 에마가 따르지 않는다면 리처드는 분노를 에마한테 쏟아부을지도 모른다. 특히나 나를 찾아내지 못할 경우에. 더 나쁘게는, 그가 에마의 마음을 돌리는 데 성공해 결혼을 할 수도 있다.

에마에게 이 일에서 내가 한 역할을 말해주지 말았어야 하는지도 모른다. 죄책감에서 벗어나고 싶은, 완전히 정직하고 싶은 내 욕구보다 그녀의 안전을 중요시했어야 하는데. 그녀가 사태를 잘못 인식하는 편이 이 위험한 진실보다는 그녀를 덜 취약하게 만들었을지도 모른다.

리처드의 다음 행보는 무엇일까?

그가 돌아오기까지 내게는 24시간이 있다. 뭘 해야 할지 도무지 모르겠다.

나는 천천히 복도를 걸어간다. 그녀를 이대로 두고 가기가 너무나 망설여진다. 엘리베이터에 올라타려는 순간 문이 열리는 소리가 난다. 소리가 나는 쪽을 보니 에마가 문간에 서 있다.

"내가 당신 때문에 파혼하겠다고 리처드한테 말하길 원한다고요?"

나는 재빨리 고개를 끄덕인다. "네. 다 내 탓이라고 하세요."

에마의 미간에 주름이 잡힌다. 그녀는 한쪽으로 고개를 기울이며 나를 또 위아래로 훑어본다.

"그게 제일 안전한 방법이에요." 내가 말한다.

"나한텐 그럴지도 모르죠. 하지만 당신한텐 안전하지 않아요."

"너무 보고 싶었어, 스위트하트." 리처드가 말한다.

그의 음성을 가득 채운 사랑과 다정함에 내 가슴속의 무언가가 뒤틀린다.

내 전남편은 지금 나한테서 3미터도 떨어져 있지 않다. 그는 몇 시간 전에 시카고에서 돌아와 자기 집에 들러 청바지와 폴로셔츠로 갈아입은 후 이곳으로, 에마의 아파트로 왔다.

나는 에마의 침실 옷장 속에 웅크리고 앉아 옛날식 열쇠구멍으로 밖을 보고 있다. 이 옷장 속은 몸을 숨기는 동시에 방 안을 볼 수 있는 유일한 장소다.

에마는 스웨트팬츠와 티셔츠 차림으로 침대 가장자리에 걸터앉아 있다. 슈다페드(비염, 코감기 약 상표명—옮긴이) 한 통과 감기약과 곽 티슈, 차 한 잔이 침대 옆 탁자 위에 놓여 있다. 내가 연출한 물건들이다.

"엘리스에서 치킨수프랑 생오렌지주스 사왔어. 아연도 좀 가져왔고. 내 트레이너가 여름 감기에 좋다고 해서."

"고마워요." 에마의 목소리는 연약하고 부드럽다. 설득력 있는 연기다.

"스웨터 좀 갖다줄까?"

리처드의 몸이 방의 전경을 가리며 내 시야를 채우자 속이 쥐어 짜이는 느낌이 든다. 그는 내가 숨어 있는 곳으로 다가오고 있다.

"사실은, 너무 더워요. 이마에 얹을 물수건 좀 갖다줄래요?"

그건 우리가 함께 연습한 대사가 아니다. 에마는 순발력이 좋다.

그가 욕실로 발길을 돌리고 나서야 나는 숨을 내쉰다.

그리고 몸을 살짝 움직인다. 한참 동안 꿇어앉아 있었더니 다리가 아프다.

에마는 단 한 번도 내 쪽을 쳐다보지 않았다. 그녀는 여전히 나의 폭로 때문에 휘청거리는 중이다. 나를 완전히 믿는 것 같지도 않다. 이해 못할 일도 아니다.

"더는 내 인생을 지휘하려 하지 마요." 어제 엘리베이터 옆에 선 내게 에마는 말했다. "당신이 그러라고 했다는 이유만으로 리처드에게 전화로 이별을 통보하진 않을 거예요. 파혼할 시기는 내가 결정하겠어요."

그래도 적어도 에마는 오늘 저녁 내가 휴대전화를 손에 쥔 채 그녀 가까이에 있도록 허락해줬다. 나는 그를 지켜볼 것이다. 그녀를 보호할 것이다.

우린 둘 다, 에마가 아프다고 말하면 리처드가 반드시 이곳에 올 거라고 예상했다. 아픈 척을 하면 여러 가지 문제가 해결된다. 리처드가 에마의 위치를 추적하고 있다면, 그녀가 요가 수업을 빼먹은 걸 이상하게 생각하지 않을 것이다. 에마가 자기 집에서 자고 싶어 해도 그는 이해할 것이다. 그녀가 섹스는 물론이고 키스도 하지 않으려 해도. 나는 그녀가 스킨십을 면하게 해주고 싶었다.

"여기 있어, 베이비." 리처드가 침실로 돌아와 말한다.

그가 침대 위로 몸을 굽히는 게 보인다. 곧 그의 등에 가려 그의 동작은 보이지 않는다. 그렇지만 나는 그가 축축한 수건을 에마의 이마에 댄 채 그녀의 머리카락을 쓰다듬어주는 모습을 상상한다. 사랑이 담뿍 담긴 눈으로 그녀를 보고 있을 것이다.

무릎이 딱딱한 나무 바닥에 갈리는 것 같은 느낌이다. 허벅지는 불에 타는 것 같고. 일어나서 다리를 털고 싶어 죽겠다. 하지만 그 소리가 리처드에게 들리겠지.

"이런 모습을 당신한테 보이기 싫어요. 폐인 같잖아요."

내가 진상을 모른다면, 그녀에게 보이지 않는 꿍꿍이가 있다고는 상상도 못 할 것이다.

"당신은 아파도 세상에서 제일 아름다운 여자야."

지금도 나는 리처드를 너무나 잘 안다. 그의 모든 말은 진심이다. 만약 에마가 딸기 셔벗이 먹고 싶다거나 편안한 캐시미어 양말을 신고 싶다고 말한다면 그는 맨해튼을 다 뒤져서 제일 좋은 것을 찾아 가져올 것이다. 그녀가 기분이 나아질 것 같다고 부탁하면 그는 그녀의 침대옆 바닥에서 잘 것이다. 그것이 내 전남편의 천성 중 내 마음속에서 가장 지워내기 힘든 부분이다. 지금 이 순간, 열쇠 구멍으로 보이는 그의 옆모습처럼, 그것이 내게 보이는 전부다.

나는 눈을 질끈 감는다.

하지만 곧바로 억지로 눈을 뜬다. 보고 싶지 않은 것들을 간과할 때 발생하는 위험을 이제는 알기 때문이다.

만약 에마가 리처드의 기대를 충족시키지 못하면—필연적으로 충족시키지 못할 것이다—대가가 뒤따를 것이다. 그녀가 그의 환상 속의 아내가 아니면 그는 그녀에게 상처를 입히고 그 상처를 가릴 액세서리를 줄 것이다. 그녀가 가족을 제공하지 않거나 그가 바라는 종류의 가정을 꾸리지 못하면 그는 그녀의 현실을 체계적으로 공격하고 비틀어, 그것을 그녀 자신조차 알아보지 못하게 만들 것이다. 그리고 최악은, 그는 그녀가 가장 사랑하는 무엇이든 누구든 다 빼앗아버릴 거란 사실이다.

"모린한테 내일 약속을 취소해야 한다고 말할게." 리처드가 에마에게 말한다.

완벽해, 나는 생각한다. 그 약속이 미뤄지면 에마를 구출할 최고의 방법을 그녀와 함께 알아낼 시간을 더 벌 수 있을 거니까.

하지만 에마는 동의하지 않고 이렇게 말한다. "아뇨, 좀 쉬면 괜찮아질 거예요."

"원하는 대로 해, 내 사랑, 하지만 제일 중요한 건 당신이야."

옷장 문 뒤에서조차 그의 카리스마에서 분출되는 자기력을 느낄 수 있다.

나는 에마가 오늘 저녁 리처드와의 거리를 벌리기 시작할 거라는 희망에 매달리고 있었다. 하지만 그가 나타나고 단 몇 분 만에 그녀는 마음이 약해지고 있는 것 같다.

열쇠구멍으로 두 사람의 맞잡은 손들이 보인다. 그는 엄지로 그녀의 손목을 부드럽게 쓸고 있다.

옷장 밖으로 뛰쳐나가 두 사람을 떼어놓고 싶다. 그가 그녀를 흔들고 있다. 그녀를 꾀어서 자기한테 돌아오게 만들고 있다.

"모린이 와야 내 웨딩드레스를 보여줄 수 있잖아요." 그 드레스는 지금 나한테서 15센티미터쯤 왼쪽에 있다. 리처드가 보지 못하도록 에마가 옷장에 넣어둔 것이다. "게다가 재미있는 결혼식 준비도 같이 해야죠. 내가 당신 혼자서만 케이크를 시식하게 놔둘 것 같아요?" 에마는 계속 명랑한 목소리로 말한다.

상황이 잘못된 방향으로 흘러가고 있다. 지금의 에마는 24시간 전에 바로 이 방에서 리처드는 어떻게 그렇게 멋지면서 그토록 잔인할 수 있냐고 내게 물었던 여자와 완전히 다른 여자다.

나는 더는 자세를 유지할 수가 없다. 바닥에서 천천히 오른쪽 무릎을 떼고 발을 살며시 바닥에 댄다. 왼쪽 다리로도 똑같이 한다. 아주 조금씩 천천히 일어선다. 드레스와 셔츠 들에 파묻힌 내 얼굴에 부드러운 천들이 스친다.

옷걸이가 금속 봉에 부딪혀, 풍경이 한 번 울리는 것 같은 작은 소리가 난다.

"무슨 소리지?" 리처드가 묻는다.

지금 나는 아무것도 볼 수 없다.

그의 시트러스 향이 나를 감싼다. 아니, 내가 그렇게 상상하는 걸까? 나는 숨을 얕게 들이쉰다. 심장이 쿵쾅쿵쾅 뛴다. 정신을 잃고 옷장 문으로 쓰러질까 봐 너무 무섭다.

"그냥 오래된 내 침대 소리예요." 에마가 몸을 살짝 움직이자, 기적처럼, 침대에서 새된 소리가 난다. "당신 침대에서만 잘 날이 빨리 왔으면 좋겠네요."

다시 말하지만, 눈 깜짝할 새에 둘러대는 그녀의 능력은 정말이지 놀랍다.

에마는 이어 말한다. "그런데 당신한테 할 말이 또 있어요."

"뭔데, 스위트하트?"

그녀는 망설인다.

나는 다시 몸을 낮춰 열쇠구멍으로 내다본다. 에마가 왜 대화를 질질 끄는지 모르겠다. 리처드가 얼마나 똑똑한지 그녀도 알 텐데. 그녀가 진짜 아픈 게 아니라는 걸 그가 알아채기 전에 이 집을 나가게 하고 싶지 않은 건가?

"오늘 버네사한테 전화가 왔어요."

나는 눈이 휘둥그레지고, 거의 헉 소리를 낼 뻔했다. 그녀가 내게 또 덫을 놓았다는 걸 믿을 수가 없다.

리처드는 짖듯이 욕설을 내뱉고 에마의 화장대 옆쪽 벽을 사납게 걸어찬다. 바닥 널을 통해 그 진동이 고스란히 느껴진다. 그가 주먹을 꽉 쥐었다 폈다 하는 것이 보인다.

그는 잠시 벽을 보고 서 있다가 돌아서서 에마를 본다.

"미안해, 베이비." 그의 목소리가 경직돼 있다. "그 여자가 이번에는 또 무슨 헛소리를 했어?"

에마는 리처드를 믿기로 했다. 그녀가 연기했던 행동은 나를 속이기 위한 거였다. 나는 911에 전화할 수도 있겠지만, 에마와 리처드가 내가 이 집에 침입했다고 말하면 경찰이 어떻게 생각하겠는가?

에마의 옷들이 나를 숨 막히게 한다. 이 작은 옷장은 공기가 희박하다. 난 갇혔다. 폐소 공포가 시작되며 목구멍이 조여오는 느낌이 든다.

"아뇨, 리처드, 그런 게 아니에요. 버네사가 사과했어요. 이젠 날 괴롭히지 않겠대요."

나는 어리둥절해진다. 그녀는 내가 예측할 수 있는 그 어떤 대본에서도 벗어나게 행동하고 있어서 그 의도가 뭔지 짐작도 못하겠다.

"그 여자는 저번에도 그렇게 말했지." 리처드의 거친 숨소리가 들린다. "하지만 계속 전화를 하고 내 사무실로 오고 편지를 썼어. 그 여자는 멈추지 않을 거야. 그 여자는 미쳤어…….”

“허니, 괜찮아요. 난 정말로 버네사의 말을 믿어요. 이번에는 정말 달랐어요.”

내 다리가 액체로 변하는 것 같은 느낌이다. 에마가 왜 이런 긴장 상황을 유발하는지 도무지 모르겠다.

리처드는 숨을 내쉰다. “그 여자 이야기는 그만하지. 앞으로도 영영 안 했으면 좋겠어. 더 필요한 것 없어?”

“이제 잠만 자면 돼요. 나 때문에 당신까지 아픈 거 싫어요. 이제 가요. 사랑해요.”

“내일 2시에 당신이랑 모린을 데리러 올게. 나도 사랑해.”

몇 분 후 에마가 옷장 문을 열 때까지 나는 계속 그 안에 있었다. “리처드 갔어요.”

나는 다리를 굽혔다 펴며 얼굴을 찌푸린다. 예기치 못한 방향으로 흘러간 대화에 대해 에마에게 묻고 싶었지만 그녀의 너무나 무표정한 얼굴을 보고 그녀는 내가 이 집에서 나가기만을 바라고 있음을 깨닫는다.

“조금만 더 있다가 가도 될까요?”

에마는 망설이다 고개를 끄덕인다. “거실로 가죠.” 나를 몰래 평가하듯 훑어보는 그녀의 시선을 감지한다. 그녀는 경계하고 있다.

“이제 우리는 어떻게 해야 할까요?”

에마가 얼굴을 찡그린다. ‘우리’라는 내 표현에 짜증이 난 것이다. “내가 알아서 할게요.” 그녀는 어깨를 으쓱한다.

에마는 이해를 못하고 있다. 결혼을 당장 취소해야 한다고 긴박하게 느끼지 못하고 있는 것 같다. 리처드가 잠깐 방문해서 이렇게 강력한 영향을 미칠 수 있는데, 그가 에마의 허리를 한 팔로 감싼 채 그녀에게 케이크 조각을 먹여주고 자기가 그녀를 얼마나 행복하게 해줄지 약속하는 말을 속삭이면 어떤 일이 벌어지겠는가?

"그가 벽 차는 거 봤죠?" 나는 높아진 목소리로 말한다. "그가 어떤 사람인지 모르겠어요?"

단지 에마에 국한되지 않는 너무나 큰 문제다. 설사 리처드가 에마를 놔준다고 해도—난 그가 그러지 않을 거라 확신하지만—리처드가 내게 폭력을 휘두른 그 수많은 방법들은? 나와 에마 이전의 그의 여자, 티파니에서 산 선물을 보관하는 것조차 견딜 수 없어 했던, 머리카락이 거무스름한 그의 전처는? 이제 나는 리처드가 그 전처도 다치게 했다고 확신한다. 내 전남편은 습관의 노예, 일상의 지배를 받는 남자다. 그 광택 나던 푸른색 쇼핑백에 든 아름다운 액세서리가 뭐든 간에 그것은 그의 사과, 추악한 사건을 말 그대로 덮으려는 그의 시도였다.

에마는 내가 리처드의 미래의 아내가 될지 모를 모든 여자를 구하려 한다는 걸 모른다.

"어서 끝을 내야 해요. 더 오래 끌수록 상황은 더 나빠질……."

"내가 알아서 한다고 했죠."

에마는 문가로 가서 문을 연다. 나는 내키지 않는 발걸음으로 그녀를 지나쳐간다.

"잘 가요." 그녀가 말한다. 희미하지만, 그녀가 나를 다시는 볼 생각이 없다는 느낌이 든다.

하지만 그녀는 잘못 짚었다.

왜냐하면 이미 나는 나만의 계획이 필요하단 걸 깨달은 후이기 때문이다. 내 이름을, 내가 전화했다는 거짓말을 듣자마자 분노를 폭발시키는 리처드를 봤을 때 나는 생각의 씨앗 하나를 심었다. 지금 파란 카펫이 깔린 복도를, 몇 분 전 리처드가 걸었던 곳을 걸어가는 내 머릿속에서 그 생각은 형태를 갖춰가고 있다.

에마는 내일 모린이 그 웨딩드레스를 보러 올 거라고, 그런 다음 셋이서 케이크 시식을 하러 갈 거라고 생각한다.

실제로 벌어질 일은 짐작조차 못하고 있다.

-38-

나의 생명보험 증서가 프린터에서 밀려나오고 있다.

출력된 종이들을 모아 클립으로 꽂은 다음 마닐라지 봉투에 넣는다. 자연 재해뿐 아니라 사고로 인한 사망과 장애도 보장하는 플랜으로 신경 써서 골랐다.

봉투를 책상 위에 둔다. 그 옆에는 샬럿 이모에게 쓴 편지가 있다. 내 평생 가장 힘들게 쓴 편지다. 액수가 불어난 새 은행 계좌 정보를 편지에 써서 이모가 쉽게 돈을 인출할 수 있도록 했다. 이모는 내 생명보험의 유일한 수혜자이기도 하다.

이제 3시간 남았다.

할 일 목록을 들어 방금 한 일 위에 선을 긋는다. 방도 깨끗이 치웠고 침대도 말끔하게 정리했다. 물건들은 옷장 안에 넣었다.

아침에는 두 가지 일을 하고 목록에서 지웠다. 매기의 부모님에게 전화를 했다. 그리고 제이슨한테도.

처음에 제이슨은 내 이름을 기억하지 못했다. 기억해내기까지 시간이 좀 걸렸다. 그가 기억하려 애쓰는 동안 나는 서성거리며, 그가 과거 나와의 악연을 떠올릴 것인지 궁금해했다.

하지만 그는 내가 동물 보호소에 기부한 것에 대해 아주 고맙다고 한 뒤 대학 이후 자신이 어떻게 살아왔는지 들려주었다. 대학에서 만난 여자 친구와 결혼했다고 했다. "우연히 만났어요." 제이슨의 목소리가 감정 때문에 굵어졌다. "그때 난 모두에게 잔뜩 화가 나 있었지만, 동생을 구해주지 못한 나 자신한테 제일 화가 많이 나 있었죠. 음주운전으로 체포돼 재활원으로 보내졌을 때, 여자 친구는 바위처럼 내 옆에 있어줬습니다. 절대 날 포기하지 않았어요. 그 다음 해 우린 결혼했습니다."

제이슨은 아내가 중학교 교사라고 했다. 나와 같은 해에 졸업했다고 한다. 그래서 그는 그녀의 졸업식 날 피아제 강당 한구석에 서 있었던 것이다. 여자 친구의 졸업을 축하해주려고.

나는 죄책감과 불안 때문에 착각한 것이다. 그는 결코 나 때문에 거기 온 것이 아니었다.

나는 어쩔 수 없이, 공포가 자기 인생의 수많은 선택들에 영향을 미치도록 내버려둔 그 여자가 안쓰러워졌다.

난 지금도 두렵지만, 두려움은 더는 나를 막지 못한다.

이제 목록에 쓴 할 일도 몇 가지 안 남았다.

랩톱 컴퓨터를 열고 검색 기록을 지운다. 최근에 내가 조사한 내용의 흔적을 없애기 위해서다. 비행기 표, 체인점이 아닌 작은 모텔들을 검색한 기록을, 누구든 앞으로 내 컴퓨터를 볼지도 모르는 사람한테 보이지 않도록 빈틈없이 처리한다.

에마는 나만큼 리처드를 모른다. 그가 정말로 무엇을 할 수 있는지 파악하지 못한다. 최악의 순간들에 그가 어떻게 변하는지 상상하기란 불가능하다.

내가 막지 않으면 리처드는 아무 일 없었다는 듯 다시 시작할 것이다. 하지만 그는 전보다 더 신중해질 것이다. 만화경을 돌려 지금의 현실을 없애버리고, 밝고 정신을 산란케 하는 새로운 이미지를 만들어내겠지.

나는 입을 옷을 침대에 뉘어놓고 뜨거운 물로 오래 샤워를 하며 긴장한 근육을 풀려고 애쓴다. 목욕 가운을 걸치고 세면대 위의 거울에 서린 김을 닦아낸다.

2시간 30분 남았다.

일단 머리부터. 젖은 머리카락을 뒤로 빗어 넘긴 후 깔끔한 트레머리로 만든다. 공들여 화장을 하고, 리처드가 두 번째 결혼기념일에 준 다이아몬드 스터드 귀걸이를 고른다. 까르띠에 탱크 손목시계를 찬다. 초 단위로 시간을 확인할 수 있어야만 하기 때문이다.

골라놓은 옷은 리처드와 버뮤다에 갈 때 입었던 몸에 딱 붙는 드레스다. 눈처럼 흰 클래식한 드레스. 간소한 해변 결혼식에서 웨딩드레스로 입을 수도 있을 옷이다. 몇 주 전 리처드가 내게 돌려보낸 옷들 중하나다.

이 옷을 선택한 것이 그것의 사연과 가능성 때문만은 아니다. 호주머니가 있다는 것도 이유였다.

2시간 남았다.

플랫 슈즈를 신고 필요할 물건들을 모은다.

목록은 잘게 찢어 변기에 넣고 물을 내린다. 잉크가 번진 종잇조각들이 소용돌이치며 내려가는 것을 지켜본다.

샬럿 이모는 작업실로 쓰는 남는 침실에 있다. 문은 열려 있다.

방 곳곳에 캔버스들이 세 겹으로 쌓여 있다. 색색의 물기 있는 물감들이 튀어 부드러운 나무 바닥을 한 꺼풀 덮고 있다. 나는 잠시 아름다움에 굴복한다. 짙푸른 하늘, 반짝이는 별들, 해가 뜨기 전 찰나의 순간의 수평선. 야생화들의 광시곡. 비바람에 시달린 오래된 탁자의 결. 센 강을 가로지르는 파리의 어느 다리. 우윳빛 피부에 나이로 인해 주름이 진, 어떤 여인의 뺨의 곡선. 내게 너무나 익숙한 얼굴, 이모의 자화상이다.

샬럿 이모는 당신이 창조하고 있는 풍경 속에 빠져 있다. 붓놀림은 옛날보다 느슨하고 스타일은 더 관대하다.

이런 이모의 모습을 기억 속에 각인하고 싶다.

잠시 후 이모는 고개를 들고 눈을 깜박인다. "아, 거기 있는 줄 몰랐어, 허니."

"방해하기 싫어서요." 나는 부드럽게 말한다. "잠시 나갈 건데, 부엌에 이모 점심 준비해뒀어요."

"예쁘네. 어디 가니?"

"면접 보러 가요. 징크스는 원하지 않지만, 어땠는지 오늘 저녁에 말해줄게요."

방 건너편의 캔버스에 시선이 간다. 베네치아 운하 옆의 건물 밖에 걸려 있는 빨랫줄에 셔츠와 바지와 치마 들이, 지금 내가 느낄 수 있을 것만 같은 바람에 날리고 있다.

"내가 가기 전에 한 가지만 약속해주세요."

"오늘따라 보스처럼 구네?" 샬럿 이모가 놀린다.

"진지하게요. 중요한 일이에요. 여름이 끝나기 전에 이탈리아에 가주실래요?"

이모의 입가에서 웃음기가 가신다. "무슨 문제 있니?"

나는 방을 가로질러가 이모를 안고 싶어서 죽을 지경이지만, 그렇게 하면 떠날 수 없을까 봐 두렵다.

어쨌거나 편지에도 적어둔 내용이다.

햇빛 속에 무지개의 모든 색들이 들어 있다고 내게 얘기해준 날 기억나요? 이모는 나의 햇빛이었어요. 무지개를 찾는 법을 가르쳐주셨죠⋯⋯. 우리를 위해 꼭 이탈리아에 가주세요. 이모가 있는 곳에 언제나 나도 있을 거예요.

나는 고개를 젓는다. "그런 거 없어요. 원래 비밀로 했다가 같이 가려고 했는데, 면접에 합격하면 같이 못 갈까 봐 그래요. 그게 다예요."

"그 일은 나중에 생각하자. 일단 면접이나 잘 봐. 언제니?"

나는 손목시계를 본다. "한 시간 반 후요."

"행운을 빌어."

나는 키스를 보내고, 그것이 이모의 부드러운 뺨에 내려앉는 모습을 상상한다.

-39-

태어나 두 번째로 나는 하얀 옷을 입고 좁다란 파란 융단 끝에 서서 리처드가 다가오기를 기다린다.

그의 등 뒤에서 엘리베이터 문이 닫힌다. 하지만 그는 그 자리에 가만히 서 있다.

그의 이글거리는 시선은 긴 복도를 날아 끝 쪽의 나한테까지 와서 꽂힌다. 지난 며칠간 나는 의도적으로 그의 화를 돋우었다. 그가 그것을 계속 묻어두려고 분투하는 곳에서 나오라고 살살 구슬렸다. 결혼 생활 동안 내가 스스로에게 학습시킨 행동 방침과 정반대로.

"놀랐어요, 스위트하트? 나예요, 넬리."

시간은 정확히 2시다. 에마는 내가 서 있는 곳에서 10미터쯤 떨어진 곳, 그녀의 거실에서 모린과 함께 있다. 둘 다 내가 여기 있다는 걸 모른다. 나는 한 시간 전에 배달원을 따라 이 건물로 들어왔다. 나는 그 제복 입은 남자가 기다란 상자를 들고 몇 시에 도착할지 정확하게 알고 있었다. 오늘 오후에 에마가 받아볼 흰 장미 다발을 주문한 사람은 나였으니까.

"여길 뜬 줄 알았는데." 리처드가 말한다.

"마음을 바꿨어요. 당신 약혼녀랑 대화를 또 하고 싶어졌거든요."

나는 두 손을 호주머니에 넣어 몇 가지 다양한 물건들을 만지고 있다. 무얼 제일 먼저 꺼낼지는 리처드의 반응에 달려 있다. 리처드가 복도에 깔린 카펫 위로 한 걸음 다가온다. 나는 본능적으로 뒷걸음질을 친다. 여름의 열기에도 그의 거무스름한 슈트와 화이트 셔츠, 금색 실크 타이는 주름 하나 없이 우아하다. 그는 아직 평정을 잃지 않았다, 내가 바라는 방식으로는.

"그래? 에마한테 무슨 말을 할 생각인데?" 그의 목소리는 위험할 정도로 조용하다.

"시작은 이걸로 할 거예요." 나는 종이 한 장을 꺼낸다. "당신이 라브노를 주문한 적이 없다는 증거인 비자카드 명세서죠." 그는 멀리 있고 종이에 적힌 글씨는 너무 작아서, 그것이 사실은 내 카드의 명세서라는 걸 그는 알 수 없다.

그가 증거물을 보여 달라고 하기 전에 다른 얘기로 넘어가야 한다. 뱃속은 요동치고 있지만, 나는 리처드를 향해 웃음을 짓는다. "그리고 당신이 휴대전화로 에마를 추적하고 있다고도 말할 거예요." 그의 목소리처럼 낮고 안정적인 목소리로 말하려고 애쓴다. "나한테도 그랬던 것처럼."

나는 그의 몸에 힘이 들어가는 걸 거의 느낄 수 있다. "당신은 선을 넘었어, 버네사." 그는 신중하게 또 한 걸음 다가온다. "내 약혼녀를 건드리고 있잖아. 내가 당신 때문에 그 모든 일들을 겪은 후에, 또다시 다 망치려 들어?"

나는 곁눈으로 에마의 집 문까지의 거리를 가늠한다. 준비를 하며 몸을 긴장시킨다.

"당신은 듀크에 대해서도 거짓말을 했죠. 당신이 듀크를 어떻게 했는지 알아요, 그 얘기도 에마한테 할 거예요." 비록 사실이 아니지만—나는 사랑하는 내 개에게 무슨 일이 일어난 건지 결코 알아내지 못했지만, 리처드가 정말로 듀크를 해쳤을 거라고는 생각하지 않는다—그 말은 목적을 달성한다. 리처드의 얼굴이 분노로 일그러지는 게 보인다.

"정자 검사에 대해서도 거짓말을 했죠." 입이 바짝 말라서 말하기가 힘들다. 나는 한 걸음 뒤로, 에마 집 문 쪽으로 물러선다. "당신 아이를 임신하지 않은 걸 신께 감사해요. 당신은 아이를 가질 자격이 없으니까. 당신이 날 폭행한 후에 사진을 찍었어요. 증거를 수집했다고요. 내가 그 정도로 똑똑할 줄은 몰랐죠?"

나는 전남편을 자극할 말들을 신중하게 골라두었다.

효과가 있다.

"내 얘기를 다 들으면 에마는 당신을 떠날 거야." 더는 목소리가 떨리지 않게 통제할 수가 없다. 하지만 그 속에 담긴 진실은 부인할 수 없는 것이다. "나 이전에 당신을 떠난 그 여자처럼." 심호흡을 한 뒤 마지막 대사를 읊는다. "나도 당신을 떠나고 싶었어. 난 한 번도 당신의 상냥한 넬리였던 적이 없어. 난 당신의 아내로 계속 살고 싶지 않았어, 리처드."

그의 분노가 폭발한다.

내가 예상했던 대로다.

그러나 그가 얼마나 빨리 통제력을 완전히 상실할지, 그가 얼마나 동작이 빠를지는 오판했다.

내가 몇 걸음 뒤에 있는 에마의 집 문에 다다르기 전에 그가 나를 잡는다.

리처드가 두 손으로 내 목을 졸라 숨을 쉴 수가 없다.

내가 비명을 지를 시간이 있을 줄 알았다. 문을 쾅쾅 두드려 에마와 모린을 불러내 그들이 리처드가 변신한 모습을 목격하게 할 수 있을 줄 알았다. 리처드는 이런 폭력에 대해 결코 변명할 말을 찾지 못할 거라고. 그것이 노트북이나 서류철 캐비닛이나 창고에서 찾지 못한 물리적인 증거가 될 거라고. 그것은 내가 우리 모두를―나와 에마, 리처드가 앞으로 만날 모든 여자들을―구할 또 다른 보험 증서였다.

모린과 에마가 나타나면 리처드가 폭행을 멈출 거라고도 계산했었다―또는 적어도 두 사람이 그를 멈추게 할 수 있을 거라고. 하지만 이제 리처드는 나를 없애버리고 싶은 욕구를 자제할 이유가 없다.

기관이 짓이겨져 목 뒤쪽으로 눌리는 듯한 느낌이다. 너무나 고통스럽다. 두 무릎이 꺾인다.

나는 왼팔을 절박하게 에마의 현관문 쪽으로 뻗어보지만 스스로도 소용없다는 걸 안다. 지금 에마는 웨딩드레스를 입고 예비 시누이 앞에서 빙그르르 돌고 있을 것이다. 거실 벽 반대편에서 무슨 일이 벌어지고 있는지는 꿈에도 상상하지 못한 채.

리처드의 폭행은 거의 고요하다. 내 목에서 꾸르르 울리는 소리가 나오지만 그 소리는 같은 층의 집들 안에 있는 누구한테라도 들릴 만큼 크지 않다.

그는 나를 벽으로 밀쳐 누른다. 그의 뜨거운 숨이 내 뺨을 스친다. 그가 내 쪽으로 몸을 기울이자 그의 눈 위에 있는 초승달 모양의 은색 흉터가 보인다.

나는 현기증에 휩싸인다.

호주머니 속을 더듬어 페퍼 스프레이를 잡아 꺼내자 리처드는 내 머리를 벽에 찧고, 나는 스프레이를 놓친다. 스프레이는 카펫 위로 떨어진다.

눈앞이 침침하다. 시야가 검은 가장자리로 둘러싸인다. 나는 그의 정강이를 미친 듯이 걷어차지만 그는 꿈적도 하지 않는다.

폐가 불에 타는 것 같다. 숨을 쉬고 싶어 죽을 것만 같다.

그의 성난 눈이 내 눈을 들여다본다. 나는 그의 몸을 움켜잡다가 그의 재킷 주머니 속에 있는 딱딱한 물건에 손이 닿는다. 그것을 비틀어 뽑듯이 꺼낸다.

우리를 구해.

나는 마지막 힘을 그러모아 그 물건으로 그의 얼굴을 때린다.

리처드가 비명을 지른다.

그의 관자놀이께서 선홍색 피가 뿜어져 나온다.

팔다리는 무거워지고 몸은 흐늘거리기 시작한다. 오랜 세월—아마도 평생—느껴보지 못한 평온이 나를 휩쓴다. 무릎에서 힘이 풀린다.

갑자기 압력이 사라지자 나는 서서히 암흑 속으로 사라진다. 그 자리에 쓰러져 숨을 헐떡인다. 격렬한 기침이 끝나자 헛구역질이 난다.

"버네사." 어떤 여자가 아주 먼 곳에서 외치는 듯한 소리가 들린다.

나는 카펫 위에서 한쪽 다리를 굽힌 채 널브러져 있지만 마치 둥둥 떠 있는 것 같은 느낌이다.

"버네사!"

에마. 내가 할 수 있는 건 고개를 옆으로 돌려 깨진 도자기 조각들을 보는 것뿐이다. 들쭉날쭉하게 깨진 도자기제 입상들의 조각—잔잔하게 미소 짓는 금발의 신부와 잘생긴 신랑이다. 우리의 케이크토퍼였던 것.

그 옆에 리처드가 멍한 표정으로 꿇어앉아 있다. 그의 얼굴에서 흘러내린 피가 흰 셔츠를 적시고 있다.

나는 격한 통증을 느끼며 숨을 한 번 들이마시고 이어서 또 들이마신다. 전남편의 온몸이 뿜어내던 악의는 사라지고 없다. 그의 머리카락이 내려와 눈을 덮고 있다. 그는 미동도 없다.

나는 들이마신 산소 덕분에 몸에 힘이 조금 돌아오지만 목이 너무 붓고 힘이 빠져서 침도 삼킬 수 없다. 나는 겨우 뒤쪽으로 기어가 몸을 일으켜 복도 벽에 등을 기대고 앉는다.

에마는 서둘러 내 쪽으로 온다. 그녀도 나처럼 맨발이고 몸에 꼭 맞는 흰색 옷을 입고 있다. 그녀의 웨딩드레스다. "누가 소리를 지르는 걸 들었어요—그래서 밖으로 나왔는데…… 무슨 일이에요?"

나는 말을 할 수가 없다. 게걸스럽게 얕은 숨을 계속 들이마시기만 한다.

에마의 시선이 내 목으로 내려가는 게 보인다. "구급차를 부를게요."

그러는 동안 리처드는 내내 반응이 없다. 모린이 갑자기 문 밖으로 나와 놀라서 헉 소리를 낼 때조차.

"무슨 일이야?" 모린이 나를 노려본다—정신 상태가 불안정해서 남동생이 버린 여자를. 그런 다음 리처드를 본다. 그녀가 자라는 걸 도와줬고 무조건적으로 사랑하는 남자를. 모린은 그에게로 간다. 그의 등에 손을 얹는다. "리처드?"

그는 한 손을 들어 이마에 가져갔다가 손에 묻은 피를 응시한다. 그는 기이하게 멍해 보인다, 충격에 빠진 사람처럼.

모린은 황급히 에마의 집으로 들어갔다 종이타월을 한 뭉텅이 들고 돌아온다. 그리고 그의 옆에 꿇어앉아 타월 뭉치로 그의 상처를 누른다. "무슨 일이야?" 그녀의 말투가 점점 날카로워진다. "버네사, 네가 왜 여기 있어? 리처드한테 무슨 짓을 한 거야?"

"그가 내게 폭력을 썼어요." 내 목소리는 쉬었고, 한 음절씩 말할 때마다 마치 도자기 파편이 목구멍을 긁는 듯한 느낌이 든다.

나는 마침내 그 말을 해야 했다.

얼굴을 찌푸리며 목소리를 더 키운다. "리처드가 내 목을 졸랐어요. 거의 죽을 뻔했죠. 우리가 함께 살 때도 자주 그랬어요."

모린은 숨을 헐떡인다. "그럴 리가…… 아냐, 그런……."

그녀는 별안간 침묵한다. 그녀는 아직도 고개를 세차게 흔들고 있지만, 어깨와 표정은 축 처진다. 나는 그녀가 지금 내 목에 생성되고 있을 손가락 자국을 아직 보지 못했음에도 내 말을 믿는다고 확신한다.

모린은 몸을 곧게 편다. 종이타월 뭉치를 그의 얼굴에서 떼고 상처를 자세히 살핀다. 다시 말하기 시작할 때 그녀의 어조는 쾌활하면서도 자상하다.

"심하진 않아. 꿰맬 필요는 없을 거야."

리처드는 그 말에도 역시 반응이 없다.

"내가 다 알아서 할게, 리처드." 모린은 도자기 파편들을 그러모아 한 손으로 받쳐 들더니 두 팔로 동생을 안고 그의 머리 쪽으로 자기 머리를 숙인다. "내가 늘 너를 보살펴주잖아, 리처드. 너한테 나쁜 일이 절대 일어나지 않게 하지. 넌 걱정할 필요 없어. 내가 여기 있잖아. 내가 다 바로잡을 거야."

모린의 말은 당혹스럽다. 하지만 내가 가장 충격을 받은 건 그 말에서 우러나오는 이상한 감정이다. 모린은 화가 난 것도, 슬픈 것도, 당황한 것도 아니다.

그녀의 목소리를 가득 채우고 있는 게 무엇인지 나는 처음에는 알아차리지 못한다. 너무나 터무니없는 것이기 때문이다.

그리고 마침내 나는 그것이 뭔지 깨닫는다. 만족감이다.

-40-

내 앞의 건물은 두꺼운 기둥이 있고 집 전체가 흔들의자들이 놓인 베란다로 둘러싸인 남부풍의 저택일 수 있다. 하지만 그곳으로 가려면 경비원에게 사진이 있는 신분증을 보여주고 대문을 통과해야 한다. 경비원은 내가 든 천 가방 속도 확인한다. 그는 가방의 내용물을 보고 눈썹을 치켜세우지만 말없이 고개를 끄덕여 내가 계속 갈 수 있게 허락한다.

뉴스프링스 병원의 환자들 몇 명이 정원손질을 하거나 베란다에서 카드놀이를 하고 있다. 그중에 그는 없다.

리처드는 이 급성 정신질환 요양시설에서 28일 동안 지내면서 매일 집중적인 치료를 받고 있다. 이 입원은 나를 폭행한 일로 그가 기소되지 않기 위한 조건 중 하나다.

건물 입구로 이어진 널따란 목재 계단을 오르는데, 야외용 긴 의자에 앉아 있던 어떤 여자가 몸을 일으킨다. 팔다리의 선이 날카로운 운동선수 같은 외모다. 나는 밝은 오후의 햇살에 눈이 부셔 그녀를 곧바로 알아보지 못한다.

그녀가 내 쪽으로 가까이 온다. 모린이다. "오늘 여기 계실 줄은 몰랐네요." 놀랄 일도 아니다. 이제 리처드한테는 모린밖에 없으니까.

"난 매일 와. 휴직했어."

나는 주위를 둘러본다. "리처드는 어디 있죠?"

리처드의 카운슬러들 중 한 명이 그의 부탁을 내게 전달했다. 리처드가 나를 보고 싶어 한다고. 처음에 나는 가야 할지 확신이 들지 않았다. 그러다가 나도 그를 볼 필요가 있음을 깨달았다.

"리처드는 쉬고 있어. 내 얘기를 먼저 들었으면 해." 모린은 흔들의자 쪽으로 손짓했다. "앉을까?"

모린은 앉아서 잠시 말없이 다리를 꼬고 베이지색 리넨 바지정장의 주름을 편다. 그녀는 분명 내게 할 말이 있다. 나는 그녀가 말하기를 기다린다.

"너랑 리처드 사이에 있었던 일은 정말 유감이야." 모린이 노란색으로 흐릿해진 내 목의 손자국을 흘깃 본다. 하지만 그녀의 말과 그녀가 전달하는 기운은 일치하지 않는다. 그녀의 자세는 뻣뻣하고 표정에는 일말의 동정심도 없다.

그녀는 나를 좋아하지 않는다. 한 번도 그런 적이 없다, 처음 만났을 즈음에 내가 그녀와 가깝게 지내길 바랐음에도.

"너는 리처드 탓이라고 생각하는 거 알아. 하지만 그리 단순한 문제가 아니야. 버네사, 내 동생은 많은 일을 겪었어. 네가 아는 것보다 더. 네가 상상도 못할 만큼."

이 말에 나는 놀라서 눈을 깜박이지 않을 수가 없다. 그녀는 지금 리처드를 피해자 자리에 놓고 있다.

"그가 **나를** 공격했어요." 나는 거의 고함을 친다. "거의 죽일 뻔했다고요."

모린은 내가 불쑥 지른 소리에 아무것도 느끼지 못하는 것처럼 보인다. 그저 목을 가다듬고 다시 말을 잇는다. "우리 부모님이 돌아가셨을 때……."

"교통사고 말이죠."

그녀는 얼굴을 찌푸린다. 마치 내 말 때문에 짜증이 난다는 듯이. 마치 대화가 아니라 독백을 하기로 계획했다는 듯이.

"그래. 우리 아빠는 그 스테이션왜건에 대한 통제력을 잃었어. 차가 가드레일을 들이받고 뒤집혔지. 부모님은 즉사하셨어. 리처드는 대부분의 기억을 잃었지만 경찰은 타이어 자국으로 볼 때 아빠가 과속으로 운전했다고 했어."

나는 깜짝 놀라 불쑥 말한다. "리처드가 기억을 못하다니…… 그가 그 차에 타고 있었다는 말씀이세요?"

"그래, 그래." 모린은 급하게 대꾸한다. "그게 내가 하려는 말이야."

나는 충격을 받는다. 그는 내가 상상도 못할 만큼 자신을 숨기고 있었다.

"리처드한테는 끔찍한 일이었어." 모린은 아주 성급하게 말한다, 중요한 부분으로 넘어가기 전에 그 세세한 얘기를 빨리 해치워버리고 싶은 것처럼. "리처드는 뒷좌석에 갇혔어. 어딘가에 이마를 부딪혀 다친 채로. 차체가 다 우그러져서 빠져나갈 수가 없었어. 한참 후에야 다른 운전자가 나타나 전화로 구급차를 불렀어. 리처드는 뇌진탕이었고 상처를 꿰매야 했지만, 사실 그만하길 다행이었지."

나는 그의 눈 위에 있는 은빛 흉터를 생각한다. 그는 그것이 자전거를 타다가 다친 거라고 했다.

10대 소년인―진짜 아이인―리처드가 충돌 후 고통 속에서 망연한 모습을 그려본다. 엄마를 소리쳐 부른다. 아무리 불러도 부모님은 깨어

나지 않는다. 뒤집힌 스테이션왜건의 문을 열려고 애쓴다. 두 주먹으로 창문을 두드리며 고함을 지른다. 그리고 피. 온 사방이 피였을 것이다.

"아빠는 성미가 고약했고, 화가 날 때마다 과속으로 차를 몰았어. 나는 아빠가 사고 직전에 엄마랑 말다툼을 했을 거라고 생각해." 이제 모린은 조금 천천히 말했다. 그녀는 고개를 흔들었다. "내가 늘 리처드한테 꼭 안전벨트를 매라고 말한 게 얼마나 다행인지. 리처드는 내 말은 꼭 들었어."

"저는 전혀 몰랐어요." 나는 마침내 그렇게 말한다.

모린은 고개를 돌려 나를 본다. 마치 내 말을 듣고 몽상에서 깨어난 것 같다. "그래, 리처드는 그 사고에 대해 나 외엔 아무한테도 말하지 않았어. 네가 알아주길 바라는 건, 내 아빠가 운전할 때만 이성을 잃는 게 아니었다는 거야. 아빠는 엄마를 학대했어."

나는 급하게 숨을 들이마신다.

우리 아빠는 엄마에게 늘 잘해주진 않았어. 리처드는 내 엄마의 장례식 후 욕조 속에 앉아 몸을 떨던 내게 그렇게 말했었다.

나는 리처드가 창고에 숨긴 부모님의 사진을 떠올린다. 그는 말 그대로 그것을 묻어버려야 했던 것일까. 어린 시절의 기억을 억누르기 위해, 그래서 그가 남들한테 말하는 더 훈훈한 기억으로 대체하기 위해.

내 위로 그늘이 진다. 나는 본능적으로 두리번거린다. "방해해서 죄송해요." 푸른색 옷을 입은 간호사가 웃음을 짓고 있다. "동생 분이 깨어나면 알려달라고 하셨죠."

모린이 고개를 끄덕인다. "그 애한테 이리 내려오라고 전해줄래요, 앤지?" 이어 모린은 나를 본다. "너랑 리처드는 그 애 방보다 여기서 얘기하는 게 나을 것 같아."

모린과 나는 간호사가 멀어지는 걸 지켜본다. 그 여자가 말소리가 들리지 않는 거리로 가자 모린의 목소리가 차갑게 변한다. 그녀는 딱딱하게 말한다. "저기, 버네사. 리처드는 지금 취약한 상태야. 이걸 끝으로 그 앨 좀 내버려두면 안 될까?"

"그가 나한테 와달라고 한 거예요."

"리처드는 지금 자기가 뭘 원하는지 몰라. 2주 전에는 자기가 에마와 결혼하길 원한다고 생각했잖아. 에마가 완벽하다고 믿었지"—모린은 작게 코웃음을 친다—"그녀를 잘 알지도 못하면서 말이야. 리처드는 너에 대해서도 한때 같은 생각을 했어. 그 앤 늘 자기 인생이 특정한 방식으로, 그가 오래전 부모님한테 선물한 이상적인 신랑 신부 케이크 토퍼처럼 보이길 원했어."

나는 그 입상 밑바닥의 어긋난 생산일자를 떠올린다. "리처드가 부모님한테 사준 거라고요?"

"리처드가 그 얘기도 안 해줬나 보네. 부모님 결혼기념일 선물이었어. 그 앤 부모님한테 나랑 같이 특별한 저녁을 만들어주고 케이크를 굽자는 계획을 세웠지. 그래서 부모님이 멋진 저녁시간을 보내면 다시 서로를 사랑하기 시작할 거라면서. 하지만 결과는 그 교통사고였어. 리처드는 그 선물을 부모님한테 줄 기회조차 얻지 못했지.

속이 텅 비었잖아, 그 케이크토퍼. 그날 복도에서 깨진 조각들을 봤을 때 그런 생각을 했어……. 리처드는 케이크 디자이너한테 보여주려고 그걸 시식회에 가져왔겠지. 하지만 리처드는 그 누구하고도 결혼을 해서는 안 돼. 그리고 그런 일이 없게 하는 게 나의 일이야."

모린은 갑자기 웃음을—순수하게 활짝—짓고, 나는 굉장히 불안해진다.

하지만 날 위한 웃음이 아니었다. 우리한테 다가오고 있는 그녀의 동생을 위한 것이다.

모린이 일어선다. "잠시 둘이서 얘기할 시간을 줄게."

나는 내게 수수께끼이자 더는 수수께끼가 아닌 남자 옆에 앉는다.

그는 청바지에 민무늬 면 티셔츠를 입고 있다. 턱은 거무스름한 수염 그루터기로 뒤덮여 있다. 잠을 아주 많이 자고 있다는 사실에도 불구하고 그는 피곤해 보이고 혈색이 나쁘다. 그는 이제 내 마음을 빼앗은 남자가, 그런 다음 날 공포에 질리게 했던 남자가 아니다.

이제 내게 그는 평범하게, 왠지 오그라든 것처럼 보인다. 내가 버스정류소나 거리의 키오스크에서 보더라도 두 번 눈길을 주지 않을 남자처럼.

남편은 오랫동안 내가 평정을 잃도록 만들었다. 나를 지워버리려고 애썼다.

남편은 또한 함께 초록색 썰매를 타고 센트럴파크의 언덕을 내려갈 때 내 허리를 꼭 껴안았다. 내 아빠의 기일이면 럼레이즌 아이스크림을 사오고 아무 이유 없이 연애편지를 써놓고 출근했다.

그리고 내가 그를 그 자신한테서 구해주기를 바랐다.

마침내 리처드는 입을 열고 내가 그토록 오랫동안 듣고 싶어 한 말을 한다.

"미안해, 버네사."

그는 전에도 사과한 적이 있지만 이번 사과는 지금까지와 다르다는 것이 느껴진다.

마침내 그의 사과는 진심이다.

"내게 다시 한 번만 기회를 줄 순 없을까? 난 나아지고 있어. 우린 다시 시작할 수 있어.”

나는 정원과 완만하게 굽이치는 잔디밭을 쳐다본다. 리처드가 내게 처음으로 웨스트체스터 집을 보여줬을 때 지금과 거의 똑같은 장면을 상상했었다. 앞 베란다의 벤치용 그네에 나란히 앉은 우리 두 사람. 하지만 내가 상상한 건 결혼하고 수십 년이 지난 후의 모습이었다. 함께 쌓은 추억으로 연결된 두 사람이 얘기할 때마다 서로가 가장 좋아하는 디테일들을 겹겹이 쌓아, 결국은 두 사람 모두가 똑같은 추억담을 공유하게 되는 것.

나는 그를 보면 화가 날 거라고 예상했다. 하지만 지금 느끼는 건 연민뿐이다.

그의 질문에 대한 답으로, 나는 리처드에게 천 가방을 건넨다. 그는 맨 위에 놓인 물건을, 검은색 보석 상자를 꺼낸다. 그 속에는 내 결혼반지와 약혼반지가 들어 있다. 그는 상자를 연다.

“당신한테 돌려주고 싶었어.” 나는 너무 오랫동안 과거에 파묻혀 살았다. 이제는 그것들을 그에게 돌려주고 진짜 새로 시작할 때다.

“아이를 입양할 수도 있어. 이번에는 완벽하게 할 수 있을 거야.”

그가 손으로 눈가를 훔친다. 그가 우는 것은 처음 본다.

갑자기 모린이 그와 나 사이에 나타난다. 그녀는 천 가방을 들고 리처드한테서 반지들을 빼앗는다. “버네사, 이제 갈 시간이야. 내가 밖까지 데려다줄게.”

나는 일어선다. 모린이 그러라고 말해서가 아니라, 갈 준비가 되었기 때문이다. “안녕, 리처드.”

모린은 나를 이끌고 계단을 내려가 주차장으로 향한다.

나는 그녀보다 좀 느린 속도로 따라간다.

"결혼식 앨범은 마음대로 하세요." 나는 천 가방을 가리키며 말한다. "내가 리처드한테 준 선물이니까, 온전히 리처드 거예요."

"기억나. 테리가 참 잘 찍었지. 그가 그날 결국 너한테 시간을 내줄 수 있었던 건 운이 좋은 일이었어."

나는 순간 멈춰 선다. 나는 결혼식에 사진사가 못 오는 사태 직전까지 갔던 걸 아무에게도 말한 적이 없다.

게다가 리처드와 나의 결혼식은 거의 10년 전 일이다. 나조차도 그렇게 빨리 테리의 이름을 기억해내지 못했을 것이다.

모린이 내 눈을 쳐다볼 때, 어떤 여자가 전화해서 내 예약을 취소했다는 테리의 말을 떠올린다. 모린은 우리 결혼식에 올 사진사를 알고 있었다. 내가 이메일로 테리의 웹사이트 링크를 보내며 리처드의 선물에 관해 의견을 구했을 때 모린은 흑백사진이 좋겠다고 제안했었다.

지금 이 순간 모린의 얼음 같은 파란 눈동자는 리처드의 눈동자와 너무나도 비슷하다. 그녀가 무슨 생각을 하는지 짐작조차 할 수 없다.

나는 모린이 연휴마다 우리 집에 왔던 것, 그녀의 생일마다 내가 즐기지 않는 활동을 리처드와 함께했던 것, 한 번도 결혼하거나 자식을 낳지 않은 것을 떠올린다. 모린이 단 한 명의 친구의 이름도 입에 올린 적이 없다는 것도.

"앨범은 내가 알아서 할게." 그녀는 주차장 가장자리에서 발을 멈추고 내 팔에 손을 댄다. "잘 가."

살갗에 매끄러운 금속이 닿은 듯 싸늘한 느낌이다.

그녀가 오른손 약지에 내 반지들을 끼는 것이 보인다.

그녀는 내 시선을 알아차린다. "잃어버릴까 봐."

41

"오늘 만나주셔서 감사해요." 나는 케이트의 소파 쪽으로 가 늘 앉던 자리에 앉으면서 그녀에게 말한다.

몇 달 만에 왔지만—마지막으로 왔을 때는 아직 리처드와 살고 있었다—이곳은 변한 것이 하나도 없다. 탁자에는 잡지들이 부채꼴로 놓여 있고 창틀 위에는 스노글로브가 몇 개 있다. 내 건너편의 커다란 수족관 속에서는 에인절피시 두 마리가 녹색 수초 사이를 느릿느릿 헤엄치고, 주황색과 흰색의 흰동가리와 네온테트라가 바위 동굴을 지나간다.

케이트 역시 변하지 않았다. 안쓰러운 표정이 담긴 그녀의 큰 눈. 거무스름한 긴 머리카락은 어깨 뒤로 빗어 넘겼다.

나는 몰래 시내로 나와 케이트를 처음으로 만났을 때 리처드에게 들켰다. 그 후 나는 한동안 이곳에 오지 않았다. 다시 왔을 때는 샬럿 이모 집에 갈 거라고 리처드에게 말했다. 그리고 이모 집에 내 휴대전화를 놔두고 최대한 빨리 삼십 블록을 지나 이곳으로 왔다.

"저 이혼했어요." 나는 말한다.

케이트는 살짝 웃음을 짓는다. 그녀는 늘 자신이 어떤 감정인지 내가 알지 못하도록 매우 신중하지만, 나는 몇 번 만나지 않았음에도 이제 그녀의 기분을 읽을 줄 알게 되었다.

"그는 다른 여자 때문에 나를 떠났어요."

케이트의 얼굴에서 웃음기가 사라진다.

"하지만 이젠 그 여자도 그와 헤어졌어요." 나는 재빨리 덧붙인다. "그가, 뭐랄까, 무너졌었거든요—나한테 폭력을 썼고, 그걸 목격한 사람들이 있어요. 지금 그는 시설에 있고요."

나는 케이트가 지금까지 들은 내용을 머릿속에서 정리하는 걸 지켜본다.

"그렇군요." 마침내 그녀가 말한다. "그럼 그는…… 이제 더는 당신을 위협할 수 없군요?"

"네."

케이트는 고개를 한쪽으로 기울인다. "그가 다른 여자 때문에 당신을 떠났다고요?"

이번에는 내가 살짝 웃음을 짓는다. "그녀는 완벽한 대체물이었어요. 난 그녀를 처음 봤을 때 그렇게 생각했죠……. 이젠 그녀도 안전해요."

"리처드는 언제나 모든 것이 완벽해 보이는 걸 좋아했어요." 케이트는 의자 뒤로 몸을 기대고 오른다리를 왼다리 위로 걸친 다음 멍하니 발목을 마사지했다.

내가 케이트를 처음 만났을 때, 그녀는 내게 질문 몇 개밖에 하지 않았다. 하지만 그 질문들은 내 마음속에서 엉켜 있던 생각들을 푸는 데 도움을 줬다. **리처드가 왜 당신이 평정을 잃게 만들려고 애쓰는 것 같아요? 그러는 목적이 뭘까요?**

케이트를 두 번째로 방문했을 때, 그녀는 내가 울고 있지 않은데도 우리 사이에 놓여 있던 사이드테이블 위의 티슈 상자를 잡았다.

이어 팔을 뻗어 그것을 내게 건네줬다. 그때 나는 그녀가 손목에 차고 있던 넓적한 팔찌를 보았다.

그녀는 내가 그것을 보도록 계속 팔을 들고 있었다. 그러면서도 말은 한마디도 하지 않았다.

그 특유의 팔찌를 보고 놀라지 말아야 했다. 어쨌거나 내가 리처드의 전처, 그가 나를 만나기 전에 같이 살던 거무스름한 머리카락의 여자를 찾아낸 이유 중에는 정보 수집도 있었으니까.

그녀를 찾아내는 건 어렵지 않았다. 케이트는 계속 뉴욕 시내에 살고 있었고 전화번호부에도 이름이 올라 있었기 때문이다. 나는 아주 조심했다. 내 몰스킨 노트에 그녀와의 만남에 대해 쓸 때 그녀의 이름은 한 번도 언급하지 않았고, 내가 몰래 시내로 간다는 걸 리처드가 알아냈을 때 나는 그에게 심리 상담사를 만나러 간 거라고 말했다.

하지만 케이트는 나보다 훨씬 더 조심스러웠다.

그녀는 내 말을 귀 기울여 들었지만, 그녀 자신이 리처드와 함께 산 수년 동안 일어났던 일에 관해서는 얘기하고 싶은 생각이 없는 것처럼 보였다.

나는 세 번째 방문에서 그 이유를 알아냈다고 믿는다.

그 전에 만날 때 케이트는 나를 집으로 들어오게 한 뒤 한쪽으로 비켜서서 내게 먼저 거실로 가라고 손짓했다. 그리고 우리의 대화가 끝났음을 알리며 일어설 때도 내게 먼저 가라는 손짓을 한 다음 내 뒤에서 따라와 나를 배웅했다.

하지만 세 번째 방문에서, 내가 그냥 리처드를 떠나서 샬럿 이모와 지내야 할지 모르겠다고 말하자 갑자기 케이트가 자리에서 일어나 차를 내오겠다고 했다.

나는 당황해서 고개를 끄덕였다.

그녀는 주방으로 걸어갔고 나는 그녀를 뚫어져라 쳐다봤다.

그녀의 오른발이 바닥에서 질질 끌렸다. 그것을 벌충하기 위해 그녀의 몸은 위아래로 움직이며 앞으로 나갈 추진력을 모았다. 그녀의 다리에 문제가 있었다, 우리가 대화할 때 그녀가 자주 마사지하던 다리에. 무언가가 그녀로 하여금 눈에 띄게 다리를 절게 만들었다.

차가 놓인 쟁반을 들고 돌아온 그녀는 단지 이렇게만 말했다. "아까 무슨 얘기를 했죠?"

그녀가 내게 차를 건넬 때 나는 고개를 저었다. 내 손이 너무 심하게 떨려서 찻잔을 들고 있을 수 없을 것 같았다.

나는 케이트가 하고 있는 복잡하게 뒤엉킨 모양의 목걸이를, 커프 팔찌를, 오른손에 낀 에메랄드 반지를 보았다. 하나같이 아름답고 비싼 그 물건들은 그녀의 수수한 옷과 대비되어 더 눈에 띄었다.

"내가 한 말은…… 그를 그냥 떠날 수가 없다고 했어요." 나는 겨우 말을 뱉어냈다.

잠시 후 나는 도망치듯 그 집에서 나왔다. 리처드가 내 휴대전화로 전화를 할까 봐 갑자기 겁이 났다. 오늘 이전에 내가 케이트를 본 건 그날이 마지막이었다.

"그날 일은 경찰 기록에 남았어요. 그리고 모린이 나서서 리처드를 지켜보겠다고 했고요." 지금 나는 말한다.

케이트는 눈을 잠깐 감았다 뜬다. "잘됐네요."

"저기, 다리는……."

케이트는 무뚝뚝하게 말한다. "계단에서 넘어졌어요." 그녀는 머뭇거리며 수족관 속에서 유영하는 물고기로 시선을 돌린다. "어느 날 밤에 내가 중요한 행사에 늦었다는 이유로 리처드와 말다툼을 했어요." 그녀의 목소리는 이제 훨씬 부드럽다. "집으로 돌아와 그는 잠자리에 들었고…… 나는 그 아파트를 나왔죠. 슈트케이스를 끌고 나갔어요." 그녀는 침을 꿀꺽 삼키고 종아리를 마사지하기 시작한다. "엘리베이터를 타지 않고 계단으로 가기로 했어요. 차임 소리를 듣는 사람이 없길 바랐거든요. 하지만 리처드가…… 그는 자고 있던 게 아니었어요."

그녀의 얼굴이 아주 잠깐 일그러졌다가 다시 펴진다. "그 후로 다시는 그를 보지 않았어요."

"정말 유감이에요. 이제 당신도 안전해요."

케이트는 고개를 끄덕인다.

잠시 후 그녀는 말한다. "잘 지내요, 버네사."

그녀는 일어서서 나를 문까지 배웅한다.

복도를 걸어갈 때 뒤에서 그녀의 집 자물쇠가 잠기는 소리가 들린다. 이어 나는 그녀의 집 쪽으로 고개를 휙 돌린다. 내 머릿속에서 오래된 어떤 장면이 떠오르면서 불현듯 어떤 것이 연결됐기 때문이다.

레인코트를 입고 러닝래더 밖에 서서, 교실을 치우는 나를 쳐다보고 있던 여자. 내가 창문 쪽으로 다가갔을 때 그녀가 몸을 휙 돌리던 동작에서 느꼈던 이상함.

그것은 절뚝거림이었을 수도 있다.

42

창문 블라인드 사이로 쏟아져 들어오는 햇살이 나를 깨운다. 햇살은 샬럿 이모네의 남는 방 침대에 누운 내 몸을 따뜻하게 덥혀준다.

내 방이야, 하고 생각하며 불가사리처럼 팔다리를 쭉 뻗어 침대 위 자리를 전부 다 차지한다. 그런 다음 왼손을 뻗어 아직 울리지 않은 자명종을 끈다.

아직도 가끔 밤에 잠이 달아날 때가 있다. 그동안의 일을 모두 떠올리며 아직 내게 수수께끼로 남은 조각들을 맞춰보려고 애쓰는 밤들.

하지만 이제 더는 아침이 두렵지 않다.

일어나서 로브로 몸을 감싼다. 샤워를 하러 욕실로 가다가 지나치는 책상 위에는 우리의 베니스, 피렌체 여행 일정표가 놓여 있다. 샬럿 이모와 나는 열흘 후에 떠난다. 아직 여름이고, 사우스 브롱크스에서 유아원생들을 가르치는 일은 노동절 후부터 시작할 것이다.

한 시간 후 나는 아파트 건물을 나와 따뜻한 공기 속으로 들어간다. 오늘은 서두르지 않을 것이다. 아이들이 분필로 그려놓은 돌차기 놀이용 사각형이 지워지지 않도록 신경을 쓰면서 산책하듯 인도를 걸어간다. 8월의 뉴욕 시는 다른 때보다 조용하다. 사람들도 더 느긋하게 걷는 것 같다. 스카이라인을 카메라로 찍는 관광객들 무리를 지나친다. 어느 노인이 브라운스톤 아파트의 계단에 앉아 신문을 읽고 있다. 행상인 하나가 양귀비와 해바라기, 백합과 과꽃 다발을 양동이에 꽂는다. 나는 집으로 돌아갈 때 꽃을 좀 사 가기로 한다.

커피숍에 도착해 문을 당겨 열고 실내를 훑어본다.

"한 분이세요?" 메뉴판을 든 웨이트리스가 내 옆을 지나가며 묻는다.

나는 고개를 젓는다. "아뇨, 누굴 만나기로 했어요."

나는 구석 자리에서 흰색 머그를 들고 있는 그녀를 발견한다. 그녀의 결혼 금반지가 빛을 받아 반짝인다. 나는 걸음을 멈추고 그것을 쳐다본다.

그녀를 향해 달려가고 싶기도 하고, 좀 더 마음의 준비가 필요한 것 같기도 하다.

그때 그녀가 고개를 들고, 우리의 눈이 마주친다.

나는 그녀에게 다가가고 그녀는 벌떡 일어난다. 그녀는 망설이지 않고 두 팔을 내밀어 나를 안는다.

포옹을 풀었을 때 우리는 둘 다 눈가를 닦고 있다. 그러다가 곧 둘 다 웃음을 터뜨린다.

나는 그녀의 맞은편 부스 자리에 앉는다.

"만나서 정말 기뻐, 샘." 나는 그녀의 밝은색 비드 목걸이를 보고 미소를 짓는다.

"네가 그리웠어, 버네사."

나도 내가 그리웠어. 나는 생각한다.

하지만 말하는 대신 나는 가방 안으로 손을 넣는다.

그리고 나의 해피 비드를 꺼낸다.

에필로그

버네사는 시내의 인도를 걸어간다. 금빛 머리카락을 어깨까지 늘어뜨리고 두 팔을 흔들며 걷는다. 그녀의 집이 있는 거리는 늦여름의 낮이라 평소보다 한산하지만, 버스 한 대가 숨어서 지켜보고 있는 내 옆을 느릿느릿 지나간다. 구석에는 10대 몇 명이 빈둥거리며 스케이트보드를 타고 빙글 도는 또래 하나를 쳐다보고 있다. 그녀는 그 애들을 지나쳐 꽃을 파는 노점 앞에 멈춰 선다. 이어 몸을 숙이고 손을 뻗어 흰 양동이에 꽂힌 양귀비 다발을 넉넉하게 집는다. 그리고 거스름돈을 건네는 노점 주인에게 웃음을 지은 다음 그녀의 아파트를 향해 계속 걷는다.

그러는 내내 나는 그녀에게서 시선을 떼지 않는다.

예전에 그녀를 지켜봤을 때 나는 그녀의 정서 상태를 가늠해보려고 애썼다. 네 적을 알라. 손자는 『손자병법』에서 그렇게 썼다. 대학생 때 수업을 위해 읽은 그 책의 그 구절에 나는 크게 공감했다.

버네사는 내가 위협적인 존재임을 결코 깨닫지 못했다. 내가 보이고 싶은 방식으로만 나를 보았다. 내가 꾸민 환상을 믿었다.

그녀는 내가 에마 서튼이라고 생각한다. 그녀가 남편한테서 도망치기 위해 놓은 덫에 걸린 순진무구한 여자라고. 나와 리처드의 불륜을 조장했다는 버네사의 고백으로 받은 충격은 아직 가시지 않았다. 난 거미줄을 치는 사람이 나라고 생각했으니까.

우린 의도치 않게 공모자가 됐던 것 같다.

하지만 버네사는 내가 정말로 누구인지 전혀 모른다. 다들 그렇듯이.

난 지금 그냥 가버릴 수도 있다, 그녀가 영원히 진실을 알지 못하도록. 그녀는 지금까지 겪은 일들에서 완전히 회복한 것처럼 보인다. 어쩌면 그녀로서는 모르는 게 나을 수도 있다.

나는 손에 쥔 사진을 내려다본다. 오래되고 손을 많이 타서 가장자리가 낡은 사진이다.

행복해 보이는 가족의 사진이다. 아빠, 엄마, 보조개가 진 어린 소년, 치아 교정기를 한 10대 초반의 소녀. 아주 오래전, 내가 열두 살 때 우리 가족이 플로리다에 살던 시절에 찍은 사진이다. 그로부터 몇 달 뒤 우리 가족은 산산조각이 났다.

밤 10시가 넘었고 나는 자고 있어야 했지만—내 취침 시간이 지났다—깨어 있었다. 초인종이 울렸고 엄마가 외치는 소리가 들렸다. "내가 나갈게."

아빠는 자기 방에서 있었는데, 아마 과제를 채점하고 있었을 것이다. 밤에 자주 하던 일이었으니까.

대화 소리가 들리더니 아빠가 허둥지둥 복도를 지나 계단을 내려가는 소리가 들렸다.

"버네사!" 아빠는 소리쳤다. 그 목소리가 너무 긴장되게 들려서 나는 내 방에서 나갔다. 양말을 신은 발로 소리 없이 카펫이 깔린 바닥을 걸어 남동생 방을 지나 계단 맨 위쪽에 웅크리고 앉았다. 바로 밑에서 모든 일이 벌어지는 걸 볼 수 있었다. 음지에 숨은 구경꾼처럼.

엄마가 팔짱을 낀 채 아빠를 노려보는 것을 보았다. 아빠가 두 손으로 손짓을 하며 말하는 것을 보았다. 내 조그만 삼색얼룩고양이가 엄마의 다리 사이에서 마치 달래려는 듯이 몸을 부비는 것을 보았다.

엄마는 현관문을 쾅 닫은 후 아빠 쪽으로 몸을 돌렸다.

그 순간 엄마의 표정을 나는 영원히 잊지 못할 것이다.

"그 애가 날 유혹했어." 아빠는 주장했다. 나와 거의 똑같이 둥글고 파란 눈을 크게 뜨고서. "내가 연구실에 있을 때마다 질문이 있다며 찾아왔어. 난 멀리하려고 했는데, 그 애가 계속…… 아무 의미도 없었어, 맹세해."

하지만 아무 의미도 없었던 게 아니었다. 한 달 후 아빠는 집을 나갔으니까.

엄마는 아빠를 탓했지만, 아빠를 유혹해 불륜을 저지르게 한 그 예쁜 여학생도 탓했다. 엄마는 아빠와 싸울 때 버네사라는 그 학생의 이름을 내뱉곤 했는데, 그 세 음절을 발음할 때면 쓴맛이라도 나는 듯이 입가가 비틀렸다. 그 이름은 엄마와 아빠 사이의 모든 문제를 가리키는 약칭이 되었다.

나 역시 그녀를 탓했다.

대학을 졸업한 뒤 나는 뉴욕으로 왔다. 물론 그녀를 찾아보았다. 그때 그녀는 버네사 톰슨이 되어 있었다. 내 이름도 달라져 있었다. 아빠가 떠난 후 엄마는 처녀 때 쓰던 성인 서튼으로 돌아갔는데, 나도 성인이 된 후 서튼으로 성을 바꿨기 때문이다.

버네사는 부유한 교외 지역에 있는 대저택에서 살고 있었다. 미남인 남편과 결혼해서. 그녀는 누릴 자격 없는 황금빛 인생을 즐기고 있었다. 나는 그녀를 가까이에서 보고 싶었지만 그럴 방법을 찾을 수 없었다. 그녀는 거의 집에만 있었으니까. 우리가 자연스럽게 마주칠 기회가 없었다.

그렇게 소득 없이 금방 뉴욕을 뜰 뻔했다. 그러다 문득 무언가를 깨달았다.

그녀의 남편한테는 접근할 수 있겠다고.

리처드의 직장을 알아내기는 쉬웠다. 그가 매일 오후 3시쯤에 길모퉁이 커피숍에서 더블에스프레소를 마신다는 것도 금방 알아냈다. 그는 습관의 노예였다. 나는 랩톱 컴퓨터를 들고 그곳 탁자에 진을 쳤다. 그리고 다음번에 그곳에 들어온 그와 눈이 마주쳤다.

나는 내게 수작을 거는 남자들에게 익숙했지만, 이번에는 내가 먼저 접근했다. 내 상상 속에서 버네사가 아빠한테 접근하는 방식 그대로.

나는 그에게 최대한 환하게 웃음을 지었다. "안녕하세요. 에마라고 해요."

나는 그가 나와 자고 싶어 할 거라고 생각했었다. 대부분의 남자들이 그랬으니까. 그거면 충분할 거라고, 단 하룻밤만으로도 충분할 거라고 생각했다. 결국 그의 아내가 알아챌 거라고. 내가 꼭 그렇게 만들 거니까.

당한 대로 갚아준다는 생각이 마음에 들었다. 그게 정의처럼 느껴졌다.

하지만 그는 내게 자기 회사의 비서직에 지원해보라고 제안했다.

두 달 후 나는 그의 비서 다이앤을 대신했다.

그로부터 또 몇 달 후에는 그의 아내를 대신했다.

나는 손에 든 사진을 다시 내려다본다.

나는 모두 다 완전히 오해하고 있었다.

내 아빠에 대해서.

대학생 때 유부남한테 속은 적이 있어요. 버네사는 웨딩숍에서 나를 만난 날에 그렇게 말했다. **그가 날 사랑하는 줄 알았어요. 아내가 있다는 얘기는 한 번도 하지 않았죠.**

리처드에 대해서도 오해했다.

리처드와 결혼하면 후회할 거예요. 버네사는 아파트 밖에서 나를 가로막고 서서 경고했다. 그리고 나중에, 리처드가 내 옆에 있을 때 그녀는 다시 한 번 경고했다, 누가 봐도 겁에 질린 모습이었음에도. **그는 당신한테 폭력을 쓸 거예요.**

그때, 버네사가 그런 말을 한 후 리처드가 한 팔로 나를 끌어안고 자기 쪽으로 끌어당기던 걸 떠올린다. 보호하려는 듯한 제스처였다. 하지만 그의 손끝은 내 살을 파고들어 자줏빛 자국을 남겼다. 그는 자기가 그러고 있다는 것도 몰랐을 것이다. 버네사를 노려보던 그때. 다음날 버네사를 웨딩숍에서 만났을 때 나는 계속 그녀의 반대편에 있으려고 신경 썼다.

그리고 가장 심하게, 나는 버네사에 대해 오해했다.

그녀도 나에 대해 오해했다는 걸 그녀가 아는 것이 공정하다.

나는 모습을 드러내기로 하고 거리를 가로질러 그녀에게 다가간다.

그녀는 내가 부르기도 전에 돌아본다. 내가 다가오는 걸 감지한 게 분명하다.

"에마! 여긴 어쩐 일이에요?"

그녀는 내게 정직했다, 그러는 것이 쉽지 않았음에도. 나를 구하려고 그녀가 그렇게 열심히 싸우지 않았다면 나는 리처드와 결혼했을 것이다. 하지만 그녀는 거기서 멈추지 않았다. 그의 실체를 드러내려고, 그가 또 다른 여자를 먹잇감으로 삼는 것을 막으려고 자기 목숨을 걸었다.

"미안하다고 말하고 싶었어요."

그녀는 미간을 찌푸리고 뒷말을 기다린다.

"보여주고 싶은 사진도 있고요." 나는 그녀에게 그 사진을 건넨다. "내 가족사진이에요."

버네사는 사진을 쳐다보고, 나는 잘 시간이 넘은 아주 오래전의 어느 10월의 밤부터 시작해 내 이야기를 들려준다.

그녀가 고개를 획 들고 내 얼굴을 뜯어본다. "당신 눈." 그녀의 어조는 차분하고 신중하다. "굉장히 익숙한 느낌이었어요."

"당신은 알 자격이 있다고 생각했어요."

버네사는 사진을 돌려준다. "예전부터 당신이 궁금했어요. 갑자기 어디선가 나타난 사람 같았거든요. 인터넷으로 당신에 대해 조사했을 때, 당신은 몇 년 전에는 이 세상에 존재하지 않은 사람 같았죠. 주소와 전화번호 외엔 별로 나오는 게 없었어요."

"내 실체를 모르는 게 나았을 것 같나요?"

그녀는 잠시 그 말에 대해 생각한다.

그러다가 고개를 젓는다. "진실만이 새로 시작할 수 있는 유일한 길이에요."

그 후, 그녀도 나도 더는 할 말이 없었기에, 나는 이쪽으로 오는 택시를 향해 손짓을 한다.

나는 택시에 타고 몸을 틀어 뒤창 밖을 내다본다.

그리고 한 손을 든다.

버네사는 잠시 나를 쳐다본다. 이어 그녀도 한 손을 든다. 그러자 그녀는 거울에 비친 내 모습 같다.

그녀는 택시가 움직이기 시작하는 순간 몸을 돌려 걸어간다. 우리 사이의 거리가 숨을 쉴 때마다 점점 벌어진다.

감사의 말

그리어와 세라로부터

세인트 마틴스 프레스의 편집자이자 발행인 제니퍼 엔덜린에게 매일 감사한다. 그녀의 비상한 두뇌 덕분에 훨씬 더 나은 책이 탄생했고, 그녀의 비할 데 없는 에너지와 비전, 수완 덕분에 이 책은 우리가 꿈꿨던 것보다도 더 높이 더 멀리 날아올랐다.

훌륭한 출판팀을 만나는 행운을 누렸다. 케이티 바셀, 케이틀린 대러프, 레이첼 디벨, 마르타 플레밍, 올가 그릴릭, 트레이시 게스트, 조던 핸리, 브랜트 제인웨이, 킴 러들램, 에리카 마르티라노, 케리 노들링, 히셀라 라모스, 샐리 리처드슨, 리사 센츠, 마이클 스토링스, 톰 톰슨, 도리 바인트라우브, 그리고 로라 윌슨.

빅토리아 샌더스 앤드 어소시에이츠의 놀랍고 영리하고 너그러운 에이전트 빅토리아 샌더스와 그녀의 멋진 직원들인 베르너데트 베이커-바우먼, 제시카 스피비, 다이앤 디켄셰이드에게 고마움을 전한다. 메리 앤 톰슨도 빼놓을 수 없다.

베니 나우어에게. 빠르고 정확한 편집, 특히 '손에 잡힐 듯한 긴장감'

의 진짜 의미를 가르쳐준 것에 대해 무척 감사한다.

외국의 발행인들에게, 특히 우리가 꿈꾸던 정찬 파트너인 영국 팬 맥밀런 사의 웨인 브룩스에게 감사를 전한다. 고담 그룹의 샤리 스마일리에게도 깊이 감사드린다.

그리어로부터

간단히 말해, 영감을 주는 재능 있고 유쾌한 공저자이자 소중한 친구인 세라 페카넨이 없었다면 이 책은 존재하지 않았을 것이다. 이 멋진 여행에서 공범자가 되어준 당신에게 감사한다.

20년 동안 편집자로 일하면서 함께 작업한 작가들에게, 특히 제니퍼 위너와 그녀의 에이전트 조애나 풀치니에게 너무나 많이 배웠다. 사이먼 앤드 슈스테르의 예전 동료들에게도 감사하고 싶다. 그들 중 대다수는, 특히 아트리아 북스의 나의 멘토 주디스 커, 탁월한 피터 볼랜드, 업계 최고의 젊은 편집자 세라 캉탱은 소중한 친구들이기도 하다.

운이 좋게도 초등학교부터 대학원까지 나를 믿어주는 선생님들을 만났다. 특히 수전 울맨과 샘 프리드먼 선생님.

최초의 독자들인 마를라 굿맨과 앨리슨 스트롱, 레베카 오신스, 마를레네 노센추크에게 깊은 감사를 전한다.

내게는 선물 같은—출판계 안팎의—친구들이 사이드라인에서 나를 응원해주었다. 캐리 에이브럼슨(과 그녀의 남편이자 우리의 와인 컨설턴트인 리), 질리언 블레이크, 앤드리아 클라크, 메건 돔(샘의 시는 그녀의 시에서 영감을 받은 것이다), 도리언 푸어먼, 캐런 고든, 카라 맥캐프리, 리에트 슈텔리크, 로라 폰슈트라텐, 엘리자베스 위드, 테리사 조로에게 감사한다. 우리 낸터킷 북클럽에도 큰 소리로 감사인사를 전한다.

나의 신체적, 정서적 건강을 지켜준 대니 톰슨과 엘렌 카츠에게 고마움을 전한다.

그리고 나의 가족에게.

빌, 캐럴, 빌리, 데비, 빅토리아 헨드릭스에게. 패티, 크리스토퍼, 니컬러스 앨로카. 줄리 퐁텐과 라야, 로넨 케셀에게.

언제나 내게 벽을 허물라고 격려해주는 로버트 케셀에게.

내게 책에 대한 사랑을 물려주고, 내 글을 처음으로 읽어주고, 늘 "부딪쳐봐"라고 말해주는 마크와 일레인 케셀에게.

언제나 내 곁에 있어주는 로키에게.

'엄마의' 어릴 적 꿈을 이루라고 응원해준 페이지와 알렉스에게 아주 특별한 감사를 전한다.

그리고 마지막으로, 내가 할 수 있고 해야 한다고 말해줬을 뿐 아니라 그 길의 처음부터 끝까지 내 손을 잡아준 나의 진북, 존에게.

세라로부터

10년 전 그리어 헨드릭스는 내 편집자가 되었다. 그 후 내가 사랑하는 친구가 되었다. 이제 우리는 함께 글을 쓴다. 우리의 창의적 협업은 색다른 즐거움이었다. 지지하고, 문제를 제기하고, 영감을 준 그녀에게 무척 고맙다. 앞으로의 10년이 우리를 위해 무엇을 준비해뒀을지 하루빨리 알고 싶다.

이 책이 나오기까지 전 과정에서 도움을 준 모든 스미스들에게 감사한다. 격려와 웃음, 그리고 와인에 대해 에이미와 크리스에게. 초고를 읽어준 리즈와 사려 깊은 조언을 해준 페리에게.

마케팅부터 웹사이트까지 모든 것들의 전문지식을 나눠준 케시와 놀런에게, 늘 내 뒤를 봐준 레이철 베이커와 조 데인저필드, 캐시 하인스에게. 재미있고 솜씨 있게 내 책들을 소문내준 스트리트 팀, 페이스북 친구들과 독자들에게. 그리고 유쾌하고 협조적인 나의 동료 작가들에게.

저 다음 산을 오를 수 있을 만큼 나를 강하게 유지시켜준 샤론 셀러즈와 현명하고 재치 있는 세라 캉탱에게 감사드린다. 글렌 레이놀즈와 주드 애쉬먼, 게이더스버그 북 페스티벌 직원들께도 고마움을 전한다.

언제나 참을성 있게 내 옆에 앉아 있던 최고의 개 벨라에게.

비할 데 없는 페카넨 팀에게 사랑을 보낸다. 나나 린, 조니, 로바터, 서디아, 소피아, 벤, 태미, 빌리.

영원히, 무엇보다도, 내 아들들에게. 잭슨, 윌, 딜런.

우리 사이의 그녀

THE WIFE BETWEEN US

초판 1쇄 인쇄 2018년 7월 2일
초판 1쇄 발행 2018년 7월 10일

지은이 그리어 헨드릭스, 세라 페카넨
옮긴이 강선재
펴낸이 홍정완
펴낸곳 솟을북

편집   이은영, 홍주완, 이상실
영업   이운섭
관리   황아롱
디자인 석운디자인 (표지) / 심현영 (본문)

04151 서울시 마포구 독막로 281(대흥동) 마포한국빌딩 별관 3층
전화 706-8541~3(편집부), 706-8545(영업부) | **팩스** 706-8544
이메일 hkmh73@hanmail.net
블로그 http://blog.naver.com/soseulbook
출판등록 2004년 6월 28일 제300-2004-218호

ISBN 978-89-87527-67-3 03840
파본은 구입하신 서점이나 본사에서 교환하여 드립니다